Set et match !

Liane Moriarty

Set et match !

ROMAN

Traduit de l'anglais (Australie)
par Sabine Porte

Albin Michel

Ce livre est un ouvrage de fiction. Les noms, les personnages, les lieux et les événements relatés sont le fruit de l'imagination de l'auteur et sont utilisés à des fins de fiction. Toute ressemblance avec des faits avérés, des lieux existants ou des personnes réelles, vivantes ou décédées, serait purement fortuite.

Édition originale australienne parue sous le titre :
APPLES NEVER FALL
Chez Pan Macmillan Australia Pty Ltd en 2021

À ma mère, avec tout mon amour

Prologue

Le vélo était couché sur le bas-côté au pied d'un chêne gris, le guidon curieusement relevé, comme s'il avait été jeté d'un geste rageur.

C'était un samedi matin, de bonne heure, au cinquième jour d'une vague de chaleur. Plus de quarante feux de brousse brûlaient sans relâche aux quatre coins de l'État. Six grandes villes avaient ordonné l'évacuation immédiate, mais dans la banlieue de Sydney, les seuls à courir un risque étaient les asthmatiques à qui l'on recommandait de rester chez eux. Le nuage de fumée qui drapait la ville était d'un gris jaunâtre malfaisant, aussi épais que le brouillard londonien.

Les rues désertes étaient plongées dans un silence uniquement troublé par le vacarme souterrain des cigales. Les gens dormaient du sommeil du juste après une nuit suffocante agitée de rêves discordants, alors que les lève-tôt balayaient du pouce l'écran de leur smartphone en bâillant.

Le vélo abandonné était flambant neuf et présenté comme un « vélo vintage pour femme » : vert menthe, sept vitesses, avec une selle en cuir fauve et un panier blanc en osier. Le style de vélo sur lequel on s'imagine rouler, une baguette sous le bras, dans l'air frais d'un village de montagne en Europe, coiffée d'un béret mou plutôt que d'un casque.

Quatre pommes vertes étaient éparpillées sur l'herbe sèche,

au pied de l'arbre, comme si elles étaient tombées du panier du vélo.

Une famille entière de mouches à viande était posée à différents endroits des rayons métalliques du vélo, si immobiles qu'elles semblaient mortes.

La voiture, une Holden Commodore V8 qui vibrait au rythme d'un morceau de rock des années quatre-vingt, approchait du croisement à une vitesse excessive pour ce quartier familial.

Les feux de stop s'allumèrent et la voiture fit marche arrière dans un crissement de pneus pour venir se garer à côté du vélo. La musique s'arrêta. Le conducteur sortit en fumant une cigarette. Il était maigre, pieds et torse nus, vêtu d'un simple short de foot bleu. Il laissa la portière ouverte et s'avança sur la pointe des pieds avec une grâce de danseur sur le goudron déjà brûlant, puis s'accroupit dans l'herbe pour examiner le vélo. Il caressa le pneu avant crevé comme si c'était la patte d'un animal blessé. Les mouches se mirent à bourdonner, soudain sur le qui-vive.

L'homme regarda des deux côtés de la rue déserte, tira sur sa cigarette en plissant les yeux, haussa les épaules puis attrapa le vélo d'une main et se releva. Il regagna sa voiture et le mit dans le coffre comme s'il l'avait acheté, après avoir enlevé la roue avant avec dextérité en actionnant le levier de démontage rapide.

Il remonta en voiture, claqua la portière et repartit, content de lui, en pianotant sur le volant au rythme de *Highway to Hell* d'AC/DC. Hier, c'était la Saint-Valentin, apparemment, et même s'il ne croyait pas à ces conneries capitalistes, il offrirait le vélo à sa femme en lui disant avec un clin d'œil ironique « C'est un peu tard, mais joyeuse Saint-Valentin, chérie ». Ça lui permettrait de se faire pardonner l'autre jour et avec un peu de chance, il aurait droit à sa récompense ce soir.

Il n'eut pas de chance. Pas de chance du tout. Vingt minutes plus tard, il était mort, tué sur le coup dans une collision frontale. Un chauffeur de poids lourd qui venait de l'autoroute n'avait pas vu le panneau de stop caché par un liquidambar luxuriant. Les résidents du quartier se plaignaient depuis des mois de ce panneau. Un jour ou l'autre, il y aurait un accident, disaient-ils. Et voilà que c'était arrivé.

Les pommes ne tardèrent pas à pourrir sous la chaleur.

1

Deux hommes et deux femmes étaient attablés au fond d'un café, sous la photo encadrée d'un lever de soleil sur un champ de tournesols en Toscane. Ils étaient aussi grands que des joueurs de basket et leurs fronts se touchaient presque autour de la table en mosaïque au-dessus de laquelle ils étaient penchés. Ils parlaient à voix basse d'un ton fébrile, comme s'il était question d'espionnage international, offrant un spectacle incongru en ce samedi matin estival, dans ce petit café de banlieue où flottait une odeur de cake poire-banane tout juste sorti du four, au milieu des accords indolents d'une ballade rock troublée par les sifflements et grincements industrieux de la machine à expresso.

« Ils doivent être frères et sœurs », dit la serveuse au patron. Étant fille unique, elle était fascinée par les fratries. « Ils se ressemblent beaucoup.

– Ils en mettent du temps, à commander », répondit son patron, qui venait quant à lui d'une famille de huit enfants et ne partageait aucunement cette fascination. Après les violentes averses de grêle de la semaine précédente, il avait enfin plu pendant plusieurs jours. Les feux étaient maîtrisés, la fumée s'était envolée et avec elle, les grises mines. Les clients étaient enfin de retour, prêts à dépenser, et il fallait que ça tourne.

« Ils disent qu'ils n'ont pas encore eu le temps de regarder la carte.

– Va leur redemander. »

En retournant à la table, la serveuse remarqua qu'ils étaient tous assis de la même façon, les chevilles enroulées autour des pieds de chaise comme pour éviter de glisser.

« Excusez-moi ? »

Ils ne l'avaient pas entendue, trop occupés à parler tous en même temps en se coupant la parole. Qu'ils soient de la même famille, cela ne faisait aucun doute. Ils avaient la même voix : basse, grave, légèrement rauque. Une voix enrouée lourde de secrets.

« Techniquement, elle n'a pas disparu. Elle nous a envoyé un texto.

– Je ne comprends pas qu'elle ne réponde pas. Elle répond toujours.

– Papa a dit que son nouveau vélo avait disparu.

– Quoi ? C'est curieux.

– Donc… elle est partie à vélo et s'est volatilisée ?

– Mais elle n'avait pas pris son casque. Je trouve ça bizarre.

– À mon avis, il faut aller signaler sa disparition.

– Ça fait plus d'une semaine. C'est trop long.

– Comme je l'ai dit, techniquement, elle…

– On ne sait pas où elle est, c'est la définition même d'une disparition. »

La serveuse parla plus fort, frôlant la grossièreté. « Je peux prendre votre commande ? »

Ils ne l'entendaient toujours pas.

« Quelqu'un est passé à la maison ?

– Papa m'a demandé de ne surtout pas venir. Il a dit qu'il était "très occupé".

– "Très occupé" ? Qu'est-ce qu'il peut bien avoir à faire ? »

La serveuse se faufila entre les chaises et le mur, derrière eux, pour qu'on puisse la voir.

« Vous savez ce qui risque d'arriver, si on signale sa disparition ? » C'était le plus beau des deux frères qui parlait. Il était en short et chemise de lin aux manches roulées, pieds nus dans ses chaussures. Il avait une petite trentaine d'années, un bouc et le vague charme d'une star de la téléréalité ou d'un agent immobilier. « On soupçonnera papa.

– Le soupçonner de quoi ? » demanda l'autre, une variante négligée, massive, bas de gamme du premier. Lui n'avait pas de bouc, il était juste mal rasé.

« De l'avoir… tu sais. » Le frère modèle luxe se passa le doigt en travers de la gorge.

La serveuse se figea sur place. Elle n'avait jamais assisté à une conversation aussi passionnante depuis qu'elle était serveuse.

« Enfin merde, Troy. » Le modèle entrée de gamme soupira. « C'est pas drôle. »

L'autre haussa les épaules. « La police lui demandera s'ils se disputaient. Papa a dit qu'ils se disputaient.

– Mais je suis sûr que…

– Papa y est peut-être pour quelque chose », dit la plus jeune des quatre, une femme vêtue d'une minirobe orange parsemée de marguerites blanches sur un maillot noué dans le cou. Elle avait les cheveux teints en bleu (c'était exactement la nuance que convoitait la serveuse), relevés sur la nuque en un chignon humide et poisseux tout emmêlé. Une fine couche de crème solaire incrustée de sable luisait sur ses bras comme si elle revenait tout juste de la plage, alors que la côte était à plus de trois quarts d'heure de route. « Peut-être qu'il a craqué. Peut-être qu'il a fini par craquer.

– Ça suffit tous les deux », intervint l'autre femme, dont la serveuse s'aperçut que c'était une habituée : grand flat white au lait de soja extra-chaud. Elle s'appelait Brooke : Brooke avec un *e*. Ils écrivaient le prénom de leurs clients sur le gobelet et un jour, celle-ci avait indiqué timidement mais fermement, comme si c'était plus fort qu'elle, qu'il manquait un *e* à la fin de son prénom.

Elle était polie mais peu loquace et le plus souvent légèrement stressée, comme si elle savait déjà que tout irait de travers ce jour-là. Elle payait avec un billet de cinq dollars et laissait toujours la monnaie de cinquante cents en guise de pourboire. Elle était toujours habillée de la même façon : polo bleu marine, short et baskets avec des socquettes.

Comme c'était le week-end, elle portait une jupe et un haut, mais elle avait toujours une allure de militaire au repos ou de prof d'EPS à qui on ne la fait pas.

« Papa ne ferait jamais de mal à maman, dit-elle à sa sœur. Jamais.

– Mais bien sûr que non. Je plaisantais ! »

La fille aux cheveux bleus leva les mains et la serveuse vit les contours fripés de ses yeux et de sa bouche. En réalité, elle n'était pas jeune, elle s'habillait simplement jeune. C'était une femme mûre déguisée. De loin, on lui donnait vingt ans, de près, dans les quarante. On avait l'impression de s'être fait berner.

« Papa et maman sont très unis », dit Brooke avec un *e*, et à entendre le respect teinté d'amertume avec lequel elle avait parlé, la serveuse se dit qu'en dépit de sa tenue sage, c'était peut-être la plus jeune des quatre.

Le plus beau des frères la regarda d'un air perplexe. « Tu es sûr qu'on a grandi sous le même toit ?

– Je ne sais pas. À ton avis ? Parce que moi, je n'ai jamais vu aucun signe de violence… c'est vrai quoi !

– De toute façon, je n'insinue rien. Je dis seulement que c'est ce que d'autres pourraient insinuer. »

La femme aux cheveux bleus leva les yeux et vit la serveuse. « Pardon ! Nous n'avons toujours pas regardé ! » Elle prit la carte plastifiée.

« Ça ne fait rien », dit la serveuse. Elle était curieuse d'entendre la suite.

« Nous avons la tête ailleurs. Notre mère a disparu.

– Oh non. C'est… inquiétant ? » La serveuse ne savait pas trop comment réagir. Ils n'avaient pas l'air particulièrement inquiets. Ces gens étaient tous beaucoup plus âgés qu'elle – leur mère devait être sacrément vieille, non ? Genre, une petite vieille ?

Comment une petite vieille pouvait-elle disparaître ? Démence sénile ?

Brooke avec un *e* grimaça. « Ne dis pas ça comme ça, lança-t-elle à sa sœur.

– Pardon. Notre mère a peut-être disparu, rectifia la femme aux cheveux bleus. Nous avons égaré notre mère.

– Essayez de vous rappeler ce que vous avez fait. » La serveuse entra dans le jeu. « Quand l'avez-vous vue pour la dernière fois ? »

Il y eut un silence gêné. Ils la regardèrent avec les mêmes yeux marron limpides et le même air réfléchi. Ils avaient tous les quatre des cils si noirs qu'on avait l'impression qu'ils étaient maquillés.

« Vous savez quoi, vous avez raison. C'est exactement ce qu'on doit faire. » La femme aux cheveux bleus hocha lentement la tête comme si elle prenait la boutade au sérieux. « Il faut qu'on essaie de se rappeler.

– On va goûter le crumble aux pommes avec de la crème, interrompit le frère modèle luxe. Puis on vous dira ce qu'on en pense.

– Parfait. » Le modèle entrée de gamme tapota le rebord de la table avec la carte.

« Pour le petit déjeuner ? » dit Brooke avec un *e* en esquissant un sourire ironique comme si le crumble aux pommes lui évoquait une blague de famille, et ils tendirent les cartes de cet air de dire « Voilà qui est réglé » qu'avaient toujours les clients, soulagés d'en être débarrassés.

La serveuse nota *4 × crumble* sur son carnet et redressa les cartes.

« Au fait, dit le modèle entrée de gamme. Vous l'avez appelée, vous ?

– Des cafés ? demanda la serveuse.

– Des cafés allongés pour tout le monde », dit le modèle luxe et la serveuse regarda Brooke avec un *e* pour lui laisser une chance de répondre, Non, en fait, moi je prends toujours un grand flat white au lait de soja extra-chaud, mais elle était occupée à râler contre son frère. « Bien sûr qu'on l'a appelée. Des millions de fois. Je lui ai envoyé des textos. Des mails. Pas toi ?

– Quatre cafés allongés, c'est bien ça ? » dit la serveuse.

Personne ne répondit.

« Bon, donc quatre cafés allongés.

– Pas maman. Elle. » Le modèle entrée de gamme posa les coudes sur la table et mit les doigts sur les tempes. « Savannah. Est-ce que quelqu'un a essayé de la joindre ? »

La serveuse n'avait plus d'excuse pour s'attarder à côté de la table afin d'écouter la conversation.

Savannah était-elle une de leurs sœurs ? Pourquoi n'était-elle pas là ? Était-elle le mouton noir de la famille ? La fille prodigue ? Était-ce pour cela que la seule mention de son nom faisait l'effet d'un pavé dans la mare ? Et l'un d'eux l'avait-il appelée ?

La serveuse se dirigea vers le comptoir, donna un coup de sonnette du plat de la main et posa la commande.

2

Septembre dernier

C'était un jeudi soir froid et venteux, il était presque onze heures. Des fleurs blanches de cerisier filaient et virevoltaient devant le taxi qui longeait au ralenti des maisons anciennes rénovées, arborant chacune une berline de luxe de milieu de gamme dans l'allée et sur le trottoir, un trio bien aligné de poubelles à roulettes de différentes couleurs.

Pris dans les phares, un opossum détala sur un muret en pierre. Un petit chien poussa un aboiement puis se tut. Il flottait une odeur de feu de bois, d'herbe fraîchement coupée et de ragoût d'agneau. La plupart des maisons étaient plongées dans une obscurité que seul troublait le clignotement vigilant des caméras de surveillance.

Au numéro 9, Joy Delaney remplissait le lave-vaisselle en écoutant le dernier épisode du podcast *The Migraine Guy* avec le casque sans fil dernier cri que son fils lui avait offert pour son anniversaire.

Joy était une petite femme mince et énergique avec de beaux cheveux blancs qui lui arrivaient aux épaules. Elle ne se souvenait jamais si elle avait soixante-huit ou soixante-neuf ans et parfois, se laissait même aller à imaginer qu'elle en avait soixante-sept. (En réalité, elle en avait soixante-neuf.) Pour l'heure, elle était vêtue d'un jean et d'une veste noire sur un tee-shirt rayé, le tout assorti de chaussettes en laine. Elle était censée « ne pas faire son âge ». C'est ce que les jeunes gens lui disaient dans les magasins. Elle avait toujours envie de leur répondre « Vous ne savez pas quel âge j'ai, gros bêta, comment voulez-vous savoir si je le fais ou pas ? ».

Son mari, Stan Delaney, était installé dans le relax du salon et regardait un documentaire sur les plus grands ponts du monde en vidant consciencieusement un paquet de crackers au piment doux qu'il plongeait dans un pot de fromage frais.

Leur vieille staffordshire bull terrier, Steffi (ainsi baptisée en hommage à Steffi Graf, car elle était très vive quand elle était petite), mâchouillait discrètement un morceau de journal aux pieds de Joy. Depuis un an, Steffi s'était mise à manger tous les bouts de papier qu'elle pouvait trouver dans la maison, ce qui dénotait apparemment chez les chiens un trouble psychologique peut-être dû au stress, bien que personne ne sache ce qui pouvait bien stresser la chienne.

La manie de Steffi avait du moins le mérite d'être plus acceptable que celle d'Otis, le chat de sa voisine Caro, qui piquait des vêtements chez les gens de l'impasse, et plus gênant encore, des sous-vêtements, que Caro ne rendait pas, tant elle avait honte, sauf à Joy, naturellement.

Joy savait que son énorme casque lui donnait une tête d'alien, mais elle s'en fichait. Après des années passées à supplier ses enfants de ne pas faire de bruit, elle ne supportait plus le silence. Il hurlait à présent dans le nid vide qu'était devenue sa maison. Le nid était vide depuis des lustres et elle aurait dû y être habituée, mais l'année précédente, ils avaient vendu leur affaire et elle avait l'impression que tout s'était brusquement arrêté. Elle recherchait tellement le bruit qu'elle était devenue accro aux podcasts. Elle se couchait souvent le casque sur les oreilles pour se laisser bercer par une voix autoritaire et sympathique.

Joy n'était pas elle-même sujette aux migraines, mais la plus jeune de ses filles, si, et elle écoutait le podcast *The Migraine*

Guy dans l'espoir d'y trouver des astuces à donner à Brooke et faire en quelque sorte pénitence. Depuis quelques années, elle était presque malade de regret quand elle songeait à l'impatience dédaigneuse avec laquelle elle traitait autrefois les maux de tête – comme on disait alors – dont souffrait Brooke étant petite.

Le regret pourrait être le thème de mes mémoires, se dit-elle en essayant de glisser la râpe à fromage à côté d'une poêle dans le lave-vaisselle. *Une vie de regret*, par Joy Delaney.

Hier soir, elle était allée à la première séance d'un atelier intitulé « Vous voulez écrire vos mémoires ? » aux cours du soir du quartier. Joy se contentait d'accompagner Caro qui avait envie d'écrire ses mémoires. Caro qui était veuve et timide ne voulait pas y aller seule. Joy l'aiderait à se faire une amie (elle avait déjà quelqu'un en vue) puis elle lâcherait l'atelier. Leur professeure avait expliqué que pour se lancer dans l'écriture de mémoires, il fallait commencer par choisir un thème et qu'après, il n'y avait plus qu'à trouver des anecdotes pour l'étayer. « Votre thème peut être "J'ai eu une enfance pauvre mais regardez ce que je suis devenu" », avait dit leur professeure et toutes les dames en pantalon bien coupé et boucles d'oreilles en perle avaient hoché solennellement la tête et écrit « enfance pauvre » sur leur cahier tout neuf.

« Au moins, pour toi, le thème est évident, dit Caro à Joy en rentrant.

– Ah bon ? dit Joy.

– Le tennis. Ton thème à toi, c'est le tennis.

– Ce n'est pas un thème, dit Joy. Un thème c'est plutôt "la vengeance", ou "le succès inespéré", ou...

– Tu pourrais l'appeler *Jeu, set et match : l'histoire d'une famille de pros du tennis.*

– Mais c'est... on n'est pas des stars du tennis, dit Joy. On a seulement eu une école de tennis et un petit club. On n'est pas la famille Williams. » Elle était curieusement agacée par la suggestion de Caro, pour ne pas dire contrariée.

Caro était stupéfaite. « Mais qu'est-ce que tu racontes ? Le tennis est une passion, dans ta famille. On dit toujours qu'il faut obéir à sa passion ! Et moi je me dis, Ah, si seulement j'avais une passion. Comme Joy. »

Joy avait changé de sujet.

Elle leva les yeux du lave-vaisselle et revit Troy, enfant, planté dans cette même cuisine, rouge de colère, ses beaux yeux marron pleins de ressentiment et de larmes refoulées, brandissant sa raquette comme une arme en hurlant « Je déteste le tennis ! ».

« Sacrilège ! » avait lancé Amy, dont le rôle d'aînée consistait à commenter toutes les disputes familiales et employer de grands mots que les autres enfants ne comprenaient pas, tandis que Brooke, qui était encore une petite fille adorable, éclatait inévitablement en larmes et que Logan prenait un air hébété.

« Mais non, tu ne détestes pas le tennis », lui avait dit Joy. C'était un ordre. Elle voulait dire : *Tu ne peux pas détester le tennis, Troy. Je n'ai ni le temps ni la force de te permettre de détester le tennis.*

Joy secoua légèrement la tête pour chasser le souvenir et se reconcentra sur le podcast.

« … des lignes en zigzag dans le champ de vision, des petits points brillants ou des étoiles, les gens qui ont des symptômes d'aura migraineuse disent que… »

Troy ne détestait pas vraiment le tennis. C'était sur les courts que sa famille avait connu certains de ses plus beaux moments. La plupart de ses beaux moments. Certains des pires aussi, évidemment, mais bon, Troy jouait toujours. S'il détestait vraiment le tennis, il n'aurait pas continué à jouer à plus de trente ans.

Le tennis était-il vraiment le thème central de sa vie ?

Caro avait peut-être raison. Elle n'aurait jamais rencontré Stan s'il n'y avait pas eu le tennis.

C'était il y a plus d'un demi-siècle. Un anniversaire dans une petite maison pleine à craquer. Les têtes s'agitaient au rythme de *Popcorn* de Hot Butter. Joy, dix-huit ans, serrait le gros pied vert d'un verre de vin de Moselle tiède rempli à ras bord.

« Où est Joy ? Il faut que tu rencontres Joy. Elle vient de remporter un grand tournoi. »

À ces mots, une brèche s'ouvrit dans le demi-cercle d'invités qui se pressaient autour du garçon adossé au mur. C'était un colosse avec de larges épaules, de longs cheveux noirs bouclés attachés en queue-de-cheval, une cigarette dans une main et une canette de bière dans l'autre. Dans les années soixante-dix, les jeunes sportifs pouvaient encore fumer comme des pompiers. Il avait une fossette qui n'apparut que lorsqu'il vit Joy.

« On devrait se faire un match, un de ces jours », dit-il.

Elle n'avait jamais entendu une voix pareille, du moins chez un garçon de sa génération. C'était une voix si grave et si lente que les autres s'en moquaient et essayaient de l'imiter. Ils trouvaient qu'elle ressemblait à celle de Johnny Cash. Stan ne faisait pas exprès. C'était juste sa façon de parler. Il ne parlait pas beaucoup, mais tout ce qu'il disait semblait important.

Ils n'étaient pas les seuls joueurs de tennis de la soirée, juste les seuls champions. C'était le destin, aussi inéluctable que dans un conte de fées. S'ils ne s'étaient pas rencontrés ce soir-là, ils auraient fini par se croiser un jour ou l'autre. Le monde du tennis était petit.

Ils jouèrent leur premier match ce week-end-là. Elle perdit 6-4, 6-4 et poursuivit sur sa lancée en perdant également sa virginité, malgré la mise en garde de sa mère qui lui avait bien recommandé de ne pas coucher tout de suite avec un garçon s'il lui plaisait : « À quoi bon acheter la vache quand on peut avoir le lait gratis ? » (Ses filles avaient littéralement hurlé quand elles avaient entendu cette expression.)

Joy dit à Stan que si elle avait couché avec lui, c'était uniquement pour son service. Il était magnifique. Elle l'admirait toujours, guettant la fraction de seconde où le temps s'arrêtait et où Stan se transformait en statue de tennisman : le dos cambré, la balle en suspens, la raquette derrière la tête et… *paf*.

Stan lui dit qu'il avait couché avec elle uniquement pour ses volées décisives, puis de sa voix grave et lente, il lui glissa à l'oreille, *Non, ce n'est pas vrai, il faut que tu travailles ta volée, tu es collée au filet, si j'ai couché avec toi, c'est que dès que j'ai vu ces jambes, j'ai eu envie qu'elles s'enroulent dans mon dos*, et Joy se pâma de bonheur. C'était si coquin, si poétique, bien qu'elle n'ait pas apprécié qu'il critique sa volée.

« *... provoque la libération des neurotransmetteurs...* »

Elle regarda la râpe. Elle était couverte de bouts de carotte, qui ne partiraient pas au lave-vaisselle. Elle la rinça. « Tu peux me dire pourquoi je fais ton boulot ? » lança-t-elle au lave-vaisselle en repensant à l'époque où elle n'en avait pas et se tenait devant ce même évier avec ses gants en caoutchouc, les mains plongées dans l'eau chaude, une haute tour d'assiettes sales à côté d'elle.

Depuis quelque temps, le passé entrait sans cesse en collision avec le présent. Hier, elle s'était réveillée paniquée alors qu'elle faisait la sieste en imaginant qu'elle avait oublié d'aller chercher un des enfants à l'école. Elle avait mis un instant à se rappeler que tous ses enfants étaient désormais des adultes : des adultes avec des rides et des prêts immobiliers, des diplômes et des projets de voyage.

Elle s'était demandé si elle devenait sénile. Son amie Linda, qui travaillait dans une maison de retraite, disait que tous les jours, une vague d'agitation parcourait l'établissement à l'heure de la sortie des écoles, où les vieilles dames s'affolaient, persuadées qu'elles devaient courir récupérer des enfants devenus grands depuis longtemps.

« Il se peut que mon intelligence supérieure masque des symptômes de démence sénile, avait dit Joy à Stan.

– Je n'ai pas remarqué.

– Mes symptômes de démence sénile ? Ou mon intelligence supérieure ?

– C'est-à-dire que tu as toujours été folle », avait-il répondu, puis il était parti, sans doute grimper sur une échelle, car ses fils l'ayant informé qu'à soixante-dix ans, on avait passé l'âge de grimper sur une échelle, il cherchait le moindre prétexte pour en escalader.

Hier soir, elle avait écouté un podcast très intéressant intitulé *This Dementia Life*.

La râpe à fromage refusa de rejoindre la poêle dans le lave-vaisselle. Elle les examina l'un et l'autre. Elle avait l'impression d'être face à une énigme qu'elle était censée pouvoir résoudre.

« ... *entraîne une modification de la taille des vaisseaux sanguins...* », disait *The Migraine Guy*.

Quoi ? Il faudrait qu'elle réécoute ce podcast.

Elle avait appris que la retraite provoquait un déclin rapide des fonctions cérébrales. C'était peut-être ça. Son lobe frontal était en train de s'atrophier.

Ils se croyaient prêts pour la retraite. Il leur avait semblé évident que l'étape suivante était de vendre le club de tennis. Ils ne pouvaient pas continuer indéfiniment à donner des cours et aucun de leurs enfants n'avait envie de reprendre le flambeau. Leur désintérêt était même insultant. Pendant des années, Stan avait caressé le fol espoir que Logan rachète les parts du Delaneys au nom du vieux cliché qui veut que le fils aîné devienne le digne successeur du père. « Logan était un prof génial, marmonnait-il. Il était doué. Vraiment doué. »

Quand Stan avait timidement évoqué la possibilité qu'il rachète le Delaneys, le pauvre Logan avait eu l'air atterré. « Il manque un peu d'ambition, non ? » avait dit Stan à Joy, qui l'avait rembarré car elle ne supportait pas les critiques envers ses enfants, et encore moins quand elles étaient justifiées.

Ils avaient donc vendu. À des gens bien et à un bon prix. Elle n'imaginait pas en concevoir un tel chagrin. Elle n'avait jamais mesuré à quel point la Delaneys Tennis Academy était une part essentielle d'eux-mêmes. Qui étaient-ils à présent ? Deux baby-boomers comme les autres.

Heureusement, ils jouaient encore. Leur dernier trophée trônait fièrement sur le buffet, prêt à être exhibé quand tout le monde se réunirait pour la fête des pères. Les genoux de Stan s'en souvenaient encore, mais ils avaient battu à plates coutures deux joueurs à la technique pourtant irréprochable : Stan et elle avaient tenu le filet, attaqué au centre et conservé leur sang-froid. Ils n'avaient pas perdu la main.

Outre les tournois, ils participaient encore aux compétitions amicales du lundi soir que Joy avait instituées il y a des années, bien que ce soit de plus en plus déprimant car les gens disparaissaient les uns après les autres. Six mois auparavant, Dennis Christos était mort sur le court alors même qu'il jouait contre eux avec sa femme Debbie, ce qui avait été affreusement traumatisant. Joy était convaincue que ce pauvre Dennis était dans un tel état d'excitation à la perspective de breaker sur le service de Stan que son cœur avait lâché. Elle en voulait secrètement à son mari d'avoir fait croire à Dennis que c'était possible. Il les avait laissés mener à 40-0 par pur plaisir. Elle avait toutes les peines du monde à ne pas lui dire « Tu as tué Dennis Christos, Stan ».

En réalité, ils n'étaient pas prêts pour la retraite. Leurs six semaines de voyage de rêve en Europe avaient été désastreuses.

Même Wimbledon. Surtout Wimbledon. Lorsqu'ils avaient atterri à Sydney, ils étaient éperdus de soulagement, ce qu'ils n'avaient avoué à personne, ni à leurs amis ni à leurs enfants, pas même l'un à l'autre.

Ils essayaient parfois de faire comme leurs amis retraités et de passer par exemple « une belle journée à la plage ». Ce jour-là, Joy s'était tailladé le pied sur une coquille d'huître et ils avaient écopé d'une contravention. Ça lui avait rappelé les fois où elle se mettait en tête d'emmener les enfants faire un *sympathique petit pique-nique* avec Stan et où ils faisaient comme s'ils étaient une sympathique petite famille pique-niquant, si ce n'est qu'il y avait toujours un problème : l'un d'eux était de mauvaise humeur, il se mettait à pleuvoir juste quand ils arrivaient, ou encore ils se perdaient et le retour en voiture s'effectuait dans un silence amer ponctué du reniflement de l'un ou l'autre des enfants qui estimait avoir été injustement grondé.

« En fait, on est devenus très romantiques depuis la retraite », lui avait confié une amie avec une gaieté irritante, qui lui avait donné envie de vomir. Mais la semaine dernière, elle avait pris deux milk-shakes à la banane à emporter au centre commercial en guise de clin d'œil, en hommage à ceux qu'ils s'achetaient pour le petit déjeuner dans les snacks des petites villes qu'ils traversaient quand ils se rendaient à des tournois régionaux, au début de leur mariage. Pour faire des économies, ils dormaient dans la voiture au lieu de descendre dans des motels et faisaient l'amour sur la banquette arrière.

Mais visiblement, Stan ne se souvenait pas de leurs milk-shakes à la banane, et au retour, il avait brusquement freiné à mort de façon aussi théâtrale qu'inutile en voyant quelqu'un déboîter devant lui, envoyant valdinguer le milk-shake de Joy, si bien que leur voiture était irrémédiablement imprégnée d'une odeur infecte de lait tourné : l'odeur aigre de l'échec. Stan disait qu'il ne sentait rien.

S'ils voulaient vivre leur retraite avec élégance et entrain comme leurs amis, il fallait qu'ils changent d'état d'esprit. Il fallait qu'ils soient moins grincheux (Stan avait tendance à l'être) et trouvent des centres d'intérêt et des passe-temps variés en dehors du tennis. Il leur fallait des petits-enfants.

Des petits-enfants. Ce seul mot l'emplissait de ces émotions complexes et démesurées réservées aux plus jeunes : désir, fureur et pire encore, jalousie fielleuse.

Elle savait qu'un petit-fils ou une petite-fille suffirait à étouffer le grondement du silence, lui redonner un sursaut d'énergie, mais on ne pouvait décemment pas demander des petits-enfants à ses enfants. Ce serait dégradant. Vulgaire. C'était indigne d'elle, elle était une femme intéressante et sophistiquée. Une féministe. Une sportive. Une femme d'affaires accomplie. Elle refusait d'être ce stéréotype.

Cela finirait bien par arriver. Il suffisait d'être patiente. Elle avait quatre enfants. Quatre chances de gagner à la tombola, quoique, deux d'entre eux étaient célibataires et ne comptaient peut-être pas. Mais les deux autres étaient depuis longtemps en couple. Logan et sa compagne Indira étaient ensemble depuis cinq ans. Ils n'étaient pas mariés mais quelle importance ? Indira était merveilleuse et la dernière fois que Joy l'avait vue, elle avait assurément un petit air mystérieux, secret, comme si elle avait envie de lui confier quelque chose mais se retenait : peut-être attendait-elle d'en être à douze semaines ?

Brooke et Grant étaient mariés, heureux en ménage, avec une maison et une voiture familiale à crédit, et comme Grant était plus âgé, il était possible que ce soit bientôt à l'ordre du jour. Si seulement Brooke n'avait pas ouvert son cabinet de kinésithérapie. C'était certes admirable – Stan rayonnait de fierté dès que quelqu'un en parlait –, mais c'était stressant d'être à la tête d'une affaire et les migraineux devaient se préserver du stress. Brooke était trop ambitieuse. Mais elle ne tarderait certainement pas à avoir envie d'un bébé. Brooke était toujours au courant des dernières recommandations du corps médical et savait qu'il ne fallait pas attendre trop longtemps.

Joy espérait secrètement que ses enfants feraient preuve d'imagination pour lui annoncer qu'ils attendaient un heureux événement, comme on le voyait sur YouTube. Ils pourraient par exemple emballer joliment une échographie et filmer sa réaction quand elle l'ouvrirait : l'instant de perplexité juste avant qu'elle ne comprenne, la main plaquée sur la bouche, les larmes et les embrassades. Ils pourraient poster la vidéo sur leurs réseaux sociaux ! *Joy apprenant qu'elle va être grand-mère !* Elle deviendrait peut-être virale.

Joy prenait soin de bien s'habiller chaque fois que ses enfants lui rendaient visite, au cas où.

(Elle n'avouerait jamais ce rêve à quiconque. Pas même à la chienne.)

The Migraine Guy lui susurra à l'oreille : « *Et à présent, parlons du magnésium.*

– Bonne idée. Allons-y », dit Joy.

Il était impossible de caser à la fois la poêle et la râpe à fromage. Il n'y avait pas de solution. La râpe devrait passer son tour. De toute façon, elle était propre. Elle se redressa et trouva son mari planté à côté d'elle comme s'il s'était téléporté.

« Merde… mais ça va pas non ! » hurla-t-elle.

Elle ôta le casque de ses oreilles et mit la main sur son cœur qui battait à tout rompre. « Tu m'as fait une de ces peurs !

– Comment ça se fait qu'on frappe à la porte ? » Les crackers au piment lui avaient fait la bouche orange. Son jean était orné aux genoux de deux auréoles laissées par les poches de glace qui avaient fondu. C'était d'autant plus énervant de le voir là qui la fixait d'un air accusateur, comme si c'était de sa faute s'il y avait quelqu'un à la porte.

Steffi s'assit aux pieds de Stan, les oreilles dressées, aux aguets, l'œil brillant à la perspective réjouissante d'une promenade.

Joy se tourna vers la pendule de la cuisine. Il était bien trop tard pour une livraison ou un sondage à domicile. Également trop tard pour la visite impromptue d'un ami ou d'un proche, d'autant qu'aujourd'hui, les gens appelaient avant de passer.

Joy considéra son mari. C'était peut-être lui qui était sénile. Ses recherches lui avaient appris que les conjoints devaient se montrer patients et gentils.

« Je n'ai rien entendu », dit-elle patiemment et gentiment. Elle ferait une excellente aidante, bien qu'il y ait de fortes chances qu'elle l'inscrive au plus vite sur la liste d'attente d'une jolie maison de retraite.

« Je suis sûr qu'on a frappé », insista Stan, la mâchoire remuant en signe d'agacement.

C'est alors que Joy entendit également : *boum, boum, boum.*

On aurait dit que quelqu'un cognait du poing contre la porte. Leur sonnette était cassée depuis des années et les gens frappaient souvent avec impatience après avoir essayé en vain de sonner, mais là, l'urgence était manifeste.

Elle croisa le regard de Stan et sans un mot, ils se dirigèrent vers la porte d'entrée, sans courir, mais en parcourant rapidement le long couloir, vite, vite, vite. Steffi trottait à côté d'eux, haletant d'excitation. Les chaussettes dérapant sur le parquet, Joy avait l'impression que tous trois, l'homme, la femme et la chienne, partageaient ce même sentiment d'urgence vivifiant. On avait besoin d'eux. Il devait y avoir un problème quelconque.

Ils le régleraient, car même s'il n'y avait plus d'enfants sous leur toit, leur état d'esprit n'avait pas changé : *Nous sommes les adultes. Nous sommes là pour régler les problèmes.*

Peut-être même éprouvaient-ils du plaisir à se précipiter ainsi vers la porte, il y avait si longtemps que les enfants ne leur avaient pas demandé de leur donner de l'argent ou un conseil, ou ne serait-ce que de les accompagner à l'aéroport.

Boum, boum, boum.

« On arrive ! » lança Stan.

Des bribes de souvenirs traversèrent l'esprit de Joy : Troy, à huit ou neuf ans, tambourinant à la porte en rentrant de l'école et criant : *« FBI ! Ouvrez ! »* Pendant des années, il avait fait ça chaque fois qu'il se trouvait devant une porte, il trouvait ça hilarant. Amy sonnant frénétiquement à l'époque où la sonnette fonctionnait encore, car elle avait encore perdu sa clé et était toujours pressée d'aller aux toilettes.

Stan arriva avant elle. *Clic-clac*, il déverrouilla la porte d'un coup de poignet énergique et l'ouvrit en grand.

Une jeune femme en pleurs bascula en avant comme si elle avait le front appuyé contre la porte et tomba dans les bras de Stan telle une fille dans les bras de son père.

3

« Bonjour », dit Stan, stupéfait. Il lui tapota maladroitement l'épaule.

Pendant une fraction de seconde, Joy supposa que c'était une de leurs filles, mais la jeune fille arrivait à peine à la poitrine de Stan. Ses enfants étaient grands : les garçons faisaient un mètre quatre-vingt-treize, Amy, un mètre quatre-vingt-deux et Brooke, un mètre quatre-vingt-cinq. Ils avaient tous les épaules carrées, les cheveux bruns, le teint mat, les joues rouges et des fossettes comme leur père. (« Tes enfants ressemblent tous à des matadors géants », lui disait sa mère d'un ton réprobateur comme si Joy les avait achetés dans le commerce.)

Cette fille était menue, avec des cheveux blond cendré hirsutes et une peau blanche marbrée aux veines bleutées. « Pardon. » Elle recula, reprit sa respiration, le souffle tremblant, renifla et s'efforça de se composer un sourire. « Je suis vraiment désolée. C'est tellement embarrassant. »

Elle avait une entaille profonde sous le sourcil droit. Des coulures de sang brillant lui dégoulinaient sur le visage.

« Ça va aller, mon petit. » Joy prit la jeune fille par le haut de son bras squelettique au cas où elle s'évanouirait.

Elle l'appellerait « mon petit » jusqu'à ce que son nom lui revienne. Stan n'était d'aucune aide. Elle sentait son regard interrogateur qui cherchait le sien : *C'est qui ?*

La fille avait un petit piercing au nez en forme de graine et un tatouage représentant une liane verte enroulée sur son avant-bras pâle. Elle était vêtue d'une chemise à manches longues élimée maculée de vieilles taches de graisse et d'un jean déchiré. Elle avait une chaîne ornée d'une clé argent au cou. Ses pieds nus étaient violacés à cause du froid. Son visage lui était vaguement familier, mais pas tout à fait.

Il aurait été bien qu'elle se présente, mais les jeunes croyaient toujours qu'on se souvenait d'eux. Ça arrivait tout le temps. Un jeune inconnu fonçait vers eux en leur faisant signe, l'air ravi : « Mr et Mrs Delaney ! Comment allez-vous ? Ça fait un bail ! » Joy était obligée de lui faire la conversation en feignant de le reconnaître tout en épluchant mentalement sa base de données. Un élève du club ? Le fils ou la fille aujourd'hui adulte d'un membre du club ? Un des enfants de leurs amis ?

« Qu'est-ce qui vous est arrivé ? » demanda Stan à la jeune fille en montrant son œil. Il avait l'air affolé, soudain âgé. « Il y a quelqu'un dehors ? » Il regarda derrière elle dans la rue. Joy n'aurait jamais pensé qu'il puisse y avoir quelqu'un d'autre.

« Il n'y a personne, dit la fille. Je suis venue en taxi.

– Ne vous en faites pas, mon petit, on va s'occuper de vous », dit Joy.

C'était une situation étrange, mais ils finiraient bien par avoir l'explication. Stan voulait toujours que les choses soient immédiatement clarifiées. La fille devait avoir une vingtaine d'années, comme Brooke, mais elle ne ressemblait pas aux amies de Brooke qui étaient toutes des jeunes femmes polies et surmenées à l'air préoccupé. Elle avait ce côté grunge qui plaisait tant à Amy et il était donc plus probable qu'il s'agissait d'une de ses amies. Ce qui compliquait les choses, car Amy fréquentait des cercles éclectiques. Une fille de la troupe de théâtre amateur dont Amy ne cessait de parler depuis au moins une semaine ? Une copine de fac ? De la première année d'études qu'elle avait laissée tomber ? De la seconde ?

« Comment vous vous êtes blessée ? demanda Joy.

– On s'est disputé, avec mon petit copain », répondit la fille. Elle chancela, la main plaquée sur son œil couvert de sang. « Je me suis sauvée de l'appartement et j'ai sauté dans un taxi...

– C'est votre petit copain qui vous a fait ça ? dit Stan. Il vous a frappée ?

– Si on veut, oui, dit la fille.

– Comment ça, si on veut ? » s'indigna Stan. Il était tellement agressif, parfois. « Il vous a frappée, oui ou non ?

– C'est compliqué, dit la fille.

– Non, c'est très simple. Si vous avez été frappée, il faut appeler la police, dit Stan.

– Non. » La fille essaya de se dégager. « Hors de question. Je ne veux pas que la police s'en mêle.

– On n'est pas obligé d'appeler la police si vous ne voulez pas, mon petit, dit Joy. C'est vous qui décidez. Mais venez vous asseoir. »

Si cette fille ne voulait pas appeler la police, qu'à cela ne tienne. Elle ne tenait pas à voir débarquer des policiers chez eux.

Quand ils passèrent sous les spots du couloir, Joy s'aperçut que la fille était plus âgée qu'elle ne le croyait. Une bonne trentaine d'années, peut-être ? Elle se creusa la cervelle. *Voyons voir.*

Une ex des garçons, peut-être ? À une époque, ils avaient vu se succéder un tel défilé de jeunes filles qui déambulaient nonchalamment dans la maison qu'ils avaient du mal à s'y retrouver. Les garçons étaient longtemps sortis avec des filles blondes et bronzées en baskets blanches qui s'appelaient toutes les deux Tracey. Stan était incapable de les différencier. Les deux Tracey avaient fini par venir pleurer l'une après l'autre à la table de la cuisine, pendant que Joy éminçait des oignons en leur murmurant des paroles de réconfort. La Tracey de Logan envoyait encore des cartes de Noël.

Mais l'inconnue n'avait pas le profil d'une des petites amies. Troy aimait les princesses glamour et Logan, les bibliothécaires sexy, et cette fille n'était ni l'une ni l'autre.

« Sur ce, je me suis aperçue que je n'avais pas d'argent », dit la fille quand ils entrèrent dans la cuisine, puis elle s'arrêta et renversa la tête pour étudier le haut plafond comme si c'était une cathédrale.

Joy suivit son regard qui parcourait la pièce et se posait sur le buffet couvert de photos de famille et de bibelots, parmi lesquels deux horribles chats narquois en porcelaine qui avaient appartenu à la mère de Stan, avant de s'attarder sur la corbeille de fruits frais posée sur la table : des pommes rouges brillantes et des bananes d'un jaune éclatant. Cette petite avait-elle faim ? Elle pouvait prendre toutes les bananes. Joy ne savait pas pourquoi elle continuait à en acheter. On aurait dit qu'elles n'étaient là que pour la déco. La plupart finissaient en bouillie noirâtre qu'elle avait honte de jeter.

« Je n'avais rien sur moi. Pas de portefeuille, pas de téléphone, pas d'argent. Rien.

– Asseyez-vous, mon petit. » Joy lui offrit une chaise à la table de la cuisine.

Heureusement, Stan avait cessé de lui aboyer des questions. Il sortit en silence la trousse de secours du placard au-dessus du réfrigérateur que Joy ne pouvait atteindre sans monter sur une chaise. Il la posa sur la table et ôta le couvercle car la serrure était difficile et elle avait toujours du mal à l'ouvrir. Puis il alla à l'évier remplir un verre d'eau qu'il donna à l'inconnue.

« On va regarder ça. » Joy mit ses lunettes. « Ça vous fait mal ?

– Non, ça va. Je supporte bien la douleur. » Elle prit le verre d'eau d'une main tremblante et but. Ses ongles étaient en charpie. Elle se les rongeait. Autrefois, Amy se les rongeait jusqu'au sang. Joy nettoya la plaie avec de l'antiseptique en sentant la fraîcheur de la nuit qui se dégageait de la peau de la jeune fille.

« Donc, vous vous êtes aperçue que vous n'aviez pas votre portefeuille », l'encouragea Joy tandis que Stan s'asseyait, les coudes sur la table, croisait les mains et frottait le nez contre les jointures en plissant les sourcils.

« Oui, et du coup j'ai flippé, je me suis dit, comment je vais faire pour payer le taxi, d'autant que le chauffeur n'était pas du genre sympa, ça se voyait, il avait une tête à être agressif et même violent. Alors on roulait comme ça au hasard et…

– Au hasard ? l'interrompit Stan. Mais quelle destination avez-vous donnée au chauffeur en montant dans le taxi ? »

Joy le fusilla du regard. Parfois, il ne se rendait pas compte de l'impression qu'il pouvait donner aux autres.

« Je ne lui ai pas donné d'adresse. Je n'ai pas réfléchi. Je lui ai dit : "Vers le nord." Je ne savais pas où aller, je voulais juste gagner du temps pour réfléchir.

– Le chauffeur n'a pas remarqué que vous étiez blessée ? demanda Joy. Il aurait dû vous conduire à l'hôpital le plus proche sans vous faire payer !

– S'il a remarqué, il a préféré faire l'autruche. »

Joy secoua tristement la tête. Les gens étaient irresponsables, de nos jours.

« Mais bon, bref, je ne sais pas pourquoi, ça m'a pris comme ça, j'ai mis la main dans la poche de mon jean et incroyable ! Je suis tombée sur un billet de vingt dollars ! C'est fou ! Ça ne m'arrive jamais de trouver de l'argent comme ça ! »

Au souvenir de sa trouvaille, son visage s'illumina d'un plaisir enfantin.

« Vous deviez avoir un ange gardien », dit Joy. Elle découpa une bande de gaze.

« Je sais, oui, et quand j'ai vu qu'on approchait des vingt dollars au compteur, j'ai donné au chauffeur des instructions au hasard. Genre, tournez à gauche. Deuxième à droite. Je ne sais pas, c'est comme si je délirais. Je suivais mon flair. Ça se dit, ça ? Suivre son flair. Ça fait bizarre. Comment on fait pour suivre son flair ? »

La jeune fille regarda Joy.

« Non, c'est ça », dit Joy. Elle se tapota le nez. « Suivre son flair. »

Elle jeta un coup d'œil à Stan.

Il tirait sur sa lèvre inférieure comme lorsqu'il n'était pas d'accord. Il ne suivait jamais son flair. Il faut avoir une stratégie.

On ne frappe pas la balle en espérant gagner, on met au point une stratégie gagnante.

« Quand il y a eu vingt dollars au compteur, j'ai crié : "Arrêtez !" Et je suis descendue de voiture. Il fait tellement froid, ce soir, je n'avais pas réalisé ! » Elle grelotta violemment. « Et en plus, je suis pieds nus. » Elle leva le pied droit et montra ses orteils. « J'étais là au bord du trottoir. Mes pieds étaient comme des blocs de glace. Je me suis dit, mais quelle idiote, qu'est-ce que tu vas faire, maintenant ? Puis j'ai commencé à avoir la tête qui tournait, j'ai regardé les maisons tout autour et la vôtre m'a semblé être la plus accueillante, et puis les lumières étaient allumées, alors... » Elle tira sur les manches de sa chemise. « Me voilà. »

Joy s'arrêta, la bande de gaze à la main. « Si je... mais... si je comprends bien, on ne... vous ne... » Elle chercha une façon plus élégante de le formuler, mais en vain. « Vous ne nous connaissez pas ? »

Elle comprit alors qu'elle s'était fait des idées en croyant connaître la jeune fille. C'était juste que tous les visages lui semblaient familiers, depuis quelque temps. Ils avaient laissé entrer une étrangère chez eux.

Elle sonda la jeune femme en quête de signes de tendances criminelles et n'en trouva aucun, bien qu'elle ne sache pas comment ces tendances pouvaient se manifester. Son piercing était très joli. (Amy avait eu un affreux piercing à la bouche, il y avait de cela quelques années, alors ce n'était pas un petit piercing au nez qui allait inquiéter Joy.) Le tatouage de liane n'avait rien d'intimidant. Elle semblait normale. Un peu écervelée, peut-être. Mais gentille. Elle ne pouvait pas être dangereuse. Elle était trop menue. Pas plus dangereuse qu'une souris.

« Vous n'aviez pas d'amis ou de famille chez qui aller ? » demanda Stan.

Joy lui lança un autre regard. Certes, elle avait eu envie de poser la même question, mais il y avait manière et manière.

« On vient d'arriver de la Gold Coast, répondit la fille. Je ne connais personne à Sydney. »

Imagine, se dit Joy. Tu es toute seule, sans argent, dans une ville que tu ne connais pas et tu ne peux pas rentrer chez toi, que faire sinon te jeter à la merci d'inconnus ? Elle ne s'imaginait pas dans la même situation. Elle avait toujours été protégée.

Stan dit : « Vous voulez peut-être... appeler quelqu'un ? Quelqu'un de votre famille ?

– Il n'y a personne de... disponible, pour l'instant. » La fille baissa la tête, dévoilant à Joy sa pauvre nuque sans défense entre les mèches de cheveux emmêlées.

« Regardez-moi, mon petit. » Joy mit la gaze sur la plaie. « Mettez le doigt là. » Elle lui prit la main et la guida vers la compresse qu'elle fixa avec un bout de sparadrap puis soupira avec satisfaction. « Voilà, c'est arrangé.

– Merci. » La fille regarda Joy de ses yeux vert pâle bordés de cils blonds comme elle n'en avait jamais vu. On aurait dit qu'ils avaient été saupoudrés d'or. Les enfants de Joy avaient des cils bruns de matador. Elle-même avait des cils on ne peut plus banals.

Une fois le sang nettoyé, il s'avéra que l'inconnue était étonnamment jolie. Si jolie, si maigre, si sale, si épuisée. Joy fut prise d'une envie irrésistible de la nourrir, de lui faire couler un bain et de la mettre au lit.

« Je m'appelle Savannah, dit la fille en tendant la main à Joy.

– Savannah. C'est un joli prénom, dit Joy. J'ai une amie qui s'appelle Hannah. Ça se ressemble ! Enfin, pas tant que ça. Savannah. D'où vous vient ce nom ? Je sais, la princesse Anne a une petite-fille qui s'appelle Savannah. C'est une petite fille très mignonne, un peu espiègle ! Je ne crois pas qu'on dise la princesse Savannah, elle ne doit pas avoir de titre. Mais je ne pense pas que ça vous intéresse. J'ai toujours été passionnée par la famille royale. Je les suis tous sur Instagram. »

Elle ne pouvait s'empêcher de parler. C'était souvent le cas quand elle était perturbée ou bouleversée, et le fait est qu'elle était un peu ébranlée par la vue du sang et le récit de violence qu'elle venait d'entendre. Elle se rendit compte qu'elle tenait toujours la petite main glacée de la fille et la pressa d'un petit geste réconfortant avant de la lâcher.

« Il y a une autre Savannah, à part celle de la famille royale, j'en suis sûre… Ah, je sais ! Brooke, la plus jeune de mes filles, a une amie qui vient d'avoir un bébé et je suis sûre à quatre-vingt-dix pour cent qu'elle l'a appelé Savannah, à moins que ce ne soit Samantha. »

Elle se rappela qu'en fait, le bébé s'appelait Poppy, ce qui n'avait rien à voir avec Savannah ou Samantha, c'était embarrassant, mais inutile de le mentionner. « Brooke, elle, n'est pas encore prête à avoir un bébé, car elle a ouvert son cabinet de kinésithérapie, ce qui est formidable. »

Non pas formidable, mais rageant, cependant, comme le disait toujours son grand-père, « Pour ne pas gâcher une bonne histoire, mieux vaut ne pas s'embarrasser des faits ».

« Ça l'occupe beaucoup. C'est le cabinet de kinésithérapie Delaney. J'ai une carte quelque part. Elle est très douée. Brooke, je veux dire. Ma fille. Très calme, très patiente. C'est curieux, on n'aurait jamais pensé…

– Joy, l'interrompit Stan. Reprends ton souffle.

– On n'aurait jamais pensé voir quelqu'un de la famille dans le secteur médical… » Joy laissa sa phrase en suspens. Elle porta la main à son cou et s'aperçut que le casque était toujours là, comme un énorme collier imposant. « J'écoutais un podcast », expliqua-t-elle bêtement. On entendait même la voix métallique désincarnée du podcasteur qui continuait à parler, sans savoir que Joy ne l'écoutait plus.

« J'aime bien les podcasts, dit Savannah.

– Nous ne nous sommes pas présentés ! Moi, c'est Joy. » Joy éteignit le casque et le mit sur la table. « Et le grincheux, là, c'est mon mari, Stan.

– Merci pour le pansement, Joy, dit Savannah en le montrant.

Votre famille n'est peut-être pas dans le domaine médical, mais vous avez fait un boulot épatant. »

Épatant. Quel drôle de mot. Ça lui rappelait des souvenirs.

« Merci, c'est gentil, dit Joy. Je ne… enfin. » Elle s'obligea à se taire.

« J'ai tout de suite eu une bonne impression en voyant la maison. » Savannah regarda autour d'elle. « Elle avait l'air si chaleureuse, elle inspirait confiance.

– Vous ne vous êtes pas trompée », dit Joy. Elle évita de regarder son mari. « Vous voulez manger quelque chose, Savannah ? Vous avez faim ? Une banane, peut-être ? Ou alors, j'ai des restes du dîner que je peux vous réchauffer. » Sans lui laisser le temps d'accepter cette offre, elle s'empressa de lui en faire une autre. « Et vous restez dormir, naturellement. »

Elle était contente que cette bonne vieille Barb, sa femme de ménage, soit venue aujourd'hui et qu'elles aient fait la poussière et passé l'aspirateur dans l'ancienne chambre d'Amy.

« Oh », fit Savannah. Elle regarda Stan d'un air gêné, puis se retourna vers Joy. « Je ne sais pas. Je peux juste… »

Mais il était clair qu'elle n'avait nulle part où aller à cette heure tardive et qu'il était hors de question que Joy renvoie dans le froid cette petite gamine aux pieds nus.

4

Aujourd'hui

« On essaie de retrouver la fille que les parents ont hébergée l'an dernier. »

L'esthéticienne vêtue de blanc immaculé s'agenouilla devant les énormes pieds de son client et les guida doucement vers une bassine remplie d'eau tiède parfumée, de pétales de rose flottants et de pierres ovales lisses faites pour ressembler à des galets provenant de torrents de montagne.

« Elle a débarqué chez eux. Un soir, très tard. »

Le client qui avait réservé une pédicure Deluxe Power, « une expérience luxueuse destinée aux cadres débordés », remua les orteils sur les galets et continua à parler, pas trop fort, heureusement. Il avait poliment demandé à l'esthéticienne s'il pouvait passer des coups de fil pendant qu'elle lui faisait sa pédicure. La plupart des gens se mettaient subitement à crier.

« Elle n'a sans doute rien à voir, disait-il. C'est juste qu'on appelle tous les gens que connaissait maman. »

Le portable du client était dans la poche de sa chemise blanche souple décontractée. Le père de l'esthéticienne lui disait que les gens qui portaient des AirPods avaient des têtes d'abrutis. (Son père croyait que son avis comptait encore alors qu'il venait d'avoir cinquante ans, c'en était touchant.) Le client n'avait pas une tête d'abruti. Il était très séduisant.

« C'est juste que c'est bizarre que maman n'ait pas donné de nouvelles depuis aussi longtemps. Normalement, elle me rappelle dans les deux minutes, essoufflée, affolée d'avoir manqué l'appel. »

L'esthéticienne frotta vigoureusement en cercle le talon de son pied droit avec la crème exfoliante aux noyaux d'abricot.

« Je sais, mais ce n'est pas comme si elle avait disparu sans laisser un mot. Elle nous a tous envoyé un texto le jour de la Saint-Valentin. » Il s'interrompit. « Je vais te dire exactement ce qu'elle a écrit. Une seconde. »

Il fit défiler les messages avec le pouce. « Voilà. » Il lut à voix haute. « "Je me DÉCONNECTE un moment ! Je fais le champagne déhanché 21 juste pour mets fins au Canada pédestre ! Saute mou ! Bisous, maman." Émoji cœur. Émoji papillon. Émoji fleur. Émoji sourire. "Déconnecte" est en majuscules. »

La mère de l'esthéticienne utilisait aussi beaucoup d'émojis. Les mères adoraient les émojis. Elle se demanda ce que voulait dire cette histoire de « champagne déhanché ».

« Ça veut juste dire qu'elle l'a écrit sans ses lunettes, dit le client à son interlocuteur, qui devait se poser la même question. Ses textos sont toujours bourrés d'expressions complètement farfelues. »

L'esthéticienne essaya de lui masser le muscle du mollet. Elle avait l'impression de masser un bloc de granit. Il devait courir.

« Ouais, dit-il. Je vais aller parler à papa pour voir s'il peut m'en dire plus, si tant est qu'il veuille bien me dire quoi ce soit. »

Sur ce, son pied fut pris d'une violente contraction et les orteils s'écartèrent de façon anormale.

« Une crampe ! » cria-t-il. L'esthéticienne détourna la tête juste à temps.

5

Septembre dernier

Joy referma la porte de leur chambre avec un petit déclic penaud, comme si Savannah allait l'entendre et se dire qu'ils ne la fermaient que parce qu'elle était là. Depuis qu'ils étaient mariés, ils avaient toujours dormi la porte grande ouverte pour permettre aux petits enfants angoissés de se ruer dans leur lit quand ils avaient fait un cauchemar, entendre les adolescents rentrer en fracassant tout sur leur passage, ivres mais Dieu merci en vie, se dépêcher de prodiguer des médicaments, des conseils ou du réconfort, se lever d'un bond chaque matin pour plonger directement dans la frénésie de leur vie trépidante et pleine de responsabilités.

Avant, lorsqu'ils fermaient la porte, c'était le signe que l'un ou l'autre se disait que ce serait peut-être bien de faire l'amour. Aujourd'hui, c'était le signe qu'ils avaient une invitée.

Une invitée surprise, en l'occurrence.

Elle espérait que Savannah était bien au chaud dans l'ancienne chambre d'Amy, vêtue d'un vieux pyjama de sa fille. Amy, leur aînée, leur « électron libre », comme l'appelait Joy, leur « enfant à problèmes », comme disait Stan, aurait quarante ans l'année suivante et ne vivait plus sous leur toit depuis vingt ans, mais elle se servait toujours de son ancienne chambre comme d'un garde-meubles car elle changeait trop souvent d'adresse pour pouvoir déménager toutes ses affaires. Il fallait reconnaître que c'était un comportement étrange pour une femme de près de quarante ans, et à un moment, Joy et Stan avaient envisagé de sévir, d'autant que leurs amis les y encourageaient, comme s'ils pouvaient métamorphoser Amy en une personne normale par leur seule volonté. Amy était comme elle était et pour le moment, elle avait un emploi et un numéro de téléphone, ses ongles étaient généralement propres et ses cheveux (bien que colorés actuellement en bleu) ne semblaient pas infestés de poux, Joy ne lui en demandait pas plus, même si elle aurait aimé qu'elle se peigne de temps en temps.

« Elle est couchée ? » demanda Stan en sortant de la salle de bains, en caleçon et tee-shirt blanc à col V laissant apparaître des touffes de poils blancs. C'était encore un homme grand, musclé, imposant, mais quand Joy le voyait en pyjama, il lui semblait toujours vulnérable.

« Je crois, oui, répondit-elle. Elle avait l'air d'avoir sommeil après son bain. »

Elle avait insisté auprès de Savannah pour lui faire couler un bain. Les robinets lui avaient donné du mal. Elle avait ajouté du bain moussant parfumé à la pêche qu'on lui avait offert pour la fête des mères et préparé deux des serviettes d'invités les plus moelleuses. Elle avait été ravie de voir Savannah sortir de la salle de bains en bâillant, les joues roses, les pointes des cheveux mouillées, le peignoir d'Amy traînant par terre.

Joy perçut dans sa voix une rondeur satisfaite. C'était la satisfaction primaire d'avoir nourri et lavé un enfant affamé, fatigué et docile, avant de le mettre au lit une fois propre et en pyjama.

« Le peignoir d'Amy était tellement long… » Joy s'interrompit. C'était quoi, ça ? Elle resta bouche bée.

« Non mais je rêve, dit-elle. Tu n'as pas fait ça ! »

Un tas d'objets hétéroclites étaient empilés en vrac sur leur commode : l'ancien ordinateur portable de Stan qui ne fonctionnait plus, elle était en sûre, son propre iPad auquel elle ne touchait jamais, leur ordinateur de bureau, écran compris, leur télévision vieille de dix ans, une calculatrice et un pot de pièces de vingt cents qui ne contenait guère plus de dix dollars, et encore.

« Je préfère être prudent, c'est tout, se défendit Stan. On ne sait rien d'elle. Elle peut nous dévaliser cette nuit et on aurait l'air de quoi, demain matin, en appelant la police ? "Oui, lieutenant, c'est ça, on lui a préparé à dîner, on lui a fait couler un bain moussant, on l'a mise au lit, et devinez quoi, ce matin, au réveil, on s'est aperçus que tous nos biens avaient disparu."

– Je n'en reviens pas, tu as fait en douce le tour de la maison pour tout débrancher. » Elle passa les doigts sur l'enchevêtrement de câbles électriques poussiéreux qui pendaient de la commode.

Incroyable, il avait même pris sa chère plastifieuse, que Troy lui avait offerte à Noël, l'an dernier, suscitant chez son père une véritable obsession qui le poussait à plastifier tout ce qui lui tombait sous la main : le mode d'emploi de la télécommande de la télé (certes utile), l'article du journal local parlant de la vente du Delaneys, des citations inspirantes sur le sport qu'il avait trouvées sur Internet et imprimées pour ne pas les oublier. S'il pouvait, il la plastifierait, elle.

« Attends, c'est le lecteur de DVD ? Enfin, Stan, elle ne prendrait pas le lecteur de DVD. Plus personne ne se sert d'un lecteur de DVD.

– Nous si, dit Stan.

– Les jeunes de son âge ne regardent pas de DVD, dit Joy. Ils regardent tout en streaming.

– Tu ne sais même pas ce que c'est, le streaming.

– Bien sûr que si. » Joy alla dans la salle de bains pour se brosser les dents. « C'est regarder Netflix à la télé. C'est bien ça, le streaming, non ? »

Il n'allait tout de même pas prétendre qu'il en savait plus qu'elle en matière de high-tech. Il n'avait pas de portable, autant par principe que par un orgueil entêté. Il était ravi de voir la stupeur des gens quand ils apprenaient qu'il n'en avait jamais eu et n'avait aucune intention d'en avoir. Il était convaincu que ça lui donnait une supériorité morale, ce qui franchement était un comble. Ça la rendait folle. À l'entendre parler de sa « position » sur les téléphones portables, c'était à croire qu'il était le seul dans une foule à ne pas faire le salut nazi.

Avant qu'ils ne partent en retraite, il avait dit à tout le monde, « Je n'ai pas besoin de portable, je suis prof de tennis, pas chirurgien. Il n'y a pas d'urgences, au tennis. » Mais des urgences, au tennis, il y en avait, et combien de fois, toutes ces années, elle avait été furieuse de ne pas pouvoir le joindre et s'était retrouvée dans une situation délicate qui aurait été résolue sur-le-champ s'il avait eu un portable. Et ses grands principes ne l'empêchaient pas de l'appeler allègrement sur son portable du téléphone de la maison alors qu'elle était en train de faire les courses, pour lui demander si elle en avait pour longtemps, ou si elle pouvait lui racheter des crackers au piment, mais quand Stan n'était pas là, il n'était pas là, ce qui la mettait dans un tel état de rage quand elle y pensait trop qu'elle préférait ne pas y penser.

Ne pas céder à la rage, tel était le secret du bonheur conjugal.

Elle mit son plus beau pyjama en l'honneur de l'invitée et sauta dans le lit à côté de Stan. Le moindre de ses gestes lui paraissait théâtral, comme si elle était observée. Ils restèrent un moment sans rien dire, couchés sur le dos, la couette glissée sous les coudes, comme des enfants sages attendant qu'on leur raconte une histoire. Le plafonnier était éteint, leurs lampes allumées. Sur la table de chevet de Joy, il y avait une photo de mariage encadrée. La plupart du temps, elle ne la voyait même plus, comme si elle faisait simplement partie du décor, mais parfois, en l'apercevant, elle revivait subitement le moment exact où la photo avait été prise : l'encolure en dentelle de sa robe qui la grattait, la main de Stan, insistante, placée avec indécence au bas de ses reins, l'insouciante certitude que ce bonheur fou lui serait à jamais accessible, car elle avait conquis le garçon, le garçon à la belle voix grave et au service extraordinaire, et qu'ensuite viendraient les trophées, les enfants, les pique-niques et les restaurants chics dans les grandes occasions, peut-être même un chien. À cette époque, tout était vibrant d'érotisme : le tennis, l'entraînement, la nourriture et jusqu'aux nuages dans le ciel.

Pendant des années, elle était restée perplexe quand les gens disaient qu'ils savaient exactement quel jour leur bébé avait été conçu. Comment auraient-ils pu savoir ? Avec une adorable candeur, elle croyait béatement que tous les couples faisaient l'amour tous les jours.

Elle savait exactement quel jour avait été conçue sa petite dernière.

À ce moment-là, elle avait fini par comprendre.

Joy attendit que Stan prenne son livre, allume la radio ou éteigne la lumière, mais comme il n'en faisait rien, elle se dit qu'il était d'humeur à bavarder.

« Heureusement que j'avais le reste de fricassée de poulet à lui donner. Elle avait l'air affamée. »

Savannah avait dévoré comme une réfugiée de guerre. Au milieu du repas, elle s'était mise à pleurer à gros sanglots, mais elle avait continué à manger alors même que les larmes ruisselaient sur son visage. C'était une scène déroutante et bouleversante. Ensuite, elle avait avalé non pas une mais deux bananes !

« La fricassée n'était pas particulièrement réussie. Elle manquait un peu… de goût, je crois. » Joy faisait toujours trop cuire le poulet. Elle avait une peur bleue de la salmonelle. « Il en reste encore assez pour le petit déjeuner de Steffi demain matin. »

Joy préférait ne pas offenser Steffi en lui donnant de la nourriture pour chien car elle n'avait pas l'air de se rendre compte qu'elle était une chienne. Tous les matins, après le petit déjeuner, Steffi lui parlait en produisant de longs gémissements étranges, qui n'étaient autres que de pitoyables efforts pour parler, elle en était sûre. La seule fois où ils l'avaient emmenée dans un parc canin, Steffi était si atterrée qu'elle était restée à leurs pieds, avec un air de dédain, comme une femme du monde égarée chez McDonald's.

Stan retapa son oreiller et le mit derrière sa tête. « Steffi préférerait le *Sydney Morning Herald* pour le petit déjeuner.

– Elle me fait penser à la petite fille aux allumettes, dit Joy d'un ton songeur.

– Steffi ?

– Non, Savannah. »

Au bout d'un moment, Stan demanda : « C'est qui déjà, la petite fille aux allumettes ? Pourquoi ce surnom ? Elle a joué dans un tournoi ? Elle a gagné ? »

Joy s'esclaffa. « C'est un conte de fées qui raconte l'histoire d'une petite fille qui essaie de vendre des allumettes par une nuit glaciale. Ma mère me le lisait souvent. Je crois qu'à la fin, la petite fille meurt de froid.

– Ça ne m'étonne pas de ta mère d'avoir choisi un conte macabre.

– J'adorais cette histoire », dit Joy.

Stan prit ses lunettes et son livre. Ce n'était pas un grand lecteur, mais il essayait de lire le roman qu'Amy lui avait offert à Noël, car elle n'arrêtait pas de lui demander ce qu'il en avait pensé. Stan avait confié à Joy qu'il était constamment obligé de reprendre depuis le début car il n'y comprenait rien.

« C'est horrible de se dire que son petit copain l'a frappée comme ça, dit Joy. Horrible. Tu imagines, si c'était une de nos filles ? »

Il ne répondit pas et elle s'en voulut de lui avoir suggéré d'imaginer une de ses filles dans une situation pareille. Quand il avait quatorze ans, Stan avait vu son père envoyer sa mère valdinguer à travers la pièce avec une telle violence qu'elle avait été assommée. C'était apparemment la seule et unique fois où c'était arrivé, mais la scène avait dû être traumatisante pour l'adolescent qu'il était. Stan refusait de parler de son père. Quand les enfants l'interrogeaient sur leur grand-père, il répondait : « J'ai oublié. » Ils avaient fini par renoncer.

« Nos filles sont sportives, dit-il, et elles ont grandi avec des frères. Elles n'auraient jamais supporté.

– À mon avis, ce n'est pas aussi simple que ça, dit Joy. Au début ce n'est rien. On supporte des petites choses quand on est en couple et puis... peu à peu, ça s'aggrave. »

Il ne répondit pas et ses paroles restèrent en suspens au-dessus de leur lit. *On supporte des petites choses et puis... peu à peu, ça s'aggrave.*

« Comme la grenouille qui meurt à petit feu, dit Stan.

– Quoi ? » Joy se rendit compte que sa voix était légèrement stridente.

Stan avait le regard baissé sur son livre. Il tourna une page dans le mauvais sens et l'espace d'un instant, elle crut qu'il ne lui répondrait pas, puis sans quitter le livre des yeux, il dit : « Mais si, tu connais la théorie : si on plonge une grenouille dans de l'eau tiède qu'on fait chauffer lentement, elle ne s'échappe pas parce qu'elle ne se rend pas compte qu'elle est en train de mourir à petit feu.

– Je suis sûre que c'est une légende urbaine. Je vais vérifier sur Google. » Elle prit son téléphone et ses lunettes.

« Cherche en silence, dit Stan. J'ai besoin de me concentrer. Ce type vient de passer trois pages à bavasser sur le souvenir qu'il garde d'un sourire.

– Tu n'as qu'à me le passer, dit Joy. Je te ferai un résumé et te dirai en gros de quoi ça parle.

– C'est de la triche.

– Ce n'est pas un test », soupira Joy, mais de toute évidence, Stan y voyait bel et bien un test auquel le soumettait Amy pour lui prouver son amour. Des preuves d'amour, Amy leur en avait demandé beaucoup au fil des années.

Joy ne prit pas la peine de chercher sur Google ce qu'il advenait de la pauvre grenouille ébouillantée. Elle parcourut ses textos et songea à envoyer un message à l'un des enfants ou tous, pour les prévenir qu'une jeune vagabonde avait débarqué chez eux, mais elle avait le vague sentiment que cette nouvelle risquait de susciter leur désapprobation ou leur consternation. Depuis que Joy et Stan avaient vendu l'école de tennis, les enfants leur donnaient de plus en plus de conseils sur la façon dont ils devaient mener leur vie. Ils leur suggéraient des voyages organisés, des villages seniors, des croisières, des multivitamines et des sudokus. Joy tolérait cette ingérence sans jamais mentionner l'absence notable de petits-enfants dans sa vie.

Il y avait un texto de Caro envoyé un peu plus tôt dans la soirée. *Tu as fait tes devoirs ?* Elle parlait des devoirs pour l'atelier d'écriture de mémoires. Ils étaient censés faire un « petit topo » résumant l'histoire de leur vie en quelques paragraphes. Elle était obligée de le faire, même si elle n'avait pas l'intention de poursuivre l'atelier. Elle ne voulait pas blesser leur bouillonnante petite professeure tout feu tout flamme.

Inutile de répondre tout de suite à Caro ; elle devait dormir. Savannah ne serait jamais allée se réfugier chez Caro qui éteignait religieusement les feux à neuf heures tous les soirs.

À la place, Joy cliqua sur un article dont son portable jugeait qu'il pouvait « l'intéresser » : *Quarante tendres moments de complicité père et fils entre le prince William et le prince George.*

Elle en était au septième tendre moment de complicité entre le prince William et le prince George quand Stan laissa tomber sa lecture en poussant un gros soupir et prit l'iPad que Troy lui avait offert pour son anniversaire quelques années auparavant. Tout le monde pensait que Stan ne s'en servirait pas par principe, car il n'y avait guère de différence entre un iPad et un iPhone, non ? Mais apparemment si. Stan aimait l'iPad autant que sa plastifieuse. Il lisait les informations sur l'iPad tous les jours parce qu'il pouvait agrandir les caractères, ce qu'il ne pouvait pas faire avec un journal. Troy était excessivement fier du succès de l'iPad. Il était essentiel pour lui de remporter la palme du meilleur cadeau.

Joy jeta un œil par-dessus l'épaule de Stan pour voir ce qu'il lisait et consulta le même site d'informations sur son portable pour être sûre d'avoir lu les mêmes articles que lui, afin de pouvoir le contredire si jamais il lui prenait l'envie de la reprendre sur tel ou tel sujet.

« Tu peux arrêter avec ton paternalisme, papa, lui avait dit un jour Amy alors qu'ils dînaient en famille.

– Son stanlanisme, tu veux dire », avait dit Joy, soulevant des rires.

Soudain, son pouce s'arrêta.

Cette combinaison de lettres était si familière qu'elle lui sauta aux yeux comme si c'était son propre nom : *Harry Haddad.*

Elle attendit. Ça lui parut interminable.

Elle se demanda s'il allait passer à côté. Puis au bout d'un moment, il se figea. « Tu as vu ? » Il brandit l'iPad. « Pour Harry ?

– Oui », répondit Joy. Elle veilla à garder un ton détaché. Il était capital de faire comme si le sujet du plus célèbre de leurs anciens élèves, Harry Haddad, n'était aucunement douloureux, et qu'elle n'essayait pas de l'éviter et encore moins d'offrir du réconfort ou de la compassion. « Je viens de voir.

– Je savais, dit Stan. Je savais que ça arriverait. Je savais qu'il n'était pas fini.

– Ah oui ? » Si c'était vrai, ce dont Joy doutait, il n'en avait jamais parlé, mais elle s'abstint de le lui dire. « Mmm. Eh bien. Ça promet d'être… intéressant. »

Elle attendit un moment puis reposa son portable retourné sur la table de chevet, à côté de son casque. La coque métallique pailletée, également offerte par Troy, scintillait sous la lampe comme une boule disco.

Elle poussa un bâillement. Au début, il était feint, puis ce fut plus fort qu'elle. Elle s'étira. Stan éteignit son iPad et ôta ses lunettes.

« Je me demande à quelle heure Savannah va se réveiller », dit-elle, éteignant sa lumière et se tournant de son côté. Heureusement que cette pauvre petite avait choisi de frapper à leur porte et encore plus ce soir. Ça leur éviterait de penser à ce maudit Harry Haddad. « À ton avis, elle est plutôt du matin ? »

Stan ne répondit pas. Il posa son iPad, éteignit sa lampe et se tourna de son côté en tirant la couette vers lui comme d'habitude. Et comme d'habitude, elle la lui reprit d'un coup sec. La chaleur de son dos contre le sien était réconfortante, mais elle le sentait soudain tendu.

Finalement, il répondit. « Je ne sais pas si elle est du matin ou pas, Joy. »

*

Au bout du couloir, leur invitée surprise était couchée sur le dos dans le petit lit, réveillée, les yeux secs et le regard fixe dans l'obscurité, les mains croisées sur la couette bien tirée comme une morte ou une petite fille sage, la porte grande ouverte comme pour montrer qu'elle n'avait rien à cacher.

6

Aujourd'hui

Barb épousseta d'un air sombre la photo encadrée de Joy et Stan Delaney le jour du mariage en se disant qu'ils formaient alors un bien beau couple. La robe de Joy avait un col montant et des manches bouffantes. Stan, lui, portait une chemise à ruché avec un col pelle à tarte et un pantalon à pattes d'éléphant violet.

Barb avait assisté au mariage. Il y avait eu une grande fiesta. Certains invités trouvaient que le couple était mal assorti : Stan, le géant aux cheveux longs avec ses manières de rustre, et Joy, la petite princesse blonde, mais Barb se disait qu'ils devaient être jaloux de leur alchimie sexuelle si évidente qu'elle en était presque indécente – même si personne n'aurait parlé d'alchimie, car elle était sûre que le mot avait été inventé par les créateurs du *Bachelor*.

Barb avait épousé Darrin l'année d'après et elle ne gardait pas le souvenir d'une alchimie particulière, tout juste de conversations sérieuses sur leurs objectifs d'épargne. Quand Darrin avait succombé à une attaque dix ans auparavant, Barb avait commencé à faire des ménages pour arrondir ses fins de mois. Généralement, elle ne faisait le ménage que chez des amis, des gens de sa génération qu'elle connaissait, comme Joy. La fille de Barb trouvait ça bizarre. *Ça ne te gêne pas, maman ?* Ça ne la gênait pas du tout. Et pourquoi ça la gênerait ? Barb préférait faire le ménage chez ses amies et les amies de ses amies, des femmes qui n'avaient jamais eu de femme de ménage et que ce luxe mettait dans un tel embarras qu'elles aimaient bien travailler à côté en bavardant avec elle, ce qui était d'autant plus appréciable que Barb ne voyait pas le temps passer.

Mais aujourd'hui, Joy n'était pas là et le temps lui semblait long. « Elle est absente », avait dit Stan.

Sans Joy pour s'occuper de lui, il avait une mine épouvantable. Il était probablement incapable de se faire cuire un œuf. Son menton était hérissé d'une barbe de plusieurs jours d'un blanc neigeux et il avait deux longues griffures qui lui barraient le côté du visage comme une voie ferrée.

« Absente ? » Joy ne partait jamais. Où aurait-elle pu aller ? « Quand est-ce qu'elle est partie ? »

Le jour de la Saint-Valentin, d'après Stan. Il y avait de cela huit jours.

« Elle ne m'a pas dit qu'elle partait, avait dit Barb.

– Elle a décidé à la dernière minute », avait répondu Stan d'un ton laconique, comme si Joy avait l'habitude de prendre des décisions à la dernière minute.

Bizarre.

Barb reposa la photo encadrée avec un soupir de regret, brancha l'aspirateur et essaya de se rappeler si elle était censée le passer sous le lit ce jour-là. Quand l'avait-elle passé pour la dernière fois ? Joy veillait à ce qu'elles poussent le lit au moins une fois par mois pour nettoyer à fond.

Elle se mit à quatre pattes et regarda sous le lit. Il n'y avait pas beaucoup de poussière. Elle attendrait que Joy soit revenue. Elle s'apprêtait à se relever quand son œil fut attiré par quelque chose. Un éclat.

Elle se mit à plat ventre et tendit le bout des doigts. Elle avait de l'allonge, comme le lui disait Joy quand elle participait aux compétitions féminines de tennis du soir.

Elle tira l'objet vers elle. C'était le portable de Joy. Elle le reconnut aussitôt à sa coque scintillante comme les sacs de soirée qu'elles adoraient toutes dans les années soixante-dix.

Elle se releva et s'assit sur le lit de Joy et Stan, légèrement essoufflée par l'effort. Le téléphone était déchargé.

Joy était donc partie sans son portable ? Une sourde angoisse s'empara d'elle.

Elle entra dans la cuisine, où Stan était assis à la table avec son fils Troy. Ils ne parlaient pas. On aurait dit deux inconnus obligés de partager une table dans une cafétéria, bien qu'il n'y ait ni tasse de thé ni rien à manger devant eux.

Lorsqu'elle vit dans les mains de Troy le casque auquel Joy était si attachée, elle se sentit curieusement mal à l'aise. C'était gênant, comme s'il tenait un objet intime de sa mère : une perruque ou un dentier.

« Coucou Barb, lança gaiement Troy. Ça fait une éternité que je ne vous avais pas vue. Très jolie, votre nouvelle coupe de cheveux. Comment va…

– J'ai trouvé le portable de ta mère. » Elle le brandit. Le sourire de Troy s'effaça aussi vite que si elle l'avait giflé. Il regarda aussitôt son père.

Stan ne dit rien. Pas un mot. Il n'avait pas même l'air étonné. Il se contenta de se lever et de tendre la main pour prendre le portable.

« Je dois dire que la réaction de Stan m'a paru très bizarre », devait-elle dire aux gens par la suite. Puis elle s'interrompait, laissait ses joues s'affaisser sous le terrible poids de ce qu'elle savait. « Pour ne pas dire louche. »

7

« Troy vient d'appeler pour dire que Barb a trouvé le portable de maman sous le lit », entendit la patiente qui attendait dans le cabinet de la kiné en lisant un magazine de santé et bien-être. C'était sa troisième séance de rééducation après l'opération qu'elle avait subie à la suite d'une rupture du ligament croisé – une mauvaise chute pendant son jogging. Quand elle était arrivée, un quart d'heures plus tôt, la patiente n'avait pas appuyé sur la sonnette de l'accueil, au cas où Brooke – la kiné, elle était très gentille, très attentionnée, calme – recevait un autre patient.

Lors de la première consultation, les migraines harassantes dont elles souffraient toutes les deux les avaient rapprochées.

Brooke Delaney lui avait confié qu'elle avait décidé de devenir kinésithérapeute après en avoir consulté un quand elle était petite. « Il a dit qu'il pourrait peut-être soulager mes migraines si elles étaient dues à des tensions dans la nuque, lui avait-elle raconté. Finalement, ma nuque n'était pas en cause, mais j'ai eu l'impression que c'était une des rares personnes du corps médical qui m'ait prise au sérieux. Il y a tellement de gens qui croient qu'on exagère la douleur. Surtout quand on est une petite fille, vous voyez ce que je veux dire ? »

La patiente voyait tout à fait.

Elle tourna la page de son magazine en essayant de ne pas écouter ce qui était manifestement une conversation privée.

« Ça explique que maman ne réponde pas au téléphone. » Brooke parlait d'une voix plus relâchée, plus forte et peut-être plus jeune aussi que le ton mélodieux et apaisant qu'elle employait pour s'adresser à ses patients. « On se dit que c'est peut-être plus sérieux qu'on le croyait. »

Seigneur. La patiente referma son magazine. Elle regrettait de ne pas avoir appuyé sur la sonnette.

« Je sais. Quand on se déconnecte, on se déconnecte, mais ça ne lui ressemble pas d'avoir laissé son téléphone. »

Un silence.

« Oui, mais tu as dit que la dernière fois que vous avez parlé, maman et toi, vous vous étiez disputés ? »

Un silence.

« Oui. Oui, je sais, papa, mais je me demandais juste… je me demandais… vous vous êtes disputés *violemment* ? »

Le dernier mot fut parcouru d'une onde d'émotion sismique.

La patiente se leva. Elle laissa tomber le magazine dans le panier. Cette conversation téléphonique devait rester confidentielle.

Tout le monde avait des secrets. En réalité, elle ne faisait pas de jogging quand elle s'était déchiré le ligament. Elle n'avait jamais fait de jogging de sa vie. Elle était tombée d'un taxi après avoir bu deux coupes de champagne et trois espresso martini au déjeuner d'anniversaire d'une amie qui fêtait ses cinquante ans.

Elle soupçonnait Brooke Delaney d'avoir deviné qu'elle ne faisait pas de jogging et lui savait gré de ne pas avoir insisté. Elle n'avait pas besoin de connaître les secrets de famille de sa charmante kinésithérapeute, si terribles soient-ils.

8

Septembre dernier

Le lundi matin, Brooke Delaney se rendit au cabinet en voiture, la matinale de la radio en sourdine, les pare-soleil baissés. De temps en temps, elle poussait un petit gémissement. À qui s'adressait-il, elle l'ignorait. À elle, sans doute. Malgré ses lunettes polarisées, le soleil qui pénétrait à flots par les vitres fumées de la voiture l'offensait vaguement, comme une insulte anodine de la part d'un inconnu.

Elle s'arrêta à un passage piéton pour laisser passer une écolière. La petite fille la remercia d'un signe à la manière d'une adulte et se dépêcha de traverser avec gratitude. Les pieds plats. L'enfant lui brisa le cœur. *Tout va bien*, se dit Brooke les larmes aux yeux, et elle accéléra. Tu te sens bizarre, fragile, au bord des larmes, détachée de la réalité, mais tout va bien.

Elle se toucha le front. Un mal de tête diffus, souvenir de la douleur et non la douleur elle-même.

La migraine l'avait brutalement frappée à l'œil droit, tôt, samedi matin. Elle s'y était préparée. Elle savait que cette saloperie n'allait pas tarder et avait annulé tous ses projets par précaution. Elle avait passé le week-end dans sa chambre, les stores baissés, un linge froid sur le front. Seule à seule avec sa migraine.

C'était sa première migraine depuis que Grant était parti six semaines auparavant. Elle n'avait personne pour lui apporter une poche de glace ou un verre d'eau fraîche, personne pour prendre de ses nouvelles, se soucier d'elle ou poser une main ferme sur son front. Mais elle l'avait surmontée toute seule. Une migraine n'était tout de même pas un accouchement. Quoique, elle avait lu une étude montrant que les femmes qui avaient connu les deux estimaient que la douleur de la migraine était la plus forte, ce qui lui mettait curieusement du baume au cœur.

Elle se souvenait que son amie Ines lui avait confié qu'après son divorce, elle avait monté un bureau en kit d'IKEA toute seule en écoutant *I Am Woman* d'Helen Reddy mais qu'après, elle ne rêvait que d'une chose : appeler son ex pour le lui raconter.

Brooke éprouvait la même envie d'appeler Grant pour lui dire qu'elle avait surmonté une migraine toute seule. C'était pitoyable. Ses migraines ne l'intéressaient plus. Si tant est qu'elles l'aient jamais intéressé.

« Tu es en phase de résolution, ma chérie ? » lui dirait sa mère si elle la voyait ce matin, car elle reconnaissait désormais les symptômes et maniait allègrement le jargon médical grâce à ses podcasts.

Chaque fois, Brooke avait envie de lui répliquer : « Tu n'as pas le droit d'employer le jargon si tu n'as jamais eu la migraine. »

Mais sa mère serait pleine de remords, et cela, Brooke ne le supporterait pas. Joy voulait l'absolution, elle le savait, et si elle n'avait pas l'impression de la lui refuser délibérément, ce n'est pas pour autant qu'elle était prête à la lui accorder.

« En fait, disait Joy, j'étais tellement occupée cette année-là, l'année où les maux de tête ont commencé, enfin, les migraines, quand tes migraines ont commencé, c'était une année très difficile pour la famille, une année désastreuse, notre "annus horribilis", comme dirait la Reine, je ne suis pas sûre de bien prononcer, mon professeur de latin, ce vieux grincheux de Mr O'Brien, aurait su le prononcer, lui, il s'est noyé, le pauvre, à Avoca Beach, il se baignait en dehors de la zone surveillée, apparemment, il a été emporté par le courant, c'est de sa faute, mais tout de même, enfin bref, cette année-là, cette année difficile, il y a eu tout un tas… on a cru qu'on allait perdre le Delaneys et tes deux grands-mères étaient très malades et je ne me rendais pas compte de ce que tu vivais… »

Et Brooke l'interrompait, car tout cela, elle l'avait entendu des centaines de fois, y compris l'histoire du professeur de latin qui s'était noyé.

« Ne t'en fais pas, maman. Tout ça, c'est du passé. »

Sa mère n'avait rien à faire de ses journées. Voilà le problème. Elle devenait un peu zinzin. Elle passait des heures à regarder de vieilles photos, puis elle appelait ses enfants pour leur dire qu'ils étaient tellement mignons quand ils étaient petits et qu'elle était désolée de ne pas l'avoir remarqué à l'époque.

En réalité, Brooke ne se rappelait même pas que sa mère ait été indifférente à ses migraines. Elle ne gardait aucun souvenir de la fois « impardonnable » où Joy l'avait grondée d'avoir la migraine alors qu'ils étaient en retard.

Ce dont elle se souvenait, en revanche, c'était de la douleur extraordinaire, stupéfiante, et de sa fureur de voir que sa mère ne pouvait rien faire. Elle ne comptait pas sur son père ou sur les médecins pour la soulager. Elle comptait sur sa mère.

Brooke faisait face à ses migraines désormais : avec compétence et efficacité, sans aucun ressentiment. Elle guettait les symptômes. Prenait rapidement son traitement. C'était la première en six mois. Elle avait emprisonné un monstre et parfois, le monstre se délivrait de ses chaînes.

« Mardi dernier, Harry Haddad, la star du tennis aujourd'hui retraitée des courts, a révélé qu'il avait l'intention… »

Les paroles du présentateur radio se frayèrent un chemin jusqu'à sa conscience. Elle mit plus fort.

« … de revenir à la compétition l'année prochaine. Le champion triple vainqueur du Grand Chelem a mis un terme à sa carrière il y a quatre ans, après une grave blessure à l'épaule. Il a annoncé la nouvelle sur les réseaux sociaux et posté aujourd'hui une photo

de lui s'entraînant avec sa nouvelle entraîneuse, l'ancienne championne de Wimbledon, Nicole Lenoir-Jourdan. Haddad qui, selon nos informations, doit publier bientôt son autobiographie, espère manifestement achever en beauté l'histoire de son incroyable carrière. »

« Enfin merde, Harry », lâcha Brooke.

Elle changea de station pour manifester sa désapprobation. Il faisait une erreur. Son épaule ne serait jamais plus comme avant et Nicole n'avait pas le profil. Les grands champions ne faisaient pas nécessairement de grands entraîneurs. Nicole Lenoir-Jourdan était une joueuse remarquable et déterminée, mais Brooke la soupçonnait de ne pas avoir suffisamment de patience pour entraîner.

Elle pianota sur le volant en murmurant au feu rouge « Allez, allez ». Son père lui aussi s'impatientait aux feux rouges, comme avec les enfants qui mettaient du temps à enfiler leurs chaussures ou encore devant les scènes d'amour au cinéma, mais quand il donnait des cours, il était d'une patience à toute épreuve.

Brooke le revoyait encore observer un élève en l'étudiant, les yeux plissés pour ne pas être ébloui – il refusait de porter des lunettes de soleil sur le court ; ç'avait été un événement quand il avait autorisé Brooke à en mettre pour essayer, en vain, de lutter contre ses migraines –, puis lui faire signe de venir au filet, le doigt levé, en se demandant : Qu'est-ce que je peux bien dire ou faire pour lui faire piger ? Il ne faisait jamais deux fois le même cours.

Sa mère s'occupait très bien des cours collectifs où elle faisait courir et s'amuser les petits (elle portait d'énormes lunettes de soleil glamour pour donner ses cours, mais jamais quand elle jouait), mais elle n'avait ni la passion ni la patience nécessaires pour les entraînements particuliers. C'était la tête pensante du Delaneys, qui avec son sens des affaires avait lancé la boutique pro, le café, les stages de vacances.

Joy faisait de l'argent et Stan faisait des champions, si ce n'est qu'ils avaient perdu leur plus grande star : Harry Haddad.

Stan aurait pu emmener Haddad bien plus loin encore, même si certains soutenaient qu'il n'aurait jamais dépassé les trois tournois du Grand Chelem. Mais pas son père. Il était convaincu que Harry aurait pu atteindre les mêmes sommets que Federer, qu'il aurait été le premier Australien après des années de disette à remporter l'Open d'Australie, mais ils ne sauraient jamais ce qui aurait pu arriver dans un monde parallèle où Harry serait resté fidèle à son entraîneur de toujours, Stan « the Man » Delaney.

Le feu passa au vert et elle appuya sur l'accélérateur, en pensant à ses pauvres parents et à leur réaction en apprenant la nouvelle. Ils devaient être au courant. Ç'avait été annoncé mardi dernier. S'ils ne l'avaient pas vu aux informations, quelqu'un dans le milieu du tennis avait bien dû le leur dire. C'était bizarre que sa mère n'ait pas appelé pour en parler, lui dire qu'elle se faisait du souci pour son père et se demandait ce que ça lui ferait de revoir Harry sur les courts.

C'était éprouvant de voir son père regarder Harry Haddad jouer à la télévision. Il tremblait à chaque point, en proie à une tension à peine contenue, la tête rentrée dans les épaules, une expression poignante de fierté mêlée de peine sur le visage. Ils éprouvaient tous des sentiments ambivalents à l'égard du plus célèbre élève de l'école. De nombreux joueurs de la Delaneys Tennis Academy avaient eu de bons résultats sur le circuit, mais Harry était le seul à avoir atteint la Terre promise. Le seul à avoir soulevé la coupe d'argent magique : le trophée du championnat du simple messieurs de Wimbledon. Non pas une, mais deux fois.

C'était le père de Brooke qui avait découvert Harry. Le petit n'avait jamais tenu une raquette, mais son père avait gagné une heure de cours particulier à la Delaneys Tennis Academy lors d'une tombola en faveur d'une association caritative et décidé d'en faire profiter son fils de huit ans. La suite, on la connaît, comme disait la mère de Brooke.

Aujourd'hui, Harry était non seulement une icône du sport adulée, mais aussi un philanthrope très en vue. Il avait épousé une belle femme qui lui avait donné trois beaux enfants, dont l'un avait été atteint d'une leucémie, ce qui l'avait poussé à devenir un fervent défenseur de la recherche sur les cancers pédiatriques. Il avait levé des millions. Il sauvait des vies. Comment critiquer un homme comme lui ? C'était impossible.

Si ce n'est que Brooke, elle, pouvait se le permettre, car Harry n'avait pas toujours été un saint. Quand il était jeune, à l'époque où Brooke et ses frères et sœur le connaissaient, c'était un tricheur calculateur et sournois. La tricherie était chez lui une tactique : non seulement pour marquer des points mais pour déstabiliser et pousser ses adversaires à bout. Leur père n'y croyait pas. Il avait toujours eu des œillères à propos de Harry, cela dit, il n'était pas le seul, presque tous les adultes avaient des œillères à son sujet. Ils ne voyaient que son talent prodigieux.

Un jour, alors qu'il jouait contre son frère Troy, quand ils étaient adolescents, Harry n'avait pas cessé d'annoncer faute des balles qui étaient clairement bonnes. Troy avait fini par craquer. Il avait jeté sa raquette, sauté par-dessus le filet et lui avait collé deux coups de poing. Il avait fallu deux adultes pour le séparer de Harry. Troy avait eu interdiction de jouer pendant six mois, ce qui n'était pas cher payé, d'après leur père, qui avait mis du temps à lui pardonner de lui avoir fait honte ainsi.

Et puis, deux ans plus tard, Harry Haddad avait trahi Stan Delaney en changeant d'entraîneur après avoir remporté le simple juniors garçons de l'Open d'Australie. Le père de Brooke avait été pris de court. Il pensait, à juste titre, qu'il suivrait Harry jusqu'au bout. Il l'aimait comme un fils. Peut-être plus que ses propres fils, car Harry ne remettait jamais en cause un exercice, ne se rebellait jamais, ne soupirait jamais, ne levait jamais les yeux au ciel, ne traînait jamais les pieds en entrant sur le terrain.

La décision de lâcher le Delaneys avait soi-disant été prise non par Harry, mais par son père. Le photogénique et charismatique Elias Haddad était son manager et assistait à chaque match dans la loge du joueur en compagnie d'une ravissante nouvelle conquête. Brooke et ses frères et sœur n'avaient jamais cru que Harry était étranger à la décision de lâcher leur père, malgré la carte touchante qu'il lui avait envoyée ou la fausse sincérité avec laquelle il évoquait dans les portraits flatteurs des magazines sa reconnaissance envers son tout premier entraîneur. Son père n'avait plus jamais été aussi proche d'un joueur. Ses élèves l'adoraient et il leur était entièrement dévoué, mais il se protégeait émotionnellement. C'était en tout cas la théorie de Brooke.

Brooke entra dans le parking animé du Piazza, comme avait été rebaptisé le centre commercial local depuis sa récente rénovation. Tout le monde se moquait de sa thématique « village perché de Toscane », mais Brooke s'en fichait. Le nouveau traiteur italien était délicieux, le café était décoré de jolies photos de Toscane, les fleurs artificielles qui ornaient les paniers suspendus faisaient presque illusion si on ne regardait pas de trop près, et contrairement aux vrais, on ne se prenait pas les talons dans les faux pavés.

« Quoique, une cheville tordue de temps à autre, ça serait bon pour vos affaires, pas vrai Brooke ? » avait lancé avec un clin d'œil complice le député local le jour de l'inauguration, le mois dernier, après avoir coupé le ruban avec d'énormes ciseaux. Le député faisait partie de ces hommes qui donnent une connotation vaguement sexuelle à tout ce qu'ils disent.

Si cette séparation provisoire se poursuivait sur sa lancée et allait jusqu'au divorce, ce qui semblait bien parti, Brooke devrait sortir avec des hommes. Elle devrait mettre du rouge à lèvres et supporter des connotations vaguement sexuelles devant un café.

Elle se gara sur sa place de parking préférée, coupa le contact et regarda sa main gauche sur le volant, nue. Son alliance et sa bague de fiançailles n'avaient laissé aucune marque. Elle ne les portait jamais au cabinet de toute façon et oubliait souvent de les mettre le week-end, ce qui avait peut-être un rapport, mais sans doute pas. Elle cherchait des signes qu'elle aurait ratés.

Le cabinet de kinésithérapie Delaney était installé dans un

bureau de deux pièces en location, entre le café et le magasin de fruits et légumes. La précédente locataire était une cartomancienne qui tirait le tarot, dont les clients venaient encore parfois dans l'espoir d'un « tirage urgent ». La semaine dernière, un homme en chemise à motifs cachemire et pantalon moulant lui avait dit : « Bon, tant qu'à faire, puisque vous ne pouvez pas me tirer les cartes, vous pouvez peut-être jeter un œil à mon genou qui me fait mal. » Elle lui avait prédit une opération dans un avenir plus ou moins proche.

« Brrr ! On ne se croirait pas au printemps ! » dit le présentateur météo.

Brooke ôta un cil de ses yeux en se regardant dans le rétroviseur. Ils étaient rouges et larmoyants. Elle expliquerait aux patients d'aujourd'hui qu'elle avait des allergies. Personne ne veut d'une femme migraineuse.

Ni d'une fille ou d'une sœur migraineuse. Ni même d'une amie migraineuse. Toutes ces annulations ! Brooke se laissa aller à s'apitoyer sur son sort puis coupa court à ses jérémiades.

« *Qui attend avec impatience les dernières semaines de la saison des neiges ?* dit le présentateur météo.

– Moi », répondit Brooke. Le ski de printemps était synonyme de déchirures et d'entorses du ligament du genou, de lésions au dos, de fractures du poignet.

Mon Dieu, faites qu'il y ait des blessures. Juste de quoi remplir les caisses.

Dieu répondit avec la même amertume que sa mère lorsque ses enfants l'appelaient après l'avoir trop longtemps laissée sans nouvelles : Tiens, une revenante !

Laisse tomber, songea Brooke. Elle éteignit la radio, détacha sa ceinture et resta immobile. Son estomac se soulevait. Le lendemain d'une migraine, on pouvait s'attendre à une légère nausée. *Allez hop*, se dit-elle comme si elle était une fillette. *Tu descends.*

Même les bons jours, et pas les lendemains de migraine, elle avait toujours du mal à sortir de la voiture quand elle arrivait dans un endroit où elle avait hâte d'être. C'était un peu étrange, mais ce n'était pas grave. Juste une petite manie. Personne ne s'en apercevait. Enfin, à part Grant lorsqu'ils étaient en retard, mais personne d'autre. Ça datait de l'époque où elle jouait en compétition. En arrivant au tournoi, elle était paralysée par une envie irrésistible de rester dans la chaleur renfermée du cocon de la voiture. Mais elle finissait toujours par sortir. Ce n'était pas grave. Elle n'était pas comme sa sœur.

Rien ne pressait. Elle avait une demi-heure devant elle avant le premier rendez-vous.

Elle enroula les bras autour du volant et regarda un homme bedonnant qui soulevait un carton lourd devant la poste sans plier les genoux. C'est ça, mon gars, fais-toi un bon lumbago.

Quand elle avait signé le bail du cabinet, elle était au courant du projet de rénovation et s'était vu proposer une baisse de loyer conséquente, mais elle n'avait pas prévu que les retards s'accumuleraient et que cela prendrait des mois. Toutes les affaires tournaient au ralenti. La pâtisserie hors de prix avait dû fermer après quarante ans d'activité. Le couple de coiffeurs s'était séparé.

C'était stressant et ce stress, Brooke devait à tout prix le gérer pour éviter les migraines. Les migraineux ne devaient pas créer une entreprise ni se séparer de leur mari, et encore moins simultanément. Ils devaient avancer dans la vie avec précaution, comme s'ils avaient une lésion de la moelle épinière.

Brooke était parvenue de justesse à maintenir à flot son tout jeune cabinet. Il y avait eu une période où elle n'avait pas eu un seul patient pendant vingt-trois jours d'affilée. « Il te faut de l'argent, il te faut de l'argent, il te faut de l'argent », ces mots bourdonnaient en permanence à ses oreilles, tels des acouphènes.

Mais les travaux étaient à présent finis. Les pelleteuses, les camions et les marteaux-piqueurs étaient partis. Le parking était complet tous les jours. Le café qui avait remplacé la pâtisserie était bondé. Les coiffeurs s'étaient remis ensemble et leur carnet de rendez-vous était plein six semaines à l'avance.

« C'est maintenant ou jamais, lui avait dit son comptable. Le prochain trimestre, soit ça passe soit ça casse. »

Son comptable lui rappelait son père. Il la prenait toujours par les épaules en la regardant droit dans les yeux. *Donne-toi à fond, Brooke.*

Elle se donnait à fond. Ne lâchait rien. Faisait de son mieux. Elle écrivait des articles gratuitement pour le journal local, distribuait des prospectus dans les boîtes aux lettres, étudiait ses statistiques Google, contactait des médecins susceptibles de lui adresser des patients, contactait tous ses contacts. Dieu compris.

« Si ça ne marche pas, vous pourrez toujours revenir », lui avait dit son ancien patron quand elle lui avait donné sa démission. Les nouveaux cabinets faisaient souvent faillite. Brooke avait deux amis qui avaient arrêté les frais et décidé de fermer – l'un avec joie, l'autre désolation.

Elle mit la main sur la portière. *Tu descends.*

Elle était en train de l'ouvrir quand son téléphone sonna. Ce devait être pour le cabinet. Ses amis et sa famille n'appelaient jamais avant neuf heures.

Au moment où elle répondait, elle vit le nom qui s'affichait : *Amy*. Trop tard.

« Salut, dit-elle à sa sœur. Je ne peux pas te parler. »

Brooke avait eu un petit copain qui devinait systématiquement au ton de sa voix à qui elle parlait quand elle était au téléphone avec quelqu'un de sa famille. *Amy*, aurait-il articulé s'il l'entendait. « Quand c'est Amy, tu as un ton pompeux et excédé, lui disait-il. On dirait une directrice d'école. »

« Tout va bien ? » dit-elle tout en s'efforçant de ne pas prendre un ton de directrice d'école.

Le problème, c'est qu'elle n'avait pas du tout l'impression d'être la directrice de l'école quand elle parlait à Amy, mais plutôt la petite dernière de la famille, celle qui lui obéissait toujours au doigt et à l'œil, parce qu'Amy était leur chef vénéré et qu'ils étaient tous à ses ordres, y compris les garçons. C'était très bien quand ils étaient enfants et qu'Amy savait mieux que personne trouver des idées de jeu ou dénicher des failles dans les règles édictées par leurs parents, mais maintenant qu'ils étaient adultes, ou du moins que Brooke était adulte, il était hors de question qu'elle accepte des ordres de quelqu'un qui n'avait pas de métier, pas de permis de conduire, pas d'adresse fixe et une santé mentale précaire. Dès qu'elle entendit la voix d'Amy, pourtant, Brooke sentit en elle le réflexe, aussi irrésistible et caractéristique que le réflexe rotulien, de faire plaisir et d'impressionner sa grande sœur, et en tentant vainement de l'empêcher et de le dissimuler, finit par prendre les accents d'une directrice d'école.

« Pourquoi tu réponds, alors, si tu es occupée ? » Amy était essoufflée.

« J'ai décroché par erreur. » Brooke s'appuya contre la portière. « Tu essaies d'attraper le bus, ou quoi ?

– Je viens de courir.

– C'est bien. Tu as fait des étirements avant ? »

Elle connaissait les ischio-jambiers de sa sœur aussi bien que les siens. Pendant ses études, elle avait commencé par se faire la main sur les membres de sa famille. Elle s'était approprié tous leurs problèmes : les ischio-jambiers de sa sœur, les genoux de son père, l'épaule de Logan, les douleurs au mollet de Troy, les lombaires bloquées de sa mère.

« Bien sûr, répondit Amy.

– Menteuse. » Brooke se dirigea vers le café, le téléphone à l'oreille. Elle fut soudain gagnée par un sentiment de compétition aussi irrationnel que féroce car Amy avait couru alors qu'elle-même n'avait pas fait de sport de la semaine à cause de sa migraine. C'était ridicule. Brooke était plus jeune et plus en forme qu'Amy. Mais à la seule idée que sa sœur soit allée courir, elle était prise d'une envie folle de courir aussi, plus vite, plus longtemps.

« Comment va ? » demanda Amy. Brooke entendit un cri de mouette. Elle avait dû courir sur la plage. Merde. C'était typique. Brooke s'inquiétait pour sa trésorerie au beau milieu d'un parking de banlieue, alors qu'Amy courait sur la plage en s'apprêtant sans doute à manger des œufs Bénédicte pour le petit déjeuner.

« Ça va, dit Brooke. Enfin, pas terrible. J'ai eu la migraine ce week-end. »

Une femme sortit du café avec un plateau en carton chargé de cafés et le leva maladroitement pour la saluer. Brooke la salua à son tour. Douleur à la hanche droite. Brooke surveilla sa démarche qui était malheureusement parfaite. Les patients qui faisaient leurs exercices assidûment voyaient leur état s'améliorer et n'avaient plus besoin d'elle.

« Ma pauvre, dit Amy. Grant s'est occupé de toi ?

– Il n'était pas là. Il était parti camper. Dans les Blue Mountains. Avec des vieux copains de… – des vieux copains. » Elle s'obligea à se taire. Apparemment, le secret d'un bon mensonge était de ne pas donner trop de détails inutiles.

« Oh non ! Tu aurais dû appeler. J'aurais pu t'apporter de la soupe ! Mon traiteur chinois fait une soupe poulet-maïs absolument incroyable.

– Ne t'en fais pas. Ça allait. Bon, alors dis-moi, qu'est-ce qu'il y a ? » Brooke mit la clé dans la porte en verre. La vue de son logo sur la porte lui inspirait un mélange de plaisir, de fierté et de peur. Il représentait deux personnages bâton, un homme et une femme, qui brandissaient le nom « Cabinet de kinésithérapie Delaney » comme une banderole. Il avait été créé pour elle par Indira, la petite amie de Logan, et Brooke l'adorait. Elle imaginait quelqu'un le retirer pour le remplacer avec optimisme par le logo de l'entreprise de ses rêves.

« Désolée, dit Amy. Ça ne sera pas long. Tu as des patients, aujourd'hui ?

– Oui », répondit sèchement Brooke.

Elle n'avouerait jamais à Amy ses craintes pour le cabinet. Entre elles, ça ne marchait pas comme ça. Elle tenait absolument à ce que sa grande sœur voie que c'était ainsi qu'on menait sa vie quand on était adulte, et Amy se montrait toujours impressionnée, mais si gratifiante soit-elle, son admiration semblait détachée, comme si les choix parfaitement normaux de Brooke (obtenir un diplôme, se marier, acheter une maison) étaient tout simplement impossibles pour elle.

« Ah, tant mieux, je suis contente pour toi. Écoute, je viens d'apprendre… »

Brooke l'interrompit. « Que Harry avait l'intention de faire son come-back ? Oui, je viens d'apprendre aussi. Je suppose que papa et maman sont au courant, même si je suis étonnée qu'ils n'aient pas encore appelé. Je ne pense pas qu'il aura la mobilité…

– Non, je ne parle pas de Harry. Je parle de la fille. »

Brooke marqua un temps. Quelle fille ? Une autre ancienne élève ?

« Je n'ai pas pu fermer l'œil de la nuit, je n'arrêtais pas d'y penser », poursuivit Amy. Elle parlait de cette voix monocorde exaspérante indiquant qu'elle était susceptible de fondre en larmes, de se mettre à hurler ou de craquer d'une manière ou d'une autre. « Tu l'as rencontrée ? Je ne sais pas, ça me fait un drôle d'effet, pas toi ? Toute cette histoire est tellement… dingue, tu ne trouves pas ? »

Brooke alluma les lumières tout en écoutant sa sœur. Il y avait un comptoir d'accueil et un bureau vide prêt pour le ou la secrétaire qu'elle n'avait pas encore les moyens d'embaucher. Les murs étaient peints d'un Vent du Large encourageant et apaisant. Elle avait passé des heures à choisir entre Vent du Large et Bleu Océan comme si la bonne couleur de mur allait influencer la destinée de ses patients. Elle avait installé de grands miroirs pour qu'ils puissent vérifier leur posture en faisant leurs exercices. L'inconvénient, c'était qu'elle se voyait en permanence. En présence des patients, ça ne la dérangeait pas. C'était uniquement lorsqu'elle était seule qu'elle détestait voir sa tête. Le nouveau matériel loué était là à attendre et lui coûtait cher : un vélo droit, trois medecine balls, des haltères et des élastiques. Des posters encadrés d'athlètes célébrant leur triomphe durement mérité : à genoux, le front au sol, embrassant des médailles en or. Il n'y avait qu'un seul poster de joueur de tennis et c'était le seul où l'athlète ne fêtait pas une victoire. C'était une photo noir et blanc de Martina Navratilova allant chercher un revers à Wimbledon, en extension, le visage grimaçant, les cheveux volant autour de son bandeau. Si Brooke n'avait pas mis de joueur de tennis, cela aurait paru curieux, comme si elle voulait faire passer un message, et ses parents l'auraient remarqué en venant voir le cabinet.

« Sacrée Martina », avait dit son père affectueusement en voyant la photo, comme s'ils se connaissaient depuis longtemps.

« Et si le petit copain débarque chez eux ? Et que ça dégénère ? dit Amy.

– Je ne te suis plus », répondit Brooke. Elle avait la tête ailleurs. Manifestement, elle avait raté un élément essentiel de la conversation.

« Et s'il est armé ?

– Si qui est armé ?

– Le petit copain violent !

– Je ne sais pas de quoi tu parles, Amy. »

Il y eut un silence. Brooke s'assit au bureau de l'accueil et alluma son ordinateur.

« Ah bon. Tu n'es pas au courant ? J'étais persuadée que tu savais. »

L'ordinateur se mit à ronronner.

« Tu sais quoi ? lui rappela-t-elle. J'ai un rendez-vous bientôt. »

Elle regarda les notes affichées à l'écran. « Quarante-huit ans. Pense qu'elle a peut-être un tennis elbow. Tu te rappelles quand Logan croyait qu'il avait un tennis elbow et que papa… » Elle s'interrompit. Il lui arrivait de faire surgir de leur enfance commune un souvenir amusant qui se révélait n'être pas si amusant que ça.

« Brooke, je parle de papa et maman et de leur drôle… d'invitée. »

Brooke sortit du tiroir du haut un clipboard et un questionnaire destiné aux nouveaux patients.

« Ils ont quelqu'un qui séjourne chez eux ? Ils hébergent quelqu'un, tu veux dire ? Dans ton ancienne chambre ? C'est ça le problème ? »

Amy revenait régulièrement habiter chez leurs parents, quand ça n'avait pas marché avec son nouveau boulot, ses nouvelles études ou son nouveau petit copain.

« Je crois en effet qu'elle dort dans ma chambre, oui », répondit lentement Amy. Elle avait une pointe d'amertume et d'agressivité dans la voix. « Mais ça ne me dérange pas. J'ai un logement, tu sais. Ça fait plus de six mois.

– Je sais, dit Brooke. Une maison en colocation, c'est ça ?

– Et un emploi. La semaine dernière, j'ai travaillé plus de quarante heures.

– Waouh », fit Brooke en s'efforçant de ne pas paraître condescendante. Amy avait travaillé toute une semaine. Elle méritait un trophée. « Excuse-moi. J'ai été accaparée par le cabinet. » *Et ma séparation « provisoire ».*

Où est-ce qu'Amy travaillait, déjà ? Dans un supermarché ? Ou attends, un cinéma ? Non. Elle était goûteuse, c'est ça ? Exact. Ils avaient eu droit au récit détaillé de l'entretien d'embauche. « C'était comme un examen, avait dit Amy. Hyper stressant. » Elle avait dû disposer dix gobelets de liquide du moins salé au plus salé et dix autres gobelets du moins sucré au plus sucré. On lui avait donné de petits pots contenant un morceau de coton, et elle avait dû identifier leur odeur. Elle avait deviné le basilic et la menthe, mais pas le persil. Qui aurait cru que le persil avait une odeur ? La dernière épreuve consistait à décrire une pomme en un paragraphe à quelqu'un qui n'en avait jamais mangé.

« Je crois que je serais incapable de décrire une pomme », avait lancé Brooke négligemment, ce à quoi sa mère lui avait répondu gaiement : « Dans ce cas, tu n'aurais pas été embauchée ! »

Et Brooke, qui avait fait quatre ans d'études et deux ans de stage, eut soudain l'impression de ne pas être à la hauteur parce qu'elle était incapable de décrire une pomme.

« Sérieux, tu n'as jamais entendu parler de la fille qui habite chez papa et maman ?

– Non, répondit Brooke. C'est qui ? » Elle percevait dans sa voix les accents pompeux de la directrice. Franchement, quel cinéma. Pourquoi faire autant d'histoires pour une invitée ? Ses parents connaissaient tout un tas de gens. Ce devait être une ancienne élève. Beaucoup d'entre eux étaient restés en contact. Quand ils étaient jeunes, les frères et sœurs avaient des sentiments ambivalents à l'égard des élèves de l'école de tennis. C'étaient les autres enfants de leurs parents, des enfants avec de meilleures manières, un meilleur revers, une meilleure attitude. Mais ce n'était plus de leur âge. Aujourd'hui, ils en riaient, taquinaient leurs parents à ce sujet et se charriaient entre eux. Ça ressemblait tellement à Amy d'en faire soudain tout un plat.

« Elle s'appelle Savannah, dit Amy d'un ton sombre.

– OK, répondit distraitement Brooke. Elle est sur le circuit ?

– C'est personne, Brooke ! Juste une vagabonde qui a débarqué chez eux. »

La main de Brooke retomba à plat sur le clavier.

« Ils ne la connaissent pas ?

– C'est une inconnue, je te dis. »

Brooke se détourna de l'ordinateur en faisant pivoter son fauteuil. Le souvenir de la migraine du week-end se répandit sur son front.

« Je ne comprends pas.

– Mardi dernier, tard le soir, une inconnue a frappé à leur porte.

– Tard, c'est-à-dire ? Papa et maman étaient couchés ? » Elle imagina ses parents se réveiller et chercher à tâtons leurs lunettes sur la table de chevet. Sa mère dans son haut de pyjama trop grand dont les manches étaient si longues que ses poignets disparaissaient. Son père en caleçon et tee-shirt blanc, avec son torse puissant et ses jambes parcheminées. Il jouait les jeunes de trente ans, mais ses genoux reconstruits perclus d'arthrite étaient dans un état pitoyable.

« Nous remportons encore des tournois, ma chérie », disait sa mère en lui tapotant la main à chaque fois qu'elle lui faisait part de son inquiétude.

C'était vrai. Ses parents continuaient à gagner, et ce malgré les recommandations du chirurgien, qui après la dernière opération du genou avait dit à son père : « Ne courez que si votre vie en dépend.

– Entendu », lui avait assuré son père en levant le pouce. Brooke l'avait vu. Trois mois plus tard, cet incroyable imbécile était de retour sur les courts. Servant comme un guerrier. Courant comme si sa vie en dépendait.

« Je ne sais pas s'ils étaient couchés, dit Amy. Ils se couchent assez tard en ce moment. Tout ce que je sais, c'est qu'elle a frappé à la porte, qu'ils l'ont fait entrer et l'ont invitée à rester dormir.

– Mais qu'est-ce… pourquoi ils ont fait ça ? » Brooke se leva de son bureau.

« Je crois que c'est parce qu'elle était blessée. Maman a dû lui faire un pansement. C'est son petit copain qui l'a frappée. Maman n'arrête pas de répéter d'une voix fébrile et tout essoufflée que c'est une "victime de violences conjugales". » Amy s'interrompit. Quand elle reprit, elle avait manifestement la bouche pleine. « Je n'en reviens pas que tu ne sois pas au courant. »

Brooke n'en revenait pas non plus. Sa mère lui téléphonait souvent pour des prétextes futiles. Au début de la semaine dernière, elle l'avait appelée trois fois le même jour : la première pour lui parler de quelque chose qu'elle avait entendu dans un podcast sur la migraine, la deuxième pour rectifier (parce qu'elle avait trouvé le bout de papier sur lequel elle l'avait noté) et la troisième pour lui dire que le cyclamen qu'elle lui avait offert pour la fête des mères avait fleuri. (C'était Amy qui le lui avait offert et non elle, mais Brooke ne l'avait pas contredite.)

« Qu'est-ce que tu manges ? dit-elle avec agacement.

– Le petit déj. Muffin à l'orange et aux graines de pavot. On sent bien l'agrume. Mais il n'y a pas assez de graines de pavot. »

Brooke se rassit et essaya de comprendre. Ses parents étaient des gens intelligents. Ils n'auraient jamais fait entrer chez eux quelqu'un de louche ou de dangereux. Ils étaient à peine à l'orée de la vieillesse, ils ne souffraient ni de démence ni de confusion, juste de problèmes de genou et d'indigestion, et aussi d'insomnie, apparemment. Ils avaient l'air un peu perplexes et désorientés depuis qu'ils avaient vendu l'école de tennis. « Les journées sont si longues, avait soupiré sa mère. Elles étaient trop courtes, avant. Enfin ! On va prendre un café ? Je t'invite ! » Mais les journées de Brooke étaient toujours aussi courtes et elle n'avait pas le temps de prendre un café.

« Bon, je suppose que papa et maman se trompent rarement sur les gens, commença-t-elle.

– Tu plaisantes ? Ils se trompent rarement sur les gens ? Tu veux la liste de tous les sales gosses menteurs et tricheurs qui les ont roulés ? À commencer par cet enfoiré de Harry Haddad qui a brisé le pauvre cœur fragile de papa ?

– OK, OK, s'empressa de dire Brooke. Ils l'ont emmenée à la police ?

– Elle ne veut pas déposer plainte, dit Amy, la bouche de nouveau pleine. Et comme elle n'a nulle part où aller, ils l'hébergent le temps qu'elle "se retourne".

– Mais elle ne peut pas aller… je ne sais pas, moi, dans un foyer pour femmes ou quelque chose dans le genre ? » Brooke prit un stylo et le mâchonna. « Ça ne se fait pas de dire ça, je sais, mais ce n'est pas leur problème. Il y a des endroits où elle peut aller chercher de l'aide.

– Je crois que papa et maman veulent juste l'aider. » À présent, Amy se montrait désinvolte et philanthrope. Brooke sentit qu'elle changeait adroitement de position. Amy avait toujours eu le meilleur jeu de jambes de la famille. Maintenant qu'elle s'était déchargée du fardeau de la responsabilité, Brooke se retrouvait dans le rôle de la coincée perpétuellement inquiète et elle, de la femme au grand cœur volant au secours des sans-abri, qui lui convenait bien mieux.

« Tu dis qu'elle est arrivée mardi soir ? demanda Brooke. Ça fait près d'une semaine que cette fille vit chez eux.

– Ouais, dit Amy.

– J'appelle maman tout de suite. » Peut-être qu'Amy avait mal compris.

« Elle ne répondra pas, dit Amy. Elle emmène Savannah chez Narelle.

– Narelle ?

– La coiffeuse chez qui elle va depuis trente ans. Enfin, Brooke. Il faut suivre. Narelle, qui a des jumeaux et une allergie qui s'est avérée être un cancer ou un cancer qui s'est avéré être une allergie, je ne sais plus, mais en tout cas, maintenant elle va bien. Narelle a un avis sur chacun de nous. Elle pense que Logan et Indira devraient avoir un bébé. Que tu devrais mettre une pub dans le journal local. Que Troy devrait sortir avec sa sœur qui est divorcée. Ah oui, et que moi, je suis bipolaire. Maman s'est mise à suivre un podcast qui s'appelle *Vivre avec la bipolarité.* »

Amy parlait à toute vitesse, à présent, de cette voix hystérique qu'elle prenait parfois et qui amenait Brooke à se demander si elle était effectivement bipolaire. Elle le faisait exprès. Elle aimait faire croire aux gens qu'elle était folle pour les stresser. C'était une manœuvre d'intimidation.

« Ah oui, bien sûr, Narelle. Bon, dans ce cas, je vais appeler papa.

– Il est sorti, lui aussi. Il est allé regarder les voitures. Pour Savannah.

– Papa lui achète une voiture ?

– Je ne suis pas sûre à cent pour cent. Mais tu le connais, il adore quand quelqu'un a besoin d'une nouvelle voiture.

– Merde alors », dit Brooke. Le bout du stylo glissa dans sa bouche. Elle le recracha dans la paume de sa main. « Les garçons sont au courant ?

– Je ne crois pas, dit Amy.

– Tu n'as pas appelé Troy ? » Amy et Troy étaient les plus proches de la fratrie. Brooke savait qu'elle avait dû l'appeler en premier.

« Je lui ai envoyé un texto, mais il n'a pas répondu. Tu sais qu'il rentre de New York aujourd'hui. »

Brooke n'arrivait pas à suivre l'existence cosmopolite ultra-glamour de Troy. « Je crois, oui.

– Et Logan ne répond jamais au téléphone. Je crois que c'est une phobie, chez lui. Du moins, quand c'est nous. Avec ses amis, il décroche. »

Brooke retira le stylo de sa bouche. Elle s'était remise à le suçoter sans s'en apercevoir et elle avait le goût amer de l'encre sur la langue.

Amy l'avait appelée en dernier.

« Enfin bon, il faut que j'y aille », dit brusquement Amy comme si c'était Brooke qui l'avait arrachée à un emploi du temps chargé et qu'elle filait à présent s'occuper de son entreprise et non manger son muffin sur la plage. « Rappelle-moi. »

Elle avait pris son ton péremptoire de grande sœur pour lui donner cette consigne. Autrement dit : *Rappelle-moi pour me confirmer que tu as réglé ça.*

Brooke se regarda dans le miroir qui tapissait le mur et vit que sur son visage, la ride du lion était plus creusée que jamais, et ses lèvres tachées d'un Bleu Océan glauque.

9

Aujourd'hui

« Il a de sacrées égratignures. »

Le chauffeur Uber, qui était étudiant en génie électrique, jeta un coup d'œil dans le rétroviseur en supposant que la passagère (elle s'appelait Amy ; il détestait ce prénom depuis qu'il était sorti brièvement avec une sale garce qui s'appelait Amy) lui disait qu'il y avait des marques sur les sièges (genre Amy, quoi), mais il s'aperçut qu'elle était au téléphone et ne s'adressait pas à lui. Elle s'était visiblement lancée dans une conversation sans même lui dire bonjour.

« Papa, il a des égratignures au visage, dit-elle. Il dit qu'il se les est faites en récupérant une balle de tennis dans la haie de syzygium. »

Un silence.

Le chauffeur Uber écoutait d'une oreille distraite, concentré sur son examen du lendemain et son rencard Tinder du soir.

« C'est juste que Troy dit que la police va penser que ce sont des traces de lutte. »

Voilà qui devenait intéressant. Elle se rendait au commissariat de police.

« Quant à Brooke, elle a soudain décrété qu'il valait mieux attendre avant de signaler la disparition. »

Un silence.

« Parce que papa lui a dit qu'il était inutile de signaler sa disparition. Tu connais Brooke, c'est la fille à son papa. »

Le chauffeur Uber vit sa passagère esquisser un léger sourire. Avec son short, ses jambes de top model, ses cheveux teints en broussaille et ses oreilles criblées de piercings, elle avait un look mi-plage mi-urbain. Elle n'était pas toute jeune, peut-être même la trentaine bien sonnée, mais ce n'était pas ça qui l'arrêterait.

« Oui, à mon avis, il ne faut pas écouter papa et signaler quand même la disparition, au cas où. Ça fait plus d'une semaine, il est grand temps, je pense. J'ai une jolie photo de maman. Je l'ai imprimée. Elle a été prise le jour où papa et maman sont allés à la plage, tu te rappelles, la fois où ils jouaient aux joyeux retraités batifolant au soleil ? Bon, bref. On leur parle de Savannah, bien sûr ? Enfin, on n'est pas obligés d'entrer dans les détails. »

Un silence.

« Ah, oui, je serai normale, parce que tu sais quoi, je suis normale. »

Un silence.

« Non. Je ne suis pas vexée, Logan, je ne me vexe jamais. Je te retrouve là-bas. » Elle raccrocha et croisa son regard dans le rétroviseur alors qu'ils étaient arrêtés à un feu rouge.

« Ma mère a disparu, dit-elle d'un ton enjoué.

– C'est inquiétant, dit le chauffeur Uber.

– Oh, je suis sûre qu'elle va bien », répondit la passagère. Elle tourna la tête vers la vitre et ajouta à voix basse, presque comme si elle parlait toute seule : « Elle va très bien. »

10

« Joy Delaney. Soixante-neuf ans. Dernier contact il y a neuf jours, où elle a envoyé un texto incompréhensible disant qu'elle se "déconnectait". Elle n'a pas pris son téléphone. »

Le lieutenant Christina Khoury lisait ses notes pendant qu'Ethan les conduisait chez le mari de la femme qui avait disparu. Pour un policier en civil, Ethan Lim était tout sauf discret. La chemise du jour semblait être en soie naturelle. (Ce n'était tout de même pas de la soie, si ?) Ses chaussures avaient le lustre d'un piano à queue. Christina dissimula les siennes. Elles avaient besoin d'être cirées.

« Le portable a été retrouvé sous le lit par la femme de ménage, dit-elle.

– Quand on se déconnecte, on ne prend pas son portable ? » Il avait essayé de gommer le point d'interrogation.

Elle était chargée d'encadrer Ethan depuis quelques semaines à peine et n'avait pas encore trouvé le bon tempo avec lui. Il était visiblement stressé en sa présence et elle ne savait pas s'il valait mieux s'en accommoder – histoire qu'il ne se relâche pas – ou l'aider à se détendre.

Elle n'était pas vraiment douée pour mettre les gens à l'aise. On lui avait toujours dit qu'elle ne souriait pas assez et elle détestait parler de tout et de rien. Son fiancé, Nico, se chargeait à présent des inévitables échanges de banalités de la vie quotidienne et bavardait allègrement avec les taxis et les tantes volubiles. Christina craignait parfois de ne pas fournir sa part. « Un couple, ce n'est pas une addition qu'on se partage », lui répétait Nico. Il avait tort. C'était exactement ça. Il fallait qu'elle surveille ça.

Quand elle était dans la position d'Ethan, son encadrant avait adopté une approche gentiment paternaliste qui ne laissait aucun doute sur la place de chacun. « Vous vous rappelez les trois règles ? lui demandait-il si souvent que c'en était exaspérant.

– Ne rien supposer. Ne rien croire. Tout vérifier », répondait Christina.

Mais elle pouvait difficilement jouer la carte du paternalisme. (Le mot existait-il même au féminin ?) « Sois toi-même, lui avait dit Nico. Ce garçon veut profiter de ton expérience. » Nico était lui-même en toutes circonstances.

« Deux des enfants de Joy ont signalé sa disparition hier, poursuivit-elle. Un agent est allé interroger le mari de la disparue et a observé des égratignures sur son visage. »

Ethan grimaça.

« Le mari coopère mais ne dit pas grand-chose. Mais il a confirmé à l'agent que la dernière fois qu'ils se sont vus, sa femme et lui se sont disputés. Donc, bon... » Elle soupira. Sa gorge la grattait. « Ça fait beaucoup de signes inquiétants. »

Ce n'était pas le moment de tomber malade. Outre cette affaire de disparition potentiellement suspecte, elle s'occupait d'une agression de rue, de deux cas de violence domestique, d'une attaque à main armée dans une station essence, d'un petit pyromane en herbe, d'une effraction et d'un essayage de robes de demoiselle d'honneur.

L'essayage de robes de demoiselle d'honneur était prévu le jour même, après le travail, et à voir ses cousines se chamailler à propos de la taille et du décolleté, il était possible qu'elle se retrouve avec un troisième cas de violence domestique sur les bras. Son mariage n'avait lieu que dans six mois, mais à en croire les cousines qui étaient expertes en la matière, ça ne lui laissait que peu de temps. Christina croyait savoir gérer le stress, jusqu'au jour où elle avait eu à organiser un mariage. « Fais un truc tout simple », lui disaient ses amies qui, ne venant pas de grandes familles libano-australiennes, ne comprenaient pas que c'était parfaitement inconcevable.

« Vous voulez une pastille pour la gorge ? demanda Ethan.

– Non », dit Christina. Elle toussota. « Non merci. » Elle ôta une petite peluche de sa veste et s'assura discrètement que sa chemise ne bâillait pas entre les boutons. Sa taille de bonnet ne convenait ni à sa personnalité ni à sa profession, mais elle descendait d'une longue lignée de petites femmes acerbes à forte poitrine, son sort était donc scellé. Si la police n'avait pas aboli les critères de taille à la fin des années quatre-vingt-dix, la petite Chrissie Khoury qui, durant toute sa scolarité, avait toujours été la plus petite sur les photos de classe n'aurait jamais décroché ce travail.

Pas de peluche sur le costume d'Ethan, naturellement. Il semblait fait sur mesure. C'était un héritier d'une vieille fortune, apparemment. Sorti des meilleures écoles. Christina s'efforçait de ne pas lui en vouloir. Dans sa famille à elle, on ne possédait pas de fortune, ni vieille, ni récente, on était toujours un peu à court d'argent.

Ils s'arrêtèrent à un feu rouge derrière un SUV, avec à l'arrière trois vélos d'enfant attachés, la plaque d'immatriculation consciencieusement dégagée. Ces rues ombragées aux pelouses bien entretenues n'avaient pas grand-chose en commun avec le quartier où elle avait grandi, à l'ouest de la ville, si ce n'est la chauve-souris morte qui pendait sur la ligne électrique au-dessus d'eux. Mais elle était soulagée de ne plus travailler dans son quartier, comme à ses débuts, où elle était obligée de coffrer des gens qu'elle connaissait. La toute première personne qu'elle avait arrêtée était autrefois à côté d'elle en biologie. « Je me fais embarquer par la petite Chrissie Khoury ! » s'était-il écrié hilare, complètement ivre, quand elle lui avait passé les menottes.

« Qu'est-ce qu'elle a emporté ? demanda Ethan.

– Elle a pris son portefeuille, les clés de la maison et rien d'autre. Pas de bagage. Pas de vêtements. Aucune activité ni sur ses comptes en banque ni sur les réseaux sociaux. »

Christina sortit la photo couleur de Joy Delaney que lui avait fournie la famille. C'était une charmante petite dame qui ne faisait pas ses soixante-neuf ans, souriant sur une plage, tenant son chapeau de paille d'une main pour l'empêcher de s'envoler. Une photo avec un chapeau n'était pas idéale pour identifier quelqu'un. Elle en demanderait une autre à la famille. Deux ou trois, même. Sur celle-ci, Joy portait un tee-shirt sur un maillot de bain. C'était un tee-shirt blanc orné de trois fleurs rouge, jaune et orange en travers de la poitrine. Des gerberas. Christina ne connaissait le nom des fleurs que depuis peu de temps. Le bouquet de la mariée était la prochaine corvée sur la liste. Elle préférerait franchement devoir élucider un meurtre que choisir le bouquet de la mariée.

« Elle a l'air charmante, dit-elle à Ethan en laissant tomber la photo sur ses genoux.

– Des antécédents de violences conjugales ? demanda-t-il.

– Non », répondit Christina.

Ils se garèrent dans l'allée d'une grande maison familiale bien entretenue. Volvo gris métallisé. Parterres débordant de fleurs roses, violettes et blanches (qu'elle était capable à présent d'identifier comme des hydrangeas). Un petit chat gris traversa la pelouse à toute allure et disparut derrière une clôture. Une lettre blanche dépassait légèrement d'une boîte aux lettres en fer forgé qui portait le numéro de la rue, le mot « POSTE » et une gravure représentant deux oiseaux, bec contre bec, comme s'ils s'embrassaient.

C'était un quartier d'animaux de compagnie, d'arroseurs automatiques, de prêts remboursés et de voix mélodieuses.

« Mais ce n'est pas parce qu'il n'y a pas eu de signalement…, commença-t-elle.

– Qu'il ne s'est rien passé », finit Ethan.

Il écoutait. C'était rare chez les garçons de bonne famille.

« Vous vous rappelez les trois règles ? » lança-t-elle sur un coup de tête alors qu'Ethan coupait le contact.

Il n'hésita pas une seconde. « Ne rien supposer. Ne rien croire. Tout vérifier. »

Elle fut soudain de meilleure humeur. Peut-être avaient-ils trouvé leur tempo, après tout. Elle lui fit signe que c'était bon d'un air gentiment paternaliste, ouvrit la portière, descendit de voiture, redressa sa veste et tira énergiquement sur sa chemise.

On entendait au loin le carillon familier d'un camion à glaces.

*

Deux heures plus tard, la maison ne semblait plus aussi chaleureuse. Une bande plastique quadrillée bleu et blanc était tendue de la boîte aux lettres à la clôture qui la séparait des voisins.

Christina avait demandé un mandat de scène de crime et gelé les lieux aussitôt après avoir interrogé Mr Stanley Delaney.

L'interrogatoire ne lui avait à la fois rien appris de nouveau tout en lui apprenant tout ce qu'elle voulait savoir. L'essayage des robes de demoiselle d'honneur devrait se passer de la future mariée. Son portable frémissait de textos indignés de cousines qui ne l'étaient pas moins.

Christina s'en moquait. Elle réservait son indignation pour Mrs Joy Delaney car son mari était un menteur.

11

Septembre dernier

Au milieu de la matinée, Logan Delaney remonta la rue de ses parents en dépassant légèrement la vitesse autorisée, la tête baissée pour éviter de croiser le regard des voisins et amis qui lavaient leur voiture ou promenaient leur chien.

Si la Volvo était dans l'allée, il ferait peut-être le tour de l'impasse sans s'arrêter car il n'était pas d'humeur à avoir une conversation en tête à tête avec les parents. Il préférait que ses frère et sœurs soient là pour faire retomber la pression. Ça devait être infernal d'être enfant unique.

La Volvo n'étant pas dans l'allée, il se gara. Il descendit de voiture et mit sa main en visière pour regarder les gouttières de la maison qui étaient bouchées par des feuilles de liquidambar.

Il jeta un œil dans la boîte aux lettres rétro – un cadeau de Troy, évidemment – au cas où il aurait du courrier à leur apporter.

Il portait un bas de jogging couvert de taches de peinture, un vieux tee-shirt et des baskets. Il ne s'était pas rasé et quand il n'était pas rasé, il avait une tête de repris de justice. Ses cheveux étaient hérissés en touffes. Sa mère allait dire qu'il avait une allure de clochard. Avec son gabarit d'armoire à glace, il savait qu'il devait s'habiller de façon plus respectable, car il arrivait que des femmes traversent la rue quand elles s'apercevaient qu'il marchait derrière elles. Chaque fois, il avait envie de leur lancer des excuses. « C'est ça, Logan, c'est exactement ce que tu devrais faire, tu devrais même leur courir après en criant “Je ne vous veux pas de mal, belle dame !” » lui avait dit un jour sa sœur Amy, en riant tellement de sa blague qu'il s'était senti obligé de la balancer dans la piscine. La piscine du toit-terrasse de Troy et à débordement, qui plus est.

Sa mère lui avait demandé de curer les gouttières sans vraiment lui demander, comme d'habitude.

« Si tu voyais les feuilles par ce vent, Logan ! C'est à se demander ce qui se passe ! Le changement climatique ? Elles pleuvent littéralement, lui avait-elle dit la semaine précédente au téléphone.

– Tu veux que je m'occupe des gouttières ? » lui avait demandé Logan. *Le changement climatique.* Sa mère jetait certaines formules dans la conversation pour leur montrer qu'elle se tenait au courant de l'actualité et écoutait des podcasts.

« Ton père dit que ça ne le dérange pas du tout de s'en charger.

– Je passerai la semaine prochaine », avait-il dit.

Depuis que son père avait célébré ses soixante-dix ans en se déchirant un ligament et en subissant une reconstruction du genou particulièrement complexe, la famille avait commencé à évoquer l'idée que Stan était peut-être « âgé ». C'est une infirmière qui avait employé le mot en premier. « Les personnes âgées souffrent parfois de confusion et de pertes de mémoire temporaires après une anesthésie », avait-elle déclaré après avoir vérifié la tension de leur père qui était endormi, et il avait vu ses frère et sœurs relever brusquement la tête, ébranlés par un changement de perspective soudain.

« J'ai l'impression de voir Thor en blouse d'hôpital », avait chuchoté Amy. À part ses problèmes de genoux, leur père n'avait jamais été malade, et ils étaient bouleversés de le voir ainsi diminué et conciliant sur son lit d'hôpital, même s'il avait soudain ouvert les yeux et lancé à la pauvre infirmière de sa voix étonnamment grave : « Ma mémoire va très bien, mon petit. »

Il s'était bien remis de l'opération et remportait de nouveau des tournois avec leur mère, mais l'idée qu'il était âgé avait persisté. *Papa ne devrait pas grimper sur une échelle. Papa devrait connaître ses limites. Papa devrait surveiller son alimentation.* Logan se demandait s'ils n'allaient pas un peu vite en besogne. Peut-être que ça ne leur déplaisait pas. Peut-être que le fait de s'inquiéter ainsi pour un parent âgé qui n'avait pas encore besoin de leur sollicitude leur donnait l'impression d'être enfin adultes. Peut-être même éprouvaient-ils une certaine satisfaction : Thor avait fini par tomber. Même si Logan n'aurait pas été étonné que son père puisse le battre au bras de fer et ne doutait pas une seconde qu'il puisse encore le battre sur un court.

Son père connaissait ses points forts, ses faiblesses, ses stratégies. Et contre cela, Logan ne pouvait rien. Il avait de nouveau dix ans, les mains moites, le cœur cognant dans la poitrine. Il voulait tellement battre son père, à l'époque.

Cela faisait deux ans qu'ils ne s'étaient pas retrouvés ensemble sur un court. « Va jouer avec ton père », lui suggérait invariablement sa mère quand Logan venait les voir et chaque fois, il inventait une excuse. L'idée subversive qu'il ne rejouerait peut-être jamais faisait lentement son chemin. Il avait le sentiment d'une trahison, mais qui s'en soucierait, qui s'en apercevrait, même ?

Leur mère s'en apercevrait.

Depuis l'opération de son père, Logan faisait des petits travaux chez ses parents quand il ne craignait pas de provoquer sa colère. Il se faufilait comme un ninja. Changeait une ampoule ici ou là. Élaguait des branches à la tronçonneuse autour du court de tennis.

Il ne savait pas trop ce que son père en pensait. « Tu n'as pas besoin de faire ça, fiston », lui avait-il dit la dernière fois qu'il l'avait surpris en train de changer une des lampes du court. Il lui avait donné une tape sur l'épaule. « Je ne suis pas encore mort. »

Ce jour-là, Logan avait la gueule de bois et son père avait l'air en bien meilleure forme que lui, les joues roses, l'œil vif, un nouveau trophée de double sur le buffet.

À la fin de la journée, son père lui avait demandé où en était son plan de carrière et Logan, qui n'avait pas de plan de carrière particulier, avait eu l'impression de ne plus savoir où se mettre, comme un gamin. Son père semblait toujours observer sa vie comme il observait autrefois son jeu au tennis. Logan sentait qu'il avait envie de le faire venir au filet pour lui indiquer ses faiblesses, lui expliquer exactement ce qu'il ratait et ce qu'il pouvait améliorer, mais il ne critiquait jamais ses choix de vie, se contentant simplement de lui poser des questions et de sembler déçu par les réponses.

Le claquement de la portière résonna dans la rue silencieuse. Il entendait le jacassement des pies et le croassement sarcastique des corbeaux de la réserve qui jouxtait le court de tennis de ses parents. Ils lui faisaient penser au rythme de la conversation de ses parents. Sa mère qui papotait, son père qui lâchait ici et là un commentaire pince-sans-rire.

Logan n'entra pas à l'intérieur. Il alla directement sur le côté de la maison chercher l'échelle dans la remise, passa devant la descente à côté de laquelle ils devaient se placer pour s'entraîner à lancer la balle. Cent fois d'affilée, jour après jour, jusqu'à ce que leur lancer de balle soit aussi rectiligne et fiable qu'une règle.

Il se demanda où étaient ses parents, quand ils rentreraient et si son père serait furieux ou soulagé de voir que cette corvée était faite.

Troy voulait payer des gens pour aider ses parents. Un jardinier. Une femme de ménage. Une gouvernante.

« Genre… du personnel de maison ? avait dit Amy. Papa et maman sonneraient les domestiques comme des châtelains ?

– Je pourrais les payer », dit Troy avec cette expression si particulière qu'il prenait quand il parlait d'argent : à la fois mystérieuse, honteuse et fière. Aucun d'eux ne comprenait réellement la nature exacte de ses activités, mais il avait manifestement atteint un niveau de richesse inimaginable que l'on n'était censé atteindre qu'en travaillant à fond son tennis. Troy s'était débrouillé pour trouver une autre manière de conduire de belles voitures et de vivre une vie de luxe, et aujourd'hui il jouait au tennis avec des banquiers et des avocats pour le plaisir et apparemment sans complexes, comme s'il faisait partie de ces jeunes gens de bonne famille qui prenaient des cours particuliers au Delaneys non parce qu'ils avaient du talent ou aimaient le tennis mais parce que c'était « utile dans la vie ».

Leur père n'avait jamais posé la moindre question à Troy sur son plan de carrière.

Logan ouvrit la remise et trouva le seau, les gants, le grattoir et l'échelle. Tout était à sa place. Son ami Hien lui avait confié que le premier signe d'Alzheimer qui l'avait bouleversé chez son père, c'est quand il avait arrêté de remettre ses outils à leur place, mais la remise du père de Logan était aussi immaculée qu'une salle d'opération.

Même les vitres des petites fenêtres étaient étincelantes, révélant l'érable du Japon planté à côté du court de tennis qui commençait à se couvrir de feuilles pour le printemps. En automne, elles devenaient rouge cuivré. Logan se revit enfant chercher une balle perdue dans le tapis velouté de feuilles craquant sous ses pas, car les balles étaient chères. Il se revit passer au pied de cet arbre, furieux, le jour où il avait perdu pour la première fois contre Troy, ce même jour où son père lui avait dit de regarder Harry Haddad faire une démonstration du service kické qu'il ne maîtrisait pas encore et savait peut-être au fond de lui qu'il ne maîtriserait jamais : il lui manquait tout simplement ce sens instinctif du placement de la balle. Il était tellement énervé cette fois-là qu'il avait jeté sa raquette en rentrant à la maison et failli toucher une pauvre gamine qui attendait son cours et s'était écartée d'un bond en poussant un cri.

C'était le jour où Logan avait compris que son petit frère était peut-être meilleur que lui et surtout, que Harry Haddad était un prodige qui possédait un don essentiel et extraordinaire qui manquait aux enfants Delaney.

Il écarta ses souvenirs pour retourner à l'établi impeccable de son père.

Si Troy croyait qu'ils pouvaient payer des gens pour s'occuper de besognes dont son père s'était toujours chargé lui-même, il se berçait d'illusions. Stan trouverait cela dégradant, extravagant et indigne d'un homme. Un jour, alors que Logan était en voiture avec son père, ils étaient passés devant un homme en costume, planté au bord de la route, qui consultait nonchalamment son portable pendant que le dépanneur, agenouillé par terre, changeait le pneu de sa Mercedes. Stan avait été si choqué qu'il avait ouvert la vitre et hurlé : « *Change ton pneu toi-même, espèce de gonzesse !* » Puis il avait remonté la vitre et avec un sourire penaud, lui avait dit : « Ne le dis pas à ta mère. »

Logan ne laisserait jamais quelqu'un d'autre lui changer un pneu, mais Troy, certainement, et avec plaisir qui plus est. Il bavarderait aimablement avec le mec. La dernière fois qu'ils s'étaient tous retrouvés pour l'anniversaire d'Amy, quelqu'un lui avait demandé ce qu'il avait fait ce jour-là et il avait répondu sans honte ni gêne : « Je me suis fait faire une pédicure. » À la stupéfaction générale, il s'était alors avéré qu'il allait régulièrement chez la pédicure. « Mais mon chéri, j'aurais pu te couper les ongles gratuitement, ça t'aurait fait économiser de l'argent ! » avait dit leur mère, comme si Troy avait besoin de faire des économies, et sur ce, ils avaient tous piqué une crise, aussi brève qu'injuste, à l'idée qu'elle puisse tailler les ongles de pied de Troy, agenouillée devant lui, comme s'il le lui avait réellement demandé.

Troy était le seul Delaney à s'être jamais fait faire une pédicure. Leur père aurait préféré être découpé en rondelles, Joy avait les pieds chatouilleux, Amy trouvait que les pédicures étaient élitistes et Brooke disait qu'elles provoquaient des infections bactériennes.

Troy s'en fichait. Troy était un homme libre.

Personne n'aurait jamais traité Troy de « passif », alors qu'il se laissait tailler les ongles des pieds comme un empereur.

« Tu n'as même pas essayé de me retenir, avait dit Indira à Logan quand elle l'avait appelé de l'aéroport.

– Je croyais que c'est ce que tu voulais », lui avait-il répondu. Elle avait dit qu'elle ne pouvait pas « continuer comme ça ». Comme quoi ? Elle ne l'avait pas précisé.

« Mais qu'est-ce que tu veux, Logan ? Enfin, merde, tu es

tellement… passif ! » Elle pleurait, pleurait, il était perdu, n'y comprenait rien. C'était elle qui le quittait et non l'inverse.

Puis elle avait raccroché, si bien que ce mot de « passif » était le dernier qu'elle lui ait dit et il n'avait cessé de résonner en lui, au point que c'était devenu une véritable obsession et qu'il l'avait examiné sous toutes les coutures en pesant la moindre de ses implications. Il avait même regardé la définition dans le dictionnaire et la connaissait par cœur : *Accepter ou tolérer les événements ou les actions d'autrui sans agir ou résister activement.*

Quel mal y avait-il à accepter ou tolérer les événements ou les actions d'autrui ? N'était-ce pas une philosophie de vie raisonnable et zen ? Apparemment, le dernier petit copain d'Indira était « autoritaire ». Logan ne s'était jamais montré autoritaire. Il n'avait jamais empêché Indira de faire ce qu'elle voulait : pas même de partir, si c'était ce qu'elle voulait, ce qui la rendait heureuse. Il voulait qu'elle soit heureuse.

Peut-être que personne ne pouvait la rendre heureuse. Il n'allait tout de même pas exiger qu'elle reste.

« Tu ne veux pas vraiment de moi », lui avait-elle dit une semaine environ avant de le quitter, et il se sentait tellement oppressé qu'il avait été incapable de dire un mot et qu'il était simplement resté là, à la regarder, jusqu'à ce qu'elle soupire et s'en aille.

« Tu ne le veux pas vraiment, mon grand », lui avait dit un jour son père dans la voiture, au retour du premier match que Logan avait perdu contre cet enfoiré de Harry Haddad. Logan se revoyait assis à côté de lui en silence, pensant *C'est faux, papa, c'est faux, c'est faux.*

Il n'arrivait manifestement pas à communiquer ses désirs, ce qui était un comble pour quelqu'un qui enseignait l'art de la communication.

Je le voulais trop, papa.

Il mit les gants et le grattoir dans le seau et prit l'échelle sous le bras. Il sortit de la remise en clignant des yeux, ébloui par le soleil.

« Bonjour », dit une voix féminine. Il faillit laisser tomber l'échelle. L'espace d'un instant, il crut que c'était Indira qu'il avait matérialisée par le seul pouvoir de sa pensée, mais ce n'était pas elle, évidemment.

Une inconnue était assise au bord de la véranda côté jardin, tenant entre ses mains un mug d'une boisson chaude sur laquelle elle soufflait en le regardant.

Elle avait des cheveux blonds lisses coupés au carré, qui se balançaient de part et d'autre d'une petite tête de souris. Son jean était si long qu'elle avait dû le rabattre presque complètement jusqu'aux genoux. Elle portait des UGG deux fois trop grandes pour elle. Ses pieds flottaient dedans comme ceux d'une enfant qui aurait mis des chaussures d'adulte. Son sweat à capuche était orné d'un logo rose.

« Je ne voulais pas vous faire peur », dit-elle. Elle se passa les cheveux derrière les oreilles et deux mèches s'échappèrent, laissant apparaître la pointe de ses oreilles.

« Vous êtes qui ? » La frayeur le rendait aussi brusque et grossier que son père.

« Savannah. » Elle lui fit un petit signe de la main comme si elle se présentait alors qu'elle était attablée au pub avec des amis à lui.

Il l'étudia. Un petit bijou qu'elle avait au nez étincela au soleil. Il fut pris d'un sentiment d'injustice puéril qu'il ne connaissait que trop et essaya aussitôt de refréner. Ç'avait toujours été comme ça : des inconnus se pavanaient dans son jardin avec leurs raquettes et leurs chaussures de marque comme s'ils étaient chez eux, mais il fallait être poli et aimable parce qu'ils payaient des factures. Un jour, Brooke avait surpris une gamine en train de fouiller dans le cartable qu'elle avait laissé sous la véranda et lui piquer une banane qu'elle n'avait pas mangée à la récréation.

« Et vous, vous êtes qui ? demanda la fille en imitant son ton, la tête inclinée de côté.

– Logan. » Il appuya l'échelle contre sa jambe. « C'est chez mes parents, ici. » Il essayait de ne pas avoir l'air d'être sur la défensive comme un gamin voulant prouver qu'il avait le droit d'être là et pas elle.

« Bonjour Logan. » Il attendit. « Je loge chez vos parents, finit-elle par ajouter.

– Vous êtes une ancienne élève ? demanda Logan.

– De tennis, vous voulez dire ? » Savannah sourit. « Non. Je ne suis pas sportive. » Elle prononça « sportive » avec un curieux accent distingué, comme si elle disait « Je ne mange pas de caviar ».

« Et donc, vous…

– Vos parents sont allés chercher des nouvelles lunettes pour votre père, dit Savannah. À double foyer. Elles étaient prêtes hier, mais ils n'ont pas eu le temps d'aller les récupérer parce que le généraliste de votre mère était en retard pour son rendez-vous et puis ils se sont retrouvés dans un embouteillage monstre. »

Une fois de plus, il était incapable d'interpréter le non-dit. Pourquoi lui donnait-elle tous ces détails ? Se moquait-elle de sa mère, qui encombrait toutes les conversations de détails superflus ? Ses enfants étaient les seuls à avoir le droit de la taquiner à ce sujet.

« Ravi de vous avoir rencontrée, dit Logan. Bon, j'y vais. » Si elle n'avait pas envie de dire qui elle était, tant pis. Il attrapa l'échelle. « Je dois nettoyer les gouttières.

– Allez-y », dit-elle avec emphase. Elle renversa la tête en arrière pour profiter du soleil.

Logan commença à se diriger vers le côté de la maison. Puis il s'arrêta et se retourna vers elle. « Combien de temps comptez-vous rester ?

– Indéfiniment », dit-elle sans ouvrir les yeux. Elle sourit.

Il fut sidéré, effrayé même. « Indéfiniment ? »

Elle ouvrit les yeux et le considéra d'un air pensif. « Je plaisantais. Je voulais dire que j'aimerais rester pour toujours. C'est si paisible, ici. » Elle indiqua du menton le court de tennis. « Vous êtes tous devenus des champions de tennis, j'imagine ?

– Pas vraiment. » Logan toussota.

« Vous aviez de la chance d'avoir un tennis dans votre jardin. »

Il supposa que la pointe d'agressivité qu'il percevait dans sa voix était une histoire d'argent. Aujourd'hui, seuls les riches avaient des tennis dans leur jardin.

« Dans les années soixante, toutes les maisons de la rue avaient un tennis », expliqua-t-il. On aurait dit son père, si ce n'est que ce dernier entendait par là que la triste disparition des tennis dans les jardins pour laisser la place à des immeubles annonçait la fin de l'âge d'or du tennis en Australie. Cela signifiait que les enfants des milieux populaires comme Stan ne passaient plus leur enfance à taper dans des balles de tennis mais penchés sur de petits écrans. Logan lui, voulait dire : *Ne croyez pas que j'ai eu une jeunesse dorée sous prétexte que ce quartier perdu en plein bush s'est embourgeoisé.*

Son père avait grandi dans cette maison et ils ne savaient pas grand-chose de son enfance, à part qu'elle n'avait pas été heureuse et qu'il passait son temps seul à travailler son service sur le court de tennis que son propre père, le grand-père de Logan, avait construit avant que sa grand-mère ne « l'envoie paître ». À chaque fois qu'elle disait ça, Logan s'imaginait un grand-père au fond de son rocking-chair, volant dans les airs, bouche bée, les mains sur les genoux, une image drôle d'album pour enfant, mais il se disait que sur le moment, ça n'avait sans doute pas été si drôle que ça.

Avant la naissance de Logan, sa grand-mère était allée s'occuper de sa sœur aînée, mourante, qui avait mis un temps regrettable à rendre l'âme. Apparemment, elle avait alors vendu la maison aux parents de Logan à « un prix dérisoire ». Ce prix s'était cependant révélé très élevé, car sa mère s'était toujours sentie redevable envers sa belle-mère et n'avait jamais pu convaincre le père de Logan d'arracher la moquette violette à fleurs du salon, car cela l'aurait offensée. Et ce, longtemps même après sa mort.

Quand l'école de tennis avait commencé à rapporter de l'argent, beaucoup d'argent, grâce à l'esprit d'entreprise de la mère de Logan, la maison avait été rénovée et agrandie. La petite maison sombre et vétuste de style Fédération était devenue une belle maison de famille lumineuse, mais la moquette était restée, perpétuel sujet de discorde. Joy détournait le regard quand elle l'aspirait. Le reste de la maison était décoré dans le style Arts & Crafts qu'elle affectionnait particulièrement. Tout en bois et en cuivre. (« J'ai l'impression d'habiter dans une cabane de bûcheron », avait maugréé un jour son père.)

« On était les seuls de la rue à ne pas avoir remplacé le tennis par une piscine, dit-il à la fille, qui ne voyait que la façade de respectabilité du présent et non le passé compliqué.

– Vous auriez préféré la piscine ? » demanda-t-elle, la tête penchée de côté.

À certains moments, ils auraient tous préféré la piscine, surtout à l'époque où c'était encore un terrain en terre battue que Troy et lui devaient passer des heures à arroser et lisser pour l'entretenir.

« Au moins, vos parents n'avaient qu'à traverser le jardin pour être au boulot, hein ? dit la fille. Ça devait leur faciliter la vie. »

Cela signifiait surtout qu'ils s'étaient laissé dévorer par la Delaneys Tennis Academy.

« Oui, enfin, quand l'école de tennis a vraiment commencé à marcher, ils ont loué quatre terrains et le club-house d'à côté.
– Là où il y a une balle de tennis avec un smiley ? »

Il s'interrompit. Elle se fichait de la balle de tennis avec un smiley. Visiblement, ce n'était ni une ancienne élève ni une membre du club. Si elle n'avait pas de rapport avec le tennis, qui était-elle ?
« Excusez-moi, mais comment connaissez-vous mes parents ? »

Elle fronça les sourcils comme si elle essayait de se rappeler la bonne réponse.

« Vous êtes une amie d'Amy ? » Ça devait être ça.

« Je porte ses vêtements ! » Elle leva une jambe tendue pour lui montrer le jean trop long. « Elle est beaucoup plus grande que moi.

– On est grands, dans la famille », répondit Logan. Il avait envie de défendre Amy, comme si cette fille s'était moquée d'elle. En réalité, Amy était la plus petite de la famille.

« À part votre mère », dit Savannah. Une mèche de cheveux se prit dans sa bouche et elle la souffla avec agacement. « On fait exactement la même taille, votre mère et moi. » Elle ôta un élastique de son poignet et se fit une queue-de-cheval d'un geste expert.

« Ces cheveux me rendent folle. Je les ai fait couper hier. Ils sont tout lisses et n'arrêtent pas de glisser. Votre mère m'a pris rendez-vous chez son coiffeur.

– C'est joli », dit automatiquement Logan. Avec ses sœurs, il avait de l'entraînement.

« C'était cher. Votre mère a payé, ce qui était très sympa de sa part.

– OK. » Si sa mère avait envie de payer le coiffeur à une fille, grand bien lui fasse. Il remarqua alors qu'elle avait quasiment la même coupe que sa mère, comme si la coiffeuse avait travaillé d'après un modèle.

« Vous avez pris un jour de congé ? demanda-t-elle.

– J'ai des horaires irréguliers.

– Vous êtes dealer ? »

Il sourit avec indulgence. « J'enseigne dans un centre de formation.

– Qu'est-ce que vous enseignez ?

– La communication professionnelle. » Il attendit l'inévitable réaction.

Elle haussa les sourcils. « J'aurais plutôt imaginé que vous enseigniez… je ne sais pas, moi, un métier, du genre, peintre en bâtiment. »

Il regarda son bas de jogging. Les taches jaunes venaient de la fois où il avait repeint la cuisine avec Indira en un jaune soleil que finalement ils n'aimaient ni l'un ni l'autre. Les bleues, de celle où il avait aidé Brooke à repeindre son cabinet. Quant aux vertes, il ne savait plus.

Après avoir arrêté le tennis, il avait effectivement été peintre en bâtiment deux ou trois ans. Puis plâtrier. Puis couvreur. « Tu pourrais faire carrière dans le bâtiment ? » avait suggéré son père plein d'espoir, essayant de transformer ces différentes expériences en quelque chose de plus solide. Il ne voyait pas d'inconvénient à ce que Logan reste peintre en bâtiment, mais il supportait mal de le voir continuer à travailler pour d'autres gens. Pour impressionner son père, il fallait être son propre patron.

« Et si tu passais un diplôme, mon chéri ? » avait dit sa mère. Ses parents n'avaient aucun diplôme ni l'un ni l'autre. Sa mère prononçait le mot avec tant de respect et d'humilité que ça lui brisait le cœur.

Quand il avait dix-sept ans, Logan avait refusé une bourse de tennis d'une université américaine. Il se demandait souvent ce qui lui avait pris. Était-ce parce qu'il savait que pour son père, une bourse d'études américaine n'était pas un bon moyen de réussir dans le tennis ? « Si tu veux faire carrière dans le tennis, concentre-toi sur le tennis, pas sur les études. » Ou bien la peur ? Une légère phobie sociale ? Adolescent, il était mal dans sa peau. Il se rappelait s'être dit qu'il manquait d'enthousiasme pour les États-Unis. Il parlait trop lentement. Il était trop australien. Comme son père.

Il avait fini par suivre à mi-temps des études de communication et passer son diplôme. Allez savoir pourquoi. Mais ce diplôme lui avait permis d'obtenir ce poste de professeur de communication professionnelle qui lui convenait. Le sujet ne l'intéressait pas particulièrement, mais il aimait bien enseigner. C'était parfait. Un travail stable avec des horaires agréables. Il envisageait même de faire ça toute sa vie.

« Et votre métier vous plaît ? » demanda Savannah.

Elle se moquait de lui ou quoi ? Et évitait-elle de lui dire comment elle connaissait ses parents ou sa question lui était-elle sortie de la tête ? Il ne lui ferait pas le plaisir de lui redemander.

« Bien sûr, répondit-il. Bon. Il faut que je m'y mette.

– Vous avez besoin d'aide ? » Elle posa brutalement le mug sur le carrelage, à côté d'elle et il grimaça car c'était le préféré de sa mère, celui qui disait, *On n'est jamais mieux que chez soi, sauf chez Mamie !*

« Faites attention à ce mug, dit-il. C'est le préféré de ma mère. »

Savannah le reprit avec une précaution exagérée, se leva et alla le poser sur la table où le père de Logan faisait ses mots croisés, le samedi matin.

« Pardon, dit-elle. Je l'ai pris dans le lave-vaisselle. » Elle le saisit de nouveau et l'examina. « *On n'est jamais mieux que chez Mamie*. Sauf que votre mère n'est pas grand-mère, hein ?

– Il était à ma grand-mère », dit Logan. Troy l'avait offert pour Noël à leur grand-mère maternelle qui avait été ravie. Évidemment. Troy avait le chic pour offrir les meilleurs cadeaux. Le fait que le mug lui plaise à ce point était d'autant plus étonnant qu'elle n'avait jamais été une grand-mère particulièrement affectueuse. Quand ils lui rendaient visite, elle tenait à ce que l'heure de départ soit spécifiée à l'avance.

La fille descendit sur la pelouse et s'avança vers lui. Elle s'approcha si près que Logan recula d'un pas. Amy appelait les gens qui faisaient ça des « Envahisseurs ». Les Logan n'étaient pas tactiles. À part leur mère. Elle adorait vous prendre dans ses bras, vous tapoter le bras, vous passer la main dans le dos, mais Joy avait toujours été l'exception chez les Delaney.

Savannah le regardait avec une curiosité excessive. Elle avait de longs cils blancs, comme ceux d'un petit animal sauvage. Elle avait un petit nez parsemé de taches de rousseur, des lèvres fines gercées et un pansement couleur chair au-dessus d'un sourcil. Logan était plus grand et plus costaud que la plupart des gens, mais cette fille était si menue et si fragile qu'il avait l'impression d'être aussi énorme et stupide que s'il était déguisé en mascotte de football.

« Vous avez envie d'avoir des enfants ? » Elle le fixait intensément. Elle n'était pas un peu dérangée ?

« Plus tard, peut-être », dit-il. Il fit un autre pas en arrière. « Qu'est-ce qui vous est arrivé ? » Il montra le pansement.

« Mon petit copain m'a frappée », répondit-elle d'un ton impassible.

Il pensait qu'elle répondrait quelque chose de banal – en réalité, sa réponse ne l'intéressait pas, il cherchait juste à détourner son attention – et il fut si stupéfait qu'il réagit sans réfléchir.

« Pourquoi ? » Le mot sortit de sa bouche sans qu'il puisse le retenir. *Pourquoi ?* Ça revenait à demander, *Qu'avez-vous fait pour mériter ça ?* Ses sœurs l'étriperaient. C'était de la culpabilisation des victimes ! « Pardon, c'est une question idiote.

– Ce n'est pas grave. Alors voilà, il est rentré du boulot, c'était quand déjà ? Mardi dernier. » Elle mit les mains dans les poches du jean d'Amy et dessina des ronds dans l'herbe avec le bout de sa botte. « En fait, il était plutôt de bonne humeur ce jour-là.

– Vous n'êtes pas obligée de me raconter », dit Logan en l'arrêtant d'une main. Il n'avait aucune envie d'entendre les détails, merde.

« Non, c'est bon, ça ne me dérange pas de vous raconter », dit-elle et il fut puni d'avoir posé une question stupide en étant obligé d'écouter une réponse pénible.

« On regardait la télé, tranquilles, et puis il y a eu une émission sur la violence conjugale, OK ? Je me suis dit, ça y est, c'est reparti. Ces émissions… » Elle secoua la tête. « Je ne sais pas pourquoi ils passent leur temps à montrer ça à la télé. Ça n'arrange rien. Ça ne fait qu'aggraver les choses ! » Sa voix partit dans les aigus.

Logan plissait les yeux, essayant de comprendre ce qu'elle racontait. Était-elle en train de dire que tout était parti d'une émission sur les violences envers les femmes ?

« Ces émissions le mettaient toujours d'une humeur massacrante. Peut-être que ça le culpabilisait, je ne sais pas. À chaque fois, il disait "C'est ça, c'est toujours la faute du mec, hein ? Jamais de la gonzesse ! Toujours sa faute à lui". » Elle avait pris une voix grave un peu vulgaire pour imiter le petit copain en question. Logan avait presque l'impression de l'avoir devant lui. Il voyait le genre.

« Enfin bon, je me suis dépêchée de changer, je lui fais "Oh, j'ai envie de regarder *Koh-Lanta* !", et il n'a rien dit, mais je sentais bien qu'il attendait que je fasse une connerie, les minutes ont passé, j'ai commencé à me détendre et je me suis dit, c'est bon, et puis comme une imbécile, je lui ai demandé s'il avait renouvelé le certificat d'immatriculation de la voiture. » Elle secoua la tête d'un air incrédule, se demandant comment elle avait pu être aussi bête. « Ce n'était pas un reproche. Je vous jure. » Elle regarda Logan entre ses cils blonds comme si elle voulait le convaincre de son innocence. « Je lui ai juste dit "Tu as pensé à le renouveler ?"

– C'est une question tout à fait normale », dit Logan. Il n'avait jamais connu de violences physiques quand il était en couple, mais il savait comment certaines questions pouvaient être mal interprétées, comment une simple demande de renseignement pouvait vous revenir en pleine figure.

« Ça l'a mis dans une colère noire, poursuivit Savannah. Apparemment, j'étais hostile. » Elle haussa les épaules et mit le doigt sur le pansement qu'elle avait au-dessus de l'œil. « Et là, c'est parti en vrille, comme toujours, d'un coup, il s'est mis à hurler, moi je pleurais… c'était n'importe quoi, franchement. La honte. » Elle détourna le regard, les mains sur les hanches. Elle sentait le parfum bon marché, le spray coiffant et la cigarette, comme les filles qu'il embrassait autrefois l'été derrière les douches du camping-caravaning de la Central Coast. L'odeur fit naître en lui une émotion qui, espérait-il, exprimait sa nostalgie de l'époque et non un quelconque désir pour cette fille. C'était indécent de s'imaginer embrasser cette jeune femme battue si petite et si fragile. Il avait l'impression d'être complice de son connard de petit copain.

« Enfin… bref… voilà ce qui s'est passé. » Savannah remonta le jean d'Amy. « C'est du passé. Je suis partie, j'ai sauté dans un taxi et c'est fini, je n'y retournerai jamais.

– Tant mieux », dit Logan. Puis une succession d'idées se mirent en place.

« Votre petit copain sait que vous êtes ici ? » demanda-t-il. Il imagina sa mère ouvrir la porte en grand comme d'habitude, souriante, toujours aussi heureuse d'avoir de la compagnie, et se retrouver nez à nez avec une petite frappe qui voulait se venger. Il n'attendit pas la réponse. « Et au fait, comment connaissez-vous mes parents ?

– Je ne les connais pas. J'ai frappé chez eux au hasard.

– Quoi ?

– Logan ! » Sa mère ouvrit la baie vitrée qui donnait sur la véranda et mit les mains sur ses joues, comme si elle était stupéfaite que ce soit lui, comme si elle n'avait pas vu sa voiture dans l'allée et avait donc été prévenue suffisamment à l'avance qu'il était là. Elle parlait avec l'accent légèrement snob qu'elle réservait aux gens qui n'étaient pas de la famille. C'était pire que d'habitude. Elle était presque ivre d'excitation. « Qu'est-ce que tu fais ici ?

– Je suis venu nettoyer les gouttières, maman, dit Logan. Comme prévu.

– Mais tu n'as pas besoin de le faire, dit sa mère. Ton père s'en charge. »

Elle s'approcha d'eux et mit la main dans le dos de Savannah. « Je vois que tu as fait la connaissance de Savannah. » Elle les regarda tour à tour. Ses yeux étincelaient. « Elle va habiter ici quelque temps. Elle peut rester aussi longtemps qu'elle voudra. » Elle ponctuait ses mots en lui tapotant le dos.

Elle arrêta de tapoter et lui demanda « Comment va Indira ? », le regard perçant, comme si elle se doutait qu'ils avaient rompu, mais comment aurait-elle su ?

« Très bien, répondit-il. Ah au fait, elle voulait te donner ça. »

Il sortit de sa poche le petit paquet qui était un peu amoché. Indira lui avait demandé de le lui donner il y a plusieurs semaines, mais il n'arrêtait pas d'oublier.

« Oh Logan ! » Sa mère mit la main sur son cœur. Elle était aux anges.

« Ce n'est pas...

– Elle ne préférerait pas être là ? dit Joy en regardant autour d'elle comme si elle s'attendait à la voir surgir de derrière une haie. Pour me voir l'ouvrir ?

– C'est juste un petit...

– La compagne de Logan est une fille sensationnelle, dit Joy à Savannah. Sensationnelle. J'aurais aimé qu'elle soit là ! » Elle lui tapota les cheveux et jeta de nouveau un œil soupçonneux dans le jardin avant de déchirer le papier. « Oh ! » Elle se rembrunit. « C'est un... magnet. »

Elle tourna le magnet dans tous les sens en l'examinant comme s'il contenait un message secret. Il représentait une fleur jaune. Logan ne savait pas pourquoi Indira l'avait acheté pour sa mère ni la raison de l'expression fugace de désarroi qu'il avait lue sur ses traits. À quoi s'attendait-elle ?

« C'est ravissant », dit-elle à Logan. Ses yeux brillaient. « Indira sait que j'aime les gerberas jaunes et le magnet que nous avons acheté à Londres n'arrête pas de tomber du réfrigérateur, c'est agaçant ! C'est pour ça qu'elle voulait me l'offrir. Elle est si attentionnée. Remercie-la de ma part, surtout. De toute façon, je la vois dimanche, je pourrai la remercier moi-même ! »

Tu ne la verras pas dimanche, se dit Logan, mais il n'allait tout de même pas lui annoncer la rupture devant cette inconnue. Il s'empressa de changer de sujet. « Alors, comme ça, il paraît que… Savannah a frappé chez vous ? » Il toussota. « Au hasard ? C'est… » Brooke était-elle au courant ? Bien qu'elle soit la plus jeune de la famille, Brooke était la plus raisonnable et la plus fiable d'entre eux.

« Elle a dit qu'elle avait eu une bonne impression en voyant la maison, dit Joy à Logan avec un sourire candide. Qu'elle inspirait confiance. C'est gentil, hein ?

– Oui, oui. Je demandais à Savannah si son petit copain savait où elle était. » Logan regarda sa mère droit dans les yeux. Elle aimait jouer à la fofolle mais elle n'était pas idiote.

« Il ne sait pas où elle est, lui assura Joy. Et il n'a aucun moyen de le savoir.

– Ne vous en faites pas, dit Savannah. Il ne peut pas me retrouver. Je n'ai même pas pris mon téléphone.

– Et on va trouver un moment pour aller chez Savannah récupérer ses affaires pendant qu'il est à son travail », dit Joy. On aurait dit qu'elle organisait un déjeuner.

« C'est hors de question que tu ailles là-bas, maman, dit Logan.

– Mais si, je resterai sans doute dans la voiture. Ton père ira avec Savannah. Par précaution. » Sa mère le regarda d'un œil pétillant de ruse et Logan se sentit inexorablement entraîné dans la mission qu'elle avait déjà prévue pour lui.

« Je pense que papa ne doit pas y aller non plus », dit-il. Il soupira. Il était coincé. Il se tourna vers Savannah et s'efforça de gommer sa mauvaise humeur et de prendre un ton aimable. « Je vous accompagnerai.

– Je n'ai pas besoin qu'on m'accompagne, dit Savannah. Vraiment.

– Ton frère peut venir aussi, dit Joy à Logan. À plusieurs, c'est plus sûr. C'est une bonne idée, ajouta-t-elle avec enthousiasme, comme si elle venait de Logan. Tous les deux, vous pourrez aider Savannah à ramasser toutes ses affaires, sortir de là vite fait bien fait et ce sera fini ! »

Ce serait fini ? « Mais Troy est aux États-Unis, non ? demanda Logan.

– Il est rentré ce matin. Vous n'aurez qu'à aller tous les trois demain chez Savannah quand il se sera remis du décalage horaire. »

Troy serait atterré. Cette idée remonta un peu le moral de Logan.

« Vous devriez y aller vers onze heures. Pour éviter l'heure de pointe. Tu auras le temps avant ton cours de quatorze heures. »

Logan eut envie de lui répondre, *J'ai peut-être autre chose à faire demain, maman*, mais sa mère exigerait alors des détails.

« Non. C'est bon. C'est très gentil de votre part, mais j'irai seule », dit Savannah et Logan eut envie de rire, car elle ne savait pas que lorsque sa mère avait décidé quelque chose, toute résistance était vaine. « Quand ta mère est lancée, personne ne peut la battre », disait toujours Stan. Il parlait certes de tennis, mais tout ce qu'il disait à propos du tennis s'appliquait également dans la vie.

« J'irai seule, répéta Savannah.

– C'est hors de question, mon petit », dit Joy. Le ton inflexible.

Jeu maman, se dit Logan.

12

Aujourd'hui

« Comment décririez-vous le couple que forment vos parents ? »

Le lieutenant Christina Khoury tourna la page de son carnet et étudia l'homme qui était en face d'elle : Logan Delaney. Le deuxième des quatre enfants de Joy Delaney. Trente-sept ans. La posture avachie et la voix nonchalante du surfeur, mais les yeux attentifs d'un homme qui a une idée derrière la tête. Il avait une dégaine de jardinier, mais il était apparemment enseignant en commerce. Elle l'interrogeait en compagnie d'Ethan dans le hall du centre de formation où il travaillait. Il leur avait dit que son prochain cours commençait dans vingt minutes.

Ils étaient assis en face de lui dans des fauteuils cabriolet en vinyle avec une petite table ronde entre eux. Derrière lui, un panneau d'affichage était couvert de publicités pour des cours du soir : *Vous voulez fabriquer vous-même vos coussins et vos rideaux ? Vous voulez écrire vos mémoires ? Vous voulez maîtriser l'art de la conversation ? Vous voulez vous marier ?* Il y avait vraiment des gens qui suivaient des cours pour se marier ? Il fallait qu'elle pense à le dire à Nico. Ou peut-être pas. On ne sait jamais, il voudrait peut-être suivre le cours. Il était parfois pris de soudains élans d'enthousiasme pour les activités les plus bizarres.

« Je dirais que c'est un couple normal, répondit Logan. Solide. » Il fit rouler son épaule en avant, puis en arrière. « Ils sont mariés depuis presque cinquante ans.

– Vous avez mal à l'épaule ? » La sollicitude de Christine était feinte. La seule chose qui lui importait, c'était de savoir ce qui était arrivé à la mère de cet homme.

« Non, ça va. » Il arrêta de bouger l'épaule et se redressa.

« Donc, ils sont mariés depuis presque cinquante ans. Ça fait longtemps.

– Oui.

– Naturellement, tous les couples ont des hauts et des bas, des conflits », dit-elle. Puis elle attendit.

Quelques secondes.

Quelques secondes de plus.

Il haussa un sourcil. Mais il continua à se taire. Il était comme son père. Il ne s'empressait pas de combler les blancs. « Et vous, Logan, vous êtes marié ? »

Il regarda sa main gauche comme pour vérifier. « Non. Je ne me suis jamais marié.

– Vous êtes en couple ? »

Il sourit d'un air las. « C'est compliqué.

– Diriez-vous que vos parents ont une relation compliquée ?

– Non. Ils ont une excellente relation. Ils sont champions en double. La communication est essentielle pour bien jouer en double.

– Et en dehors du terrain ?

– Ils ont dirigé ensemble une affaire qui marchait très bien pendant trente ans.

– Et leur couple n'a jamais… » Elle regarda ses notes. « Traversé de crise ?

– Tous les couples traversent des crises. » Il se pencha comme pour voir ce qu'elle avait écrit. « Quelqu'un vous a dit ça ?

– Il me semble que votre sœur a dit aux policiers que leurs relations étaient – comment elle a dit, déjà ? – un peu "tumultueuses" dernièrement.

– Laquelle de mes sœurs ? » Il l'arrêta d'une main. « Je sais laquelle. » Il sembla prendre une décision soudaine. « Écoutez. Je peux mettre les choses au clair ? Est-ce que vous considérez mon père comme suspect ? »

Évidemment, mon gars. Tu le sais bien.

Logan avait dû voir les traces d'égratignures sur le visage de son père. Stan Delaney disait qu'il se les était faites en allant récupérer une balle dans une haie. Aux yeux de Christina, elles ressemblaient à des traces de lutte tout ce qu'il y a de plus classique.

La perquisition qui avait été menée la veille chez Joy et Stan Delaney n'avait rien révélé d'intéressant. La maison était propre et bien rangée. Particulièrement propre et bien rangée. Aucun signe qui évoque de près ou de loin une lutte quelconque, si ce n'est peut-être une petite fêlure qui serpentait sur le verre d'une photo encadrée dans le couloir. La photo représentait un enfant tenant un trophée de tennis.

« Qu'est-ce qui s'est passé ? » avait demandé Christina à Stan Delaney et il avait répondu : « Aucune idée. »

C'était un mensonge. Tout comme cette histoire de balle de tennis récupérée dans une haie. Ils avaient saisi la photo encadrée dans le mince espoir d'y trouver du sang ou des cheveux.

Hier, Stan Delaney avait répondu à ses questions de façon pour le moins succincte. Il avait admis qu'en effet, sa femme et lui s'étaient disputés, mais refusé de dire à quel propos. Qu'en effet, cela ne ressemblait pas à sa femme de partir ainsi. Qu'en effet, c'était curieux qu'elle n'ait pas pris sa brosse à dents ni aucuns vêtements, pour autant qu'il puisse en juger. Il était malin, c'était évident. Il savait qu'il n'était pas obligé d'être poli et qu'on ne pouvait pas le forcer à parler s'il n'en avait pas envie. Il était habile. Sacrément habile. Mais Christina l'était encore plus.

« Votre mère a disparu et apparemment, ça ne lui ressemble pas, dit-elle à Logan. À ce stade, nous nous contentons de recueillir des informations.

– Papa est mort d'inquiétude. Il ne dort plus, ne mange plus. C'est difficile pour lui. »

Christina tapota son carnet avec son stylo. « Si je peux me permettre, Logan, vous n'avez pas l'air particulièrement inquiet pour votre mère. »

Il leva les sourcils. Attendit la question.

« Pourtant, c'est vous qui avez signalé sa disparition avec votre sœur. »

Une fois encore, il attendit la question.

« Comme vous le savez, nous tenons une conférence de presse cet après-midi. Nous consacrons beaucoup de temps et d'efforts à retrouver votre mère. »

Elle vit ses bonnes manières ressurgir. « Merci. Nous vous remercions. Nous craignons qu'elle ait eu un accident. Ou... une crise quelconque. »

Christina bondit. « Une crise ? Vous voulez dire, une crise psychique ?

– Oui. » Il s'agita sur son siège.

« Elle avait l'air dépressive ?

– Pas vraiment », dit-il. Il fit la grimace et reprit : « Peut-être un peu.

– Vous pouvez m'en dire plus ? demanda Christina.

– Elle n'était pas tout à fait dans son état normal. » Il regardait derrière Christina. « Elle était peut-être un peu... déprimée.

– Pourquoi ?

– Eh bien... » Elle le vit réfléchir à la vraie réponse avant de la rejeter. « Je ne sais pas trop.

– Si je comprends bien, elle a envoyé un texto à chacun de ses enfants leur disant qu'elle partait, mais elle n'a laissé aucun message à votre père. Vous ne trouvez pas ça curieux ? »

Il haussa les épaules. « Ils s'étaient disputés. Vous le savez. »

Pour le savoir, elle le savait.

« Mon père n'a pas de portable, elle ne pouvait pas lui envoyer de texto.

– Elle aurait pu l'appeler sur le fixe, laisser un mot, trouver un moyen ou un autre de communiquer avec lui, non ? » *La réponse la plus simple est souvent la bonne.*

« Je vois bien l'impression que ça peut donner, vu de l'extérieur, dit Logan. Mais vous vous trompez. »

Les gens ne veulent jamais croire que leurs parents sont capables de s'entretuer, et ce malgré ce dont ils ont pu être témoins. Christina insista. « Dans son texto, votre mère ne disait pas, *Prévenez votre père que je pars.*

– Son texto était incompréhensible », lui rappela Logan.

Christina ne dit rien. Elle attendit. Parfois, son travail consistait simplement à attendre.

Logan tapa du poing contre le bord de son fauteuil comme s'il cognait à une porte avec impatience. « Vous ne pensez tout de même pas que mon père qui a soixante-dix ans a tué ma mère, s'est débarrassé du corps et nous a envoyé un message incohérent de son portable pour brouiller les pistes. Enfin quoi. C'est délirant. C'est juste... impossible.

– D'après les relevés, votre père n'a pas essayé une seule fois d'appeler votre mère », dit Christina.

Dans sa première affaire de meurtre, un homme dont la femme avait disparu avait appelé, totalement paniqué, plus de vingt personnes parmi leurs proches et leurs amis, mais pas une seule fois son épouse prétendument disparue. Pourquoi l'aurait-il appelée ? Il savait qu'elle ne répondrait pas.

« Il faudrait lui demander, dit Logan.

– Où est votre mère, à votre avis ? Que s'est-il passé, d'après vous ? »

Logan continuait à suivre son raisonnement, comme s'il essayait de comprendre lui-même. « Donc, il envoie le faux texto et puis il cache le portable sous le lit ? Pourquoi là ? C'est ridicule. Pourquoi il ne l'a pas détruit ? S'il est capable de commettre un meurtre, il est suffisamment malin pour détruire un téléphone, vous ne croyez pas ?

– Il n'avait peut-être pas les idées claires, suggéra Christina.

– Je ne sais pas où elle est et vous avez tort, je suis inquiet, parce que c'est vrai, c'est bizarre et ça ne lui ressemble pas. » Logan s'agita dans son fauteuil et salua distraitement quelqu'un qui sortait d'une salle de cours. « Mais en même temps, j'ai l'impression qu'elle avait peut-être besoin de partir quelque temps, ou alors qu'elle voulait faire passer un message.

– Pourquoi votre mère aurait-elle voulu faire passer un message ? »

Il leva les mains.

« Quel message aurait-elle voulu faire passer ? »

Il secoua la tête. Les yeux rivés sur un point au mur, il souffla lentement comme s'il laissait s'échapper un long filet de fumée de cigarette.

Elle prit un ton légèrement plus agressif. Cette manie qu'il avait de noyer le poisson commençait à l'agacer. « Ça n'a pas de sens. Vous commencez par me dire que vos parents ont une relation parfaite, et maintenant, vous me dites que votre mère a peut-être disparu pour faire passer un message.

– Je n'ai jamais dit que leur relation était parfaite. Il y avait des problèmes. Comme dans tous les couples. Vous l'avez dit vous-même.

– Vous pouvez décrire ces problèmes de façon plus précise ?

– Pas vraiment. » Il soupira. « Vous seriez capable, vous, d'analyser en détail le couple de vos parents ?

– Mes parents sont divorcés », répondit sèchement Christina.

Elle pouvait décrire très précisément leurs problèmes. Ils avaient divorcé pour une assiette. Une fois retraité, son père avait pris l'habitude de se préparer un sandwich au houmous avec des tomates tous les matins, à onze heures. La mère de Christina lui avait suggéré à plusieurs reprises de passer l'assiette sous l'eau et de la mettre au lave-vaisselle. Il refusait. C'était contraire à ses principes. Ç'avait duré des années jusqu'au jour où sa mère avait pris l'assiette dans l'évier, l'avait lancée comme un frisbee à la tête de son père et avait dit : « Je veux divorcer. » Son père avait été déconcerté et blessé. (Pas physiquement. Il l'avait esquivée.) Il avait fini par conclure que la mère de Christina était

« dérangée » et s'était remarié moins d'un an plus tard. De son côté, la mère de Christina s'était mise au yoga Bikram et à *La Servante écarlate*. « Sous son œil », la saluait-elle sombrement, chaque fois que Christina l'appelait au sujet des préparatifs du mariage. Elle disait qu'elle était ravie que la seconde femme de son père assiste au mariage, du moment qu'elle n'était « jamais dans sa ligne de mire ».

« Et les tâches ménagères ? demanda-t-elle à Logan. Pas de problèmes, de ce côté-là ?

– Les tâches ménagères ? » Logan écarquilla les yeux comme souvent les hommes quand on aborde des questions frivoles d'ordre domestique dans un contexte sérieux. « Ce n'était qu'une assiette », répétait son père à Christina. Il n'avait jamais compris ce que représentait cette assiette : le manque de respect. L'indifférence. Le mépris.

« C'est ma mère qui s'occupe des tâches ménagères, dit Logan. Ça n'a jamais été un problème entre eux. C'est un couple traditionnel, à cet égard. Elle est... de cette génération-là.

– Mais elle l'aidait également à l'école de tennis, non ? »

Logan parut agacé. « Je ne dis pas que c'est normal. »

Elle attendit.

« Ce que je dis, c'est que je ne les ai jamais vus se disputer au sujet des tâches ménagères. » Avait-il inconsciemment fait la moue en prononçant « tâches ménagères » ? Venait-il de jeter un coup d'œil à Ethan dans l'espoir de trouver un peu de solidarité masculine ? *Mais elle est pas possible, cette nana.* À moins qu'elle ne projette ses propres préjugés inconscients ? Elle non plus n'avait jamais vu ses parents se disputer à propos des tâches ménagères, et pourtant l'assiette dans l'évier avait signé la fin de leur mariage. *Il m'ignore, Christina. Je lui demande gentiment et il m'ignore.* L'âge et les bonnes manières n'y changent rien, personne n'est à l'abri d'une crise de rage.

« Pourquoi se disputaient-ils, alors ? »

Il détourna les yeux. « Mon père n'a pas toujours été facile. Il a changé. »

Voilà, on finit par y arriver. « Il a déjà été violent envers votre mère ?

– Quoi ? Non. Jamais. » Il la regarda de nouveau, apparemment choqué. « Vous faites fausse route. »

Pourtant elle aperçut une lueur fugace : une question, une pensée, un souvenir. Elle disparut avant qu'elle n'ait pu la saisir.

« Jamais ? l'interrogea-t-elle.

– Jamais, dit-il. Je suis désolé si j'ai pu vous faire penser ça, c'est tellement loin de la réalité. Il lui arrivait seulement d'être… de mauvaise humeur. C'est tout ce que je voulais dire. Mais il adorait ma mère. » Il marmonna quelque chose d'inaudible.

« Pardon, je n'ai pas entendu. »

Il eut un sourire gêné. « J'ai dit, il adore ma mère. Il adore toujours ma mère. »

Il n'allait pas tarder à se fermer.

Christina bifurqua sur un autre sujet. « Que pouvez-vous me dire de cette femme qui a habité quelque temps chez vos parents, l'an dernier, c'est ça ? Vos deux sœurs en ont parlé.

– Savannah, dit-il pesamment. Ça pour être compliqué, ça a été compliqué à un moment.

– Sur quel plan ?

– Sur tous les plans. »

13

Septembre dernier

« C'est juste le temps qu'elle se trouve un logement », dit Joy à Brooke, le téléphone sans fil coincé entre l'oreille et l'épaule, tout en époussetant le salon avec un « chiffon à poussière microfibre » vert qu'elle avait acheté à l'une de ces insupportables réunions où elle avait été obligée d'endurer diverses « démonstrations de produits », effectuées par une femme très gentille dont les trois enfants avaient tous suivi des cours particuliers avec Joy et Stan sans jamais progresser, si bien que Joy s'était sentie obligée de lui acheter trois chiffons à poussière, un par enfant.

Joy avait pour principe d'épousseter chaque fois qu'un de ses enfants lui téléphonait (y compris Logan, dont les appels duraient trente secondes en moyenne).

Elle était de bonne humeur, aujourd'hui. Hier soir, Stan et elle avaient fait l'amour. Et incroyablement bien. Si elle pouvait encore tomber enceinte, elle serait tombée enceinte. (Avant, elle disait toujours que Stan n'avait qu'à la regarder pour qu'elle tombe enceinte, ce qui avait provoqué un malentendu très embarrassant avec Brooke, alors âgée de six ans, qui avait un jour accusé l'adorable petit Philip Ngu de vouloir la mettre enceinte à la récréation.)

Cela faisait des mois que ce n'était pas arrivé. Elle en était même à se dire que c'était peut-être fini et n'en avait pas été perturbée outre mesure, ce qui était en soi perturbant. Elle soupçonnait que la présence de Savannah n'y était pas étrangère. Peut-être était-ce simplement le fait qu'ils fermaient de nouveau la porte de leur chambre, comme autrefois, quand ils allaient faire l'amour. À moins que la libido de Stan ne soit stimulée par la vue d'une jolie fille se baladant dans la maison ?

Si tel était le cas, ça lui était totalement égal. Il lui était arrivé de trouver des prétextes pour sortir dans le jardin de devant quand Jacob, le fils de Caro, faisait du jardinage torse nu. Elle le connaissait depuis qu'il était petit, mais maintenant qu'il était adulte, il ressemblait à Robert Redford jeune et Joy n'était pas en bois.

Ils s'étaient vraiment éclatés pour des gens de leur âge, se dit Joy. Elle dut refréner son envie de raconter à Brooke les dernières performances de ses parents au lit, comme s'ils avaient remporté un match particulièrement difficile.

« Pourquoi tu ris, maman ? demanda Brooke.

– Je ne ris pas, dit Joy. Je fais la poussière. Ça me chatouille le nez. »

Brooke avait laissé deux messages sur le répondeur aujourd'hui. Elle avait entendu parler de Savannah tout d'abord par sa sœur, puis Logan l'avait appelée dès qu'il avait quitté la maison, ce matin, si bien qu'elle était dans tous ses états. Joy savait que c'était une erreur de ne pas avoir appelé Brooke plus tôt. Brooke voulait systématiquement être la première au courant des événements notables dans la famille. En fait, Joy avait retardé le moment de l'appeler parce qu'elle se doutait que Brooke réagirait à la nouvelle avec incrédulité, désapprobation et anxiété, ce qui était effectivement le cas.

« Logan a dit qu'avec Troy, ils allaient aider cette fille à déménager de son appartement demain. » Brooke rentrait du cabinet en voiture et elle était sur haut-parleur. C'était agaçant. Sa voix était coupée par intermittence.

« Oui, Logan a insisté, dit Joy. Il ne voulait pas que ton père s'en charge seul. Troy et lui vont accompagner Savannah chez elle demain pour déménager ses affaires. Et après, elle n'aura plus rien à faire avec ce triste individu. »

Elle alla dans le salon en tenant en l'air son chiffon à poussière et s'attaqua à la collection de balles de tennis. Stan possédait quarante-trois balles de tennis signées présentées dans de petites vitrines et c'était stupéfiant de voir comme celles-ci se couvraient d'une fine couche de poussière en un rien de temps. Quand il mourrait, les balles de tennis seraient la première chose dont elle se débarrasserait. Il y avait de grandes chances que certaines soient fausses. Elle avait lu quelque part que dans le domaine des souvenirs sportifs, la fraude était en plein essor.

« Et si le petit copain débarque ? demanda Brooke.

– Ils seront à deux contre un, dit Joy. Tes frères s'en chargeront.

– Et s'il a… je ne sais pas, moi, un couteau ? »

Joy s'arrêta. Il n'aurait sûrement pas de couteau ! « Tu crois qu'ils devraient prendre des couteaux, aussi ?

– Mais ça va pas non ! » explosa Brooke. Sa réaction excessive calma aussitôt Joy. Elle n'envoyait tout de même pas les garçons en zone de combat. Savannah était quasi certaine que le petit copain ne serait pas là et si jamais il était là, Troy et Logan étaient deux solides gaillards intimidants. Tout le monde le disait. Ils ne risquaient rien. Elle leur interdirait de prendre des couteaux. Pour être honnête, au fond d'elle, elle ne tenait pas à ce que les garçons aient des couteaux, comme s'ils étaient encore petits et pouvaient se blesser eux-mêmes ou blesser l'autre. Elle avait conscience de l'extrême contradiction de ses pensées.

« Il ne sera pas là, dit Joy. Il est graphiste, apparemment. Comme Indira. Je me demande si elle le connaît ? À mon avis, c'est peu probable. Indira m'a offert un très joli magnet pour le réfrigérateur, je te l'ai dit ? »

Elle disait à tout le monde qu'elle adorait le magnet pour dissimuler le fait qu'elle ne supportait pas de le voir, tant elle avait été déçue en ouvrant le paquet. Elle était bêtement convaincue que c'était une échographie et qu'Indira se cachait quelque part dans le jardin pour observer sa réaction. C'était affreusement gênant.

« Non, maman, tu ne m'as pas dit qu'Indira t'avait offert un très joli magnet », dit Brooke. Joy reconnut le ton patient qu'elle employait autrefois pour parler à sa propre mère.

« Quoi qu'il en soit, les garçons ne risquent rien.

– Je ne peux pas croire qu'on se retrouve mêlés à des gens comme ça, s'inquiéta Brooke.

– Des gens comme ça ? répéta Joy. C'est-à-dire ? »

Brooke n'avait jamais été snob. Joy n'avait pas élevé ses enfants de cette façon. Troy aimait se pavaner comme un paon et jeter sa belle carte de crédit noire sur la table, au restaurant : « C'est pour moi », disait-il, mais c'était drôle à voir.

« Tu vois très bien ce que je veux dire, dit Brooke.

– Non, je ne vois pas. Tu n'as pas grandi à Downton Abbey, ma chérie.

– Ce n'est pas une histoire d'argent ou de classe sociale. Je veux seulement dire des gens susceptibles d'être liés, je ne sais pas, à une forme, comment dire, de délinquance.

– Mais il y a plein de délinquance dans notre famille ! Ton propre frère était un dealer !

– Troy vendait juste de l'herbe aux petits bourges. À t'entendre, on croirait que c'était un baron de la drogue. Il s'était juste aperçu qu'il y avait… un créneau.

– Je t'assure que Savannah est une fille bien qui se trouve dans une situation difficile, dit sèchement Joy.

– Je suis sûre que c'est une fille bien et ce qui lui arrive est affreux, mais c'est une inconnue et tu n'en es pas responsable. Tu as suffisamment à faire ! »

Il y avait dans le ton de Brooke cette nouvelle pointe de condescendance qui était apparue depuis que Stan avait été opéré du genou, comme si c'était pour elle un fardeau écrasant que de devoir s'occuper de ses vieux parents. C'était mignon, mais légèrement agaçant.

« Mais qu'est-ce que tu racontes ? Nous n'avons rien à faire de la journée. Rien. Nos journées sont vides, ma chérie. »

Joy n'avait pas mesuré à quel point Stan et elle s'ennuyaient jusqu'au jour où Savannah avait débarqué chez eux. Savannah leur donnait un sujet de conversation intéressant et puis elle était si charmante, si reconnaissante et si jolie.

« Et Savannah n'est plus une inconnue. » En passant le chiffon, Joy examina la signature d'Agassi griffonnée au stylo sur la balle. « Au départ, tous les gens qu'on rencontre sont des inconnus. Ton père était un inconnu quand je l'ai rencontré. Tu étais une petite inconnue quand je t'ai rencontrée. » Elle revit sa petite tête cramoisie ulcérée quand le médecin l'avait soulevée comme un animal délivré d'un piège. C'était incroyable que ce bébé coléreux sans défense soit devenu cette jeune femme aux idées arrêtées.

« Tu n'as pas laissé papa s'installer chez toi dès que tu l'as rencontré, dit Brooke.

– Non, mais toi, oui ! » lança Joy. Elle trouvait cela amusant, mais le rire de Brooke sonna creux.

« De toute façon, elle ne s'est pas "installée" », la rassura Joy. Elle prit la balle de Navratilova. « C'est provisoire. Évidemment. » Elle avait tout à coup le ton brusque et professionnel qu'elle employait avec les comptables. « Le temps qu'elle se retourne. Il n'y a pas de quoi s'inquiéter. Tu la trouveras sympathique, je suis sûre. Logan l'a trouvée très sympathique, ce matin. Ça se voyait. Tu sais ce qu'elle est en train de faire, là ?

– Elle fouille dans tes bijoux ? suggéra Brooke. Elle usurpe ton identité ? »

Elle ressemblait tellement à son père, parfois.

« Je n'ai aucun bijou de valeur, dit Joy. Elle peut fouiller autant qu'elle veut. Non. Elle prépare le dîner. Des pâtes. » Une odeur d'ail et d'oignon s'échappait de la cuisine. « C'est la troisième fois qu'elle nous fait à manger ! Elle insiste ! Elle dit qu'elle adore faire la cuisine ! Si tu savais comme c'est fabuleux d'avoir quelqu'un qui te fait à manger. Enfin, tu le sais, puisque Grant fait la cuisine. »

Il y eut un silence, puis Brooke dit d'une voix plaintive : « Je t'ai déjà préparé à dîner, maman.

– Mais bien sûr, l'apaisa Joy. Très souvent. » Brooke était relativement bonne cuisinière, comme Joy, mais tout comme elle, elle ne prenait aucun plaisir particulier à cuisiner et posait les assiettes d'un air morose avec un soupir résigné.

Stan et les enfants avaient toujours été de gros mangeurs. Nourrir sa famille avait été pour elle une tâche laborieuse et sans fin, et maintenant qu'ils n'étaient plus que tous les deux, elle devait se forcer à se mettre aux fourneaux tous les soirs en se disant, *Encore ?* Savannah, elle, cuisinait comme si c'était un agréable passe-temps et non une pénible corvée, en fredonnant et en nettoyant au fur et à mesure.

Brooke ne répondit pas et Joy entendit les bruits de la circulation autour d'elle, une voiture qui klaxonnait furieusement, et imagina sa fille au volant, le sourcil froncé, préoccupée par ce maudit cabinet (mais pourquoi l'avait-elle ouvert !), préoccupée par ses parents qui n'avaient pas encore besoin de sa sollicitude. *L'heure viendra, ma chérie, où nous serons fragiles, malades et obstinés et chaque fois que nous appellerons, l'amour et la peur te tordront le ventre, mais ce n'est pas pour tout de suite, chaque chose en son temps, nous n'en sommes pas encore là.*

« En fait, je déteste faire la cuisine », dit Joy. Les mots jaillirent, traîtres, venimeux. « Tu ne sais pas à quel point je déteste faire la cuisine, soir après soir. Tous les jours, à cinq heures, ça ne rate pas, ton père demande : "Qu'est-ce qu'on mange ce soir ?" et je serre tellement les dents que j'en ai mal aux mâchoires. »

Elle se tut, embarrassée.

« Oh maman », dit Brooke. Elle semblait sous le choc. « Il faut qu'on te trouve un service de livraison de repas si tu détestes à ce point faire la cuisine. Je ne savais pas que tu ressentais ça ! Toutes ces années ! Tu aurais dû nous demander de t'aider plus souvent quand on était jeunes, mais tu ne voulais pas qu'on vienne dans la cuisine ! Je m'en veux tel…

– Mais non », l'interrompit Joy. Elle se sentait ridicule. C'est vrai qu'elle ne voulait pas que les enfants l'aident à la cuisine. Ils étaient trop désordonnés, trop bruyants et elle n'avait ni le temps ni la patience d'être de ces mères qui sourient tendrement en voyant un enfant à la bouille enfarinée casser des œufs par terre.

(Elle serait ce genre de grand-mère. Ses petits-enfants seraient pour elle l'occasion de se rattraper. Elle avait désormais du temps et des œufs à ne savoir qu'en faire et serait présente pour ses petits-enfants. Lorsqu'elle regardait des photos de ses enfants quand ils étaient petits, elle se disait parfois : Est-ce que je voyais comme ils étaient beaux ? Est-ce que j'étais là ? N'ai-je fait qu'effleurer ma vie ?)

« Je plaisantais, je ne déteste pas faire la cuisine. C'est juste que c'est agréable de me faire servir comme si j'étais une châtelaine ! Et puis ce n'est pas grand-chose, maintenant qu'il n'y a plus que ton père et moi, c'est facile ! Bon… et toi, comment vas-tu ? Tu as passé un bon week-end ?

– C'était bien, oui, dit Brooke. Tranquille. »

Soudain, Joy eut une intuition, Brooke avait la voix légèrement tendue et elle se rappelait que sa fille lui avait dit qu'elle passerait peut-être ce week-end, mais elle n'était pas venue, et elle-même était si occupée par Savannah que ça lui était sorti de la tête. Elle lui demanda : « Tu as eu la migraine, ce week-end ?

– Et autrement, qu'est-ce qu'elle fait de ses journées, cette Savannah ? dit Brooke au même moment. À part cuisiner ?

– Elle se repose, dit Joy. Elle avait besoin de se reposer. Elle a vécu des moments très difficiles. »

Les premiers jours, Savannah avait passé des heures à dormir, comme si elle se remettait d'une grave maladie, et Joy et Stan marchaient sur la pointe des pieds et se regardaient en haussant les épaules d'un air perplexe. Au début, elle ne disait rien et se contentait de manger avec gratitude ce qu'on lui donnait. C'était un plaisir de voir ses joues reprendre des couleurs. Au fil des jours, elle était devenue plus bavarde ; elle semblait très intéressée par la vie de Joy et Stan et ravie d'écouter leurs histoires et de regarder les photos de famille. Elle voulait tout savoir de l'école de tennis : Qu'est-ce qui les avait poussés à la créer ? Comment c'était au tout début ? Avaient-ils du mal à trouver des élèves ? Jouaient-ils encore ? Aucun de leurs enfants n'avait eu envie de reprendre l'affaire ? C'était Stan qui se chargeait de répondre à toutes ces questions. Il en avait visiblement envie et se précipitait pour répondre en premier – ça ne lui ressemblait tellement pas ! –, comme s'il en avait besoin, comme si l'intérêt qu'elle manifestait avait des vertus thérapeutiques et lui permettait de tourner la page, peut-être ? Savannah l'écoutait en hochant la tête et ne montrait aucune impatience quand Stan passait dix minutes à essayer de se rappeler si tel ou tel tournoi avait eu lieu en 1981 ou 1982.

« Et papa, qu'est-ce qu'il en pense ? » demanda Brooke. Sans attendre la réponse, elle ajouta, soudain soupçonneuse : « Il lui a déjà mis une raquette entre les mains ? Elle sait jouer ? »

Elle était si transparente. Elle avait une adoration sans bornes pour son père. Elle était toujours en quête de l'approbation de Stan, alors qu'elle l'avait toujours eue, dès l'instant où il l'avait prise dans ses bras. Brooke était la préférée de Stan. Tout le monde le savait, sauf elle.

« Savannah ne joue pas, répondit Joy. Elle dit qu'elle n'est pas sportive. Mais ton père l'aime bien. » C'était d'ailleurs étonnant de voir comme Stan et Savannah s'entendaient bien. « Ils sont tous les deux passionnés par la même série. Ils parlent des personnages comme si c'étaient des gens qui existaient pour de vrai.

– Quelle série ? demanda Brooke d'un ton pressant, comme si c'était important.

– Mais je n'en sais rien, moi », dit Joy. Elle n'avait jamais été une grande amatrice de télévision, et plus les années passaient, moins elle la supportait – elle avait mal au bas du dos quand elle restait assise trop longtemps – alors que chez Stan, c'était l'inverse, et il passait des heures dans son fauteuil à regarder des bêtises.

« OK, dit Brooke.

– Comment va Grant ? demanda Joy. Et le cabinet ? J'ai donné ta carte à quelqu'un, l'autre jour, c'était qui déjà ? Quelqu'un qui disait qu'il avait mal au dos, comme moi, alors je lui ai dit “Il faut que vous alliez voir ma fille”, et il a dit…

– Amy m'a dit qu'apparemment papa allait lui acheter une voiture ? » Brooke avait un ton acerbe.

« À Savannah ? Il ne va pas lui acheter une voiture, on a seulement dit qu'il faudrait qu'on lui trouve une voiture à un moment ou à un autre et ton père lui a demandé si la nouvelle Golf pourrait lui convenir, alors ils sont allés en essayer une. Tu connais ton père, il adore essayer des voitures, même s'il n'a pas l'intention d'en acheter.

– Comment aurait-elle les moyens de s'acheter une voiture ? Elle travaille, au moins ?

– Je crois t'avoir déjà dit que son petit copain et elle sont arrivés du Queensland il y a peu de temps.

– En ce cas, elle n'a qu'à retourner au…

– Jo-oy ! À table !

– Il faut que j'y aille, Savannah vient de dire que le dîner est prêt. »

Elle se dirigea vers la cuisine, le téléphone collé à l'oreille.

« Comment papa a réagi en apprenant que Harry comptait faire son come-back ? demanda Brooke.

– Oh, disons que Savannah est un bon moyen de ne pas y penser », répondit Joy en baissant la voix, sachant que Stan était déjà dans la cuisine en train de s'occuper des boissons. Elle apercevait Savannah par la porte entrebâillée, trois assiettes en équilibre sur l'avant-bras comme une serveuse. Sa coupe de cheveux lui allait à merveille.

« Ce sera intéressant de voir ce qu'il dit de papa dans son autobiographie, dit Brooke. Tu crois qu'il la lira ? Ou est-ce que ça risque de le bouleverser ?

– Quelle autobiographie ? » Joy s'arrêta et tourna le dos à la cuisine.

« Apparemment, il est en train de l'écrire, dit Brooke. Ou du moins, il paie probablement un nègre pour l'écrire à sa place. »

Seraient-ils un jour débarrassés de ce garçon ? « Je ne savais pas. »

Elle aurait dû s'en douter. Tous les grands noms du tennis écrivaient leurs mémoires un jour ou l'autre. Tout le monde aimait les *success stories*. La professeure de l'atelier « Vous voulez écrire vos mémoires ? » leur avait dit que les thèmes les plus courants étaient « De la misère à la richesse » et « Réussir malgré les obstacles ». Le fait de suivre le stupide atelier de Caro avait quelque chose de dégradant, alors que Harry, un gamin dont elle avait pansé les genoux maigrichons en sang, écrivait de vrais mémoires que les gens voudraient lire. Toute sa vie lui semblait soudain ridicule. Une vie de *dame*.

« Et toi, tu la liras ? demanda Brooke.

– Je ne sais pas, dit-elle lentement. Sans doute. » Elle entendit le timbre grave de la voix de Stan qui parlait à Savannah dans la cuisine.

Elle alla s'asseoir sur le canapé et prit un coussin.

Elle caressa la douce frange à pompons en surveillant sa réaction à cette nouvelle. Son cœur battait certes plus vite, mais pas à tout rompre. Il n'y avait aucune raison de s'inquiéter. Après tout, Stan et elle ne représentaient qu'un chapitre de la carrière illustre de Harry. Harry se contenterait de resservir une variante détaillée de l'histoire éculée de la tombola : Elias, son père, avait gagné un cours particulier au Delaneys, en avait fait profiter son fils, qui n'avait jamais tenu une raquette de sa vie et patati et patata.

Il n'y aurait pas d'autres révélations. Harry ne savait rien. Il était tout jeune, le regard tourné vers l'avenir. Ses lecteurs voulaient savoir ce que cela faisait de remporter Wimbledon. Ils voulaient connaître ses secrets. Et non les secrets de son père. Ni les secrets de Joy.

Elle revoyait le visage séduisant d'Elias Haddad : ses clins d'œil indolents, sensuels. Ils lui glaçaient le sang. Quand elle le croisait lors d'un tournoi national, elle pensait, *Tu n'as pas intérêt à me refaire un clin d'œil, Elias.* Mais ça ne ratait jamais, il lui glissait une œillade au-dessus de la tête de leurs enfants qui ne se rendaient compte de rien. Comme si ce n'était qu'une plaisanterie. Elle refusait de s'inquiéter. Elle n'y penserait plus. C'était si vieux, tout ça.

« Inutile de ressasser les vieilles histoires », disait sa mère. Les gens passaient leur temps à ressasser, aujourd'hui.

« Il faut que je te laisse, ma chérie, dit-elle brusquement à Brooke. Je sais que tu as des choses à faire. » Elle sentait l'odeur du dîner qui l'attendait. Elle remit en place le coussin dans le coin du canapé. « On se voit dimanche, pour la fête des pères. Tu feras la connaissance de Savannah.

– Elle sera encore là ? » La voix de Brooke se fêla sous le coup d'une émotion sincère. « Pour la fête des pères ? »

Joy baissa de nouveau la voix et se pencha vers le téléphone.

« Écoute, ma chérie », dit-elle. Dans la famille, la légende – que Brooke aimait perpétuer – voulait que bien qu'elle soit la plus jeune et souffre de problèmes de santé, elle était la plus robuste des enfants Delaney, la moins sensible, celle qui avait une vie personnelle et professionnelle stable, alors qu'Amy, qui était l'aînée et aurait dû par conséquent être la plus responsable, était écervelée, fragile et hypersensible, mais Joy savait qu'il n'en était rien. Elle savait exactement ce qui se cachait derrière la façade que ses enfants présentaient au monde.

Certes, Amy avait des problèmes psychiques, mais au fond, elle était solide comme un roc. Logan feignait d'être indifférent à tout, alors qu'un rien le touchait. Troy prenait des airs de supériorité car il avait un complexe d'infériorité. Et Brooke se présentait comme la plus adulte d'entre eux, mais Joy apercevait parfois sur son visage une expression fugace d'enfant apeurée. Dans ces moments-là, Joy avait envie de serrer dans ses bras sa fille d'un mètre quatre-vingt-cinq et de lui murmurer, *mon bébé.*

« Savannah n'aura pas trouvé de logement d'ici ce week-end, dit-elle à Brooke.

– Non, bien sûr », répondit Brooke. Elle semblait détachée et distante, à présent. « Ça ne me dérange pas, maman. C'est vraiment bien, ce que tu fais, et je suis contente pour toi que tu n'aies plus à faire à manger quelque temps. On se voit dimanche. Je t'embrasse.

– Moi aussi », dit Joy mais Brooke avait déjà raccroché.

Joy alla dans la cuisine où Stan avait aligné trois verres sur l'îlot central : du vin blanc pour Savannah, du rouge pour Stan et un spritzer pour elle.

Savannah plaça une grande salade verte au milieu de la table et disposa parfaitement les couverts à salade en argent. Joy avait reçu ces couverts en cadeau il y avait de cela plusieurs années, mais elle ne s'en servait jamais, comme si aucune occasion n'en valait la peine, pas même Noël. Savannah au contraire utilisait systématiquement ce que Joy avait de mieux dans la cuisine : les beaux sets de table, les beaux verres, les beaux couverts, si bien que tous les soirs, le dîner semblait aussi festif que délicieux. Ce soir, Savannah avait même cueilli une petite branche de cerisier en fleur qu'elle avait mise dans un minuscule vase qu'elle avait trouvé au fond d'un placard.

« Un peu de musique ? » Joy tendit son portable en inclinant la tête. En posant cette question, elle avait l'impression d'avoir une trentaine d'années et de vivre en colocation comme Amy. (Elle n'avait jamais vécu en colocation.)

Logan l'avait aidée à créer un compte Spotify il y a une éternité, mais comme pour les couverts à salade, Joy n'avait pas eu l'occasion de s'en servir, jusqu'au jour où Savannah était arrivée.

« Je veux bien, oui. » Savannah se glissa derrière elle pour prendre les moulins à poivre et à sel sur le buffet.

« Les pâtes ont l'air délicieuses, Savannah », dit Stan. Il n'aurait jamais dit « Ça a l'air délicieux, Joy » à propos d'un plat qu'elle avait préparé, même s'il lui arrivait de grommeler « Ça a l'air bon » en prenant sa fourchette. La courtoisie de Stan était comme la belle vaisselle et les beaux verres. Elle donnait de l'éclat à la soirée.

Il fit un clin d'œil à Joy – un simple clin d'œil de mari aimant dépourvu de sous-entendu – et elle repensa à ses mains sur elle, la nuit d'avant, à sa voix qui lui chuchotait à l'oreille, et tandis que s'élevaient dans la cuisine les premières mesures de *Sweet Caroline* de Neil Diamond, Joy oublia peu à peu l'autobiographie de Harry et l'inquiétude que lui inspirait Brooke et se laissa envahir par un profond contentement, aussi divin que du paracétamol effervescent.

14

Aujourd'hui

« Avez-vous tué votre femme, Mr Delaney ?

– Hein ? » Le vieux monsieur, immense, les épaules voûtées, les yeux cernés de marques de pouce rougeâtres, leva sa tête chauve, apparemment dérouté par la question. « Quoi ? »

Le journaliste au visage poupin en costume-cravate très smart lui fourra un gros micro devant la bouche. « Avez-vous quelque chose à voir avec la disparition de votre femme, Mr Delaney ? »

Le vieux monsieur se tenait sur la pelouse, devant sa maison de la banlieue résidentielle, aux côtés de ses quatre grands enfants, au milieu d'un demi-cercle de journalistes et de cameramen.

Les journalistes étaient tous jeunes, vêtus de tenues unies à la fois chics et décontractées aux couleurs franches et bien coupées, le teint lisse sous le maquillage. Les cameramen étaient tous des hommes, plus âgés, le visage quelconque, impassible, habillés pour faire les courses le week-end dans un magasin de bricolage : en jean et polo.

« Mr Delaney ?

– C'est de la diffamation. Laissez-le tranquille, espèce de parasite ! » C'était une des filles du vieux monsieur qui avait pris la parole. Elle frappa le micro d'un revers leste. Elle jouait au tennis, apparemment. Comme eux tous.

Un des frères s'avança, masquant le visage de son père d'un bras protecteur. Mais les deux autres restèrent plantés là sans rien dire. Ils parurent même s'écarter très légèrement de leur père et cela se vit sur le Net.

Les opinions étaient faites. *Deux de ses enfants le croient coupable.*

15

L'inquiétude grandit après la disparition d'une habitante de Sydney qui n'a plus donné de nouvelles depuis dix jours. La police a lancé un appel à témoins pour retrouver Joy Delaney, professeure de tennis aujourd'hui retraitée.

La disparition de cette femme de 69 ans a été signalée par ses enfants et les policiers ne l'ont pas retrouvée. Des membres de sa famille disent avoir reçu le jour de la Saint-Valentin un texto qui « ne lui ressemble pas ». Selon les témoignages, elle serait partie avec un vélo vert équipé d'un panier en osier.

Les recherches menées dans le bush et sur les pistes cyclables avec le concours de plus de cent bénévoles de son quartier n'ont rien donné. La police demande à toute personne possédant des images de vidéosurveillance ou de caméras embarquées dans le secteur de se manifester.

Une Volvo gris métallisé a été saisie dans le cadre de l'enquête et des prélèvements doivent y être effectués dans les prochains jours.

Les enquêteurs sont impatients de s'entretenir avec une ancienne invitée de la maison, Savannah Pagonis, qui détient peut-être des informations importantes. La police précise que miss Pagonis n'est aucunement considérée comme suspecte. « Toute information, si infime ou apparemment insignifiante soit-elle, peut se révéler cruciale à ce stade », déclare le lieutenant chargé de l'enquête, Christina Khoury.

Le mari de la disparue, Stanley Delaney, aide la police dans son enquête.

« Aide la police dans son enquête », murmura Teresa Geer en découpant soigneusement l'article du journal du jour avec les grands ciseaux de cuisine, comme elle en avait gardé l'habitude, même si ses enfants se moquaient d'elle. C'était curieux comme ce genre d'habitudes du quotidien étaient soudain démodées.

Elle hésitait à montrer cette coupure-ci à sa fille quand elle rentrerait de son rendez-vous. De toute évidence, Claire aurait déjà appris que la mère de son ex-mari avait disparu.

Elle serait à la fois préoccupée et bouleversée par cette nouvelle. Il n'y a rien de pire que de devoir plaindre des gens qui vous ont causé du tort. On ne veut certes pas que ses ennemis gagnent au loto, mais on ne tient pas non plus à ce qu'ils connaissent des tragédies. Autrement, ils prennent l'avantage.

Maudits Delaney. Autrefois, Teresa aimait bien la famille Delaney, mais tout avait brutalement changé cinq ans auparavant. Elle n'oublierait jamais le visage bouleversé de sa fille quand elle lui avait annoncé ce que Troy avait fait.

Non seulement il lui avait brisé le cœur, mais c'était de la faute de Troy si Claire était désormais mariée à un Américain – un Américain tout à fait sympathique, mais un Américain qui vivait en Amérique.

Du temps où Troy et Claire étaient mariés, ils menaient une existence hybride, faisant constamment l'aller-retour entre les États-Unis et l'Australie, comme si New York n'était qu'à quelques arrêts de bus de Sydney. C'est comme ça que Claire s'était liée d'amitié avec une Texane de New York du nom de Sarah, qui, un an après sa rupture avec Troy, l'avait invitée à son mariage. Sa fille avait alors fait la connaissance du frère divorcé de Sarah, Geoff, à qui Teresa n'avait rien à reprocher, à part son adresse.

Austin était une ville très agréable et très accueillante, mais Sydney aussi ! Son nouveau gendre se contentait de sourire quand elle le lui faisait remarquer. Il ne s'intéressait pas autant à elle que Troy, à l'époque. Troy lui faisait vaguement du charme. Et cela ne déplaisait pas à Teresa. Ce souvenir l'attrista. Ils s'étaient tous fait berner. Geoff n'était pas comme Troy. Il détestait prendre l'avion. Il ne voulait pas d'une existence hybride. Lui, ce qu'il voulait, c'était une existence où Claire voyait sa famille australienne une fois par an. En ce moment, Claire était à Sydney et occupait la chambre d'amis, ce qui était formidable, mais quand elle reprendrait l'avion, Teresa ne la reverrait sans doute pas avant des mois.

Merci bien, Troy Delaney.

Elle enfonça la pointe des ciseaux dans le titre de l'article du journal INQUIÉTUDE GRANDISSANTE APRÈS LA DISPARITION D'UNE FEMME.

Et voilà que sa fichue belle-mère choisissait de disparaître précisément en ce moment.

À l'époque, elle aimait bien les parents de Troy. C'était un couple ordinaire, terre à terre, comme Hans et elle. Elle les voyait tous grands-parents. Elle aurait forcément remarqué s'il y avait dans leur couple des fêlures qui aurait pu conduire… à une catastrophe. Mais c'était il y a cinq ans et tous les couples avaient peut-être des fêlures secrètes qui pouvaient se transformer en gouffres béants.

Elle posa les ciseaux et roula en boule l'article soigneusement découpé. Elle ne parlerait pas à Claire de son ex-belle-mère, à moins que celle-ci n'en parle la première, auquel cas, elle lui dirait que c'était certes perturbant, mais qu'elle devait s'efforcer de ne pas être affectée. Les Delaney n'avaient plus rien à voir avec eux.

Si seulement c'était vrai.

Maudit soit Troy Delaney.

16

Septembre dernier

À l'avant de la voiture de Logan, Troy Delaney regardait défiler les rues de son enfance : belles pelouses, haies taillées au cordeau, murs de brique couverts de lierre. Un facteur à vélo glissait un pli dans une boîte aux lettres verte décorée, une pie plongeait en piqué sur la tête casquée d'un cycliste, un promeneur de chiens trottinait derrière trois petits hybrides, une jeune mère poussait une poussette double. Il n'avait rien à redire, aucune raison de se plaindre (à part la pie, il détestait les pies). Le quartier respirait la douceur de vivre. C'était juste que cette douceur implacable lui donnait l'impression d'être tendrement étouffé sous une couette.

Il ferma les yeux et essaya de se rappeler la cacophonie et les rues en canyon de New York où il se trouvait encore vingt-quatre heures plus tôt, mais c'était comme si la banlieue de Sydney avait effacé l'existence de New York. Il n'y avait plus que cette réalité douce et fade, ce frère aîné qui conduisait, un petit sourire satisfait sur son visage pas rasé, car il savait que Troy n'avait aucune envie d'être là.

« Belle écharpe, n'avait-il pas manqué de dire en voyant Troy qui l'avait mise uniquement pour l'énerver. Tu es très intimidant.

– Pur cachemire », avait répondu Troy.

« C'est vraiment gentil de votre part, dit une voix féminine de la banquette arrière.

– Pas de problème. » Troy se retourna et sourit à la fille sagement assise derrière eux dans la poubelle de son frère.

Savannah. La curieuse petite protégée de ses parents. Elle était assise bien droite, coiffée d'une queue-de-cheval d'écolière qui dégageait de petites oreilles légèrement pointues comme celles d'un elfe. Elle était pâle, pas maquillée. Son corps émacié et son visage dur étaient de ceux qui trahissent les ravages de la dépendance et de la rue. Elle avait une plaie presque cicatrisée au-dessus d'un œil au beurre noir légèrement violacé et Troy s'efforçait d'éprouver la compassion qu'elle méritait à l'évidence, mais son cœur était aussi inflexible et soupçonneux que celui d'une ex.

Les parents de Troy ne se rendaient pas compte que ce n'est pas parce qu'on est maltraité qu'on est quelqu'un de bien. Qui sait, Savannah était peut-être une délinquante, une psychopathe ou une simple opportuniste qui en voyant leur grande maison et leurs visages ridés pleins de candeur, s'était dit qu'il y avait de l'argent à se faire.

Logan et lui étaient là pour jouer les gros bras si jamais le petit copain débarquait. Troy jeta un coup d'œil discret à son frère aîné, qui ne fréquentait peut-être pas de club de gym, mais arborait encore une musculature insolente, bien qu'il ait pris du ventre. Il se demandait combien il soulevait en développé couché, si tant est qu'on puisse le convaincre de s'allonger sur un banc de musculation.

Comment feraient-ils si ce mec se pointait ? Du temps où Troy était encore dans sa phase rebelle, il aurait été ravi de pouvoir démolir un type en toute légitimité, défendre une femme bafouée, défouler toute cette rage, mais il ne se baladait plus, poings et dents serrés, en quête d'un bouc émissaire. Le petit imbécile fou furieux n'existait plus. Aujourd'hui, la seule idée de se retrouver mêlé à une altercation physique lui semblait grotesque.

Il serra le poing et regarda ses jointures. Savait-il encore frapper ? Et si ça partait en vrille et qu'il se retrouvait accusé d'agression ? Il imagina un flic de vingt ans le menotter et l'emmener en le tenant par la nuque. Ce serait insupportable de voir sa vie lui échapper.

S'il était arrêté, il ne pourrait plus faire la navette entre Sydney et New York. Il mesurait sa chance de ne pas avoir de casier judiciaire qui lui cause des problèmes aux frontières, qu'il franchissait si aisément et si régulièrement. C'était grâce à sa mère qu'il avait écopé d'un simple avertissement lorsqu'il avait été arrêté à l'époque de sa « petite entreprise ». Elle était arrivée comme la cavalerie après avoir reçu un coup de fil de sa petite copine d'alors et s'était lancée dans une de ses offensives de charme, à laquelle le plus âgé des deux policiers avait succombé.

Dix minutes avant, Troy avait fait un deal lucratif avec le délégué des élèves d'une école « d'élite », si bien qu'il avait beaucoup d'argent sur lui mais seulement une petite quantité de drogue, ce qui lui avait permis d'assurer qu'elle était destinée à son usage personnel. Troy voyait bien que le jeune policier mourait d'envie de le faire inculper, qu'il représentait tout ce qu'il détestait. « T'as de la chance, mais ça ne durera pas, mon gars », lui avait-il dit, le regard haineux.

« Ne me parle pas, ne me regarde pas », lui avait lancé sa mère, frémissante de rage, sur le chemin du retour.

C'était également sa mère qui avait réussi comme par enchantement à convaincre le père de Harry Haddad de ne pas appeler la police quand Troy avait collé son poing dans la figure de son fils qui avait triché.

« Si j'avais été là, j'aurais appelé la police moi-même », avait dit le père de Troy.

« Ton père n'aurait jamais fait ça, lui avait dit Joy en privé. Il est juste énervé. »

Mais son père avait prononcé ces paroles et ne les avait jamais retirées.

Apparemment, Harry Haddad allait sortir son autobiographie

l'an prochain. Troy se demandait s'il y raconterait comment le fils de son premier entraîneur avait sauté par-dessus le filet et failli lui casser le nez parce qu'il avait triché. Probablement pas. Ça ne collait pas avec son image de respectabilité. Troy ne lirait pas l'autobiographie de cet enfoiré, de toute façon. Plus encore que d'avoir triché, il en voulait à Harry d'avoir laissé tomber son père.

Troy s'agita sur son siège, se débarrassa d'un coup de pied d'un vieil emballage de Subway qui traînait sur le plancher de la voiture et s'était collé au bout de sa chaussure, et sans raison, se surprit à réfléchir à ce qui s'était passé à New York. Il n'avait pourtant pas autorisé son cerveau à se pencher sur la question et s'était même interdit expressément d'y repenser pendant vingt-quatre heures.

Son ex-femme l'avait retrouvé pour boire un verre et l'avait mis face à un dilemme moral si cruel qu'il s'était demandé s'il cela ne risquait pas de lui provoquer instantanément un ulcère à l'estomac. Les gens avaient encore des ulcères à l'estomac ? On n'en parlait plus trop.

Ulcéré, le mot convenait parfaitement à ce qu'il éprouvait en ce moment : c'était comme si un petit kyste avait éclaté et remplissait son estomac d'acide corrosif.

« Il ne s'agit pas de revanche », avait dit Claire avec un sourire tremblant après avoir bu une gorgée d'un cocktail trop cher et trop accessoirisé. Elle était venue d'Austin exprès pour lui parler.

Logan s'engagea sur la quatre-voies et s'arrêta au premier feu. Une chauve-souris morte pendait sur la ligne électrique. Chaque fois que Troy repartait de chez ses parents, il tombait sur le feu rouge à cet endroit et se disait, *Je tombe toujours sur le feu rouge à cet endroit*, puis il levait les yeux et se demandait, *Cette chauve-souris est toujours là, non ?* Il se retrouvait prisonnier d'un cercle vicieux de pensées inutiles.

Un peu plus loin sur l'artère, un bus s'était arrêté et une poignée de gens en descendaient. Troy vit une très vieille dame trottiner vers l'arrêt de bus, l'air désespéré, les bras levés. Elle lui faisait penser à sa grand-mère qui était morte depuis longtemps et qu'il adorait, même si elle buvait trop et était méchante avec sa mère. Elle gardait une cicatrice de la fois où son mari, le grand-père que Troy n'avait jamais connu, l'avait envoyée valser en travers de la pièce. Elle en était fière, comme si c'était un tatouage qu'elle s'était choisi. « Je l'ai flanqué dehors, ce salaud, disait-elle à ses petits-enfants. Je lui ai dit "Je ne veux plus jamais te revoir". Et je ne l'ai plus jamais revu. »

Le dernier passager sortit du bus. La vieille dame accéléra le pas.

Troy passa la main devant Logan et donna un coup de poing sur le klaxon pour attirer l'attention du chauffeur. Trop tard. Les portes se refermèrent. Le bus redémarra. Et merde.

Logan lui jeta un coup d'œil. « Elle prendra le prochain. »

Troy donna de nouveau un coup de pied dans le papier du sandwich. « Beurk. Mais j'y crois pas, c'est collé sur ma chaussure. Oh non, cette espèce de faux fromage jaune va la tacher.

– Il faut que tu te rachètes des pompes, de toute façon, dit Logan.

– Ce sont des mocassins en daim Armani tout neufs ! » protesta Troy.

Logan eut un petit sourire narquois.

Troy se pencha, ramassa le papier, le roula en boule et le fourra dans le vide-poches de la portière plein de pièces auxquelles venaient s'ajouter des lunettes de soleil achetées dans une station-service qui avaient perdu un verre et un CD sans sa boîte. « Tu n'as pas nettoyé ta voiture depuis combien de temps ? Les années quatre-vingt-dix ou quoi ?

– Troy préférerait ne pas être vu dans ma voiture. » Logan regardait Savannah dans le rétroviseur. Attends, il lui avait fait un clin d'œil ou quoi ? Il ne pouvait pas flirter, il était en couple depuis longtemps avec Indira. À son avis, Indira était trop bien pour lui. Il n'avait jamais compris ce que ces femmes voyaient en lui. Le seul talent de Logan était de repérer les bonnes. Il arrivait que Logan décèle d'emblée chez une femme quelque chose qui lui avait échappé. Quand ils avaient dix-huit ou dix-neuf ans, ils étaient tous les deux sortis avec des filles qui s'appelaient Tracey et Troy avait craqué de façon inavouable pour la Tracey de Logan. C'était la mieux des deux ! Le pire, c'était que Troy l'avait rencontrée le premier et qu'il aurait pu la draguer, mais il avait fallu que Logan soit sensible à son charme pour qu'il le soit aussi.

« Vous avez une belle voiture, Troy, dit Savannah. C'est quoi ? »

Ils avaient pris la voiture de Logan car elle avait un plus grand coffre pour mettre les affaires de Savannah. Troy était soulagé de ne pas avoir à garer sa voiture devant l'immeuble de Savannah, qui devait être dans un quartier pourri où en moins de cinq minutes, elle serait rayée avec une clé.

« C'est une McLaren 600LT. » Troy avait pris un ton aussi neutre que possible et ignora l'inévitable sifflement d'admiration feinte de Logan.

« Combien ça coûte, une voiture comme ça ? demanda Savannah. Si ce n'est pas indiscret ?

– Vous plaisantez ? dit Logan. Il cherche toujours un prétexte pour glisser un mot sur sa fortune.

– Je t'emmerde », dit Troy, car s'il y avait bien un sujet qu'il préférait éviter devant cette potentielle arnaqueuse, c'était sa fortune.

« Que faites-vous, Savannah ? » Il se retourna de nouveau vers elle. « Dans la vie ? Si ce n'est pas indiscret ? »

Savannah tourna la tête et s'adressa à la vitre. « Un peu de tout. » Son piercing de nez étincelait. « Surtout dans la vente. L'accueil. »

OK, elle avait été caissière et serveuse.

Elle se détourna de la vitre et le regarda délibérément, le menton levé. « On venait juste d'arriver à Sydney, je n'ai pas encore eu le temps de trouver du travail. J'en trouverai, évidemment, une fois que ça… » Elle montra son front. « Je n'ai pas l'intention de vivre aux crochets de vos parents indéfiniment, si c'est ce que vous croyez.

– Ce n'est pas ce que je voulais dire », dit Troy, embarrassé, déstabilisé et irrité d'être mis dans cette position. Il se retourna face à la route et se tortilla pour essayer de tendre les jambes. Il repensa à tout l'espace qu'il avait pour ses jambes sur le vol Emirates de New York, à la sublime hôtesse se penchant pour lui remplir son verre dans un nuage de parfum séduisant (Baccarat Rouge 540 : il était sûr de ne pas se tromper, mais il avait tout de même vérifié pour en être sûr) et tout ça pour se retrouver coincé dans une voiture qui sentait le bacon.

Il changea de position. Puis de nouveau. Il sentit que Logan l'avait remarqué et se força à ne plus bouger pendant une minute. Il compta dans sa tête. *Un crocodile, deux crocodiles, trois crocodiles.* Arrivé à trente secondes, il fut forcé de bouger.

Il était redevenu le petit Delaney de onze ans qui gigotait sans cesse.

« ARRÊTE DE GIGOTER, TROY DELANEY ! » lui hurlaient ses professeurs, et quand il les aimait bien, il essayait parfois de ne plus bouger, il essayait vraiment, mais son corps remuait tout seul comme s'il était un pantin dont le maître malveillant secouait les membres en tirant sur ses fils.

Il renonça et laissa ses jambes s'agiter et ses doigts tambouriner sur ses cuisses.

« Et vous, Troy, qu'est-ce que vous faites ? dit Savannah. Dans la vie ?

– Je suis trader, dit Troy.

– C'est quoi, au juste ?

– J'achète et je revends.

– Quoi exactement ? »

Il savait qu'elle se lasserait vite. Comme tout le monde.

« Tout ce qui varie.

– Je ne comprends pas, dit humblement Savannah.

– Vous n'êtes pas la seule », dit Logan.

Troy ne le regarda pas. « Ça veut dire tout ce qui est volatile : des taux d'intérêt, des actions, des devises, des matières premières – c'est mon gagne-pain.

– Vous prenez des risques, alors, dit Savannah. Il la regarda de nouveau dans le rétroviseur et vit qu'elle avait la tête penchée et examinait ses ongles.

– Des risques calculés », dit Troy. Sa famille pensait qu'il jouait au black-jack toute la journée.

Logan marmonna dans sa barbe.

« Quoi ? » Troy se tourna vers lui.

Logan haussa une épaule. « Je n'ai rien dit. »

Comment pouvait-il avoir un sourire aussi satisfait alors qu'il roulait dans une voiture pleine d'emballages de Subway ?

« Et vous avez… quelqu'un dans votre vie ? demanda Savannah.

– Il est hétéro, dit Logan. C'est juste qu'il aime bien jouer les folles.

– C'est vrai ? » demanda Savannah à Troy. Elle avait relevé la tête, intriguée. « Vous aimez jouer les folles ?

– Apparemment », répondit Troy. Il se fichait qu'on le croie gay. Ce n'était pas pour lui déplaire. Ça obligeait les gens à faire attention. Il ne faisait pas exprès. Ou peut-être que si. Pour se différencier de Logan, qui lui, était un homme « viril ». Logan pensait qu'il n'y avait qu'une façon d'être un homme : celle de son père.

Ils continuèrent à rouler en silence sur la quatre-voies, dont chaque feu passait systématiquement au rouge à leur approche, ce qui le rendait fou. Logan fredonnait entre ses dents, le coude négligemment posé sur la portière, la tête appuyée contre l'appuie-tête, comme un ado glandeur qui allait à la plage avec des amis. Il continuait probablement à aller à la plage avec ses amis. Ils faisaient sans doute des barbecues et jouaient au cricket sur le sable. Logan avait gardé le contact avec tous ses copains du lycée, ce qui lui inspirait un mélange de mépris – c'était tellement petit-bourgeois, tellement typique de Sydney – et de jalousie. Troy aimait bien l'idée des vieux copains, mais pas la réalité. Chaque fois que des vieux copains le contactaient, il frémissait. Comme s'ils voulaient lui arracher quelque chose, lui retirer son enveloppe extérieure et révéler aux yeux de tous le gamin grossier, fruste qu'il était autrefois. Il était toujours vaguement étonné que les vieux copains existent encore.

Logan continuait à fredonner. Il avait besoin de se faire couper les cheveux, de se raser, et probablement aussi de se doucher, merde.

C'était le même air monotone à deux notes que Logan fredonnait autrefois durant les longs trajets en voiture, quand ils allaient à des tournois, et qui se faufilait sournoisement dans la conscience de Troy jusqu'à ce qu'il n'ait pas d'autre choix que de recourir à la violence, parce que franchement, combien de fois il fallait lui demander d'arrêter ?

« Arrête. » Il toucha l'épaule de Logan. « Arrête, s'il te plaît. »

Logan arrêta brusquement de fredonner. Il jeta un coup d'œil à Troy, alluma la radio et changea de file sans raison.

Troy ferma les yeux pour ne pas voir le feu suivant passer au rouge et il lui vint à l'esprit que cette manie de fredonner était peut-être un tic nerveux, et comme parfois le simple fait de repenser à votre enfance peut vous ouvrir les yeux, il se rendit compte subitement que c'était vrai : *Logan fredonnait parce qu'il était stressé.* S'il fredonnait en se rendant aux tournois, c'est parce qu'il était stressé et si Troy ne supportait pas de l'entendre, c'est que lui-même avait le trac avant les matchs.

Ce qu'il craignait, ce n'était pas de courir un danger quelconque, mais de se retrouver mêlé à un différend. Logan était véritablement allergique au conflit. Au lieu de dire à la serveuse « Ce n'est pas ce que j'ai commandé », il prenait ses couverts et commençait à manger. Même si c'était un plat végétarien. Quand il jouait contre les tricheurs les plus notoires du circuit, il ne remettait jamais en cause leurs annonces. C'était le principal défaut de son frère et à ses yeux, le plus déconcertant.

Évidemment, cette allergie au conflit ne s'appliquait pas à Troy. Les deux frères se battaient à mort. Troy passa le doigt sur la fine ligne blanche qu'il avait sur l'avant-bras. Seize points de suture. Alors qu'ils se bagarraient, un jour, ils étaient passés à travers une vitre et avaient atterri sur la pelouse, comme dans une scène de *Die Hard*. Logan avait une cicatrice similaire sur la cuisse. C'était un des souvenirs d'enfance préférés de Troy : son frère et lui qui se regardaient avec un mélange de stupeur et d'excitation, les membres ensanglantés, des éclats de verre étincelant dans les cheveux pendant que leur pauvre mère hurlait comme une folle.

Aujourd'hui, Logan continuait à se battre avec lui en refusant de se battre, ce qui était un coup de génie. On ne pouvait pas gagner si on était seul à jouer.

La voix de Savannah s'éleva de l'arrière de la voiture. « Quand je dis que je ne veux pas vivre aux crochets de vos parents, j'espère que vous ne me trouvez pas… ingrate. »

Troy rouvrit les yeux. « Pas le moins du monde. »

Il avait entendu l'expression à la radio quand il était adolescent et l'avait trouvée très distinguée. Elle lui plaisait toujours autant. Comme un style vestimentaire.

Il aperçut le port et se réjouit à la vue des immeubles, des tours de bureaux, des gratte-ciel, de Harbour Bridge : enfin la civilisation, même si ce n'était que la civilisation de Sydney et non la vraie civilisation.

Savannah continuait à parler. « Genre, je vous remercie vraiment de ce que vous faites, tous les deux, et vos parents aussi, vos parents sont top. » Top. C'était curieux, ce mot. Il faisait très années quatre-vingt-dix. « Ils sont, genre, exceptionnels. Des gens extraordinaires. Vraiment. »

Des gens extraordinaires. Troy regarda Logan. Ils avaient souvent entendu ça quand ils étaient jeunes : *Vos parents sont tellement cools. Vos parents ne sont pas comme les autres parents qui bossent dans des bureaux. On aimerait tellement avoir des parents comme les vôtres.*

« Ne vous en faites pas, dit Troy. Ce n'est pas un problème. » Il se retourna pour lui adresser son sourire le plus éblouissant.

Elle lui sourit à son tour. Une fille lui avait dit un jour qu'il avait un sourire « ravageur ». Il n'avait jamais oublié ce compliment. *Ravageur.*

« On prend à gauche, c'est ça ? » demanda Logan.

Troy tourna brusquement la tête. Il n'avait pas pris la peine de demander où se trouvait l'immeuble de Savannah, supposant qu'ils franchiraient le pont pour aller se perdre au fin fond de nulle part, dans une quelconque banlieue dont il n'avait jamais entendu parler, pile sous un ou deux couloirs aériens. Mais il s'aperçut qu'ils traversaient un quartier branché du port où il avait lui-même vécu quand il était jeune. Il avait souvent pris un verre après le boulot dans ce pub, à l'angle de la rue. Il avait emmené des filles dîner dans ce petit restaurant thaï. C'était un quartier d'informaticiens en sweat à capuche, de jeunes cadres en talons hauts et de diplômés en droit en costume neuf. Les gens d'ici étaient bien trop jeunes, heureux, séduisants et riches pour frapper leur petite amie.

« Vous allez jusqu'au rond-point, dit Savannah. Et c'est le grand immeuble, juste là. Voilà. Il y a plein de place pour se garer. »

Troy tendit le cou. « Vous devez avoir une belle vue ? » Il se rendit compte qu'il éprouvait davantage de compassion pour elle, comme si quelqu'un qui vivait dans ce quartier ne méritait vraiment pas d'avoir un compagnon violent. Il sentit le rouge lui monter dans la nuque.

« Notre immeuble ne donne pas sur le port, dit Savannah. C'est juste un deux pièces. Ils ont réduit le loyer, parce que la cuisine et la salle de bains sont crades. C'est le seul appartement de l'immeuble qui ne soit pas rénové. » On avait l'impression qu'elle expliquait comment ils avaient les moyens de vivre là, comme si elle avait vu sa nuque et lu dans ses pensées.

Logan se gara et les deux frères descendirent de voiture, soulagés de déplier leur corps, comme tous les hommes de leur taille quand ils étaient enfin délivrés des voitures et des avions.

Logan sortit du coffre deux cartons de supermarché que lui

avait donnés sa mère pour les affaires de Savannah, pendant que Troy trépignait d'impatience sur le trottoir, les mains dans les poches. Il regarda autour de lui s'il y avait des gens à l'air malintentionné, mais l'endroit était désert. Tout le monde devait être au travail. Ce n'était pas un quartier pour les familles avec de jeunes enfants.

« Euh… elle a l'intention de descendre de voiture ? » demanda-t-il à Logan au bout d'un moment.

Logan haussa les épaules. Il se pencha pour regarder. « Elle n'a pas l'air de bouger.

– On lui laisse une seconde ? » demanda Troy.

Logan haussa de nouveau les épaules. C'était un geste réflexe, chez lui.

Ils attendirent.

« Comment va Indira ? demanda Troy.

– Bien, dit Logan, le visage inexpressif.

– Vous vivez encore…

– Oui », l'interrompit Logan. Ils vivaient donc encore à l'étroit dans la petite bicoque de deux pièces que Logan avait achetée il y a une éternité. Leur mère avait dit qu'Indira avait envie de déménager depuis quelques années, mais visiblement, c'était resté lettre morte.

« C'était comment, New York ? demanda Logan, sans intérêt manifeste.

– Super », répondit Troy.

À sa connaissance, Logan n'était jamais allé à New York. Imaginez un peu, n'être jamais allé à New York et faire comme si ça n'avait aucune importance. Avait-il seulement un passeport en cours de validité ? Troy paniquait à la seule idée de ne pas avoir de passeport en cours de validité, mais Logan semblait mener sa vie dans les limites d'un périmètre dérisoire, comprenant son lieu de travail, la maison de leurs parents et celles de ses copains de lycée aujourd'hui mariés avec des enfants. Ce voyage palpitant chez Savannah était peut-être le plus long qu'il ait effectué depuis de nombreuses années.

L'occasion s'était présentée, pourtant : Logan s'était vu proposer une bourse de tennis à l'université de Chicago, deux ans avant que Stanford n'en propose une à Troy, mais il avait refusé. Il avait dit, *Non merci, c'est bon*, apparemment sans regret.

En fait, les quatre enfants Delaney s'étaient vu offrir des bourses de sport études dans de prestigieuses universités américaines. Troy était le seul qui avait eu l'intelligence d'accepter, le seul capable de voir la chance que cela représentait pour un gamin de Sydney sorti de l'école publique. Ça le mettait encore en rage. Son frère et ses sœurs auraient pu changer leur destin. Ils croyaient que c'était une décision qui concernait le tennis.

Ils n'avaient pas compris que le tennis n'était que la clé qui ouvrait la porte d'un monde plus vaste, plus brillant. Le tennis n'avait pas seulement permis à Troy d'entrer à Stanford, il avait été un tremplin pour sa carrière. Sa famille adorait cette histoire. Un jour, il avait entendu Logan raconter comment, durant un stage d'été à New York, Troy s'était trouvé en concurrence avec un groupe de jeunes diplômés pour décrocher un poste permanent très convoité, quand un type aux cheveux gris était entré dans le bureau et avait lancé d'un ton lourd de menace : « C'est qui, le joueur de tennis ? » Troy avait levé la main et le type avait dit : « Je passe vous prendre après le travail. En tenue blanche, s'il vous plaît. » Troy avait dû courir chez Macy's à Times Square (ce n'était pas Times Square, c'était Herald Square, mais il avait renoncé à rectifier, sa mère disait que ça faisait mieux de dire Times Square) pendant son quart d'heure de pause déjeuner, pour acheter la première tenue blanche qu'il avait trouvée, sans avoir le temps de l'essayer. Une luxueuse voiture noire les avait emmenés dans un club de tennis guindé où ils avaient joué en double contre deux types – un vieux et un jeune – qu'ils avaient battus à plate couture 6-0, 6-0. Il s'était avéré que le type inquiétant aux cheveux gris était le grand patron et qu'il détestait l'autre vieux, pour une raison restée obscure. Il y avait eu beaucoup de sourires glacés ce jour-là.

Devinez qui avait décroché le poste permanent ?

Oui, sa famille adorait cette histoire. Comme toutes les histoires qui voyaient un Delaney remporter une victoire, que ce soit au tennis ou ailleurs. Mais c'était comme s'il avait besoin que chacun de ses frère et sœurs lui dise : *J'aurais dû faire comme toi et accepter la bourse, Troy, j'aurais eu une vie comme la tienne*, alors qu'ils semblaient considérer Troy et ses choix de vie, non pas d'un œil jaloux, mais avec une sorte de supériorité détachée mêlée d'amusement, comme si l'argent et le succès n'étaient que des jouets puérils, comiques et absurdes.

Évidemment, Brooke avait souffert d'atroces migraines quand elle était adolescente et n'avait eu d'autre choix que d'abandonner le tennis et rester faire ses études à Sydney.

Amy était comme elle était. Elle ne supportait pas le stress du tennis de compétition. Il n'avait jamais compris sa sœur aînée, jusqu'au jour où elle lui avait expliqué ce qu'il en était : « Imagine le pire trac que tu aies jamais eu avant un match. Sauf qu'il n'y a pas de match. On est mardi matin. Voilà ce que je ressens. » Mais Logan aurait dû accepter Chicago ! Il était meilleur que lui au lycée et il avait un coup droit incroyable. Qu'avait-il fait de son intelligence et de son coup droit ?

Troy essaya d'imaginer son frère enseigner devant une classe. Qui suivait ses cours, au juste ? Et qu'est-ce qu'il enseignait exactement en « communication professionnelle » ? Comment présenter une lettre professionnelle ? Qu'en savait-il ? En avait-il seulement envoyé une seule dans sa vie ? Les gens s'envoyaient des mails, aujourd'hui. Il imagina Logan avec une cravate cheap de Kmart, sans doute offerte par leur mère à Noël, écrire à la craie sur un tableau noir comme autrefois : *Madame, Monsieur, Veuillez agréer l'expression de mes sentiments distingués*. Hausser les épaules quand un étudiant posait une question.

Pour être honnête, c'était sans doute un bon professeur. À l'époque où ils donnaient tous les quatre des cours de tennis, il était le plus doué et le seul qui semblait aimer ça. Il avait la même expression concentrée que leur père quand il regardait un enfant jouer. N'importe quel enfant. Même les plus nuls. Logan devait avoir quatorze ans à peine quand Troy l'avait entendu dire « Tu détournes le regard de la balle à la dernière seconde » à un petit gamin que Troy aurait d'emblée jugé irrécupérable parce qu'il avait une mauvaise coordination œil-main.

Mais c'était du tennis. Logan ne pouvait pas avoir envie de passer ses journées à enseigner la communication pour aider de jeunes loups qui rêvaient d'entrer dans un monde où Logan ne voulait pas entrer lui-même. Ça n'allait pas. Logan s'était trompé de vie et il s'en foutait. *Et puis merde, qu'est-ce qu'il en avait à foutre après tout que son frère s'en foute ?*

Quand il était jeune, tout ce qui l'intéressait, c'était de battre son frère aîné sur tous les terrains. C'était le but de toute son existence. Le premier match qu'il avait remporté contre Logan lui avait fait l'effet d'un rush de cocaïne, si ce n'est que comme la cocaïne, ça l'avait rendu malade. Il se souvenait encore avec rancœur et perplexité que la nausée avait terni sa victoire et qu'il était allé prendre une douche pour se rafraîchir et se sentait mieux, mais qu'il avait ensuite piqué une colère contre une élève du cours de tennis qui était entrée chez eux en passant par la porte de derrière. (Il avait horreur que les gamins prennent leur cuisine pour un club-house.)

À croire qu'il culpabilisait d'avoir battu son frère, comme si le fait d'avoir deux ans de plus donnait à Logan le droit de gagner à vie contre Troy.

Aujourd'hui, leur père semblait aussi impressionné – ou tout aussi déçu – par les carrières que ses fils avaient choisies. Brooke était la seule dont il était réellement fier, car c'était sa préférée et qu'elle avait « monté sa propre affaire ». Stan ne semblait pas se rendre compte que Troy était son propre patron depuis des années.

C'était toujours la même chose quand Troy revoyait sa famille. Il régressait. Ses émotions se mettaient à cavaler dans tous les sens. Il avait envie de battre Logan qui refusait de jouer. Il était jaloux de l'attention que son père accordait à sa petite sœur sous prétexte qu'elle avait créé un malheureux cabinet de kinésithérapie. Enfin merde, on aurait dit Amy. C'était humiliant.

« Tu étais à New York pour le boulot ? dit Logan.

– Pas seulement », dit Troy.

Il était inutile de parler du versant boulot. Dès qu'il essayait d'expliquer ce qu'il faisait dans la vie, les membres de sa famille prenaient tous la même expression de concentration à la fois attentive et absente que s'ils essayaient d'écouter une station de radio lointaine qui crachotait tellement qu'ils n'entendaient qu'un mot sur vingt. Sa pauvre mère s'était même abonnée à un podcast, *Chat with Traders*, qu'elle suivait vaillamment en prenant des notes, mais jusqu'ici elle n'était pas plus avancée.

« Et… tu as joué, ces derniers temps ? » Troy jeta un regard interrogateur à Logan. Cela faisait des années qu'ils n'avaient pas joué l'un contre l'autre.

Logan poussa un soupir exaspéré, comme si Troy lui avait posé cent fois la même question, ce qui n'était pas le cas, il en était sûr. « Non. Ça fait un moment.

– Pourquoi ça ? demanda Troy avec un réel intérêt. Même pas avec papa et maman ?

– Pas le temps. » Logan tripota son poignet gauche comme pour indiquer une montre invisible.

« Pas le temps, répéta Troy. C'est des conneries. Tu as du temps à ne savoir qu'en faire. »

Logan haussa les épaules. Puis soudain, comme si c'était plus fort que lui, il lâcha : « Je ne comprends pas comment tu peux jouer juste pour le plaisir. »

Il avait prononcé ce dernier mot d'un air de dégoût.

« J'aime bien », répondit sincèrement Troy. Il avait des amis avec qui il jouait plus ou moins régulièrement à Sydney comme à New York. C'étaient tous d'anciens joueurs de compétition comme lui. Il gagnait soixante-dix pour cent du temps, environ. « Ça me maintient en forme. Il n'y a plus d'enjeu.

– Tu veux dire que tu fiches de gagner ou de perdre ?

– Évidemment, je joue pour gagner, dit Troy. Mais ce n'est

pas une question de vie ou de mort. » Ils se dévisagèrent. Ils avaient exactement la même taille, bien que Troy se plaise à penser qu'il était légèrement plus grand que son frère. Ce devait être les cheveux. Il mettait de la mousse coiffante.

« Je ne déteste pas taper des balles, dit Logan, mais dès qu'on commence à compter les points, je veux gagner à tout prix et je... » Il s'arrêta. « Je ne supporte pas. »

Il observa Troy avec circonspection, comme s'il s'attendait à ce qu'il lui rebalance cette révélation à la figure.

Au bout d'un moment, Troy lui demanda : « Mais tu suis toujours le tennis ?

– Bien sûr.

– Moi non. Je ne regarde même pas les finales, avoua Troy. Quand je tombe dessus à la télé, j'éteins. Je ne supporte pas de les regarder. »

Ils connaissaient encore deux ou trois joueurs qualifiés pour des tournois secondaires. Des types qu'ils avaient battus. Logan esquissa un sourire grimaçant pour lui montrer qu'il comprenait. Troy comprenait pourquoi Logan ne pouvait pas jouer. Logan comprenait pourquoi Troy ne pouvait pas regarder.

Le tennis était compliqué. Pour eux tous.

« Et les filles ? » demanda Troy, soudain intrigué. Il aurait dû le savoir, mais Logan était plus famille que lui.

« Brooke joue assez souvent avec papa, dit Logan. Amy, je ne sais pas. Je ne suis pas sûr qu'elle ait rejoué depuis la fois où elle a plumé le joueur de beach-volley. »

Ils eurent le même sourire de dérision. *Le beach-volley.* De temps en temps, Amy sortait avec un loser persuadé qu'une femme était incapable de battre un homme dans n'importe quel sport et ce, même s'il n'était pas particulièrement bon au tennis. Elle tirait généralement profit de leur sexisme en pariant quelques billets.

Ils restèrent un instant silencieux dans une complicité fraternelle qui ne leur ressemblait pas et Troy songea à lui raconter ce qui occupait réellement son esprit en ce moment. Quelque chose sans conséquence aucune ou d'une portée hallucinante, selon la façon dont il orientait le prisme de son point de vue.

J'ai vu Claire, à New York, commencerait-il. Logan lèverait un sourcil. Il aimait bien Claire. Claire l'aimait bien. Il l'écouterait avec intérêt sans porter de jugement. Logan ne se fatiguait pas à juger.

Mais non. Troy n'était pas encore prêt à parler et de toute façon, Savannah allait descendre de voiture à tout instant et les interrompre.

Il fourra les mains dans ses poches. Elle comptait rester là encore longtemps ?

Logan se remit à fredonner et Troy sentit qu'il commençait à craquer : *Fait chier.*

Il fit le tour de la voiture et ouvrit la portière arrière du côté où Savannah était assise et se pencha pour la regarder. Elle n'avait toujours pas détaché sa ceinture. Elle avait les mains enfoncées au creux du ventre comme si elle venait de se poignarder.

Son impatience s'évanouit aussitôt. « Savannah », dit-il avec douceur.

Elle le regarda, des larmes contenues dans les yeux. Elle battit ses cils blonds. Les larmes ruisselèrent.

Troy ne supportait pas de voir une femme pleurer.

« Il ne vous arrivera rien », dit-il. Il s'accroupit à côté de la voiture, si bien qu'ils étaient face à face. « On est là.

– Je sais », dit-elle.

Elle s'essuya les joues et tripota la clé ancienne en argent terni accrochée à une chaîne de pacotille qu'elle portait autour du cou.

« J'aime bien votre collier », dit-il. Il avait appris ça quand Amy avait une crise : il fallait détourner son attention.

« Merci », dit-elle. Elle lâcha la clé.

« La liane symbolise quelque chose ? » Il montra le tatouage sur son bras. Des vrilles vertes enroulées autour de son bras filiforme aux veines violacées. Les tatouages ne le dérangeaient pas – Amy en avait quelques-uns – mais celui-ci, bien qu'inoffensif en soi, semblait profaner son bras d'enfant. « Ou c'est juste que vous trouviez ça joli ?

– C'est le haricot magique de Jack, dit-elle.

– Hein ? » dit-il. Il essaya de se rappeler le conte de fées. Jack grimpe en haut du haricot magique et vole l'or du géant ? « Ça représente... les rêves qu'on veut réaliser, c'est ça ? » Elle n'avait pas l'air du genre à pratiquer les livres de développement personnel et les tableaux de visualisation.

« Ça symbolise l'évasion, dit-elle.

– Ah oui. En parlant de ça, ce serait bien d'y aller et de repartir vite fait. » Il s'apprêtait à lui tendre la main mais se ravisa. C'était trop autoritaire. Il laissa retomber le bras le long de son corps, fit un pas en arrière et l'invita à descendre d'un geste théâtral, très « Je vous en prie, madame ». Il fallait la laisser respirer. Ne pas la bousculer. Essayer de comprendre.

Elle détacha sa ceinture, pivota et se glissa hors de la voiture, puis mit les pouces dans les passants de son jean pour le remonter en le regardant avec un sourire tremblant.

« Pardon, dit-elle. Je sais que vous n'avez pas que ça à faire.

– Mais si, dit Troy. Ne vous en faites pas. » Il espérait que le petit copain soit là et lui donne un prétexte pour l'attraper par la chemise et le plaquer contre le mur comme les flics dans les films.

« Avant de monter, on devrait peut-être vérifier si sa voiture est là. » Elle se toucha délicatement les narines et renifla.

« Bonne idée », dit Troy. Logan ne disait rien. Troy marchait d'un pas léger. Étonnamment, il était soudain euphorique.

Ils suivirent Savannah jusqu'au parking souterrain. Elle s'arrêta et ses épaules se relâchèrent.

« C'est bon. Il n'est pas là. » Elle montra une place vide tout au fond.

Troy se sentit découragé. Ce n'était plus qu'une corvée pénible qu'il allait devoir se coltiner. Il regarda sa montre. En réalité, il n'avait pas que ça à faire de sa journée.

« Tu as un problème, lui avait dit un jour sa mère en le

ramenant un jour du lycée après une énième exclusion. Tu as un très sérieux problème. »

Je sais, avait-il pensé à l'époque, ravi.

Ils prirent tous les trois l'ascenseur jusqu'au troisième étage. Troy regarda les parois en miroirs et vit une centaine de reflets de Logan et lui, de plus en plus petits, mais dépassant toujours Savannah.

Elle les accompagna dans un couloir tapissé de moquette où flottait l'odeur familière de désodorisant au citron des immeubles standard bien entretenus et ouvrit une porte.

« Je vous en prie », dit-elle timidement comme si c'était une visite de courtoisie.

Troy remarqua aussitôt des tableaux sans cadre appuyés contre les murs : de vrais tableaux. Des toiles abstraites dont la peinture appliquée à grands traits violents était si épaisse et si texturée qu'elle semblait encore fraîche. Il ne s'attendait pas à voir des tableaux.

« C'est un artiste. » Savannah suivait son regard. « Un artiste amateur. »

Il y avait peu de meubles : un vieux canapé en cuir à deux places disposé en face d'une télévision adossée au mur. Une table basse en verre très kitsch avec dessus des emballages de plats à emporter à moitié vides, des baguettes plantées dans du riz cantonais, un journal déplié taché de sauce soja, une bouteille entamée de Corona avec un quartier de citron vert qui flottait dans le reste de bière. Dans un coin de la pièce, un tas de cartons de déménagement qui n'avaient pas encore été ouverts. Voilà un homme qui déballait ses tableaux avant d'accrocher sa télévision. Un homme qui prenait soin de couper un quartier de citron vert pour le mettre dans sa Corona mais laissait ses plats à emporter entamés sur la table basse. Un homme qui frappait sa copine.

Savannah secoua la tête devant les barquettes qui jonchaient la table basse et s'approcha comme si elle s'apprêtait à les débarrasser, puis s'arrêta.

« Visiblement, ces cartons sont à vous ? » dit Logan. Il indiqua de la tête deux des cartons de déménagement, dont l'un était marqué SAVANNAH – VÊTEMENTS et l'autre SAVANNAH – LIVRES DE CUISINE.

« Oui, dit Savannah. Merci. C'est très aimable à vous. »

C'est très aimable à vous. Son phrasé et ses expressions étaient fluctuants : parfois, elle parlait comme une fille de vingt ans et soudain, on croyait entendre une dame de quatre-vingts ans.

« On va tout sortir dans le couloir », dit Logan.

Troy et lui transportèrent les cartons. Troy se retrouva avec le carton de livres, qui le fit chanceler.

« Ça va, mec ? » lui demanda Logan, l'air impassible.

Quand ils revinrent, ils trouvèrent Savannah accroupie par terre dans la cuisine devant les portes de placard ouvertes, occupée à entasser dans un carton des casseroles, des poêles et un mixeur.

« J'aime bien cuisiner, dit-elle à Troy comme pour se justifier.

– C'est ce que j'ai cru comprendre, dit Troy. Papa et maman vont peut-être vous garder définitivement.

– Qu'est-ce qu'il y a d'autre ? demanda Logan.

– Dans la chambre, répondit Savannah en levant la tête. Le coffre de mariage au bout du lit. Il était à ma grand-mère. » Elle grimaça. « Il est assez lourd. »

Ils entrèrent dans la chambre qui sentait le renfermé et dont le lit était un amas enchevêtré de draps, de couvertures et d'oreillers et le sol, jonché de vêtements.

« Ça doit être ça », dit Logan. Il souleva un coin du coffre en acajou qui était au bout du lit pour voir s'il pesait lourd.

« C'est quoi ce bordel ! » Un homme torse nu se redressa de l'amas de draps.

Le cœur de Troy bondit dans sa poitrine. Il attrapa sur une étagère la première chose qui lui passait sous la main et la brandit comme une arme. « Pas un geste ! »

Logan laissa retomber le coffre bruyamment. « T'as pas intérêt à bouger, mec », dit-il avec le flegme d'un flic de campagne d'une voix aussi grave et lente que leur père. Les gens disaient souvent que Troy et Logan avaient la voix de leur père, mais c'était la première fois que Troy réalisait à quel point Logan avait non seulement la même voix, mais une ressemblance certaine avec Stan.

Le type recula jusqu'à ce qu'il se retrouve le dos collé au mur, les mains agrippées au drap. Il était maigre, la peau d'un blanc cireux, avec des poils noirs fournis sur le torse, et portait un caleçon à carreaux délavé dont l'élastique était distendu. Troy éprouva une répulsion si viscérale qu'il en frissonna.

« J'ai une centaine de dollars en liquide », dit l'homme. Il prit un portefeuille sur la table de chevet et le tendit. « C'est tout. » Il avait un accent irlandais. La première petite copine de Troy lui avait dit qu'il n'y avait rien de plus sexy qu'un homme avec un accent irlandais, et depuis, la seule existence de l'Irlande était pour lui une offense personnelle.

« On ne veut pas de ton fric, dit Troy, dégoûté.

– Qu'est-ce qu'… ? » Savannah apparut sur le seuil.

« Savannah ? » Le type attrapa des lunettes sur la table de chevet et les mit. Merde, à présent, il ressemblait à Harry Potter. Comment osait-il ressembler à Harry Potter ? Harry Potter n'aurait jamais frappé une femme.

« T'étais où ? demanda-t-il à Savannah comme si Logan et Troy n'étaient pas dans la pièce. J'étais super inquiet.

– Pourquoi tu n'es pas au boulot ? » dit Savannah. Elle regardait de tous les côtés. Elle semblait terrifiée et sa terreur déclencha en Troy une fureur incandescente.

« Je suis malade comme un chien », dit Harry Potter. Il posa la main sur son ventre, l'air soudain nauséeux. « Le poulet aigre-doux n'est pas passé.

– Ta voiture n'est pas là, dit Savannah.

– Elle est tombée en panne sur l'autoroute. Sous la pluie. Tout part en couille. » Son visage se tordit de remords. « Je suis vraiment désolé, Savannah, mon amour. Pour l'autre soir. C'était impardonnable, je sais, mais je n'étais pas bien, j'étais énervé à cause… Mais ce n'est pas une excuse, je sais que ce n'est pas une excuse… » Il parut soudain se souvenir de la présence de Logan et Troy. « C'est qui, ces mecs ?

– Des amis à moi, répondit froidement Savannah. Ils sont venus m'aider à récupérer mes affaires.

– Il y a encore beaucoup de choses ? lui demanda Logan.

– Ils sortent d'où ces amis ? demanda Harry Potter.

– Peu importe d'où on sort, dit Troy. On est juste venus chercher ses affaires et on repart. »

Savannah prit une valise dans le coin de la pièce, la fit rouler jusqu'à la penderie et commença à jeter dedans les vêtements encore sur leurs cintres.

« Mais tu vas où ? demanda Harry Potter. Tu dors où ? » Il fit mine de sortir du lit.

« Reste où tu es », dit Logan.

Le type eut l'air paniqué. « Savannah ?

– Ne lui parle pas. Ne lui adresse plus un mot, t'entends ? » Troy s'approcha du lit et se dressa au-dessus du petit enfoiré avec toute l'autorité et la force de son corps robuste et athlétique d'un mètre quatre-vingt-treize. Les vagues relents de vomi et de sueur faisaient frémir ses narines. « Elle ne te doit aucune explication. »

Troy était propre, douché et portait une chemise à neuf cents dollars et une montre Louis Moinet, et il se pouvait certes qu'il ait fait des mauvais choix dans sa vie et se trouve actuellement face à un dilemme moral d'une ampleur phénoménale à cause de ces choix malheureux, mais il n'avait jamais frappé et ne frapperait jamais une femme de sa vie, il n'avait pas hérité un seul des ignobles gènes de son ignoble grand-père et se délectait de la peur et du désarroi qu'il lisait sur le visage de Harry Potter. Harry Potter méritait d'éprouver de la peur et du désarroi, car il était en tort, légalement, moralement et spirituellement.

C'est si rare de savoir qu'on a raison et que l'autre a tort. Troy était Spider-Man, Hulk, Captain America. Il était Batman, bordel.

Il ne s'était jamais senti aussi bien.

17

Aujourd'hui

« Comme ça, elle envoie ses fils récupérer les affaires de cette fille. Elle ne la connaît ni d'Ève ni d'Adam et la laisse s'installer chez eux ! »

C'était la fin de l'après-midi et le salon de coiffure bondé résonnait du vrombissement de nombreux sèche-cheveux. Narelle Longford, la coiffeuse, n'écoutait que d'une oreille son balayage demi-tête de quinze heures qui n'arrêtait pas de parler de Joy Delaney. La semaine précédente, presque toutes ses clientes n'avaient pas arrêté de parler de Joy Delaney. Joy était connue dans le quartier.

« Il doit y avoir un lien, vous ne croyez pas ? Entre cette inconnue et la disparition de Joy ?

– Je ne sais pas. » Narelle retira la serviette nouée en turban de la tête de sa cliente. Isabel Norris avait la réputation d'être particulièrement exigeante pour sa couleur.

« Attendez. C'est bien vous qui coiffez Joy, non ? » Isabel tourna brusquement la tête vers elle. « Vous la connaissez sans doute mieux que moi ! La police vous a interrogée ?

– Non. » Narelle brancha le sèche-cheveux. « Lisses avec un peu de volume ?

– Elle vous a dit, à vous, qu'elle avait l'intention de partir ?

– Non, répondit Narelle.
– Il paraît que Joy et Stan avaient des problèmes. Ils ne se parlaient presque plus.
– Je n'en sais rien, dit Narelle, qui savait tout.
– Elle vous a parlé de cette fille ?
– Savannah ? dit Narelle.
– Attendez, vous l'avez rencontrée ? »
Elle croisa le regard d'Isabel dans le miroir. « Oui, je lui ai coupé les cheveux.
– Ah bon ? » Isabel s'anima. « Il paraît qu'elle fait un peu, vous savez… » Elle articula le mot en silence. « Pute.
– Elle avait l'air gentille.
– Ça a un lien, dit Isabel. Ça ne peut pas être une simple coïncidence. Une jeune inconnue s'installe chez eux puis la femme disparaît. Ne vous étonnez pas si on apprend après que, comme par hasard, Stan est en couple avec cette fille, maintenant qu'il s'est débarrassé de Joy – aïe, ça me brûle un peu l'oreille.
– Pardon », s'excusa Narelle sans le moindre regret.
Elle était la confidente et le confesseur de Joy, tenue au secret au même titre qu'un prêtre ou un avocat, mais si Joy ratait son prochain rendez-vous, Narelle irait voir la police et leur déballerait trente ans de secrets. Elle leur parlerait des trahisons. Celles auxquelles il avait été fait indirectement allusion et celles dont elles avaient discuté en détail avec franchise. Elle fournirait à la police tout ce qu'il leur fallait pour inculper son mari. Elle leur dirait, parmi les mobiles possibles, il y a ceci, et puis cela, car les couples qui sont mariés depuis aussi longtemps ont tous de multiples mobiles de crime. Tous les policiers et les coiffeurs savent ça.

18

Septembre dernier

Il était près de minuit et Amy Delaney, la fille aînée de Stan et Joy Delaney, moitié dégustatrice, moitié normale, moitié pas si normale que ça, était assise en tailleur sur son lit défait, nue, coiffée d'une pimpante queue-de-cheval de pom-pom girl, et relisait le poème qu'elle venait d'écrire dans son journal intime. Sa chambre était au dernier étage de la maison du centre-ville qu'elle partageait avec trois colocataires. Les néons bleu et rouge de l'enseigne du golf miniature clignotaient sur la page pendant qu'elle lisait.

Une Inconnue

Il y a
Une Inconnue
Dans la maison de mon enfance
Qui dort dans mon lit
Abandonné
Qui porte mes vêtements
Abandonnés
Qui fait des lasagnes à
Ma mère

Abandonnée
Et ma mère a dû
Interrompre notre conversation
(J'avais encore des choses à dire)
Car l'Inconnue l'a appelée
De deux syllabes
Comme si elle avait le droit
Ma mère s'appelle Joy
Et quand elle a répondu
À l'Inconnue
Sa voix débordait de Joie

Amy recouvrit avec indolence divers mots de son poème de rectangles épais à la manière d'un censeur de guerre, arracha la page, la froissa et la mangea.

Elle ne se rappelait pas avoir déjà mangé du papier, mais ce n'était sans doute pas la première fois, car la texture et le goût lui étaient familiers. Elle mâcha soigneusement, avala. Si elle avait évalué le papier au travail, elle aurait dit qu'il était « pâteux, fade, difficile à avaler, avec un arrière-goût chimique ».

Apparemment, depuis quelque temps, Steffi, la chienne de ses parents, avait une obsession pour le papier. Ça portait un nom. Sa mère lui en avait longuement parlé.

Depuis qu'elle avait pris sa retraite, la mère d'Amy était une mine d'informations. Elle écoutait des podcasts, cliquait sur des articles de BuzzFeed et faisait des recherches sur Google. Puis elle appelait ses enfants et leur communiquait les derniers faits qu'elle avait appris. C'était intéressant de voir la personnalité de sa mère évoluer depuis qu'elle avait arrêté de travailler. Avant, Amy n'avait jamais vu quelqu'un d'aussi actif, elle était toujours impatiente, distraite, et désormais, elle était incroyablement réfléchie et se lançait volontiers dans d'interminables conversations à bâtons rompus sur des sujets qu'elle aurait autrefois jugés frivoles.

« Il faut que maman suive un cours quelconque pour s'occuper l'esprit, avait dit Brooke avec dédain.

– Mais elle suit un cours. Elle apprend à écrire des mémoires, lui avait répondu Amy. Sauf qu'elle dit qu'elle n'en écrira jamais.

– Dieu merci, avait soupiré Brooke.

– Moi, je les lirai », avait répondu Amy.

Amy avait toujours été curieuse de savoir qui étaient ses parents avant qu'ils ne deviennent ses parents : Joy Becker avant qu'elle ne devienne sa maman, Stan Delaney avant qu'il ne devienne son papa. Ses deux parents étaient des enfants uniques qui avaient des mères à la fois belles et compliquées : des mères qui n'auraient jamais dû être mères.

La mère de son père avait une cicatrice le long de sa joue ridée, du côté droit, qui datait du jour où le grand-père d'Amy l'avait projetée en travers de la pièce. C'était censé être la seule fois où le grand-père d'Amy avait fait du mal à sa femme et la grand-mère d'Amy l'avait « aussitôt flanqué dehors » et « c'était tout », mais Amy pensait que l'histoire ne s'arrêtait pas là. Elle avait donné à son père un livre sur un homme qui parle enfin de son enfance difficile à sa fille aînée, dans l'espoir qu'il parle enfin à sa fille aînée (autrement dit, elle), mais jusque-là il « n'y comprenait rien ».

« Je ne sais pas comment tu as pu penser que papa se mettrait soudain à lire des romans », lui avait dit Brooke, ravie de voir que le plan d'Amy n'avait pas fonctionné car elle estimait que son père lui appartenait. « Tu croyais qu'il allait s'inscrire à un club de lecture une fois à la retraite ? »

Sur ce, elles avaient toutes les deux piqué un fou rire en imaginant ce géant taciturne dans un club de lecture, discutant de l'évolution des personnages devant un verre de chardonnay.

« Il regarde bien la télé, maintenant, avait fait remarquer Amy. Il ne la regardait jamais, avant.

– Je sais, avait dit Brooke. L'autre jour, il m'a raconté une longue histoire compliquée sur une famille dont le plus jeune fils est mort dans un accident de voiture. Il s'est avéré qu'il me racontait toute l'intrigue d'un film. Je croyais que c'était une histoire vraie. »

Il y avait quelques mois de cela. Brooke n'avait plus vraiment le temps de parler, car elle avait monté son cabinet de kinésithérapie, ce qui était un grand pas. Connaissant Brooke, il y avait fort à parier que ce serait une belle réussite, et Amy était certes fière de sa petite sœur, mais également perplexe. Pourquoi s'imposer ça ? Brooke n'avait-elle donc jamais remarqué à quel point l'affaire familiale avait pesé sur leur vie ? La paperasse, le stress, l'obligation pour les quatre enfants de « donner un coup de main » ?

Un jour, alors qu'elle était adolescente, Amy était en pleine révision d'un contrôle d'histoire qu'elle ne pouvait que rater car c'était la première fois qu'elle ouvrait le manuel, quand une gamine était entrée chez eux et lui avait demandé d'un ton impérieux de lui faire un sandwich comme si elle était sa domestique, et Amy avait failli se lever pour aller le lui préparer avant de se raviser et de l'envoyer paître.

Ils ne pouvaient pas y échapper. Quand ils étaient jeunes, ils connaissaient une famille qui avait embarqué ses trois enfants pour passer un an à voyager en caravane en Australie. Pendant quelque temps, Amy avait été obsédée par cette famille. Pour elle, c'était un rêve. « Il ne rattrapera jamais », avait dit son père. Il parlait du cadet, le seul qui était relativement bon au tennis et par conséquent le seul qui existait à ses yeux. Mais son père avait tort, à son retour, le garçon avait continué à jouer, ne s'était pas si mal débrouillé que ça et avait même été classé à un moment parmi les deux cents meilleurs joueurs. « On devrait voyager en Australie », avait dit Amy à sa mère, qui avait éclaté de rire comme si c'était une blague très drôle.

À présent, Brooke faisait exactement comme leurs parents : elle se remplissait les poches de cailloux avant d'entrer dans la vie. Brooke était censée éviter le stress à cause de ses migraines, et non le rechercher, mais elle avait toujours été une martyre.

Amy revoyait encore Brooke quand elle était petite, avec ses couettes et ses lunettes de soleil miroir.

« Elle a mal à la tête, disait Amy à sa mère en l'observant.

– Quoi ? Mais non, elle n'a rien dit. »

Mais Amy le voyait bien. Quand elle avait une migraine, Brooke avait une façon particulière de marcher, comme si elle devait garder la tête en équilibre sur le cou pour l'empêcher de tomber, et Amy avait envie de pleurer pour cette pauvre petite qui avançait en portant sur ses épaules le poids des attentes de toute la famille, comme si elle savait déjà qu'elle finirait par représenter le dernier espoir des Delaney.

Les parents d'Amy savaient parfaitement décrypter le jeu de leurs enfants, ils pouvaient prédire leurs moindres coups, exploiter leur moindre faiblesse, mais pour le reste, ils étaient complètement largués, aveuglés par leur amour du plus grand sport jamais inventé.

Peut-être étaient-ce ses migraines qui rendaient Brooke si sérieuse.

Amy aurait aimé pouvoir l'en débarrasser. Elle se souvenait de Brooke quand elle était bébé, avec ses boucles brunes nouées sur la tête et ses deux petites dents d'écureuil. Elle ne rampait pas et se déplaçait uniquement sur les fesses. C'était hilarant à voir. Et regardez-la maintenant : tellement sérieuse, tellement mariée, avec ses chaussures tellement pratiques, ses soutiens-gorge tellement beiges que c'était à croire qu'elle avait cinquante ans et non vingt-neuf. Brooke avait-elle déjà dansé toute une nuit ? Connu une aventure d'un soir ? Sa sœur lui dirait que ce n'étaient pas là des exemples d'une vie bien vécue et elle aurait peut-être raison, mais Amy reprochait à ces migraines atroces de vieillir sa sœur prématurément.

Amy jeta son journal par terre et se rallongea dans le courant d'air frais qui soufflait par la fenêtre ouverte. Ses trois colocataires étaient tous sortis. Elle avait emménagé là il y a six mois et elle pensait qu'avec trois colocataires, elle aurait rarement la maison pour elle, mais en réalité, elle était souvent la seule à être là. Le loyer n'était pas cher à cause de l'enseigne en néon qui transformait sa chambre en discothèque.

L'année d'avant, elle s'était maintenue à flot en cumulant plusieurs boulots à mi-temps. Elle avait fini par se résigner à l'idée que les postes à plein temps n'étaient pas faits pour elle. La question n'était pas de choisir la carrière professionnelle idéale. Le travail idéal n'existait pas. Les postes à plein temps faisaient naître en elle une terreur claustrophobique qui grandissait dans sa poitrine jusqu'à ce qu'un jour, un débordement d'émotion humiliant conduise à son renvoi ou à sa démission et au désarroi de ses parents quand elle leur annonçait que son nouvel emploi n'était finalement pas si fantastique que ça.

En ce moment, son travail le plus régulier était un emploi de dégustatrice à raison de trois séances de trois heures par semaine, ou d'« analyste sensorielle », si elle voulait en imposer, ce qu'elle ne faisait jamais. Elle se joignait à un groupe d'étudiants, de jeunes mères et de retraités pour goûter et discuter d'aliments avec le plus grand sérieux. Elle ne mettait ni rouge à lèvres, ni parfum, ni spray coiffant. Elle ne buvait pas de café et ne mâchait pas de chewing-gum avant. Elle s'installait devant un ordinateur portable, se connectait, pivotait sur son fauteuil et attendait que le personnel de cuisine vêtu de noir apporte des plateaux d'aliments étiquetés. Il n'y avait pas de bonne ou de mauvaise réponse, il n'y avait ni gagnant ni perdant. C'était très important mais également sans la moindre conséquence. Personne ne s'énervait jamais, hormis certains qui levaient parfois les yeux au ciel quand l'un d'eux accaparait le responsable du panel en se lançant dans un interminable discours enflammé sur la citronnelle. Il y avait également eu une fois où un cadre était parti en claquant la porte, car aucun des goûteurs n'aimait la sauce bolognaise qu'il avait mis un an à élaborer, mais c'était amusant plus qu'autre chose.

Entre deux séances de dégustation, elle faisait des études de marché et travaillait sur des tests de produits. Aujourd'hui, par exemple, elle avait passé une heure à discuter papier toilette dans ce qu'ils appelaient un focus group. C'était payé en liquide, les sandwichs étaient excellents : ça réglait la question du déjeuner. Dans ces groupes de discussion, tout le monde était d'une gentillesse et d'une politesse extrêmes. Elle se fichait que ce ne soit qu'une façade, c'était apaisant. Ça lui permettait d'entrer dans des bureaux somptueux du centre-ville comme si elle appartenait au monde des affaires de Sydney et de filer direct à la plage en sortant.

Cet après-midi, elle avait rempli un long questionnaire sur ce qu'elle pensait du déodorant et en échange, elle avait reçu un bon d'achat dans un grand magasin, qu'elle avait utilisé pour acheter deux soutiens-gorge en promotion.

Elle éprouvait un sentiment d'impunité, comme si elle vivait d'expédients en faisant les poches des passants dans l'Angleterre de Dickens.

Elle avait également une théorie selon laquelle ce genre de travail était bon pour sa santé mentale, car il l'obligeait à faire des choix multiples (*Préférez-vous les déodorants en spray ou à bille, avec ou sans parfum ?*), alors qu'elle était incapable de faire des choix quand elle était malade. Elle pouvait rester plantée devant un rayon de supermarché, paralysée par l'indécision. Elle n'avait pas encore trouvé un thérapeute qui soit totalement convaincu par cette théorie.

Elle aurait quarante ans en avril.

Elle ne savait pas au juste comment c'était arrivé. Quand sa mère avait eu quarante ans, ça lui avait semblé très vieux. Amy pensait qu'il y aurait des voitures volantes quand elle aurait quarante ans.

À quarante ans, on n'avait plus l'âge de dîner de poèmes médiocres, de vivre en colocation dans une maison avec des jeunes d'à peine plus de vingt ans, de n'avoir ni économies, ni meubles, ni petit copain. Brooke et elles devraient échanger leurs vies, sauf que si elle était mariée à un homme aussi épris de sa soi-disant intelligence et de son soi-disant humour que Grant Willis, elle serait forcée de répondre par l'affirmative à la question omniprésente : « Avez-vous déjà eu des idées suicidaires ? »

Il fallait qu'elle se trouve bientôt un nouveau petit copain, pour ne pas se réveiller seule le jour de ses quarante ans.

Cette inconnue, cette Savannah, occuperait-elle encore son ancienne chambre le jour de ses quarante ans ?

Elle écouta un opossum paniqué qui cavalait sur les tuiles du toit, au-dessus de sa tête. Son cœur battait la chamade dans le creux de sa poitrine et ses pensées cavalaient aussi vite et aussi bêtement que cent opossums paniqués.

C'est votre réaction de lutte ou de fuite, lui expliquait gentiment chaque nouveau thérapeute d'un ton paternaliste, comme si c'était un tout nouveau concept pour elle. Ils passaient souvent de précieuses et onéreuses minutes de la séance à expliquer que les hommes préhistoriques avaient besoin de la réaction de lutte ou de fuite à cause du tigre à dents de sabre, mais que le tigre à dents de sabre avait disparu et qu'on continuait à réagir comme s'il y en avait un (ça les mettait en transe, le coup du tigre !), et Amy se laissait aller à rêvasser, songeant que dans le monde actuel, il y avait peut-être des occasions où on pouvait bel et bien se retrouver face à un tigre, pendant un safari, par exemple, ou encore s'il y en avait un qui s'échappait d'un zoo, ou bien qu'un violeur pouvait représenter le tigre et qu'il fallait alors s'enfuir en courant dans la ruelle, et qu'elle était rapide, elle courait vite, plus vite que la plupart des gens, elle réussirait à échapper à n'importe quel violeur ou n'importe quel tigre, mais impossible d'échapper à ses pensées, ses pensées folles et stupides, et tout à coup, la séance était finie, ce sera trois trilliards et cinquante-six dollars, merci, et notre prochain créneau disponible est dans trois ans, vous le prenez ?

Elle appliqua la technique de respiration 4-7-8.

Inspirer quatre secondes. Bloquer sa respiration sept secondes. Expirer huit secondes.

Inspire quatre secondes. Bloque sept secondes. Expire huit secondes.

Son cœur ralentit, passant de la panique totale à un niveau acceptable d'alerte maximale, comme si elle ne courait plus pour échapper au tigre, mais avait grimpé à un arbre et le regardait tourner en bas en montrant les crocs. Ça faisait un moment qu'elle n'avait pas grimpé à un arbre, mais elle était plutôt douée, autrefois.

Elle poussa un énorme bâillement. *Ne t'endors pas sur l'arbre, Amy !*

Demain, c'était la fête des pères. Il fallait qu'elle dorme. Elle devait se lever de bonne heure pour faire des brownies. Son père raffolait des brownies. Si elle passait une nuit blanche, ce qui était tout à fait possible, elle aurait des cernes et sa mère le verrait et s'inquiéterait, à moins qu'elle soit trop occupée à s'inquiéter pour Savannah, qui elle, avait de vrais problèmes, comme le fait de se retrouver à la rue et les petits copains violents.

Elle réfléchit aux différents choix qui s'offraient à elle pour s'endormir.

Somnifère.

Bain chaud.

Lait chaud.

Méditation guidée.

Orgasme.

Livre soporifique.

Un de ses colocataires lisait d'énormes biographies reliées de grands hommes, qui étaient d'un ennui à pleurer.

Son père lui avait dit qu'il s'imaginait jouer au tennis quand il n'arrivait pas à dormir. « Ça ne te réveille pas ? » lui avait demandé Amy. Sa mère lui avait suggéré de faire du repassage.

Amy ne voyait rien de moins reposant que de s'imaginer jouer au tennis et elle ne repassait jamais. « C'est évident », avait dit sa mère.

Amy se mit sur le côté et ajusta son oreiller.

Peut-être qu'elle aimerait bien cette fille qui voulait lui voler ses parents. Cette Savannah de la savane où rôdait le tigre à dents de sabre.

Quand elle avait demandé à Troy comment était Savannah, il avait répondu que « Ça allait », ce qu'il répondait toujours quand un serveur lui demandait s'il avait apprécié le repas et qu'il ne l'avait pas trouvé terrible, sans que ça vaille la peine pour autant de jouer les Gordon Ramsay.

Logan, de son côté, lui avait dit qu'il n'avait pas vraiment d'avis sur Savannah. Elle l'avait entendu hausser les épaules à l'autre bout du fil.

Brooke allait également rencontrer Savannah pour la première fois demain, mais la dernière fois qu'Amy l'avait eue au téléphone, elle avait dit qu'elle avait parlé à maman, qu'elle n'était pas inquiète et qu'elle n'avait aucune raison de l'être non plus, que c'était bien de la part de leurs parents de venir en aide à une victime de violences conjugales et qu'ils devaient tous être fiers.

Amy n'avait jamais eu de petit copain qui la frappait, bien qu'elle en ait eu deux ou trois qui la sautaient quand elle était trop à l'ouest pour donner son consentement, mais c'était avant que le consentement ne devienne à la mode. Ce genre d'incident était jugé « drôle ». Voire « hilarant ». Plus on se sentait mal, plus on riait. Le rire était nécessaire, car il permettait de se ressaisir. Comme on n'avait aucun souvenir de ce qui s'était passé, on s'en inventait en espérant qu'ils correspondent à la réalité. Parfois, elle continuait à sortir avec un garçon, se persuadait temporairement qu'elle l'aimait, pour entretenir le récit qui lui convenait. Enfin. Inutile de revenir là-dessus. Son esprit était plein de catacombes qu'il fallait à tout prix garder scellées, comme la cheminée condamnée de chez ses parents. Le foyer en brique sur lequel sa grand-mère s'était fracassé le visage avait disparu depuis longtemps.

Elle repensa à son grand-père paternel, dont personne ne parlait à cause de ce qu'il avait fait. Elle aurait aimé au moins voir une photo de lui. « Pourquoi tu veux voir sa photo ? » lui avaient demandé ses frères et sœur, écœurés, parce que leur grand-mère faisait un crumble aux pommes fabuleux et glissait cinq dollars dans leurs petites mains poisseuses comme si elle donnait un pourboire.

Il l'intriguait, voilà tout. Regrettait-il ce qu'il avait fait ? Avait-il recommencé avec une autre femme ? Elle supposait que l'intérêt qu'elle portait à ce grand-père violent aujourd'hui disparu indiquait une attirance pathologique pour les sales types.

Dors, Amy, dors.

Elle entendit une porte claquer au rez-de-chaussée, ce qui signifiait qu'un de ses colocataires était rentré, tant mieux, ça lui éviterait d'imaginer des cambrioleurs en cagoules noires qui faisaient le tour de la maison et s'énervaient de ne rien trouver d'autre à voler que des biographies à quarante dollars.

Inspire quatre secondes.

Bloque sept secondes.

Expire huit secondes.

Apparemment, les militaires employaient la technique de respiration 4-7-8 et s'endormaient en moins d'une minute.

« Commençons par le sommeil », lui avait dit son dernier thérapeute. Il s'appelait Roger et elle n'était pas très sûre de ses qualifications. Il avait sans doute appris la technique de respiration sur Internet. Elle aimait bien son côté un peu douteux. Elle se sentait plus à l'aise dans son cabinet légèrement miteux que dans l'ambiance tamisée des cabinets aux moquettes somptueuses des psychiatres et des psychologues hors de prix qui lui donnaient l'impression de juger sa coiffure et ses vêtements.

Elle n'attendait pas de Roger qu'il la « soigne ». C'était juste pour pouvoir répondre aux gens qui finissaient immanquablement par lui dire « Tu as besoin de te faire aider, Amy », « Bien sûr, je vois quelqu'un ».

Elle enchaînait les thérapeutes comme les petits copains. Elle laissait tomber les uns et les autres quand ils l'offensaient, l'exaspéraient ou l'ennuyaient.

Les petits copains la traitaient de cinglée, de foldingue, d'hystérique, de tarée. Les thérapeutes disaient qu'elle souffrait de TDAH ou de TOC, de dépression ou d'anxiété, plus probablement des deux, de trouble nerveux, de trouble de l'humeur, de trouble de la personnalité, peut-être même de trouble affectif bipolaire. Le terme de « trouble » était très prisé.

L'un d'eux lui avait annoncé qu'elle allait très bien, qu'elle avait juste besoin d'évacuer son stress, et lui avait envoyé un texto la semaine suivante en l'invitant à boire un verre, ce qui n'était pas un souci, lui avait-il dit puisqu'il ne la voyait plus en consultation. Le seul fait qu'elle ait accepté la proposition de cette ordure sans aucune morale était sans doute la preuve qu'elle avait un très sérieux problème.

« Le diagnostic médical ne fait pas partie de mon domaine de compétence », avait répondu Roger avec inquiétude quand Amy lui avait demandé sans grande conviction quel diagnostic avait ses faveurs. « Je suis thérapeute. Je travaille en collaboration avec le corps médical et je travaille en collaboration avec vous. » Puis il avait souri et visiblement rasséréné, s'était penché d'un air confidentiel, comme s'il s'apprêtait à lui confier un secret : « Vous savez, les étiquettes détournent parfois de l'essentiel. Vous n'êtes pas une étiquette. Vous êtes Amy. »

C'était cucul, mais gentil. Elle avait en effet l'impression qu'il était à ses côtés, dans son équipe, au lieu de se contenter de l'observer avec le regard froid et professionnel de certains de ses collègues.

Elle l'aimait bien. Du moins, pour l'instant.

Elle ne prenait qu'irrégulièrement les comprimés que lui prescrivaient les bons psychiatres et les pilules que lui offraient les petits copains peu recommandables.

De temps en temps, elle ressortait le « plan de santé mentale » obligatoire et plein d'optimisme que son généraliste et elle avaient mis au point, et faisait de son mieux pour observer les « stratégies » et les « techniques » qui donnaient au reste du monde l'impression qu'elle était à moitié normale : Poèmes. Journal intime. Sport. Pleine conscience. Nature. Méditation. Respiration. Baies. Vitamines. Superaliments. Probiotiques. Gratitude. Bains. Conversation. Sommeil.

Parfois elles fonctionnaient, parfois non.

« C'est juste parce que tes émotions sont trop grosses », lui avait dit sa grand-mère paternelle quand elle était petite alors qu'elle pleurait tellement que ses parents s'étaient mis en colère. « Tu t'y habitueras en grandissant. Moi aussi, j'avais de grosses émotions. Prends une limonade, ma puce. »

Visiblement, sa grand-mère ne s'était pas tant habituée à ses émotions qu'employée à les noyer dans l'alcool, mais l'alcool comme la limonade ne faisaient qu'amplifier les émotions démesurées d'Amy.

« Oh, Amy est juste nerveuse, avait-elle un jour entendu dire son autre grand-mère, la mère de sa mère. Comme tante Edna. Inutile de te tracasser, Joy, elle va bien. Mais bon, j'avoue que ces tempéraments nerveux ont le don de vous taper sur le système. On peut peut-être lui demander d'aller pleurer ailleurs ? »

Tante Edna avait fini sa triste petite existence nerveuse attachée à un fauteuil, mais à part ça, inutile de se tracasser.

« On ne laissera personne t'attacher à un fauteuil, ma chérie, lui disait sa mère. De toute façon, je crois que tu ressembles plutôt à tante Mary et elle n'a pas fini attachée à un fauteuil. »

Tante Mary avait été tuée en passant sous les roues d'un tram, en ville, mais elle n'avait absolument pas fait exprès de passer sous les roues d'un tram, quoi qu'en disent certains. La vérité, selon la mère d'Amy, c'était que tante Mary avait été distraite en essayant de récupérer le panama d'une petite fille qu'un vent du sud lui avait arraché un après-midi d'été, une semaine avant Noël, ce qui, toujours selon sa mère, était exactement le genre d'imprudence dont Amy était capable, et si jamais elle faisait une chose pareille, Joy ne le lui pardonnerait jamais. Regarde des deux côtés. Surtout avant Noël. Tiens, ça pourrait être un de tes petits rituels. Regarder des deux côtés.

Amy n'avait pas de petit rituel, en ce moment. Ou du moins, aucun qui se remarque particulièrement. De toute façon, tout le monde avait ses rituels et ses superstitions, ses drôles de petites manies. Troy était obligé de se tapoter le nez trois fois avant de servir. Logan devait porter les chaussettes rouges porte-bonheur à chaque compétition. Brooke avait encore du mal à descendre de voiture chaque fois qu'elle arrivait quelque part. Brooke croyait que personne ne le savait. Amy le savait.

« Tu n'as aucun problème, ma chérie, disait son père. C'est dans ta tête. »

C'est dans ta tête. Son père était mignon mais complètement largué.

Elle était allongée, immobile, et respirait en bavardant avec les esprits de tante Edna et tante Mary. Elle n'avait jamais connu ses grands-tantes cinglées mais elle avait l'impression qu'elles se seraient bien entendues.

Je ne la sens pas, la fille qui loge chez mes parents.

Moi non plus, dit tante Edna.

Moi non plus, dit tante Mary.

Il faut t'en débarrasser, dit tante Edna, qui était autoritaire.

Le pressentiment s'intensifia, lui noua le ventre. Une alarme de voiture retentit dans la rue. On frappa à la porte de sa chambre.

Amy attrapa la couette et la remonta pour cacher sa nudité.

« C'est qui ? demanda-t-elle.

– Pardon ! répondit une voix d'homme grave et rauque. C'est juste moi. » Il marqua une pause. « Simon. » Toussota. « Simon Barrington. » Comme s'il y avait plusieurs Simon dans la maison.

Elle fixa le plafond. Elle se doutait vaguement que ça risquait d'arriver un jour ou l'autre et s'était dit qu'il fallait à tout prix empêcher que cela se produise.

« Tu es réveillée ? demanda-t-il à travers la porte.

– Non, répondit-elle. Je ne suis pas réveillée, Simon Barrington. » *Je suis juste là à bavarder avec les esprits de mes grands-tantes cinglées, Simon Barrington.*

Elle ne dirait rien d'autre. Coucher avec ses colocataires, ce n'était pas une bonne idée. D'autant plus quand ils avaient encore une vingtaine d'années et que l'on s'apprêtait soi-même à quitter la trentaine. La petite amie de longue date de Simon l'avait plaqué récemment alors qu'ils étaient allés prendre un yum cha – un brunch de dim sum. Ils sortaient ensemble depuis le lycée et devaient se marier l'an prochain, il n'avait rien vu venir et il adorait littéralement les yum cha, sa petite amie le savait, et cela ne faisait qu'ajouter à la tragédie.

Et maintenant, il avait le cœur brisé, il avait bu et là, comme ça en rentrant, il s'était souvenu de sa colocataire célibataire du dernier étage comme on se souvient d'un reste de plat à emporter laissé au frigo, et s'était dit, *Ah ouais.* C'était un garçon plutôt sympa, gentil et poli qui s'acquittait scrupuleusement des tâches ménagères, mais il lisait ces biographies soporifiques du début à la fin et c'était un ancien joueur de rugby avec un torse baraqué de joueur de rugby (elle aimait les hommes longilignes et impénétrables ; Simon Barrington était tout sauf impénétrable), et puis il avait un métier ennuyeux, dont elle était incapable de se souvenir, quelque chose à voir avec les télécommunications, ou l'immobilier, à moins qu'il ne soit comptable, sans compter qu'il était plus jeune qu'elle, et aussi plus petit qu'elle, et les hommes disaient toujours que cette histoire de taille n'avait pas d'importance, mais c'était faux, archifaux, et cette colère refoulée finissait toujours par ressortir.

Autant dire qu'ils ne s'enverraient en l'air qu'une seule fois, et encore, ce ne serait pas terrible, et pendant les sept mois de bail restants, il y aurait un malaise entre eux et elle serait obligée de se trouver un autre endroit, alors qu'elle était bien, dans cette maison, elle aimait le néon du golf miniature et puis l'opossum atteint de trouble panique.

« Pardon ! lança Simon à travers la porte. Désolé ! Je m'en vais. » Elle attendit. Il y eut un silence. Était-il parti ? Il fallait le laisser partir. Elle sortit du lit, enfila un tee-shirt et ouvrit la porte. Il se dirigeait vers le haut de l'escalier. « Simon ? dit-elle. Simon Barrington ? » Il se retourna. Il avait la chemise sortie de son jean, les lunettes de travers, les yeux injectés de sang et il était mal rasé.

Elle leva le doigt. Lui fit signe d'approcher. Trouble de l'impulsion. En voilà un autre.

19

Aujourd'hui

Un téléphone sonnait. Une imprimante ronronnait. Un clavier cliquetait. Un homme rit et dit « Tu plaisantes, ou quoi ? ». Une femme éternua et lança « Pardon ! ». On aurait pu être un matin de semaine dans n'importe quel open space, avec ses dalles de moquette en nylon gris et ses murs beige, si ce n'est que les gens qui travaillaient là au quotidien s'occupaient de ce que l'humanité avait de pire.

Il n'était pas étonnant que les plus anciens parlent avec le même ton d'impatience agacée qui faisait soupirer leurs moitiés : « Pourquoi faut-il que tu sois toujours aussi cynique ? »

Christina était à son bureau et buvait un double cappuccino du café qui était à côté de la gare en pensant à Nico, ce matin, qui avait soupiré « Pourquoi faut-il que tu sois toujours aussi cynique ? » quand elle lui avait demandé pourquoi l'ami d'ami qui devait réaliser les photos de mariage exigeait d'être payé à l'avance.

Pourquoi faut-il que tu sois toujours aussi cynique ?

Parce que les braves gens ordinaires mentent, volent, trompent et assassinent, Nico.

Ils avaient payé le photographe à l'avance.

Elle finit son double cappuccino, ouvrit le dossier qui se

trouvait devant elle et lut un tirage papier du document Word trouvé dans l'ordinateur de Joy :

VOUS VOULEZ ÉCRIRE VOS MÉMOIRES

Écrire ses mémoires est une expérience enrichissante. Voyez cet exercice comme un échauffement destiné à libérer toute votre créativité. Commençons par votre « petit topo » – racontez-nous ci-dessous l'histoire de votre vie en quelques paragraphes !

Mon nom de jeune fille est Joy Margaret Becker. Aucun lien de parenté avec le célèbre joueur Boris Becker, au cas où vous vous posez la question ! (Mais je suis une joueuse de tennis.) Ma mère s'appelait Pearl et c'était une « beauté », c'est pourquoi elle ne s'est jamais remise du départ de mon père, qui est parti quand j'avais quatre ans. Il a dit qu'il allait retrouver un ami, mais il n'avait pas précisé que l'ami en question vivait à plus de deux mille kilomètres de là, dans le Territoire du Nord !

Mon père est mort dans une « rixe » trois ans après son départ. Il s'emportait facilement. Je m'emporte facilement, moi aussi, c'est du moins ce qu'on m'a dit, mais je n'ai jamais été mêlée à une rixe ! On m'a toujours dit que mon père m'adorait, mais c'était une drôle de façon de le montrer.

Ma mère est revenue s'installer chez ses parents, mes grands-parents, qui étaient plutôt comme des parents pour moi et m'ont élevée. J'étais particulièrement proche de mon grand-père, qui était l'homme le plus bavard que j'aie jamais connu. C'était un véritable moulin à paroles. Je pense encore à des choses que j'aimerais raconter à mon grand-père. Ma mère était une femme malheureuse qui critiquait tout. Ce n'était pas de sa faute. Elle n'était pas née à la bonne époque. Si elle était née de nos jours, elle aurait peut-être été P-DG d'une grande entreprise. Ou présentatrice météo. Elle était suffisamment jolie et s'intéressait beaucoup à la météo.

Mon grand-père adorait le tennis et un jour, quand j'étais toute petite, j'ai pris sa grande raquette en bois carrée. Elle devait être très lourde pour une fillette de trois ans. Mon grand-père, juste pour s'amuser, m'a envoyé une balle et je la lui ai renvoyée aussi sec. Il me disait qu'il avait failli en tomber de sa chaise. J'ai frappé dix balles d'affilée avant d'en rater une. Ma grand-mère disait que c'était seulement cinq. Ma mère, elle, disait qu'elle n'en croyait pas un mot. Qui sait ! Tout ce que je sais, moi, c'est que tout ce que je voulais faire, quand j'étais petite, c'était jouer au tennis. J'adorais frapper la balle. Les boulets de canon du fond de court. C'est ce que je préfère. (Il y a trop de lift, aujourd'hui. C'est dû aux nouvelles raquettes ultra-sophistiquées.) J'adorais le bruit. Clop. Clop. Clop. Comme des sabots de cheval. L'odeur des balles de tennis neuves est une de mes préférées. Je n'ai jamais pris de drogue (ni beaucoup de médicaments, à part le paracétamol, j'aime bien le paracétamol), mais j'ai parfois l'impression que le tennis est ma drogue. Quand le match est fini, c'est comme si je venais de faire un beau rêve.

J'ai commencé à participer à des tournois quand j'avais dix ans. À onze ans, j'ai joué contre une fille de treize ans et elle a pleuré quand je l'ai battue. Je n'ai pas du tout eu de peine pour elle. Je m'en souviens parfaitement. Le trophée que j'ai remporté était un parapluie. (Transparent avec un liseré rouge.) C'est ce jour-là que j'ai entendu un homme dire à mon grand-père que j'avais le potentiel d'une championne du monde. Ça m'est resté. Avec mon grand-père, nous avions un plan. D'abord, je devais remporter le championnat local junior, puis les titres de l'État, puis le simple dames d'Australie, et ensuite, je m'envolerais pour les États-Unis et l'Europe (je n'avais jamais pris l'avion !) et je remporterais les titres français et américain et enfin, Wimbledon.

Quand j'avais douze ans, mon grand-père a dû fabriquer une nouvelle étagère pour tous mes trophées.

J'étais assez jeune quand j'ai épousé un joueur de tennis, un grand (très grand !) et beau brun du nom de Stan Delaney. Nous projetions de faire carrière dans le tennis. Nous participions à des tournois aux quatre coins du pays tout en essayant de gagner notre vie. C'était dur mais on s'amusait. J'ai suivi une formation de secrétariat après le lycée. Ma mère voulait que j'aie « un plan de secours » au cas où « le tennis ne marchait pas ». Elle aurait aimé que j'épouse un « homme d'affaires ». Elle pensait que le tennis était une chimère et elle avait peut-être raison, parce que mon mari s'est blessé grièvement alors qu'il n'avait que vingt-deux ans. Il s'est fait une rupture du tendon d'Achille au troisième set du quart de finale du tournoi de Manly Seaside. Il aurait gagné le match s'il n'y avait pas eu cette blessure. On peut dire que c'était son tendon d'Achille ! (Mais c'était vraiment le tendon d'Achille.) Nous avons donc quitté le circuit et quelques années plus tard, nous avons lancé la Delaneys Tennis Academy, qui est devenue par la suite une des meilleures écoles de tennis de l'État, pour ne pas dire du pays, en toute modestie ! (J'ai dit à ma mère que j'avais fini par devenir une « femme d'affaires » mais elle a cru que je voulais plaisanter.)

Nous avons eu quatre enfants, deux garçons et deux filles. Balle au centre ! Tous les quatre, excellents joueurs. Nous n'avons pas encore de petits-enfants.

Nous avons récemment vendu l'école de tennis et nous avons maintenant le temps de nous consacrer à tous les rêves que nous avons toujours voulu réaliser ! Faudrait-il encore que nous en ayons ! Enfin, c'est comme ça.

« Christina ? »

Elle leva la tête et vit Ethan à l'entrée de son box, aujourd'hui vêtu d'une chemise turquoise, rayonnant de santé et d'optimisme. « Merde, ces petits jeunes sont remontés comme des lapins

Duracell », avait soupiré un des autres enquêteurs à Christina, et il avait beau avoir quinze ans de plus qu'elle, elle voyait très bien ce qu'il voulait dire.

« L'historique des recherches Internet de Joy Delaney le jour de sa disparition », dit Ethan en lui tendant une feuille. Il avait surligné en jaune les plus significatives.

Joy avait posé les questions suivantes sur Google :

Comment savoir quand il est temps de divorcer ?
Divorcer après soixante ans.
En quoi le divorce affecte-t-il les enfants adultes ?
Les thérapies de couple marchent-elles ?
Est-ce que le whisky s'en va ?

« Tu parles d'un couple idéal, dit Christina.

– Je sais », dit tristement Ethan et il inclina la tête comme s'il rendait hommage à un défunt, puis la releva aussitôt pour lancer d'un ton enjoué, « J'ai aussi le relevé de ses appels téléphoniques. Une heure avant qu'elle n'envoie ce texto…

– Si tant est qu'elle l'ait envoyé, l'interrompit Christina.

– Une heure avant que ce texto n'ait été envoyé, rectifia Ethan, il y a eu une conversation téléphonique de quarante minutes avec un certain Dr Henry Edgeworth. C'est un chirurgien esthétique de quarante-neuf ans, marié, deux enfants. Il est actuellement à l'étranger et ne nous rappelle pas.

– Un chirurgien esthétique ? » Christina fronça les sourcils. « C'est quoi, le lien ? »

Il n'y en avait aucun.

« Elle voulait peut-être faire de la chirurgie esthétique pour pouvoir changer d'identité ? suggéra Ethan.

– C'est ça. Parce qu'elle est impliquée dans la mafia, dit Christina.

– Vous voulez qu'on vérifie d'éventuels liens avec le crime organisé ? » demanda Ethan avec enthousiasme.

Elle le regarda pour voir s'il plaisantait. Impossible à dire.

Elle répondit imperturbablement : « Il ne faut négliger aucune piste. »

Ethan hocha la tête. Il jeta un œil à ses notes. « Il y a eu une énorme averse de grêle deux jours après la Saint-Valentin.

– Donc, vous pensez qu'elle a été frappée par un grêlon et qu'elle est devenue amnésique ? »

Il la regarda. Cette fois, c'était lui qui ne savait pas si elle plaisantait.

« Et pour la fille qu'ils hébergeaient, on en est où ?

– J'y suis presque.

– Tant mieux, dit Christina. Parce que tout converge vers elle. »

20

La fête des pères

Le jour de la fête des pères, Joy se réveilla tard et bien reposée. Elle était allongée à plat ventre au milieu du lit comme une enfant. Il y avait une petite auréole de salive sur le drap. Stan n'était pas là. Un soleil printanier entrait à flots par la fenêtre et lui chauffait les jambes, qui étaient nues sous son tee-shirt. Des effluves de jasmin montaient du jardin et une odeur de bacon de la cuisine. Savannah devait préparer le petit déjeuner.

Elle prenait trop facilement l'habitude que quelqu'un cuisine et fasse le ménage pour elle. Ce devait être ça, d'être une célébrité. Pas étonnant qu'elles soient si charismatiques et enjouées dans les talk-shows. Joy se sentait de plus en plus charismatique et enjouée de jour en jour.

En fait, Savannah semblait les traiter, Stan et elle, comme s'ils étaient les invités d'un talk-show, et elle l'animatrice, fascinée par les subtilités de leur vie de célébrités. Elle voulait tout savoir d'eux : leur tennis, leur école de tennis, le club, les enfants. Elle posait des questions que ses propres enfants n'avaient sans doute jamais pris la peine de lui poser : *Quand avez-vous su que vous étiez faits l'un pour l'autre ?*

« La première fois que je l'ai vue », avait répondu Stan. Il était assis et Joy, debout à côté de lui, et il l'avait prise par la taille pour la tirer vers lui, si bien qu'elle avait atterri sur ses genoux.

Joy voyait son couple à travers le regard jeune et plein de curiosité de Savannah : solide et précieux comme une antiquité, patiné par la sagesse et les ans. Savannah rêvait probablement d'une relation comme la leur. Une relation qui avait donné naissance à des enfants, une belle maison, une affaire florissante et des étagères couvertes de photos d'anniversaires, de déjeuners de Pâques et de matins de Noël.

Sous la douche, le visage levé vers le jet d'eau, Joy repensa aux moments embarrassants qui n'étaient jamais photographiés :

Elle, les traits déformés par la rage, la bouche distordue crachant des postillons,

La tête de Stan, vue de dos, qui s'éloignait.

Elle, assise dans la voiture au bord de la route, les quatre enfants médusés à l'arrière, pendant que son cœur battait au rythme du clignotant.

Elle frémit et se mit du shampoing dans l'œil. Il était hors de question qu'ils confient leurs vilains secrets à Savannah. Si ramolli soit leur lobe frontal, leur franchise avait des limites.

Le shampoing lui piquait les yeux. Elle battit frénétiquement les paupières et appliqua l'après-shampoing volumateur au prix prohibitif que Narelle lui avait conseillé d'utiliser tous les trois jours.

La routine capillaire recommandée par Narelle était complexe, mais Joy recevait beaucoup de compliments au sujet de ses cheveux, et elle aimait Narelle comme une sœur, ou du moins, comme les sœurs devraient s'aimer. Ses filles s'adoraient, mais il y avait toujours un moment où l'une des deux était offusquée, indignée ou déconcertée par l'autre.

L'étiquette du prix était encore collée à l'arrière du flacon. Stan dirait : « Il y a quoi dedans ? De la poudre d'or ? » Joy la retira avec l'ongle, la roula entre ses doigts, la lâcha et la fit tomber dans le siphon du bout de l'orteil.

Non, Savannah n'avait nul besoin de savoir combien de fois Joy et Stan s'étaient déchirés avant de retomber amoureux au cours des cinquante dernières années, qu'il y avait eu des moments où Joy haïssait si passionnément Stan qu'elle en avait la nausée, que lorsque les trois aînés étaient encore petits, ils avaient sérieusement parlé de se séparer, avec détachement, aimablement presque, et que Joy avait cru que c'était fini, que Brooke était un bébé imprévu, fruit de leur réconciliation tout aussi imprévue, qu'ils avaient vraiment eu l'impression de vivre une toute nouvelle relation, que le fait d'avoir failli ainsi se perdre n'avait fait qu'approfondir et enrichir le lien qui les unissait, mais qu'une fois de plus, ils s'étaient égarés et tout cet amour et ce bonheur s'étaient vidés lentement, imperceptiblement, comme s'il y avait une minuscule fuite invisible.

Amy avait un jour dit à Joy qu'elle ne savait pas à quel point on se sentait seul quand on était célibataire. Joy avait envie de lui répondre qu'il arrivait que l'on se sente seul en étant marié, qu'il y avait eu des moments où elle se réveillait jour après jour avec un sentiment de solitude écrasant, mais allait tout de même préparer le petit déjeuner des quatre enfants.

Elle ne l'avait pas dit à Amy. Elle lui avait simplement répondu : « C'est vrai, ma chérie. Ça doit être très dur. » On ne pouvait pas dévoiler à ses grands enfants la vérité sur son couple. Quoi qu'ils en disent, ils ne voulaient pas vraiment savoir.

Il y avait eu une année, la pire de toutes, où sa mère et celle de Stan qui étaient toutes les deux malades étaient mortes à trois mois d'intervalle. Étant enfants uniques, Joy et Stan avaient pleuré seuls leur disparition. C'est à cette époque que Joy avait caressé en secret le projet de partir. L'idée était d'attendre que Brooke ait fini ses études secondaires, date à laquelle elle serait déchargée de ses devoirs maternels. Elle éprouvait du plaisir à tout planifier et même à imaginer la douleur que ce serait, comme une sorte de fantasme sadomasochiste.

Mais lorsque Brooke avait achevé ses études secondaires, ils étaient de nouveau bien ensemble. Peut-être même mieux que jamais. Ils avaient recommencé à jouer en double et remportaient tournoi sur tournoi. Les victoires semblaient rejaillir sur tout le reste : leur sexualité, l'affaire. Joy s'occupait de faire fructifier l'école de tennis. Elle avait ouvert le café et la boutique pro, lancé les stages de vacances. C'était toujours comme ça. On était sur une lancée, où on avait l'impression de ne pas pouvoir perdre un point, jusqu'au moment où cela arrivait.

Et à présent, ils en étaient là. Elle ne savait pas au juste si Savannah les avait surpris dans une phase ascendante ou descendante, ou s'ils avaient fini par trouver un équilibre destiné à durer jusqu'à ce que la mort les sépare. Parfois, elle avait le sentiment que leur relation fluctuait au gré de la journée, ou même de la conversation. Elle était capable de passer de l'affection au ressentiment en l'espace de dix minutes.

Elle s'apprêtait à rincer son après-shampoing hors de prix quand elle se rappela que Narelle lui avait dit de le laisser poser au moins trois minutes. Elle décida de passer les trois minutes en question à faire des flexions plantaires les yeux fermés, comme le lui avait conseillé Brooke, pour améliorer « la mobilité de la cheville ». Elle était loin d'être aussi obéissante avec sa fille qu'avec sa coiffeuse, et elle voulait pouvoir annoncer sincèrement à Brooke aujourd'hui qu'elle avait fait ses exercices. Elle monta et descendit sur un pied, les yeux fermés, les mains tendues pour pouvoir se rattraper le cas échéant. (Brooke n'approuverait peut-être pas le fait qu'elle fasse ces exercices dans la douche.) Si Stan entrait et la trouvait en train de sautiller toute nue en chancelant, il se tordrait de rire.

Est-ce que tout irait bien, aujourd'hui ? Elle était curieusement stressée.

Bien sûr, les garçons avaient déjà rencontré Savannah quand ils l'avaient aidée à récupérer ses affaires, et tout s'était bien passé, même s'il s'était avéré que l'ex-petit copain était là, mais il n'avait pas fait de difficultés et personne n'était blessé.

Peut-être Savannah et les filles deviendraient-elles amies ? Brooke, probablement pas. Elle était très prise par le cabinet et pouvait être distante. De son côté, Amy se faisait des amis de tout âge où qu'elle aille. Un jour, elle avait tellement sympathisé avec une chauffeuse Uber que celle-ci avait laissé sa voiture pour se joindre à Amy et sa bande de copains qui sortaient ce soir-là, et c'était grâce à cette fille charmante qu'Amy avait trouvé la maison qu'elle partageait en ce moment !

Savannah pourrait peut-être emménager dans la maison d'Amy si jamais une chambre se libérait ?

Quoique, franchement, Joy n'était pas pressée de la voir partir.

Elle s'arrêta de sautiller, rinça l'après-shampoing et finit par un dernier jet d'eau glacée, ce qui était censé inciter ses cellules souches à former de la graisse brune à la place de la graisse blanche, et la graisse brune était bonne, apparemment.

Elle interrogerait Brooke sur la graisse brune, aujourd'hui, et sa fille se moquerait sans doute d'elle en disant qu'elle n'avait rien compris. Joy faisait le plus possible en sorte que Brooke se sente intelligente et compétente sur le plan médical. Brooke était tout à fait intelligente et compétente sur le plan médical, mais elle avait désespérément besoin de l'approbation des autres et tentait tout aussi désespérément de camoufler cette soif flagrante sur son adorable visage renfrogné. Si seulement elle mettait un peu de rouge à lèvres.

Joy se sécha rapidement. C'est fou ce qu'elle était stressée.

Craignait-elle que les enfants remarquent le décalage entre l'image affable et aimante que Stan et elle présentaient à Savannah et leur vrai visage ? Celui qu'ils avaient toujours connu ? Mais il ne fallait tout de même pas exagérer, ils étaient heureux en ménage, dans l'ensemble, et ils étaient affables et aimants, ou du moins Joy l'était.

Ses quatre enfants avaient chacun leur propre version de leur enfance à laquelle ils croyaient avec ferveur et qui bien souvent ne concordait pas avec les souvenirs de Joy, ni même entre elles, d'ailleurs. Parfois, l'un d'eux racontait un incident, dont Joy avait la certitude qu'il n'avait jamais eu lieu, ou du moins pas comme il le décrivait, car elle disposait d'éléments biographiques : « Mais on n'habitait pas dans la maison de Fairmont Street, à l'époque ! », « Mais ta grand-mère n'était plus de ce monde quand tu avais treize ans ! ». Il arrivait qu'ils se disputent pour savoir lequel était le méchant ou la victime, le martyr ou le héros. « Ce n'est pas toi qui as été piqué par une abeille en aidant grand-mère quand elle s'est évanouie à la fête de Troy, c'était moi ! » Et Joy songeait, c'était la fête de Logan, pas celle de Troy, et ce n'était pas une abeille, mais une guêpe, et personne n'avait été piqué, Amy avait simplement cru qu'elle avait été piquée, et aucun de vous n'avait aidé grand-mère, qui ne s'était pas évanouie mais écroulée, ivre morte.

Ses enfants n'en démordaient pas. C'était ce dont ils se souvenaient, donc, c'était ce qu'il s'était passé, et quand leurs souvenirs ne coïncidaient pas entre eux, ils s'accrochaient à leur version des faits envers et contre tout, aussi obstinés que leur fichu père.

Il arrivait cependant que l'un d'eux prenne l'air songeur et on le voyait alors avoir subitement un déclic puis réexaminer un souvenir d'enfance avec un regard d'adulte et dire : « Attendez, peut-être que grand-mère était bourrée ce jour-là ? »

Joy enfila sa robe de chambre pour descendre dans la cuisine. Les premiers jours, quand Savannah était arrivée, elle avait pris soin de s'habiller avant de sortir de sa chambre le matin, mais curieusement, elle s'était vite sentie à l'aise avec elle. Si agréables soient-ils, la plupart des invités vous donnent l'impression que quelque chose n'est pas à sa place, si bien que l'on ne se détend réellement qu'après leur départ, mais Savannah s'était parfaitement fondue dans le décor.

Joy avait remarqué que Savannah ne fermait pas la porte de sa chambre, la nuit. Pas même un peu. Elle la laissait grande ouverte, et quand Joy se couchait après elle, elle avait l'impression de passer devant la chambre d'un petit enfant endormi. « Bonne nuit ! » lançait-elle si la lampe de chevet était allumée. « Bonne nuit, Joy ! lui répondait joyeusement Savannah. Dormez bien ! »

Joy réalisa soudain avec consternation que la pauvre petite avait probablement dû apprendre très jeune à s'adapter. Elle ne parlait pas beaucoup de son enfance, mais elle avait raconté à

Joy qu'elle avait été placée en famille d'accueil. Certaines familles étaient géniales, fantastiques ! Mais d'autres, pas si géniales que ça. Elle avait été déplacée plusieurs fois, car certaines acceptaient de l'accueillir, puis ça ne se passait pas bien ou ils changeaient d'avis. Elle disait que pour être honnête, c'était dans ces cas-là que les conditions de vie n'étaient pas géniales. Savannah ne savait rien de ses parents biologiques, même si elle se rappelait vaguement des visites surveillées avec sa mère biologique, mais celles-ci s'étaient arrêtées quand elle était très jeune et aujourd'hui, elle ne savait pas où elle se trouvait et cela ne l'intéressait pas plus que cela.

Joy peigna ses cheveux mouillés. Elle les sécherait après le petit déjeuner. Elle avait une faim de loup. Elle se regarda dans la glace. Savannah leur préparait-elle à manger pour se faire aimer ? Le pire, c'est que ça marchait.

C'était encore un poil, là, sur son menton ? Allons bon. Où était la pince ? Elle mit ses lunettes, s'approcha du miroir et le retira d'un coup si sec qu'elle en eut les larmes aux yeux.

Ce serait effrayant si Savannah cuisinait pour acheter leur affection. Ils n'étaient pas une famille d'accueil, Savannah était adulte, mais tout de même, Joy devait être attentive à ce qu'elle avait vécu.

Elle resserra la ceinture de sa robe de chambre. Ce serait si dur, aujourd'hui, pour Savannah. Elle verrait les enfants fêter leur père en le comblant de cadeaux et en faisant des plaisanteries, alors qu'elle n'avait pas eu de père. Joy n'avait pas eu de père non plus, mais elle avait grandi dans une même famille, avec une mère qui l'aimait (bien qu'à sa manière, qui n'était pas particulièrement aimante), et surtout, entourée de grands-parents qu'elle adorait et qui avaient plus que comblé le vide laissé par l'absence de son père.

Joy entra dans la cuisine et vit Savannah casser d'une main un œuf dans la poêle.

« Bonjour, Stabilité ! » s'écria Joy avec émotion. Elle rougit. « Je voulais dire, Hannah, enfin, Savannah ! » Misère.

Stan qui mangeait des œufs au bacon en faisant des mots croisés la regarda par-dessus ses lunettes. « Tu fais un AVC ?

– Bonjour Joy ! » Savannah sortit un autre œuf du carton du bout des doigts. « Un ou deux œufs aujourd'hui ?

– Oh, un c'est très bien, mais vous savez, vous n'êtes pas obligée de nous préparer le petit déjeuner tous les jours ! D'autant plus que vous vous occupez déjà du déjeuner ! » Joy hésitait devant la cuisinière. C'était à croire que ce n'était plus la sienne. Cette chose ne l'avait jamais respectée comme elle respectait Savannah.

Il flottait une odeur de gâteau. Quelque chose refroidissait sur une plaque sous une feuille d'aluminium.

Elle fusilla Stan du regard. « Je ne fais pas un AVC. Si je faisais un AVC, il faudrait que tu me demandes de lever le bras droit.

– Lève le bras droit, dit Stan.

– Mais j'adore faire la cuisine, protesta Savannah d'un ton sincère. C'est un privilège de faire à manger dans une cuisine comme celle-ci. Laissez-moi faire la cuisine, s'il vous plaît. » Elle fixa Joy de ses yeux de lapin bordés de cils blancs. Joy était parfois perturbée par cette façon qu'elle avait de la regarder droit dans les yeux. Elle était obligée de détourner le regard.

« Mais bien sûr que vous pouvez faire la cuisine ! J'adore quand vous faites la cuisine ! Merci !

– Tu as un œil tout rouge, lui dit Stan. C'est un signe d'AVC ?

– Je me suis mis du shampoing dans l'œil, rétorqua Joy avec agacement. Bonne fête des pères.

– Merci », dit Stan. Il finit la dernière bouchée, posa sa fourchette et son couteau et se tapota délicatement les lèvres avec la serviette en tissu que Savannah avait placée à côté de son assiette comme s'il était le roi d'Angleterre. « C'est le meilleur petit déjeuner de fête des pères que j'aie jamais eu.

– C'est un beau compliment. » *Un beau compliment que tes enfants n'ont sans doute pas besoin d'entendre.* Joy revit soudain Brooke dressée sur la pointe des pieds devant la cuisinière, le bout de la langue au coin des lèvres, essayant de retourner l'omelette qu'elle lui préparait pour la fête des pères.

« C'est quoi ? » Joy souleva un coin de la feuille d'aluminium. L'odeur était forte, sucrée, familière.

« Des brownies », dit Savannah et le ventre de Joy se noua de façon aussi stupide que mélodramatique comme si elle avait dit « Un serpent ! » ou « Au feu ! » et non « Des brownies ».

« Chouette », dit-elle. Elle évita le regard de Stan. « Chouette alors. »

Elle se changea les idées en ouvrant la porte du réfrigérateur trop brusquement, envoyant valdinguer le fichu magnet qui emporta avec lui une notice de la municipalité sur le recyclage, que Stan avait minutieusement plastifiée pour qu'ils puissent la conserver à jamais (au lieu de la recycler). Elle rattrapa le magnet à temps. C'était un souvenir du London Eye, orné d'une photo de Stan et elle, enlacés sur la grande roue, jouant les heureux retraités qui faisaient le voyage de leur vie (alors que Stan n'avait pas arrêté de se plaindre du prix du billet).

Quand ils avaient acheté le magnet, Stan avait décrété qu'il était trop lourd pour le réfrigérateur. « Il n'est pas adapté », avait-il dit avec un dédain qui l'avait mise en rage, car elle rêvait de le rapporter à Sydney et de le coller sur le réfrigérateur comme la preuve en image des vacances qu'ils n'avaient pas réellement eues, et le fait est que cela marchait, puisqu'elle avait entendu Savannah demander à Stan comment c'était, et il s'était lancé dans une longue description de la vue magique sur Londres. Il avait bel et bien dit « magique ».

La vue était en effet magique. Quel mal y avait-il à réécrire le souvenir et se remémorer un jour idéal ? Quel intérêt y avait-il à être exact quand on évoquait des souvenirs ? Qu'avait à dire sur la question sa charmante petite professeure d'écriture de mémoires ?

Elle remit en place le magnet et la notice et se dit qu'elle devait jeter le souvenir du London Eye et se servir du joli magnet à fleur d'Indira, mais elle lui en voulait de ne pas être l'échographie qu'elle espérait. Elle l'avait caché dans un tiroir pour éviter d'avoir de la peine à chaque fois qu'elle le voyait. Elle comptait dire à Indira que le magnet était bien trop joli pour le réfrigérateur et qu'elle l'avait posé sur sa table de chevet. Joy savait très bien mentir quand il s'agissait de ménager des susceptibilités. Indira n'irait jamais vérifier.

Elle rouvrit le réfrigérateur et contempla le contenu. Elle ne reconnaissait rien, car hier, Savannah était allée faire toutes les courses pour aujourd'hui. Joy n'était pas dans son assiette et elle avait été soulagée quand Savannah le lui avait proposé, tout en disant que ça la gênait de prendre sa carte de crédit, mais Joy savait qu'elle pouvait lui faire confiance et, juste par sécurité, elle avait déjà consulté son solde en ligne et Savannah ne s'était pas acheté un billet pour la France.

Elle referma le réfrigérateur et se retourna face à Savannah. « En fait, nous risquons d'avoir beaucoup de brownies aujourd'hui, car Amy en apporte toujours à Stan. Il adore ça… et c'est un peu la spécialité d'Amy.

– Oh non ! » Savannah se décomposa. « Sa spécialité ? » Elle souleva la feuille d'aluminium et considéra ses brownies. C'étaient des petits rectangles parfaits. Ceux d'Amy étaient toujours informes et grumeleux, et un peu trop sucrés pour Joy, même si elle se joignait au concert d'éloges familial.

« Ça ne fait rien. Je vais les congeler, dit Savannah d'un ton décidé. Pas de problème ! On les garde pour une prochaine fois.

– C'est peut-être mieux. Tout ce travail, je suis vraiment confuse, dit Joy. Mais…

– Hors de question », intervint Stan.

Elles se tournèrent toutes les deux vers lui.

« On n'a jamais assez de brownies. »

Bien sûr que si, se dit Joy.

« On fera une dégustation – pour voir lesquels sont les meilleurs. » Il fit un large sourire. Il était d'excellente humeur. « C'est bien son métier, à Amy, la dégustation ?

– Tu plaisantes », dit Joy.

Stan haussa une épaule, lui rappelant Logan. « Et pourquoi pas ? dit-il.

– Parce que c'est Amy.

– Je ne veux pas faire d'histoires. » Savannah s'essuya les mains sur son tablier propre.

Elle était si mûre. Tellement plus mûre que la propre fille de Joy, qui était plus âgée qu'elle et avait eu une enfance privilégiée.

« Il n'y aura pas d'histoires, dit Stan.

– C'est ça, dit Joy.

– Amy a trente-huit ans, dit Stan. Pas huit ans.

– Elle a trente-neuf ans », rectifia Joy.

Stan l'ignora. « Deux personnes ont fait des brownies. Et alors, il n'y a pas de quoi en faire un drame. »

Joy hésita. C'était peut-être idiot de demander à Savannah de cacher ses brownies sortis du four. Amy comprendrait. Peut-être même se moquerait-elle de sa mère si elle apprenait qu'elle s'était inquiétée.

« On ne va tout de même pas être esclave des humeurs d'Amy », dit Stan. Il avait un ton désinvolte mais Joy avait passé cinquante ans à décrypter ses humeurs. Elle savait comment il fonctionnait. Elle devinait ses dents serrées à sa mâchoire crispée. Il avait décidé d'en faire une question de principe, comme s'il était encore un jeune père qui prenait là une décision relative à l'éducation de ses enfants et qu'en tant qu'homme, que père, que chef de famille, c'était lui qui faisait la loi, comme s'il était encore possible de forger le comportement de ses enfants, comme il avait forgé leur tennis, par un juste mélange de récompenses et de punitions et des heures de coucher adéquates, alors que Joy avait compris depuis longtemps que la personnalité de tous ses enfants était quasiment déterminée dès leur naissance.

Stan avait toujours bataillé contre les troubles psychiques d'Amy. Il croyait pouvoir l'obliger à devenir normale par la seule force de sa volonté. « Je ne veux que son bonheur », disait-il comme si Joy ne voulait pas la même chose. « On ne demande pas à Brooke d'arrêter d'avoir la migraine », lui avait-elle fait remarquer un jour, mais il n'avait pas compris.

Elle se souvenait comment Stan lançait à Amy « Allez, abrège », quand, petite, elle s'embarquait dans une interminable histoire sans queue ni tête et mettait du temps à en venir au fait, ou « Du calme ! » lorsqu'elle était dans un tel état de surexcitation que ses mots se bousculaient. Amy se décomposait, totalement démoralisée et elle s'arrêtait brusquement de parler comme si on avait fermé un robinet.

« Elle avait l'air d'une folle, je ne comprenais pas un traître mot de ce qu'elle racontait », se justifiait-il ensuite d'un air coupable. Joy n'avait pas compris un traître mot non plus, mais ça lui était égal, elle n'essayait pas de comprendre, elle se réjouissait seulement de la voir aussi animée quand elle racontait ses bêtises, de la voir heureuse pour une fois.

Mais Amy allait mieux. Elle n'avait pas eu de « crises » depuis longtemps. Elle était « bien », comme on dit. Le nouveau thérapeute avait l'air de lui convenir. Roger. Joy avait connu un Roger, à l'école, un gentil garçon.

Quoi qu'il en soit, le fait est que Joy était incapable de prévoir exactement ce qui allait contrarier Amy. Combien de fois elle s'était fait un sang d'encre en pensant que quelque chose allait provoquer une crise et avait eu tort. Le secret, avec Amy, c'était d'épouser ses humeurs. La laisser parler à toute allure quand elle était heureuse. La laisser être triste quand elle était triste et résister à l'envie de lui faire la liste de toutes les raisons qu'elle avait de ne pas l'être.

« Ça ira, Savannah, dit Joy. Plus il y aura de brownies, mieux ce sera ! »

Le risque de contrarier Stan l'emportait sur le risque de contrarier Amy. Le risque de contrarier Stan l'avait toujours emporté sur le risque de contrarier n'importe lequel des enfants.

Presque toujours.

Une sensation d'aigreur brûlante lui envahit soudain la poitrine, semblable à une brûlure d'estomac ou une crise cardiaque ;

à son âge, les deux étaient possibles, mais elle n'en tint pas compte et s'assit, attendant que le petit déjeuner lui soit servi. Elle détourna délibérément le regard des chats en porcelaine de sa belle-mère. Elle avait parfois l'impression qu'ils l'observaient avec une pure malveillance, comme sa belle-mère autrefois.

Elle posa légèrement la main sur l'avant-bras de Stan et lui dit : « Tu pourrais peut-être mettre la chemise bleue. Celle qu'Amy t'a offerte à Noël.

– Elle est trop serrée dans le dos, dit Stan.

– Je sais. Mais mets-la quand même. »

21

Aujourd'hui

« Un brownie ? » demanda la fille aînée de Joy Delaney en tendant l'assiette avec un espoir si fervent, si anxieux que Christina et Ethan en prirent chacun un.

« Ils sortent du four », ajouta Amy Delaney.

Christina et Ethan étaient assis côte à côte sur un canapé, dans le salon de la maison mitoyenne qu'occupait Amy en centre-ville et qu'elle partageait apparemment avec trois colocataires. Amy était assise en face d'eux, tout au bord d'un fauteuil si déchiré que c'était à croire que quelqu'un l'avait lacéré au couteau. C'était une colocation typique. La pièce dans laquelle ils se trouvaient était pleine de meubles dépareillés et sentait vaguement l'ail et le cannabis.

Amy avait une tête de plus que Christina et Ethan et portait un sarouel fluide qui ressemblait à un pyjama et un débardeur blanc avec écrit dessus *This is how I roll.* Elle avait attaché ses cheveux teints en bleu pour la conférence de presse, mais ce matin, ils étaient encore trempés comme si elle sortait de la douche.

Rien chez elle ne pouvait laisser penser qu'elle avait grandi dans la belle maison familiale avec ses parterres de fleurs et ses nains de jardin, si ce n'est sa façon de les recevoir en faisant des manières, insistant pour leur préparer du thé et leur apportant des brownies avec des petites assiettes et des serviettes.

Christina croqua dans le brownie sucré et plein de noisettes qui lui donna aussitôt un coup de fouet. Elle était hypersensible à l'excès de sucre. Comme au manque de sucre. Nico en profitait. Quand il l'avait demandée en mariage, il lui avait offert une bague en diamant et un Caramello Koala.

La table basse était trop éloignée pour prendre les tasses de thé que leur avait préparées Amy.

« Pardon ! » s'exclama Amy en s'en apercevant et elle s'agenouilla et essaya de pousser la table vers eux, renversant du thé.

Amy marmonna un juron et parut sur le point de fondre en larmes.

« Ne vous inquiétez pas, je m'en occupe », dit Ethan d'une voix apaisante et il tira la table d'un seul coup.

« Merci ! » Amy tripotait le tissu de son pantalon. « Cette pièce n'est pas idéale pour recevoir. Enfin. Merci d'être venus. C'est gentil à vous. Je ne vois pas ce que je pourrais vous dire de plus. Voyez-vous, je ne suis pas vraiment inquiète. Je suis sûre que maman va bien. Elle nous a dit qu'elle se déconnectait. Quand elle rentrera, elle nous en voudra de vous avoir fait perdre votre temps ! Elle sera tellement embarrassée. Je suis un peu embarrassée moi-même, pour être franche. »

Ses mots disaient une chose et son corps en disait une tout autre.

« Ça m'intrigue. Si vous êtes tellement sûre que votre mère va bien, pourquoi avoir signalé sa disparition ? demanda Christina, tout comme elle l'avait demandé au frère d'Amy.

– Au cas où elle a un problème, j'imagine. » Le regard d'Amy s'agita dans tous les sens. Elle croisait les mains comme pour les empêcher de s'échapper. Christina l'examina d'un œil exercé en cherchant d'éventuels signes de toxicomanie, mais n'en trouva aucun, si ce n'est sa nervosité et ses cernes que l'on pouvait facilement attribuer à son inquiétude pour sa mère.

« Espérer le meilleur mais se préparer au pire, dit Amy. Je

pensais que vous vérifieriez les hôpitaux, que vous lanceriez une alerte, ce genre de choses.

– C'est ce qu'on a fait, dit Christina. Vous étiez à la conférence de presse, j'imagine.

– J'y étais oui, je sais ! C'était une conférence de presse remarquable, merci ! Très… professionnelle ! » Elle regarda éperdument autour d'elle, en quête d'inspiration. « Mais, euh, ce que je veux dire, c'est que je ne pensais pas que vous traiteriez la maison de mes parents comme une scène de crime. »

Christina garda le silence. Elle attendit.

« Les égratignures que mon père a sur la figure proviennent de la haie qui est derrière la maison. Je peux vous la montrer ! Et non des ongles de ma mère. »

Je te parie un million que si, songea Christina.

Amy trembla si violemment à l'idée des ongles de sa mère que Christina crut qu'elle faisait une crise d'épilepsie. Ethan lui jeta un coup d'œil, visiblement mal à l'aise, tandis qu'Amy fermait les yeux et respirait profondément en grimaçant à la manière d'un haltérophile, comme si elle prenait physiquement le contrôle de son état mental.

Elle rouvrit les yeux et quand elle reprit la parole, sa voix était posée. « Je vais vous dire. Vous ne connaissez pas mon père. C'est un inconnu, pour vous. Vous ne voyez qu'un vieux grincheux. Il refoule ses émotions. Comme beaucoup d'hommes de son âge. C'est pour ça que vous le croyez coupable. »

En fait, Stan Delaney ne se comportait pas en coupable. Les gens coupables donnaient trop d'explications. Ils parlaient trop et donnaient des détails superflus. Ils étaient trop polis et s'efforçaient de vous regarder droit dans les yeux. Stan avait répondu à leurs questions avec une impatience brusque, comme s'il avait mieux à faire.

Amy poursuivit. « Enfin, vous n'avez rien trouvé dans la maison, hein ? Vous n'avez trouvé… aucune preuve ? »

Elle avait eu un léger tressaillement en prononçant ce dernier mot, comme si elle s'était brûlé la langue.

Christina ignora la question et lui lança une information comme un pêcheur lance sa ligne.

« Vous saviez que votre père avait fait laver et nettoyer sa voiture de fond en comble le lendemain de la disparition de votre mère ? demanda-t-elle. Il l'a emmenée dans un centre de lavage où il n'était jamais allé et a pris l'option la plus chère. Le service "premium". Normalement, seuls les gens qui ont des voitures de luxe choisissent cette option. Ça lui a coûté quatre cents dollars.

– Quatre cents dollars ? » Amy devint blême. « Vous dites que mon père a dépensé quatre cents dollars pour faire laver sa voiture ? Vous êtes sûre ?

– Vous trouvez que ça ne lui ressemble pas ? » demanda Christina d'un ton enjoué.

Elle n'avait pas besoin d'entendre la réponse.

Les prélèvements de la police scientifique sur la voiture ne lui avaient rien appris. Les nettoyeurs avaient fait un excellent travail. Au centre de lavage, personne ne se souvenait de quoi que ce soit de particulier. On lui avait fièrement confirmé l'emploi de nettoyants à base d'oxydant, qui auraient éliminé d'éventuelles traces de sang.

Mais un homme qui fait nettoyer sa voiture après la disparition de sa femme a forcément quelque chose à cacher.

« Vous connaissez un certain Dr Henry Edgeworth ? demanda-t-elle à Amy.

– Docteur qui ?

– Edgeworth, dit Christina. Henry Edgeworth. Votre mère lui a longuement parlé au téléphone le jour de sa disparition.

– Ah oui ? » Amy s'égaya. « On devrait l'appeler ! »

C'était à croire qu'elle était sincèrement persuadée qu'ils n'y avaient pas pensé.

« Nous avons essayé de le contacter, dit Christina. Mais il est à l'étranger. À une conférence.

– Attendez, vous pensez que ma mère est peut-être avec lui ?

– D'après nos recherches, il semblerait que votre mère n'a

pas quitté le pays, dit Christina. Nous savons également qu'elle n'avait pas son passeport sur elle.

– À moins qu'elle ait voyagé avec un faux passeport ? » suggéra Amy.

Christina ne savait pas si elle plaisantait ou non.

« Ça vous paraît plausible ? intervint Ethan. Que votre mère ait un faux passeport ?

– Non, reconnut Amy. Mais il est possible qu'elle ait une vie secrète dont je ne sais rien, non ? Les parents peuvent vous surprendre des fois, vous ne croyez pas ?

– Est-il possible que votre mère ait une liaison ? » demanda Christina.

Amy resta bouche bée. « Absolument pas.

– Vous venez de dire qu'il était possible qu'elle ait une vie secrète. » Christina termina le brownie et se lécha les doigts.

Amy se gratta si fort une piqûre d'insecte qu'elle avait sur le bras que celle-ci se mit à saigner. Elle appuya le pouce sur la goutte de sang et répondit : « C'est vrai, oui, j'ai dit ça. Vous croyez vraiment que c'est possible ? Qu'elle ait une liaison avec ce médecin ? Ça n'aurait rien d'extraordinaire, hein ? Vous devez en voir, des choses bizarres, dans votre métier. Mais c'est juste que mes parents, mes parents… »

Elle ôta le pouce de son bras et les regarda, le visage ouvert et sincère.

« Mes parents étaient les seuls qui se tenaient la main lors des manifestations scolaires. Ils s'embrassent en public, tout le temps ! Ils travaillaient ensemble, jouaient en double. Je ne dis pas que leur couple est parfait, mais c'est un couple solide. Je le sais. Leur couple est un modèle pour moi. »

Il y avait quelque chose de presque enfantin dans sa vision du couple de ses parents. Christina repensa aux recherches Google de sa mère : *En quoi le divorce affecte-t-il les enfants adultes ?* Pas étonnant que Joy Delaney ait été inquiète.

« Quand vous avez signalé la disparition de votre mère, vous avez dit que leurs relations étaient “un peu tumultueuses dernièrement”, lui rappela Christina.

– Ah bon, j’ai dit ça ? répondit Amy d’un ton vague et comme à regret, lui sembla-t-il. Eh bien, vous savez que papa et maman se sont disputés avant qu’elle ne parte. Papa ne nous l’a pas caché. Il nous l’a tout de suite dit.

– Oui, mais quand vous dites que leurs relations étaient “un peu tumultueuses dernièrement”, qu’entendez-vous au juste ? »

Il y eut un silence. Amy s’agita. « Ils étaient de mauvaise humeur, c’est tout.

– Ils ne se tenaient pas la main, si je comprends bien », dit sèchement Christina et elle vit Amy tressaillir de nouveau comme si elle était blessée.

« Pas trop ces derniers temps, non, avoua Amy en détournant le regard.

– Bien, évidemment, nous allons continuer à essayer de joindre ce Dr Edgeworth. Nous essayons aussi de retrouver la femme que vos parents ont hébergée l’an dernier, dit Christina. Elle semble bien mystérieuse.

– Savannah, dit Amy d’un ton désabusé. J’avais un numéro, mais il n’est plus attribué.

– J’essaie de comprendre ce qui s’est passé avec elle.

– Comment ça ? demanda Amy évasivement.

– Votre frère dit qu’elle a créé des histoires dans la famille.

– Ah bon ? fit Amy. C’est tout ce qu’il a dit ? » Elle regarda Christina d’un air circonspect.

« Il y a autre chose à dire ?

– Non. Je ne sais pas. » Elle enroula une longue mèche de cheveux bleus autour de son doigt en réfléchissant à ce qu’elle allait dire. « Mais je ne pense pas que ça ait un rapport. Avec vous. Enfin avec… ça. »

Mais si, cela avait un rapport, Christina le sentait déjà, doux comme du sucre sur sa langue.

Elle attendit. Ethan toussota discrètement.

« Vous vous souvenez de la première fois où vous l'avez rencontrée ? demanda Christina.

– C'était le jour de la fête des pères, l'an dernier, dit Amy. J'avais fait des brownies. » Elle marqua une pause. « Elle aussi. »

22

Le jour de la fête des pères

Brooke Delaney se gara devant chez ses parents et resta les mains sur le volant, s'exhortant à bouger, ouvrir la portière, descendre de voiture et entrer dans la maison pour qu'on lui présente cette fille, cette Savannah, avec qui elle tâcherait de se montrer sympathique et accueillante. Elle n'avait aucune envie de faire la conversation à une inconnue le jour de la fête des pères, et encore moins cette année, car c'était la première réunion familiale depuis sa séparation.

Elle se dit que ce serait peut-être bien de mettre du rouge à lèvres, pour faire plaisir à sa mère. Brooke n'aimait pas se maquiller. Le concept même lui avait toujours paru étrange. Quelle idée de se peinturlurer la figure comme un clown !

Elle trouva le rouge à lèvres qui bringuebalait dans le vide-poches de sa voiture depuis que sa mère l'avait forcée à le prendre il y avait au moins deux ans. Elle l'appliqua, fit claquer ses lèvres et se regarda. C'est ça. Un clown.

Non seulement elle se sentait minée, creuse, *vidée*, mais elle avait l'impression que quelque chose lui transperçait le milieu de la poitrine, comme si elle avait une inflammation du cartilage costal après avoir forcé sur les pompes plio, si ce n'est qu'elle n'avait pas fait de pompes plio, elle avait regardé les réseaux sociaux.

C'est là qu'elle avait vu une photo de son mari assis à côté d'une femme qu'elle ne connaissait pas.

Rien ne disait que cette femme avait une importance quelconque – et quand bien même, c'était une séparation, Brooke.

Le mot « séparation » lui semblait aussi violent et irréversible qu'une amputation.

Il y avait un je-ne-sais-quoi dans l'inclinaison de la tête de son mari. Un angle particulier.

La femme avait de longs cheveux qui tombaient en cascade sur les épaules et elle était très maquillée. Vraiment très maquillée. Grant avait toujours dit qu'il ne voulait pas d'une fille « chiante ». Il voulait une fille qui campait, qui faisait de la randonnée et qui n'avait pas besoin de se sécher les cheveux au sèche-cheveux tous les matins. Brooke « cochait pas mal de cases », lui avait-il dit à leur deuxième rendez-vous.

Alors qu'ils sortaient ensemble depuis trois mois, ils avaient grimpé au sommet du Kilimandjaro. La précédente petite copine de Grant n'aurait jamais pu faire cette ascension car elle n'était « pas très nature » et avait un genou qui lui faisait mal. La douleur disparaissait quand elle ne s'appuyait pas sur sa jambe. Un problème de cartilage, sans doute. Brooke ne savait pas pourquoi elle s'obstinait à faire le diagnostic du genou de l'ex de son mari. Il faut dire que le genou de Lana avait été très présent au début de leur relation.

Brooke était ravie d'entendre à quel point elle était plus sportive, plus facile à vivre et meilleure au lit que Lana. C'était une Delaney, elle aimait gagner. Se pouvait-il que cette compétition effrénée ait alimenté la dynamique de ses dix ans de couple ? Mais comment Grant avait-il fait pour s'ériger en trophée ?

La prochaine conquête de Grant entendrait-elle parler de ses migraines problématiques de la même manière qu'elle avait entendu parler du genou problématique de Lana ?

Grant réagissait à ses migraines de façon exemplaire. Il l'aidait à se coucher dans une pièce plongée dans l'obscurité. Il lui apportait ses médicaments et de la soupe maison. Elle ne pouvait pas s'offusquer quand il disait en plaisantant à des amis en l'enlaçant tendrement par l'épaule : « Elle est légèrement défectueuse. » Ce n'était pas méchant. C'était spirituel. C'était drôle ! Là, c'était le moment où elle était censée dire à quel point Grant la soutenait quand elle avait la migraine. Elle n'y manquait jamais.

Elle l'imaginait bavarder avec cette femme à la bouche écarlate et aux faux cils interminables. Il serait direct et honnête. Il ferait une excellente première impression. « Je suis séparé depuis peu de temps », dirait-il. Pas de mensonge. Il parlerait de Brooke avec respect. Il dirait que même s'il soutenait ses ambitions professionnelles, il était essentiel pour lui de maintenir un juste équilibre entre le travail et la vie privée. « Je pense qu'il n'y a pas que le travail dans la vie », dirait-il et la fille aux cheveux en cascade conviendrait qu'il n'y avait vraiment pas que le travail dans la vie et ils se regarderaient juste le temps qu'il fallait.

« Je trouve ça risqué », avait dit Grant quand Brooke lui avait annoncé qu'elle avait envie d'ouvrir son propre cabinet, mais il n'avait rien fait pour l'en empêcher. Il n'avait jamais dit « Je te l'avais bien dit » quand elle s'inquiétait pour sa trésorerie. Lorsqu'elle lui avait dit qu'elle ne pouvait plus aller faire du cheval avec lui le samedi matin parce qu'elle s'était portée volontaire pour assurer une permanence sur le terrain de sport local en cas de blessures ou plus exactement dans l'espoir de blessures qui puissent lui amener des patients et l'aider à se faire connaître, il n'avait pas protesté, il avait juste eu l'air vaguement blasé.

Elle ne cochait plus autant de cases que ça.

Il n'y avait pas eu de thérapie de couple, pas de larmes, pas de cris. Ils s'étaient séparés à l'amiable, de façon adulte. « On peut en être fiers », avait dit Grant. Curieusement, il lui avait toujours donné l'impression que leur couple était une réussite même quand ils se séparaient.

« Tu veux que j'abandonne le cabinet ? lui avait-elle demandé.

– Bien sûr que non, avait-il répondu. Je crois simplement

que nos chemins se sont séparés et que nous avons besoin de temps pour réfléchir chacun de notre côté. »

Réfléchir à quoi ? Elle n'avait pas le temps de réfléchir.

Quand sa famille lui demanderait où était Grant, elle avait l'intention de leur dire qu'il était resté à la maison car il était enrhumé. Elle n'allait tout de même pas annoncer leur séparation le jour de la fête des pères, et encore moins en présence d'une inconnue. Ce serait un choc pour leur famille et leurs amis. Ils ne se disputaient jamais en public, ne se parlaient jamais sèchement. Ils se montraient affectueux, mais sans en rajouter. (C'était louche, ces gens qui passaient leur temps à se faire des mamours.) Ils sortaient et faisaient du sport ensemble. Ils avaient des amis communs avec lesquels ils dînaient paisiblement. Les gens auraient qualifié leur couple de « solide ».

Elle n'aimait pas choquer les autres en leur racontant sa vie privée par le menu, ce n'était pas dans sa nature. C'était plutôt le style d'Amy. Brooke préférait la discrétion. Elle se rendait compte qu'elle avait honte, comme si cette séparation d'avec son mari était un impair sordide et de mauvais goût, ce qui était ridicule. On n'était plus au dix-neuvième siècle mais au vingt et unième. Son propre frère était divorcé. Son amie Ines était divorcée.

Elle détacha sa ceinture.

Où est Grant ? À la maison. Il est très enrhumé.

C'était la plus mauvaise menteuse de la famille. Elle avait longtemps cru que c'était parce qu'elle était la plus jeune et que les autres perçaient à jour ses piètres tentatives de tromperie car ils savaient mieux qu'elle comment marchait le monde.

Elle se surprenait encore à guetter des coups d'œil circonspects entre ses frères et sœur, essayer de saisir les nuances de la conversation, comme s'ils lui cachaient encore des choses sur le sexe, le père Noël, la mort et leur grand-mère. (Ses frères et sa sœur l'avaient un jour convaincue qu'elle avait été adoptée car elle était la seule gauchère de la famille. Brooke y avait cru. Pendant des mois ! « Mais enfin, petite sotte, tu ne t'es pas regardée dans la glace ? Vous vous ressemblez tous comme deux gouttes d'eau ! » lui avait répondu Joy quand Brooke lui avait demandé en larmes si elle pouvait rencontrer ses vrais parents.)

Une fois passé le cap des questions sur Grant, il lui faudrait en affronter d'autres, cette fois sur le cabinet, et là encore, elle serait forcée de mentir. Ces derniers jours, elle avait eu quatre personnes qui n'étaient pas venues et trois annulations de dernière minute. C'était fou. On aurait dit qu'ils s'étaient concertés. Les gens étaient incroyables, tout de même. La politique d'annulation était clairement formulée sur son site, mais elle pouvait difficilement faire payer des patients qu'elle n'avait jamais vus en consultation. Si elle le disait à ses parents, ils déborderaient de compassion et lui rappelleraient les dames qui réservaient des cours de tennis et annulaient cinq minutes avant.

C'était égoïste de sa part de ne pas donner à ses parents l'occasion de remuer agréablement les souvenirs des débuts du Delaneys, mais Brooke ne supportait pas d'entendre leurs conseils utiles, de les voir, le front plissé, échafauder des stratégies. Le poids supplémentaire de leurs espoirs de réussite était trop lourd à porter.

Elle entrouvrit la portière, posa un pied dehors, respira l'air printanier qui embaumait et se demanda si elle devait envoyer un texto à Grant pour lui rappeler de prendre ses médicaments contre le rhume des foins. Était-ce ainsi que l'on était censé se comporter durant une séparation « à l'amiable » ?

La voiture de Logan était déjà garée dans l'allée. Les autres allaient arriver d'une minute à l'autre. Les Delaney étaient extraordinairement ponctuels, même Amy, qui arrivait parfois avec la gueule de bois, déprimée ou diminuée d'une manière ou d'une autre, mais toujours à l'heure. Un bon joueur de tennis est ponctuel. On ne fait pas attendre ses partenaires.

Elle vit Logan sortir par la porte d'entrée. Il lui fit signe en souriant et s'approcha de sa voiture. Il semblait vieilli. Quand il se pencha vers elle, ses pattes grisonnantes luirent au soleil.

« On t'envoie déjà faire une course ? demanda-t-elle.

– Maman veut que j'achète deux bouteilles d'eau minérale. » Logan ouvrit sa portière en grand et recula. « Tu veux que je t'apporte quelque chose ?

– On n'a pas besoin d'eau minérale », dit Brooke. Elle prit sur le siège passager la salade verte qu'elle avait préparée et que personne ne mangerait, ainsi que son cadeau pour la fête des pères : une balle de massage en format de poche dont son père dirait qu'il en avait toujours voulu une, mais que sa mère lui redonnerait probablement en cadeau un jour. « On peut boire de l'eau du robinet.

– Maman dit qu'elle a remarqué que de nos jours, les gens s'attendent à trouver de l'eau gazeuse », dit Logan alors qu'elle descendait de voiture, le saladier sous le bras, avec le cadeau posé en équilibre sur le film étirable.

« Elle n'attend pas d'invités. Il n'y a que nous.

– Nous. » Logan marqua une pause. « Et Savannah. Notre nouvelle amie. » Il se retourna vers la voiture. « Où est Grant ? »

Il est très enrhumé. Il est mal fichu. Il est très mal fichu, très enrhumé.

« On s'est séparés provisoirement. » Il fallait vraiment qu'elle muscle sa capacité à mentir.

Logan blêmit. « Oh non, je suis désolé. » Il fit un pas vers elle comme s'il voulait la prendre dans ses bras, mais ils n'étaient pas très démonstratifs, dans la famille, et il s'arrêta là, ne sachant que faire. « C'est terrible. Je n'en reviens pas. » Il se passa la main sur la joue. « Ça va ?

– Oui, enfin, il n'est pas mort, non plus, répondit Brooke en posant le saladier sur sa hanche.

– C'est quand même un choc. » Il semblait sincèrement bouleversé. « Je ne m'y attendais pas.

– Moi non plus. » C'était le moins qu'on puisse dire.

« Maman l'adore », dit Logan. Brooke sentait bien qu'il essayait de ne pas prendre un ton accusateur, mais c'était comme si elle avait cassé un des objets préférés de leur mère et qu'il ne voulait pas qu'elle culpabilise mais avait de la peine pour leur mère.

Le fait est que Joy et son unique gendre semblaient très complices, Grant veillait à se montrer particulièrement charmant avec sa belle-mère et celle-ci jouait le jeu, mais Brooke s'était toujours demandé jusqu'à quel point sa mère succombait réellement à cette offensive de charme. Contrairement à elle, Joy était une bonne actrice. Elle avait l'expérience de l'école de tennis où pendant des années elle avait fait croire aux parents que leurs enfants étaient tous remarquablement doués.

Brooke posa la salade et le cadeau sur le capot de sa voiture pour se gratter le nez avec agacement. « Ce n'est qu'une séparation provisoire. Il est possible qu'on se remette ensemble, donc pour le moment, je préfère ne prévenir personne. Je ne veux pas contrarier papa et maman inutilement.

– Tu as raison. » Logan enfonça les mains dans les poches de son jean et se balança d'avant en arrière en se mordillant l'intérieur de la joue comme il le faisait autrefois avant un match.

« Comment va Indira ? demanda Brooke.

– Ouais, c'est bien là le problème, répondit-il d'un ton embarrassé.

– Comment ça, c'est bien là le problème ? » Elle regarda Logan en plissant les yeux. Puis elle réalisa subitement. Ils auraient dû s'y attendre. Ça faisait cinq ans. Normal. Le temps qu'ils oublient tous sa manie d'enchaîner les relations sérieuses, le temps que la fille fasse partie de la famille, d'autant que ses petites amies étaient toujours adorables.

C'était pour ça qu'il était si bouleversé, pour Grant et elle. Il ne voulait pas que leur mère soit confrontée à deux ruptures simultanées. Tous ses enfants seraient célibataires. Toute possibilité d'avoir des petits-enfants balayée d'un seul coup. Ça l'enverrait au tapis, comme dirait leur père. Il n'avait pas une passion pour la boxe, mais il aimait bien l'expression.

« Enfin merde, Logan, dit-elle.

– Tu peux parler, répondit-il.

– Tu plaisantes, je suis restée dix ans avec Grant. On s'est mariés.

– Exactement. Ça ne fait qu'aggraver les choses. Tu t'es vraiment engagée.

– Et toi non, dit Brooke. C'est ce qu'elle voulait, Indira ? Elle attendait que tu la demandes en mariage ?

– Je ne crois pas. Je lui ai demandé un jour si elle voulait que je la demande en mariage et elle a ri.

– On n'est pas censé demander s'il faut demander, on demande, c'est tout.

– Elle est féministe.

– Et alors ? Elle voulait des enfants ?

– Je ne sais pas. Je ne crois pas.

– Tu ne crois pas ? » Brooke leva les bras au ciel. « Je parie qu'elle voulait quelque chose que tu ne lui donnais pas. »

Logan haussa l'épaule droite. C'était exaspérant, cette manie. On ne pouvait jamais discuter normalement avec Logan, parce qu'il se fichait de tout. Plus on s'énervait, plus il se calmait. Les cinq premières années, ses partenaires étaient sans doute charmées par sa philosophie décontractée, jusqu'au jour où ça finissait par les rendre folles.

Les larmes montèrent bêtement aux yeux de Brooke. « Elle m'a fait ce beau logo et n'a pas voulu que je lui donne un cent. » Elle aurait dû insister pour la payer.

« Ça lui faisait plaisir », dit Logan. Et re-haussement d'épaule.

« Ce n'est pas la question, Logan. » Elle se surprit à lui donner une bourrade dans la poitrine comme quand elle était petite. Il ne bougea pas. Il avait un excellent gainage alors qu'il ne faisait aucun exercice. Peut-être s'y attendait-il, même si elle non.

« T'as pas mieux ? » plaisanta-t-il. Apparemment, ça lui avait remonté le moral.

« Je suis triste, dit-elle. Je suis vraiment triste, pour Indira.

– Oui, moi aussi je suis triste pour Indira, et pour Grant, aussi. Mais que veux-tu, la vie continue. On remettra ça une prochaine fois. »

C'est ce que leur père disait toujours quand ils perdaient. Personne ne trouvait ça particulièrement motivant.

Logan s'apprêta à déverrouiller sa voiture, puis s'arrêta. « Au fait, devine ce que Savannah a préparé, aujourd'hui ?

– Quoi ?

– Des brownies.

– Misère », dit Brooke. Voilà qu'elle se servait d'une des expressions favorites de leur mère.

« Ce n'est pas drôle, dit Logan. Maman m'a lancé ça sèchement. "Ce n'est pas drôle, Logan." » Il jeta un coup d'œil derrière elle. « Tiens, voilà Troy. Tu vas voir, il va me bloquer. »

Comme il l'avait prédit, en un coup de volant, Troy gara d'une main sa sublime McLaren juste derrière la voiture de Logan. En voyant son frère et sa sœur, il sourit de ce sourire radieux avec lequel il pouvait tout obtenir : les femmes, les remboursements, le pardon.

Brooke lui sourit, désarmée, tandis qu'il descendait d'un bond de sa voiture avec l'assurance flamboyante d'une star de cinéma arrivant à la première de son film. Il portait une bouteille de vin et un petit paquet-cadeau joliment emballé.

« J'adore ta nouvelle voiture », dit-elle. Il n'y avait pas grand-chose qu'elle enviait dans la vie de Troy, à part les voitures de luxe qui étaient remplacées avec la même régularité que les filles de luxe. Elle jeta un regard amer à sa vieille Ford Focus ringarde qui avait un problème persistant de climatisation et émettait depuis quelque temps un gémissement affligé chaque fois qu'elle tournait le volant, mais elle n'avait aucun moyen de justifier l'achat d'une nouvelle voiture en ce moment.

Troy fit un signe du menton à Logan et gratifia Brooke d'une petite tape derrière la tête.

« Ça va ma petite Brooke ? Tu es ravissante. Tu as mis du rouge à lèvres ? Maman va être aux anges. Il déborde un peu, là. » Il montra sa lèvre.

Elle poussa un juron, se lécha le pouce et enleva le rouge.

« Ça se passe bien, le cabinet ? » demanda Troy.

Elle lui fit signe que ce n'était pas terrible. « Comment tu fais pour être aussi beau ? Tu rayonnes, c'est énervant.

– Je mène une vie saine, c'est tout, dit Troy. Un soupçon de microdermabrasion. Un peu de tennis pour rester actif. Tu devrais essayer. »

Il regarda les clés de Logan. « Tu vas quelque part ?

– Maman m'a demandé d'aller chercher de l'eau minérale, dit Logan. Maintenant que j'y pense, ça doit être pour toi.

– Super. Tu peux prendre de la Voss ? demanda Troy. C'est mon eau gazeuse préférée. » Logan leva à peine les yeux au ciel. « De toute façon, je ne peux plus sortir, maintenant. Tu me bloques. Tu n'as qu'à aller te chercher ton eau gazeuse préférée toi-même.

– Comment va le nouveau membre de la famille ? » Troy regarda en direction de la maison. « Tu l'as rencontrée, Brooke ? Savannah. » Il avait prononcé le nom comme si c'était un mot exotique.

« Devine ce qu'elle a préparé aujourd'hui », demanda Brooke, privant Logan de ce plaisir. Elle avait si rarement l'occasion de taquiner ses frères. Normalement, c'étaient Amy et Troy qui faisaient des commentaires narquois et d'obscures références à la pop culture, assis dans leur coin.

Troy réfléchit à la question. Il changea d'expression. « Pas des brownies.

– Tiens, d'ailleurs… », dit Logan. Ils regardèrent une voiture inconnue faire lentement le tour de l'impasse avec Amy à l'avant qui parlait avec animation avec le conducteur, un jeune homme qui riait à gorge déployée sans vraiment regarder devant lui.

« Elle a un nouveau copain ? demanda Brooke.

– C'est un Uber. » Logan montra le logo sur le pare-brise arrière.

« C'est peut-être son nouveau copain, maintenant. Le dernier était bien un vendeur qui s'était occupé d'elle chez JB Hi-Fi, non ? dit Troy. Celui qui a réparé l'ordinateur de maman ? Je l'aimais bien. Il avait des avantages. »

La voiture s'arrêta, le conducteur descendit d'un bond et se précipita pour aller ouvrir la portière d'Amy comme s'il était son chauffeur personnel et Amy apparut, les cheveux en broussaille et l'œil brillant, habillée comme si elle débarquait tout juste d'un festival de musique aussi minable que magnifique. Elle était chargée de toutes sortes de choses : un cadeau mal empaqueté de forme bizarre, un bouquet de tournesols, une plaque à gâteau couverte d'une feuille d'aluminium qui se soulevait et un ballon d'hélium marqué Joyeuse fête des pères qui flottait au-dessus de sa tête.

« Hello ! » lança-t-elle à son frère et sa sœur en prenant dans ses bras le chauffeur Uber. Elle ne prenait jamais ses frères et sœur dans ses bras, juste ses chauffeurs Uber. Il lui avait probablement confié quelque chose de très personnel qu'il n'avait jamais dit à personne. Les gens avaient le sentiment qu'Amy leur offrait un espoir de rédemption.

« Elle a la gueule de bois, à votre avis ? marmonna Logan. Si jamais elle a la gueule de bois, ça sera encore pire.

– Va l'aider à porter les brownies. » Troy donna un coup de coude à Brooke.

« J'y vais, dit Logan. Je ne veux pas être là quand elle l'apprendra. » Il tendit la main à Troy. « Passe-moi tes clés.

– Je t'emmène, dit Troy. J'ai les jetons. Elle a l'air un peu fragile.

– Évite de lui demander si elle n'a pas oublié de prendre ses médocs.

– Ça fait des années que je ne lui ai pas dit ça, répondit Troy, offusqué. Ça ne se dit plus. » Il grimaça. « Tu crois qu'elle les prend ?

– Ne me laissez pas », dit Brooke. Maintenant qu'elle voyait Amy chargée de ses précieux brownies, ce n'était plus aussi drôle que ça. C'était stressant, méchant, et Brooke se sentait personnellement responsable.

Elle oscillait comme un pendule dès qu'il s'agissait d'Amy. Quand ils étaient jeunes, ses frères et elle pensaient que leur sœur n'était qu'une hystérique qui éprouvait les mêmes émotions que tout le monde mais décidait simplement d'en faire tout un drame. Ils se moquaient d'elle. Il leur arrivait de se mettre en colère quand elle les retardait ou accaparait l'attention de leur mère. Comment savoir ce qui se passait réellement dans sa tête ? Même quand Brooke était déprimée, angoissée, elle réussissait à se lever tous les matins. C'était un choix, non ? Amy n'avait pas besoin de se vautrer avec complaisance dans ses émotions. Puis on avait diagnostiqué une dépression à une de ses amies de la fac qui lui avait expliqué qu'elle se sentait à moitié paralysée, comme si tous ses muscles étaient atrophiés, et Brooke avait soudain revu Amy manger des céréales au ralenti en se balançant comme une algue sous l'eau, et réalisé qu'elle manifestait à cette amie plus de pitié et de compréhension qu'elle n'en avait jamais manifesté à sa propre sœur. Aujourd'hui, elle s'efforçait de voir Amy avec un regard objectif et compréhensif, mais elle avait du mal car elle restait sa grande sœur, sa sœur autoritaire et charismatique qui la traitait de « manante ».

« Qu'est-ce que vous faites tous là à tourner en rond ? » Leur mère avait ouvert la porte et les appelait de la véranda. Elle était vêtue d'une jolie robe avec un cardigan comme si elle organisait une garden-party, et elle était survoltée, les joues roses, en mode « nous avons des invités d'honneur ». « Entrez ! Laisse tomber, pour l'eau minérale, Logan, Savannah dit qu'on n'en a pas besoin. »

Troy soupira. « Bon, si Savannah dit qu'on n'en a pas besoin.

– Dépêchez-vous ! s'impatienta Joy en leur faisant signe d'entrer. Votre père se demande où vous êtes ! Grant vient de son côté, Brooke ? J'espère qu'il est en chemin. Je crois que Savannah est prête à servir.

– De quoi on n'a pas besoin ? lança Amy d'une voix perçante.

– De brownies », dit Troy.

Le sourire d'Amy s'évanouit. « Pardon ? »

Une constellation familière de points scintillants apparut dans le champ visuel de Brooke.

23

« Ç'a été une fête des pères exceptionnelle, dit Joy. Exceptionnelle. »

Elle présidait la table magnifiquement dressée comme une femme dans un magazine ou une émission de télévision. Savannah avait cueilli dans le jardin des freesias jaunes qu'elle avait disposés dans une carafe à eau et c'était parfait.

Joy avait la tête qui tournait légèrement. Elle avait dû boire plus de vin qu'elle n'en avait l'habitude au déjeuner. Savannah n'arrêtait pas de remplir leurs verres comme une serveuse. En fait, elle avait passé quasiment tout le repas debout, bien qu'on lui ait suggéré de s'asseoir ou offert de l'aider à maintes reprises. Ils avaient fini par renoncer et laisser Savannah leur servir un déjeuner incroyablement délicieux : du poulet rôti au romarin et au citron accompagné de pommes de terre et d'une salade verte avec des noix et du fromage de chèvre. (En comparaison, la salade de la pauvre Brooke semblait toute flétrie.) Et dire qu'un repas de cette qualité avait été produit dans sa cuisine. Son four ne devait pas en revenir.

Savannah avait servi le déjeuner efficacement, sans cette manie de tourbillonner fébrilement qu'avait Joy lorsqu'elle recevait, ces *Oh j'ai failli oublier les petits pains* qui l'obligeaient à se lever, se rasseoir pour se relever aussitôt, et sa famille de goinfres avait tout englouti et accepté de reprendre de chaque plat.

À présent, ils avaient tous devant eux une tasse de thé ou de café à côté de leur verre de vin, et il y avait deux assiettes de brownies sur la table. Chacun des convives avait veillé équitablement à prendre un brownie de chaque assiette en compétition.

Même Steffi avait été servie par Savannah comme si c'était un des corgis de la reine. La chienne était maintenant lovée sur un des vieux coussins que Savannah lui avait préparé, la tête sur les pattes, se léchant les babines et battant la queue de temps en temps au souvenir délicieux des morceaux et des restes qui avaient effectivement meilleur goût que le papier, comme la jeune femme l'en avait convaincue.

Stan était assis à l'autre bout de la table, curieusement tourné de côté, essayant d'éviter le ballon de fête des pères qu'Amy avait attaché au dossier de sa chaise. De temps à autre, il lui frôlait la joue et il le chassait comme une mouche. Normalement, c'était le genre de choses qui finissait par l'énerver, mais il était encore d'excellente humeur, exubérant et bavard. Soit c'était leur sexualité retrouvée, soit le changement de régime depuis que Savannah était aux fourneaux. Si Savannah n'était pas arrivée, il aurait probablement passé la fête des pères à ruminer secrètement le retour de Harry Haddad.

En revanche, les enfants de Joy ne se montraient pas sous leur meilleur jour. Elle avait envie de dire à Savannah : *Ils sont bien plus agréables, d'habitude !*

Elle se faisait pourtant une joie de présenter tous ses enfants ensemble à Savannah, comme toujours quand elle rencontrait une nouvelle amie. Mais aujourd'hui ils n'avaient pas grand-chose à dire, bien qu'ils aient été polis et l'aient complimentée sur le repas, encore heureux. Ils étaient tous assis de la même façon, les épaules basses, le dos voûté, ce qui était d'autant plus flagrant que Savannah se tenait toute droite comme une enfant bien élevée. Sa posture était parfaite.

Joy observa ses enfants.

Amy boudait à cause des brownies tout en feignant de s'en moquer et elle avait besoin d'un coup de peigne.

Logan semblait plongé dans un état dissociatif, le regard perdu au loin. S'il le faisait trop souvent, Indira finirait par se lasser et le quitter. Joy aurait aimé qu'elle soit là, aujourd'hui. Elle était une bouffée d'air frais et elle aurait été polie avec Savannah.

Troy qui normalement jouait les boute-en-train et savait mieux que personne sortir Amy de sa morosité paraissait préoccupé et n'était pas aussi beau que d'habitude.

De son côté, Brooke était pâle comme un linge et portait un rouge à lèvres mal appliqué d'une teinte qui ne lui allait pas du tout. Joy craignait qu'une migraine se profile et se demandait ce que fabriquait Grant. Brooke avait dit qu'il était enrhumé, mais c'était une drôle de coïncidence qu'Indira et Grant soient tous les deux malades, d'autant que, si elle s'en souvenait bien, ce garçon n'avait jamais eu ne serait-ce que le nez bouché. Il buvait ces immondes green smoothies.

Brooke ne savait pas mentir. Se pouvait-il que Grant l'ait quittée pour une autre femme ? Joy était secrètement habitée depuis toujours par la peur jamais exprimée (sauf à Narelle, sa coiffeuse) que Grant ait une liaison. Il n'était pas particulièrement beau, mais il était charmant et volubile, et Brooke tenait absolument à garder les cheveux très courts. Narelle pensait comme elle que des cheveux plus longs adouciraient ses traits anguleux.

« Qu'est-ce qu'elle a de si exceptionnel, cette fête des pères, maman ? » demanda Brooke.

Ce qui la rendait exceptionnelle, c'était qu'à part donner sa carte de crédit et être là, Joy n'avait rien eu à faire, mais naturellement, elle n'allait pas dire cela aux enfants.

« Je ne sais pas », dit Joy. Elle prit une bouchée du brownie d'Amy, le reposa sur son assiette, et en prit une autre du brownie de Savannah. Celui de Savannah était meilleur, c'était triste à dire. « C'est ce que je ressens, c'est tout.

– C'est peut-être l'abondance de brownies », dit Troy.

Son père pouffa de rire et Troy eut l'air content de lui.

Joy mit le doigt sur ses lèvres et jeta un coup d'œil à Amy.

« Maman, s'il te plaît. Je ne suis pas énervée que Savannah ait fait des brownies, lança Amy. C'est vrai quoi. » Elle renversa la tête en arrière et vida son (second) verre de vin rouge puis s'essuya la bouche comme une petite fille qui a bu un verre de lait. Elle regarda autour de la table. Sa voix se faisait lente et pâteuse. « C'est ce que vous pensez ? Que je suis énervée pour une histoire de brownies ?

– Absolument pas, jamais de la vie. » Troy se redressa, l'air pince-sans-rire. « Pourquoi veux-tu qu'on croie que tu es énervée pour une histoire de brownies ?

– Mais franchement, quoi, je ne suis pas énervée ! s'écria Amy, visiblement très énervée. Et d'ailleurs, vos brownies sont délicieux, Savannah. Ils sont sucrés juste ce qu'il faut ! » Elle embrassa le bout de ses doigts. « Si je devais noter ce brownie au travail, il ferait partie de ce qu'on appelle dans le métier un produit phare.

– Amy est dégustatrice », dit Joy en espérant changer de sujet. Elle était stupéfaite qu'Amy ait pu amener des gens à la payer pour manger. Les « jours de pâtes », elle ne prenait ni petit déjeuner ni déjeuner. « Donc, elle sait de quoi elle parle.

– Je trouve que vos brownies sont très bons », dit Savannah à Amy. Elle en croqua un tout petit bout. Elle mangeait comme une souris. Le premier soir, où elle avait mangé une énorme assiette de reste de fricassée et deux bananes, était une exception. « Bien plus moelleux que les miens. Je les ai laissés trop longtemps au four.

– Merci Savannah. Mais malgré ce que ma famille pourrait vous faire croire, mon amour-propre ne dépend pas de mon aptitude à faire des brownies, répondit Amy. À vous entendre, on dirait que j'ai la maturité d'une gamine de quatre ans.

– En fait, tu étais très mûre quand tu avais quatre ans, dit Joy. Quand tu es entrée en maternelle, ton institutrice a dit que tu étais “une enfant remarquable”.

– Attends, je croyais que c'était moi, l'enfant remarquable ? » protesta Brooke.

Joy réfléchit. Et zut. « Oui, tu as raison, c'était peut-être toi, admit-elle. Mais Amy aussi était remarquable. Vous étiez tous remarquables. »

Troy pouffa de rire et se balança sur sa chaise, une habitude qu'il avait gardée depuis tout petit et qu'ils n'avaient jamais réussi à lui faire passer. C'était un homme, à présent. S'il voulait se rompre le cou, tant pis, ce n'était pas Joy qui s'occuperait de lui.

« Mais enfin, arrête de te balancer sur ta chaise, Troy ! » lança-t-elle d'un ton sec, car elle finirait bel et bien par s'occuper de lui, quel que soit son âge, et ce serait le pire des patients.

Troy s'arrêta. « Pardon, maman.

– On ne m'a pas expulsée de l'école ? demanda Amy. Parce que je n'arrêtais pas de pleurer et tous les autres en avaient marre de m'entendre ? »

Là encore, c'était vrai.

L'angoisse de la séparation était la première étiquette qui avait été appliquée à son aînée et Joy devait en entendre bien d'autres au fil des années, mais quand elle avait entendu celle-ci, elle n'avait éprouvé aucun sentiment d'inquiétude. Elle n'avait ressenti qu'une fierté ridicule : mon enfant ne supporte pas d'être séparée de moi ! C'est dire combien elle m'aime. Amy s'accrochait à elle comme un koala, en pressant le visage contre elle.

« J'étais contente de t'avoir à la maison avec moi », dit Joy puis elle se tourna vers Savannah. « Quand Amy avait trois ans, elle trottinait sur le court en ramassant les balles pendant que je donnais des leçons, elle mourait d'envie de jouer aussi.

– Ça devait être mignon », dit Savannah d'un ton encourageant. Elle s'intéressait tellement à sa famille. C'était adorable.

« Tu te rappelles la première fois qu'elle a pris une raquette ? demanda Stan à Joy. Elle était plus grande qu'elle.

– Elle était meilleure que des enfants qui avaient le double de son âge.

– Ils étaient tous les quatre meilleurs que des enfants qui avaient le double de leur âge.

– Waouh, fit Savannah. Il y a beaucoup de talents dans la famille. »

Personne ne réagit, mais Joy sentit un changement d'ambiance dans la pièce, comme un affaissement ou un soupir généralisé. Comme si ses enfants étaient des jouets gonflables qui laissaient peu à peu échapper de l'air.

« Je ne connais rien au tennis, mais je suppose que vous faisiez tous, je ne sais pas... des tournois ou autre chose ? » demanda Savannah en prenant une autre miette du brownie d'Amy du bout des doigts pour la mettre sur le bout de sa langue.

« Ils ont tous figuré parmi les cinq meilleurs joueurs du pays, dit Stan.

– Incroyable.

– En junior, rectifia aussitôt Brooke. Les cinq meilleurs juniors.

– Quand même, dit Savannah.

– Mais aucun de nous n'est allé plus loin, dit Amy. On n'y est jamais arrivés.

– Comment ça ? dit Joy. Vous avez tous obtenu d'excellents résultats ! » Elle fut étonnée et déçue de se sentir submergée par une grande vague d'énervement qui chassa le bien-être merveilleux qu'elle éprouvait depuis qu'elle s'était réveillée, ce matin. Elle sentait physiquement sa mauvaise humeur prendre la forme d'une fièvre d'exaspération qui lui échauffait le visage.

Amy leva un sourcil avec condescendance.

« C'est exactement ce que je veux dire, maman, on n'y est jamais arrivés, on est allés suffisamment loin pour que tu croies que ça allait arriver, et puis l'un après l'autre, on s'est tous plantés. »

Techniquement, c'était vrai, et même d'une exactitude navrante, mais c'était inutile de le dire d'un ton aussi dur et amer. Joy et Stan n'avaient jamais montré leur déception à leurs enfants, uniquement leur fierté. C'était quelque chose qu'ils ne s'étaient jamais réellement avoué l'un à l'autre.

Joy se souvenait de leur voyage à Wimbledon, l'année dernière. C'était la première fois. Le rêve de leur vie. Ils s'en faisaient une joie. C'était le but de leur grand voyage : non pas voir le palais de Buckingham ou la Tour de Londres, ou encore monter sur ce London Eye hors de prix. Mais aller à Wimbledon. Après toutes ces années, ils avaient enfin le temps et l'argent nécessaires et ils étaient là. Leurs enfants et leurs amis leur avaient écrit des textos : *Envoyez-nous des photos !*

Elle avait vu le moment où Stan avait réalisé : ils n'auraient jamais dû venir, pas comme ça, pas comme des fans ordinaires, des gens ordinaires, car au fond de lui, il avait toujours considéré qu'ils avaient un statut à part dans le tennis. S'il ne pouvait pas jouer à Wimbledon, il aurait dû être là en tant qu'entraîneur d'un de ses enfants ou, à défaut d'un de ses enfants, alors d'un de ses élèves et à défaut de l'un ou l'autre, il aurait dû regarder le match chez lui, dans son fauteuil, avec ses crackers au piment doux, son fromage frais et sa chienne.

« Je ne me sens pas bien », avait-il murmuré, le teint cireux. C'était la demi-finale messieurs. Les billets leur avaient coûté six mille dollars chacun. Elle avait aussitôt pensé à un infarctus. Comme ce pauvre Dennis Christos. Il lui avait dit : « Tu restes. »

Mais naturellement, elle avait refusé de l'envoyer faire un infarctus seul dans son coin.

Elle aussi avait rêvé de jouer à Wimbledon et elle avait rêvé de voir un de ses enfants ou un de ses élèves jouer à Wimbledon et elle avait rêvé, bien plus raisonnablement, d'être un jour spectatrice à Wimbledon, mais ses rêves n'avaient pas la légitimité farouche de ceux de Stan, car elle était une femme et les femmes savent que les bébés, les maris et les parents malades peuvent faire capoter vos rêves, vous arracher du lit à tout instant, entraver votre carrière ou vous obliger à vous lever d'une place chèrement acquise à un match de Wimbledon par la suite qualifié d'« épique ». Elle se dit qu'il fallait appeler les secours et l'emmener à l'hôpital. Elle pensait à l'assurance voyage, et aux enfants qu'il fallait prévenir et puis, comment ferait-on pour rapatrier son corps ?

Mais ce n'était pas un infarctus. Il avait dit que c'était quelque chose qu'ils avaient mangé. Elle ne l'avait pas cru.

Joy avait regardé le match à la télévision et envoyé des textos mensongers disant que Wimbledon était extraordinaire, « comme un rêve », qu'ils n'arrivaient pas à croire qu'ils étaient là, pendant que Stan était recroquevillé à côté d'elle sur leur lit king size, les yeux fermés, le front plissé, si semblable à Brooke quand elle avait une migraine qu'elle s'était demandé si elle devait appuyer fermement la main sur son front comme Brooke le lui avait demandé un jour, *Plus fort, maman, plus fort*, sauf que ce n'était jamais assez fort pour la faire passer.

Quand Stan s'était levé, le lendemain, il lui avait dit « Je suis désolé », en l'évitant du regard.

« Tu n'as pas à être désolé », lui avait-elle dit, car c'était vrai. S'ils commençaient à s'excuser, allez savoir où ça finirait ? Ils étaient descendus prendre le petit déjeuner au buffet de l'hôtel sans se dire un mot dans l'ascenseur, et n'en avaient plus jamais reparlé.

« Nous avons toujours été tellement fiers de vous ! dit-elle à ses enfants. Vous étiez tous incroyablement talentueux et vous faisiez de votre mieux… que demander de plus ! »

Troy pouffa. Joy le fusilla du regard.

Stan dit à Savannah : « Chacun de mes enfants avait le niveau pour jouer sur le court central de Wimbledon…

– Sauf que clairement, on ne l'avait pas, l'interrompit Amy.

– Si ! » Stan tapa du poing sur la table avec une telle force que la vaisselle s'entrechoqua. Le ballon de fête des pères se mit à tournoyer frénétiquement.

Joy regarda ses enfants : Brooke avait le coude sur la table, le front posé sur la main, Logan levait les yeux au plafond, Troy souriait de son sourire inepte et Amy avait pris une mèche de cheveux bleus qu'elle suçotait, une habitude puérile qui lui donnait envie de hurler.

Était-ce parce qu'aucun d'eux n'était venu accompagné aujourd'hui qu'elle avait soudain l'impression d'être propulsée à travers le temps à la table de leur enfance ? Ou l'explosion soudaine du poing de Stan sur la table ? Il n'avait pas le droit. Ils étaient adultes, à présent. Cet idiot ne voyait-il pas qu'il n'avait plus le pouvoir de les envoyer dans leur chambre ? Ils pouvaient se lever et partir quand ils le voulaient. Ils pouvaient aller s'installer dans un autre État ou à l'étranger. Ils pouvaient décider de ne plus venir les voir, de ne plus les appeler, de n'avoir jamais d'enfants.

Le pouvoir était entre les mains des enfants, à présent.

Et quelle indélicatesse de se conduire ainsi devant Savannah. Le poing de Stan sur la table risquait de lui rappeler certaines familles d'accueil avec un père violent où elle avait été placée. Personne ne savait ce que cette enfant avait pu subir.

Stan se pencha sur la table, ses épaules massives et musclées sanglées dans la chemise trop petite d'une taille que lui avait offerte Amy.

« Elle, c'était une joueuse magnifique. » Stan montrait Amy en regardant Savannah. « Un coup de fond de court impeccable. La balle jaillissait de la raquette. C'était un plaisir de la regarder jouer. »

Il disait vrai. C'était un tel plaisir de regarder Amy jouer. Joy et Stan échangeaient des sourires en voyant leur fille avec sa queue-de-cheval aller et venir sur le court quand elle avait huit ou neuf ans, à l'époque où elle avait une « drôle de petite personnalité » et non une « possible maladie mentale ». (Joy n'avait jamais pardonné au généraliste qui avait écrit cela dans une lettre à un spécialiste à qui il adressait Amy.)

« On l'appelait la reine du come-back, dit Stan. Tu te souviens ? »

Il regardait Joy, à l'autre bout de la table.

« Je me souviens, oui », répondit prudemment Joy, car c'était bien plus tard et ce n'était pas un si bon souvenir que cela. À l'époque, elle soupçonnait qu'avec les années, Amy s'était mise à perdre des points ou des jeux pour pouvoir remonter ensuite et arracher la victoire. Amy adorait être l'outsider. Contre les meilleurs joueurs, c'était une stratégie dangereuse et stupide. Ils s'accrochaient à leur avance et ne la lâchaient plus. Amy avait perdu des matchs qu'elle aurait dû gagner parce qu'elle avait attaqué sa remontée trop tard.

« Un jour, elle a perdu neuf jeux d'affilée et a quand même remporté le match, dit Stan. Incroyable.

– Mais ? lança Amy avec désinvolture.

– Quelqu'un reveut du thé ou du café ? demanda Joy.

– Mais vers quatorze ou quinze ans, elle s'est effondrée, dit Stan. C'est aussi simple que ça. »

C'était affreux. Amy s'en prenait à elle-même en criant. Elle ne se battait pas contre son adversaire, mais contre elle-même, contre sa voix intérieure. *Amy ! Espèce d'imbécile !* Parfois, Joy avait l'impression que ça résumait toute la vie d'Amy : une constante lutte de pouvoir avec un cruel ennemi invisible.

« Effondrée ? » demanda Savannah.

Amy fit mine de s'écrouler sur la table.

« Disons que son mental l'empêchait de donner tout son potentiel.

– Stan », dit Joy. Elle avait l'impression qu'il se déshabillait en public. Ou qu'il déshabillait sa famille. C'était bien trop personnel. C'étaient là des conversations qu'ils avaient eues sur les enfants dans l'intimité de leur chambre. Amy s'était en effet effondrée. Quand elle servait pour le match, on était presque sûr qu'elle allait faire une double faute.

« Joy », dit Stan.

Impossible de l'arrêter. Elle avait le sentiment d'être face à un poids lourd qui fonçait droit sur elle.

Il poursuivit. « Amy avait perdu le match dans sa tête avant même d'entrer sur le court et sa mère et moi, nous ne savions pas comment…

– Me retaper.

– Non, pas te retaper. T'aider.

– Continue, papa. » Elle rassembla ses cheveux en un vague chignon, posa les coudes sur la table et croisa les mains. Joy savait bien que ce n'était qu'un mécanisme de défense, mais son sourire moqueur éblouissant lui rappelait la mère de Stan. Joy détestait quand sa fichue belle-mère s'invitait sur le visage de ses enfants adorés. « Dis-nous comment les autres ont échoué.

– Personne n'a échoué. » Joy eut une crampe à l'estomac. « Et je suis sûre que tout cela n'intéresse pas Savannah.

– Si, si, c'est très intéressant », dit gaiement Savannah comme si elle sentait la tension dans la pièce. C'était la première fois que Joy éprouvait ne serait-ce qu'un soupçon d'agacement à son égard.

Stan indiqua Logan d'un signe de tête. « Lui, c'était un athlète. Et quel athlète. Ça ne se voit plus trop, évidemment.

– Super, merci papa. » Logan leva son verre d'un geste ironique.

« Il avait un des plus puissants coups droits que j'aie jamais vus. Extraordinaire.

– Puissant, oui, mais précis, ça reste à voir », dit Troy en jetant un regard en coin à son frère aîné qui lui fit un doigt d'honneur comme s'ils étaient encore petits.

« Logan était incroyablement endurant. » Stan ignora Troy. Il était lancé. Cela faisait des années qu'il n'avait pas eu l'occasion de parler du jeu de ses enfants à quelqu'un de novice qui semblait s'y intéresser.

« Même après plusieurs heures de jeu, on avait l'impression qu'il venait d'entrer sur le court. Je me souviens d'un match où Logan était opposé à un gamin en qui tout le monde voyait un futur champion. » Stan avait les yeux brillants au souvenir de ce lointain jour de janvier. « Logan l'a épuisé. Chaque jeu, c'était 40-A, avantage, 40-A, avantage, 40-A, avantage. Chaque échange était un véritable marathon. Des échanges de dix, quinze coups. Au bout d'une heure, c'était plié, l'autre gamin, la soi-disant star, était sur les rotules. » Il fendit l'air du tranchant de la main. « Alors que lui, là – il indiqua Logan – frais comme une rose. À peine en sueur. »

Joy n'avait pas assisté au match, mais elle avait bien dû

entendre l'histoire cent fois et chaque fois Stan la racontait avec ravissement, psalmodiant 40-A, avantage, 40-A, avantage, 40-A, avantage, en bougeant inconsciemment la tête de gauche à droite comme un spectateur.

« Mais… » Logan reprit un brownie dans chaque assiette. « C'est mon tour pour le mais.

– Logan ne s'est jamais réellement investi. Il ne le voulait pas suffisamment. Il n'a jamais eu le feu sacré, c'est comme si ça lui était égal, il était trop…

– Passif ? l'interrompit Logan, avec une expression étrange. C'est le mot que tu cherches, papa ?

– J'allais dire que tu étais trop gentil, dit Stan. Des fois, je me demandais même si tu aimais gagner. Tu détestais voir ton adversaire perdre.

– J'aimais gagner, marmonna Logan en se malaxant la nuque d'un geste hargneux. Enfin merde, papa, si je n'étais pas investi, tu crois que j'aurais passé les trois quarts de mon enfance sur les courts ? Je vois mal comment j'aurais pu être plus investi.

– Je sais, mon grand, mais comme je le disais, tu n'avais pas l'envie. » Stan laissa tomber le pauvre Logan pour se tourner vers Troy. « Troy, lui, il avait l'envie, parce que tout ce qu'il voulait, c'était vous battre, toi et Amy. Les cadets finissent toujours par être les meilleurs joueurs. Il suffit de regarder Venus et Serena. Mais le problème avec Troy. Tss… » Stan secoua la tête. « Troy, c'était tout pour la frime.

– Ça n'a pas changé », dit Logan. Troy fit le paon. Brooke gloussa. Savannah esquissa un sourire hésitant.

« Il faisait son numéro, dit Stan. Il osait des coups que même Federer ne tenterait pas. Des coups pour épater la galerie, et des fois, ça passait, mais je lui disais…

– On ne gagne pas un match en faisant son show », compléta Troy. Il prit son verre. « Quelqu'un peut me passer le vin ?

– Exactement. » Stan tressaillit en sentant le ballon de fête des pères lui frôler le visage. « On ne gagne pas un match en faisant son show. Il faut de la substance. » Il repoussa doucement le ballon comme si c'était un petit enfant qui essayait de regarder par-dessus son épaule.

Si Joy avait eu cette conversation en tête à tête, elle lui aurait dit que ça n'avait rien à voir avec la substance. C'était une question de concentration. Troy était incapable de rester concentré très longtemps. C'était ça, son défaut majeur. Alors qu'il avait un set et demi d'avance, Joy le voyait regarder le ciel d'un air rêveur ou lorgner une jolie fille dans la tribune. S'il frimait, c'était pour éviter de décrocher.

« Regardez l'homme sans substance, lança Troy en écartant les bras.

– Et puis il y a eu l'altercation avec Harry », dit Stan.

Mais tais-toi, songea Joy. *Tais-toi, tais-toi, tais-toi, espèce d'idiot.*

« Ce n'est pas encore mon tour ? s'empressa de demander Brooke.

– Tu ne t'en es jamais vraiment remis, dit Stan à Troy.

– J'ai obtenu une bourse de tennis à Stanford, dit Troy à Savannah. Mais pour mes parents, ça ne comptait pas.

– C'est faux ! » protesta Joy. *Si, ça a compté. Tu es parti à l'autre bout du monde et à ton retour tu étais méconnaissable.* À son retour des États-Unis, on aurait cru qu'il avait été recouvert d'une laque. On pouvait tapoter cette surface dure, brillante et enjouée.

« Troy ne savait pas se contrôler, dit Stan. Il a le sang chaud, comme sa mère. » Il pouffa de rire, comme s'il pouvait faire d'un des événements les plus éprouvants qu'ait connus leur famille une anecdote plaisante susceptible d'être racontée à de nouveaux amis. « Il jetait sa raquette. On était obligé de lui attacher la raquette au poignet.

– Toi oui, dit Joy. Mais pas moi. Je craignais que ça gâche sa prise.

– Mais ça n'a pas été le cas, rétorqua Stan. Son problème, ce n'était pas la prise.

– Je sais bien que c'est la fête des pères, papa, intervint Amy. Mais on ne pourrait pas changer de sujet ?

– Ne t'en fais pas, Amy, dit Troy alors que Brooke lui passait le vin en silence. Je m'en fiche.

– Bref, je croyais qu'on en avait fini avec les colères. Il avait treize ans, quand c'est arrivé, dit Stan à Savannah. Il a été exclu six mois. C'était mérité. »

Il avait quatorze ans, songea Joy. Il avait eu quatorze ans la veille.

« Il jouait contre un élève du Delaneys. Harry Haddad. » Stan marqua une pause, pour laisser à Savannah le temps d'étouffer un cri de surprise, mais elle se contentait de le fixer impassiblement.

« Un célèbre joueur australien. Ancien numéro un ? Double vainqueur de Wimbledon ? Vainqueur de l'US Open il y a quelques années ? » Pour lui, c'était inconcevable qu'elle ne connaisse pas son nom.

« Ah oui ! Bien sûr. J'en ai entendu parler », dit Savannah en mentant de toute évidence. Joy se dit que c'était rafraîchissant de voir dans la maison quelqu'un qui s'intéressait si peu au tennis qu'il n'avait jamais entendu parler de Harry Haddad.

« C'est un de mes anciens élèves », reprit Stan. Il jeta un coup d'œil à Joy et rectifia. « Enfin, un de nos anciens élèves. Bref, revenons à notre histoire. Troy jouait contre lui et il était en difficulté…

– Papa, l'interrompit Amy. S'il te plaît. On pourrait éviter de parler de Harry Haddad. Ce n'est pas bon pour ma santé mentale. Et j'ai l'impression que ce n'est pas bon non plus pour la tienne.

– Ce qu'il faut savoir, c'est que Harry Haddad était un petit tricheur qui pleurnichait tout le temps.

– Je n'ai rien vu », dit Stan avec ce ton calme où perçait cependant une pointe de colère. Une pointe encore suffisamment acérée pour blesser ses enfants.

Il n'avait toujours pas compris après toutes ces années. Il ne se rendait pas compte que chaque fois qu'il disait cela, il trahissait Troy.

« Ce n'est pas pour autant que ce n'est pas vrai, répondit posément Troy.

– Comment on peut tricher ? demanda Savannah. Il n'y a pas d'arbitre ?

– Non, pas à ce niveau, dit Brooke. Les joueurs jugent eux-mêmes si les balles sont faute. Certains enfants ont encore du mal avec… l'éthique.

– Certains adultes aussi », dit Joy. Elle avait vu de nombreux joueurs du club annoncer des balles fautes de façon plus que contestable. « Il arrive aussi que des arbitres soient partiaux. »

Elle repensa à la première fois où elle avait participé au championnat sur gazon des moins de treize ans au White City Stadium. Son grand-père était occupé ce jour-là et sa mère l'avait emmenée. Pendant que Joy jouait, sa mère s'ennuyait ferme et feuilletait *Vogue*. Joy ne comprenait pas que l'arbitre n'arrête pas d'annoncer ses balles fautes et d'annoncer bonnes celles de son adversaire. Elle avait appris par la suite que l'arbitre n'était autre que la mère de son adversaire. « En tout cas, tu es bien plus jolie qu'elle », lui avait dit sa mère sur le chemin du retour, comme si c'était l'essentiel. (Le fait est que ça l'avait un peu soulagée.)

« Regarde son talent, Troy. Regarde jusqu'où il est arrivé. Il n'avait pas besoin de tricher. »

Stan était resté bloqué sur Harry. Il resterait toujours bloqué sur Harry. Il attrapa la ficelle du ballon et la détacha d'un coup sec de la chaise. Le ballon s'éleva jusqu'au plafond.

« Oh, fit tristement Amy en le regardant partir.

– Content de voir que tu lui es resté fidèle, papa, dit Troy. Vu comme il l'a été avec toi. »

Brooke inspira entre ses dents serrées comme si elle s'était cogné l'orteil.

Stan tira sur sa chemise étriquée avec une telle hargne que Joy pensa à l'Incroyable Hulk jaillissant de ses vêtements quand il se mettait en colère. Troy adorait ce film. Peut-être à cause de ses propres fureurs incontrôlables.

« C'est le père de Harry qui a décidé de me lâcher. » Stan parlait calmement. Il n'allait pas se métamorphoser en Hulk. « De nous lâcher. » Il se tourna vers Savannah. « Le père de Harry Haddad a décidé de changer d'entraîneur. » Il haussa les épaules. Un grand haussement d'épaules manifestement feint. « Ça arrive. Les parents des joueurs de tennis sont une espèce à part. Dès que ça marche, ils ont des rêves de grandeur et vont chercher ailleurs. C'est comme ça, quand on est entraîneur. »

Peut-être son haussement d'épaules n'était-il pas feint, après tout. Son insouciance semblait presque crédible. Était-ce réellement ce qu'il éprouvait ? S'en était-il remis ?

« Mais vous devez quand même être fier de l'avoir découvert ? demanda Savannah.

– On est fiers, oui. C'est sûr. » Il regarda autour de la table d'un air hésitant. « Où en étais-je ? » Ses yeux tombèrent sur Brooke et son visage s'adoucit. « La petite.

– La petite qui fait trois centimètres de plus que moi, commenta Amy, qui contemplait toujours le ballon.

– Brooke était la plus futée de tous les enfants, dit Stan.

– Merci papa. » Troy le salua de l'index.

« Sur le court, précisa Stan. C'était la plus futée et la meilleure stratège sur le court. Il le fallait bien, parce qu'elle jouait contre vous et vous étiez bien plus grands et bien plus rapides qu'elle. Elle analysait les faiblesses de ses adversaires à un âge où la plupart des gamins en sont encore à essayer de faire passer la balle au-dessus du filet. »

C'est vrai que Brooke était intelligente sur le court, mais comparée aux autres, Joy n'avait jamais vraiment aimé la regarder, car elle n'éprouvait manifestement aucun plaisir à jouer. Sa moue constante était apparue quand elle avait huit ans. Avant même les migraines.

« Mais Brooke est sujette aux migraines, dit Stan. C'était tellement dommage. »

Il secoua la tête avec tant de regret et de tristesse que c'était à croire qu'il parlait de la mort et non de la retraite prématurée de Brooke.

Joy se souvenait du jour où Stan et Brooke étaient revenus d'un tournoi bien plus tôt que prévu.

« Qu'est-ce que vous faites là ? » avait demandé Joy. Elle partait en courant pour aller remplacer un des professeurs qui avait appelé pour dire qu'il était malade. Elle n'arrêtait pas de courir ces derniers temps.

« Elle est crevée, avait dit Stan. Elle est finie.

– Qu'est-ce qui s'est passé ? » demanda Joy mais sa fille était allée directement dans sa chambre sans dire un mot, en lui lançant au passage un regard accusateur, et quand elle s'était tournée vers Stan, elle avait lu la même accusation dans ses yeux : *Tu as échoué*. Car c'était à elle qu'incombait le suivi médical des enfants et elle n'avait rien pu faire contre les migraines de Brooke.

« Le connard de médecin chez qui tu l'as emmenée ne connaît rien à rien », avait dit Stan, et Joy aurait dû dire à Stan de se charger de donner le cours et aller réconforter Brooke, mais elle était tellement en colère contre Stan de lui parler aussi grossièrement, de rejeter la responsabilité sur elle qu'elle était partie en claquant la porte sans réfléchir.

« Si on avait eu un bon avis médical à l'époque, ç'aurait peut-être changé les choses », dit Stan, et Joy sentit monter en elle la même colère qu'autrefois.

Savannah prit l'assiette de brownies d'Amy. « Quelqu'un veut…

– Je l'ai emmenée voir une quantité de médecins ! protesta Joy.

– Personne ne te reproche rien, maman, dit Brooke tandis que la chienne se mettait à gémir.

– Ce n'est pas l'impression que…

– Indira m'a quitté », lâcha Logan et le silence se fit aussitôt.

24

Après cette annonce, Logan resta droit et stoïque, les bras sur les accoudoirs comme s'il était attaché sur la chaise électrique. Même la chienne semblait choquée et fixait obstinément le mur, l'air de dire que cette lamentable affaire ne la concernait en rien.

« Hein ? Quoi ? dit confusément Stan.

– De toute façon, il n'y a pas de bon moment pour ce genre de nouvelle.

– Oh, Logan. » Amy détacha les yeux du ballon. « On l'aime tellement. »

Quand Logan avait annoncé en arrivant qu'Indira était malade, il était venu une idée à Joy, un espoir délirant : Peut-être qu'elle ne se sent pas bien parce qu'elle est enceinte.

Si Indira avait un air énigmatique la dernière fois que Joy l'avait vue, ce n'était pas parce qu'elle attendait le cap fatidique des douze semaines pour lui annoncer une grande nouvelle. Elle se préparait à partir. Le magnet à fleur qu'elle espérait tant être une échographie était en réalité un cadeau d'adieu.

« Moi aussi, je l'aimais, dit Logan.

– Elle le savait ? demanda Amy.

– T'aurais dû lui passer la bague au doigt. » Troy secoua la tête en feignant l'exaspération.

« Tu peux parler, dit Logan.

– J'ai été marié.

– Oui mais tu ne l'es plus. »

Brooke ouvrit la bouche comme pour parler, puis ferma un instant les yeux.

« Tu as un début de migraine, Brooke ? » demanda Joy. Elle fut de nouveau prise d'une crampe au bas de l'abdomen. Elle réprima un gémissement. « Dans ce cas, il ne faut pas que tu conduises au retour. Il ne faut jamais prendre le volant quand tu as la migraine.

– Je la raccompagnerai, offrit Savannah.

– Je n'ai pas la migraine ! rétorqua sèchement Brooke. On a assez parlé de migraine pour aujourd'hui. »

Joy ne la croyait pas. Elle n'avait vraiment pas l'air bien. « Autrement, il vaut peut-être mieux que tu restes ici. Grant ne te servira pas à grand-chose s'il est malade.

– Ons'estséparésaussiGrantetmoi. » Brooke avait parlé à une telle vitesse que Joy mit un instant à distinguer les mots.

« Pardon ? »

Brooke souffla et ses épaules s'affaissèrent. « Je suis soulagée de l'avoir dit. » Elle regarda son père. « Désolée de te gâcher la fête des pères. » Puis se tourna vers Logan. « Quoique, c'est Logan qui a commencé.

– Ne t'en fais pas, ma chérie », dit Stan avec une profonde tristesse. Il lui tapota l'épaule avant de s'avachir sur sa chaise. « Ce sont des choses qui arrivent.

– Vous allez divorcer ? demanda Joy.

– Pour le moment, c'est une séparation provisoire, mais… » Brooke plissa les yeux comme si elle était subitement aveuglée par une lumière. « C'est probable, oui. »

Joy aurait dû voir que c'était plus qu'une migraine. La pauvre petite semblait épuisée, pâle et hagarde, les yeux cernés, et ses cheveux étaient tout ternes et mous.

Troy passa le bras autour des épaules de sa sœur. « Ça fait combien de temps ? demanda-t-il.

– On est séparés depuis six semaines.

– Six semaines ? » Joy ne voulait pas avoir l'air de lui faire un reproche, mais comment Brooke pouvait-elle être séparée de son mari depuis six semaines sans avoir rien dit à ses parents ?

« C'est à cause de la pression que tu t'es infligée avec ton fichu cabinet ? » Et voilà que sans faire exprès, elle venait d'admettre qu'elle détestait le cabinet. Elle s'y prenait très mal. C'était un de ces moments charnières de la vie qu'elle regrettait déjà et où elle aurait aimé pouvoir revenir en arrière pour dire ce qu'il fallait dire. Elle se toucha le front. Elle était en sueur. Une intoxication alimentaire ? Le poulet rôti de Savannah était si tendre ! Était-ce le prix à payer pour un poulet tendre ? En ce cas, c'était bien trop cher !

« J'aurais dû davantage t'aider au cabinet », dit-elle à Brooke. C'est vrai, elle aurait dû ! Grant s'était sans doute senti négligé. « J'aurais dû insister.

– Arrête, maman, soupira Brooke avec lassitude.

– Je n'en reviens pas que tu ne m'aies rien dit, dit Amy.

– Tu peux éviter de tout ramener à toi, Amy ? » rétorqua Brooke.

Amy se décomposa. « Je voulais juste dire que j'aurais pu t'aider.

– OK, merci, mais ça va. » Brooke se massait le front en dessinant des petits cercles. « Je suis désolée. Je ne me sentais pas prête pour en parler. Je pensais que ça… s'arrangerait peut-être. Ne vous en faites pas. »

Savannah avait soigneusement plié sa serviette en carré sur ses brownies auxquels elle n'avait quasiment pas touché. Que devait-elle penser d'eux tous ? Et dire que Joy avait craint qu'elle ne soit jalouse de sa famille aimante et stable.

« Eh bien ! dit Joy à Savannah. J'espère que ce n'est pas trop embarrassant pour vous. Avec toutes ces mauvaises nouvelles le jour de la fête des pères !

– Désolé, papa, dit Logan avec remords. Je ne voulais pas gâcher la fête des pères.

– Moi non plus, dit Brooke. Désolée, papa.

– Inutile d'être désolés », dit Stan. Il regarda le ballon qui flottait au-dessus de sa tête, attrapa la ficelle et tira. Il serrait la ficelle comme un enfant que l'on promène en poussette dans une foire.

« Que fais-tu ? lui demanda Joy.

– Je tiens mon ballon, répondit Stan.

– Vous voulez peut-être que je vous laisse seuls ? demanda Savannah. Je peux aller dans ma chambre... » Elle rectifia, soudain troublée, et jeta un coup d'œil à Amy. « Enfin, ce n'est pas ma chambre.

– Inutile de nous laisser, dit Stan. C'est bon. Ce sont des choses qui arrivent. Ce n'est la faute de personne.

– Évidemment que ce n'est la faute de personne », dit Joy d'un air dubitatif, alors qu'elle aurait bien déterminé à qui revenait la faute dans chacune de ces ruptures.

« Quelqu'un veut..., commença Savannah.

– C'est bon », l'interrompit Stan.

Il y eut un long silence. Stan continuait à serrer bêtement son ballon. Joy ne savait pas si c'était de la rage ou de la nausée qu'elle sentait monter en elle. S'apprêtait-elle à vomir, hurler, s'évanouir ou pleurer ? Tout était possible.

Troy intervint : « Vu que les bombes pleuvent de tous les côtés, autant que je lâche la mienne.

– Fabuleux, dit Joy sans desserrer les dents. Vas-y, Troy. Lâche ta bombe. Lance-la-moi, mon chéri.

– Bon, OK, maman », dit Troy.

Il avait l'air vraiment stressé. Ça ne pouvait pas être une autre rupture. Il ne prendrait pas la peine de le leur dire. Il enchaînait constamment les relations. « Je pensais garder le secret, mais au point où j'en suis. J'ai besoin de votre avis. » Il écarta son verre en renversant du vin rouge sur la nappe blanche. Avait-il trop bu ? Et elle ? Le fait est qu'elle ne se sentait vraiment pas bien.

« Vous vous souvenez de Claire ? dit-il.

– Mais enfin, Troy, bien sûr que nous nous souvenons de Claire », protesta Joy.

Claire était l'ex-femme de Troy et elle avait été un membre très apprécié de la famille, tout comme Indira et, dans une moindre mesure, Grant. Chaque fois qu'un des enfants se séparait de quelqu'un, c'était comme si elle perdait un être cher, et au fil des années, les pertes avaient été nombreuses.

(Elle écrirait cela dans ses mémoires : *Quand je repense aux dix dernières années, j'ai l'impression de voir un champ de bataille jonché des corps des charmants jeunes gens qui ont vécu des histoires malheureuses avec mes enfants pénibles et ingrats.* Qu'est-ce que son innocente petite professeure penserait de ça ? Elle avait dit qu'il fallait s'efforcer d'être original.)

Troy poursuivit. « Bref, quand j'étais aux États-Unis, j'ai revu Claire...

– Vous allez vous remettre ensemble ? » Le visage d'Amy était empreint d'un fol espoir.

« Mais non, évidemment qu'ils ne vont pas se remettre ensemble », dit Joy pour camoufler le fol espoir qu'elle nourrissait aussi. Certainement pas. Claire était partie au Texas ou dans un coin de ce genre – un coin qui faisait penser aux cow-boys – pour épouser un cardiologue américain, non ? Un ami d'ami de l'époque où Troy et elle vivaient ensemble aux États-Unis.

« Non, elle est heureuse en ménage et installée définitivement aux États-Unis, dit Troy. Elle a envie d'avoir un enfant.

– Ça ne m'étonne pas. Il y a des années, elle avait déjà envie d'avoir un enfant avec toi », lâcha amèrement Joy. Claire et Troy avaient entamé un parcours de FIV quand ils s'étaient séparés. Apparemment, Troy avait été infidèle et à l'époque, Joy lui en voulait tellement qu'elle n'avait pas pu le regarder dans les yeux pendant plus de six mois. Elle frissonna violemment. Il faisait soit trop chaud soit trop froid dans la pièce.

« Avec son mari, ils essaient depuis un moment, et apparemment, ça ne marche pas, dit Troy.

– Oh non, dit Brooke. Ne me dis pas qu'elle veut utiliser...

– Si », répondit Troy. Il regarda sa sœur, qui semblait avoir deviné quelque chose qui dépassait l'imagination de Joy. « Exactement.

– Utiliser quoi ? demanda Stan.

– Depuis tout ce temps, on a gardé nos embryons congelés. De l'époque où on voulait faire une FIV. Claire payait les frais de stockage. Quoi qu'il en soit, elle se demande ce que ça me ferait si elle… tentait sa chance avec l'un d'eux. »

Joy eut l'impression de chercher à tâtons un interrupteur dans le noir. « Tu veux dire que Claire veut avoir un enfant de toi ? Mais je ne comprends pas, pourquoi elle ne peut pas faire de FIV avec son nouveau mari ? Fabriquer de nouveaux… embryons ? » Elle trébucha sur le mot « embryons ». À l'époque où elle avait eu ses enfants, c'était plus simple, soit il y avait un bébé, soit il n'y avait pas de bébé.

« Sa réserve ovarienne était déjà faible quand elle était en protocole FIV avec Troy, expliqua Brooke, qui se souvenait en détail de l'histoire médicale de chacun d'entre eux. Elle n'a probablement plus d'ovocytes.

– Mais tu serais le père de cet enfant », dit Joy en revoyant Troy bébé : le plus mignon et le plus polisson des quatre. Il poussait de tels hurlements dès qu'il ouvrait l'œil qu'il semblait sur le point de mourir, Joy se précipitait en se faisant systématiquement avoir et, à l'instant où elle le prenait dans ses bras, les pleurs stoppaient net comme si on avait coupé le contact et il lui souriait de son sourire craquant, des larmes de crocodile encore humides sur ses bonnes joues roses.

« Elle veut que son mari adopte l'enfant dès sa naissance », dit Troy, et Joy l'entendit trébucher sur le mot « mari » comme elle avait trébuché sur celui d'« embryon ».

« Mais tu pourrais exercer un rôle ? Si tu le voulais ? » demanda Amy.

Troy haussa les épaules. « Elle dit que c'est à moi de voir, mais à quoi bon débarquer tous les quelques mois pour emmener tristement le gamin au McDo comme un père divorcé ? Il vaut mieux qu'il croie que le cardiologue est son père, non ? »

Joy était sur un bateau qui tanguait sur une mer houleuse.

Elle croisa le regard de Stan. Il avait l'air sidéré. Elle voyait bien qu'il n'avait pas tout compris. Il était dépassé par les possibilités et les dilemmes inédits qu'engendraient la technologie moderne, la science moderne et la pensée moderne.

« Et tu en penses quoi, de cette idée ? Ça te plaît ?

– Non, ça ne me plaît pas du tout », répondit Troy. Et là, une angoisse soudaine. « Pour être franc, je trouve l'idée détestable.

– Dans ce cas, rien ne t'oblige à…

– Mais c'est peut-être sa seule chance d'avoir son enfant biologique. » Troy leva les mains d'un geste impuissant de capitulation. « Sa seule et unique chance. Je ne peux pas la priver de ça. Alors que les embryons sont là ? Ce serait si cruel. » Il se tut et fit tourner son verre sur la tache de vin rouge qui ornait la nappe blanche comme s'il pouvait l'effacer, ce qui était impossible. Elle ne partirait jamais.

Troy ajouta d'une petite voix pleine de remords : « Surtout après ce que je lui ai fait. »

Pitié.

Joy éprouvait exactement la même chose quand Troy faisait des bêtises, étant petit, et qu'il était assis là devant Stan et elle, la tête basse, les mains entre les genoux, l'air triste, contrit et dérouté, comme s'il n'avait pas vraiment choisi de faire ce qu'il avait fait mais devait une fois de plus en assumer les conséquences.

Joy soupira. Elle toucha de nouveau sa joue brûlante et grelotta. Elle était frigorifiée.

« Tu ne crois pas, maman ? lui demanda Troy. Il faut que j'accepte, hein ? »

Il avait besoin d'une réponse. C'était toujours vers elle qu'il se tournait, et non vers son père, pour l'aider à résoudre les dilemmes moraux dans lesquels il se trouvait.

J'ai volé ce CD, maman, et maintenant, je m'en veux. Tu crois que je dois aller le rapporter au magasin et leur dire ? Mais je l'ai un peu rayé.

« Oh, Troy. »

Joy songea aux parents de Claire. Stan et elle ne les avaient pas vus souvent, mais ils les aimaient bien. C'étaient des gens très simples et gentils. Ils avaient même joué en double contre eux. Sa mère, Teresa, avait un joli revers à deux mains. Joy avait été mortifiée quand son fils avait brisé le cœur de sa fille. Elle l'avait appelée pour lui dire qu'elle était désolée et avait honte de la conduite de Troy, et Teresa s'était montrée aimable et courtoise. Dans la situation inverse, Joy aurait également été polie, mais sèche et froide. Et voilà que cette femme charmante aurait le petit-fils ou la petite-fille de Joy, et Joy n'aurait pas le droit de voir le bébé, de le prendre dans ses bras, ni même de le connaître. Et s'il avait le sourire de Troy ? Et les beaux cheveux roux de Claire ? Joy aurait particulièrement aimé avoir un petit roux ou une petite rousse !

« Oui, dit-elle à Troy. Tu as raison. Tu dois accepter. C'est ce qu'il faut faire.

– Je ne sais pas..., commença Stan d'un ton embarrassé.

– C'est ce qu'il faut faire », lui lança sèchement Joy. Il se tut. Oui, c'était ce qu'il fallait faire, la décision la plus juste, mais la plus injuste aussi. Et si cet enfant, cet adorable enfant roux qu'elle aimait déjà mais ne verrait peut-être jamais, se révélait être son seul petit-enfant ?

Soudain, elle dit : « Vous feriez mieux de rentrer, maintenant. »

Tous les regards se tournèrent vers elle.

« Je ne me sens pas très bien. J'ai l'impression que je couve quelque chose. »

Subitement, elle reconnut la combinaison des symptômes qu'elle ressentait depuis quelques jours. Mais quelle vieille imbécile. Elle avait une saleté d'infection urinaire, exactement comme à l'époque de sa lune de miel, parce qu'elle avait eu récemment des rapports sexuels après une période d'abstinence.

Elle enrageait contre Stan, qui était posé là à l'autre bout de la table avec son ballon, comme un monolithe bête et silencieux, sans rien d'autre à offrir qu'une infection urinaire ! À son âge ! Elle prit son verre d'eau et but une longue rasade, bien que ce soit manifestement trop tard. Il lui fallait des antibiotiques et comme c'était dimanche, elle ne pouvait pas aller voir Susan, son adorable généraliste, et serait obligée d'aller dans un centre médical et raconter sa vie sexuelle à un gamin tout juste sorti de la fac de médecine.

« Et merde, dit-elle à Stan.

– Hein ? fit Stan. Pourquoi tu me regardes ? Qu'est-ce que j'ai fait ?

– Et d'une, tu as tué Dennis Christos ! » lança-t-elle, ce qui était curieux, car elle n'était même pas en train de penser à ce pauvre Dennis, mais depuis six mois, l'accusation attendait le bon moment dans son subconscient.

« Dennis Christos est mort d'un infarctus ! répliqua aussitôt Stan aucunement troublé, preuve concluante de sa culpabilité.

– Tu lui as fait croire qu'il allait breaker sur ton service et son pauvre cœur ne l'a pas supporté !

– Il ne pouvait décemment pas imaginer qu'il allait breaker sur mon service, se moqua Stan.

– Tu l'as laissé mener à 0-40 ! cria Joy.

– Je suis désolé, dit Stan sans conviction.

– Ce n'est pas à moi qu'il faut dire ça ! Mais à cette pauvre Debbie Christos qui est éplorée !

– Ne reconnais jamais ta responsabilité, papa, dit Troy. C'est mon conseil.

– Tu m'étonnes, ironisa Logan.

– Dennis Christos m'a fait un jour une réflexion très déplacée, intervint Amy. Si ça peut te soulager, maman. Très déplacée.

– On peut donner nos cadeaux à papa avant de partir ? demanda anxieusement Brooke.

– Mais qu'est-ce que j'ai fait de mal ? » Les mots jaillirent de la bouche de Joy sans son autorisation.

Ils la regardèrent tous avec des yeux de merlan frit.

« Tu n'as rien fait de mal, maman, dit Amy d'un ton apaisant.

– Alors, comment se fait-il qu'il n'y en ait pas un parmi vous qui soit fichu d'avoir un couple qui dure ? On ne vous a pas montré l'exemple, votre père et moi ? D'un couple solide ? »

Ses enfants baissèrent tous la tête comme si elle avait demandé des volontaires pour quelque tâche ingrate.

« Bon, d'accord, votre père et moi n'étions pas parfaits, reprit-elle. Mais bon, nous n'étions pas si mal que ça ? Vous voulez nous punir ? De quoi ? De vous avoir forcés à jouer au tennis ? On ne vous a jamais forcés à jouer ! Jamais ! Vous adoriez le tennis ! Vous aviez tous tellement de talent !

– On ne veut pas vous punir, dit Troy. Tu racontes n'importe quoi, maman.

– C'est juste un manque de pot, dit Brooke. Un mauvais timing. » Elle jeta un regard noir à Logan. « Je n'en suis pas revenue quand j'ai appris que Logan et Indira s'étaient séparés, eux aussi.

– Maman, dit Amy. Tu seras grand-mère un jour. Enfin, moi, je n'aurai pas d'enfant, évidemment, mais quelqu'un en aura. » Elle montra ses frères et sœur. « L'un d'eux en aura. Normalement. Pas comme Troy. Parce que son truc, c'est franchement bizarre et dérangeant. Mais tu auras des petits-enfants. Je te le promets.

– Comment peux-tu me promettre une chose pareille ? À voir leur manque d'enthousiasme, je n'ai pas l'impression que tes frères et sœur soient de cet avis. Et puis comment ça, tu n'auras pas d'enfant évidemment ? Pourquoi pas ? Et de toute façon, pourquoi tu me parles de petits-enfants ? Est-ce que j'ai parlé de petits-enfants ? Une seule fois ? Jamais ! » C'était si injuste que Joy en brûlait et en tremblait de tout son corps. « Pas une seule fois ! Ce n'est pas vrai ? Hein, ce n'est pas vrai ? »

À défaut d'être récompensée pour sa patience, celle-ci méritait d'être reconnue.

« Tu n'en as jamais parlé, maman », dit Brooke et elle était si triste qu'elle semblait sur le point de pleurer, et aussi effrayée, comme si Joy était ivre, folle ou malade.

« De la même manière que tu n'as jamais dit à quel point tu avais envie qu'on gagne », dit Troy à voix basse.

Joy se leva. Elle avait les jambes flageolantes. Le seul regard qu'elle croisa fut celui de son fichu mari. Elle voyait bien ce qu'il avait envie de faire. Elle le voyait se figer dans une immobilité ou un silence de mort, comme s'il se fermait peu à peu. Ce n'était pas arrivé depuis vingt ans, mais elle reconnaissait encore les signes. À l'époque, elle le voyait venir. Elle s'en apercevait avant les enfants et en agissant vite, elle pouvait éviter la crise. Elle avait le sentiment de devoir courir pour rattraper un objet avant qu'il ne se fracasse, si ce n'est qu'il ne fallait pas courir. C'était peut-être ce qu'éprouvaient les démineurs.

Mais il y avait longtemps qu'elle ne faisait plus de déminage. Ce n'était plus de son âge et elle n'en revenait pas d'avoir pu supporter ça.

« Je t'interdis. » Elle pointait un doigt tremblant sur lui. « N'y pense même pas. »

Elle chancela. La douleur du chagrin et de l'humiliation se propagea non seulement dans son ventre mais le long de son côté gauche. Ce fut Savannah qui se précipita la première vers elle et la soutint d'une main étonnamment ferme. « Dites-leur de partir, lui demanda Joy. Dites-leur de rentrer chez eux. »

25

Aujourd'hui

Cela faisait maintenant quinze jours que sa famille n'avait pas revu Joy Delaney.

« Ma mère est tombée très malade le jour de la fête des pères, dit Brooke Delaney. Elle s'est écroulée. Il s'est avéré qu'elle avait une infection rénale. Il a fallu appeler les secours.

– Vous avez tous dû avoir très peur », dit Christina.

Christina et Ethan interrogeaient la benjamine de Joy Delaney dans son cabinet de kinésithérapie, au milieu du matériel de rééducation. Il n'y avait que deux fauteuils. Ethan était perché avec aplomb sur le ballon d'exercice que lui avait offert Brooke et prenait religieusement des notes. Christina, elle, serait tombée.

Ils avaient rencontré Brooke à la conférence de presse, mais il avait fallu quelques jours pour fixer le rendez-vous. Christina ne savait pas si Brooke l'avait délibérément retardé. Pour l'instant, elle semblait vouloir coopérer, ou du moins, c'était l'impression qu'elle donnait.

« Oui, elle nous a fait très peur, dit Brooke. Au début, on ne savait pas ce qui se passait. Maman se conduisait bizarrement. On pensait que c'était parce qu'elle était contrariée, et non malade.

– Pourquoi était-elle contrariée ?

– Je m'en voulais particulièrement, dit Brooke. Parce que je suis la seule de la famille à avoir une formation médicale. Elle avait de la fièvre. J'aurais dû m'en rendre compte.

– Quelque chose la contrariait ? insista Christina.

– Juste des histoires de famille. Mon frère et moi, on s'était tous les deux séparés de nos conjoints. Ah oui, et papa avait choisi ce jour pour nous faire une analyse détaillée de l'échec de notre carrière tennistique. » Elle esquissa un sourire.

« Et quelle est votre impression de Savannah ? » demanda Christina. Elle se brûla la langue en buvant une gorgée du thé bouillant que Brooke lui avait préparé.

« C'était une fille gentille et discrète. Elle avait préparé tout le repas et en plus, elle faisait le service, chez nos parents. C'était curieux et plutôt gênant. On aurait dit Cendrillon, elle ne mangeait quasiment rien et mes parents étaient étrangement... entichés d'elle. Dépendants d'elle. C'était à croire qu'elle était venue résoudre un problème dont on n'avait jamais eu conscience.

– Quel problème ? »

Brooke réfléchit à la question. « Le problème de la cuisine, peut-être ? Ou le problème de la retraite ? Mes parents n'ont jamais rêvé de la retraite. Ils adoraient travailler.

– Votre mère avait-elle l'air dépressive, dernièrement ?

– Absolument pas », dit Brooke. Elle écarquilla les yeux. « C'est un peu difficile, ces derniers temps, mais maman n'est pas du genre à déprimer.

– Et votre père ? Il est du genre à déprimer ?

– Il lui arrive d'être grincheux, répondit prudemment Brooke. Mais jamais violent. Si c'est ce que vous sous-entendez.

– Je ne sous-entends rien, dit Christina. Je me contente de recueillir des informations sur l'état d'esprit de vos parents.

– J'aurais aimé que vous voyiez mon père donner des cours aux enfants. Même aux enfants qui n'étaient pas doués. Surtout aux enfants qui n'étaient pas doués. Il avait une telle douceur, une telle patience, une telle passion pour le tennis, il voulait seulement que tout le monde aime le tennis comme il l'aimait. »

Christina n'était pas plus avancée. Des gens d'une grande

douceur finissaient par craquer. Des gens patients et gentils dans certaines circonstances se montraient cruels et méchants dans d'autres.

« Mais il ne donne plus de cours ? Vos parents ont pris leur retraite et vous me dites qu'ils adoraient travailler. J'en déduis qu'ils n'apprécient pas particulièrement d'être à la retraite ?

– Ils tâtonnent un peu. Ils ont essayé de voyager, mais ils ne savent pas prendre des vacances. On ne prenait jamais vraiment de vacances, dans la famille.

– Vous n'êtes jamais partis en vacances ?

– Si, si. Tous les étés, on allait passer une semaine dans un camping-caravaning de la Central Coast, admit Brooke. C'était bien. » Elle fronça les sourcils. « Enfin, si on veut. » Elle soupira. « Mais on ne pouvait jamais prendre beaucoup de vacances, parce qu'on jouait tous en compétition. Soit on se rendait à un tournoi, soit on s'entraînait pour un tournoi, et mes parents essayaient de diriger une école de tennis en même temps.

– Vous avez eu une enfance heureuse ? » demanda Christina. Elle n'arrivait pas encore à cerner cette famille. En surface, ils semblaient affectueux et enjoués mais elle sentait le dysfonctionnement couver de façon inquiétante sous leur allure sportive et détachée.

« Je ne sais pas », répondit Brooke. Elle prit un stylo à bille, le mâchonna puis se ravisa, l'ôta de sa bouche, le reposa sur le bureau et l'écarta. « Enfin, oui, j'étais heureuse. L'emploi du temps était chargé. Le tennis dominait tout. Le tennis vous prive d'enfance. On n'a pas le temps de faire autre chose.

– Vous avez souffert d'avoir été privée d'enfance ?

– Pas du tout. J'aimais le tennis. On aimait tous le tennis.

– Vous jouez encore ? » Christina regarda la photo encadrée d'une joueuse de tennis sur le mur. Les narines de Brooke frémirent. « Pas en compétition. Je joue de temps en temps avec mon père. Pour le plaisir.

– Quand vous étiez jeune, vos parents vous mettaient la pression pour gagner ?

– On se mettait la pression tout seuls, dit Brooke. On voulait tous gagner. » Elle suivit le regard de Christina qui étudiait la photo de la joueuse de tennis qui allait chercher un revers comme si c'était une question de vie ou de mort. « C'est dur d'avoir vraiment envie de quelque chose, de se donner à fond et de ne pas réussir. Il y a cette idée qu'il suffit de croire en soi, mais en réalité, tout le monde ne peut pas être Martina.

– Martina ? » Christina vérifia ses notes. C'était la grande sœur ?

« Navratilova », dit Ethan. Il indiqua le poster.

« Ah oui, bien sûr », dit Christina. Le seul joueur de tennis qu'elle connaissait, c'était le râleur des années quatre-vingt. McEnroe. Elle avait un oncle qui imitait ses colères en prenant l'accent américain : « Vous n'êtes pas sérieux ! »

Ethan demanda à Brooke : « Quand vous dites que "c'est un peu difficile, ces derniers temps", vous voulez dire qu'il y a eu des répercussions après le déjeuner de la fête des pères ? »

Malin, comme question. Quand Brooke répondit, Christina observa son langage corporel. Ses épaules remontèrent et elle tendit le cou comme une tortue pour les faire retomber.

« Il n'y a pas eu de répercussions, dit-elle d'un ton catégorique. C'est juste que ce jour-là, des choses ont été dites qui ne l'avaient jamais été jusqu'alors. Et puis maman a été hospitalisée et on n'a plus pensé qu'à ça. »

Était-ce la vérité ? Ou était-ce plutôt à ce moment-là que la situation avait commencé à se dégrader ?

« Bon, dans ce cas, pourquoi dites-vous que "c'est un peu difficile, ces derniers temps" ? » demanda Christina.

Brooke se figea. « Je ne sais pas », dit-elle sans sourciller.

Le mensonge était là. Juste là. Christina le repérait comme un médecin repère une fracture sur une radio.

Elle en avait la certitude.

Christina attendit.

« Vous êtes sûre ? demanda-t-elle doucement. Vous êtes sûre que vous ne savez pas ? »

Deux taches roses apparurent sur les joues de Brooke. « Oui, j'en suis sûre.

– Bon, pour revenir à l'invitée de vos parents, dit Christina. Elle était seule avec votre père ? Pendant que votre mère était à l'hôpital ?

– Oui, répondit Brooke. Elle n'y a passé que deux jours.

– Je vois », dit Christina. Cela suffisait. Elle attendit. Brooke ne broncha pas.

« Et quand votre mère est rentrée de l'hôpital, Savannah est restée.

– Oui. On lui était reconnaissants car elle s'occupait de faire à manger.

– Je crois que c'est plus ou moins à ce moment-là que votre frère Logan a fait une découverte fâcheuse à son sujet. »

Cette fois, Brooke tressaillit. Est-ce qu'elle ne s'attendait pas à ce que cette information leur soit communiquée ? Et en ce cas, pourquoi ?

« C'est Logan qui vous a dit ça ?

– Oui », dit Christina. Logan l'avait mentionné précipitamment, juste avant de se dépêcher d'aller donner un cours. « Vous pouvez m'en dire plus ?

– Eh bien, commença Brooke avec précaution comme si elle marchait sur la pointe des pieds entre des éclats de verre. Logan était chez lui, un jour, quand il a découvert quelque chose sur Savannah qui nous a un peu… » Elle détourna le regard pour trouver le mot juste.

Ethan vacilla sur son ballon d'exercice. « Alarmés », acheva Brooke.

26

Octobre dernier

C'était le milieu de la journée, le milieu de la semaine, le milieu de sa vie. Logan avait donné un cours de bonne heure et il était de retour chez lui, sur son canapé en cuir vert, dans sa maison à moitié vide, par une belle journée ensoleillée remplie de chants d'oiseaux mêlés au bruit des tondeuses à gazon, des souffleuses à feuilles, et de sa voisine qui apprenait le violoncelle. Elle avait laissé un mot qui ne leur laissait pas le choix : *J'apprends le violoncelle, merci de votre patience !*

Logan but de la bière tiède et mangea un reste de pizza froide pour le déjeuner en zappant sur la télé, s'efforçant de garder les yeux rivés sur l'écran, au lieu de les détourner sans cesse pour contempler les vides laissés par le départ d'Indira.

Devant lui, il y avait un vide où normalement, Indira aurait dû se tenir, les poings sur les hanches : *Tu réalises qu'il y a du soleil, dehors ?*

Elle estimait que l'on n'avait pas le droit de regarder la télévision quand il y avait du soleil. Et ce, parce qu'elle avait émigré de Grande-Bretagne avec sa famille quand elle avait douze ans et appréciait le soleil australien comme il ne le pourrait jamais, lui qui avait grandi le soleil dans les yeux. Pour lui, le soleil était un danger, un obstacle à surmonter sur le court, tout comme le vent, alors qu'elle y voyait un miracle quotidien.

Elle avait également laissé derrière elle de vrais emplacements vides, comme ce rectangle jauni sur le mur, où elle avait accroché l'abominable tableau abstrait qu'elle avait acheté à un artiste sur le marché de Hobart, et la moquette aplatie près de l'entrée, à la place de son portemanteau inutile qui ne devait pas être si inutile que ça, puisque Logan n'arrêtait pas de balancer des choses dessus, comme son sweat à capuche, et qui persistait à ne plus être là, son absence étonnamment constante, comme les moutons grisâtres qui voletaient inconsolablement dans la buanderie où se trouvait auparavant le panier à linge en bambou d'Indira.

Elle avait laissé sa machine à laver qui le fusillait du regard chaque fois qu'il essayait de s'en servir. C'était une petite machine à hublot d'un maniement délicat avec un nombre d'options de lavage incalculables. Indira s'occupait de la lessive. Elle adorait faire la lessive. Elle lui retirait parfois ses chaussettes pour le seul plaisir de les laver.

Au moins, le réfrigérateur l'aimait toujours. Il l'avait depuis des années. Il était resté là au fil des ruptures, impassible et digne, à fredonner doucement pendant que les pots de yaourt grec et les barquettes de framboises disparaissaient pour céder la place une fois de plus aux cartons de pizzas et aux multiples packs de bière.

Son bon vieux frigo, toujours fidèle au poste.

Et merde, il devenait comme sa mère, qui passait son temps à personnifier ses appareils ménagers.

Il fixa le rectangle vide au mur, comme s'il était face à une fenêtre condamnée et cherchait en vain une vue depuis longtemps disparue, une explication qui ne viendrait jamais.

« Il est beau, disait-elle de l'abominable tableau. Quand je le vois, je me sens vivante.

– Il est abominable, tu veux dire », répliquait-il, et il croyait entendre en écho ses parents qui se charriaient. Mais peut-être

Indira entendait-elle autre chose. Ses parents à elle n'étaient pas heureux ensemble. Il était possible qu'elle perçoive un tout autre écho. Il se croyait drôle et charmant, mais peut-être le trouvait-elle simplement méchant. Peut-être détestait-elle faire la lessive. Peut-être avaient-ils vécu côte à côte dans deux univers totalement différents.

C'était un tableau affreux mais il lui manquait, tout comme ses questions, son parfum, son insistance à lui faire manger des bananes (pour le potassium, elle était obsédée par le potassium), ses chaussures de running à côté de la porte d'entrée, ses éternuements perçants, le plaisir incompréhensible qu'elle prenait à capturer les Pokémon invisibles qui se baladaient apparemment dans leur appartement (étaient-ils toujours là ? Attendant plein d'espoir qu'elle les capture sur son téléphone ?), le battement de ses cils dans sa nuque, de bonne heure, un dimanche matin, ses… et merde.

Stop.

Il prit son téléphone et appela son ami Hien, parce que Logan était tout sauf passif. Il dressait au jour le jour l'inventaire de ses actes non passifs. Il était le seul de son cercle d'amis du lycée à téléphoner, et voyant cela, leurs femmes disaient à leur mari : « Vous avez tous tellement de la chance d'avoir Logan. »

« Tu as réfléchi ? demanda Hien dès qu'il répondit.

– Hein ? » Logan n'avait réfléchi à rien. « Réfléchi à quoi ? »

Puis il se rappela que Hien était persuadé que son fils de six ans était le prochain Nadal et voulait que Logan lui donne des cours, se fichant qu'il n'en ait plus donné depuis l'époque où il aidait ses parents au Delaneys, quand il était adolescent. Parmi tous les boulots qu'ils devaient faire à l'époque, c'était celui que préférait Logan, mais il n'en avait pas besoin en ce moment.

« Je te l'ai déjà dit, je ne donne pas de cours, répondit Logan. Mais je t'ai filé une liste de profs.

– Viens le voir jouer, dit Hien. Une seule fois. Je venais à tous tes matchs.

– C'est faux.

– Je suis venu à un match, dit Hien. Tu étais bon.

– Tu m'étonnes. J'étais classé…

– Écoute, mec, on se fout de savoir combien tu étais classé, tu as fait ton temps, mais mon fils, c'est l'avenir, et ça pourrait bien être ton avenir aussi. Tu verras. Viens déjeuner avec Indira et on ira au tennis du coin, pour voir ce que tu en penses.

– Hien, commença Logan.

– Je veux que tu lui donnes des cours. Je ne veux personne d'autre. Même pas ton père. Je te fais une faveur. Réfléchis-y. Bon, faut que j'y aille. »

Logan jeta le téléphone à côté de lui sur le canapé et ne put s'empêcher de rire. Même l'intraitable Hien était devenu comme tous les autres parents de jeunes joueurs de tennis, aveuglés par l'amour qu'ils portaient à leurs enfants.

La femme de Hien et Indira étaient amies. Mais Indira n'avait pas dû lui parler de la rupture.

Ses amis réagiraient comme sa famille, le jour de la fête des pères. Les gens préféraient Indira. Il l'avait toujours su, mais c'était la première fois que ça le touchait. Il se sentait injustement critiqué. Même ce con de Troy l'avait regardé comme s'il était un imbécile de l'avoir laissée partir.

Il se rappela ce qu'avait dit sa mère avant de s'écrouler : *On ne vous a pas montré l'exemple, votre père et moi ? D'un couple solide ?*

Il ne lui était jamais venu à l'idée d'évaluer le couple que formaient ses parents. Son existence n'était pas relative. Il était, un point c'est tout. Sans doute avait-il le sentiment inconscient, enfantin, que ses parents étaient non pas deux individus distincts, mais une seule entité. Ils étaient ensemble depuis un demi-siècle, ils travaillaient ensemble, jouaient au tennis ensemble. Il était rare qu'il les voie séparément. Avaient-ils montré l'exemple d'un couple solide ? Pour la première fois, il se posa réellement la question.

Il aimait bien leur façon de se taquiner. Il avait l'impression de les regarder disputer un match et quand ils étaient petits, ses frère et sœurs savaient que c'était un jeu, même s'ils n'en comprenaient pas les règles. Il préférait évidemment ne rien savoir de leur sexualité, mais il aimait bien aussi la manière qu'ils avaient toujours eue de s'enlacer, se toucher, s'embrasser – bien plus que les autres parents. Son père était si grand et sa mère si petite qu'il pouvait la soulever sous les bras pour la poser ailleurs quand bon lui semblait, et enfant déjà, Logan voyait bien qu'elle adorait ça, même si elle feignait de résister, ce qui faisait partie du jeu.

Logan n'aurait jamais essayé de faire ça à Indira. Elle était affreusement chatouilleuse. S'il avait essayé de la soulever, elle lui aurait probablement donné un coup de tête. Et puis elle pensait être trop lourde pour lui. Elle était complexée par son corps. Il aimait le corps d'Indira, mais il devait faire extrêmement attention à ce qu'il disait. Indira préférait faire comme si elle n'avait pas de corps. Au début, quand il lui faisait des compliments, elle le prenait à partie : *Tu mens, tu dis ça comme ça, comment peux-tu dire ça, je sais que tu ne le penses pas, mes jambes sont immondes, mes bras sont ignobles.* Il se retrouvait soudain en position de devoir défendre son corps contre un agresseur cruel, et ne savait ni combien de temps ni avec quelle force il était censé riposter, alors que cet agresseur n'était autre qu'elle, et il avait fini par abdiquer. Il avait arrêté de dire quoi que ce soit. Toutes les relations ont leurs règles absurdes. Il faut bien s'y plier. Seules ses mains pouvaient parler et il s'efforçait de leur faire dire tout ce qu'il n'avait pas le droit d'exprimer à voix haute. Leur relation était extrêmement tactile, et pas seulement dans l'intimité de leur chambre : ils se tenaient la main dans la rue, s'allongeaient côte à côte sur le canapé quand ils regardaient la télévision. Il croyait que cette proximité signifiait que tout ce qui devait être dit était dit.

En y réfléchissant comme il y réfléchissait à présent, il se serait peut-être aperçu que lorsqu'il était jeune, il n'aimait pas certains aspects du couple de ses parents. Il détestait quand sa mère faisait des grimaces dans le dos de son père et marmonnait des réflexions amères, que seuls ses enfants entendaient : *Je lui avais bien dit que ça allait arriver et il m'a écoutée ? Non, il ne m'a pas écoutée.*

Il n'aimait pas quand, dans une dispute, son père réussissait à avoir le dernier mot non pas en criant mais en partant.

Je détestais quand mon père partait.

Un flot de souvenirs lui revint soudain comme s'il avait respiré une odeur d'enfance depuis longtemps oubliée. Il éprouva au creux du ventre une sensation de chute semblable à ce que l'on ressent quand on trébuche dans un rêve. Il n'y avait plus repensé depuis des années. Peut-être n'y avait-il jamais vraiment pensé. À un moment, son père avait arrêté de le faire et le souvenir s'était effacé, comme les vieux vêtements disparus dont on a oublié l'existence jusqu'à ce qu'une vieille photo vienne vous rappeler : J'adorais ce tee-shirt.

Un jour, son père était revenu et n'avait plus jamais recommencé, et les années s'étaient empilées sur ses souvenirs, les occultant peu à peu. Sa mère avait cessé ses grimaces et ses réflexions amères et son père n'était plus jamais parti.

Son portable sonna et il sursauta. Il le prit, vit que c'était Indira. Il étudia son nom, songea à presser Refuser.

Indira tenait à « rester amis ». Elle avait une nouvelle façon de lui parler, sans la moindre trace d'émotion. On aurait dit une chargée de clientèle aimable. C'était un clone quasiment parfait de son Indira, si ce n'est qu'il lui manquait quelque chose d'essentiel et de magnifique.

Il coupa le son de la télévision et répondit.

« Bonjour Logan, dit-elle de sa voix aimable de télévendeuse. Comment vas-tu ?

– Je vais bien, Indira. Et toi ? » Il n'était pas loin d'imiter sa façon de parler.

Elle marqua une pause et d'un ton moins aimable mais plus normal, dit : « Je t'appelais pour savoir si ta mère est sortie de l'hôpital. »

Elle aurait pu envoyer un texto : *Comment va ta mère ?* C'est ce qu'il aurait fait. Ou elle aurait pu disparaître de sa vie comme ses autres ex, mais elle gardait le contact et restait consciencieusement informée des nouvelles familiales. Il avait envie de lui dire que ce n'était pas nécessaire. S'il ne pouvait pas avoir la chaleur de son corps contre le sien au lit, il ne voulait pas de la froideur de sa voix aimable à son oreille.

« Elle est rentrée, répondit-il. Ils ne l'ont gardée que deux jours.

– Ah, tant mieux. Et cette fille est toujours chez eux ?

– Ouais. Elle leur fait à manger. Maman adore ça. C'est… » C'est bizarre. C'est bien. C'est rassurant. C'est un peu inquiétant. Il ne savait ni quoi dire ni quoi penser de Savannah. Visiblement, elle rendait ses parents heureux. Comment pouvait-il s'en plaindre ? Il regarda l'emplacement vide au-dessus de la télévision. « Et toi, ça va ? »

Indira était à Perth, où ses parents étaient partis s'installer un an plus tôt. Elle ne s'entendait pas avec ses parents. Et pourtant, elle était prête à habiter chez eux à l'autre bout du pays. C'est dire à quel point elle ne voulait plus être en couple avec Logan.

« Ce matin, mes parents se sont crié dessus pendant dix minutes pour un simple verre d'eau, dit-elle en oubliant de prendre sa voix de clone. Ils n'ont même pas l'air de se rendre compte qu'ils crient. C'est un réflexe, chez eux.

– Je suis désolé », dit-il. *Pourquoi tu m'as quitté ?*

« Quoi qu'il en soit, je vais visiter un appart qui a l'air bien cet après-midi. » Elle avait repris sa voix de télévendeuse.

« On ne se criait jamais dessus », dit Logan, puis il retint son souffle, car parler de leur relation était contraire à leurs règles d'engagement tacites. *Reviens. Raccroche ton abominable tableau au mur.*

Il y eut un long silence.

« On ne s'est jamais vraiment disputés, dit Logan. Hein ? » *Pourquoi tu es partie ? Allez, reviens, s'il te plaît.*

« Il est inutile de parler de ça maintenant, dit Indira. Il faut que je… »

Logan s'empressa de parler. « Le jour de la fête des pères, juste avant que maman ne s'écroule, elle était très contrariée par le fait qu'on se sépare, toi et moi, et que Brooke et Grant se séparent…

– Tant mieux si Brooke est enfin débarrassée de lui », dit Indira qui avait pris Grant en grippe sans que Logan ait jamais compris pourquoi.

Logan poursuivit. « Toujours est-il qu'elle a demandé si papa et elle ne nous avaient pas montré l'exemple d'un couple solide.

– Tes parents ont une excellente relation, dit Indira. Ils sont tellement mignons, tous les deux. J'appellerai ta mère aujourd'hui. » Il percevait du chagrin dans sa voix. Elle adorait ses parents. Elle leur avait probablement davantage parlé que lui au cours des cinq dernières années. Parler à ses parents était pour lui une sorte de corvée domestique qu'il préférait lui déléguer car elle faisait ça si bien, de la même façon qu'elle lui déléguait le nettoyage de la salle de bain parce qu'il savait si bien éliminer les traînées de saleté sur la paroi de douche.

« C'est vrai qu'ils ont une excellente relation, acquiesça Logan. Mais c'est drôle, quand tu as appelé, je pensais justement au fait que mon père avait l'habitude… » Il n'arrivait pas à trouver les mots justes pour dire ce que son père avait l'habitude de faire et de toute façon, il n'était pas sûr d'avoir vraiment envie d'en parler.

« Ton père avait l'habitude de quoi ? » demanda Indira, comme si elle voulait savoir, et si c'était le moyen de la retenir au téléphone et de l'entendre parler normalement, qu'à cela ne tienne.

« Quand on était petits, il faisait un truc… peut-être trois ou quatre fois par an. Pas souvent. Ce n'était pas bien grave. » Sauf que c'était assez grave. « Je suis sûr que je te l'ai déjà raconté.

– Tu ne m'as jamais raconté », dit Indira. Sa voix était plus forte, comme si elle s'était redressée, et il se redressa aussi.

« Ah, dit Logan. Eh bien quand mon père était vraiment en colère à propos de quelque chose, il… partait.

– Tu veux dire qu'il évitait le conflit », dit Indira. Parfois, il percevait une légère trace de l'accent anglais qu'elle avait perdu depuis longtemps, comme sur ce dernier mot.

« Sans doute, oui, répondit Logan. Mais on n'avait pas l'impression qu'il évitait le conflit, plutôt qu'il nous punissait. Parce qu'on ne savait jamais quand il reviendrait.

– Mais… je ne comprends pas. Où est-ce qu'il allait ?

– On n'a jamais su. » Que se passerait-il s'il lui posait la question maintenant ? Où est-ce que tu allais papa ? Pourquoi tu faisais ça ?

« Tu veux dire qu'il ne se contentait pas de sortir de la pièce. Il partait de la maison ?

– Oui. Un jour, Troy et moi, on se disputait à l'arrière de la voiture alors qu'on allait à un tournoi, et papa s'est garé au bord de l'autoroute, il est descendu de voiture, il est parti et on ne l'a plus revu jusqu'au lendemain soir.

– Le lendemain soir ! » s'écria Indira.

Maintenant qu'il le disait, c'est vrai que c'était étrange.

Il se rappela comment ils avaient tous regardé leur père s'éloigner d'un pas tranquille, comme s'il était pile à l'heure pour un rendez-vous important. Dans la voiture, l'atmosphère était chaude et étouffante, et on n'entendait que le flot de la circulation et le tic-tac du clignotant que leur père avait laissé allumé quand il s'était garé.

C'était le jour où Brooke avait eu sa première migraine ou du moins la première dont se souvenait Logan, le jour où au bout de vingt minutes, leur mère avait dit d'un ton morne « Il ne reviendra pas », était descendue de voiture pour prendre le volant et les avait conduits au tournoi, où Logan avait perdu 6-2, 6-1, contre le petit troll de la Central Coast qui n'avait aucune technique. Il ne se rappelait pas comment s'étaient passés les matchs des autres.

Son père avait dû faire du stop, se dit-il. C'était évident. On ne pouvait pas appeler un Uber à cette époque-là. Il n'y avait pas de portable. D'ailleurs, son père n'en avait toujours pas.

Il avait dû trouver une voiture et passer la nuit dans un hôtel bon marché. Rien de bien mystérieux. Mais pour les enfants qu'ils étaient, cela avait eu l'air d'un mystère effrayant, comme s'il s'était littéralement volatilisé.

Il songea à appeler son père pour lui dire : « Et alors ? Tu as passé la nuit dans un Travelodge ? Tant mieux pour toi, mon gars. La belle affaire. »

« Il n'est jamais parti plus de cinq jours », dit Logan.

Il les avait comptés. C'était après que Troy avait sauté par-dessus le filet pour casser la figure de Harry Haddad, si bien que toute la famille lui en voulait.

« Cinq jours ! Mais ta mère devait être dans tous ses états ! dit Indira. Elle n'a pas appelé la police ?

– Je ne pense pas qu'elle l'ait jamais fait », répondit Logan. Il ne savait pas s'il lui était arrivé d'appeler la police. Il supposait que non. « Parce qu'il finissait toujours par revenir. Elle savait qu'il reviendrait. »

Il revoyait encore Brooke pleurer dans ses spaghettis bolognaise tandis que sa mère la consolait comme si ce n'était pas plus grave que de ne plus avoir de parmesan. *Mais ne sois pas ridicule, papa va revenir, arrête d'en faire tout un drame ! Il a juste besoin de faire le vide.*

Quand son père partait, sa mère s'abstenait de toute réflexion amère à son sujet, se contentant de les rassurer, il allait revenir, il ne fallait pas s'inquiéter, il allait revenir « d'un instant à l'autre », et ce serait oublié. Il fallait juste être patient.

« Vous ne lui demandiez jamais où il était allé ? demanda Indira.

– On n'avait pas le droit de demander. On devait faire comme si de rien n'était. C'était, disons… la règle.

– Je n'en reviens pas que ta mère ait supporté ça », dit Indira. Elle marqua une pause. « Amy a bien dû lui demander. »

Un souvenir poignant lui revint brusquement : Amy dévalant le couloir un jour pour se jeter contre leur père qui rentrait et lui marteler le torse de ses petits poings en hurlant « T'étais où, vilain méchant idiot de papa, t'étais où ! » et leur mère courant derrière elle et la décrochant de Stan qui restait planté là, aussi impassible et inexpressif qu'un arbre.

Était-ce la fois où son père avait tourné les talons et était reparti ? Ou une autre fois ?

« Il l'a fait le jour de mes neuf ans, dit Logan. Juste avant qu'on chante "Joyeux anniversaire".

– C'est affreux, dit Indira. Absolument affreux. Stan ! L'adorable Stan. Moi qui le prenais pour un bon vieux nounours.

– Oh, que veux-tu, dit Logan. Il y a pire et ce jour-là, il n'est pas parti longtemps. Il est revenu à temps pour venir me border. »

Cette fois-là, son père lui avait acheté un Crunchie. Il revoyait l'éclat doré de l'emballage au moment où son père l'avait glissé sous la couette à côté de lui. C'était tout ce qu'il avait eu en guise d'excuse. Ça, et le goût du chocolat interdit au lit, qu'il n'avait pas eu à partager avec ses frère et sœurs et qui plus est, après s'être brossé les dents. Il savait objectivement que son père s'était mal comporté ce jour-là et même avec cruauté, mais dans sa mémoire, le souvenir du Crunchie était auréolé d'un éclat doré, preuve de l'amour de son père.

« À un moment, il a arrêté de le faire, dit Logan. Je ne sais plus quand exactement. Quand j'étais ado, je crois. Et on a tout oublié.

– Cela étant, ça a dû être plutôt formateur, dit Indira. Pour toi.

– Non », répondit-il.

Soudain, il fut extrêmement agacé. Les parents d'Indira étaient tous deux psychologues, et il détestait quand elle essayait de lui appliquer ce genre de psychologie simpliste fondée sur les liens de cause à effet, qu'est-ce qu'elle en savait, elle était graphiste, et ses parents ne devaient pas être de bons psychologues, autrement, ils se seraient analysés eux-mêmes et en auraient conclu qu'ils étaient horribles, et ils se seraient peut-être aperçus que leur fille sublime détestait son corps sublime.

« Ce n'était pas formateur. C'était juste une drôle d'habitude qu'il avait, et ça lui a passé. Ça n'a pas eu d'influence sur moi. Je t'ai déjà fait ce coup-là ? J'ai déjà disparu ? »

Indira ne répondit rien.

« Indira. Tu sais bien que je n'ai jamais fait ça. Jamais. » Il sentait quelque chose monter en lui.

« Tu n'es jamais parti physiquement, dit lentement Indira. Mais chaque fois qu'on avait une dispute quelconque, tu... t'absentais.

– Je m'absentais, répéta Logan. Merde, mais ça veut dire quoi, ça ? »

Il croyait entendre sa mère, si ce n'est qu'elle aurait plutôt dit : « Mais qu'est-ce que tu racontes ? »

Il n'attendit pas la réponse. À quoi bon ? C'était Indira qui était partie, qui s'était « absentée » sans explication.

« Il faut que j'y aille, dit-il.

– Oui, je m'en doute », dit froidement Indira.

Et ça, ça voulait dire quoi ? Il n'attendit pas de le savoir. Il raccrocha et frappa le téléphone sur l'accoudoir en bois du canapé. Il resta immobile quelques instants, le cœur battant à tout rompre. Il se souvenait de moments avec Indira où il avait eu envie de faire exactement ce que faisait son père, se lever, quitter la pièce et faire un tour en voiture pour se calmer quand ils avaient un désaccord, qu'elle l'accusait de quelque chose ou avait un problème qui semblait la contrarier, et pas une seule fois il ne l'avait fait. Il se retenait de force de ne pas partir, et une fois sur deux, c'était Indira qui finissait par lever soudain les bras au ciel et s'en aller en claquant la porte derrière elle, et voilà qu'à l'entendre, c'était là la preuve d'un défaut de caractère majeur. Il ne criait pas comme sa mère. Il ne partait pas comme son père. Et il n'avait assurément rien fait d'impardonnable comme son grand-père, dont les actes de violence couvraient la famille d'un voile de honte. Quand il était petit, Logan avait trouvé un jour au fond d'un tiroir un petit cliché noir et blanc d'un homme avec un feutre et un pantalon à bretelles, et lorsque son père l'avait surpris à le regarder, il le lui avait arraché des mains comme si c'était une photo porno. Stan n'avait pas eu besoin de lui dire que l'homme au feutre était son père. Logan avait senti sa honte brûlante, il la partageait et l'acceptait, estimant qu'elle faisait partie de son héritage, au même titre que sa taille et ses cheveux.

Au moindre conflit dans une relation, il veillait scrupuleusement à ne pas répéter les erreurs du passé. Il se contractait et attendait que ces émotions potentiellement catastrophiques passent, ce qui finissait par arriver. Mais ce qui lui coûtait tant ne lui valait jamais aucune reconnaissance, aucun compliment, aucune approbation.

Malgré tous tes efforts, tu ne seras jamais à la hauteur.

C'était vrai au tennis. C'était vrai en tout. Il serait toujours moyen. En plein dans la normale, quel que soit le domaine. Suffisamment bon pour séduire une fille comme Indira, mais pas pour la garder.

Son cœur ralentit. Fini, terminé. C'était une évidence. Il tirait un trait sur les relations amoureuses. Le soulagement et l'absolue justesse de cette décision lui rappelèrent celle qu'il avait prise d'arrêter le tennis de compétition. Fini la lutte. Fini l'échec. Le bonheur absolu de se dire, *Je ne perdrai plus jamais*.

Il resterait célibataire. Son frigo ne verrait plus un seul pot de yaourt. Il n'aurait pas de tableaux au mur, pas de portemanteau, pas de coussins sur son lit.

Il serait bien. Il serait tellement bien.

Son portable sonna de nouveau.

Quand il le prit, il vit que l'écran était parcouru de fissures en toile d'araignée comme s'il avait reçu une miniballe. Si c'était Indira qui rappelait, il ne prendrait pas l'appel, mais il s'aperçut que c'était le directeur de son département et répondit de son ton professionnel.

« Dites-moi, Logan », commença Don Travis. Il avait une voix lente et grave comme celle de son père, mais c'était un Queenslandais décontracté, et s'il y avait bien un qualificatif qui ne s'appliquait pas à ses parents, c'était celui de décontracté.

« Dites-moi, mon vieux, je me demandais juste si vous n'aviez pas des problèmes avec... euh, des ex, en ce moment ?

– Des ex ? » Logan renversa la tête en arrière si violemment qu'il se fit mal à la nuque. « Comment ça ? Pourquoi ? »

Il regarda frénétiquement autour de lui. Était-il sur écoute ? Comment Don pouvait-il être au courant, pour Indira ? Logan veillait à séparer sa vie privée de son travail. Il n'y avait jamais de pot ni de réception au centre. Juste une fête de Noël, à laquelle Logan n'assistait jamais.

« On a reçu par téléphone une plainte anonyme à votre sujet.

– Quel genre de plainte ? » Logan était apprécié de ses étudiants. Il ne recevait jamais de plaintes. Il recevait des lettres de remerciements.

« Elle a vaguement laissé entendre qu'elle avait été harcelée sexuellement, même si ce qu'elle laissait entendre n'était pas très clair.

– Mais qu'est-ce... ? » Logan se leva.

« Je sais, Logan, je sais. Vos états de service sont impeccables. C'est bien pour ça que je me demandais si vous n'aviez pas connu une séparation récemment.

– Je viens de me séparer de quelqu'un, dit Logan. Mais elle ne ferait jamais ça. Jamais de la vie.

– Vous êtes sûr, mon vieux ? Il y a des gens qui perdent la tête après une rupture.

– Sûr à cent pour cent. » Il en avait la certitude absolue.

« On lui a expliqué la procédure et ce qu'il fallait faire pour déposer plainte officiellement, mais elle a raccroché, dit Don. C'était il y a une semaine, et vu qu'elle n'a pas donné son identité, ni même précisé le cours qu'elle avait suivi, on ne va pas donner suite. Je voulais juste vous prévenir qu'il y a peut-être quelqu'un qui cherche à se venger. » Il toussota. « Ne soyez pas embarrassé. J'ai eu une ex qui m'a créé un paquet d'ennuis, il y a quelques années, alors je compatis. À moins que ce soit une simple folle. Ça arrive. »

Logan le remercia et raccrocha. Il pensa à ses autres ex.

Elle non. Elle non. Elle non plus.

Jusqu'à Tracey, à l'époque où Troy sortait lui aussi avec une Tracey. La Tracey de Troy en aurait été capable, mais pas la sienne.

Logan choisissait des filles bien. Il était toujours invité à leur mariage. (Recevrait-il un jour une joyeuse invitation au mariage d'Indira ? L'idée de voir Indira épouser quelqu'un d'autre lui faisait le même effet que d'imaginer la mort d'un être cher.)

Ce devait être une « simple folle » comme le suggérait Don. Mais ce n'en était pas moins perturbant. Tout comme l'était cette journée.

Il prit sa bière et la télécommande, remit le son et fit défiler les chaînes : un épisode de *Friends*, un épisode de *Seinfeld*, un épisode d'*Antiques Roadshow*. À cette heure-là, il n'y avait que des rediffusions.

Il s'arrêta sur une jolie brune aux cheveux bouclés qui était interviewée.

Elle était filmée en gros plan et disait d'un air implorant : « Je ne sais pas pourquoi ils passent ces émissions à la télévision. Ça n'arrange rien. Ça ne fait qu'aggraver les choses ! »

Il avait déjà dû voir l'interview. Il ne la reconnaissait pas, mais il était sûr d'avoir entendu quelque part cette façon de dire « aggraver les choses » en partant dans les aigus.

Elle poursuivit. « Ces émissions le mettaient toujours d'une humeur massacrante ! Je crois que ça le culpabilisait. Il disait "C'est toujours la faute du mec, jamais de la gonzesse". »

Logan était dans le jardin de ses parents et Savannah lui racontait comment son petit copain l'avait frappée. Il était quasiment sûr que certaines formules étaient exactement les mêmes que celles qu'avait employées Savannah : *C'est toujours la faute du mec, jamais de la gonzesse.*

Il posa sa bière et mit plus fort.

La fille dit : « Alors, j'ai tout de suite changé de chaîne, je lui ai fait : "Oh, j'ai envie de regarder *The Bachelor* !" »

L'histoire n'était pas tout à fait la même. Savannah avait

dit qu'elle avait changé de chaîne pour regarder autre chose. *Koh-Lanta*, non ?

Ce devait être une coïncidence bizarre.

« J'ai commencé à me détendre », dit la fille aux cheveux bouclés. La caméra zooma sur un œil plein de larmes. « Et je me suis dit, c'est bon, et puis comme une imbécile, je lui ai demandé s'il avait renouvelé le certificat d'immatriculation. »

Elle lui avait demandé s'il avait renouvelé le certificat d'immatriculation. C'était ce qu'avait raconté Savannah. Il en était absolument certain. Ça ne pouvait pas être une simple coïncidence, non ? Que deux cas de violences domestiques aient été provoqués par une question sur le certificat d'immatriculation ?

« Ce n'était pas un reproche. Apparemment, j'étais hostile. Et là, c'est parti en vrille. Il m'a cassé la mâchoire. Et trois côtes. J'ai passé plus de temps à l'hôpital que lui en prison. »

Une ancienne photo de cette femme emplit l'écran. Logan grimaça et détourna le regard. Son visage était méconnaissable : on aurait dit un fruit gonflé et abîmé couvert de meurtrissures noirâtres.

Savannah avait-elle emprunté l'histoire douloureuse d'une autre ?

Quelque chose était arrivé à Savannah. Sa plaie était réelle, même si elle n'était pas grave, et difficilement comparable aux sévices épouvantables qu'avait subis cette pauvre femme.

Il regarda de nouveau la télévision. Une femme en blouse blanche avec un stéthoscope autour du cou était assise derrière un bureau et parlait avec une précision désespérée du fléau de la violence domestique dont elle avait été témoin.

Logan revit le petit copain de Savannah se redressant sur le lit et attrapant ses lunettes. Quelque chose était tombé. Il avait l'air tellement déconcerté. Mais Logan s'était sévèrement fait la morale. Son intuition était fausse et pernicieuse. Comment osait-il remettre en cause le récit d'une femme qui disait avoir été battue, sous prétexte que l'homme n'avait pas « la tête de l'emploi » ?

Logan prit son portable et fit défiler ses contacts en se demandant qui appeler. Il ne voulait pas déranger Brooke au cabinet et avec sa séparation, elle avait suffisamment de soucis en ce moment. Il pouvait appeler Troy, mais sa première réaction serait de régler le problème avec de l'argent. Essaierait-il de monnayer le départ de Savannah ? Ce n'était peut-être pas une mauvaise idée. Si ce n'est qu'elle semblait rendre leurs parents si heureux.

Il appellerait Amy. Il se rendit compte que de toute façon, c'était elle qu'il aurait appelée, car malgré tout, c'était encore elle le chef. Elle était leur reine folle, à qui ils avaient tous prêté allégeance à jamais.

« Il y a un problème ? dit Amy de sa voix de grande sœur.

– Savannah.

– Ah je suis bien d'accord, dit gaiement Amy. Je ne l'aime pas du tout. »

27

Aujourd'hui

« Apparemment, le mari avait l'habitude de prendre la tangente quand la vie de famille commençait à lui peser », dit Christina à son patron.

Elle était dans son bureau et le mettait au courant des derniers développements de l'enquête sur Joy Delaney.

« Malin », dit son patron, le capitaine Vince Oates. Il avait quatre enfants de moins de cinq ans. Il buvait du Red Bull comme si c'était de l'eau.

« Certains membres de la famille pensent que c'est une revanche, dit Christina. C'est au tour de la femme de s'en aller.

– Qu'est-ce que vous en pensez ?

– Ça fait maintenant seize jours qu'elle a disparu. Le mari n'a jamais disparu plus de cinq jours et c'était il y a plus de vingt ans.

– On n'a vraiment pas besoin d'une nouvelle affaire d'homicide cette année », soupira Vince d'un air morose. Il secoua sa canette vide de Red Bull.

« Je sais », dit Christina. Une affaire de premier plan venait de capoter. Trop médiatisée. Aucun résultat. C'était décourageant pour tous ceux qui y avaient participé. « Il me faut le corps. » Elle s'interrompit. « Enfin, non, bien sûr.

– Si elle est morte, il vous le faut.

– Si elle est morte, il me le faut », acquiesça Christina. Si elle avait une âme de parieuse, elle aurait parié à cent contre un que Joy Delaney était morte.

28

Octobre dernier

Dès qu'Amy raccrocha après avoir parlé à Logan, elle descendit vêtue d'un simple tee-shirt et tomba sur Simon Barrington qui aurait dû être à son travail. Elle était censée avoir la maison pour elle aux heures de bureau. Ses colocataires étaient tous de jeunes cadres sérieux, ce qui lui convenait parfaitement.

« Pardon ! » Simon s'aplatit comme une crêpe contre le mur en détournant les yeux comme s'ils n'avaient pas couché ensemble le week-end dernier. C'était le problème, quand on couchait avec ses colocataires. Ça perturbait le rythme, et avec tout ce qui se passait dans sa famille, il fallait absolument maintenir le rythme.

« On a couché ensemble le week-end dernier », lui rappela-t-elle, histoire de le mettre à l'aise. Les ébats avaient été vigoureux et sains, aussi délicieux qu'un crumble aux pommes. Elle ne se rappelait pas avoir couché avec un garçon aussi propre. Même saoul et débraillé, il sentait bon le savon et le linge frais.

Visiblement, cela ne le mit pas du tout à l'aise. Il rougit. Il rougit vraiment. Il était trop mignon.

« Oui, je suis désolé », dit-il. Il marqua une pause. « Enfin, non, d'ailleurs, je ne suis pas désolé. » Il toussota. « Je devrais ? »

Amy soupira. « Comment se fait-il que tu ne sois pas au bureau, Simon Barrington ?

– J'ai démissionné, dit-il. Je vais faire de grands changements dans ma vie.

– Tu ne seras plus comptable ? »

Il eut l'air stupéfait à cette idée. « Si si, je serai toujours comptable. Mais plus dans le même cabinet. Je vais prendre quelques mois de congé. Faire le vide. Voyager, peut-être. »

Une ombre d'inquiétude passa sur son visage.

« Tu aimes bien voyager ? lui demanda-t-elle.

– Pas vraiment, dit-il. Mais bon. » Il respira un grand coup et se frappa les mains d'un air adorablement coincé. « Qu'est-ce que tu fais ?

– Je sors mon jean du sèche-linge et puis je vais voir mes parents. Il y a une femme bizarre qui habite chez eux en ce moment. Mon frère pense qu'elle manigance quelque chose.

– Quoi, tu penses que c'est une arnaqueuse ? demanda Simon.

– Jusqu'ici, elle s'est contentée de leur concocter de bons petits plats, admit Amy.

– Mais tu essaies de comprendre quelles sont ses intentions, dit Simon.

– Exactement. Mes parents sont extrêmement naïfs.

– Tous les parents sont naïfs. Tu imagines, les miens ont failli se faire avoir par la dernière arnaque aux impôts.

– Pas possible », dit Amy qui avait elle-même failli tomber dans le panneau. Heureusement, elle avait appelé Troy alors qu'elle allait à la banque retirer de l'argent pour régler les impôts qu'elle n'avait soi-disant pas payés. *C'est une arnaque, espèce d'andouille*, lui avait-il crié des États-Unis.

« Je peux te déposer chez tes parents, si tu veux, proposa Simon. Tu ne conduis pas, je crois ? » C'était dit avec intérêt, sans la moindre trace de reproche. Certains n'en revenaient pas qu'elle n'ait pas le permis. C'était comme le fait que son père refuse d'avoir un portable. Les gens en faisaient une affaire personnelle.

« Je n'ai jamais tenu un volant de ma vie, dit Amy. Je suis

sûre que je suis morte dans un accident de voiture dans une vie antérieure. Peut-être sur un pont. »

Elle le pensait réellement. Elle avait des bribes de souvenir d'un accident. De l'eau. Une vitre. Des cris. Ça venait peut-être d'un film.

« Tu conduisais ?

– Quoi ?

– Dans ta vie antérieure, dit Simon. Tu étais au volant ?

– Ah, fit Amy. Il me semble, oui.

– Alors tu as déjà tenu un volant. Mais pas dans cette vie.

– Exact, dit Amy. Tu es très... précis, hein ? » Le fait est que, même ivre, il s'était montré très précis.

« J'ai le souci du détail, acquiesça Simon. Je suis méticuleux.

– C'est vrai, dit Amy, impassible. Tu as un souci scrupuleux du détail. »

Il la regarda dans les yeux juste le temps de lui montrer qu'il avait compris, puis lui dit : « Je pourrais te donner mon avis précis sur cette potentielle arnaqueuse.

– Ton avis précis de comptable ?

– C'est ça. Je n'ai rien d'autre à faire en ce moment et un de mes objectifs pour les semaines à venir est d'améliorer ma spontanéité.

– Pourquoi ? » lui demanda Amy. On lui avait toujours conseillé de refréner sa spontanéité.

« Tu sais que je devais me marier en avril ? Quand ma fiancée m'a expliqué pourquoi elle avait décidé de rompre, elle avait une liste de... tout ce qui ne lui convenait pas chez moi. Et entre autres, il y avait mon manque de spontanéité.

– Elle a fait la liste de ce qui ne lui convenait pas chez toi ? s'étonna Amy.

– Elle aimait bien les listes. On avait ça en commun.

– Elle m'a l'air charmante.

– Je croirais entendre ma sœur », dit Simon.

Amy le regarda. Il rayonnait de santé, comme s'il venait de

prendre une douche froide revigorante après avoir couru. Son tee-shirt était impeccable.

« Tu repasses tes jeans ? » lui demanda-t-elle. Il était tellement exotique.

« Bien sûr.

– OK, dit-elle.

– Ça va si je repasse mes jeans ?

– Non, ça ne va pas du tout. Je voulais dire c'est OK, tu peux venir voir l'arnaqueuse avec moi. La potentielle arnaqueuse. Ce n'est peut-être qu'une gentille fille qui est dans une mauvaise passe. C'est à nous de voir.

– Je garderai l'esprit ouvert. » Il avait l'air content.

« Je vais aller mettre mon jean non repassé, dit-elle.

– Pas de problème. » Il l'invita à descendre la première d'un geste galant. Elle avait une tête de plus que lui, si bien que maintenant qu'elle était une marche plus bas, ils étaient à la même hauteur. Il avait des sourcils en broussaille de vieux monsieur et de bons yeux d'honnête contribuable.

« Mais avant », dit Amy. Elle se rapprocha légèrement de lui.

« Mais avant », répéta Simon et sa voix s'étrangla.

C'était aussi satisfaisant que d'arriver à gratter une allumette du premier coup. Elle vit une lueur pétiller dans son regard quand il comprit.

« On pourrait travailler sur ta spontanéité, dit-elle.

– On pourrait, dit Simon.

– Vite fait », dit Amy.

Et c'est ce qu'ils firent.

*

Une heure plus tard, Amy était devant chez ses parents et appuyait sur la sonnette qui ne fonctionnait pas, au cas où elle avait été réparée, puis sans attendre, cognait vigoureusement à la porte car elle savait qu'elle ne le serait jamais. Elle regarda son délicieux colocataire immaculé, qui se tenait à côté d'elle en tee-shirt blanc assorti à ses dents, avec ses cheveux coupés à ras, ses épaules carrées et ses lunettes, comme un missionnaire faisant du porte-à-porte ou le copain matheux dans un film de vampire pour ados. Sa mère poserait un tas de questions indiscrètes à Simon, et Simon serait du genre à y répondre poliment dans les moindres détails, détails dont sa mère se souviendrait encore bien des années après, alors qu'Amy aurait oublié jusqu'à l'existence de Simon Barrington.

Il ne fallait pas qu'il la détourne du principal objectif de la visite, qui était de recueillir discrètement autant d'éléments biographiques que possible sur Savannah, et en particulier ceux qui concernaient l'agression présumée.

Tu as amené ton coloc ? Pourquoi ? Elle entendait déjà sa sœur et ses frères avec ce ton patient et précautionneux qu'ils prenaient parfois, comme si elle était un engin explosif qui risquait de sauter à tout instant.

« C'est là que tu as passé ton enfance ? lui demanda Simon en regardant autour de lui.

– Oui.

– Une enfance heureuse ? » Simon contempla les gros pots de fleurs, les dalles en terre cuite impeccables et les figurines dans les parterres de fleurs soigneusement entretenus. « En tout cas, ça ressemble au décor d'une enfance heureuse. » Il toucha du bout de sa basket le bas de la statuette qui était à côté de la porte. Elle représentait une petite fille aux yeux vides coiffée d'une charlotte qui portait un panier sans rien dedans. « Qu'est-ce qui est arrivé à ses yeux ?

– Les corbeaux les ont arrachés, répondit Amy.

– On dirait une enfant démoniaque.

– Je sais, dit Amy. C'est ce que je me suis toujours dit ! » Peut-être le comptable était-il son âme sœur.

La porte s'entrouvrit.

Une voix feutrée dit : « Vous désirez ? »

L'espace d'une seconde, Amy se demanda si elle s'était trompée de maison, tout était possible, puis la porte s'ouvrit autant que le permettait la chaîne de sûreté et Savannah apparut, vêtue non pas de ses vieilles affaires à elle, mais d'un chemisier à manches longues à motif cachemire rentré dans un pantalon trois quarts noir dont Amy était certaine qu'ils appartenaient à sa mère. C'était encore pire de voir Savannah dans les vieux vêtements de sa mère que dans les siens.

« Ah, bonjour Amy, dit-elle. Comment allez-vous ? Votre mère dort pour le moment. »

Quand Joy s'était écroulée le jour de la fête des pères, c'était Savannah qui l'avait rattrapée et l'avait allongée par terre. La tête de Joy avait fini posée sur les genoux de Savannah et on pouvait difficilement lui dire, *Pousse-toi de là, l'inconnue, c'est ma mère, sa tête devrait être posée sur mes genoux, pas sur les tiens.*

« Ça ne fait rien. » Amy avait eu sa mère plusieurs fois au téléphone depuis qu'elle était sortie de l'hôpital et elle savait qu'elle serait en train de faire la sieste. « Je ne la réveillerai pas. Et mon père ? » Elle attendait que Savannah s'empresse de retirer la chaîne.

« Il s'est endormi devant la télévision », répondit Savannah et elle avança la lèvre inférieure d'un air de dire, *Si c'est pas mignon.* « Je crois qu'il a eu très peur quand votre mère a été hospitalisée la semaine dernière, ils ont tous les deux du sommeil à rattraper.

– Ah », fit Amy. Son père avait la manie de piquer du nez. Il somnolait toujours devant la télévision. Il n'allait pas tarder à se réveiller. « Je vais quand même entrer et...

– Ce n'est pas vraiment le bon moment », répondit Savannah.

Ce n'est pas vraiment le bon moment ? Amy avait bien entendu ?

Au cours d'une journée Amy éprouvait une multitude d'émotions diverses : du désir pour des hommes pour qui elle n'aurait jamais dû en avoir, de la nostalgie pour une époque qui n'avait jamais existé, de grandes vagues de bonheur et de tristesse, des crises de panique aiguë et d'angoisse larvée, mais la rage était une émotion qui ne lui était pas familière et elle mit un moment à reconnaître le sentiment qui déferlait dans ses veines.

Cette fille allait-elle réellement l'empêcher d'entrer dans sa maison d'enfance ?

« Bonjour. » Simon se pencha devant Amy. « Je suis le petit ami d'Amy. Désolé de vous déranger, mais vous permettez que j'aille aux toilettes ? Je ne ferai pas de bruit si tout le monde dort. »

Il ne pensait tout de même pas qu'il était son petit ami sous prétexte qu'ils avaient couché ensemble deux fois ? Elle lui jeta un regard. Il lui fit un clin d'œil.

Il y eut un silence. Naturellement, Savannah savait qu'Amy était célibataire. Elle savait tout sur la famille d'Amy, alors qu'ils ne savaient quasiment rien d'elle. Savannah se tapota la lèvre inférieure, comme si elle parodiait Joy qui faisait souvent ça pour montrer son scepticisme.

Si Savannah refusait à son « petit ami » cette requête banale et parfaitement légitime, Amy défoncerait la porte.

« Entrez. » Savannah enleva la chaîne de sûreté d'un doigt, ouvrit la porte et s'écarta, comme si elle habitait là, ce qui était le cas techniquement, mais seulement de façon provisoire. Soi-disant.

Son comportement n'avait rien de celui d'une invitée.

Cette traîtresse de Steffi était assise aux pieds de Savannah comme si c'était sa petite chienne adorée et regardait Amy en penchant poliment la tête, l'air de ne pas la reconnaître.

Amy trouva de nouveau la maison agréablement changée, comme le jour de la fête des pères. On aurait dit qu'elle avait été redécorée par un agent immobilier astucieux avant d'être présentée à de potentiels acheteurs. Il y avait des fleurs sur le buffet dans un vase qu'Amy n'avait jamais vu. Toutes les photos de famille accrochées au mur avaient été redressées, époussetées ou astiquées si bien que ces images familières de leur enfance étaient soudain mises en relief.

Simon tendit la main à Savannah.

« Bonjour. Simon Barrington, dit-il d'une voix ronflante qui n'avait rien à voir avec la sienne. Ravi de faire votre connaissance. »

Elle lui serra la main. « Bonjour. Moi, c'est Savannah.

– Savannah… ? » Il attendit qu'elle lui donne son nom de famille sans lui lâcher la main, comme un oncle embarrassant.

« Les toilettes sont par là, dit Savannah.

– Je lui montre où sont les toilettes », dit Amy, consciente d'avoir l'air d'une gamine de treize ans. Avant d'ajouter : « Mais d'ailleurs, c'est quoi votre nom de famille, Savannah ? »

Comment pouvaient-ils enquêter secrètement sur elle s'ils ne connaissaient même pas son nom de famille ? Elle n'était même pas sûre que ses parents le connaissent. Ils ne le lui avaient peut-être jamais demandé et n'avaient sans doute jamais pris la peine de se renseigner sur Google, se contentant de croire aveuglément ce qu'elle leur disait.

« Pagonis, répondit Savannah. Savannah Pagonis. »

La plaie de son arcade sourcilière était complètement cicatrisée, elle était très légèrement maquillée et dégageait une sorte d'assurance lisse et satisfaite, comme si elle était chez elle, vêtue de ses propres vêtements et qu'Amy et Simon étaient des visiteurs importuns qu'elle n'allait pas tarder à congédier.

Les vêtements de sa mère n'avaient rien de choquant sur elle. Au contraire, ils étaient parfaits. On aurait presque dit Joy, en plus jeune. Elle aurait pu être sa fille. Joy avait probablement rêvé d'avoir une fille jolie et féminine comme elle. Amy et Brooke avaient souvent parlé du fait que leur mère leur donnait souvent le sentiment d'être de gros orangs-outangs balourds.

« Ce n'est pas courant. Et comment ça s'écrit, Savannah ? » demanda Simon. On aurait dit un comptable dans une pièce de théâtre amateur. Il était très mauvais, mais il était si investi que c'en était adorable.

« P-a-g-o-n-i-s, répondit Savannah, les sourcils arqués.

– Euh, fit Simon. Laissez-moi deviner, c'est d'origine grecque ?

– Apparemment, dit sèchement Savannah.

– Savannah Pagonis, répéta Simon. Je parie que les gens sont incapables de l'épeler correctement. J'espère que votre deuxième prénom est plus simple. Du genre Anne ? Ou Marie ? »

Amy le regarda avec admiration. Il continuait à parler d'un ton forcé et théâtral, mais sa stratégie était infaillible.

« Vous avez deviné, c'est Marie, dit Savannah. Vous voulez que je vous l'épelle aussi ? »

Se pouvait-il réellement qu'il ait deviné aussi vite ? Ou Savannah acquiesçait-elle pour le faire taire ?

« C'est le prénom de ma mère, dit Simon. C'est très courant, comme deuxième prénom. » Il s'apprêtait à poser une autre question mais Amy le prit par le bras. À ce rythme-là, il allait lui demander sa date de naissance et son numéro d'identification fiscale. Si Savannah avait bel et bien un plan machiavélique, Amy ne voulait pas qu'elle se sente obligée de le mettre rapidement à exécution.

« Les toilettes sont par là, dit-elle.

– Attends, c'est toi, là ? » demanda Simon de sa voix normale. Il s'était arrêté devant une photo d'Amy qui brandissait triomphalement à deux mains un petit trophée, la raquette appuyée contre la cuisse, en arborant un large sourire digne d'une gagnante de Wimbledon, même si ce n'était que le championnat régional des moins de neuf ans.

« Oui, c'est moi, répondit Amy.

– Tu étais tellement mignonne », dit Simon. Il restait planté là à examiner la photo. « Je ne savais pas que tu jouais au tennis !

– Eh ouais.

– Je joue un peu pour le plaisir, dit Simon. On devrait faire un match. Tu me battrais probablement.

– Je te battrais à tous les coups », fit Amy. Elle lui montra le couloir. « Deuxième porte à gauche. »

Simon la regarda d'un air interloqué, oubliant la ruse qu'il avait employée pour entrer.

« Les toilettes ? lui rappela Amy.

– Ah oui ! Merci Amy ! » Il s'était remis à parler d'une voix tonitruante en articulant exagérément.

Quand il s'éloigna, Amy et Savannah se regardèrent. C'était extrêmement étrange. Amy se trouvait dans la maison où elle avait grandi, entourée de photos qui en attestaient, et pourtant, elle avait l'impression que Savannah était la maîtresse des lieux. Elle n'arrivait pas à trouver le juste équilibre entre deux faits incontestables : Savannah devait lui être reconnaissante car sa famille lui avait offert un toit quand elle était en difficulté. Et Amy devait lui être reconnaissante car elle s'occupait de ses parents et bien mieux qu'aucun des enfants Delaney n'aurait pu ou su le faire.

« Je vais jeter un œil par la porte pour voir si maman dort encore », dit Amy.

Une expression ambiguë traversa le visage de Savannah. « Bien sûr. Je retourne à la cuisine. Je suis en train de préparer un minestrone. Appelez si Joy a besoin de quelque chose. »

Appelez si Joy a besoin de quelque chose.

Parce que c'est moi qui peux subvenir à tous les besoins de votre mère.

Appelle si tu as besoin de quelque chose, c'était une formule de Joy. Cette fille était une mini-Joy. La chienne énamourée emboîta le pas à Savannah. Amy détourna résolument la tête en passant devant son ancienne chambre où Savannah dormait à présent. *C'est égoïste ! Puéril ! Personne d'autre dans la famille n'estime encore qu'une chambre est la « sienne » !* Elle entendit Simon tirer la chasse d'eau après sa fausse visite aux toilettes.

Elle poussa la porte de la chambre de ses parents. L'odeur n'avait pas changé : un mélange du parfum de sa mère, du déodorant de son père et de la cire à l'ancienne que cette bonne vieille Barb et sa mère utilisaient quand elles faisaient le ménage ensemble.

Sa mère était couchée sur le côté, dos à la porte, la couette remontée sur l'épaule. Ses cheveux – qui lui valaient tant de compliments – étaient ébouriffés sur l'oreiller. Amy s'approcha du bout du lit sur la pointe des pieds. Sa mère était endormie, la respiration régulière, une main repliée contre les lèvres comme si elle embrassait son poing. Elle avait dit à ses enfants que lorsqu'elle était petite, elle suçait son pouce et qu'encore aujourd'hui ça lui faisait du bien d'avoir ce pouce interdit près de sa bouche.

Les rides de son visage ressemblaient à des crevasses. Amy sentit son souffle s'accélérer à mesure que sa terreur de toujours s'emparait d'elle. Tous les enfants ont peur que leurs parents meurent. Si ce n'est qu'un jour, Amy était tellement rongée par l'angoisse qu'elle avait eu une crise d'hyperventilation et dû respirer dans un sac en papier et que la baby-sitter avait appelé Joy et Stan en leur demandant de se dépêcher de rentrer parce que cette enfant était bizarre.

Amy se demanda ce qu'il se serait passé si sa mère était morte quand elle était petite. Comment la réalité du chagrin pouvait-elle être pire que ce qu'elle avait imaginé, alors que ce qu'elle avait imaginé était si affreux ? Comment ferait-elle le jour où inéluctablement, ses parents mourraient et qu'il lui faudrait faire preuve de maturité ? Comment les gens faisaient-ils pour affronter les tragédies prévisibles de la vie ? C'était impossible, insurmontable…

« Amy ? »

Sa mère ouvrit les yeux et se redressa. Elle prit ses lunettes sur la table de chevet et les mit, se lissa les cheveux et sourit. « Amy ? Tu m'as surprise en pleine sieste.

– C'est bien que tu fasses la sieste, maman. » Amy respira lentement. Sa mère ne mourrait pas avant des dizaines d'années. « Tu as été hospitalisée. Il faut que tu te reposes. »

Joy eut un geste de dédain. « J'ai pris mon dernier antibiotique ce matin. Je vais bien. J'ai juste tendance à être fatiguée au milieu de la journée. Viens que je t'embrasse. » Elle tapota le bord du lit.

Amy alla s'asseoir à côté d'elle et sa mère la serra avec force contre elle.

« Tu es très en beauté, ma chérie. Au début, je n'aimais pas trop les cheveux bleus mais en fait, je trouve que ça fait ressortir tes yeux.

– Merci maman, mais mes yeux ressortiraient plus s'ils étaient bleus. C'est toi qui devrais te teindre les cheveux en bleu.

– C'est Narelle qui s'occupe de mes cheveux et je ne crois pas qu'elle soit très fan du bleu. » Sa mère étouffa un bâillement. « Qu'est-ce que tu fais là ? Où est Savannah ? Où est ton père ? »

Savannah avant son père.

« Savannah te prépare de la soupe et papa dort devant la télévision.

– Il est persuadé qu'il ne fait jamais la sieste, dit sa mère. Il "ferme les yeux un instant", comme il dit. Tu peux me passer ma brosse ? »

Amy se leva et lui passa la lourde brosse à cheveux en argent repoussé qu'elle avait toujours vue posée sur la coiffeuse de sa mère. Joy l'avait reçue lors d'un tournoi régional qu'elle avait remporté quand elle était adolescente, à l'époque où les coffrets « brosse et peigne » étaient des trophées courants pour les compétitrices, alors que les hommes recevaient des étuis à cigarettes. Amy convoitait encore cette brosse. Elle était digne d'une princesse.

« Tu es venue me voir à l'hôpital. Tu n'avais pas besoin de revenir. » Sa mère retrouva son carré blanc bien lisse en quelques rapides coups de brosse, faisant disparaître la vieille dame fragile pour laisser la place à une élégante senior vêtue d'un tee-shirt cerise à manches longues.

Elle repoussa la couette, révélant ses petites jambes vulnérables en bas de jogging. « Tu as vu Brooke ? Ce n'est pas trop dur pour elle, sa séparation ? J'avais du mal à savoir, quand elle est venue. Tu crois que Grant l'a quittée pour une autre femme ?

– Non, répondit Amy. Mais je suis sûre qu'il s'en retrouvera une en un clin d'œil.

– Tu te rappelles, quand elle était petite ? dit sa mère. Et que tous les ans, elle tombait amoureuse d'un nouveau garçon de sa classe ?

– Oui, elle était tellement mignonne. » Brooke écrivait

des lettres d'amour aux garçons. C'était difficile à imaginer aujourd'hui.

« J'y pensais justement, dit Joy. Je ne sais pas pourquoi. Elle était tellement passionnée et on a l'impression qu'elle s'est… éteinte avec l'âge. Ces fichues migraines. » Elle fronça les sourcils, mit la main en coin devant sa bouche et chuchota : « Je crois que Grant aussi l'a un peu éteinte. »

Amy mit également la main en coin et chuchota : « Moi aussi, maman.

– Elle va peut-être redevenir comme avant, chuchota Joy.

– Peut-être », chuchota Amy.

Une lueur dansa dans les yeux de Joy et elle parla normalement. « Enfin, merci d'être venue. Je sais que tu es très occupée, mais ne t'en fais pas pour moi, j'ai Savannah !

– Je sais oui, dit Amy, soudain démoralisée.

– Elle fait tout ! Je ne lève pas le petit doigt ! Je l'emmène faire une journée shopping demain pour la remercier.

– Une journée shopping. » Amy frémit à cette idée. « C'est gentil de ta part.

– Ce n'est pas gentil ! C'est la moindre des choses. Tu sais quoi – je ne me rappelle même pas la dernière fois où j'ai préparé un repas ! »

Visiblement, pour elle, c'était un sujet d'émerveillement.

Amy ne se rappelait pas non plus la dernière fois où elle avait préparé un repas, à moins de compter les Uber Eats qu'elle réchauffait au micro-ondes. Brooke lui avait dit que leur mère était obsédée par le fait de ne plus avoir à faire à manger.

« C'est comme si depuis tout ce temps, elle détestait secrètement faire la cuisine, avait dit Brooke. Une fois que Savannah sera partie, il faudra songer à lui trouver une solution. » Elle avait marqué une pause. « Si tant est qu'elle parte. »

« Tu penses que Savannah va rester combien de temps ? demanda Amy à sa mère.

– Oh là là, on n'y pense même pas pour le moment. J'ai

besoin d'elle. Qui aurait fait à manger à ton père quand j'étais à l'hôpital, par exemple ? »

Comme si les besoins alimentaires de son père étaient la chose la plus marquante de son séjour à l'hôpital.

« Nous sans doute, répondit Amy. Ou il aurait pu prendre un plat à emporter ou même se faire à manger tout seul.

– Très drôle, dit Joy. Quoi qu'il en soit, je suis sûre qu'elle ne va pas tarder à vouloir partir. Je ne veux pas profiter d'elle. Elle en fait tellement en ce moment, que je me dis qu'il faudrait peut-être la rémunérer d'une manière ou d'une autre.

– Comme une gouvernante ? demanda Amy.

– Imagine un peu, dit sa mère d'un ton rêveur.

– Ce qu'il y a, c'est que si tu employais une gouvernante, elle aurait des références, du coup, je me dis que…

– Oui, enfin je ne prendrais jamais une vraie gouvernante, évidemment ! l'interrompit Joy.

– C'est juste qu'on ne sait pas grand-chose de Savannah, dit Amy en baissant la voix et en regardant en direction de la porte.

– Je sais beaucoup de choses sur elle. On a longuement bavardé pendant que je me rétablissais. Tu sais quoi – c'est passionnant, ça me fascine ! » Le visage de Joy s'éclaira. « Savannah a ce qu'on appelle *une mémoire autobiographique hautement supérieure.* » Elle cochait les mots au fur et à mesure sur ses doigts. « Elle se souvient de journées entières de sa vie avec une précision que les gens ordinaires comme toi et moi ne pourraient jamais atteindre.

– Ah bon », dit Amy d'un ton sceptique, agacée d'avoir été ainsi collée dans la catégorie des « gens ordinaires ». Sa mère était bien gentille, mais elle avait quant à elle l'impression de se souvenir en détail d'un certain nombre d'événements de sa vie. « Elle a été diagnostiquée ?

– Je ne suis pas sûre, je ne sais pas si ça se diagnostique, je ne crois pas que ce soit une maladie en tant que telle, même si elle m'a confié que c'était à la fois une chance et une malédiction, car c'est certes agréable de se souvenir des événements joyeux, mais elle a dit qu'elle se souvenait aussi des événements malheureux, et comme nous le savons, elle n'a pas eu une vie normale et heureuse, la pauvre.

– Hmm », fit Amy.

Elle prit la brosse que sa mère avait laissée devant elle sur le lit et la reposa soigneusement sur la coiffeuse, puis alla fermer la porte sans faire de bruit et se rassit.

« Qu'est-ce qu'il y a ? » Sa mère se redressa et mit un oreiller derrière son dos. « Qu'est-ce qui s'est passé ? Il est arrivé quelque chose ? » Son visage fut submergé par la panique. « Et zut, moi qui croyais que ton nouveau thérapeute t'aidait ? Moi qui croyais que tu allais bien, en ce moment !

– Ça va maman, je vais bien », répondit Amy avec irritation. Pourquoi sa mère supposait-elle toujours qu'elle traversait une crise quelconque ? Son « Et zut » agacé ne lui avait pas échappé. Sa mère n'aurait jamais crié « Enfin, Amy, ne sois pas ridicule, ressaisis-toi ! » comme quand elle était petite – elle savait aujourd'hui tout ce qu'il fallait dire à quelqu'un qui souffrait de problèmes psychiatriques – mais Amy savait qu'il y avait une part inconsciente chez elle qui se demandait encore si, de fait, sa fille n'était pas ridicule et ne devait pas se ressaisir. Amy était comme un appareil défectueux que l'on ne remplacerait jamais, mais dont tout le monde savait qu'il risquait de tomber en panne au moment le plus mal choisi.

« Alors qu'est-ce qu'il y a ?

– Logan m'a appelée, aujourd'hui. Il a vu une rediffusion d'un documentaire à la télévision qui parlait des violences domestiques et la fille qui était interviewée racontait exactement la même histoire que Savannah a racontée à propos de son petit copain – il a dit que c'était quasiment mot pour mot. »

Sa mère plissa le front, déconcertée. « Qu'est-ce que tu veux dire ? Je ne…

– Ça ne peut pas être une simple coïncidence, dit Amy.

– Mais je ne comprends toujours pas. Tu es en train de me dire que la fille à la télévision connaît Savannah ?

– Quoi ? Non ! Je dis que peut-être que Savannah a vu cette émission et s'est dit "Ça ferait une bonne histoire", et si elle a vraiment cette "mémoire supérieure", ça explique qu'elle s'en soit si bien souvenue.

– Ce n'est pas une "histoire", Amy », répliqua froidement Joy, furieuse, qui n'avait plus rien de la vieille dame endormie de tout à l'heure, mais ressemblait davantage à la mère qu'Amy avait connue dans sa jeunesse, qui « en avait par-dessus la tête de vous tous » et était « au bout du rouleau ». « J'ai soigné cette blessure moi-même.

– Je ne dis pas que ce n'était pas une vraie blessure, mais peut-être que la cause de cette blessure...

– Tu accuses une femme d'avoir menti à propos de violences conjugales. » Sa mère avait les yeux étincelants. « C'est scandaleux. Tu es féministe ! Le mouvement *I believe her*, ça te dit quelque chose ? »

C'est fou, elle était à la fois tellement dans le coup et tellement naïve.

« Écoute maman, c'est juste que ça me paraît un peu gros comme coïncidence...

– Cette pauvre fille est dans ma cuisine en ce moment même, en train de me préparer ma soupe préférée, dit Joy. Tu sais le temps que ça prend de faire un minestrone ? Tout ce qu'il faut émincer ? C'est un travail énorme ! Tu veux que je te dise, Amy, eh bien, moi, je la crois. »

Elle était prête à manifester dans la rue en brandissant une pancarte. Les rôles s'étaient curieusement inversés. Amy était la quarantenaire cynique, et sa mère l'adolescente exaltée pétrie d'idéalisme.

La porte s'ouvrit en grand et son père apparut, un mug fumant à la main.

« Bonjour ma chérie, dit-il à Amy. Le jeune homme qui est dans la cuisine est à toi ? »

29

Aujourd'hui

« Tu as rencontré la mère ? » demanda Liz Barrington à son petit frère qui lui faisait ses impôts, assis à la table de la cuisine.

Simon ne leva pas les yeux de la pile de reçus.

« La mère disparue », précisa Liz.

Il examina un reçu en fronçant les sourcils. « Je n'arrive pas à lire.

– La mère disparue de ta coloc, insista Liz. La mère disparue d'Amy. »

C'est grâce à Liz qu'Amy avait emménagé dans la maison où Simon vivait en colocation. Liz avait été la chauffeuse Uber d'Amy. (Elle avait arrêté de travailler pour Uber parce qu'elle avait créé sa propre affaire, bien plus gratifiante, de douche autobronzante à domicile, Bronzez-chez-vous-avec-Liz.)

Le soir où Liz était allée chercher Amy en Uber, elles avaient bavardé et Amy l'avait convaincue de venir boire un verre avec des amis à elle, c'était pas mal, sauf que ses amis étaient franchement improbables. Il y en avait un qui avait carrément soixante ans et si c'était pour discuter avec des vieux de soixante balais, merci bien, autant aller voir sa mère.

Ce soir-là, Amy avait mentionné qu'elle se cherchait un logement et Liz lui avait dit que le colocataire de son frère venait de déménager. C'est comme ça que son frère et sa passagère Uber avaient fini par vivre sous le même toit.

« Elle s'appelle Joy. Je l'ai rencontrée, dit Simon. J'ai aussi rencontré le père. »

Liz était surexcitée. « Alors, qu'est-ce que tu en penses ? Tu crois qu'il est coupable ? Tout le monde a l'air de dire que c'est le père.

– Je ne sais pas, dit Simon.

– Tu connais bien Amy ? Elle doit être très mal. Tu imagines, si notre mère disparaissait et que tout le monde accusait papa. En fait, je ne peux même pas l'imaginer. » Elle y réfléchit un moment. « L'inverse, oui, je peux totalement l'imaginer. Maman prendrait bien soin d'éliminer toutes les preuves, tu ne crois pas ? Elle efface toujours son historique de recherches, ce qui est très louche. »

Simon ne dit rien.

« Tu la connais bien ? Amy ?

– Assez, oui », répondit Simon. Il examina le reçu suivant. « Tu croyais vraiment que les extensions de cils étaient déductibles des impôts ? »

Liz haussa les épaules. « J'en ai besoin pour le boulot.

– Non.

– Ça ne sert à rien de discuter. »

Il prit un autre reçu.

« Et vous vous voyez souvent ? » demanda Liz.

Il baissa de nouveau le nez sur ses reçus.

« Non, Simon, j'y crois pas. »

Elle fut prise d'un élan de tendresse pour son petit frère si naïf. D'abord, sa conne de fiancée qui lui brise le cœur, et maintenant, cette drôle de colocataire plus vieille que lui qui lui met le grappin dessus. Il fallait se méfier de ces cougars qui s'habillaient comme des gamines de vingt ans. Les garçons ne voyaient pas le Botox. Même si Liz était quasiment sûre qu'Amy n'aurait jamais fait de Botox, elle était trop hippie et

New Age pour ça, mais elle avait une façon de s'habiller et un comportement qui tranchaient avec ses rides.

« Amy doit avoir, quoi ? Quinze ans de plus que toi ?

– Douze ans, dit-il. Douze ans, trois mois et vingt-quatre jours. »

30

Octobre dernier

« Je vais essayer le crumble aux pommes », dit Joy à la serveuse de la cafétéria du David Jones, où elle était attablée en face de Savannah, une collection triomphale de sacs en carton glacé munis de cordons posés à leurs pieds.

« Avec de la glace ou de la crème ? demanda la serveuse.

– Les deux », répondit Joy avec fermeté.

La tradition familiale voulait qu'ils essaient systématiquement le crumble aux pommes quand il figurait à la carte, dans le vain espoir d'en trouver un qui soit aussi bon que celui de la mère de Stan. C'était sa spécialité, comme les brownies étaient celle d'Amy. Chaque fois qu'ils mangeaient un crumble aux pommes, ils avaient tous l'œil humide et soupiraient « Pas aussi bon que celui de grand-mère », abstraction faite de Joy qui se disait *Évidemment, cette vieille bique a gardé sa recette pour elle.* Un jour, quelqu'un trouverait l'ingrédient manquant et elle serait enfin morte et enterrée.

« Puis-je avoir aussi le crumble aux pommes ? demanda Savannah avec cette curieuse politesse presque enfantine qu'elle avait parfois. Avec de la glace et de la crème également.

– Comme votre maman, donc. » La serveuse referma son carnet.

C'était la deuxième fois de la journée qu'on les prenait pour une mère et sa fille. Alors qu'elles enfilaient des vêtements dans des cabines d'essayage adjacentes, une vendeuse avait dit à Joy qui essayait une robe à fleurs vaporeuse avec des manches longues d'une couleur qu'elle n'avait pas l'habitude de porter : « Vous voulez voir ce que votre fille en pense ? »

Savannah avait persuadé Joy d'acheter la robe. « Vous êtes ravissante, lui avait-elle dit. Et puis il y a une remise de vingt pour cent. Elle a l'air bien faite. » Elle s'était agenouillée aux pieds de Joy et avait retroussé l'ourlet pour lui montrer. « Regardez la couture de la doublure. C'est de la belle qualité. »

C'est de la belle qualité.

La formule turlupinait Joy. Elle paraissait incongrue dans la bouche d'une fille de l'âge de Savannah. C'était le genre de choses qu'aurait pu dire Ma Ingalls dans *La Petite Maison dans la prairie*. Et pourtant, c'était un de ces moments où Joy avait l'impression de voir la vraie Savannah, comme si son intérêt pour cette robe l'avait forcée à s'oublier un instant, levant ainsi un coin du voile. Savannah était excessivement serviable, comme ces concierges d'hôtel d'une infaillible courtoisie qui s'intéressent chaleureusement à vos projets, et Joy devait résister à la tentation de s'abandonner avec délice à ces marques d'intérêt comme une cliente égocentrique. Ce n'était pas facile de faire parler Savannah, mais elle y travaillait. Elle avait remarqué que c'était plus simple en fin de soirée, quand elles étaient toutes les deux, surtout lorsque Joy lui proposait un petit verre de brandy. C'est comme ça que Savannah lui avait parlé de sa « mémoire autobiographique hautement supérieure ».

Elles parlaient de l'atelier d'écriture de mémoires de Joy, qui expliquait que des pans entiers de sa vie s'étaient totalement estompés.

« J'aimerais que mes souvenirs s'estompent un peu, avait dit Savannah en regardant dans son verre. Je me souviens de tout. Les détails ne s'effacent jamais. »

Joy écarta les couverts de la table de la cafétéria et se pencha en avant, le menton sur les mains, pour examiner Savannah. La jeune femme était en meilleure forme que lorsqu'elle avait débarqué chez eux. Joy aurait aimé pouvoir dire que c'était parce qu'elle s'était bien occupée d'elle, mais en réalité, c'était l'inverse : Savannah s'était tellement bien occupée d'elle.

« Vous êtes fatiguée ? lui demanda Savannah.

– Pas du tout, répondit Joy, bien qu'elle le soit un peu. Merci de m'avoir persuadée d'acheter cette robe. »

Savannah sourit. « Je parie que Stan va l'adorer.

– C'est la remise qu'il va adorer.

– C'est une belle robe », dit Savannah.

La mère de Joy aurait apprécié de voir Savannah s'agenouiller pour vérifier la doublure de la robe. C'était le genre de choses qu'elle faisait : regarder les coutures, tirer sur les ourlets. Pousser un soupir de dédain si ce n'était pas à son goût.

Joy aimait les longues journées de shopping en compagnie de sa mère. Ce n'était pas facile quand les enfants étaient petits et le tennis lui prenait tout son temps, mais une fois par an, sa mère et elle passaient une journée exactement comme celle-là. C'était une telle satisfaction, un tel plaisir d'aller d'un magasin à l'autre, de chercher les bonnes affaires, d'accessoiriser une tenue, de s'apercevoir que le bleu de ce nouveau chemisier était parfaitement assorti à celui de cette jupe, puis de faire une pause dans un café comme celui-ci pour reposer leurs pieds endoloris et discuter de ce qu'il leur fallait d'autre.

Les filles de Joy détestaient toutes les deux faire du shopping. Amy commençait à râler contre le mercantilisme, les lumières trop vives, disait qu'elle avait l'impression d'être « un rat dans un labyrinthe », ce genre de bêtises, alors que de son côté, Brooke était obsédée par l'efficacité, tapait du pied et lui mettait la main dans le creux des reins en la pressant : « Allez, allez, maman, acheter vite c'est acheter bien. »

Brooke ne faisait plus ses achats qu'en ligne (« Tu devrais essayer, maman, en trois clics, c'est fait ! ») et Amy se procurait apparemment ses vêtements en fouillant dans les conteneurs de collecte des associations caritatives, si bien que Joy avait renoncé à leur suggérer des virées shopping.

Mais lorsqu'elle avait proposé à Savannah de l'emmener passer la journée dans un grand magasin de luxe pour la remercier de tout ce qu'elle avait fait pendant qu'elle était à l'hôpital, son visage s'était aussitôt illuminé alors même qu'elle lui répondait « Ce n'est pas nécessaire ».

« J'en serais ravie », lui avait répondu Joy avec sincérité et le fait est qu'aujourd'hui, elle avait eu l'impression de redécouvrir une part oubliée d'elle-même, qui n'existait peut-être que lorsqu'elle était avec sa mère, qui ne s'intéressait aucunement au tennis de Joy, ni même, pour être honnête, aux enfants de Joy, mais en revanche avait des idées très arrêtées sur les couleurs et les décolletés qui flattaient le teint et la silhouette de Joy. Joy pensait que ses filles s'intéresseraient un tant soit peu à la mode, mais elles jugeaient cela frivole et sans importance, méprisable presque, comme de jouer à la poupée, ce qu'elles n'avaient jamais fait non plus. Joy passait des heures à jouer à la poupée quand elle était petite.

« Je sais exactement le collier qui irait avec votre robe droite, dit-elle à Savannah. Un gros pendentif assez long, qui descend jusque-là. » Elle montra son décolleté. « Quoique, j'ai remarqué que vous portiez toujours ce collier avec une clé. Il a une valeur sentimentale ? »

L'espace d'un instant, le jeune visage de Savannah prit un air sévère et désabusé, comme si elle avait trente ans de plus. « C'est une amie qui me l'a offert pour mes vingt et un ans. » Elle prit la clé et s'en servit pour tapoter son menton. « Elle m'a dit que ça symbolisait "les portes d'un avenir radieux". » Elle esquissa un sourire cynique. « J'attends toujours qu'elles s'ouvrent.

– Je suis sûre que plein de portes s'ouvriront bientôt ! » dit Joy. Elle reconnut le ton encourageant qu'elle employait en vain quand Amy avait « un pressentiment ».

« C'est vrai que vous m'avez ouvert votre porte. » Le visage de Savannah s'adoucit. « C'est un début ! Je pourrais peut-être prendre un pendentif vert. » Elle se pencha vers les sacs, sortit un coin de la robe et montra l'étoffe. « Pour mettre en valeur le vert des petits carrés ? Qu'est-ce que vous en pensez ?

– C'est parfait », dit Joy, qui fut soudain transpercée par une petite pointe de chagrin étrangement agréable et sentit les larmes lui monter aux yeux en songeant à sa mère, qui aurait adoré cette journée et peut-être pu tisser des liens plus facilement avec une petite-fille comme Savannah. Sa mère était morte depuis plus de vingt ans et à l'époque, le chagrin qu'elle avait éprouvé était à la fois complexe et étrange. Sa mère n'avait pas été une mère particulièrement bonne et une grand-mère, encore moins : elle trouvait ses petits-enfants trop bruyants, trop grands et bien trop nombreux. « Pourquoi tu en veux d'autres ? » avait-elle demandé à Joy quand elle lui avait annoncé qu'elle était enceinte de Brooke.

Quand elle était morte, trois mois seulement après la mère de Stan, Joy avait tout fait pour fuir son chagrin, qu'elle était seule à éprouver, car elle n'avait pas de frère et sœur et ses enfants préféraient de loin leur autre grand-mère, à cause des petits billets qu'elle leur glissait en douce et de ce satané crumble aux pommes.

Fuir son chagrin n'était pas difficile quand vous aviez quatre enfants qui jouaient tous au tennis en compétition, près d'une centaine d'élèves qui réclamaient votre attention, un mari lui-même endeuillé et de surcroît en pleine crise de la cinquantaine, et que vos relations avec votre mère avaient toujours été un mélange de déception et d'amour, et Joy n'avait cessé de l'esquiver, jusqu'au jour où il l'avait rattrapée dans la buanderie, alors qu'elle sortait de la machine à laver un chemisier fichu que sa mère lui avait bien recommandé de toujours laver à la main à l'eau froide.

C'était comme si le subconscient de Joy venait seulement de comprendre ce que rationnellement, elle savait : elle ne reverrait plus sa mère. Sa mère ne lui téléphonerait plus jamais à un moment inopportun pour lui demander quelque chose d'extravagant. Elle ne lui dirait plus jamais qu'elle détestait le mois de février. Ou le mois d'août. Ou le mois de novembre. (Seul le mois d'avril trouvait grâce à ses yeux.) Pearl Becker ne trouverait jamais le bonheur qui lui avait toujours échappé et leur relation resterait à jamais un mystère. Ce jour-là, Joy s'était laissée glisser au sol, adossée contre la machine à laver, son chemisier fichu roulé en boule dégoulinant sur sa jupe, et s'était mise à sangloter avec une violence stupéfiante, puis à sa grande honte, avait crié sur une élève de l'école de tennis qui avait ouvert la porte de la buanderie à l'improviste et l'avait surprise. (C'était étonnant que la mère de la gamine ne se soit pas plainte.)

Mais la tristesse qu'elle éprouvait en cet instant était plus naturelle, plus saine et plus simple, comme si après toutes ces années, elle pleurait enfin sa mère comme les autres filles, comme elle aimerait que ses propres filles la pleurent un jour, non pas en fourrant froidement les vêtements de Pearl dans un grand sac-poubelle noir, ainsi que l'avait fait Joy sans une larme ni même une tendre pensée, pas plus qu'en pleurant des semaines après à même le sol de la buanderie, dans un étrange paroxysme de chagrin qui aurait affreusement embarrassé sa mère. (« Lève-toi ! lui aurait crié Pearl en la tirant par le coude. On pourrait te voir ! »)

« Merci. » Joy s'écarta pour permettre à la serveuse de poser leurs crumbles aux pommes sur la table. « Je sais exactement dans quelle boutique on pourra trouver ce collier, dit-elle à Savannah. On ira juste après ça.

– Oui, enfin… seulement si ce n'est pas un problème, répondit Savannah, l'air soudain gêné. Vous avez déjà dépensé beaucoup d'argent pour moi. Vos enfants risquent de ne pas être d'accord.

– Écoutez mon petit, je devrais vous rémunérer, dit Joy. C'est comme si j'avais une cuisinière à plein temps ! Et une gouvernante ! C'est la moindre des choses.

– Oui, mais n'oubliez pas que je ne paie pas de loyer.

– C'est moi qui fais une bonne affaire », répliqua Joy d'un ton ferme. Elle repensa à Brooke, au téléphone ce matin : « Si tu veux employer cette fille comme gouvernante ou ce que tu veux, il faut le faire correctement. »

Joy ne pouvait pas employer Savannah comme cuisinière ou

gouvernante à plein temps, évidemment. Elle ne connaissait personne qui ait une gouvernante. C'était pour les stars de cinéma et les Américains. Peut-être pour les gens qui habitaient dans la banlieue est. Pas pour les gens ordinaires comme Stan et elle. Hier soir, cependant, il lui était venu à l'idée qu'ils pouvaient peut-être garder Savannah comme pensionnaire. Pourquoi pas. Savannah pouvait se trouver un travail, pas trop loin, et rester dans la chambre d'Amy soit en payant un loyer, soit gratuitement si elle continuait à faire la cuisine.

Mais Stan n'y tenait pas du tout. Une fois au lit, la porte fermée, il lui avait dit que cela faisait plus de six semaines que Savannah était là et qu'il était temps qu'elle se trouve un logement. « Mais rien ne presse », s'étonna Joy, déconcertée. Elle croyait qu'il appréciait la compagnie de Savannah autant qu'elle, mais depuis qu'elle était revenue de l'hôpital, il était plus réservé en sa présence. Il ne se montrait plus aussi bavard. Il trouvait des excuses pour ne pas manger avec elles. Savannah et lui ne regardaient plus leur série télévisée. C'était tellement dommage.

« Il s'est passé quelque chose pendant que j'étais à l'hôpital ? lui avait demandé Joy.

– Du genre ? avait répliqué Stan, les mâchoires serrées.

– Je ne sais pas. Tu n'es plus aussi emballé par elle qu'au début.

– Il y a assez longtemps qu'elle est là. C'est tout ce que je dis. »

C'était surprenant.

Après quelques instants, elle lui avait demandé : « Tu as parlé aux enfants, c'est ça ? » Les enfants étaient tellement puérils, au sujet de Savannah. Elle n'en revenait pas qu'Amy l'ait accusée d'avoir inventé l'histoire de son petit copain, sous prétexte que Logan avait soi-disant vu un documentaire où il était question de la même histoire, comme si différentes personnes n'avaient pas pu vivre des choses similaires.

Stan n'avait pas répondu et elle avait refusé de lui donner la satisfaction de répéter bêtement et innocemment la question, un peu plus fort, comme elle l'aurait fait quand elle avait vingt ans, ou de lui hurler « Réponds ! » comme quand elle en avait quarante.

Elle était sûre d'avoir raison : les enfants avaient dû l'appeler et cela expliquait sa soudaine froideur à l'égard de Savannah. Il était plus influencé par leur opinion qu'il ne voulait bien l'admettre. Il était capable de se disputer violemment sur un sujet avec l'un ou l'autre des enfants, et un ou deux mois plus tard, recracher mot pour mot l'argument que lui avait présenté son fils ou sa fille comme si c'était le sien pour démentir catégoriquement avoir jamais dit ou pensé le contraire.

Stan avait beau jeu de dire que Savannah était restée assez longtemps. Ce n'était pas lui qui devrait retourner à la cuisine tous les soirs, à cinq heures, contempler le contenu du réfrigérateur avec une lassitude mêlée de désespoir, ouvrir et refermer indéfiniment le bac à légumes en cherchant l'inspiration.

Cette haine de la cuisine devait représenter autre chose, autrement pourquoi se mettre dans tous ses états après toutes ces années ? Autrefois, Joy se levait tous les matins à cinq heures, donnait des cours à n'en plus finir, s'occupait de la lessive, de la chienne, du comptable, des devoirs à la maison, de sa mère, de sa belle-mère, puis elle préparait à dîner pour six (au minimum, il y avait toujours d'autres convives à table), et tout cela, sans plainte ni amertume, du moins consciente.

Maintenant qu'il n'y avait plus que Stan et elle, ç'aurait dû être un jeu d'enfant que de faire à manger. Elle avait des journées entières devant elle pour s'organiser, étudier des recettes si elle le souhaitait, comme Savannah qui restait plongée des heures avec délices dans ses chers livres de cuisine (si nombreux pour une fille de son âge !), la bouche entrouverte comme si elle lisait un roman d'amour. Joy avait tout le temps de flâner dans des supermarchés spécialisés en quête d'ingrédients inhabituels, si ce n'est que cette seule idée était à pleurer d'ennui. C'était quoi, son problème ? Elle repensa à l'étonnement de Brooke qui lui avait aussitôt suggéré d'essayer un service de livraison de repas à domicile ou si elle avait besoin d'une gouvernante, d'en engager une ! À en croire ses enfants, on pouvait tout régler sur Internet. Ils passaient leur temps à chercher des réponses sur leur téléphone, ils étaient incapables de rester cinq minutes sans vérifier quelque chose. *Je vais regarder, maman. Ça y est, je l'ai. J'ai réservé. J'ai commandé.* Ils tapotaient à toute vitesse avec les pouces et toc, c'était fait. Ses tracas de vieille dame étaient inutiles.

« Je voulais vous remercier de vous être occupée de Stan pendant que j'étais à l'hôpital, dit Joy à Savannah. J'espère qu'il n'était pas trop grincheux ? Il peut être grincheux, parfois.

– Pas de problème », dit Savannah. Son visage était indéchiffrable. S'était-il montré grincheux avec elle ? Ou juste bizarre ? Il lui arrivait d'être étrange et les jeunes avaient du mal à supporter l'étrangeté, ils voulaient qu'on leur explique tout clairement, y compris la raison pour laquelle les gens se comportaient comme ils le faisaient. Ils n'avaient pas encore appris que parfois, il n'y avait pas de réponse.

« Mes filles diraient qu'il ne devrait pas avoir besoin de quelqu'un pour s'occuper de lui, dit Joy. Mais il est d'une autre génération. Il n'est d'aucune utilité en cuisine. » Elle réfléchit un instant. « Ah si, il ouvre bien les bocaux. »

Joy se demanda comment Debbie Christos faisait sans Dennis pour lui ouvrir les bocaux. Debbie avait les poignets délicats. Il fallait qu'elle lui suggère d'appeler Stan quand elle avait besoin qu'on lui ouvre un bocal. N'importe quand.

« Le crumble aux pommes est comment ? » demanda Savannah qui n'ignorait pas que la famille cherchait à reproduire le crumble aux pommes de la grand-mère.

« Il est bien, dit Joy. Mais il lui manque quelque chose. » Elle lécha sa cuillère. « Honnêtement, il est loin d'être aussi bon. Je ne sais pas comment elle arrivait à faire un aussi bon crumble. Elle était nulle en pâtisserie. C'était une vieille ivrogne absolument odieuse. »

Curieusement, pourtant, son crumble aux pommes avait le goût de l'amour. C'était un mystère.

« L'ingrédient secret est peut-être un alcool quelconque, dit Savannah. Du whisky ? »

Joy pointa sa cuillère vers elle. « Ce serait logique. Malin.

– J'essaierai ce week-end, dit Savannah, visiblement flattée que Joy la trouve maligne. Je vais percer le mystère du crumble aux pommes de la famille Delaney. »

Joy regarda Savannah toucher sa cuillère du bout de la langue et la reposer. Elle ne mangeait pas vraiment. Elle ne faisait que cuisiner. Elle était trop maigre. Joy avait envie de lui en faire la remarque, mais elle avait appris qu'il fallait faire attention à ce que l'on disait. Amy et Brooke l'avaient un jour entendue dire à quelqu'un « Mes filles ont des pieds gigantesques » et elles lui en voulaient encore. Elle ne pensait pas à mal ! C'est vrai qu'elles avaient des pieds gigantesques.

« Vous ne mangez pas beaucoup », dit-elle à Savannah. Ça n'avait rien de blessant. « Enfin, pour quelqu'un qui aime autant faire la cuisine.

– J'avais un gros appétit quand j'étais petite. » Savannah plongea la cuillère dans son crumble aux pommes et la fit tourner. Croyait-elle que Joy ne voyait pas qu'elle ne mangeait pas vraiment ? « J'avais toujours faim. » Elle fixa Joy d'un air presque hostile et Joy battit en retraite. Peut-être avait-elle fait du « body-shaming » sans le vouloir. Il y avait toutes sortes de nouvelles règles de bienséance et elle ne les connaissait pas toutes. Ses enfants qui ne savaient rien en venant au monde et avaient appris les bonnes manières grâce à elle lui criaient parfois : « Mais enfin, maman, tu ne peux pas dire ça ! » Elle riait toujours comme si ça lui faisait une belle jambe, mais en réalité, ces écarts de langage involontaires la contrariaient et la mettaient dans l'embarras.

« Vous êtes restée combien de temps avec ce garçon ? demanda-t-elle à Savannah. Celui qui… » Elle se toucha le sourcil, à l'endroit où Savannah avait été blessée.

« Environ un an. » Le visage de Savannah était impassible. Elle racla une cuillère de mousse de son cappuccino.

« Il vous avait déjà frappée ? »

Elle ne vérifiait pas son histoire. Absolument pas. Elle essayait seulement de comprendre.

Savannah reposa sa cuillère et lui dit : « Je peux vous poser une question ? Sur… votre couple ? »

Joy eut de nouveau l'étrange sentiment d'avoir en face d'elle la vraie Savannah qui retirait son masque et se laissait aller un instant à être elle-même.

« Allez-y, répondit-elle avec exubérance.

– Y a-t-il eu des… infidélités ?

– Oh ! » fit Joy. Elle s'essuya la bouche avec sa serviette et se radossa.

« Je sais, c'est une question très personnelle. »

C'était en effet une question personnelle, mais Joy venait de lui poser des questions tout aussi personnelles sur son couple, pourquoi ne ferait-elle pas la même chose ?

« Non », répondit-elle, balayant sans le moindre scrupule l'image honteuse et légèrement floue de la bouche d'un autre homme qui s'approchait de la sienne.

« Pas à votre connaissance », dit Savannah.

Joy écarquilla les yeux.

« Je n'insinue rien, dit Savannah.

– Non, bien sûr, répondit Joy. Vous avez raison : pas à ma connaissance.

– Vous avez de la chance d'avoir rencontré votre âme sœur aussi jeune, dit pensivement Savannah.

– Mon âme sœur, répéta Joy. Je ne sais pas. Ce n'était qu'un garçon. Il n'est pas parfait. Moi non plus. Quand on est jeune, on se met dans tous ses états pour des choses qu'on croit ne jamais pouvoir pardonner, comme, je ne sais pas…

– Les anniversaires ? » Savannah prit une miette de la croûte de crumble aux pommes et la fit rouler entre ses doigts. « Oublier un anniversaire ?

– Ce genre de choses, oui », dit Joy bien qu'elle n'ait jamais attaché tant d'importance que cela aux anniversaires. *Si vous saviez, ma pauvre chérie*, avait-elle envie de lui dire.

Elle se souvenait encore du jour où ils se rendaient tous à l'Open du Northumberland, sur la Central Coast, les garçons n'arrêtaient pas de se chamailler à l'arrière, elle sentait que Stan devenait étrangement immobile derrière le volant et elle en avait la nausée par avance, elle s'était retournée brusquement pour leur intimer de se taire les dents serrées, en grimaçant sans dire un mot. C'était au plus fort de la guerre que se livraient Logan et Troy, à l'époque où chacune de leurs disputes semblait une question de vie ou de mort.

Puis Stan avait mis son clignotant. Il s'était garé, avait détaché sa ceinture, était descendu de voiture, avait refermé la portière et Joy s'était dit, *Tu plaisantes, Stan. On est sur une autoroute.* Mais il ne plaisantait pas. Il avait raté les matchs du jour. Les enfants avaient tous perdu leur match. C'était bizarre, comme comportement.

Il y avait des maris qui faisaient bien pire ! C'est ce qu'elle se disait toujours. Elle en connaissait qui frappaient, bousculaient, hurlaient des injures. Quand Janet Higbee perdait un jeu à cause d'une double faute, son mari lui pinçait le nez en lui lançant : « Espèce de gourde ! » Janet riait gaiement, mais ce n'était pas drôle, tout le monde voyait qu'elle était blessée et humiliée, et la pauvre Janet était agaçante mais elle ne méritait pas qu'on lui pince le nez sous prétexte que son lancer était trop bas.

Joy se souvenait d'une autre membre du club, il y a de cela des années, une jolie fille du nom de Polly Perkins, une vraie diablesse sur le court qui n'avait pas peur de monter au filet et se montrait aussi agressive que n'importe quel homme, mais que son mari, un grand professeur d'université, obligeait à noter dans un carnet le moindre centime qu'elle dépensait. Un jour, Polly avait raconté à Joy que la veille au soir, elle s'était violemment disputée avec lui parce qu'il refusait de lui « donner la permission » d'acheter un nouveau fer à repasser. Polly disait que son vieux fer crachait de la rouille sur ses vêtements. Elle avait montré à Joy les taches brunes qui parsemaient sa jupe de tennis. Six mois plus tard, Polly plaquait son mari pour retourner en Nouvelle-Zélande et Joy pensait souvent à elle quand elle faisait du repassage, en espérant qu'elle avait trouvé le bonheur et un nouveau fer qui ne crachait pas de rouille.

Il y avait des maris qui partaient, comme Stan, mais aussi des maris qui ne revenaient jamais, comme son père à elle. Stan revenait toujours.

À vrai dire, la plupart du temps, Stan était plus patient qu'elle, moins colérique. Quand les enfants étaient petits, elle était constamment dans un état d'agacement larvé.

Qu'est-ce qu'il croyait ? Elle aussi rêvait de tout plaquer quand elle se mettait en colère. Elle imaginait régulièrement faire exactement ce qu'avait fait son père, bien des années auparavant : partir pour aller « voir un ami » et ne jamais revenir. Il lui arrivait de s'exonérer de toute responsabilité en imaginant que des kidnappeurs faisaient irruption chez eux, la poussaient à l'arrière d'un fourgon et l'emmenaient se reposer quelque temps dans la fraîcheur paisible d'un agréable donjon.

Mais elle n'avait jamais eu d'autre choix que de rester. Elle était trop indispensable. Elle était la seule à savoir où se trouvaient les choses, à connaître l'emploi du temps des enfants, le nom du vétérinaire, celui du médecin, celui des enseignants.

Stan, lui, pouvait partir sans l'ombre d'une hésitation.

Parfois, il se contentait de sortir de la pièce et ce n'était pas un problème. Des gens parfaitement normaux faisaient ça. À d'autres moments, il faisait le tour du pâté de maisons, et ça aussi, peut-être que les gens normaux le faisaient. Ou encore, il prenait la voiture et revenait une heure plus tard. Deux heures. Trois. Quatre. Plus c'était long, moins c'était normal. Le maximum, ç'avait été cinq jours.

« Voilà ce que tu vas faire, lui avait dit sa mère quand Joy avait fini par lui avouer l'étrange et coupable habitude de son mari. Assure-toi d'avoir du rouge à lèvres et ta plus jolie robe quand il rentre. Ne pleure pas. Ne crie pas. Ne lui demande pas où il était. Garde la tête haute et fais comme si tu ne t'étais même pas aperçue qu'il était parti. »

Elle avait suivi les instructions de sa mère à la lettre. Si elle s'était aventurée à donner ces mêmes consignes à ses filles, elles auraient hurlé.

Elle n'avait dérogé qu'une seule fois à cette règle. Il était tard et Stan et elle étaient au lit, la porte fermée, reprenant leur souffle après avoir fait l'amour.

« Pourquoi tu fais ça ? avait-elle murmuré au creux de son torse. Pourquoi tu disparais, tu pars ? »

Au début, elle avait cru qu'il ne dirait rien, puis il avait fini par répondre.

« Je ne peux pas en parler, je suis désolé.

– Ce n'est pas grave », avait-elle dit, et ce n'était pas grave et à la fois si. De petites graines de rancœur amère étaient apparues au fond de son cœur, semblables aux pépins amers que l'on trouve même au cœur des pommes les plus douces.

Ils n'en avaient jamais reparlé. En disant « Ce n'est pas grave », elle avait accepté le marché. Il revenait toujours et cela n'arrivait qu'une fois ou deux par an, puis à mesure que ses cheveux grisonnaient et se clairsemaient avant de disparaître totalement et que son cartilage se désagrégeait peu à peu, c'était devenu de moins en moins fréquent, jusqu'au jour où elle s'était aperçue que cela appartenait au passé, comme les longues boucles noires de Stan et ses symptômes prémenstruels.

« Il faut faire des compromis, dans une relation, dit-elle à Savannah. On se débrouille comme on peut. » Elle s'interrompit en voyant que Savannah observait une femme avec une petite fille en justaucorps et tutu rose pâle qui étaient assises à la table voisine. Les cheveux de la fillette étaient tirés en un chignon de danseuse impeccablement lisse.

« Elle est mignonne, dit-elle à Savannah.

– J'ai fait de la danse classique. » Savannah continuait à regarder l'enfant.

« Ah bon ? » dit Joy, intriguée. Malgré la mémoire autobiographique hautement supérieure que Savannah disait posséder, elle ne s'était guère épanchée sur ses souvenirs si précis, sans doute car ils n'étaient pas très heureux. C'était bien d'avoir un nouveau détail concret. D'autant qu'il était logique. Savannah avait un très beau port de tête et une certaine grâce dans ses mouvements.

« Ma mère aurait adoré que je fasse de la danse classique. C'est une de vos familles d'accueil qui vous y a poussée ? » demanda Joy.

Savannah la regarda d'un œil vague. « Hein ?

– La danse ? dit Joy. Comment avez-vous commencé la danse ? »

Ce n'était pas une activité typique pour une enfant ballottée entre des familles d'accueil.

« Ah, fit Savannah. J'ai juste suivi quelques cours de débutante. C'est tout. »

Elle contempla la fillette et fit la moue. « Elle ne devrait pas manger un cupcake si elle veut devenir danseuse. C'est bourré de sucre ! » Savannah avait craché ces mots, les lèvres pincées. Une fois de plus, on aurait dit quelqu'un d'autre. Joy se demanda si elle imitait inconsciemment une figure d'autorité effrayante de son enfance. Savannah écarta son crumble aux pommes d'un geste dédaigneux, comme si on l'avait forcée à en manger. « Je n'en veux plus.

– Non, moi non plus », dit Joy. Elle but son thé et regarda de nouveau la petite danseuse en collants chair qui battait des jambes en dévorant allègrement son cupcake.

Joy fut soudain attristée, car elle savait que Savannah lui avait menti à propos de la danse classique et ne comprenait pas pourquoi, mais si elle mentait là-dessus, ses enfants avaient peut-être raison à son sujet et elle n'avait vraiment pas envie que ses enfants aient raison.

« Joy ? » dit une voix familière et Joy prit aussitôt une expression de compassion chaleureuse pour son amie veuve Debbie Christos, qui venait d'entrer dans la cafétéria, ce qui était d'autant plus déconcertant que quelques instants plus tôt, elle avait pensé à ses poignets délicats et au baiser échangé avec son défunt mari.

31

Aujourd'hui

« En fait, j'ai rencontré la fille que la police veut interroger, dit Debbie Christos à son amie Sulin Ho. L'an dernier, je suis tombée par hasard sur Joy à la cafétéria du David Jones. Elles avaient fait du shopping. Je me rappelle avoir pensé qu'on aurait dit une mère et sa fille.

– J'en ai entendu parler, répondit Sulin. Mais je ne l'ai jamais rencontrée. »

Sulin accompagnait Debbie au tennis du lundi soir, comme toutes les semaines depuis un mois.

Comme tant d'autres événements majeurs de la vie, la mort de son mari avait singulièrement mis l'amitié à l'épreuve. Debbie avait perdu des amis, comme celle qui lui avait dit d'un ton péremptoire de ne pas « se complaire dans son chagrin » sous prétexte qu'elle n'avait pas envie d'aller au théâtre, et resserré ses liens avec d'autres, comme Sulin qui n'était pas veuve mais semblait comprendre d'instinct ce qu'éprouvait Debbie six mois après avoir perdu Dennis. Sa sensibilité était si écorchée que l'air même lui irritait la peau.

Sulin ne lui avait pas dit « Appelle-moi si je peux faire quoi que ce soit pour toi ». Elle lui avait dit : « Je passe te prendre à dix-neuf heures. »

Aux obsèques de Dennis, leur fils avait prononcé l'éloge funèbre et dit : « Papa est mort en faisant ce qu'il aimait, juste après avoir remporté le match de la compétition de tennis du lundi soir. »

Debbie regrettait qu'il ait refusé qu'elle relise son discours. Dennis avait remporté le point et pas le jeu, et encore moins le match. Ils jouaient contre Joy et Stan et personne ne battait les Delaney. En entendant l'éloge, une bonne vingtaine de personnes avaient dû se dire *Dans tes rêves, Dennis.*

« Elle était comment ? demanda Sulin. La fille ?

– Je ne sais pas, admit Debbie. Je n'ai pas vraiment fait attention à elle. J'aurais dû. J'ai repensé à ce jour-là, j'ai essayé de me rappeler ce que Joy a dit ou fait, si elle avait l'air malheureuse ou déprimée, mais elle avait l'air bien ! En tout cas, avec moi, elle était bien.

– Mais où peut bien être Joy ? » dit soudain Sulin alors qu'elles étaient arrêtées à un feu rouge. Elle se tourna vers Debbie. « Ça ne lui ressemble pas, hein ?

– Non, répondit Debbie. Ça ne lui ressemble pas du tout. C'est bien ce qui m'inquiète. »

Cela faisait dix-sept jours, à présent.

La veille, Debbie et Sulin avaient participé toutes les deux à une battue organisée dans le bush, près de la piste cyclable qui faisait le tour de la réserve de St Helens. C'était la piste cyclable la plus proche de chez les Delaney, or Troy, le fils de Joy, lui avait offert à Noël un nouveau vélo qu'apparemment elle adorait, bien que personne ne l'ait jamais vue en faire.

Les quatre enfants Delaney avaient participé aux recherches. Mais pas Stan Delaney. Contrairement à beaucoup de gens, Debbie ne savait pas quoi penser.

« Il y a quelque chose qui me turlupine, dit Sulin en regardant la route devant elle. C'était en octobre dernier. »

Elle semblait inquiète, comme si elle avait un aveu à lui faire.

« Je revenais du club de lecture, vers neuf heures du soir, quand j'ai vu un homme assis au bord du trottoir sur Beaumont

Road. J'ai cru que c'était un ado bourré, puis mes phares ont éclairé son visage et je me suis dit, Mais c'est Stan Delaney !

– Assis au bord du trottoir ?! » Debbie était scandalisée. Stan Delaney n'était pas le genre d'homme à s'asseoir au bord du trottoir. Il était bien trop grand.

« Je sais ! Alors, je me suis arrêtée et il m'a dit qu'il était sorti faire un tour et qu'il avait trébuché et s'était encore fait mal au genou. Ça m'a paru bizarre, parce qu'il était en jean. Il n'était pas vraiment en tenue de marche. On avait plutôt l'impression qu'il était sorti sans trop savoir où aller.

– Oh là là, dit Debbie.

– Oui, et ce n'est pas tout, poursuivit Sulin avec précaution. Je crois… je peux me tromper, mais je suis quasiment sûre qu'il avait pleuré.

– Pleuré ? » répéta Debbie. Elle essaya de comprendre. « À cause de son genou ? » Avec l'âge, les hommes avaient tendance à être plus émotifs.

« Il se passait quelque chose, dit Sulin. Je le sais, parce que je l'ai aidé à monter dans la voiture pour le raccompagner et quand on est arrivés, les quatre enfants étaient là. Ce qui est sûr, c'est que je n'ai pas eu l'impression qu'ils fêtaient quoi que ce soit. On aurait plutôt dit qu'ils venaient de recevoir une mauvaise nouvelle. Il était arrivé quelque chose… l'ambiance ! Ça se sent, tu vois ce que je veux dire ? C'était à couper au couteau.

– La fille habitait encore chez eux ? Savannah ? demanda Debbie.

– Je ne l'ai pas vue. Je crois qu'elle avait déjà dû partir. Au fait, je n'ai raconté ça à personne. » Sulin détourna les yeux de la route pour jeter un coup d'œil anxieux à Debbie. « Je ne sais pas si je devrais.

– Je ne sais pas non plus », dit Debbie.

Elle pensa au tourbillon de commérages et de rumeurs qui circulaient au club de tennis. Le couple de Joy et Stan était désormais étalé sur la place publique. Tout le monde avait un avis sur la question. Certains disaient qu'ils n'avaient jamais vu une telle harmonie, sur le court comme en dehors. Ils étaient éblouis par la façon dont les Delaney communiquaient en silence quand ils jouaient en double, changeant de position sans un mot ; on aurait dit qu'ils étaient liés par télépathie. On n'entendait jamais les cris anxieux des autres couples mariés : « À toi ! », « Non, à toi ! », « Je t'avais dit que je la prenais ! ». Quand ils gagnaient, ce qui était systématique, Stan soulevait Joy comme si c'était une enfant et lui collait un baiser sur la bouche.

D'autres s'empressaient d'expliquer que ce n'était qu'une façade. Ils décrivaient les signes subtils de problèmes de couple, de violence, de malheur, d'infidélité et de difficultés financières qu'ils avaient remarqués depuis des années. À la fin de l'an dernier, Joy avait commencé à venir seule le lundi soir. C'était soi-disant à cause de la dernière blessure au genou de Stan mais quand même, puis à l'époque de Noël, Joy avait arrêté de venir à son tour. Quand on entendait les gens discuter du couple Delaney, on avait l'impression d'une insupportable violation de la vie privée. C'était comme s'ils fouillaient dans la chambre de Joy et Stan, et de fait, tout le monde savait que Barb McMahon avait retrouvé le téléphone de Joy sous le lit conjugal. Cela mettait Debbie dans une colère obscure, qui n'était pas étrangère, elle le savait, à toutes les opinions que les gens avaient désormais sur sa vie et ses choix à elle.

Du vivant de Dennis, elle faisait partie d'une entité solide, respectable, inattaquable : Mr et Mrs Christos. Mais dès l'instant où il était mort, elle s'était retrouvée livrée à elle-même. Elle était une vieille dame vivant seule. Elle était vulnérable, disait son fils. Elle devait se sentir si seule, disait sa fille. C'était par amour, mais parfois, elle avait envie de hurler.

Heureusement qu'il y avait Sulin qui la traitait encore comme une personne à part entière.

« On va jouer à fond, ce soir, dit Sulin. Pour Joy. Ça nous changera les idées.

– Oui », dit Debbie. Elle vit la vieille enseigne modeste du Delaneys avec sa balle de tennis souriante qui se détachait dans le ciel. Tout le monde continuait à appeler les courts et le club-house le Delaneys, bien que Joy et Stan aient vendu l'école de tennis plus d'un an auparavant. Ils n'avaient jamais été propriétaires des terrains, qu'ils se contentaient de louer à la municipalité, mais le fait est que c'étaient eux qui avaient été les premiers à faire pression sur celle-ci pour les faire construire.

Debbie et Dennis avaient assisté à la première réunion avec la municipalité. C'était surtout Joy qui avait parlé. Ils étaient les quatre membres fondateurs du club de tennis. Ils étaient si jeunes et n'avaient aucune conscience de leur jeunesse et de leur beauté.

Pendant des années, Stan avait été le président et Dennis le trésorier, alors que Joy et Debbie préparaient les sandwichs. Aujourd'hui, cela paraissait scandaleux. Joy aurait dû être la présidente et Debbie, la trésorière (elle était comptable !) mais à l'époque, ça ne leur faisait ni chaud ni froid.

La mort de Dennis avait rafraîchi le souvenir de ces premières années de leur mariage. Était-ce le diaporama que sa fille avait réalisé pour les obsèques ? Il y avait une photo d'eux quatre à une soirée du club-house, où ils s'étaient copieusement saoulés au punch hawaïen fait maison de Joy. C'était si étrange de se retrouver assise en collants dans l'église froide, à soixante-quatorze ans, et de se revoir sur l'écran en minijupe orange. Elle sentait encore le goût légèrement écœurant du punch dans sa bouche et le tissu de la minijupe contre ses cuisses. À croire que cette époque de leur vie était toujours là, dans un lieu métaphysique auquel on pouvait accéder par quelque procédé magique autre que la mémoire.

Sur la photo, Joy glissait un sourire en coin à Dennis au-dessus de son verre de punch, tandis qu'il la regardait d'un air suggestif avec son énorme moustache en guidon de vélo et que Debbie et Stan souriaient devant l'objectif sans se douter de quoi que ce soit. Debbie avait oublié que Joy était une vraie bombe. (C'était bien comme ça que Dennis l'avait appelée un jour, non ? La Bombe Delaney.)

La fille de Debbie ne s'était pas aperçue qu'elle avait choisi pour les obsèques de son père une photo de lui flirtant avec une autre femme. (Elle était surtout intriguée par le buffet des années soixante-dix : des carrés de fromage et des petits oignons au vinaigre sur des cure-dents piqués sur une orange pour donner l'aspect d'un hérisson. « C'est quoi ces machins, maman ? »)

Debbie était-elle la seule à s'être demandé, en apercevant cette photo, s'il s'était passé quelque chose entre Dennis et Joy ?

C'était fort possible.

Dennis n'était pas un ange. Debbie était elle-même un peu délurée. Ils avaient tous les deux eu des « aventures » au début de leur mariage, avant la naissance des enfants. Rien de bien grave. Elle n'aurait pas employé le terme de liaison. C'était juste pour s'amuser. Personne ne souffrait, ou pas trop. Ils étaient même allés à une soirée échangiste. « Quelle énergie, mais comment on faisait ? » s'étaient-ils émerveillés passé cinquante ans. Ils n'en avaient jamais parlé aux enfants. Les jeunes d'aujourd'hui avaient beau prendre des moues lascives et exhiber leurs fesses sur Internet, ils avaient une vision curieusement puritaine du sexe.

« Où est passé le topless ? » avait maugréé Dennis d'un air sombre, une des dernières fois où ils étaient allés à la plage. Debbie lui avait obligeamment montré un groupe de filles en bikini string. « Non, elles sont ridicules », avait dit Dennis. Lui, son truc, c'était les nichons. Sur la photo, Joy avait un haut très décolleté. Une chose est sûre, ce n'étaient pas ses beaux yeux que Dennis admirait.

Si Joy avait couché avec Dennis, Debbie ne lui en tiendrait pas rigueur. Elle ne lui enverrait pas un mot de remerciements. Mais elle ne lui en voudrait pas.

C'était si vieux, tout ça. Ça n'avait sûrement rien à voir avec la disparition de Joy.

À moins que cela n'indique que Joy était coutumière des infidélités ?

Était-elle partie avec un amant ?

Personne n'irait faire ça, à leur âge, pourquoi s'embêter ?

Enfin, Joy peut-être. Elle avait toujours eu une énergie débordante. Sulin se gara et Debbie sentit un pincement dans son dos en descendant de voiture, histoire de lui rappeler que malgré la fraîcheur de ses souvenirs, elle n'avait plus trente ans.

« Attention, dit Sulin en verrouillant la voiture. Mark Higbee arrive. »

Mark Higbee participait aux compétitions amicales de tennis du lundi soir avec un immense sérieux, faisant rebondir la balle quatre cents fois quand il était au service et s'arrêtant entre les jeux pour s'éponger le front avec une serviette comme si c'était l'Open d'Australie. Il avait aussi la détestable habitude de pincer le nez de sa pauvre femme, ce qui donnait envie à Debbie de coller un coup de poing sur le sien.

« Quel abruti, ce type », marmonna Sulin entre ses dents et Debbie lui jeta un coup d'œil étonné car elle ne disait jamais de mal de qui que ce soit.

Il s'avança vers elles, grand, mince, la barbe grise, une gigantesque raquette en bandoulière. « Bien le bonjour, mesdames ! » lança-t-il avec un sourire amusé. Il considérait les femmes comme de charmants petits êtres inférieurs. « Vous connaissez la dernière, à propos de Joy ? » Il était bouffi de plaisir à l'idée d'être en possession d'un délicieux ragot scandaleux.

« Non, dit Sulin d'un ton glacial.

– Vous êtes au courant qu'elle a disparu, au moins ? dit Mark.

– Mais enfin, évidemment qu'on est au courant, rétorqua Sulin. On a participé toutes les deux à la battue, hier.

– C'est évident que Stan est leur suspect numéro un, entre guillemets », lui répondit-il, sans remarquer son agacement. Il caressa son menton barbu entre le pouce et l'index, comme s'il singeait un professeur en pleine réflexion. « Mais sans corps, ils l'ont dans le baba.

– Sans corps ? dit Debbie. Vous ne parlez quand même pas du corps de Joy ?

– Bien sûr que si, répondit Mark comme s'il n'avait jamais

rien entendu d'aussi bête. Quel corps voulez-vous que ce soit, Debbie ? »

Debbie pensa aux belles jambes bronzées de Joy. Elle ne tenait pas en place. Quand Dennis était mort, elle lui avait apporté des lasagnes dans un plat à four et avait aussitôt avoué qu'elle ne les avait pas préparées elle-même mais qu'elle les avait achetées chez le traiteur italien et transférées dans le plat pour faire comme si elles étaient faites maison. Elle avait l'air si coupable que Debbie avait ri.

« Il faut être réaliste, dit Mark d'un ton paternaliste. Il est peu probable qu'elle soit encore en vie. Stan avait des égratignures sur le visage. Qu'est-ce que vous en concluez ?

– Il a pu se faire ça de plein de façons, dit Sulin mais elle était si horrifiée qu'elle en bafouilla.

– La police a beau dire que c'est une enquête sur une disparition, n'importe quel imbécile sait qu'ils traitent l'affaire comme une enquête sur un meurtre.

– Elle a prévenu tous ses enfants par texto qu'elle partait, dit Debbie.

– Ce n'est pas bien difficile d'envoyer un texto du portable de quelqu'un d'autre, dit Mark. Le portable était resté chez eux. Barb McMahon l'a retrouvé caché sous leur lit.

– Stan ne sait pas envoyer un texto, dit Debbie. Si c'est ce que vous insinuez.

– C'est ce qu'il prétend, répondit Mark.

– Stan est notre ami, protesta Debbie. Vous ne devriez pas dire des choses comme ça.

– Il paraît qu'il a eu une aventure », dit Mark. Il avait les yeux étincelants. Debbie ne l'avait jamais vu d'humeur aussi enjouée. « L'an dernier, ils avaient une jolie fille d'une vingtaine d'années qui habitait chez eux, une amie de la famille, entre guillemets, et je suppose que quand Joy était à l'hôpital, Stan n'a pas pu résister à la tentation. Quand le chat n'est pas là, les souris dansent, c'est bien connu !

– Arrêtez, dit Debbie. Taisez-vous. Je n'en crois pas un mot. »

Mais il était difficile de ne pas faire le rapprochement avec l'histoire que lui avait racontée Sulin de Stan qui pleurait, assis au bord du trottoir.

Mark leva les mains. « Ne tirez pas sur le messager, Debbie ! Gardez ça pour vous, mais j'ai ma théorie sur l'endroit où il a enterré le corps. »

Sulin lui répondit : « Votre théorie ne nous intéresse pas, Mark.

– Sous le court, dit Mark. Ils ont refait le revêtement. C'est l'endroit idéal pour dissimuler un corps. Je l'ai dit à la police : Les gars, il faut creuser le court de tennis. Je pense qu'ils vont le faire. C'est moi qui vous aurai prévenues en premier.

– Mais ils ont refait le revêtement en janvier… », commença Debbie.

Mark poursuivit. « Ce n'est pas tout. J'ai vu Stan couvert de poussière, les yeux injectés de sang, qui s'achetait du lait chocolaté à la supérette de Hastings Street deux jours après la disparition de Joy. Je lui ai dit : "Stan, qu'est-ce qui vous est arrivé ?" Il m'a ignoré. Littéralement ignoré, comme si je n'existais pas. Ça aussi, je l'ai dit à la police.

– Vous croyez qu'il a enterré le corps et qu'ensuite, il est allé s'acheter du lait chocolaté ?

– C'est exactement ce que je crois, dit Mark. Enterrer un corps, ça donne soif !

– Ce n'est pas drôle, dit Debbie.

– Non, ce n'est pas drôle, Debbie, c'est absolument tragique, répondit joyeusement Mark. J'ai aussi dit à la police qu'ils devraient s'intéresser de plus près à leur fils, celui qui frime avec ses belles voitures et tire son argent soi-disant du "trading en ligne". Il dealait. Je le sais, parce qu'il a vendu de la drogue à mon fils.

– Troy ? » dit Debbie. Troy était sorti avec sa fille. Elle savait que Troy était sorti avec les filles de pas mal de gens, mais elle avait tout de même un faible pour lui. « Ce n'était qu'un ado, Mark, on a tous changé.

– J'ai dit à la police de regarder s'il n'y avait pas du blanchiment d'argent, peut-être une mafia internationale du crime en col blanc, allez savoir d'où lui vient tout cet argent.

– Attendez, maintenant vous dites que Troy a quelque chose à voir avec la disparition de sa mère ? demanda Sulin.

– Tout est possible, mesdames ! » Mark remonta la sacoche de sa raquette sur son épaule et s'en alla d'un pas nonchalant. « On se retrouve sur le court !

– Je t'emmerde, Mark Higbee », maugréa Sulin et Debbie était quasiment sûre que c'était la première fois que ce mot franchissait les lèvres de son amie.

32

« Vous croyez que son mari a eu une liaison ? » demanda Ethan. Christina et lui remontaient l'interminable allée de gravier d'une imposante demeure pour recueillir une déposition dans l'affaire du petit pyromane en herbe, mais comme souvent ces derniers temps, ils discutaient de l'enquête sur Joy Delaney.

« Avec Savannah ? C'est possible, répondit Christina. Il y a beaucoup de choses que la famille ne nous dit pas.

– Pour protéger leur père ?

– Je suppose, dit Christina. Ou se protéger eux. »

Elle passa mentalement en revue les quatre enfants Delaney qui tous étaient des suspects potentiels.

Amy Delaney : Nerveuse comme une petite délinquante.

Logan Delaney : Calme comme un délinquant plus chevronné.

Troy Delaney : Mielleux comme un vendeur fuyant. (Si ce n'est que Christina ne savait pas ce qu'il vendait et avait le vague sentiment que lui non plus.)

Brooke Delaney : Circonspecte comme une espionne.

Se pouvait-il que l'un ou plusieurs d'entre eux soient responsables de la disparition de leur mère ? Ou était-il plus probable que l'un d'eux ait aidé et soutenu leur père ?

« Si mon père avait une liaison avec une jeune fille et que ma mère disparaissait », dit Ethan d'un ton songeur alors qu'ils pénétraient sous la voûte d'un portique à colonnes digne d'un prince ou d'un pauvre petit pyromane incompris, et appuyaient sur la sonnette, « je le jetterais sous un bus.

– Moi aussi », dit Christina. Elle rongea l'ongle du pouce en charpie qu'elle était censée laisser tranquille pour le jour de son mariage.

Alors, pourquoi les Delaney étaient-ils si évasifs ?

« Leur mère les a peut-être déçus d'une façon ou d'une autre ?

– Ce sont des choses qui arrivent », répondit Ethan et elle se demandait s'il parlait de façon générale ou spécifique quand la mère du pyromane ouvrit la porte, la culpabilité de son fils étalée sur son visage admirablement refait.

33

Octobre dernier

Troy n'arrivait pas à se concentrer, ni même à s'intéresser à ce qu'il faisait. Le marché était calme, mais pas tant que ça. Il n'avait pas le cœur à ça. Il n'avait fait qu'un trade en deux heures. Selon les règles qu'il s'était fixées, c'était le signe qu'il fallait s'en tenir là pour la journée, or la règle numéro un était de suivre ses propres règles.

Il se détourna de ses écrans et regarda les baies vitrées du sol au plafond derrière lesquelles une mouette solitaire tournoyait sur un ciel bleu clair dégagé. Les eaux ondulées du port se profilaient devant lui comme une piste d'atterrissage. Un jour, il avait posé un 747 à l'aéroport de Salzbourg. C'était sur un simulateur de vol. Un cadeau de sa femme pour ses trente ans. L'instructeur lui avait dit qu'il avait un instinct très sûr.

Troy était désormais convaincu qu'il serait capable de faire atterrir un avion si jamais le pilote avait un problème et que l'hôtesse (belle, affolée) sortait de la cabine en courant et suppliait les passagers qui avaient déjà piloté de se manifester. Il aurait pu être un bon père de famille d'une banlieue chic, qui aurait fait de sa mère une grand-mère comme elle le méritait, au lieu de donner son enfant à un autre homme et faire de lui le bon père de famille qui l'encouragerait au bord du terrain de foot, et même que son enfant serait hyper bon au foot parce que les Delaney excellaient dans tous les sports et pas seulement au tennis.

Troy laisserait son enfant choisir le sport qu'il voudrait faire. Mais pas cet enfant-là, car ce ne serait pas le sien. C'était bête d'être sentimental. S'il avait vraiment envie d'un enfant, il pouvait en avoir un. Pas de problème. C'était Claire qui avait un problème, pas lui. Ses spermatozoïdes avaient une numération élevée et une excellente mobilité. « Ça ne m'étonne pas de toi », avait dit Claire quand elle avait regardé son spermogramme à l'époque où elle l'aimait encore. Il était soulagé. La veille des résultats, il n'avait pas fermé l'œil de la nuit tant il était terrifié à l'idée que l'analyse révèle une défaillance cachée. Il avait suffi à son père de regarder sa mère pour qu'elle tombe enceinte. Évidemment.

Lui donner les embryons était un acte généreux, bon et altruiste, si ce n'est qu'il ne pouvait prétendre être altruiste, car si Claire l'avait trompé, il aurait été rancunier à mort. Il aurait dit, *Décongelez-moi ces petits crétins, faites-en don à la science, flanquez-les à la poubelle.*

Il payait au prix fort un intermède sexuel qui n'était pas particulièrement satisfaisant avec une fille dont il avait oublié le nom, mais se rappelait la profession et le parfum : responsable commerciale pharmaceutique et White Linen. Il n'avait jamais aimé celui-ci, mais à présent, il le détestait. Il se souvenait d'être rentré chez lui après en taxi et d'avoir contemplé les rues trempées de la ville puis ouvert la vitre pour essayer en vain de chasser les relents de son parfum et de ses regrets.

Pas de regrets. C'était une autre de ses règles de trading. Ne jamais perdre de temps à imaginer ce qui aurait pu être.

Il n'avait pas encore donné sa réponse à Claire. Il gardait l'espoir d'un sursis de dernière minute : une raison de refuser. Pour l'instant, c'était l'heure du dîner au Texas. Il l'imaginait attablée en tête à tête avec son mari. « Tu as eu des nouvelles, chérie ? »

Ils devaient être furieux que leurs rêves d'avenir dépendent de lui.

Le cardiologue texan ne briserait jamais le cœur de Claire. Après tout, le cœur, c'était sa spécialité. Il traitait probablement son cœur avec la tendresse aimante de spécialiste qu'elle méritait. Troy espérait qu'il traitait son cœur avec tendresse, tout en souhaitant que non.

Il regrettait de lui avoir fait du mal. Il ne comprenait pas pourquoi il avait fait ça, si ce n'est que depuis toujours, il était à la merci d'un désir impérieux : le désir de tout foutre en l'air.

Et si je posais le doigt sur ce bibelot fragile auquel ma mère m'a demandé de ne pas toucher et que non seulement je le touchais, mais je le poussais ? Et si au milieu d'un cours de géo assommant je me levais et partais sans dire un mot ? Et si je sautais de ce pont avec un panneau qui dit NE PAS SAUTER ? Si je prenais ce comprimé ? Si je tentais cette balle impossible ? Et si je draguais une fille dans un bar de la ville pendant que ma femme fait une FIV pour avoir un bébé qu'on est tous les deux censés vouloir ? C'était comme si une force invisible s'emparait de lui : *Vas-y, vas-y, vas-y*. La fille ne comptait pas. C'était juste une gonzesse assise au bar à côté de lui avec des dents énormes et un rire vulgaire. Claire était plus intelligente, plus drôle et plus jolie, ses dents avaient une taille parfaite et son rire était ravissant.

Ses actes étaient inexplicables. C'était du grand n'importe quoi.

« Tu cherchais sans doute un prétexte pour me quitter », avait dit Claire, le visage blême. Et c'était vrai, il cherchait sans doute un prétexte pour la quitter, sans avoir conscience de vouloir la quitter, mais pourquoi l'aurait-il fait, sinon, et surtout, pourquoi aurait-il tout avoué dès qu'il était rentré, avant même d'avoir enlevé sa chemise ? Alors que Claire qui était au lit levait les yeux de son livre en souriant et que les cellules de leurs enfants potentiels se multipliaient et se divisaient dans une clinique de Sydney ? C'était de l'autodestruction, selon Amy qui était la seule de la famille à le comprendre plus ou moins, car elle avait tendance à faire la même chose, bien qu'elle ait mis longtemps à lui pardonner d'avoir brisé le cœur de sa belle-sœur qu'elle aimait tant.

Stop ! Troy tapa des deux poings sur son bureau si violemment que ses trois énormes écrans s'entrechoquèrent. Ce n'était pas son genre. Ce qui est fait est fait. Il s'approcha de la baie vitrée de son bureau et appuya le front contre la vitre. Tous les gens qui venaient dans son appartement parlaient de la vue incroyable qu'il avait de chez lui, sauf son frère. Logan était entré dans ce bureau, avait éclaté de rire et lui avait donné une petite tape sur la tête en disant : « Eh ben mon vieux. » Peut-être était-ce sa façon à lui de dire qu'elle était incroyable, mais pourquoi ne pas le lui dire simplement ? Qu'y avait-il de si drôle ? Enfin merde, il pouvait au moins reconnaître qu'il avait une belle vue, non ? Même leur père avait dit : « Sacrée vue. » Même s'il avait ajouté : « J'espère que tu peux te le permettre. » Parfois, il avait envie de montrer ses relevés de compte à son père, comme s'il était en maternelle et lui donnait une peinture au doigt : *Regarde ce que j'ai fait, papa. Je suis devenu riche sans jouer au tennis, papa.* Bon d'accord, pas aussi riche que cet enfoiré de Harry Haddad. Troy surveillait en permanence la fortune de ce connard.

Il retourna à son bureau, ouvrit sa boîte mail, tapa le nom de Claire et écrivit le message en vitesse. *Chère Claire, j'ai réfléchi, c'est bon, vas-y, lance-toi, je signerai les papiers nécessaires. Affectueusement, Troy.*

Il appuya sur « Envoyer ». Il regarda ses mains qui étaient toujours sur le clavier. Qu'avait-il fait ? Ces mots étaient à présent sur un écran d'ordinateur au Texas. Ça avait un côté futuriste totalement déplacé. Un message de cette portée aurait dû faire l'objet d'une lettre manuscrite qui aurait mis des mois à traverser l'océan. Mais le fait est que tout dans ce dilemme moral était autrefois impossiblement, ridiculement futuriste. De microscopiques bébés congelés attendant qu'on leur donne vie.

Peut-être était-elle en train de lire son mail. Il essaya d'imaginer le visage de son ex-femme. Que penserait-elle du mot « affectueusement » ?

Il n'aurait jamais accepté s'il ne l'aimait plus.

Cette pensée lui fit l'effet d'un coup de poing. Il ne s'agissait pas seulement de rédemption, mais d'amour. Se pouvait-il que le mail qu'il venait d'envoyer soit son tout premier acte d'amour inconditionnel ? L'acte le moins égoïste de sa vie ? Pour annuler le plus égoïste ?

On sonna à l'interphone. Il alla voir qui c'était dans un état second.

« Allô ? » dit-il d'un ton bourru.

Un visage apparut sur l'écran vidéo. Il recula aussitôt, atterré.

C'était Savannah. Que voulait-elle ? Il avait dû arriver quelque chose à ses parents. Sa mère avait-elle été de nouveau hospitalisée ? Son père s'était-il de nouveau blessé au genou ?

« Ah, bonjour, Troy… c'est, euh, Savannah. » Elle se rapprocha encore de la caméra. « L'amie de… votre mère ? » Sa voix crachotait dans le haut-parleur.

L'amie de votre mère. Curieuse façon de présenter les choses. Il attendit.

Il pressa sur le bouton et dit : « Mes parents vont bien ?

– Oui, ils vont bien. Je peux monter ? »

Il fut submergé par une réticence irrationnelle à l'idée de voir Savannah chez lui, avec ses yeux de lapin qui regardaient partout, évaluant, jugeant. Il ignorait si ce jugement serait positif ou négatif. Tout ce qu'il savait, c'est qu'elle serait bien trop intéressée par tout ce qu'elle verrait.

Mais il pouvait difficilement refuser étant donné qu'elle s'occupait de ses parents, préparait leurs repas, faisait même leur lessive, apparemment. Elle avait cuisiné le fabuleux déjeuner de la fête des pères : Troy n'avait jamais aussi bien mangé chez ses parents. C'est elle qui avait rattrapé la mère de Troy et l'avait allongée par terre quand elle s'était évanouie. Elle avait dit « Appelez les secours », alors que toute la famille de Troy était restée figée sur place en ayant du mal à réaliser. Ce n'était pas Savannah qui se sentait redevable envers eux, mais eux qui se sentaient redevables envers elle, ce qui les déstabilisait tous.

Amy, Logan et Brooke lui avaient tous laissé un message récemment lui demandant de les rappeler de toute urgence au sujet du « problème de Savannah » et il ne l'avait pas encore fait.

Mais à présent, Savannah était là. Chez lui. Pourquoi pas chez son frère ou ses sœurs ? Il avait envie de lui dire, *Allez voir ailleurs. Je suis occupé. J'ai autre chose à faire.*

« Montez. C'est au dernier étage. » Il lui ouvrit.

Il regarda autour de lui en essayant de voir son appartement à travers les yeux de cette fille. Il l'avait voulu minimaliste et cependant glamour, luxueux et cependant discret, mais peut-être était-il… prétentieux ?

L'espace d'un instant, il sentit avec effroi un doute sismique ébranler tout son système de croyances. Son cœur battait à tout rompre. Merde, mais ressaisis-toi. Il devenait comme sa sœur. Si ça continuait, il finirait en thérapie.

Il ouvrit la porte de son appartement, armé de son sourire le plus ravageur.

« Bonjour, dit Savannah en sortant de l'ascenseur. Waouh ! Vous avez tout l'étage pour vous ?

– Non, pas tout à fait. » Son sourire vacilla. Il y avait deux appartements au dernier étage de l'immeuble, mais le sien était orienté au nord et donc le mieux des deux. Cherchait-elle à le culpabiliser d'avoir un appartement à plusieurs millions de dollars, au dernier étage, orienté au nord, avec vue sur le port et piscine à débordement ?

« Entrez, dit-il. Quelle bonne surprise.

– Ah oui ? » dit Savannah. Elle semblait indifférente. Elle avait un look bohème chic de prof de yoga fortunée.

« Vous êtes ravissante », dit Troy. Il se sentit subitement attiré par elle. Elle portait un long pendentif avec une pierre tirant sur le vert, qui complétait curieusement le petit collier de pacotille avec la clé qu'elle portait toujours. Ses cheveux à moitié relevés ne lui rappelaient plus autant la coiffure de sa mère, c'était moins volumineux.

« C'est votre mère qui m'a acheté tout ça. » Savannah montra sa tenue. « Votre mère est très gentille avec moi.

– Vous êtes gentille avec elle », dit Troy avec précaution, car elle avait l'air d'avoir une idée derrière la tête. « Vous voulez quelque chose à boire ? Un thé, un café ?

– Non, je vais aller droit au but, répondit Savannah.

– Très bien. » On aurait dit un rendez-vous d'affaires. Il lui indiqua le canapé en cuir blanc fait sur mesure. La dernière fois qu'elle était venue, Amy avait réussi à mettre du chocolat dessus. « Asseyez-vous. »

Elle s'assit au bord du canapé, les pieds joints, le dos droit. Elle ajusta le pendentif entre ses seins.

« La vue est extraordinaire. » Elle balaya rapidement la pièce d'un geste gracieux, comme si elle se débarrassait d'une formalité d'usage. Elle n'avait même pas regardé la vue.

« Que puis-je pour vous, Savannah ? » Il s'assit en face d'elle dans le fauteuil Eames et sourit. Elle ne lui rendit pas son sourire, ce qui était déconcertant. Troy était habitué à ce qu'on lui rende son sourire.

S'il avait fallu deviner, il aurait dit qu'elle était venue lui demander d'investir dans une petite affaire minable avec de piètres perspectives de bénéfices, comme un salon de manucure ou un café vegan. Quoique, c'était une bonne cuisinière, peut-être pouvait-elle tirer des bénéfices d'un café vegan ?

Elle dit : « Pendant que votre mère était à l'hôpital, j'étais seule avec votre père et il... »

Elle s'interrompit, baissa les yeux et joua avec le pendentif vert en le tournant dans tous les sens comme si elle envisageait de l'acheter.

« Quoi ? »

Elle lâcha le pendentif et le regarda posément.

Le cœur de Troy s'arrêta. « Non. »

Elle soutenait son regard avec patience, douceur, insistance, comme un médecin qui tient à vous faire comprendre que le cancer est incurable. « Si, je suis désolée.

– Il n'a pas…

– Il m'a fait une demande très précise, que j'ai refusée.

– Vous avez mal dû comprendre.

– Il n'y avait aucun doute possible. Si vous voulez, je peux vous répéter mot pour mot ce qu'il a dit. »

Troy eut un mouvement de recul et l'arrêta d'une main en essayant de contrôler sa nausée.

« J'étais bouleversée, dit Savannah. Parce que vos parents ont l'air… si heureux ensemble, et j'adore votre mère. Je la trouve super. Sincèrement. Votre père aussi, je le trouvais super. » Elle soupira puis grimaça. « Je suis désemparée, je ne sais pas quoi faire, j'hésite. D'un côté, je pense qu'elle mérite de savoir la vérité…

– Non, dit Troy. Je ne pense pas. »

C'était intolérable. Il ne supportait pas d'imaginer la douleur de sa mère, le choc, la honte que ce serait pour elle. Elle serait tellement embarrassée.

Comment son père avait-il osé faire ça : son père qui avait toujours jugé le moindre de ses actes du haut de sa chaise d'arbitre.

« Je ne comprends pas que tu aies pu perdre ton self-control comme ça », lui avait dit Stan quand il avait sauté par-dessus le filet dans une rage indescriptible pour casser la figure de Harry qui avait triché de manière flagrante. On aurait dit que Troy avait perdu le contrôle de ses sphincters en public. « C'est bien simple, je ne comprends pas. » Chaque fois qu'il avait ensuite enfreint une règle quelconque dans sa vie, il avait retrouvé chez son père ce même dégoût, mais plus jamais d'incrédulité, juste de la résignation, comme s'il fallait désormais s'y attendre et que Troy ne faisait que confirmer une fois de plus à quel point il était répugnant.

« Tu es un imbécile, lui avait dit son père quand il avait trompé Claire. Elle était trop bien pour toi.

– Je sais », avait répondu Troy. *C'est pour ça que je l'ai fait, papa. Avant qu'elle ne s'en aperçoive.*

La trahison de son père lui faisait le même effet que si c'était la sienne, comme si c'était lui qui avait fait des avances à Savannah. Troy n'avait-il pas éprouvé un soupçon de désir pour cette fille quelques instants auparavant ? Il aurait pu répondre au même désir qui avait poussé son père à passer à l'acte en voyant la jeune invitée qui avait l'âge d'être sa fille ou sa petite-fille passer devant lui dans leur maison de famille. Son père croyait-il que Savannah se sentirait obligée d'accepter ? Qu'il avait une emprise sur elle car elle n'avait nulle part où aller ? Parce qu'un type l'avait déjà maltraitée ? Avait-il oublié qu'il était Stan Delaney, un ancien coach de tennis en pantoufles de retraité, et non Harvey Weinstein en peignoir ? Enfin merde. *Maman est trop bien pour toi, papa.*

Ou se disait-il, *Il n'y a pas de mal à essayer ? Ça vaut le coup d'essayer ?* Parce qu'il était au régime sec en ce moment ? Et merde, voilà qu'il pensait à ses parents en train de s'envoyer en l'air et à son père qui s'envoyait en l'air avec Savannah, et ça risquait de nuire irrémédiablement à sa propre sexualité.

Ou était-ce simplement un type de comportement récurrent ? Son père avait-il déjà été infidèle ? Troy avait toujours gardé dans un coin de sa tête la possibilité que les disparitions de son père, autrefois, aient été dues à l'existence d'une autre femme, ou même d'une autre famille.

« Mais c'était toujours tellement inattendu », avait dit Amy la seule et unique fois où ils en avaient parlé, l'un et l'autre éméchés juste ce qu'il faut pour évoquer l'ancienne habitude de leur père. « Tellement arbitraire.

– Exactement, avait répliqué Troy. Ça nous paraissait arbitraire parce qu'il lui fallait un prétexte pour aller voir sa petite amie. On marchait sur des œufs pour ne pas le contrarier, alors qu'il avait déjà décidé à l'avance qu'il allait être contrarié par une bricole quelconque.

– Ç'aurait été cruel, avait protesté Amy.

– Mais c'était cruel, avait dit Troy et il avait été aussi étonné que gêné d'entendre sa voix se briser. C'était cruel de faire ça. »

Mais tout ça était tellement vieux, à l'époque, tout était différent ; leurs vêtements, leur coiffure, leur corps, leur personnalité. Quand il se voyait sur des vieilles vidéos, il n'en revenait pas de parler avec cette voix haut perchée et cet accent plat et traînant si inélégant. Ses parents n'étaient plus les mêmes. Aujourd'hui, ils étaient plus petits, plus faibles, moins impressionnants, ils n'étaient plus responsables de rien, pas même de l'école de tennis. Un soir où il devait les retrouver pour le dîner, il était arrivé en retard et son regard avait glissé sur le couple âgé qui était dans le coin et continué à chercher son père, gigantesque et intimidant, sa mère toute petite et énergique, puis il avait vu le couple âgé lui faire signe et se métamorphoser soudain en ses parents, comme dans cette illusion d'optique où l'on voit soit une vieille sorcière, soit une belle jeune fille, et une fois qu'on connaît le truc, on peut voir les deux : on a le choix.

Il pouvait choisir de voir un vieux vicelard qui faisait des avances à une jeune fille ou un pitoyable barbon en quête de sa jeunesse perdue. Il pouvait choisir de voir le père qui avait préféré croire Harry Haddad et non lui, ou choisir de voir le père qui apparaissait comme par magie en caleçon, immense et tout poilu, pour tuer le monstre dès que Troy criait « papa ! » dans son lit.

Puis avec l'âge, il avait arrêté de faire des cauchemars et quand son père l'avait laissé tomber à cause de cet enfoiré de Harry Haddad, c'était toujours sa mère qui était venue à son secours. C'était sa mère qui faisait du charme aux chefs d'établissements et aux policiers. C'était elle qui l'avait remis sur les rails qui l'avaient conduit tout droit à l'existence enviable qu'il menait aujourd'hui.

Il devait s'assurer que sa mère n'apprenne jamais ce que son père avait fait. Il devait la sauver, comme elle l'avait toujours sauvé, et accorder ainsi à son père le pardon que ce dernier ne lui avait jamais accordé.

« Vous ne devez pas en parler à ma mère, dit Troy.

– Comme je vous l'ai dit... » Savannah posa les mains sur ses genoux. « J'hésite. »

Il comprit alors. Pourquoi elle était venue le voir lui et non un de ses frère et sœurs et pourquoi elle se conduisait comme s'il s'agissait d'une transaction commerciale.

Elle était venue passer un marché.

34

« Qui peut m'expliquer la différence entre écoute active et écoute passive ? » demanda Logan à sa classe du mercredi après-midi.

Écoute passive : encore ce mot. Était-ce ainsi qu'il écoutait Indira ? Passivement ?

Devant lui, un mélange hétéroclite d'étudiants était assis derrière les tables placées en demi-cercle : des adolescents tout droit sortis du lycée, des femmes cherchant à rejoindre un monde du travail méconnaissable après avoir passé des années à élever des enfants, des hommes mûrs qui avaient travaillé toute leur vie dans des industries qui n'existaient plus.

« L'écoute active, c'est la façon dont j'écoute mon mari, répondit Rani, la meilleure élève. L'écoute passive, c'est la façon dont il m'écoute. »

Quelques femmes pouffèrent de rire. Les adolescents levèrent le nez de leur téléphone et le replongèrent aussitôt comme s'ils avaient des aimants sur le front.

Rani n'avait que quelques années de moins que la mère de Logan et était en reconversion pour trouver du travail, car son mari avait tout perdu à cause d'un conseiller financier charmeur et malhonnête qui était désormais derrière les barreaux.

« On croyait que cet homme était une perle rare, avait dit Rani dans sa présentation, au début du semestre. Nous avons hypothéqué notre maison pour tout investir chez lui. C'est comme si nous étions sous son emprise. »

La vivacité de Rani lui faisait penser à sa mère et Logan se demanda si Joy dirait un jour de Savannah qu'ils croyaient avoir affaire à une « perle rare ». Sa mère était envoûtée par elle, ou du moins par ses talents culinaires, mais en matière d'argent, c'était une fine mouche. Jamais elle n'irait hypothéquer la maison pour Savannah. À moins que ? En échange d'un poulet rôti ?

Tandis que sa classe suggérait des techniques d'écoute active (affirmations verbales comme, « Je vois, oui » et non verbales comme les hochements de tête), il repensa à ce qu'Amy lui avait raconté de la fureur de sa mère quand elle lui avait dit qu'il doutait de l'histoire de Savannah. Il en voulait à Amy. Elle n'aurait pas dû le raconter à leur mère, ce n'était pas ce qui était prévu.

« Tu étais censée inviter Savannah à boire un verre, lui avait rappelé Logan.

– Je sais, avait répondu Amy. Mais elle me fout les jetons. Elle ne voulait pas me laisser entrer ! On aurait dit une garde-malade. » Logan avait oublié qu'on ne pouvait pas compter sur Amy pour faire ce qui était prévu.

« Il faut reconnaître que son minestrone est super bon, avait dit Amy. Simon et moi, on en a pris deux bols. »

Il s'était avéré que Simon était le colocataire d'Amy et que pour une raison inexpliquée, il se trouvait également chez leurs parents. Simon allait aider Amy à faire une « enquête fouillée » sur Savannah.

« Une recherche approfondie sur son passé, avait dit Amy à Logan. Digne du FBI.

– Je vois, avait dit Logan.

– Parce qu'il est comptable.

– Et en quoi ça peut aider ?

– Il est très méticuleux », avait répondu Amy avec un rire coquin et Logan avait raccroché et appelé Brooke, qui lui avait dit d'arrêter de perdre son temps avec Amy et qu'elle-même préparait un « dossier » sur Savannah depuis des semaines et qu'elle ne tarderait pas à lui apporter de vraies informations. Elle avait prononcé « dossier » avec une grande satisfaction.

Troy n'avait rappelé aucun d'entre eux et pour ce qu'ils en savaient, il était peut-être à l'étranger et ne leur était donc d'aucune aide. En attendant, leur mère avait emmené Savannah faire du shopping la semaine dernière et lui avait acheté toute une garde-robe, ce qui contrariait Amy et Brooke, non pas parce qu'elles avaient envie d'aller faire du shopping avec leur mère – pour elles, il n'y avait rien de pire de monde –, mais parce qu'avec sa manie de faire des gâteaux et ses petits pieds, cette fille avait clairement l'intention de devenir la « fille rêvée » de leur mère.

« On va faire un jeu de rôle sur l'écoute active et passive », dit Logan à sa classe. Il ne demanda pas de volontaires. Il choisit Brian, un ouvrier de l'industrie automobile irlandais qui avait passé trente ans chez Holden et perdu son travail quand le constructeur avait fermé, et Jun, une coiffeuse vive et pétillante qui voulait prendre la place de sa patronne parce que celle-ci était une « vraie sa-lo-pe ».

« Brian, racontez quelque chose à Jun, dit Logan. Ce que vous voulez. Et, Jun, je veux que vous l'écoutiez passivement. »

Brian se lança dans une histoire d'amende de stationnement totalement injuste, que Jun fut incapable d'écouter passivement, parce qu'elle avait été arrêtée exactement au même carrefour, non loin du centre de formation (Logan également). Plus Brian s'enflammait, plus son accent irlandais était prononcé et Logan repensa au petit copain de Savannah avec un accent similaire se redressant sur son lit en cherchant ses lunettes, l'air terrifié.

Il s'arrêta net et se frappa la paume avec le marqueur.

La vérité à sa source. Ou du moins une autre version de la vérité.

Il irait parler à ce petit enfoiré d'Irlandais.

*

En fin d'après-midi, Logan se retrouva au pied de l'immeuble où Savannah avait habité avec son petit copain. Il se souvenait du numéro de l'appartement car il était né un vingt-quatre et avait toujours eu un faible pour ce chiffre.

« Oui ? » dit une voix à l'accent irlandais.

« Oui ? » Logan paniqua. Il n'avait pas vraiment réfléchi ! Mais aussitôt, l'homme dit d'un ton impatient : « Montez. Deuxième étage. »

Logan entendit le déclic et dans son soulagement, il poussa la porte vitrée avec une telle force qu'elle claqua contre le mur.

Quand il arriva devant l'appartement, il vit que la porte avait été bloquée avec une vieille basket éculée. Logan poussa la porte avec hésitation.

« Il y a quelqu'un ? »

Rien.

Il entendait de la musique au fond de l'appartement. Norah Jones. On aurait dit que le type faisait tout pour paraître inoffensif.

Savannah avait mentionné son prénom mais Logan n'arrivait pas à s'en souvenir. C'était un prénom banal, avec une seule syllabe.

Il regarda la toile abstraite appuyée contre le mur. Elle était abominable. Indira aurait adoré. Il se rappela que lorsqu'il était venu avec Troy, Savannah avait dit que l'artiste était le petit copain. Il étudia la signature et crut lire David. C'était comme ça, qu'il s'appelait ? Dave ? Dave.

« Dave ? » lança-t-il.

Une voix couvrit la musique : « Ouais ! Merci ! Posez-la n'importe où. »

Il entra dans la salle à manger. Il avait l'impression d'être sur un chantier, mais accompagné par la voix douce de Norah Jones qui s'échappait d'une enceinte. Une immense bâche tachée de peinture protégeait le tapis. Les cartons de déménagement non déballés avaient été empilés dans un coin et la table basse appuyée verticalement contre le mur. Dave – il supposa qu'il s'appelait Dave – se tenait devant un énorme chevalet. Il était en train de sortir de la peinture d'un tube pour la mettre sur un morceau de carton qui lui servait de palette. Il portait un bleu de travail. Il avait une tache de peinture sur ses lunettes, une autre sur le lobe d'une oreille. La toile à laquelle il travaillait représentait des tourbillons d'un jaune bilieux qui ressemblait à celui de la cuisine de Logan. Il régnait dans l'appartement une ambiance industrieuse et gaie. Ce garçon était visiblement passionné par ce qu'il faisait et Logan ressentit une pointe de jalousie. Autrefois, il était passionné par le tennis, puis ç'avait été le sexe et la télévision. Et maintenant, il n'y avait plus que la télévision.

Indira avait envie de peindre. Comme ça, peut-être. Logan ne savait pas. Elle le lui avait confié il y a environ un an, comme si elle lui avouait quelque chose d'extrêmement personnel et intime. « Vas-y, lance-toi », lui avait dit Logan. Elle avait répondu qu'elle avait besoin d'un coin où peindre, et qu'ils pouvaient peut-être envisager de déménager dans un endroit plus grand, pour qu'elle puisse avoir son atelier. « Tu n'as qu'à peindre ici », avait dit Logan et il avait poussé la table basse contre un mur. Ce n'était pas de l'écoute passive mais active. Très active ! La table basse était lourde. La femme veut peindre, l'homme lui dégage de la place pour qu'elle puisse peindre. Mais elle s'était contentée de dire tristement : « Non, ça ne marchera pas. » Et elle n'en avait plus reparlé.

Si elle avait vraiment voulu peindre, elle aurait peint. Il suffisait de voir ce type. Son appartement était deux fois plus petit que chez eux.

« Ouais, salut, merci, vous avez besoin de… quelque chose ? » dit Dave. Il remit le bouchon de son tube de peinture.

« Je m'appelle Logan. » Il continuait à penser à Indira.

Logan soutenait complètement son désir de peindre. C'était juste qu'il n'avait pas envie de vendre sa maison. Au cas où ça ne marcherait pas. Non, d'ailleurs, ce n'était absolument pas pour ça. Il était réellement investi dans leur relation. Mais il arrivait de perdre alors qu'on était censé gagner. La maison était à son nom. Si ça ne marchait pas, il n'avait rien besoin de changer, la fille partait, Logan restait. Et regardez ce qui s'était passé : la fille était partie. Une fois de plus. Sa stratégie était judicieuse.

« OK, merci Logan, dit Dave d'un ton légèrement impatient. Et la pizza est… ? » Il regarda derrière Logan.

« Oh, fit Logan d'un air confus. Je ne suis pas livreur de pizza. Je, euh… j'aimerais que vous me parliez de votre petite amie. Votre ex-petite amie. Savannah. Rapidement. » Il se rappela sa stratégie : lui demander de l'aide, implorer sa pitié. « J'ai besoin que vous m'aidiez. »

Dave fit un pas en arrière. « Merde. » Il posa son tube de peinture. « Vous êtes un des fous furieux qui l'accompagnaient la dernière fois. »

Logan eut le sentiment pénible que le pauvre garçon parcourait rapidement la pièce du regard, cherchant en catastrophe une arme pour se défendre. Il était encore plus jeune et plus petit que dans son souvenir.

Logan leva les mains. « Je viens en paix. » Où est-ce qu'il avait été chercher ça ? Il essaya de se voûter et d'arrondir les épaules pour se faire plus petit et moins intimidant. « Je veux juste parler. Savannah loge chez mes parents.

– Vos parents ? » Dave avait pris un pinceau qu'il serrait dans son poing comme s'il pouvait le poignarder avec le côté pointu. « Elle loge chez vos parents ? Pas chez vous ? Et elle va bien ?

– Oui », répondit Logan. Il pensa à Savannah qui se baladait tranquillement dans la cuisine de sa mère, coiffée comme elle. « Elle va très bien.

– Comment ça se fait qu'elle connaisse vos parents ? demanda Dave.

– Elle ne les connaît pas.

– Je ne comprends pas.

– Un soir, très tard, elle a débarqué chez eux en sang. Elle a dit que vous l'aviez frappée.

– Frappée ? » Dave resta bouche bée, l'air hébété. « Elle a vraiment dit ça ? Que je l'avais frappée ?

– C'est pour ça que mon frère et moi, on est venus l'aider à récupérer ses affaires. Mais l'autre jour, je suis tombé sur un truc à la télé. C'était une fille qui racontait exactement la même histoire que m'avait racontée Savannah. Sur vous. Quasi mot pour mot. Alors, je me suis dit qu'elle l'avait peut-être inventée, mais bon, ce n'est pas grave si elle l'a inventée. »

Enfin, si, c'était grave, mais il voulait seulement montrer qu'il était du genre cool et compréhensif. Tout ce qu'il voulait, c'étaient des informations.

« Elle habite chez mes parents et ma mère l'aime beaucoup, et on essaie juste de comprendre. On… » Soudain, il fut submergé par la bizarrerie de la situation. Il était entré dans l'appartement d'un inconnu, de la même manière que Savannah était entrée dans la vie de ses parents. C'étaient des choses qui ne se faisaient pas. « On a juste besoin de savoir si nous avons des raisons de nous inquiéter. On… on a du mal à la comprendre. »

Les épaules du garçon se détendirent. « OK, dit-il. C'est bon. » Il enleva ses lunettes, sortit un vieux chiffon de sa poche pour essuyer les taches de peinture sur les verres. « D'abord, je ne l'ai pas frappée. Je n'ai jamais frappé personne. » Il regarda Logan. « Homme ou femme.

– OK, répondit Logan. Je vous crois.

– On aurait dit que vous vouliez me tuer, tous les deux. C'est pour ça ? » Dave remit ses lunettes. « Parce que vous pensiez que…

– On ne voulait pas vous tuer, protesta Logan, embarrassé.

– Votre frère, si. C'était un cauchemar. On aurait dit un cambriolage.

– Vous n'arrêtiez pas de vous excuser, de demander pardon à Savannah », se rappela Logan. Il cherchait vaguement des circonstances atténuantes. « Vous vous excusiez de quelque chose que vous aviez fait, quelque chose de sérieux.

– Pas de l'avoir frappée ! s'exclama Dave. Je m'excusais

d'avoir oublié son anniversaire. Je devais la retrouver dans un restaurant pour son anniversaire et je ne suis pas venu. Elle m'a attendu un temps fou, bien habillée et tout, dans ce restaurant chic et mon portable était à plat.

– Waouh, fit Logan.

– Je sais », dit Dave. Il secoua la tête avec remords. « Je n'en reviens pas d'avoir fait ça.

– Donc, l'histoire qu'elle m'a racontée…

– Elle a dû en effet l'entendre à la télé et la reprendre à son compte. Elle adore répéter des trucs. Genre des monologues de films. Des histoires qu'on lui a racontées. Que moi je lui ai racontées. C'est un vrai perroquet. Elle fait ça pour amuser la galerie.

– OK », dit Logan. Très amusant : se faire passer pour une victime de violences conjugales.

« Elle a soi-disant un syndrome de mémoire supérieure ou un truc comme ça. Elle dit qu'elle se souvient de chaque jour de sa vie. Je n'ai jamais su si c'était vrai ou si c'était encore quelque chose qu'elle avait vu à la télé. » Il semblait mal à l'aise. « Disons qu'elle prend peut-être… des libertés avec la vérité.

– C'est une menteuse, dit Logan. Si c'est ce que vous voulez dire. »

On sonna à l'interphone et ils sursautèrent tous les deux.

« C'est ma pizza, dit Dave. Je vous avais pris pour ma pizza.

– J'avais cru comprendre, oui, dit Logan.

– Je peux lui dire de monter ? » demanda Dave prudemment comme s'il était pris en otage.

Logan recula en levant de nouveau les mains, bêtement. « Je ne vais pas vous retenir plus longtemps. »

Dave fit monter le livreur de pizza puis ils se regardèrent tous les deux avec embarras, l'air d'attendre.

« C'est quoi comme pizza ? demanda Logan.

– Ma préférée de la pizzeria du coin, dit Dave. C'est la Sexy Chick. Avec du poulet frit et de la sauce au piment doux. Vous avez faim ? Je ne mangerai pas tout.

– J'ai super faim, oui, répondit Logan avec sincérité. Mais ne vous en faites pas, je ne…

– Une Sexy Chick XXL pour Dave ? » lança une voix grave à la porte et Logan et Dave ne purent s'empêcher d'échanger un sourire qui allégea l'atmosphère, et c'est ainsi que Logan se retrouva assis par terre chez l'ex de Savannah à boire de la bière et déguster une excellente pizza en passant curieusement un très bon moment.

« Ma petite amie veut peindre… des trucs… enfin des toiles dans ce genre. » Logan montra le chevalet. « Mon ex-petite amie. » Il regarda autour de lui. « Je lui ai dit qu'elle pouvait peindre dans le salon, comme vous. Elle a dit qu'elle avait besoin d'un atelier. »

Il avait envie que Dave lui dise : *La fille chiante, quoi.*

« Ouais, enfin, c'est seulement parce que Savannah a déménagé, répondit Dave. Autrement, j'aurais besoin de mon atelier. C'est le bon côté des choses. D'un coup, je me retrouve avec mon atelier. Votre petite amie n'aurait jamais pu peindre si vous aviez été constamment sur son dos.

– Je n'aurais pas fait ça.

– Elle aurait été gênée de peindre devant vous. » Dave retira un bout de poulet de sa pizza et continua à parler la bouche pleine. « Surtout si elle débute. C'est le problème, avec la peinture. Ça se voit tellement.

– Oh, fit Logan. Elle ne me l'a jamais dit. J'aurais pu sortir. La laisser tranquille.

– Bien sûr, poursuivit Dave. Mais elle s'est probablement mis en tête qu'il lui fallait un atelier pour surmonter sa peur. Elle voudrait peindre, mais elle a peur de peindre.

– Pourquoi elle aurait peur de peindre ?

– Au cas où elle n'est pas douée, répondit Dave. Au cas où elle n'arrive pas à mettre sur une toile ce qu'elle a dans la tête et dans le cœur. Elle a peut-être peur d'avoir peur. D'être tellement paralysée par la peur qu'elle ne pourra rien faire et restera plantée là avec un sentiment d'imposture. »

Logan reposa sa part de pizza, soudain attristé. Il croyait que ce n'était qu'un caprice et le fait est qu'Indira était étrangement réticente chaque fois qu'elle en parlait, comme si elle n'y attachait pas réellement d'importance. Elle abordait le sujet et laissait tout de suite tomber. Elle n'insistait jamais. Se pouvait-il que sa réticence soit due à sa peur ?

Il aurait dû comprendre qu'elle avait peut-être une relation ambivalente et passionnelle à l'art tout comme il avait une relation ambivalente et passionnelle au tennis. L'art n'était pas un passe-temps pour elle, tout comme le tennis ne serait jamais un passe-temps pour lui. Quand elle visitait des galeries d'art ou des musées, elle éprouvait la même chose que Logan quand il regardait les grands tournois : de la douleur et du plaisir, comme un amour non partagé.

Il n'était qu'un imbécile. Ils avaient les moyens de s'offrir un endroit plus grand. Pourquoi avait-il insisté pour rester ? Parce qu'il n'avait jamais envie de changer quoi que ce soit, ni de travail, ni d'adresse, ni de banque, ni de club de gym. Bon sang. Ç'aurait été tellement simple de déménager dans un trois pièces où la seconde chambre aurait pu lui servir d'atelier. Elle aurait pu fermer la porte, affronter sa peur. Elle était probablement douée. Probablement plus que ce garçon. Elle était probablement géniale.

« Elle vous a brisé le cœur, alors ? demanda Dave.

– Non, répondit Logan. Ça s'est délité peu à peu. » Il changea de sujet pour revenir à l'objet de sa visite. « Vous êtes resté combien de temps avec Savannah ?

– Pas longtemps, dit Dave. Trois mois, environ.

– Vous avez emménagé ensemble très vite.

– Trop vite, sans doute. Une des premières fois où on se voyait, je lui ai dit que j'envisageais d'aller m'installer à Sydney et elle m'a dit qu'elle aussi, mais que c'était bien plus cher qu'Adélaïde.

– Attendez… elle nous a dit que vous arriviez tous les deux de la Gold Coast.

– Adélaïde, dit Dave.

– Mais pourquoi elle a parlé de la Gold Coast ? »

Est-ce que cela faisait plus tragique, plus dramatique d'arriver de la Gold Coast que d'Adélaïde ? Peut-être.

Dave haussa les épaules. « Elle fait souvent ça. C'est une habitude, chez elle. Elle ment sans raison, sur n'importe quoi, des trucs sur lesquels elle risque de se faire choper, genre, je ne sais pas moi, ce qu'elle a mangé à midi. Je lui disais "Mais Savannah, je sais que c'est faux" et elle me disait "Quelle importance ? C'est sans intérêt, on s'en fout, de ce que j'ai mangé à midi". Et je me disais, ouais, c'est vrai, c'est sans intérêt, je m'en fous, mais ça m'embrouillait.

– Je m'en doute », dit Logan.

Dave reprit une part de pizza et poursuivit : « J'ai fait des recherches, vous savez. Savannah a tout à fait le profil d'une menteuse pathologique, quelqu'un qui n'a pas besoin de mentir. C'est exactement ce qu'elle fait. Elle ment pour le plaisir de mentir. »

Logan s'efforça de faire comme sa mère et de montrer de la compassion. « Ça doit être lié au fait qu'elle a été placée dans des familles d'accueil ? » Il s'anima. « Elle a peut-être pris l'habitude de dire ce qu'elle pensait que les gens voulaient entendre et…

– Ouais mais non, dit Dave. Elle n'a jamais été placée dans des familles d'accueil. »

Logan s'avachit. « Non ? » Sa compassion s'évanouit.

« Non, dit Dave. Son père est mort quand elle était bébé. Je crois qu'ils n'ont jamais été très riches, mais elle n'a jamais été placée. Elle vivait dans la même maison depuis l'âge de sept ans. Elle faisait de la danse classique. Elle dit que sa mère a gardé tous ses trophées exposés, à la manière d'un autel dédié à sa carrière de danseuse. Je sais que ça, c'est vrai. J'ai vu des photos d'elle sur scène. »

Logan se sentait nauséeux. Tous ces mensonges inutiles. Avait-elle volé les détails de son enfance en famille d'accueil à un pauvre candidat décrivant son « parcours » dans une émission de talents ? La mère de Logan n'avait pas besoin de tout cela pour éprouver de la compassion. Si Savannah avait reconnu qu'elle était une simple fille d'Adélaïde qui s'était fait poser un lapin par son petit copain le jour de son anniversaire, sa mère l'aurait quand même laissée passer la nuit chez eux, même si son père ne l'aurait peut-être pas laissée en passer une deuxième.

« Donc c'est le soir où vous avez oublié son anniversaire qu'elle est partie ? » Logan pensa subitement à quelque chose. « Mais alors, comment elle s'est blessée dans ce cas ? Elle saignait quand elle est arrivée chez mes parents.

– Ce jour-là, j'ai travaillé tard. Je suis nouveau, j'essaie de faire bonne impression. » Il prit la bouteille et but une longue rasade au goulot. Maintenant qu'il avait presque fini sa bière, il se détendait et devenait volubile. « On avait tous les deux trouvé du boulot dès notre arrivée et on était débordés. Je travaillais à plein temps comme graphiste et Savannah jonglait entre deux boulots avec des horaires décalés. On était tous les deux épuisés. »

Savannah avait deux boulots ? Qu'étaient-ils devenus ? Aux dernières nouvelles, Savannah avait dit qu'« on ne trouvait pas grand-chose en ce moment ».

« Je croyais que le dîner d'anniversaire était la semaine d'après. Alors je suis rentré, ma batterie était à plat et je ne retrouvais pas ce foutu chargeur. On venait à peine d'emménager. On avait encore des cartons à déballer. Je commençais à avoir faim parce que c'était toujours elle qui faisait à manger. » Dave considéra tristement sa part de pizza. « Elle cuisine très bien.

– Je sais », dit Logan, même s'il avait des scrupules à admettre qu'il appréciait les talents culinaires de Savannah alors même qu'il était là pour enquêter sur elle.

« Et puis finalement, elle est rentrée. Je me suis dit, Cool, le dîner ! Puis j'ai vu qu'elle s'était faite toute belle et là je lui ai fait : “Et merde, ne me dis pas que c'était aujourd'hui ?” Vu que c'était la première fois qu'on fêtait son anniversaire, évidemment, ça la foutait mal. »

Visiblement, il s'en voulait encore.

« Ce qui est bizarre, c'est qu'au début elle n'était pas si en colère que ça. Elle était contrariée, mais pas folle de rage. Elle a dit que ça ne faisait rien, qu'on irait une autre fois. Elle a fait des pâtes ! On regardait la télé en buvant un verre de vin, tout allait bien, et là soudain, c'est comme si elle était devenue folle. Elle s'est levée du canapé et elle a dit : "Je ne peux plus supporter ça." Elle s'est mise à faire les cent pas avec son verre de vin, on aurait dit qu'elle était en pleine crise, et il y avait encore des cartons et du bazar partout. D'un coup, elle a trébuché sur mon étui à guitare. Elle m'avait demandé de le ranger et je ne l'avais pas fait. » Il regarda Logan. « Je suis officiellement le salaud de l'histoire. »

Logan lâcha un *tss* compatissant, qui était un parfait exemple d'affirmation non verbale dans le cadre d'une écoute active.

« Quand elle est tombée, le verre de vin s'est cassé et elle s'est coupée. » Il mit la main sur son œil en repensant à la scène. « J'ai cru un moment qu'elle avait perdu un œil. Ça pissait le sang. J'ai essayé de l'aider, mais elle ne voulait pas que je regarde la plaie, elle tournait en rond en marmonnant. Et d'un coup, elle est partie. Pieds nus. Et il faisait froid, ce soir-là. Sans argent, sans téléphone. Elle est partie comme ça.

– Et vous pensiez qu'elle était partie où ?

– Je n'en avais aucune idée. Je lui ai dit "Tu vas où ?" et elle m'a dit "Je retourne là-bas".

– Où ça, là-bas ? demanda Logan.

– C'est ce que je lui ai dit : "Où ça, là-bas ?" Je pensais qu'elle voulait rentrer à Adélaïde. Je lui ai dit : "Tu ne trouveras pas de vol à cette heure-là !" »

Logan l'étudia, cherchant des failles dans son histoire que ses sœurs ne manqueraient pas de repérer. « Vous deviez être inquiet.

– Je ne savais pas si je devais appeler la police ou quoi. Je n'ai pas fermé l'œil de la nuit. Et puis le lendemain, je suis allé travailler – c'est un nouveau boulot, il faut bien – et elle avait laissé sur ma boîte vocale un drôle de message où elle chuchotait comme si elle appelait d'une bibliothèque. Elle disait qu'elle était chez des vieux amis, et je me suis dit, Quels amis, je croyais qu'on ne connaissait personne, ici. Elle disait qu'elle me “souhaitait une bonne continuation”. J'en ai déduit que c'était fini. »

Logan grimaça. « Une bonne continuation.

– Je sais, dit Dave. Elle parlait comme ça, des fois. Comme une vieille dame. Ou comme si elle jouait un rôle. J'ai l'impression qu'en fait, je ne la connaissais pas. Et vous savez quoi, depuis, j'en ai parlé à des gens et je me dis que c'est le genre de relations où avec le recul, tu te dis, Mais c'était quoi cette histoire ? Parce qu'elle était peut-être drôle et mignonne, mais elle était bizarre. Je me dis que je l'ai peut-être échappé belle.

– C'est possible, oui », dit Logan. En ce cas, ses parents étaient-ils ses prochaines cibles ?

« Je ne pense pas qu'elle soit dangereuse, observa Dave. Elle est juste très étrange. Ce soir-là, son comportement était bizarre, c'était tellement inattendu. Je me souviens m'être dit, Peut-être qu'en réalité, ça n'a rien à voir avec le fait que j'ai oublié son anniversaire. Ça ne serait pas quelque chose à la télé qui l'aurait mise dans cet état ? Mais c'est impossible. On ne la regardait pas vraiment. C'était juste un sujet aux infos sur le tennis.

– Le tennis ? » répéta brusquement Logan. Il s'apprêtait à boire une gorgée de bière et la bouteille lui heurta les dents. « Il était question de quoi exactement ?

– Savannah ne s'intéresse pas du tout au sport, ça ne peut pas être ça.

– Mais vous avez dit qu'il y avait un truc sur le tennis à la télé. Il était question de quoi exactement ?

– Rien de spécial, dit-il. C'était juste sur ce joueur qui fait son come-back. Comment il s'appelle, déjà ? » Il fronça les sourcils, claqua des doigts. « Harry Haddad. »

35

Aujourd'hui

« Je crains que si on raconte à la police tout ce qu'on sait sur Savannah, ils ne s'occupent plus de retrouver maman », disait la cliente à l'accueil du cabinet de droit pénal Marshall & Smith. « Ils risquent de penser que papa a… » Elle baissa la voix. « Un mobile possible. »

La réceptionniste, qui était chez Marshall & Smith depuis plus de dix ans avait l'habitude d'entendre ce type de conversations d'ordre privé et parfois même salace. C'était un des avantages de son travail.

La cliente, une femme aux cheveux très courts mais incroyablement longiligne – elle donnait l'impression d'être deux fois plus grande qu'une femme normale, comme si elle était en passe de remporter la médaille d'or du saut en hauteur –, avait rendez-vous pour la première fois avec l'associé principal Chris Marshall. Elle parlait à voix basse au téléphone, mais la réceptionniste avait l'ouïe fine, ce n'était pas de sa faute.

« S'ils découvrent ça tout seuls, ce n'est pas un problème, on l'a bien découvert, nous. Je suis sûre qu'ils sont plus efficaces que nous. Je ne vois pas pourquoi on leur apporterait ça sur un plateau. Ça n'a aucun rapport. Ça donne juste une mauvaise image de papa. »

Il y eut un long silence, puis soudain, elle reprit : « Écoute, c'est toi qui vois, Troy. Je ne peux pas t'en empêcher. Mais autant que tu saches que je prends un avocat pour papa. Au cas où. »

Un autre silence.

« Oui, je le soutiens. »

Un autre silence.

« Non, je n'ai pas dit que je le soutenais quoi qu'il arrive. » Sa voix était pleine d'une émotion contenue. « J'essaie de faire ce qu'il faut. Oh et puis merde ! »

Elle laissa tomber le téléphone sur ses genoux et regarda droit devant elle. La réceptionniste baissa les yeux sur son clavier. C'était bizarre de voir quelqu'un perdre son sang-froid.

« Brooke Delaney ? » Chris Marshall se tenait sur le seuil de son bureau, un large sourire aux lèvres.

« C'est moi. » La femme se leva d'un bond, inspira par le nez et leva le menton comme si elle s'apprêtait à établir ledit record de saut en hauteur et entra à grandes enjambées dans son bureau.

36

Faire une recherche d'image inversée, suggéra Internet quand Brooke demanda comment effectuer une recherche sur une personne louche qui habitait chez ses parents. *C'est facile !*

Pas si je n'ai pas de photo d'elle, dit Brooke à Internet. Elle croisa les mains et les leva au-dessus de sa tête. Elle était chez elle, dans son bureau, assise devant son ordinateur, si ce n'est qu'elle avait l'impression d'être chez Grant, dans le bureau de Grant, devant son ordinateur à lui. Théoriquement, ils étaient censés se partager le bureau, mais dans les faits, c'était toujours Brooke qui travaillait sur son ordinateur portable dans le salon, comme si la carrière de Grant était la seule qui comptait. Elle paraissait plus importante, même si Brooke voyait mal en quoi son travail de géologue au sein d'une agence gouvernementale de « géosciences » était plus crucial que son travail de kinésithérapeute.

Pourquoi pensait-elle ça ? Grant ne lui avait jamais laissé entendre que son travail était plus important que le sien. Il avait également une mauvaise posture et avait donc besoin du fauteuil qui offrait le meilleur soutien lombaire. C'était elle qui l'avait voulu. Elle avait même insisté, d'ailleurs.

Ils formaient un couple moderne, fondé sur un partenariat égalitaire, rien à voir avec le couple à l'ancienne totalement déséquilibré de ses parents. Elle avait été choquée d'apprendre que sa mère détestait faire la cuisine. Pas étonnant que Joy trouve Grant formidable. Grant faisait très bien la cuisine. Ils ne s'étaient jamais disputés sur qui faisait quoi dans la maison. Ce n'était pas un problème pour eux. Ils se partageaient équitablement toutes les tâches.

Brooke n'avait rien à voir avec sa mère. Rien.

Elle régla le fauteuil à sa convenance. C'était un bon fauteuil. Les lombaires de Grant le regrettaient sans doute.

Elle mit Taylor Swift plus fort pour se motiver. Elle adorait Taylor Swift. Grant disait qu'elle ne pouvait pas aimer Taylor Swift parce qu'elle n'avait plus treize ans, mais elle l'adorait littéralement. C'était un soulagement de ne plus avoir à écouter le dernier album d'un groupe de rock alternatif qu'avait découvert Grant. Il fallait l'écouter en entier et dans le bon ordre, car c'était ce qu'avait voulu l'artiste. Brooke, elle, préférait mettre son morceau préféré en boucle.

Brooke avait cherché Savannah sur Google dès qu'elle avait su son nom de famille, quelques semaines auparavant. Au début, sa mère lui avait dit qu'elle ne le connaissait pas. « Je ne lui ai pas demandé ! Pourquoi veux-tu que je lui demande ? » C'est vrai, quoi, pourquoi aller demander le nom de famille de la personne qui s'est installée chez soi ? Puis elle avait dit qu'elle s'appelait Savannah Polanski, « comme cet affreux réalisateur », et ses recherches sur « Savannah Polanski » n'avaient rien donné, à part un avis de décès, et quelques jours plus tard, « Ah au fait, je me suis trompée, ce n'est pas Polanski, c'est Pagonis ». Brooke avait de nouveau cherché sur Google, et là encore, elle n'avait rien trouvé, sauf une note de trois étoiles pour un restaurant de sushis de Byron Bay.

Elle fixait l'écran d'un œil morne avec un sentiment de frustration. Elle était habituée à ce qu'Internet lui fournisse toutes les réponses dont elle avait besoin.

Mais si, Brooke avait une photo de Savannah.

Sa mère lui a envoyé par texto une photo d'elles le jour de leur virée shopping : un selfie d'elles deux, radieuses, dans une cabine d'essayage, vêtues de nouvelles robes qui portaient encore leur étiquette. La photo était nette, ce devait être Savannah qui l'avait prise en veillant à ce que le téléphone ne bouge pas. Apparemment, elles avaient passé six heures dans le grand magasin ! Elles étaient restées si longtemps qu'elles auraient dû payer un supplément pour le parking si Savannah n'avait pas découvert une faille extraordinaire dans le système de gratuité du parking pour les clients, ce qui avait permis d'économiser sept dollars ! Elles avaient mangé un crumble aux pommes ! Il n'était pas mauvais !

Brooke avait été agacée et par la photo et par la virée shopping.

Elle retrouva la photo sur son téléphone, détoura le visage de Savannah et fit sa première recherche d'image inversée.

Internet lui dit : *Ce n'est pas Savannah Pagonis, mais Savannah Smith.*

Deux ans auparavant, « Savannah Smith » avait été photographiée dans une librairie à l'occasion du lancement du dernier livre de recettes d'un célèbre chef. Il n'y avait aucun doute, c'était bien elle, même si elle avait radicalement changé de style depuis. Elle avait les cheveux plus longs et plus bouclés et portait du rouge à lèvres carmin et de grosses boucles d'oreilles.

Mais qu'avait-elle appris ? Qu'avant, Savannah s'appelait autrement et ne se coiffait pas de la même façon ? Qu'elle avait peut-être été mariée ? Le fait qu'elle ait assisté au lancement d'un livre de recettes n'avait rien de choquant.

Brooke soupira. Pourquoi serait-elle déçue ? Elle n'avait tout de même pas envie de découvrir que ses parents vivaient avec une arnaqueuse professionnelle, n'est-ce pas ? Peut-être que si. Peut-être rêvait-elle d'un prétexte pour foncer là-bas et crier à Savannah, *Arrêtez d'être aussi gentille avec mes parents !*

Elle regarda l'heure. Elle oubliait sans cesse que son amie Ines n'allait pas tarder à arriver. La nouvelle de sa séparation s'était répandue depuis peu (elle n'y était pour rien, à part sa famille, elle n'en avait parlé à personne) et les gens s'étaient mis à lui envoyer des messages compatissants comme si Grant était mort. Le texto d'Ines était bref. *Je viens d'apprendre. Je viens ce soir.*

Brooke lui avait répondu : *J'ai peut-être un truc de prévu !*

Ines lui avait répondu : *Mais non.*

Bon. Elle avait raison. Ses seuls projets pour la soirée étaient de faire des recherches sur Savannah et d'écrire un article intitulé « Dix astuces contre le mal de dos », dans l'espoir de le faire publier sur un site de santé féminine. Elle essayait d'« accroître sa visibilité ». Il fallait aussi qu'elle publie un nouveau post « motivant » sur Instagram.

Elle continua de chercher « Savannah Smith » sur Google en passant en revue de multiples Savannah Smith aux quatre coins du monde, jusqu'au moment où elle s'arrêta sur une photo noir et blanc avec du grain d'un article de journal vieux de quinze ans. Le titre disait : SAVANNAH, JEUNE DANSEUSE DE ONZE ANS, A UN BRILLANT AVENIR DEVANT ELLE !

Ce n'était qu'un petit article d'un paragraphe dans un journal local d'Adélaïde relatant que Savannah Smith avait remporté le premier prix du « plus grand concours de danse classique de la région » et que c'était « un grand bonheur pour la petite fille discrète, timide et talentueuse » car c'était « son rêve de devenir un jour danseuse professionnelle ».

La photo qui était à l'écran montrait une petite fille en tutu sur les pointes, les bras levés dans la pose classique de la ballerine. Une petite fille très maigre, squelettique presque, le regard grave, fiévreux, les cheveux tellement tirés par le chignon que cela semblait douloureux. Ses oreilles d'elfe étaient décollées. Ce n'était pas idéal pour une danseuse.

Bien des années auparavant, Brooke et ses frères et sœur avaient tous les quatre eut droit à des articles tout aussi dithyrambiques sur leurs carrières prometteuses dans le tennis. Cela arrivait tout le temps. Les enfants talentueux devenaient des adultes ordinaires : les papillons se changeaient en phalènes.

Apparemment, son père avait entrepris de plastifier méticuleusement pour la postérité toutes les vieilles coupures de journaux qui leur étaient consacrées et ça la rendait mélancolique. Quelle invraisemblable perte de temps.

Brooke avait l'impression agaçante que cette photo remuait de vagues souvenirs. La petite fille lui rappelait quelqu'un ou quelque chose. Quelque chose à voir avec une migraine, sa vue qui se troublait, une odeur d'herbe fraîchement coupée, de quelqu'un qui criait.

On sonna à la porte et elle émergea en sursaut de ses rêveries.

Ines arriva avec une bouteille de champagne et un cabas surchargé à l'épaule.

« C'est beaucoup trop lourd ! » lui dit Brooke en s'empressant de la débarrasser et elle conduisit Ines à la cuisine, prise d'une soudaine affection pour sa vieille amie. Elle n'avait pas oublié ses amis, mais elle avait la curieuse impression de ne se souvenir d'eux que maintenant.

« J'adore la salopette, dit Ines en montrant la salopette en jean que Brooke avait sortie du fond d'un tiroir sur un coup de tête. Très vintage.

– C'est confortable, dit Brooke. Grant trouvait que ça me donnait l'air d'une soigneuse de zoo. »

Elles débouchèrent le champagne et Brooke lui raconta tout sur Savannah. « C'est toujours elle qui leur fait à manger.

– La garce. » Ines lui tendit un verre de champagne pétillant.

Brooke se mit à rire puis s'arrêta brusquement, s'apercevant que ce rire voluptueux était à la fois familier et étrange, comme s'il faisait partie de ces choses qu'elle croyait avoir rangées à jamais avec ses vieux manuels scolaires et son uniforme. Ça lui arrivait de plus en plus souvent au fil des semaines à mesure que la présence de Grant s'estompait. Brooke redécouvrait des habitudes, des vêtements, des morceaux de musique d'autrefois et à présent, son rire d'autrefois. C'était absurde de penser qu'elle n'avait pas ri depuis dix ans. Elle avait ri, évidemment, car Grant était drôle. Si drôle. Il était fier de son humour. Il tenait à ce qu'on le considère comme le « comique » du couple.

Ines dit soudain : « Ça fait plaisir de te voir.

– Je sais, j'ai été tellement occupée par le cabinet…

– Je voulais dire, ça fait plaisir de te voir sans Grant, l'interrompit Ines.

– Comment ça ? Tu l'aimais bien, non ? Tout le monde aimait bien Grant ! » Brooke regarda la bouteille de champagne. « Attends, c'est pour fêter son départ, le champagne ?

– Je ne le détestais pas, dit Ines. Il fait partie de ces gens qu'on se sent obligé de trouver sympathique… » Elle marqua une pause. « C'est juste qu'on avait toujours l'impression que tu étais absorbée.

– Comment ça, absorbée ?

– Comme si tu faisais tout le temps attention à lui.

– C'est normal dans un couple, non ? D'être attentif à l'autre ?

– Oui, mais ç'avait l'air d'être à sens unique. Je n'ai jamais eu l'impression qu'il faisait attention à toi. C'est comme s'il était le P-DG et toi, son assistante dévouée.

– Non », protesta Brooke. Elle était une femme forte, intelligente, éduquée, qui n'avait aucun problème avec les pneus à plat, les araignées, les ampoules à changer, les garagistes qui surfacturaient ou les agents immobiliers agressifs. Elle était profondément blessée. « C'est faux. C'est totalement faux.

– Sûrement, répondit posément Ines. Qu'est-ce que j'en sais, après tout ? »

Elles burent leur champagne en silence.

« Je suis désolée, reprit Ines. Je n'aurais pas dû dire ça. Regarde, je vais te montrer ce que j'ai acheté. » Elle attrapa le cabas sur le comptoir. « J'ai pris des trucs qui remontent le moral. Du saumon. Des bananes. Je crois me rappeler que tu adorais manger des bananes, à l'école.

– J'adorais les bananes, fit Brooke. Et puis un médecin m'a dit de les supprimer au cas où elles me déclenchaient des migraines alors j'ai arrêté d'en manger. »

Elle prit les bananes jaune vif que lui tendait Ines. « Des frécinettes », dit-elle d'un ton vague alors qu'un souvenir de son enfance se matérialisait, l'image apparaissant peu à peu comme une photo qui se développe.

Elle était en uniforme d'hiver et avait posé son cartable dans la véranda de derrière pour courir récupérer une balle de tennis dans la gueule de leur labrador noir qui n'arrêtait pas de faire des bêtises. Quand elle était revenue chercher son cartable, elle avait trouvé une fillette inconnue dans la véranda, ce qui n'était pas la première fois. Il y avait constamment dans leur jardin des gamins inconnus qui accaparaient l'attention de leurs parents, sauf que celle-ci était en train de fouiller dans son cartable et de lui voler une banane, une petite frécinette intacte que Brooke n'avait pas eu le temps de manger à l'école, mais qu'elle avait bien l'intention de manger, et elle avait des lumières qui papillotaient dans les yeux, elle ne savait pas pourquoi et chaque fois qu'elle en parlait à sa mère, elle n'avait pas le temps de l'écouter, elle était trop occupée par d'autres gamins comme celle-là, et puis d'abord comment cette petite idiote osait-elle fouiller dans son cartable et lui voler sa banane ? Brooke était en rage, elle se sentait spoliée, nauséeuse. Elle avait crié : « Hé, toi ! Pose-la ! C'est mon cartable ! C'est ma banane ! »

Brooke n'était pas du genre à crier, elle avait plutôt tendance à bouder. C'était presque grisant de savoir qu'elle était capable de crier aussi fort avec une fureur légitime. La petite fille avait levé la tête. Les cheveux tellement tirés en arrière que ça lui faisait des yeux de chat. Des oreilles d'elfe. Un air rancunier. Elle avait lâché la banane. S'était enfuie.

C'était pour ça que Brooke connaissait le visage de la fillette de l'article. Elle avait rencontré Savannah quand elle était petite. Ce n'était pas une coïncidence si elle avait débarqué chez ses parents : elle était déjà venue.

37

Aujourd'hui

« Ça lui est revenu à cause des bananes », disait Ines Lang à sa mère alors qu'elles attendaient au rayon des vêtements pour homme afin d'acheter une cravate à son père pour son anniversaire. « C'était juste après qu'elle et Grant… non, j'y crois pas, quand on parle du loup. » Ines n'en revenait pas. « Ne te retourne pas. » Elle baissa les yeux, mais il était trop tard. Il s'approchait d'elles en se frayant un chemin entre les portants.

« Ines ! Je me disais bien que c'était toi. » Grant Willis, l'ex-mari de Brooke, était un type à l'allure ordinaire, avec un début de calvitie et de grandes oreilles, mais il prenait des faux airs de sex-symbol qui finissaient par le rendre presque aussi beau qu'il croyait l'être. Les femmes accordaient une prime à la confiance en soi. Les hommes n'étaient pas aussi généreux dans leur notation.

« Bonjour Grant », dit Ines. Courtoise, mais glaciale. « Maman, je te présente l'ex-mari de Brooke.

– Holà, pas si vite, on n'est pas encore divorcés, dit Grant.

– Mais ça ne saurait tarder », répliqua Ines. Elle dit à sa mère : « Ça ne saurait tarder.

– On a d'autres sujets de préoccupation, en ce moment, dit

Grant. Avec la mère de Brooke qui a disparu. » Il parut hésitant. « J'aime beaucoup Joy. On était très proches.

– Tu ne vis pas à Melbourne, Grant ? » demanda Ines. Brooke lui avait dit qu'il avait accepté une mutation dans un autre État au début de l'année. Elles avaient toutes les deux admis que c'était une bonne nouvelle. Il était préférable que les ex-maris quittent l'État, voire le pays, si ce n'est la planète. Pourquoi traînait-il à Sydney ?

« Je suis là pour le boulot », dit Grant. Il s'approcha d'elle. « Brooke ne me rappelle pas.

– Elle a pas mal de soucis.

– Je sais ! C'est juste que… je pensais que la police me contacterait.

– Pourquoi veux-tu qu'elle te contacte ? s'étonna Ines.

– J'ai longtemps fait partie de la famille.

– Oui, mais c'était il y a un bout de temps.

– Pas si longtemps que ça ! protesta Grant. J'ai des informations.

– Oh, ça va. » Ines était si agacée qu'elle laissa tomber la politesse. « Si tu as des informations susceptibles d'aider à retrouver Joy, tu n'as qu'à les appeler !

– Je devrais, oui, dit Grant. J'estime qu'il est de mon devoir de m'assurer que la police est au courant que Joy a commis… » Il se passa la langue sur les lèvres. « A commis une incartade. »

Ines croisa le regard de sa mère qui écarquillait les yeux. « Une incartade ?

– Absolument. C'était il y a des années, mais naturellement, si Stan l'a découvert, on a peut-être un mobile. »

On a un mobile. Ce type était géologue, pas avocat.

« Je suis sûre que la famille a fait part à la police de toutes les informations utiles, commença Ines.

– Brooke est la seule de la famille à être au courant de cet incident et elle a toujours été la fille à son papa. Je pense qu'elle n'en parlera pas à la police.

– Je vois », dit Ines. Elle en avait la nausée. Comment osait-il ?

« Brooke soutient son père, je comprends, dit Grant. Mais je suis du côté de Joy et si Stan lui a fait du mal, je ferai tout pour qu'on le colle derrière les barreaux. »

38

Octobre dernier

« Il s'avère que ta potentielle arnaqueuse est bel et bien une arnaqueuse », dit Simon Barrington à Amy qui était à la table de la salle à manger, occupée à noter le goût de fromage d'un nouveau biscuit apéritif.

Simon prit un cracker et s'assit en face d'elle. « On sent bien le fromage, dit-il.

– Trop ? demanda Amy.

– Non, juste ce qu'il faut. »

Amy réalisa ce qu'il venait de dire. « Savannah est une arnaqueuse ? Sérieux ? »

Elle nota que son cœur dépassait certes la limite autorisée, mais qu'il maîtrisait sa vitesse et ne changeait pas de voie. Roger, son thérapeute, aimait bien les métaphores automobiles.

Simon ouvrit une chemise cartonnée. « J'ai vérifié auprès de l'ASIC.

– Malin ! » Amy essaya de se rappeler ce qu'était l'ASIC.

« L'Australian Securities and Investments Commission, le régulateur des entreprises. Savannah figure sur la liste des dirigeants interdits de gérer. Il y a trois ans, elle dirigeait une affaire de vente de faux souvenirs de tennis.

– Attends. Des faux souvenirs de tennis, dit Amy. Ça paraît…

– Un peu gros pour une coïncidence », acquiesça Simon avec solennité. Leurs regards se croisèrent. Amy pensa à la précieuse collection de balles signées de son père. Elle s'était toujours demandé si elles avaient été réellement signées par les joueurs.

« Tu crois qu'elle a délibérément ciblé mes parents ? demanda Amy.

– Oui. Je crois qu'on ferait mieux d'aller là-bas. » Il brandit la chemise. « Histoire de montrer ça à Savannah. Et voir ce qu'elle a à dire.

– C'est que…, dit Amy. Je te remercie vraiment, mais… » Elle hésitait. Ce serait la seconde fois qu'il l'accompagnerait chez ses parents. Il se comportait en petit ami : un jeune et adorable petit ami, qui méritait une petite amie tout aussi jeune et adorable. Elle lui briserait le cœur, lui qui avait déjà le cœur brisé.

« OK », dit-elle, car le seul fait de plonger son regard dans ses yeux noisette lui purifiait l'âme et apaisait son rythme cardiaque tout aussi efficacement qu'un demi-Ativan avalé avec un demi-verre de vin.

39

Aujourd'hui

« Il y a trois ans, cette Savannah Pagonis, qui se faisait appeler Savannah Smith et a peut-être d'autres faux noms, vendait sur Internet des faux souvenirs de tennis, dit Ethan à Christina.

– Bon », dit Christina. Elle se renversa dans son fauteuil et se tapota les dents avec son stylo. « Des souvenirs de tennis. Elle n'a manifestement pas choisi cette maison au hasard, contrairement à ce qu'elle a dit.

– Elle essayait de les arnaquer ? suggéra Ethan. Quelque chose à voir avec l'école de tennis ?

– Peut-être, dit Christina. Et peut-être qu'elle a réussi ? Parce que chaque fois que les membres de cette famille prononcent le nom de Savannah, j'ai l'impression qu'elle les a affectés émotionnellement.

– Ils ont l'air de lui en vouloir ? » demanda Ethan.

Christina réfléchit à la question. « Non, dit-elle. C'est plutôt qu'ils ont l'air tristes et peut-être… coupables ? »

40

Octobre dernier

Joy poussa avec hésitation la porte entrebâillée de la chambre de Savannah.

Quand Amy était petite et occupait cette chambre, Joy n'hésitait pas une seconde à venir y farfouiller en quête d'indices qui lui permettent de résoudre l'énigme qu'était sa fille. Elle n'avait jamais trouvé grand-chose : un paquet de cigarettes normales, une cigarette « bizarre », une bouteille de crème de menthe qu'Amy avait volée chez sa grand-mère. (Ce n'était rien en comparaison de ce qu'elle pouvait trouver sous le lit de Troy.)

Joy était bien plus alarmée par les notes déroutantes et décousues de ses journaux intimes qui étaient difficiles à déchiffrer, car Amy avait l'habitude de gribouiller sur les mots les plus importants : *J'ai vraiment peur que scratch scratch et scratch. Je n'aurais jamais dû scratch avec scratch.*

Mais Savannah était son invitée et Joy ne pouvait se prévaloir d'aucun droit parental pour se justifier. Ses seules justifications étaient l'étrange accusation de Logan sur le documentaire qu'il avait vu à la télévision l'autre jour et les signaux d'alarme qui résonnaient doucement en elle.

Savannah n'était pas là. Tout à l'heure, elle avait annoncé qu'elle « sortait ».

« Où allez-vous ? lui avait demandé Joy. Vous voulez que je vous dépose quelque part ? »

Apparemment, Savannah dînait avec « un ami », elle n'avait pas besoin qu'elle la dépose où que ce soit, elle irait à la gare à pied et prendrait le train pour aller en ville.

Joy s'était retenue de lui demander, « Vous rentrez à quelle heure ? ».

Savannah avait suggéré que Joy et Stan mangent le reste de cottage pie de la veille et elle avait même préparé une salade de petits pois, fenouil et feta avant de partir, en laissant les beaux couverts à salade commodément posés sur le film étirable tendu en peau de tambour, comme s'ils étaient ses enfants, incapables de trouver les bons couverts dans leur propre maison. C'était adorable.

L'atmosphère de la maison était étrange, sans elle. Pour une fille aussi menue et discrète, son absence se faisait curieusement remarquer. Joy avait l'impression qu'un sortilège avait été rompu. Elle avait des bourdonnements dans les oreilles comme si elle sortait d'un film d'action ou d'une fête bruyante.

Elle ne pensait pas que Savannah était avec un ami. Elle n'imaginait même pas qu'elle puisse avoir des amis. Quel genre d'ami ? C'était là la question. Malgré toute l'affection qu'elle éprouvait pour Savannah, Joy ne la comprenait pas. Elle ne la connaissait pas vraiment. Ce qu'elle savait de sa personnalité se résumait à quelques petites pièces de puzzle qui n'allaient pas ensemble : une passion pour la cuisine et une aversion pour la nourriture, la danse classique et le placement en familles d'accueil, des manières de grand-mère et un tatouage de liane.

Joy n'était ni fâchée ni effrayée, mais elle voulait les faits avant que ses enfants ne les lui assènent fièrement, comme ils rêvaient sans doute de le faire. Quand Joy avait avoué à Brooke qu'elle s'était trompée en lui disant que Savannah s'appelait Polanski au lieu de Pagonis, sa fille en avait fait tout un plat, alors que ça pouvait arriver à n'importe qui. À l'entendre, Joy était une vieille dame gâteuse. Joy avait rappelé à Brooke que jusqu'à l'âge de seize ans, elle avait cru que les charpentiers fabriquaient des chars et sa fille lui avait dit : « C'était une supposition parfaitement logique, maman », ce à quoi elle avait répondu : « Donc Jésus fabriquait des chars, c'est bien ça ? »

Étonnamment, elles avaient été alors prises d'un fou rire. C'était si bon d'entendre sa fille rire. Elle avait un rire charmant. Grant était certes très spirituel, très intelligent, mais il ne la faisait jamais rire comme ça.

Joy avait une couette légère pliée sous le bras en guise de prétexte si par extraordinaire, Savannah surgissait soudain et la surprenait en train de fouiller. « Les nuits sont plus chaudes », dirait-elle. C'était aussi au cas où Stan la surprenait. Elle ne tenait pas à ce qu'il sache qu'elle avait des doutes sur Savannah. Il semblait déjà l'avoir prise en grippe.

Au moment où elle entrait dans la chambre, le téléphone de la maison sonna et elle étouffa un cri comme s'il y avait eu une explosion. Zut zut et zut.

« Tu peux répondre ? » lança-t-elle et au même instant, la sonnerie s'arrêta et elle entendit le grondement de la voix de Stan. Parfait. Ça l'occuperait. Soit c'était pour lui, soit c'était un télévendeur. En tout cas, il n'y avait aucune chance que ce soit pour elle. Tout le monde l'appelait sur son portable, car elle vivait avec son temps.

La chambre de Savannah était impeccable et offrait un contraste saisissant avec le chaos digne d'un lendemain de cyclone qui y régnait lorsque Amy y vivait, non seulement enfant, mais quand elle revenait s'y installer de temps en temps. Le lit était fait au carré, la couette tirée comme à l'armée et les appuis de fenêtre et les plinthes brillaient comme jamais Joy ou cette bonne vieille Barb n'avaient réussi à les faire briller.

L'ancien bureau d'Amy était dégagé, à l'exception d'un grand carnet relié, posé bien au milieu, avec un stylo juste à côté. Si c'était un journal intime, Joy ne le lirait certainement pas. Hors de question. Ce type de violation de la vie privée n'était acceptable qu'à l'égard de ses propres enfants. Quoi qu'il en soit, Savannah n'avait-elle pas laissé entendre que son problème était qu'elle se souvenait de son passé trop en détail ? Si chaque jour de sa vie était définitivement inscrit dans sa mémoire, elle n'avait pas besoin d'en garder une trace.

Joy jeta un coup d'œil par-dessus son épaule et s'approcha du bureau. Elle ne regarderait pas. Il était inutile de regarder. Ce n'était pas un journal. Si Savannah avait quelque chose à cacher, elle ne le laisserait pas à la vue de tous.

La bonne blague. Évidemment qu'elle allait regarder.

Elle ouvrit le carnet. Les pages étaient couvertes d'une petite écriture stricte. Elle passa les doigts sur la page. La surface était irrégulière. Sa mère écrivait ainsi, en appuyant si fort avec le stylo qu'il laissait une marque sur le papier, comme si elle voulait graver ses mots à jamais.

Elle plissa les yeux. Elle avait besoin de ses lunettes de lecture. Zut zut et zut. Si elle sortait de la chambre pour aller chercher ses lunettes, on aurait l'impression qu'elle avait tout calculé. À moins qu'elle se dépêche ? Elle se rua hors de la chambre et courut dans le couloir. Elle entendait Stan au téléphone. Il avait haussé le ton. Elle espérait qu'il n'était pas en train d'enguirlander un pauvre télévendeur qui ne faisait que son travail.

Elle prit les lunettes sur la table de la cuisine, remonta le couloir toujours en courant. Il criait, à présent. Elle hésita. Fallait-il qu'elle aille l'aider à régler le problème ?

Mais soudain, sa voix baissa, se fit conciliante. Elle le reconnaissait bien là. Le télévendeur était peut-être même en train de lui fourguer quelque chose.

Elle retourna dans la chambre de Savannah, mit ses lunettes et prit le carnet. Bon, voyons voir. Elle lut :

Dimanche
Un quartier de pomme
Cinq raisins secs
1 toast. Sans croûte. Sans beurre.
Pâtes bolognaises. Onze bouchées.
Une moitié d'orange

Et cela continuait ainsi jour après jour. Des listes détaillées de petites portions de nourriture. Elle alla à la dernière page et vit ce qu'elle avait noté ce jour-là. Il était uniquement écrit : *Huit cuillères de yaourt au chia.* Savannah avait servi le yaourt au chia la veille. C'était délicieux. Joy avait bien dû en prendre cent cuillères.

Elle referma le carnet et le reposa exactement dans la même position.

Savannah avait passé tout ce temps à préparer des recettes délicieuses avant de retourner dans sa chambre pour noter sévèrement en détail la moindre bouchée qu'elle avalait. Ils éprouvaient tous les deux un tel plaisir à déguster ce qu'elle cuisinait. Le plaisir que Joy en retirait était presque dégradant, d'autant plus quand on le comparait à cette transcription rigoureuse.

Elle s'assit sur le lit parfaitement fait de Savannah et posa les mains sur la housse de couette bien tirée. *Oh ma petite chérie, mais qu'est-ce qui se passe dans ta tête ?*

Ce n'était pas une surprise. Pas vraiment. Elle avait vu la façon dont Savannah prenait de la nourriture avec sa fourchette, la faisait tourner dans son assiette, la reposait et la reprenait de nouveau. Souffrait-elle d'un trouble avéré du comportement alimentaire ? Ou cette curieuse manie de noter tout ce qu'elle mangeait était-elle une habitude compulsive qui lui donnait l'impression de contrôler sa vie ?

Son premier réflexe était de vouloir régler le problème en emmenant Savannah consulter un spécialiste. Comme si c'était le remède miracle. Elle réagissait exactement de la même façon quand Amy était jeune. Elles attendaient, parfois des mois et des mois, un rendez-vous chez un nouveau spécialiste. Tant de diagnostics différents leur avaient été présentés avec plus ou moins de certitude. Elle revoyait ce gentil psychologue à l'air épuisé qui, lorsque Joy lui avait dit « Vous n'arrêtez pas de changer d'avis ! », avait répondu : « Ce n'est pas une science exacte, Joy. Ce n'est pas comme si elle avait mal à la tête. »

Les maux de tête non plus, personne ne peut les soigner ! avait pesté Joy intérieurement.

« Tu es où ? » cria Stan. Elle entendait arpenter la maison d'un pas lourd.

« Dans la chambre de Savannah ! répondit-elle.

– Tu veux dire la chambre d'Amy, répliqua-t-il, furieux, sur le pas de la porte.

– Amy ne vit plus là », dit Joy. Elle le regarda. Il était blême, les yeux rougis. Il respirait la fureur.

« Qu'est-ce qu'il y a ? demanda-t-elle. C'était qui, au téléphone ?

– C'était Troy. Qui me prévenait gentiment qu'il vient de payer une somme exorbitante à Savannah pour l'empêcher de te dire que je l'avais harcelée.

– Tu l'as harcelée ? » Joy le dévisagea d'un air ahuri, s'efforçant de comprendre. La première idée, confuse et irrationnelle, qui lui vint à l'esprit était qu'il l'avait harcelée en voulant l'obliger à faire des exercices de tennis comme il harcelait autrefois les enfants.

« Harcelée sexuellement, dit Stan. Ton crétin de fils l'a cru. Il l'a vraiment cru. »

Joy se leva. Elle croisa les bras. « Qu'est-ce qui s'est passé ?

– Merde, je ne l'ai pas harcelée sexuellement, si c'est ce que tu veux savoir !

– Bien sûr que non », soupira Joy.

Ils n'avaient pas été parfaits. Il y avait eu des fêtes. C'était les années soixante-dix. Sans pour autant être des adeptes de l'amour libre, il leur était arrivé de flirter. Elle était quasiment sûre que Brooke l'avait surprise un jour en train d'embrasser Dennis Christos dans les cuisines du club-house, après avoir bu trop de punch à la fête de Noël du Delaneys. Dennis était incapable de servir, mais il embrassait très bien. Joy l'avait confessé à Stan des années plus tard, et s'il n'était pas franchement ravi, il n'en avait pas fait toute une histoire, bien que ce pauvre Dennis ait commencé à être affolé par la vitesse de ses services.

Stan avait peut-être commis des écarts. On pouvait raisonnablement penser qu'il y avait songé durant l'année désastreuse où ils avaient vraiment cru qu'ils allaient se séparer. Les femmes le trouvaient séduisant. Joy ne lui avait jamais posé la question car la réponse ne l'intéressait pas. Elle savait qu'il était possible d'embrasser un autre homme sans que cela veuille dire quoi que ce soit, si ce n'est qu'elle avait mis trop de gin dans le punch et que Dennis était un dragueur éhonté, même si elle n'avait jamais douté de son amour pour Debbie.

Il y avait pire comme trahison.

Mais il était absolument impossible que Stan ait eu un comportement déplacé avec Savannah. Il avait toujours été extrêmement attentif à respecter, à l'égard des enfants et des jeunes filles, la bienséance que lui imposait son statut. Elle avait bien vu comment il se conduisait avec Savannah. Il la considérait comme une fille ou une élève.

« Savannah a mal interprété quelque chose que tu as dit ? » lui demanda Joy. C'était peut-être arrivé alors qu'elle n'était pas là pour arranger les choses en expliquant à Savannah ce que son empoté de mari avait voulu dire. « Tu as voulu faire une plaisanterie ? Parce que de nos jours, il faut vraiment faire attention à...

– Mais non, bon sang, je n'ai pas voulu faire une plaisanterie, dit Stan. Si tu veux tout savoir, pendant que tu étais à l'hôpital, elle m'a envoyé certains signaux.

– Quoi ? » Joy s'esclaffa. « Mais non, chéri, elle ne ferait jamais ça. Tu as dû mal interpréter.

– Je ne crois pas, non. » Il pinça les lèvres comme quand elle lui servait un gratin de pâtes au thon, dont la seule odeur lui donnait apparemment la nausée et qu'elle réservait donc aux jours où elle avait une dent contre lui. « Je ne crois pas avoir mal interprété quoi que ce soit. Vu ce qu'elle a fait. Vu l'argent qu'elle a soutiré à Troy. »

Joy balaya du regard la chambre irréprochable, le carnet posé sur le bureau d'Amy avec toutes ses petites notes sur la nourriture. Elle ne savait absolument pas qui était cette femme. Son cœur se mit à battre à tout rompre. Elle avait ouvert sa maison à une parfaite inconnue.

« Raconte-moi. » Elle s'éclaircit la gorge. « Raconte-moi ce qui s'est passé.

– C'était subtil, dit Stan. Si subtil, qu'au début j'ai cru que je me faisais des idées. Juste… des regards, une main sur mon bras, et puis il y a eu un jour où elle est arrivée dans la cuisine en sortant de la douche, simplement enroulée dans une serviette et elle n'arrêtait pas de me parler, je ne savais pas où regarder, et je me disais, Bon, c'est vrai que les filles se baladaient tout le temps en serviette…

– Mais ce sont tes filles !

– Je ne savais pas, se défendit Stan. Je suis sorti de la cuisine aussi vite que j'ai pu. J'étais très… mal à l'aise.

– Pourquoi tu ne m'as rien dit ? demanda Joy.

– Je me suis dit que tu me rirais au nez », répondit Stan et un soudain élan d'amour et de culpabilité lui serra le cœur car il avait raison, elle aurait ri. Ça lui aurait paru inconcevable. C'était encore inconcevable. Jusqu'où Savannah aurait-elle été si Stan avait répondu à ses avances ?

« C'est pour ça que tu voulais qu'elle parte, dit Joy.

– Ça me rendait malade.

– Oh Stan », dit Joy. Elle alla vers lui, l'enlaça et mit le visage contre son torse.

Il resta un moment sans rien faire, puis il la prit dans ses bras.

« Je n'en reviens pas que Troy ait fait ça, dit Stan. Il lui a donné l'argent sans même me demander si c'était vrai. Il croyait que je le remercierais. Je lui ai dit "C'est limite débile, fiston". »

Joy se dégagea de ses bras et recula. Il n'accordait jamais à Troy le bénéfice du doute. *Limite débile*. Quelle idée d'aller dire ça à son propre fils, alors que celui-ci voulait seulement l'aider.

« Écoute Stan, dit-elle. De toute évidence, il voulait te protéger. Me protéger. »

Troy pensait leur faire un cadeau. Elle revit son visage plein d'espoir chaque fois qu'il regardait un membre de la famille ouvrir un de ses cadeaux si attentionnés.

« Combien il lui a donné ? » demanda Joy. Elle se rassit sur le lit de Savannah.

« Il a dit que ce n'était pas tant que ça, dit Stan. Ça ne devait pas chercher bien loin. Ce n'est pas comme si elle couvrait un meurtre.

– Il lui a fait un chèque ? demanda Joy. Il peut l'annuler.

– Je ne pense pas qu'il ait un chéquier. Plus personne ne fait de chèques. » Stan s'assit à côté d'elle au bord du lit. « Je crois qu'il a directement fait un virement sur un compte. Il faut quand même être con. Tu sais ce qu'il m'a dit quand j'ai fini par le convaincre qu'il s'était fait arnaquer ? Il a dit qu'il s'en fichait. Il a les moyens.

– Il veut seulement t'impressionner, soupira Joy.

– Eh bien c'est raté. C'était idiot. Et insultant. Pour toi et moi. Pour notre couple. Comment a-t-il pu imaginer que je... chez nous... »

Il avait la voix tremblante et le cœur de Joy s'adoucit. C'était toujours la même chose avec Troy et Stan. Elle se retrouvait prise au milieu, son empathie allant de l'un à l'autre comme une balle.

Elle lui posa la main sur la cuisse et ils restèrent un moment silencieux.

« Bon... qu'est-ce qu'on fait, maintenant ? Où est Savannah ? demanda Joy.

– Je ne sais pas où est Savannah, dit Stan. Mais j'ai demandé aux enfants de venir tout de suite pour discuter des mesures à prendre. »

Discuter des mesures à prendre. Il était gonflé de la suffisance d'un homme injustement traité. Et qui n'en avait pas l'habitude.

« Il faut s'assurer qu'aucun d'eux ne lui remette de l'argent qu'ils ont durement gagné, poursuivit Stan. Naturellement, il faut qu'on prévienne la police.

– Oh, je ne pense pas que ce soit nécessaire.

– Il faut que tu vérifies nos comptes en banque. Elle a probablement eu cent fois l'occasion de fouiller dans ton sac et de prendre toutes les références de tes cartes de crédit quand tu n'étais pas là. »

Joy préféra ne pas lui dire que non seulement Savannah avait eu en effet cent fois l'occasion de faire ce qu'il décrivait, mais qu'à de multiples reprises, elle lui avait tout bonnement donné sa carte de crédit.

« Toutes ses affaires sont là. » Joy regarda de nouveau la chambre. « Elle ne va quand même pas tout laisser. » Elle prit l'oreiller de Savannah et le serra contre elle. « Je crois qu'elle a un trouble du comportement alimentaire.

– Un trouble du comportement alimentaire ? » À l'entendre, on aurait cru qu'il parlait d'une nouvelle mode. « Mais on s'en fout, qu'elle ait un trouble du comportement alimentaire ! Elle a fait chanter notre fils !

– Que veux-tu », soupira Joy en se demandant ce qu'ils pourraient bien lui dire. Elle n'était pas tant en colère que prise au dépourvu. Elle se disait qu'il devait y avoir une autre explication.

« Que veux-tu ? Non, mais sérieux, c'est tout ce que tu trouves à dire ?

– Elle a manifestement des problèmes, dit Joy. Sois indulgent. » Elle sentait que face à la conduite de Savannah, ils retombaient dans leurs rôles de parents. Plus Stan était en colère contre un des enfants, plus Joy était susceptible de le défendre et plus la faute était grave, plus Joy réagissait calmement. Elle avait davantage tendance à crier quand ils avaient laissé du linge traîner par terre au lieu de le mettre dans le panier que lorsqu'elle recevait un coup de fil manifestement sérieux d'un chef d'établissement. Si elle n'avait pas assisté en personne au délit, elle voulait avoir des preuves ou du moins entendre d'abord la version de son enfant. Stan s'empressait toujours de rendre un verdict accablant avant même qu'ils n'aient tous les éléments. Il fallait qu'elle parle à Savannah. Qu'elle parle à Troy. Elle croyait la version de Stan, mais une part d'elle-même était persuadée que c'était un horrible malentendu qu'elle seule pouvait régler.

« Bon sang, Joy, tu mesures les conséquences ? Si jamais elle m'accuse publiquement d'une chose pareille ? À l'heure actuelle ?

– Enfin, je suis sûre qu'elle n'a aucune intention de t'accuser publiquement, dit Joy, embarrassée. Et tout ça est navrant, bien sûr, mais...

– Mais quoi ?

– Je t'interdis de dire que je suis limite débile. » Joy jeta l'oreiller et se leva. Son regard tomba sur le coffre de mariage. Le jour où les garçons avaient récupéré ses affaires, ils avaient eu toutes les peines du monde à le porter jusqu'à la chambre.

Elle souleva le lourd couvercle. Il n'y avait pas grand-chose à l'intérieur : une pile de carnets reliés similaires à celui qui se trouvait sur le bureau et quelques vieux albums photos usés. Personne ne faisait plus ce genre d'albums. Les gens faisaient imprimer des livres par des professionnels.

Joy prit le premier album à spirales et le feuilleta. C'était visiblement un album d'enfant. Les photos avaient été mises de travers et certaines étaient si floues que seul un enfant avait pu estimer qu'elles valaient la peine d'être gardées. Les bordures des photos se décollaient du fond. Elle regarda une page de photos de deux enfants assis au pied d'un sapin de Noël. La scène aurait pu figurer dans un de leurs albums : les pyjamas d'été datés, les cheveux ébouriffés, le sol jonché de papier cadeau.

« Stan, dit-elle à mi-voix.

– Quoi ? »

Elle se rassit à côté de lui sur le lit et laissa tomber l'album sur ses genoux.

« Quoi ? répéta-t-il.

– Regarde qui c'est, dit-elle.

– C'est elle, dit Stan. Savannah. Manifestement. Quand elle était petite.

– Oui, mais regarde qui est le garçon. » Joy pointa du doigt l'enfant qui était assis à côté de Savannah : les grands yeux, les joues rebondies et la tignasse.

Stan se raidit. « Ce n'est pas… c'est impossible, comment ça se pourrait ?

– Si, dit Joy. C'est Harry Haddad.

– Mais pourquoi Savannah est avec Harry ? demanda Stan.

– C'est sa sœur, dit Joy.

– Je n'ai pas le souvenir d'une sœur, dit Stan.

– Vous ne m'avez rencontrée qu'une fois », dit une voix et ils relevèrent la tête et virent Savannah qui se tenait à l'entrée de la chambre.

41

L'espace d'un instant, l'homme et la femme semblèrent se recroqueviller, leur visage ridé avachi sous le choc, la regardant, assis côte à côte sur son lit, dans sa chambre, sauf qu'à l'évidence, ce n'était plus ni son lit ni sa chambre. Ce n'était plus sa chambre. Ce n'était plus sa maison. Qu'est-ce qu'elle croyait ? Qu'elle pouvait démolir cette vie agréable à coups de massue et la retrouver intacte comme par miracle ? C'était uniquement temporaire. Tout n'était jamais que temporaire.

Une fois que Troy avait transféré l'argent (elle aurait accepté la moitié), elle avait envisagé de ne jamais revenir, d'abandonner ses affaires, mais elle avait éprouvé un désir insensé d'y passer une dernière nuit, d'être la Savannah que Joy voyait en elle, de sentir une dernière fois sa reconnaissance effrénée quand elle posait un plat devant elle. Pour Savannah, la nourriture n'avait jamais été simplement de la nourriture et pour Joy non plus, visiblement.

Joy se ressaisit en premier et se redressa.

« Vous êtes la petite sœur de Harry, dit-elle. J'avais oublié qu'il avait une sœur. »

Joy la dévisageait d'un œil méfiant, interrogateur, comme si elle essayait de la voir correctement, et Savannah sentit sa personnalité lui échapper et se retrouva au bord de l'effroyable vide infini.

Elle n'était rien
sans émotion
sans pensées
sans nom
un simple mannequin en plastique.

Mais à l'instant où elle s'apprêtait à disparaître dans le vide, à se dissiper comme de la neige carbonique, une nouvelle personnalité se mit en place.

Elle avait des centaines d'heures de télévision à sa disposition. Des centaines de personnages. De répliques. D'expressions du visage et de gestes utiles. Des dizaines de façons de rire. Des dizaines de façons de pleurer.

« Oh, ne vous en faites pas, dit-elle. Tout le monde oublie qu'il y avait une sœur. »

C'était une nouvelle Savannah. Au nom de famille indéterminé. Une fille détachée, sèche, sardonique. Ce pouvait être l'héroïne ou la méchante. Celle qui sauverait la situation ou braquerait la banque. Le spectateur ne savait pas exactement ses intentions.

Joy dit, presque comme si elle se parlait toute seule : « Je savais que je vous avais déjà vue quelque part ! Le premier soir ! » Elle regarda l'album de photos sur les genoux de Stan puis releva la tête. « On n'a rencontré la mère que quelques fois. » Elle se reprit. « Enfin… votre mère. »

Les yeux de Joy scrutaient son visage. « Vos parents ont divorcé, c'est bien ça ? Vous êtes allée vivre avec elle. Harry est resté avec son père. »

C'est aussi mon père.

À une époque, elle s'appelait Savannah Haddad, elle avait un papa, une maman et un frère, mais à la seconde où son frère avait tenu une raquette, tout avait changé. La famille Haddad avait été coupée net comme par une épée.

Joy poursuivit avec un petit sourire perplexe : « Je suppose que ce soir-là, vous n'avez pas frappé chez nous parce que vous aviez eu "une bonne impression en voyant la maison" ?

– C'était mon anniversaire, dit Savannah.

– Ah oui ? » Joy mit la main sur le cœur, comme si elle regrettait de ne pas l'avoir su pour lui commander un gâteau et Savannah repensa au buffet couvert de photos encadrées d'anniversaires, comme si tous les anniversaires méritaient d'être célébrés.

Elle vit une fille qui s'était pomponnée comme une idiote pour fêter son anniversaire dans un grand restaurant de Sydney et avait attendu son petit copain qui n'était jamais venu, et n'avait jamais répondu au téléphone. Cette fille savait qu'il avait simplement oublié. Il avait la tête ailleurs. Il aimait sa peinture plus qu'elle, tout comme son frère aimait son tennis plus qu'elle, que son père aimait le tennis de Harry plus qu'elle, que sa mère aimait sa collection de rancœurs amères plus qu'elle, et rien ne pourrait jamais la rassasier. Elle aurait toujours faim. Toujours.

Ce jour-là, quand elle était rentrée à l'appartement, elle avait enlevé ses beaux vêtements et mis ce qu'elle avait de plus vieux et de plus sale, puis elle avait préparé des pâtes pour Dave et ça allait, elle lui avait pardonné, elle avait dit « J'aurais dû te le rappeler, ce matin », alors qu'elle le lui avait rappelé la veille au soir.

Elle avait bu du vin et comme elle n'avait rien mangé de la journée en prévision du grand dîner au restaurant, il lui était monté à la tête et elle s'était échappée de son corps comme souvent en songeant, *Mais qui est cette fille assise à côté de ce garçon ?*

Puis il y avait eu ce sujet aux informations et les pâtes étaient restées coincées dans son gosier au moment où le visage de son frère avait envahi l'écran.

Harry Haddad annonçait son come-back le jour de son anniversaire.

Il y a trois ans, il était partout. Elle ne pouvait pas allumer la télévision sans voir sa tête. Elle montait en voiture, mettait la radio et entendait sa voix. Elle avait vu des images de lui en train de signer une balle de tennis pour un fan et elle s'était dit, *C'est MOI qui lui ai donné cette signature.* C'était elle qui avait trouvé la façon de lier les deux H de son nom par une boucle flamboyante quand ils étaient petits. En gros, c'était sa signature à elle. Elle avait le droit de l'utiliser. Elle avait lancé une affaire de vente de balles de tennis, de tee-shirts et de casquettes signés Harry Haddad qui lui avait pas mal rapporté, jusqu'au jour où « l'équipe de management » de Harry en avait entendu parler et tout s'était effondré.

Depuis sa retraite, son frère avait commencé à s'effacer de la conscience collective, de sa conscience à elle. À moins qu'elle ne le cherche sur Internet, ce qu'elle avait appris à ne pas faire, il n'existait pas, mais s'il reprenait sa carrière, il serait de nouveau partout, sur son portable, sur sa télévision, sur son écran d'ordinateur. Elle se heurterait constamment à son passé, comme si elle se tapait la tête contre un mur, comme si elle donnait des coups de pied dans une porte.

Tu es une ratée, lui est une star, ton père a eu le bon, ta mère a eu la plus nulle, nous, on est pauvres, eux, ils sont riches, nous, on est à ras de terre, eux, ils atteignent des sommets.

Elle avait été si bête de croire qu'elle pourrait un jour être une fille normale, digne de fêter son anniversaire dans un restaurant chic de Sydney avec son petit copain artiste irlandais.

La douleur était partie de son ventre et s'était propagée. Tout ce qu'elle voulait, c'était échapper à la douleur, puis elle avait trébuché sur ce fichu étui à guitare et s'était cogné la tête, ça lui avait vraiment fait mal, elle avait du sang dans l'œil, la douleur était partout et les souvenirs refusaient de rester sagement enfermés, ils se répandaient comme du poison dans son corps et son cerveau, et elle n'avait qu'une idée en tête, fuir cet appartement, loin de ces cartons et de ce garçon, puis soudain, elle s'était dit qu'il fallait retourner là où tout avait commencé, comme si elle pouvait remonter le temps pour empêcher Harry de prendre ce premier cours, et sinon, essayer du moins de comprendre, et sinon faire payer à cette famille ce qu'elle avait déclenché.

Quand elle était arrivée en bas, il y avait un taxi qui déposait devant l'immeuble un couple heureux qui titubait, éméché, et elle l'avait pris en demandant au chauffeur de la conduire à la Delaneys Tennis Academy, qui était à deux pas de la maison où son frère prenait ses cours particuliers. Dès qu'elle avait vu la balle de tennis avec le smiley, elle avait pu guider le chauffeur jusqu'à la maison sans hésitation. Quand elle avait raconté qu'elle avait trouvé du liquide dans la poche de son jean, elle disait presque la vérité. C'était une carte de crédit. Qui ne lui appartenait pas. Un souvenir d'un précédent épisode. Elle n'était pas sûre qu'elle fonctionnerait, mais elle l'avait approchée de la machine du chauffeur de taxi et l'écran avait miraculeusement affiché « Paiement accepté ».

« Je pensais peut-être lancer une brique contre votre fenêtre », dit-elle à Joy. Elle se disait qu'un petit acte de vandalisme pouvait l'aider. La soulager. « Mais je n'ai pas trouvé de brique. Je n'ai même pas trouvé une pierre.

– Quoi ? dit Joy.

– Enfin, c'était juste une idée comme ça », poursuivit Savannah.

Joy semblait au bord des larmes.

« Vous devez partir », dit Stan. Il se leva. Il était toujours aussi grand et intimidant. « Vous devez partir de chez nous.

– Je ne l'ai pas fait, reprit Savannah. J'y ai juste pensé, mais il faisait si froid dans la rue, je saignais, j'avais la tête qui tournait, et je me suis dit, oh et puis merde, j'ai frappé chez vous, je ne me sentais pas bien et puis… vous avez été tellement gentils avec moi, tous les deux. Tellement, tellement gentils. C'était bizarre. »

Ils s'étaient montrés si bienveillants, si affectueux, si accueillants. Ils l'avaient traitée comme un enfant de retour sous le toit familial. Ils l'avaient nourrie, lui avaient fait prendre un bain et mise au lit, et comme ils voyaient en elle une fille en détresse, elle était devenue une fille en détresse, puis l'histoire d'une autre aperçue dans un documentaire sur la violence conjugale s'était glissée dans sa mémoire et était devenue réalité.

« Mais pourquoi ? dit Joy. Pourquoi vouliez-vous lancer une brique contre la fenêtre ? Qu'est-ce qu'on vous a fait ? Je ne comprends pas. »

Joy avait un peu grossi depuis que Savannah la nourrissait. Stan aussi. Elle avait regardé non sans plaisir leur visage se lisser à mesure qu'elle augmentait leur apport en calories. On aurait dit la méchante sorcière de Hansel et Gretel qui les engraisse avant de les manger.

« Je détestais cette maison, dit Savannah. Je vous détestais tous. »

Joy étouffa un cri de douleur stupéfaite comme si elle s'était brûlée.

« On n'a pas besoin d'entendre ça, dit Stan.

– Tais-toi, Stan, il faut absolument qu'on l'entende », dit Joy avec véhémence.

Elle avait beau être toute petite, il lui suffisait d'une remarque cinglante pour calmer instantanément ce géant. Savannah la trouvait très inspirante. Elle savait déjà qu'elle conserverait certaines de ses expressions pour un usage futur : *Allons bon ! Misère ! Zut zut et zut !*

« Expliquez-moi, lui dit Joy. Tout depuis le début. »

Savannah prit son souffle. Comment démêler la multitude de souvenirs qui conduisaient à cet instant précis, dans cette chambre ?

« C'est moi qui avais acheté le billet de tombola », dit-elle. Si elle remontait jusqu'au début, c'était là que tout avait commencé.

« Le billet de tombola ? » Joy fronça les sourcils. « Vous parlez du bon pour un cours particulier ? Celui que le père de Harry, enfin votre père, a gagné ?

– Je le lui avais donné pour la fête des pères, dit Savannah. Je l'avais acheté dans un centre commercial avec mon argent. Mon frère avait dit "C'est complètement idiot, comme cadeau". A priori, on se dit qu'en voyant qu'il avait gagné un cours particulier, mon père aurait pu m'en faire profiter moi, et non mon frère. Imaginez un peu. Harry n'aurait peut-être jamais touché une raquette si je n'avais pas acheté ce billet.

– Vous pensez que c'est à cause de nous que vos parents ont divorcé ? demanda Joy. C'est ça que vous voulez dire ?

– On en a assez entendu. Vous devez partir, dit Stan. Vous avez menti à Troy. Sur moi. »

Les gens triomphaient littéralement quand ils vous accusaient de mentir, comme si le fait de signaler un mensonge suffisait à remporter la partie, comme si vous alliez être anéanti par la honte, comme s'ils ne mentaient pas tout le temps, à eux-mêmes, à tout le monde.

« Ah bon ? » dit Savannah d'un ton malicieux.

On pouvait toujours semer le doute. La plupart des hommes portaient la culpabilité dans leurs gènes. Elle avait vu la terreur passer sur son visage quand elle se baladait en simple serviette dans la maison. Il s'était senti compromis dès l'instant où il avait posé les yeux sur elle.

« Arrêtez ! » cria Stan. Une femme qui ment pouvait être terrifiante, mais un homme qui crie aussi. Elle eut envie de s'accroupir en se bouchant les oreilles.

Elle insista. « Vous vous rappelez ce que vous m'avez dit ? »

Il n'avait jamais eu un mot déplacé, il avait été d'une gentillesse infaillible, il s'était montré aussi paternel que Joy était maternelle, si ce n'est que chez lui, ce n'était qu'une mince façade qu'elle pouvait facilement briser, non avec une brique mais avec un simple mensonge, et c'est précisément ce qu'elle avait dû faire pour prouver qu'elle était illusoire. Il suffisait de voir comment elle l'avait fait basculer de l'affection à la haine. Aussi sincère soit-il en apparence, l'amour n'était jamais qu'illusoire.

Elle lui dit : « Vous vous rappelez ce que vous m'avez demandé de faire ? »

(Non pas lui, mais un autre homme, non pas elle, mais une autre fille. Au cœur de son horrible mensonge, il y avait l'horrible vérité d'une autre.)

Il se dressait au-dessus d'elle dans une rage folle. *« Arrêtez, arrêtez, arrêtez ! »*

42

Aujourd'hui

« Arrêtez, arrêtez, arrêtez ! »

Arrêter quoi ? Caro Azinovic était sûre à cent pour cent que c'était ce qu'un homme – on aurait dit Stan Delaney – avait crié de façon répétée un soir où il faisait frais, au printemps dernier. Caro sortait sur le trottoir sa poubelle jaune « verre et plastique », elle avait entendu les cris malgré le bruit de raclement et de cliquetis de la poubelle et s'était figée sur place, un peu interloquée.

Elle ne savait pas ce qui lui avait fait soudain repenser à ce soir-là, des mois plus tard, alors qu'elle rapportait un vase de tulipes fanées de la salle à manger à la cuisine.

Fallait-il qu'elle en parle à la police ? Quand ils l'avaient interrogée, elle leur avait dit que ses voisins étaient un couple sympathique, heureux et sans histoire. C'était absolument vrai et absolument faux. Les couples sympathiques, heureux et sans histoire n'existaient pas. Mais à voir leur teint frais et rose, les enquêteurs étaient manifestement bien trop jeunes pour le comprendre.

Il était inhabituel d'entendre quoi que ce soit chez les Delaney. Évidemment, du temps où tous leurs enfants gigantesques y vivaient, c'était la maison la plus bruyante du quartier. Un jour, Caro avait appelé Joy, car elle avait entendu des hurlements déments comme si on assassinait quelqu'un, mais il s'était avéré qu'ils jouaient simplcmcnt à un jeu de société qui avait dégénéré. Ils avaient tous l'esprit de compétition. Quand les enfants Delaney venaient se baigner dans leur piscine, ceux de Caro finissaient par rentrer regarder la télévision. « Ils font peur », lui avait dit sa fille.

Caro contempla ses tulipes auparavant d'un jaune éclatant, la tête penchée au-dessus du bord du vase, comme submergées de désespoir.

Quand elle avait jeté un coup d'œil chez les Delaney, ce soir-là, elle avait été rassurée de voir devant la porte d'entrée les silhouettes familières de Logan et Brooke sous la lumière de la véranda. Elle s'était empressée de rentrer chez elle avant qu'ils ne l'aperçoivent et ne soient embarrassés que leurs parents se disputent si violemment que toute la rue les entendait.

Elle avait supposé que ce n'était qu'une dispute. La retraite pouvait être stressante, Caro le savait. Il n'y avait plus de routine. On se retrouvait seuls à deux, coincés chez soi, coincés dans son corps vieillissant. Une dispute sur une serviette humide laissée sur le lit pouvait durer des jours et bien souvent, il s'avérait qu'il ne s'agissait pas de la serviette humide, mais de paroles blessantes prononcées trente ans plus tôt et de ce que l'on ressentait à l'égard de sa belle-famille.

Les articles de journaux étaient pleins de sous-entendus. « Il n'y a pas d'antécédents de violence conjugale. » Jusqu'à maintenant. C'était implicite. Se pouvait-il que Joy ait eu besoin d'une amie et que Caro n'ait pas été là pour elle, comme Joy l'avait toujours été pour elle ? Jacob, le fils de Caro, qui était venu tondre la pelouse était en train de parler à une jeune reporter du journal local, qui était garée devant chez les Delaney.

« Je vais me renseigner », avait-il promis à Caro.

Caro aurait parié que si Joy avait été jeune et belle, les journalistes se seraient bousculés dans la rue.

Joy était si jeune et belle quand Caro s'était installée en face de chez les Delaney, il y avait si longtemps.

Elle se souvenait de la première fois où elle avait vu ses voisins. Elle déballait des cartons dans son salon, quand elle avait tiré ses rideaux en entendant un brouhaha et vu toute une famille qui traînait au milieu de la rue. (Les Delaney usaient de l'impasse comme si elle leur appartenait.) Un homme gigantesque, qui s'était révélé être Stan évidemment, parlait à une jeune femme en short très court avec des cheveux longs attachés en queue-de-cheval. Un gros bébé sautillait en riant sur sa hanche pendant que trois autres enfants plus grands jouaient à chat comme si c'était les jeux olympiques. En fait, Caro avait pris Joy pour leur jeune baby-sitter, jusqu'à ce que Stan l'embrasse. Elle le revoyait encore tirer sur sa queue-de-cheval en l'embrassant, l'obligeant à renverser la tête en arrière. Caro avait trouvé cela incroyablement érotique, cet homme qui embrassait sa femme ainsi au beau milieu de la rue, mais peut-être était-elle passée à côté des signes d'une relation abusive. Secrètement, Caro avait bien aimé *Cinquante nuances de Grey*, mais sa fille lui avait expliqué que le livre parlait d'une relation abusive et Caro s'était sentie ridicule, car sa fille, qui avait eu toutes les peines du monde à apprendre à lire, était aujourd'hui diplômée de lettres, donc elle avait raison et Caro avait tort et n'aurait pas dû aimer ce livre. La honte.

Le passé pouvait sembler très différent selon le point de vue d'où on se plaçait. Le gros bébé qui sautillait sur la hanche de Joy s'était révélé être Brooke, qui soignait aujourd'hui sa sciatique.

« Arrête », lança Caro au chat qui griffait son pantalon. Otis s'éloigna dignement, offusqué. Il ne tarderait sans doute pas à réapparaître avec un bout de tissu quelconque dans la gueule. Apparemment, les chats volaient du linge pour attirer l'attention. Caro se rappelait encore comment elles avaient ri, Joy et elle, quand elle lui avait rapporté le soutien-gorge balconnet en dentelle qu'Otis avait piqué sur sa corde à linge.

« C'est un soutien-gorge très sexy, Joy », lui avait dit Caro et Joy avait répliqué : « Mais je suis une femme très sexy, Caro. »

Comment vivre sans Joy de l'autre côté de la rue ? Comment poursuivre l'atelier d'écriture de mémoires ? Comment supporter la fête de rue annuelle du quartier ?

« Ils ont trouvé un corps », dit Jacob derrière elle.

Le vase de tulipes glissa des mains de Caro et se fracassa sur le sol de la cuisine.

43

« Nous apprenons qu'un corps a été retrouvé dans le bush au nord de Sydney », dit le présentateur du journal à la radio.

Sulin Ho freina brutalement. Derrière elle, une voiture klaxonna furieusement.

« Après la macabre découverte faite par un promeneur en fin de journée, hier, la police considère la mort comme suspecte. »

Sulin leva la main pour s'excuser auprès du conducteur qui était derrière, se gara et mit ses feux de détresse.

« Un périmètre de sécurité a été installé et la police technique et scientifique recueille les indices. Nous n'avons pas d'autres informations à ce stade. »

« C'est une bien triste nouvelle », dit le bouffon de service du ton exagérément pesant qu'il prenait pour indiquer qu'il était sérieux, là, les gars, écoutez bien. « Évidemment, on se demande tous avec inquiétude si c'est cette pauvre mamie qui a disparu et ça, personne ne le sait, mais de toute façon, c'est une bien triste nouvelle pour une pauvre famille. »

« Ce n'est pas une mamie, espèce d'abruti ! » cria Sulin à l'adresse de la radio, puis elle fondit en larmes, parce que si c'était le corps de Joy, elle ne le serait jamais.

44

Octobre dernier

Logan fut le premier à arriver pour la « réunion de famille » que leur père avait convoquée pour parler de Savannah. Dans son rétroviseur, il vit la voiture de Brooke s'arrêter derrière lui.

« Il faut qu'on soit tous sur la même longueur d'onde », lui avait dit Stan quand il l'avait appelé au moment où il quittait l'appartement de Dave, après avoir fait le plein de bonne pizza et d'informations. Son père avait l'air contrarié mais il affichait une détermination de situation de crise. L'homme de la maison allait régler ça. (Comment faisait-on pour acquérir l'assurance de l'homme de la maison ? Venait-elle automatiquement avec la paternité ?)

Logan attendit que Brooke descende de voiture, ce qu'elle fit avec une hâte qui ne lui ressemblait pas. « Savannah n'est pas venue ici par hasard, dit-elle en claquant la portière derrière elle.

– Je sais, dit Logan. Je sors de l'appartement de son ex. Elle a un lien avec le tennis.

– Ah bon ? Tu as vu le petit copain ? Qu'est-ce que tu as découvert ? » Elle n'attendit pas la réponse. Elle parlait de façon précipitée, décousue. On aurait dit Amy. « C'est tellement étrange, tout ça. Quand papa a appelé, je venais littéralement de me souvenir d'un truc, je regardais les bananes qu'Ines…

mais bref, tu as vu ce qu'a fait Troy ? Il a cru que papa était capable de faire des avances à Savannah ! C'est ignoble. Elle est plus jeune que moi. »

Ils se dirigèrent vers la porte d'entrée de chez leurs parents. Logan entendait Caro, la voisine d'en face, qui sortait ses poubelles.

« Elle a sans doute fait en sorte que ça ait l'air plausible », dit Logan. Il n'allait pas se fatiguer à engueuler Troy d'avoir cru à l'histoire de Savannah.

Brooke frappa à la porte tandis que Logan regardait derrière lui. « Tu crois que je devrais proposer à Caro de l'aider à...

– Arrêtez, arrêtez, arrêtez ! »

Ils sursautèrent tous les deux. C'était la voix de leur père, qui hurlait avec une fureur terrifiée que Logan ne lui connaissait pas.

Brooke fut la première à sortir la clé de son sac. Elle ouvrit la porte d'une main preste en criant : « Maman ! Papa !

– Par ici ! » cria Joy de l'ancienne chambre d'Amy.

Le temps que Logan et Brooke se ruent dans la chambre, les hurlements avaient cessé et personne ne disait mot.

Leur père et Savannah se tenaient debout, face à face, leur mère, au milieu, dans la position qu'elle avait toujours adoptée pour mettre fin à une dispute entre frères et sœurs. Elle avait une main sur le torse de Stan, l'autre sur l'épaule de Savannah.

Le père de Logan avait une respiration précipitée, rageuse, comme s'il venait de perdre un long échange, alors que sa mère avait cet air d'impatience réprimée qu'elle prenait quand ses enfants se chamaillaient et qu'elle n'avait pas le temps de s'énerver car elle avait des choses à faire.

Seule Savannah semblait sereine. Un sourire légèrement amusé faisait tressaillir ses lèvres. Elle s'écarta de Joy et se lissa les manches.

« Regardez qui voilà, dit-elle. Vous comptez dîner ici ? Il doit y avoir assez.

– Qu'est-ce qui se passe ? demanda Brooke.

– Oui, qu'est-ce qui se passe ? » C'était Troy qui était entré tranquillement par la porte laissée ouverte. Il avait davantage l'air d'un invité à un cocktail que d'une victime d'arnaque. Peut-être que Logan l'engueulerait, après tout.

« C'est la sœur de Harry Haddad », dit Stan.

Il y eut un silence, le temps qu'ils digèrent l'information.

« Je ne savais pas qu'il y avait une sœur, dit Logan d'un air ahuri.

– Attendez, il y avait une sœur ? demanda Brooke.

– C'est un mensonge, se moqua Troy. Un de plus.

– On est sûrs que c'est vrai, mais tu as raison, avec tous ces mensonges, on a du mal à s'y retrouver. » Le père de Logan se laissa tomber sur l'ancien lit d'Amy.

« Allons discuter de tout ça dans le salon, dit Joy.

– Je peux peut-être réchauffer..., commença Savannah.

– Assez ! » cria Joy. La mère de Logan était un bâton de dynamite à mèche lente et soudain, *boum*. « Vous ne pouvez pas porter des accusations odieuses et puis nous préparer à manger, comme si de rien n'était ! Ça ne va pas non ? Vous mentez ! Vous savez que vous mentez ! Si vous nous détestez tant que ça, pourquoi vous nous faites à manger, hein ? Je ne comprends pas pourquoi ! » Elle gesticulait, tapait du pied. Ses enfants avaient tous reculé automatiquement. « Pourquoi ? On ne se souvient même pas de vous !

– Moi, je me souviens de vous tous », dit Savannah. Elle baissa le menton et joua avec le lourd pendentif qu'elle avait au cou. « Je ne suis venue qu'une fois dans cette maison. C'était avec ma mère, on venait chercher Harry à la fin de son cours. Normalement, c'était mon père qui s'en chargeait. Le tennis, c'était son domaine à lui. »

Logan eut l'impression qu'elle imitait inconsciemment quelqu'un qu'elle avait connu : Le tennis, c'était son domaine à lui.

« Mais la voiture de mon père ne démarrait pas. Alors ma mère et moi, on est allés chercher Harry. Ma mère est restée dans la voiture. Elle ne voulait rien à voir à faire avec les cours de tennis de Harry. Le tennis l'ennuyait. »

Logan vit ses parents tiquer en l'entendant dénigrer ainsi avec désinvolture le plus grand sport au monde.

« Je me souviens de ce jour-là comme si c'était hier », dit Savannah. Elle leva la tête. « Cette fois-là aussi, vous m'avez crié dessus, Joy. Exactement comme maintenant. »

La mère de Logan eut un mouvement de recul. « Quoi ? Pourquoi je vous aurais crié dessus ?

– Vous aviez une jupe en jean et un chemisier à motif cachemire avec des petites manches ballon et puis des boucles d'oreilles en forme de plume assorties au rouge du chemisier. Vous étiez très jolie. »

Logan vit sa mère se décomposer. « Vous voulez dire que vous êtes la petite fille qui a essayé d'entrer dans la maison ? En passant par la buanderie ?

– Vous êtes la gamine qui a fouillé dans mon cartable, l'interrompit Brooke.

– Oui. » Savannah se tourna vers Brooke. « Vous aussi, vous m'avez crié dessus. Le même jour.

– Vous étiez en train de me voler ma banane, se défendit Brooke.

– Je mourais de faim, dit Savannah.

– Mais ce n'était pas une raison pour…

– Vous ne comprenez pas. Je mourais littéralement de faim. »

Son ton guindé les réduisit au silence. Le vide sembla se faire autour d'elle.

« Que voulez-vous dire ? bafouilla Joy.

– Ce que j'ai dit.

– Mais je ne comprends pas, dit Joy. Vous ne pouviez pas mourir de faim. Je sais très bien que votre frère mangeait correctement. Il était obligé, pour jouer à ce niveau.

– Mon frère vivait avec mon père, dit Savannah. Je vivais avec ma mère. Harry mangeait de l'entrecôte et des pommes de terre tous les jours. Si lui devait jouer à Wimbledon, moi, je devais danser au Royal Ballet. C'est ce que ma mère disait. Mon frère devait être fort, et moi, je devais être éthérée. »

Elle avait accompagné ce dernier mot d'une moue de dédain.

« Mais... et votre père ? demanda Joy. Vous ne lui disiez pas que vous aviez... faim ?

– J'ai essayé, dit Savannah. J'ai essayé de le dire à mon frère, aussi. Mais ma mère a dit que j'inventais. Que j'en rajoutais. Je n'allais chez mon père qu'un soir par semaine. Et il fallait que ce soit en semaine, parce que le week-end, Harry avait ses “engagements”. »

À la façon dont elle avait dit « engagements », on aurait cru qu'elle parlait de la nouvelle conquête d'un ex.

« Ces soirs-là, chez mon père, je me goinfrais. C'est là que je me suis exercée à la boulimie. » Elle eut un sourire macabre. « Mais bon.

– Oh Savannah. » Joy se passa les mains sur les joues. Sa colère incandescente semblait avoir disparu aussi vite qu'elle était venue. Elle avait l'air triste, exténuée et âgée, et Logan repensa à l'incrédulité qui l'avait saisi comme s'il assistait à une catastrophe naturelle lorsqu'il avait vu les jambes de sa mère se dérober sous elle le jour de la fête des pères. Il se rapprocha. Cette fois, il se tenait prêt.

Joy dit : « Tout ce dont je me souviens, c'est que votre mère et vous viviez en Australie-Méridionale.

– On est allées vivre là-bas un an après le premier cours de tennis de Harry », dit Savannah. On aurait dit une invitée volubile résumant en quelques mots l'histoire de sa vie dans un dîner. « Je n'ai plus revu ni mon père ni mon frère. C'est comme s'ils avaient oublié que j'existais. Papa envoyait de l'argent. Pour lui, je n'étais qu'une facture de plus à payer. Comme l'électricité.

– Je suis navrée. » Les mains de Joy s'agitaient désespérément.

« Non, ce n'est rien », répondit Savannah comme si Joy s'excusait d'être passée devant elle dans une queue. « Enfin, c'est vrai qu'il y a eu quelques années difficiles, à Adélaïde... » Elle s'interrompit. Elle n'avait plus rien de l'invitée volubile.

Elle respira à fond, redressa les épaules, les baissa, les tira en arrière, comme si elle attendait que la musique commence.

« Et puis, j'ai arrêté la danse, dit-elle. J'étais la meilleure du quartier, une des meilleures de l'État, mais je n'ai jamais eu le talent extraordinaire de Harry au tennis. Quand ma mère a fini par réaliser que je ne serais jamais aussi bonne en danse que Harry l'était au tennis, elle a perdu tout intérêt. Fini les privations de nourriture – hourra ! »

Logan et Brooke échangèrent un regard. Il vit son propre doute se refléter sur le visage de sa sœur. Y avait-il ne serait-ce qu'un fond de vérité dans cette histoire tordue ?

Logan savait que Savannah avait emprunté l'histoire qu'elle lui avait racontée au documentaire. Il savait qu'elle avait menti à Troy au sujet de son père. Peut-être avait-elle également emprunté cette histoire d'enfant affamée. Quelle importance, après tout ? Les faits ne cessaient de lui échapper. Chercher qui était réellement Savannah revenait à chercher un vrai reflet dans un palais des glaces. La cadence de sa voix, ses gestes, sa position : il se rendait compte à présent qu'elle ne cessait de se métamorphoser en différents personnages. Elle passait en l'espace d'un instant de la dame distinguée d'un certain âge à l'adolescente difficile et agressive.

Logan essaya de reprendre la main en s'appuyant sur les faits qu'il avait rassemblés et qu'il savait être réels. « Écoutez, Savannah, je suis allé voir votre petit ami. Dave. Quand vous nous avez raconté qu'il vous avait frappée, c'était faux. Ce n'est jamais arrivé. »

Savannah leva le menton. « Il fallait s'attendre à ce qu'il dise ça.

– Vous nous avez menti », insista Logan. Il avait besoin qu'elle confirme que c'était vrai afin qu'il puisse reprendre pied et qu'ils puissent passer à autre chose. « Je sais que c'est un mensonge.

– Non, vous n'en savez rien », dit aimablement Savannah.

« Non, mec, elle était faute », disait le frère de Savannah avec une innocence, une force de conviction, un calme incroyables quand on remettait en question une de ses annonces. Le tennis était une seconde nature chez Harry Haddad, le mensonge aussi. Ses tricheries flagrantes mettaient Troy dans une rage folle, alors qu'elles déroutaient et déstabilisaient Logan. Il avait vu la balle bonne et pourtant, Harry l'annonçait faute. Cela remettait tout en cause : le bien et le mal, les lois de la physique.

Visiblement, le mensonge était de famille, chez les Haddad.

Stan croisa le regard de Logan et leva les mains d'un geste impuissant. Logan ne se rappelait pas avoir jamais vu son père à ce point démuni, même lorsqu'il était hospitalisé pour son genou.

« Vous aussi, vous étiez là, Logan. » Savannah le regarda froidement et il eut un coup au cœur.

« Je ne vous ai jamais vue de ma vie », dit Logan. Il en était sûr à cent pour cent.

« Vous avez jeté votre raquette sur moi, dit Savannah. Comme si j'étais un chien errant.

– C'est faux, dit Logan. Pourquoi j'aurais fait ça ? » C'était Troy qui jetait ses raquettes, pas lui. « Je n'aurais jamais... » Il s'interrompit. Il se revit quitter le court la première fois où il avait perdu contre Troy, le jour où son père lui avait dit de regarder le service kické de Harry et où il avait compris que s'il pouvait se faire battre par son petit frère et qu'il y avait des joueurs comme Harry, il était sans doute inutile de s'acharner, même s'il avait continué encore pendant cinq ans.

« Attendez, je ne l'ai pas lancée sur vous », dit-il mollement. Il avait perdu l'avantage. Il s'en était toujours voulu d'avoir obligé cette petite fille à s'écarter d'un bond pour éviter sa raquette.

« Vous voyez que vous vous souvenez de moi », dit gentiment Savannah.

Elle avait la capacité de son frère à se montrer offensive, en poussant l'adversaire dans ses retranchements.

Elle porta son attention sur Troy. « Et vous, Troy ? Vous vous souvenez de moi ?

– Je me fiche de savoir si je vous ai déjà rencontrée, répondit Troy d'un ton laconique.

– Quelqu'un avait laissé ouverte la baie vitrée de derrière », dit Savannah d'un air songeur.

Ce devait être Logan. Il se faisait gronder sans cesse car il ne fermait pas correctement la baie qui avait du mal à coulisser.

« Je suis entrée par là et je suis allée dans la cuisine, dit Savannah. Je me disais juste… que je pouvais juste prendre un verre de lait. N'importe quoi. J'avais tellement faim. Je n'avais rien mangé depuis la veille. Je n'avais que neuf ans. Je me sentais tellement mal, j'avais la tête qui tournait. Je ne pensais qu'à manger et il y avait de la nourriture partout, tout autour de moi il y avait des gens qui mangeaient des glaces dans la rue, des tartes aux arrêts de bus, ils s'empiffraient, mais moi, je n'avais pas d'argent. Je ne pouvais pas m'acheter à manger. »

La mère de Logan porta la main à sa bouche. « Mon Dieu. »

Pourvu que ce soit l'histoire de quelqu'un d'autre, se dit Logan, car les gens de sa famille n'étaient pas méchants. Ils auraient donné à manger à une enfant affamée. Ils parrainaient des enfants affamés à l'autre bout du monde. « Pensez aux pauvres petits Africains qui meurent de faim », leur disait leur mère quand ils n'aimaient pas leurs légumes et Amy devenait inconsolable, pleurait pour les pauvres petits Africains et ne pouvait plus avaler une bouchée, et leur père soupirait et passait le bras par-dessus la table pour lui prendre ses brocolis à la fourchette.

Savannah dit à Troy : « Vous m'avez chassée de la cuisine comme une mendiante. Vous sortiez de la douche. Vous étiez tout mouillé, vous aviez une serviette bleue autour de la taille. Vous m'avez traitée de vautour. » Elle eut de nouveau une moue de dédain en prononçant « vautour ».

« Si j'ai dit ça, j'avais raison, parce que c'est exactement ce que vous êtes, un vautour », dit Troy. Il n'avait jamais été un joueur défensif. Quand on l'attaquait, il ripostait deux fois plus fort. « Vous m'avez volé beaucoup d'argent.

– Je n'ai rien volé, dit Savannah. Vous m'avez donné cet argent de votre plein gré.

– Parce que j'ai été berné !

– Et moi, qu'est-ce que j'ai fait, Savannah ? dit le père de Logan. Quel est mon rôle ?

– Rien, dit Savannah. Vous m'avez ignorée. Vous n'avez vu que Harry. Je n'existais même pas à vos yeux parce que je ne jouais pas au tennis.

– Si je comprends bien, vous voulez vous venger ? dit Troy. Parce que notre père a fait de votre frère une star du tennis ? Parce que nous n'avons pas voulu vous donner à manger ? Mais pourquoi ne pas avoir demandé ?

– Elle a demandé, dit Amy sur le pas de la porte. Elle est entrée dans la salle à manger et m'a demandé de lui faire un sandwich. »

Puis elle fit une chose incroyable, une chose que seule Amy aurait été capable de faire, aurait même eu l'idée de faire.

Elle alla tout droit vers Savannah et la prit dans ses bras.

« Je suis désolée, dit-elle. Je suis vraiment désolée qu'on se soit aussi mal comportés avec vous. Je suis désolée qu'on n'ait pas aidé cette petite fille affamée. On aurait dû vous aider. »

Savannah resta un moment plantée là avec raideur, les bras ballants, puis elle posa le front contre la poitrine d'Amy, comme une enfant que sa mère console.

« C'était vraiment dur, ce jour-là, dit-elle, la voix étouffée.

– Oh, mon Dieu, c'est affreux, c'est vraiment affreux. » Joy enfouit le visage entre ses mains. Brooke se détourna, la main sur le front. Troy regarda le plafond et son père regarda le sol. Un jeune homme inconnu vêtu d'un tee-shirt très blanc toussota à l'entrée de la chambre. Il croisa le regard de Logan et lui tendit la main.

Il dit à mi-voix : « Simon Barrington. Le petit copain d'Amy.

– Non, non », dit Amy par-dessus la tête de Savannah, mais Logan aperçut une ombre de sourire.

Leur père se leva, les bras pendant lourdement le long du corps. « Je veux qu'elle s'en aille. » Il indiqua Savannah d'un coup de menton. « Tout de suite.

– Papa, dit Amy. On s'est mal comportés avec elle. »

Savannah s'écarta d'Amy. « Ce n'est pas grave.

– Je me fous complètement qu'on ne vous ait pas préparé un sandwich alors que c'était un jour très difficile de votre enfance très difficile », dit Stan. Il agita l'index sous son nez. « Des tas de gens ont eu une enfance difficile. Ils se font une raison.

– Ne lui parle pas comme ça, papa ! dit Amy. Arrête ! »

Stan l'ignora. « Si vous êtes jalouse du succès de votre frère, arnaquez-le, racontez des mensonges sur lui, lancez des pierres contre ses fenêtres. On ne s'est pas enrichis grâce à lui ! Votre famille n'a rien fait pour nous. Votre père nous a laissés tomber dès que Harry…

– Mais ce n'est pas mon père qui a décidé que Harry devait quitter le Delaneys », l'interrompit Savannah. Logan aperçut sa mère, l'air hagard.

Son ventre se noua.

Savannah se tenait les talons joints, les pointes écartées comme sous les projecteurs.

Depuis le début, elle avait une grenade dans sa poche. Elle la lança.

« C'est votre femme. »

45

Aujourd'hui

« Devinez ce que j'ai trouvé », dit Christina. Elle frappa son portable contre sa cuisse d'un geste triomphal.

Elle se rendait avec Ethan du côté de la piste du bush où le corps avait été découvert. C'était à dix minutes tout au plus de l'endroit où habitaient Joy et Stan. Toutes les pièces du puzzle s'assemblaient une à une.

« Quoi ? demanda Ethan.

– Le mobile. »

46

Octobre dernier

Stan ne poussa ni cri ni juron en entendant la révélation de Savannah. Il ne demanda aucun éclaircissement, aucune preuve, ne la traita pas de menteuse. Il parut savoir instantanément que cette fois, Savannah disait la vérité. Peut-être s'en était-il toujours douté, bien qu'il n'ait jamais interrogé ou accusé Joy.

Il dit « Pardon » au jeune énamouré d'Amy qui observait le psychodrame du seuil de la porte et s'écarta docilement pour le laisser partir en silence d'un pas digne.

Ils entendirent la porte d'entrée se fermer.

Joy fut étonnée de voir combien cette scène lui était familière malgré les années. Le temps remonta en douceur, ses enfants étaient toujours ses enfants et attendaient toujours qu'elle leur explique la conduite de leur père, pour la rendre plus normale, plus acceptable. Elle sentait les anciennes formules lui revenir automatiquement aux lèvres. *Ne vous en faites pas. Il va revenir. Vous savez comment il est. Quand votre papa s'énerve, il a besoin de s'éloigner pour faire le vide. Il n'y a pas de quoi s'inquiéter. Venez, on va aller prendre une glace !*

Logan fut le premier à parler. « C'est vrai, maman ? Tu leur as dit de partir ?

– Ah », fit Joy d'un air absent. Elle pensait à Stan. C'était bien gentil quand il avait trente, quarante ou même cinquante ans, mais à soixante-dix ans, il était trop vieux pour partir théâtralement comme ça dans la nuit. Il avait des médicaments à prendre. « Oui, ça c'est vrai. Ne vous en faites pas, il s'en remettra. Mais dites, vous vous êtes garés dans l'allée ? Votre père ne va pas pouvoir sortir sa voiture. » Il faisait frais. Il n'était pas habillé assez chaudement. Il était en jean et pantoufles.

« Mais pourquoi tu as fait ça à papa ? » lui demanda Brooke, les yeux brûlants de colère à l'idée qu'elle ait pu trahir son père adoré. « C'était papa qui avait découvert Harry. Il aurait pu être son entraîneur. Comment tu as pu lui enlever ça ?

– Et vous, qui vous aurait entraînés ? Si votre père avait passé son temps sur le circuit international avec Harry ?

– Toi, répondit Brooke d'un ton hésitant.

– Quand ? Comment ? » Si ses enfants avaient un jour eux-mêmes des enfants, ils mesureraient peut-être le poids des responsabilités qui avaient pesé sur Joy durant ces années si difficiles.

« Mais c'était le rêve de papa, dit Brooke. Tu lui as volé son rêve.

– Et vos rêves à vous, alors ? » Joy écarta les mains en montrant ses quatre enfants.

« Ça n'avait pas d'importance, on n'aurait jamais réussi de toute façon, dit Brooke.

– Mais vous n'en saviez rien, à l'époque ! s'écria Joy. Vous avez tous tendance à l'oublier. Vous vouliez tous réussir. Vous aimiez bien dire que c'était pour nous, mais c'est archifaux. » La fureur montait dans sa poitrine. Elle connaissait ses enfants mieux qu'eux et voyait leur enfance bien plus clairement. « Vous le vouliez tous. Je le sais. Vous avez tous fait des sacrifices. »

Sa voix se brisa. Elle revoyait les ampoules qui suintaient sur la paume de la main droite d'Amy (« On dirait qu'elle travaille de ses mains ! » disait la mère de Joy, dégoûtée), l'expression de résignation triste et compliquée de Logan quand il avait annoncé à Hien qu'il ne pourrait pas venir fêter ses dix-huit ans parce qu'il participait à un tournoi à Alice Springs, Troy à douze ans, au dîner, qui s'était endormi la joue collée au set de table en attendant le dessert, Brooke, haute comme trois pommes, en pyjama et tennis sur le court, qui s'entraînait avec détermination avant le petit déjeuner.

La douleur, l'épuisement, les voyages incessants ; les fêtes, les soirées, les manifestations scolaires qu'ils avaient ratées : et si ses enfants avaient supporté tout ça pour voir leur père aux côtés d'un autre joueur qui remportait les titres du Grand Chelem dont ils rêvaient tous ?

Ç'aurait été insupportable.

À l'époque, elle avait dû choisir entre le bonheur de ses enfants et le rêve de son mari et étant mère, elle n'avait pas réellement eu le choix. Elle avait choisi ses enfants.

Quand elle repensait à ce jour-là, elle se rappelait avoir commis un méfait, un petit méfait sans arme, aussi simple et rapide que d'éteindre la flamme d'une bougie entre le pouce et l'index : une piqûre cuisante qui disparaissait instantanément.

Elle avait attendu qu'il n'y ait personne dans la maison et téléphoné au père de Harry, Elias Haddad. Elias misait tout sur la carrière de son fils. Il avait arrêté de travailler pour devenir son manager. Il vivait de ses économies.

La mère et la sœur de Harry n'avaient aucune place dans sa décision. Elles n'avaient jamais existé à ses yeux.

« Elias, je dois vous dire une chose qui doit rester strictement entre nous, une chose que mon mari ne vous dira jamais », lui avait-elle dit en parlant vite sans lui laisser le temps de placer un mot, les yeux fixés sur une photo drôle de ses fils qui se trouvait sur son bureau, nez à nez, se fusillant du regard comme deux boxeurs.

Elle s'était toujours bien entendue avec Elias. Il avait le charme volubile des Européens. Elle avait réussi à le convaincre de ne pas appeler la police quand Troy avait agressé Harry, en lui disant que cela ne servirait à rien et que cela ferait perdre des heures d'entraînement à son fils. Elle s'était abondamment excusée de la part de Troy. Elle avait prétendu que c'était une question de jalousie, et il avait semblé l'accepter.

Elle avait dit : « Si Harry et vous prenez sa carrière au sérieux, et je sais que c'est le cas, il faut que vous quittiez le Delaneys.

– Vous quitter ? » avait-il répondu d'un ton si étonné, si affolé que ça l'avait coupée dans son élan, mais elle avait tout de même poursuivi.

« Oui, il faut partir. Aller vous installer à Melbourne. Je vais vous donner le nom de quelqu'un de la fédération. Appelez-la dès que nous aurons raccroché. Elle a vu Harry jouer. On le remarquera. On lui attribuera des wild cards pour l'Open. Il sera adoubé. Il fera partie des heureux élus. Tout ça est très politique, Elias. »

Stan et elle avaient toujours dit à leurs enfants qu'il n'y avait pas d'« heureux élus », pas de favoris sur le circuit, que d'où que l'on vienne, quelles que soient ses relations ou celles de ses parents, la seule chose qui comptait, c'était la façon dont on jouait – mais il y avait bel et bien de la politique dans le tennis. Il y avait de la politique dans tout.

« Mais surtout, il aura le type d'entraînement qu'il lui faut, et ça, nous ne pouvons pas le lui donner. On aimerait le garder, évidemment, et je vous en prie, n'en parlez pas à Stan, parce que j'ai peur que mon mari soit incapable d'être objectif là-dessus. Il veut agir dans l'intérêt de Harry, mais aussi dans son propre intérêt, et son intérêt à lui, c'est de garder Harry. Mais la vérité, Elias, c'est que le Delaneys est un frein pour lui et je ne peux pas rester sans rien faire. Il est temps de passer à l'étape suivante. »

Elle savait qu'Elias saurait d'instinct qui charmer, et quand, de la même manière que son fils était capable d'élaborer de brillantes stratégies sur le court. Elias aurait peut-être même pris lui-même la décision de retirer Harry du Delaneys si elle ne le lui avait pas suggéré.

Elias avait suivi ses conseils à la lettre et avait été parfait. Il n'avait jamais parlé à Stan de sa trahison. Chaque fois qu'il la voyait, il lui faisait un clin d'œil comme s'ils avaient eu un rendez-vous galant. Ça lui donnait l'impression d'avoir couché avec lui.

Elle avait appris par la suite qu'Elias était un séducteur qui jonglait souvent entre plusieurs femmes plus belles les unes que les autres, si bien qu'il n'avait aucun mal à garder un secret. Elle avait longtemps cru que Stan finirait par apprendre la vérité et elle était prête à se défendre, mais il n'avait jamais rien découvert, et au bout de quelque temps, elle avait laissé la culpabilité (et non le regret, elle n'avait jamais regretté) s'envoler doucement comme la petite volute de fumée noire de la bougie éteinte.

Elle avait craint que Harry ne révèle son secret dans son autobiographie. Sans imaginer une seule seconde que ce serait son invitée, qui avait prétendu de façon si catégorique ne même pas connaître le nom de Harry Haddad, qui le révélerait.

« Comment le saviez-vous ? demanda-t-elle à Savannah.

– C'est ma mère qui me l'a dit. Papa n'a pas pu envoyer de pension alimentaire pendant près de six mois. Il a dit que ça lui avait coûté cher de déménager à Melbourne et quand ma mère lui a demandé "Pourquoi tu as fait ça ?", il a répondu : "Joy Delaney m'a dit que c'était la meilleure solution." Je m'en souviens mot pour mot. Maman a dû prendre un second travail pour aider à payer mes cours de danse.

– "Joy Delaney m'a dit que c'était la meilleure solution", répéta Amy. Waouh, maman. C'est... » Elle secoua la tête. « Waouh. »

Après toutes ces années, ce n'était pas Stan mais leur fille qui la regardait d'un air accusateur. Elle avait envie de crier, *Mais je l'ai fait pour vous !* Elle essaya de parler posément, mais elle ne put contenir son émotion. « Je n'allais pas vous laisser regarder votre père emmener un autre que vous au sommet !

– Mieux vaut un autre que personne, dit Logan. Harry aurait remporté plus de titres du Grand Chelem s'il était resté avec papa. Il n'a jamais gagné Roland-Garros.

– Harry n'a jamais été assez patient pour jouer sur terre battue, rétorqua Joy d'un ton revêche.

– Papa lui aurait appris la patience. Il n'a jamais été aussi régulier qu'il aurait pu l'être, dit Logan. Il avait besoin de papa.

– Tu avais besoin de lui, dit Joy. Vous aviez tous besoin de lui.

– Non, répliqua Logan. Pas moi. »

Seigneur, c'était impossible de lui faire comprendre. Il envisageait cela avec le regard de l'homme de trente-sept ans qui avait laissé sa carrière tennistique derrière lui, et non de l'adolescent de dix-sept ans qui se voyait encore un avenir dans le tennis.

« Bon, d'accord, j'avais besoin de lui, admit Joy. J'avais quatre enfants qui jouaient tous en compétition et une affaire à gérer. Seule, je ne pouvais pas y arriver. Rappelez-vous comment c'était. »

Mais elle voyait bien à leur tête qu'ils n'avaient pas la moindre idée de ce qu'elle voulait dire.

Elle repensa au soir où Troy participait à un tournoi à Homebush, autant dire au diable vauvert, qui avait pris tellement de retard qu'il n'avait commencé à jouer qu'aux alentours de minuit. Stan était avec Troy, Joy, à la maison avec les autres enfants. Elle était préoccupée par Logan qui était malade et avait de la fièvre. Cette nuit-là, elle n'avait pas dormi. Tout en s'occupant de Logan, elle avait préparé trente cupcakes pour l'anniversaire de Brooke, le lendemain, enchaîné trois tournées de lessive, fait les comptes et le devoir d'histoire de Troy sur la Grande Muraille de Chine. Elle avait eu sept sur dix au devoir (elle enrageait encore, elle méritait un neuf). Quand elle repensait à cette longue nuit, elle avait l'impression de revivre un match remporté de haute lutte. À ceci près qu'il n'y avait ni trophée, ni applaudissements. Lorsqu'on survivait à une nuit pareille, l'unique reconnaissance que l'on pouvait espérer était celle des autres mères, qui seules mesuraient le caractère épique de ces exploits ordinaires. Tout cela n'avait servi à rien. Et pourtant, comment aurait-elle pu faire autrement ? Au niveau de compétition où ses enfants évoluaient, on était obligé d'être investi et ils l'étaient. Ç'aurait été plus facile s'ils avaient été un peu moins doués, un peu moins ambitieux, s'ils avaient été numéro un du district, sans aller au-delà.

« Quoi qu'il en soit, je vous rappelle que vous détestiez tous Harry Haddad, dit Joy. Vous ne pouviez pas le sentir. » Elle jeta un coup d'œil à Savannah qui avait refermé le couvercle du coffre en bois recelant tous ses secrets et s'était assise dessus comme si elle attendait le bus. « Désolée, Savannah, mais ils détestaient votre frère.

– Oh ça ne fait rien, je le détestais aussi, dit Savannah. Pendant des années, chaque fois que je voyais sa tête à l'écran, je hurlais.

– Vous hurliez vraiment ? demanda Amy avec intérêt.

– Je hurlais vraiment.

– Je ne détestais pas Harry, dit Logan. Je l'enviais, mais je ne l'ai jamais détesté. J'aurais aimé que papa continue à l'entraîner.

– Ça, c'est ce que tu penses maintenant, Logan, répliqua Joy avec agacement. Mais quand tu étais adolescent, tu ne pensais pas du tout ça.

– Moi, je le détestais », intervint Troy. Il était appuyé contre le mur, la tête frôlant dangereusement l'angle du poster encadré représentant une sirène en pleurs qu'Amy avait toujours eu dans sa chambre et que Joy trouvait déprimant mais que sa fille adorait. Troy toisait Savannah, le regard brûlant de rage et de venin. « Je trouve que tu as eu raison, maman, parce que de toute évidence, ces gens charmants n'ont aucun scrupule à tricher, mentir, arnaquer…

– Bon, ça suffit maintenant, l'interrompit Joy.

– Quoi ? Il faut peut-être qu'on soit poli avec elle ? »

Troy avait des convictions aussi passionnelles que fluctuantes sur la justice et la morale. Le petit empire de la drogue qu'il avait bâti adolescent était acceptable, mais le fait que Savannah lui ait extorqué de l'argent, non ; tricher au tennis était un péché impardonnable, mais cela ne l'avait pas empêché de tromper sa femme.

« Écoutez, si ça pose autant de problèmes, je vais rendre

l'argent, dit Savannah à Troy. J'avais juste besoin d'une petite somme pour m'installer. » À l'entendre, on aurait dit qu'elle parlait à quelqu'un de sa famille d'un prêt qu'elle n'avait pas remboursé. Était-ce sa façon d'admettre qu'elle avait menti à Troy en portant ces accusations épouvantables sur Stan ? Et si Troy avait refusé de payer ? Qu'aurait-elle fait ?

Savannah mesurait-elle le pouvoir du secret de Joy qu'elle venait de révéler ? Joy aurait-elle payé si elle avait essayé de la faire chanter ? C'était possible.

Joy avait la tête qui tournait. Elle n'arrivait pas à concilier Savannah la maître-chanteuse sournoise et la Savannah qui s'était si affectueusement occupée d'elle quand elle était sortie de l'hôpital.

« Gardez-le, répliqua Troy d'un ton acerbe. Tout ce qu'on veut, c'est que vous disparaissiez de notre vie.

– J'en avais bien l'intention », dit Savannah. Elle se leva, prit le sac à main qui se portait en bandoulière que Joy lui avait acheté. « C'était uniquement temporaire. »

Elle semblait retenir ses larmes et Joy savait parfaitement que c'était peut-être une émotion feinte ou l'émotion d'une autre qu'elle s'était appropriée à des fins personnelles, mais elle avait tout de même de la peine pour elle.

Uniquement temporaire. Était-ce ainsi que cette enfant avait toujours vécu ? Cette enfant affamée qu'ils avaient grondée, ignorée, refusé d'aider ? Joy se souvenait de la façon dont elle avait claqué la porte de la buanderie d'un coup de pied. Elle ne se souvenait plus de son visage, juste d'une silhouette de petite fille aux traits flous, mais elle se rappelait la violence avec laquelle elle avait claqué la porte au nez de l'enfant.

Ils ne savaient pas qu'elle avait faim. Comment l'auraient-ils su ? Mais Joy se flattait d'être observatrice. Elle aurait tant aimé revenir en arrière et faire tout ce qu'aurait fait celle qu'elle croyait être : donner à manger à la fillette, l'écouter, l'arracher à sa terrible enfance.

« Oui, enfin, vous n'êtes pas obligée de partir tout de suite.

– Maman, dit Brooke. Je crois qu'il vaut mieux qu'elle parte tout de suite.

– Ouais », dit Savannah. Elle regarda les enfants de Joy. « C'était super.

– Où comptez-vous aller ? demanda Amy.

– T'en fais pas pour elle, intervint Troy d'un ton hargneux. Elle a les moyens.

– Ça ira, ne vous en faites pas, dit Savannah. Je passerai récupérer mes affaires à un moment ou à un autre. »

Elle regarda Joy avec un sourire radieux et se mua en invitée prenant congé après un dîner. « Merci infiniment de votre accueil.

– C'était un plaisir », répondit machinalement Joy en toute sincérité, car jusqu'à ce soir-là, ç'avait été un plaisir. Un plaisir absolu.

Pendant un moment interminable, ils restèrent tous figés sur place, comme des acteurs d'une pièce affligeante, dont l'un avait oublié sa réplique. Joy n'aurait pas été étonnée d'entendre quelqu'un tousser parmi les spectateurs.

« Je suis vraiment désolée », dit soudain Savannah, les yeux brillants de larmes contenues. Joy ne saurait jamais si elles étaient réelles ou feintes, si elle était ou non sincèrement désolée, car elle tapota brusquement son sac à main d'un geste décidé, se redressa et sortit de la chambre puis de la maison sans faire de bruit, exactement comme Stan. Elle disparut dans la nuit obscure d'où elle était venue.

47

Aujourd'hui

« C'est la dernière fois que j'ai vu Savannah, dit Troy Delaney.

– Elle vous a rendu l'argent ? » demanda Christina.

Le lieutenant Christina Khoury était d'une humeur que sa mère aurait qualifiée de « chatouilleuse ». Elle n'avait pas de corps, contrairement à ce qu'elle avait cru la veille. La nouvelle était tombée quasi instantanément : *Pas pour vous. Des ossements.*

Cette femme-là était morte trente ans plus tôt, si ce n'est plus, à l'époque où Christina était petite et se demandait si elle voulait devenir policière ou chercheuse en biologie marine quand elle serait grande. Pourquoi ne pas avoir choisi la biologie marine ? À l'heure qu'il est, elle serait peut-être en train de barboter en observant les étoiles de mer.

De plus, une certaine Fiona Reid, membre du club de tennis de Joy Delaney, venait de passer pour annoncer que la veille, dans l'après-midi, elle avait vu Joy descendre du train à la Central Station, l'air de se porter comme un charme, même si malheureusement, elle n'avait pas entendu Fiona quand elle l'avait appelée.

Parce que ce n'était pas elle, espèce de cruche, s'était dit Christina.

Par ailleurs, une voyante venait de déclarer aux médias qu'elle sentait que Joy était en vie, mais retenue prisonnière quelque part près de l'eau ou peut-être dans le désert.

Christina tenait tout de même son mobile. La coiffeuse de Joy Delaney, Narelle Longford, avait contacté la police dès qu'elle avait appris la découverte du corps, hier, et avait révélé tout ce que lui avait jamais confié sa cliente, y compris le secret vieux de plusieurs dizaines d'années qu'avait dévoilé l'année précédente leur jeune invitée qui en réalité, n'était pas du tout une inconnue.

Les enfants de Stan n'avaient rien dit de tout cela à Christina. Ils savaient pertinemment que cela donnait une mauvaise image de leur père et avaient préféré ne pas en parler jusque-là.

Christina étudia le deuxième fils de Joy Delaney, un bel homme lustré par l'argent et la réussite, qui n'en avait pas moins succombé avec une facilité ridicule au chantage d'une jeune femme.

Elle l'interrogeait en compagnie d'Ethan dans son luxueux appartement. La vue que l'on découvrait par les immenses baies vitrées était si éblouissante qu'elle en devenait irritante, comme une musique trop forte qui empêche de se concentrer. Elle se surprit à vouloir demander « Vous ne pourriez pas baisser un peu ? ».

« En fait, oui, elle m'a remboursé, répondit Troy. Elle m'a envoyé un chèque. Je l'ai déchiré. Je ne l'ai pas encaissé. » Il s'agita légèrement dans son fauteuil, qui lui semblait frêle et bon marché, un peu comme un siège de bureau des années cinquante, mais qui était apparemment censé l'impressionner, d'après Ethan qui avait demandé si c'était un authentique Machin Chose, ce qui était effectivement le cas. À quoi bon lui demander ? Troy était le genre de type qui mettait un point d'honneur à tout payer au prix fort. Y compris le chantage. « Ça devait être un chèque sans provision, mais je n'en suis pas sûr.

– Pourquoi ne pas l'avoir encaissé ? demanda Christina.

– Après son départ, j'ai commencé à avoir pitié d'elle », dit Troy. Il se tapota les dents d'un ongle impeccablement manucuré. « Elle a manifestement eu une enfance difficile et nous avons tous été cruels avec elle le jour où elle est venue chez nous quand elle était petite, cruels sans le vouloir, mais cruels quand même, et plus je pensais à elle, plus je me disais qu'on avait pas mal de choses en commun.

– Qu'aviez-vous en commun ?

– Son père comme le mien ont choisi Harry Haddad plutôt que nous », répondit Troy. Il esquissa un sourire ironique comme s'il voulait donner l'impression que cela n'avait pas d'importance, mais ce n'était pas tout à fait convaincant et la blessure enfantine était encore visible. « Elle nous a dit à quel point c'était dur pour elle quand Harry passait à la télévision et pour moi, c'est exactement la même chose : je change de chaîne dès que je vois sa tête à claques.

– Juste pour savoir, quelqu'un de votre famille est-il encore en contact avec Harry Haddad ? demanda Christina.

– Pas à ma connaissance, répondit Troy avec une répugnance manifeste.

– Et cette Savannah a coupé les ponts avec son frère ? À votre connaissance ?

– À ma connaissance, oui. Je suppose que si elle était en contact avec son frère, c'est à lui qu'elle aurait demandé de l'argent. »

Pas forcément. Christina nota : *Interroger Harry Haddad.*

Ça ne les avancerait sans doute pas à grand-chose et les célébrités n'étaient pas pressées de rappeler, mais c'était un autre point à vérifier.

« Si je comprends bien, Savannah est partie… et vos parents n'ont plus jamais entendu parler d'elle ?

– Un mois après son départ, un jeune couple est arrivé avec un van en disant que Savannah les avait chargés de récupérer ses affaires. Ma mère a dit qu'ils étaient "du genre hippies". Il paraît qu'ils ont à peine ouvert la bouche et qu'ils avaient l'air terrorisés par ma mère, allez savoir ce que Savannah a été leur raconter.

– Et c'est tout ? Il n'y a pas eu d'autre contact avec elle ?

– Pas à ma connaissance », répondit Troy. Ses genoux ne tenaient pas en place. Il posa les mains sur ses cuisses pour les empêcher de bouger comme si c'étaient celles de quelqu'un d'autre.

« J'imagine que la révélation de ce que votre mère a fait a eu des répercussions. Votre père a dû être… » Elle marqua une pause, dans l'espoir qu'il termine sa phrase. Comme il se taisait, elle lui donna le choix. « Fâché ? Blessé ? »

Troy s'abstint de choisir et répondit prudemment : « C'est possible.

– Quand il a appris, insista Christina. Comment il a réagi ? Il s'est mis en colère ? Il a crié ? Lancé un juron ?

– Mon père ne crie jamais quand il est vraiment en colère, dit Troy. Il est parti. Comme ça. Je suppose que c'est… un moyen de faire face, chez lui.

– Où est-il allé ?

– Cette fois, il n'est pas allé bien loin. Il était à pied. À une dizaine de minutes de la maison, il est tombé. Un nid-de-poule. Il s'est déboîté la rotule. Déchiré le ménisque. Heureusement, quelqu'un qu'on connaît passait par là en voiture et l'a raccompagné à la maison. Comme il avait déjà des problèmes aux genoux, c'était… assez sérieux.

– Fini le tennis ?

– On lui a dit de ne plus jouer pendant au moins six mois. » Troy posa inconsciemment la main sur son propre genou. « Mais avec lui, il faut s'attendre à tout.

– Ça a dû le contrarier, dit Christina.

– Le tennis, c'est toute sa vie, dit Troy avec émotion.

– Votre mère aussi doit faire une croix sur le tennis, je suppose », reprit Christina en pensant à tous ces gens qui n'avaient pas arrêté de lui dire que les Delaney formaient un couple extraordinaire parce qu'ils jouaient en double.

« En fait, ma mère a commencé à jouer en simple en compétition, dit Troy.

– Sans votre père, dit Christina.

– Quand elle était jeune, ma mère était une joueuse de simple très bien classée », répondit Troy sans comprendre. Il passait visiblement à côté de ce que cela représentait symboliquement. « Elle a participé à son premier Australian Nationals alors qu'elle n'avait que quatorze ans, elle a battu Margaret…

– Oui, oui, j'ai compris, l'interrompit Christina avant qu'il ne lui déroule tout son CV. Donc, votre mère joue au tennis, pendant que votre père est coincé à la maison à ne rien faire, sans pouvoir pratiquer le sport qu'il adore, avec le sentiment qu'il a été trahi par sa femme. Ça ne devait pas être gai tous les jours chez eux.

– Sans doute, dit Troy. Je ne sais pas, j'avais ma vie. » Il fixa un moment le plafond, puis regarda de nouveau Christina. « Je croyais que tout était revenu à la normale quoique, j'avoue… »

Il s'interrompit et elle le vit déglutir : involontairement, dans un spasme.

« Le jour de Noël, j'ai pensé, ça m'a un peu choqué d'aller penser ça… »

Il s'interrompit de nouveau et Christina serra les dents. Jusque-là, il avait répondu à ses questions avec aisance et courtoisie, comme un homme d'affaires interviewé pour un magazine, mais le vernis avait craqué. Elle avait envie de l'attraper par sa belle chemise en lin et de lui crier, *Allez, dites-le que c'est votre père qui l'a fait ! On sait tous que c'est lui !*

Il avait les mains jointes comme en prière. « Pour la première fois, j'ai pensé… » Il la regarda d'un air implorant, comme s'il avait besoin de se disculper.

« Qu'est-ce que vous avez pensé ? » Christina avait mis de l'autorité dans sa voix.

« Que mes parents se haïssaient peut-être réellement. » Il posa les yeux sur la vue étincelante du port. « C'était réciproque, au fait. La haine était réciproque. »

48

« J'ai raconté à la police ce qui s'était passé à Noël.

– Comment ça ? Il ne s'est rien passé, à Noël.

– Enfin, Brooke.

– Ça n'avait aucun rapport. »

Jacob Azinovic entendait distinctement des voix alors qu'il contournait la maison des Delaney, chargé d'un ragoût d'agneau en cocotte.

« Je voudrais que tu apportes ça à Stan Delaney de ma part », lui avait dit sa mère quand il était venu vérifier le mystérieux « bip » que faisait sa voiture, bien qu'il l'ait trouvée remarquablement silencieuse quand il l'avait conduite.

« Pourquoi il faut que je l'apporte ? » avait protesté Jacob. C'était pour cela qu'il avait été convoqué, en réalité : pour livrer un plat de l'autre côté de la rue.

« Écoute Jacob, avait répondu Caro. Il se peut que cet homme ait assassiné sa femme.

– En ce cas, pourquoi tu lui prépares à manger ?

– Jusqu'à preuve du contraire, il est présumé innocent. Stan est très gentil avec moi depuis la mort de ton père. Joy trouverait normal que je lui apporte un repas.

– Si Stan l'a tuée, sûrement pas », avait répondu Jacob, mais les yeux de sa mère s'étaient remplis de larmes, alors il avait soupiré, pris la cocotte et il était sorti.

« Je l'ai fait trop cuire, avait lancé sa mère dans son dos. Au cas où. »

Personne n'avait répondu quand il avait frappé chez les Delaney, mais en voyant toutes les voitures garées dans l'allée, il avait décidé de faire le tour de la maison.

Les quatre enfants Delaney étaient assis autour d'une table dans la véranda de l'arrière et discutaient avec animation. Jacob fut saisi de l'inquiétude admirative qu'il éprouvait enfant lorsqu'il les voyait ensemble. Les quatre Delaney dégageaient une sorte de violence flamboyante. Une bataille monumentale pouvait éclater à tout instant.

« Ils savent tout sur Savannah, maintenant », dit Troy. On avait l'impression qu'il venait de se passer les doigts dans ses magnifiques boucles brunes. Troy était le premier garçon dont Jacob ait été amoureux. Le premier hétéro à avoir flirté avec lui. « Ils savent pourquoi papa et maman se disputaient. Ils savent que papa a un mobile. »

Jacob toussota pour signaler sa présence et déplaça la cocotte qui lui brûlait les avant-bras.

« Ne parle pas de "mobile", dit Brooke. Ce n'est pas un mobile ! Tu leur as parlé de Savannah ? Je croyais qu'on avait promis de ne pas mentionner le lien avec Harry Haddad.

– Je n'ai jamais rien promis, mais ce n'est pas moi. C'est la coiffeuse de maman, répondit Troy. Ils essaient de contacter Harry.

– Je ne vois pas ce que Harry pourrait leur dire », intervint Logan. Il se frotta les yeux avec les poings. « Savannah avait coupé les ponts avec lui.

– Vous avez cru que c'était maman ? demanda Amy d'une voix songeuse. En entendant aux infos qu'on avait retrouvé un corps ? »

C'était embarrassant de surprendre une conversation pareille. Mais personne n'avait encore remarqué Jacob.

« Salut », dit-il d'une voix étranglée. Mais c'était loin d'être assez fort. Il avait oublié qu'il fallait monter d'un cran quand tous les Delaney étaient réunis.

« Non, je n'ai pas imaginé une seconde que c'était elle, dit Logan. Elle va bien.

– Ça fait trop longtemps qu'elle est partie, dit Troy. Il faut qu'on oublie l'hypothèse de "maman veut faire passer un message".

– Tout ce qu'on peut faire, c'est soutenir papa, dit Brooke.

– Pas s'il a assassiné notre mère, rétorqua Troy.

– Chuuut ! » Elle montra la baie vitrée, derrière elle. Stan était sans doute à l'intérieur. « Ne dis pas des choses comme ça. Les gens voient que tu as des soupçons, des doutes ou ce que tu veux. Ils analysent notre langage corporel en ligne. Pendant la conférence de presse, vous vous êtes écartés de papa, Amy et toi. Ça la foutait mal.

– Je ne me suis pas écartée de papa, dit Amy. Je ne me sentais pas bien. J'ai cru que j'allais m'évanouir.

– Si tu es si préoccupée par l'image qu'on donne, tu aurais pu convaincre papa de participer à la battue, lança Troy à Brooke.

– Papa estimait que c'était une perte de temps, dit Brooke. D'après lui, il n'y a aucune chance que maman soit allée faire du vélo dans la réserve, parce qu'elle a écrit à la municipalité que ce n'était pas un endroit pour une piste cyclable et ne leur a jamais pardonné de ne pas l'avoir écoutée.

– C'est vrai que maman a tendance à s'offusquer quand la municipalité n'écoute pas ses recommandations, observa Amy.

– Est-ce que tu penses seulement à maman ? » Troy s'en prit brusquement à Brooke et il avait une telle expression de rage que Jacob tressaillit. « Est-ce qu'au moins tu t'inquiètes ?

– Bien sûr qu'elle pense à maman, intervint Amy. Ne sois pas aussi méchant avec elle.

– Je suis morte d'inquiétude. » Brooke avait répondu à son frère les dents serrées. La fureur de Troy ne semblait pas l'impressionner le moins du monde.

« Putain, on dirait que la seule chose qui te préoccupe, c'est de trouver un avocat à papa !

– C'est juste au cas où, dit Logan à Troy. Papa ne veut même pas d'avocat.

– Au cas où quoi ? cria Troy. Au cas où il est coupable de meurtre ? »

Jacob était figé sur place, les mains glissantes sous la cocotte.

« C'est aussi ma mère », cracha Brooke. Elle tapa du poing sur la table avec une telle force que celle-ci vacilla et que Logan dut la retenir pour l'empêcher de tomber. « Tu passes la moitié du temps aux États-Unis et tu ne l'appelles pas pendant des semaines !

– Je l'appelle tout le temps !

– Ce n'est pas vrai !

– Le fait est qu'aucun de nous ne l'avait appelée récemment », murmura Amy au moment même où Logan poussait un gros soupir et disait : « Ça ne nous avance à rien. »

Troy se leva brusquement. Il sursauta en voyant Jacob planté comme un imbécile sur la pelouse. « Salut Jacob.

– Pardon, dit bêtement Jacob. Je ne voulais pas vous déranger. Maman m'a demandé d'apporter ce ragoût à votre père. » En guise de preuve, il tendit la cocotte dont le couvercle en verre tremblait de façon alarmante. *Ma mère l'a fait trop cuire des fois que votre père serait un assassin.*

« Waouh. » Troy descendit de la véranda et lui prit la cocotte des mains. « C'est super gentil de la part de ta mère, tu la remercieras.

– Je vais te chercher papa, dit Amy. On attend juste qu'il ait fini de nettoyer. Il… repeint la salle de bains.

– Le genre de trucs que tu fais quand ta femme a disparu, dit Troy en tenant la cocotte sous un bras comme un ballon. C'est le meilleur moment pour rénover.

– Enfin merde, Troy, marmonna Logan entre ses dents.

– Ne dérangez pas votre père. J'y vais. » Jacob s'empressa de battre en retraite. « J'espère… j'espère que vous aurez bientôt de bonnes nouvelles. » Il croisa les doigts. Comme un crétin.

Les quatre Delaney le regardèrent d'un air grave. Ils n'avaient pas l'air d'attendre de bonnes nouvelles de sitôt.

En retournant chez sa mère, il se demanda ce qui avait pu se passer à Noël qui était susceptible ou non d'intéresser la police.

Il était venu voir sa mère à Noël. Il n'avait rien vu ni entendu de particulier dans la maison d'en face.

Il repensa à ce jour de Noël, quand il avait dix ou onze ans, où il s'était retrouvé chez les Delaney, à arbitrer en fin d'après-midi un match en double entre les quatre frères et sœurs qui voulaient essayer les divers équipements de tennis qu'ils avaient tous reçus en cadeau.

« Ne te laisse pas exploiter par mes affreux jojos ! » lui avait lancé Joy, mais Jacob adorait arbitrer les matchs entre les Delaney. Il connaissait toutes les règles car son père était un fou de sport et par conséquent, lui aussi. Il se sentait aussi puissant que Dieu du haut de la chaise d'arbitre dont la vue plongeante sur le court lui permettait de voir la moindre faute. Il prenait une voix forte et grave en imitant les arbitres à la télé et les Delaney ne se moquaient même pas de lui. Ils appréciaient son aide.

Logan et Brooke jouaient contre Troy et Amy, et contre toute attente, les deux paires avaient à l'époque le même niveau, car si Brooke, malgré son talent évident, n'était qu'une petite fille et Amy une adolescente incroyablement douée, Amy était désavantagée par Troy qui commettait des erreurs stupides entre deux éclairs de génie, et ils étaient opposés à Logan, qui à quatorze ans avait la force et la rapidité d'un adulte et donnait l'impression que le court était petit.

Le match s'était éternisé, puis son père était venu le chercher car le dîner était servi, mais pareil à lui-même, son père avait été pris par le jeu.

Joy et Stan avaient installé des fauteuils de pique-nique. Les deux grands-mères étaient arrivées en titubant sur leurs talons hauts avec leur gin-tonic et leur cigarette. Stan avait donné une bière à son père. Le ciel avait rosi. Les quatre enfants jouaient comme si c'était une question de vie ou de mort. Jacob ne se souvenait pas qui avait gagné. Il se souvenait seulement de leur passion et de leur talent. Encore aujourd'hui, il aimait voir cette même combinaison de passion et de talent que ce soit en sport ou dans la comédie musicale. Pendant les échanges, les adultes observaient un silence aussi respectueux que s'ils assistaient à un match du Grand Chelem. Les enfants Delaney se nourrissaient de leurs applaudissements. Ils levaient le poing. Hurlaient de joie. Tombaient à genoux. Jacob avait l'impression de participer à un grand événement.

« Quelle famille incroyable », s'était émerveillé son père en rentrant chez eux, où ils avaient trouvé un dîner froid et une mère de très mauvaise humeur. « Ton arbitrage était impeccable, Jacob. » Jacob se dit qu'un homme capable de prendre un tel plaisir à regarder d'autres gamins disputer un match sur le tennis des voisins aurait sans doute aimé avoir lui-même un enfant sportif, au lieu des deux intellos empotés dont il avait hérité.

Le fait que Jacob ait mis trente-quatre ans à y songer en disait long sur son père.

Ton arbitrage était impeccable, Jacob.

Alors même qu'il pensait avoir surmonté son chagrin, il lui revint en pleine figure, comme s'il venait d'apprendre la nouvelle. Il plaqua contre sa bouche le dos d'une main qui sentait encore le ragoût d'agneau et un petit papillon voleta si près de lui que ses ailes lui effleurèrent la joue.

Chaque fois que sa mère voyait passer un papillon, elle croyait que c'était son père qui venait lui dire bonjour, ce qui était d'autant plus pratique qu'il y avait beaucoup de papillons dans cette banlieue verdoyante.

Salut papa, pensa Jacob. Il ne croyait pas vraiment que le papillon était son père, mais bon. Sait-on jamais. Il regarda le papillon s'élever au-dessus de la porte de chez sa mère. Il voleta un instant sous l'avant-toit, juste à côté du petit crochet en métal auquel la caméra de surveillance était suspendue d'habitude.

Elle avait été fracassée par un grêlon pendant l'orage qu'il y avait eu deux semaines auparavant.

Oui, je sais, papa, merci de me le rappeler, je l'ai fait réparer. J'irai la chercher…

Puis il se figea sur place. Il se retourna et regarda la maison des Delaney en se demandant quelles fautes cette caméra perchée tout là-haut avait bien pu repérer avec sa vue plongeante.

49

Le jour de Noël

« Je n'ai jamais vu un père Noël aussi flippant », dit Troy à Amy. Ils étaient côte à côte sur le grand canapé en cuir marron du salon de leurs parents et regardaient un mini-père Noël se déhancher sur la table basse au rythme de *Santa Claus Rock*.

« Il me reluque, dit Amy.

– Ne l'éteignez pas », intervint Logan qui installait une échelle sous un plafonnier pour changer l'ampoule. « J'ai suggéré que le père Noël avait peut-être envie de faire une pause et maman m'a traité de Grinch. »

C'était la première fois qu'ils se retrouvaient tous ensemble depuis la terrible confrontation avec Savannah en octobre, et également la première fois depuis des années que les Delaney fêtaient Noël dans l'intimité, sans beaux-parents, ni conjoints, ni vagues connaissances, ni cousins éloignés.

Ni inconnus qui n'en étaient pas.

En fait, songea Amy en descendant sa deuxième coupe de champagne l'estomac vide – extrêmement vide –, il se pouvait même que ce soit leur premier Noël à six, car au repas, autrefois, il y avait toujours eu leurs deux grands-mères qui s'échangeaient aimablement des commentaires acides de part et d'autre de la table. Cela semblait absurde de le fêter en petit comité, comme si le seul objectif avait toujours été de célébrer les festivités pour un public. À quoi bon continuer, aujourd'hui ? Aucun d'eux n'était croyant et il n'y avait pas d'adorables enfants gavés de sucreries tout excités à l'idée de la venue du père Noël.

Et pourtant, la mère d'Amy semblait être furieusement déterminée à faire de ce Noël le plus beau Noël de l'histoire de la famille Delaney. Elle avait décoré la maison déjà encombrée d'une extraordinaire profusion de nouvelles décorations de Noël. De longues guirlandes scintillantes avaient été jetées au hasard sur les rebords de fenêtre. Une série de petits bonshommes de neige souriants tous identiques étaient perchés en équilibre précaire au-dessus de la collection de balles signées. Une crèche avait été fourrée au milieu des trophées de tennis, si bien qu'Amy voyait la tête étonnée du petit Jésus se refléter dans un trophée du double mixte senior du tournoi de Bundaberg. Des boules de Noël étaient accrochées aux poignées de porte. Il y avait un savon en forme de renne dans la salle de bains. Steffi avait été affublée de clochettes dorées attachées à son collier qu'elle jugeait manifestement humiliantes. Pour l'instant, elle était couchée sous la table basse, le museau entre les pattes, mâchonnant sombrement un bout de papier cadeau, encore revêtu de son étiquette marquée *Pour : Troy ! De la part de : papa et maman. Tendrement !*

Joy portait une nouvelle robe rouge et des boucles d'oreilles clignotantes en forme de sapin de Noël et virevoltait dans la cuisine, préparant un déjeuner incroyablement sophistiqué qui dépassait clairement ses compétences. Personne n'avait le droit de l'aider à faire quoi que ce soit. Ils avaient reçu pour instruction de ne rien apporter à part de l'alcool. Ils étaient des gens « occupés » qui avaient « leur vie ». « Je ne suis pas occupée et je n'ai pas ma vie », avait protesté Amy, mais elle n'avait pas même eu le droit de faire des brownies.

Quand ils étaient arrivés, trois heures plus tôt, ils avaient reçu l'ordre d'aller se détendre au salon et de ne pas en bouger. C'était extrêmement stressant.

« Pourquoi tu n'as pas amené ton jeune amant ? » Troy retira un bout de guirlande rouge des cheveux d'Amy. Il avait lui-même la pommette saupoudrée de paillettes dorées du plus bel effet, mais Amy s'abstint de le lui dire. Elle trouvait que ça lui allait bien. Il avait l'air d'une rock star.

« C'est juste un ami, dit-elle.

– C'est ça, oui », ironisa Troy.

Les parents de Simon vivaient à la campagne, dans une exploitation d'élevage – autrement dit un des pires endroits au monde – et il était allé passer les vacances de Noël chez eux. Il avait invité Amy à l'accompagner mais s'il la présentait à sa famille à Noël, il penserait évidemment qu'elle était une petite amie normale et à la seule idée de ces étendues immenses, elle avait failli avoir une crise de panique.

« J'ai l'impression qu'il manque quelqu'un. » Troy regarda autour de lui d'un air mécontent en tenant sa flûte par le pied. « On ne se croirait pas à Noël malgré toutes ces… horreurs. » Il indiqua les décorations.

« Je sais, dit Amy. Je me disais justement la même chose. Je n'arrête pas de chercher qui manque.

– Je crois que c'est Indira, dit Troy. Elle me manque.

– Moi aussi », répondit Amy.

C'était agréable de recevoir Indira à Noël, car elle ne le fêtait pas étant petite, si bien qu'elle n'avait ni règles, ni attentes, ni bagage émotionnel. Elle était toujours un peu éméchée et chantait merveilleusement bien les chants de Noël. Aucun des Delaney n'étant capable de tenir une note, ils lui vouaient une admiration enthousiaste. Et puis elle aurait réussi à convaincre Joy de l'aider à la cuisine.

« Tu as entendu ? lança Troy à Logan, à l'autre bout de la pièce. Ta copine nous manque ! »

Logan dévissa l'ancienne ampoule en les ignorant.

« Ramène-nous Indira ! Je te l'ordonne, manant ! »

Quand ils étaient enfants, un des jeux préférés des trois cadets consistait à être les « manants » d'Amy. Enfin, c'était plutôt un des jeux préférés d'Amy. Ils devaient obéir à tous ses ordres et aller chercher ce qu'elle leur demandait. Elle n'en revenait pas que ça marche. Elle se souvenait encore du sentiment de pouvoir pervers et délicieux qu'elle éprouvait en voyant Brooke lui faire docilement son lit.

Logan ne prit même pas la peine de lui répondre. Son pouvoir avait disparu depuis longtemps.

Troy baissa la voix. « Grant ne me manque pas particulièrement.

– Moi, ce qui me manque, ce sont ses pommes de terre au four, observa Amy.

– Il n'en était pas peu fier, dit Troy.

– Et à juste titre, répondit Amy. Hé, tu as remarqué que Brooke est…

– Je vous entends, tous les deux », dit Brooke qui faisait un drôle d'étirement en forme de bretzel, couchée à plat dos sur la moquette violette à fleurs, à côté du canapé. Brooke avait mis une robe d'été pour faire plaisir à sa mère qui avait dit : « Oh ! Ça te va bien, mais j'aurais pensé que tu mettrais ta jolie robe verte aujourd'hui. » Amy avait au moins fait l'effort de respecter le code couleur en portant une minijupe verte vintage assortie d'un débardeur rouge. Sa mère s'était exclamée : « Mon Dieu, on dirait la fiancée d'un gangster ! » Les garçons étaient habillés comme d'habitude et leur mère leur avait dit à tous les deux qu'ils étaient magnifiques.

« Tu es bien indiscrète, manante. » Amy donna un coup de pied à sa sœur.

« Tu as oublié la révolution. » Brooke étira l'arrière d'une cuisse, puis de l'autre. « Nous ne sommes plus tes manants. »

Elle était redevenue Brooke. C'est ce qu'Amy s'apprêtait à dire. *Tu as remarqué que Brooke est redevenue elle-même ?* Elle s'était remise à improviser des postures de yoga et des étirements par terre. Elle pouffait de rire. Elle parlait de crétineries comme *Bachelor*. Elle avait l'air plus grande. Peut-être se courbait-elle inconsciemment pour Grant ? « Les filles, ne vous courbez jamais pour un garçon ! » leur criait leur mère. C'était facile à dire pour elle.

Brooke s'assit, la robe ramassée autour des genoux.

« Traîne-toi sur les fesses, lui ordonna Amy. Allez, sois mignonne. Comme avant.

– Elle est toujours mignonne », dit Troy.

Brooke essaya de se traîner sur la moquette, mais n'y arriva pas. « Je vais me brûler les fesses », dit-elle. Elle posa les mains à plat sur la moquette monstrueuse. « Quand papa sera mort, combien de temps maman mettra à l'arracher, à votre avis ?

– Il n'aura pas eu le temps de refroidir », dit Troy.

Amy frissonna. « C'est horrible.

– Maman devrait faire venir une entreprise, dit Troy. Imaginez, cette pièce serait tellement mieux avec un beau parquet.

– Papa n'arrête pas de dire qu'il veut bien l'arracher, observa Logan. Je lui ai dit que je pouvais m'en charger, mais chaque fois, il change d'avis à la dernière minute.

– C'est parce que grand-mère en était tellement fière, dit Amy. Ils l'appelaient le grand salon. Après le départ du père de papa, elle a travaillé des heures et des heures pour pouvoir se l'offrir, elle trouvait que c'était une couleur tellement chic.

– Quand je pense qu'elle l'a choisie, s'étonna Brooke. Vous imaginez, choisir une couleur pareille. »

Elle ouvrit les jambes en grand et posa le front sur la moquette hideuse.

« Aïe, fit Amy avec un frisson. Ne fais pas ça.

– Il faut que vous fassiez plus d'étirements, tous les trois, dit Brooke sans lever la tête. Au fait, je vous ai dit que je me suis inscrite dans une équipe de basket ?

– Sérieux ? dit Logan du haut de son perchoir.

– J'avais envie d'essayer un nouveau sport », répondit Brooke le nez dans la moquette.

Amy et ses frères échangèrent un regard. Il n'y avait pas d'autre sport que le tennis.

« Je me suis toujours demandé ce que je donnerais dans un sport d'équipe, dit Troy. Le tennis est tellement solitaire.

– C'est vrai que tu as tellement l'esprit d'équipe, commenta Logan.

– Je suis bonne au basket, dit Brooke.

– Je m'en doute », répondit Amy.

Il y eut un grand fracas de mauvais augure dans la cuisine.

« On devrait peut-être redemander à maman si elle a besoin d'aide, non ? » Brooke s'aplatit encore plus, la voix étouffée par la moquette. « J'ai super faim.

– Oui, je ne me sens pas bien. » Troy se toucha le front avec le dos de la main.

« Elle m'a hurlé dessus la dernière fois que je suis entré dans la cuisine. » Logan sauta au bas de l'échelle. « Vous croyez qu'elle s'en apercevrait, si on commandait une pizza ?

– J'ai ouvert le four pour voir où en était la dinde et elle m'a frappée dans le dos. » Brooke se redressa, le visage cramoisi. « Carrément frappée. » Elle montra Troy. « Tu as des paillettes sur la figure.

– Laisse, c'est joli, dit Amy.

– Et papa, qu'est-ce qu'il fait ? l'interrompit Brooke.

– Il est dans son bureau, répondit Amy. Il regarde des rediffusions des matchs de Harry. » Elle l'avait observé depuis le seuil, la tête penchée, ses épaules massives voûtées, prenant des notes dans Dieu sait quel but en marmonnant dans sa barbe.

« Visiblement ravi de passer Noël avec sa famille adorée, ironisa Troy.

– C'est à cause du retour de Harry. Il est obsédé, dit Amy.

– Son obsession atteint des sommets, depuis qu'il sait ce que maman a fait, dit Logan.

– Ouais. Il ne lui pardonnera jamais de lui avoir enlevé son petit prodige », dit Troy avec désinvolture. Il se resservit de champagne et mit la flûte à la lumière.

« Ils ne s'adressent pas la parole, dit Brooke. Ils ne se regardent même pas.

– C'est triste », dit Amy et elle croyait avoir lâché cela négligemment, comme n'importe quel enfant dont les parents ne se parlent pas le jour de Noël, mais elle vit ses frères et sœur se raidir. Des regards furent échangés. Des avertissements tacites lancés. C'était comme ça depuis l'année où elle avait eu des idées suicidaires. Elle avait quatorze ans. Tout le monde a des idées suicidaires à quatorze ans. Malheureusement, Amy avait écrit de longues lettres d'adieu sincères à chaque membre de la famille, qui avaient été découvertes, ouvertement tournées en ridicule et jamais, jamais oubliées.

Brooke disait qu'elle avait encore la sienne « dans ses dossiers », ce qui était affreusement gênant. (Amy avait mal orthographié « mélancolie ».) Telle était la nature paradoxale des relations entre frères et sœurs : ils étaient capables de se moquer du sentimentalisme et de l'orthographe de ses lettres d'adieu tout en redoutant qu'elle n'en écrive d'autres.

« Il ne faut pas te mettre dans tous tes états, dit Brooke avec précaution comme si Amy s'apprêtait à sauter d'un pont.

– Je n'ai pas envie de me suicider, c'est juste que c'est triste ! » rétorqua Amy.

Brooke leva les mains. « OK, OK.

– Je n'ai pas dix ans ! S'ils divorcent, tant pis ! » Cette seule idée lui était quasiment insupportable. Imaginer ses parents n'habitant plus sous le même toit, essayant de nouvelles coiffures, de nouveaux passe-temps, de nouveaux partenaires ? En réalité, elle éprouvait exactement la même chose que ce qu'elle aurait éprouvé si ses parents avaient divorcé quand elle avait dix ans.

« Ils sont trop vieux pour divorcer, dit Brooke. À quoi bon ?

– Ils ne sont pas si vieux que ça, objecta Logan. Ça arrive.

– J'aurais dû leur offrir un bon pour une thérapie de couple pour Noël », dit Troy d'un ton songeur.

Il avait offert un vélo à sa mère. On voyait que c'était un vélo, bien qu'il soit entièrement emballé dans du papier doré. « Un vélo ! s'était écriée sa mère, les deux mains sur le cœur quand il l'avait porté à l'intérieur. Comment tu savais que je rêvais d'un vélo ? »

Mystérieusement, Troy savait toujours ce qu'ils voulaient tous.

« Il faut que je mange, dit Amy. Brooke, va dire à maman qu'il faut absolument qu'on mange un truc parce que tu commences à avoir la migraine.

– T'as qu'à lui dire qu'il faut que tu manges parce que tu commences à avoir une crise de panique, répliqua Brooke.

– Dites-lui que Logan a faim, suggéra Troy. Elle ne voudra surtout pas que Logan ait faim.

– Je lui ai dit que j'avais faim il y a une heure », protesta Logan.

Steffi sortit de sous la table basse et posa la tête sur les genoux d'Amy.

« Tu as des nouvelles de Claire ? » demanda Amy à Troy en caressant les oreilles soyeuses de Steffi. L'ex-femme de Troy était rentrée en Australie pour qu'on réalise le transfert de leurs embryons congelés, mais le premier essai n'avait pas marché.

« Elle fait une pause, elle réessaiera l'année prochaine, répondit Troy. Il en reste quatre.

– Tu espères qu'elle tombe enceinte ? demanda Amy. Ou pas ?

– Je le souhaite pour elle. Je ne le souhaite pas pour moi. Je n'ai pas envie que ce mec élève mon enfant biologique. Mais alors vraiment pas envie. » Il s'interrompit. « Je vous ai dit que je l'ai rencontré ?

– Le cardiologue ? demanda Brooke. Il est comment ? »

Ils se tournèrent tous vers Troy en attendant sa réponse, le soutenant loyalement malgré leurs critiques, malgré ses erreurs passées, subitement et mystérieusement aussi proches que pouvaient l'être des frères et sœurs. Amy repensa à ce jour épouvantable où leur père était descendu de la voiture sur l'autoroute. Ils étaient en train de se disputer, se détestant comme on peut se détester dans une fratrie, et soudain, le silence avait envahi la voiture, Troy tenait la main de Brooke et ils se regardaient tous, attendant la réaction de leur mère, en proie à un même sentiment d'horreur.

« Il est puant, dit Troy.

– Comme tous les spécialistes, dit Brooke.

– Ce n'est pas un mec pour Claire, dit Troy. Il l'appelle bébé. Elle essaie d'avoir un bébé et il l'appelle bébé. »

Brooke objecta : « Oui, enfin, c'est un terme d'affection assez… »

L'alarme incendie de la cuisine se mit à biper. Une odeur âcre emplit la maison et leur père entra dans la pièce en boitant lourdement, respirant la mauvaise humeur. Un des petits bonshommes de neige souriants tomba de l'étagère et roula sur la moquette.

« Qu'est-ce qu'il se passe ? » demanda Stan. Il les regarda tous comme s'ils étaient des enfants.

« Ça va ! cria Joy de la cuisine. Tout va bien ! Détendez-vous ! Surtout, ne bougez pas ! »

*

Joy jeta un torchon au détecteur de fumée fixé au plafond de sa cuisine pour qu'il s'arrête de biper. Elle regrettait que Logan le lui ait installé. Ce fichu truc était hypersensible, toujours là à critiquer sa façon de cuisiner.

« Il n'y a pas le feu », dit-elle au détecteur. Elle rattrapa le torchon et le relança. Elle rata son coup. Il lui atterrit sur la figure. Elle le roula en boule et le jeta à nouveau. « C'est juste un peu de fumée, espèce d'abruti ! Arrête de dramatiser comme ça. »

Elle avait fait revenir des noix dans du beurre et du sucre roux comme Savannah l'avait fait le jour de la fête des pères (elle avait dit à Joy que sa salade était « facile comme tout » !), puis elle s'était laissée distraire en remuant la sauce de la dinde pour enlever les grumeaux et soudain, les noix s'étaient transformées en un tas noir et fumant de déchets radioactifs. Sans prévenir, sans compromis possible !

La perspective du déjeuner s'éloignait de plus en plus. Ses enfants ne cesseraient de l'interrompre pour lui demander s'ils pouvaient l'aider et elle ne voulait pas de leur aide, car ils débarqueraient tous pour lui faire des suggestions agaçantes et lui donner des ordres : *Ne t'embête pas avec les noix, maman, ce n'est pas le moment de mettre les pommes de terre à cuire ?*

Elle avait l'impression d'être prisonnière d'un de ces rêves récurrents qu'elle faisait encore, où elle essayait d'amener un des enfants à l'heure pour un match alors que la voiture avançait au ralenti. Elle se réveillait en appuyant désespérément le pied sur une pédale d'accélérateur imaginaire.

Elle jeta la casserole à la poubelle. Elle était irrémédiablement fichue. Tout était irrémédiablement fichu. Mais que voulait-elle prouver en préparant ce déjeuner sophistiqué avec tous ces accompagnements élaborés si délicats à préparer ? Dans sa famille, personne n'aimait la dinde. Pas plus que les noix. Elle avait imaginé un Noël en rouge, or et vert qui leur permettrait comme par magie de redevenir une famille.

« On va manger un jour, oui ou non ? »

Stan la fusillait du regard dans la cuisine. C'était la première fois depuis des semaines qu'il lui adressait directement la parole et voilà ce qu'il avait choisi de dire.

« Tu pourrais me demander si j'ai besoin d'aide, dit-elle, mais non, tout ce que tu trouves à dire c'est "On va manger un jour, oui ou non ?".

– Tout le monde a proposé de t'aider et tu refuses, dit Stan.

– Tout le monde ne m'a pas proposé de m'aider. Tu ne m'as pas proposé de m'aider.

– Je veux bien faire tout ce que tu veux, du moment que ça permet de servir le déjeuner. Je suis à ta disposition. »

Je suis à ta disposition.

Joy eut l'impression de voir ressusciter sa maudite belle-mère. Elle restait posée là dans la cuisine à souffler de longues volutes de fumée, l'œil malveillant brillant d'une lueur amusée tandis que Joy préparait à manger en se sentant bête, insignifiante et trop bavarde.

Joy agit sans réfléchir.

Elle prit le premier des chats narquois de sa belle-mère et le lança contre le mur avec la force d'une première balle de service, le décapitant net. Elle prit le second et fit de même. Il heurta le bord du placard de la cuisine en projetant sur le plan de travail une pluie scintillante d'éclats de porcelaine peinte à la main.

Il y eut un silence.

« Ça va mieux ? » lâcha mollement Stan avec le mépris cruel de sa mère.

L'alarme incendie se remit à biper, grêle, aiguë, insistante, signalant le danger qui menaçait.

50

Aujourd'hui

« Alors, mon père s'est rué hors de la cuisine – enfin, il boitait à moitié à cause de son genou –, il est retourné dans son bureau et a claqué la porte. Il s'est avéré que maman avait cassé deux bibelots qui appartenaient à la mère de mon père.

– Houla. Ils avaient une valeur sentimentale pour votre père ? demanda Roger Strout.

– En plein dans le mille », dit Amy.

Il la soupçonnait parfois de le taquiner gentiment. Roger Strout était un ancien responsable des ventes sociétés dans l'industrie automobile qui avait accepté de partir moyennant une indemnité deux ans auparavant, passé un diplôme de psychologie, et proposait désormais des séances de psychothérapie six fois par semaine. Son ex-femme trouvait cela consternant, car franchement, il fallait ne pas être bien pour vouloir se faire aider par Roger. Et on s'étonnait qu'il y ait des problèmes de santé mentale dans ce pays. Le fait est que beaucoup de gens qui n'étaient pas bien voulaient se faire aider par Roger, car il y avait effectivement des problèmes de santé mentale dans le pays et des gens de tous les horizons avaient désespérément besoin d'aide. Son carnet de rendez-vous était plein trois mois à l'avance. Il avait parfaitement conscience d'avoir des qualifications et une expérience limitées et veillait scrupuleusement à ne jamais qualifier ses clients de patients, car il ne s'agissait pas d'une relation médecin-patient, mais d'une collaboration.

Pour l'heure, Roger et Amy étaient assis face à face dans les immenses bergères tapissées assorties avec des accoudoirs ornés de clous que tous les clients caressaient du bout des doigts quand ils s'apprêtaient à dire quelque chose d'important.

Il n'avait jamais vu les cheveux bleus d'Amy aussi impeccablement tirés en queue-de-cheval, comme si c'était un des rares domaines de sa vie sur lesquels elle pouvait encore exercer un contrôle.

Lors de leur dernier rendez-vous, elle avait mentionné que sa mère avait envoyé un texto inattendu disant qu'elle se « déconnectait ». Amy avait passé la séance à dire qu'elle rêvait elle aussi de se déconnecter, de peut-être aller s'installer dans une bourgade de campagne où tout le monde l'appellerait par son prénom, si ce n'est qu'elle détestait la campagne. Elle n'était pas venue au rendez-vous suivant et puis, la semaine dernière, Roger avait eu le choc de sa vie en découvrant dans les médias qu'Amy et ses frères et sœur avaient lancé un appel à témoins au sujet de la disparition de leur mère.

« Et puis mon père a refusé de partager avec nous le repas de Noël, que ma mère a fini par servir vers seize heures, on était affamés et passablement éméchés, bref... c'était un Noël désastreux. Mais bon, ça arrive dans beaucoup de familles, non ?

– Noël peut être stressant », répondit Roger, qui avait commencé le jour de Noël par une engueulade de bon matin avec son ex-femme à propos de l'heure à laquelle leurs deux enfants devaient être ramenés. Très festif, en effet.

« Aucun de nous n'était pressé d'avoir une autre réunion familiale et en janvier, on était tous très occupés. On n'avait pas la tête à ça. Je ne dis pas qu'on a perdu le contact avec nos parents. C'est vrai quoi, vous allez souvent voir vos parents, vous ? »

Roger répondit par un murmure évasif. Amy préférait ne pas

respecter les règles de la thérapie et faisait comme s'ils étaient de vieux amis qui se retrouvaient pour bavarder. Elle essayait de le piéger en lui lançant brusquement des questions personnelles qu'il réussissait généralement à esquiver. (La réponse était qu'il dînait avec ses parents tous les dimanches soir sans faute.)

« Mais vous êtes fils unique », dit-elle.

Il ne se souvenait pas de lui avoir confié ça.

« Vous comprenez, comme nous, on est quatre, on pensait tous que l'un de nous était passé les voir. Brooke et Logan sont tout le temps fourrés chez eux, sauf qu'apparemment, ils n'y étaient pas allés depuis des semaines. Ils auraient pu nous prévenir. »

Elle avait dit cela du ton léger et puéril avec lequel les frères et sœurs parlaient souvent les uns des autres. Roger avait une cliente, professeure d'université, qui s'exprimait très bien, sauf quand elle parlait de sa sœur, où elle se métamorphosait soudain en petite fille avec des couettes et des taches de rousseur : « Ma sœur a tout ce qu'elle veut, elle. »

« Normalement, c'est maman qui organise les réunions familiales, ou alors elle passe nous voir ou nous propose de prendre un café, si bien qu'on a mis un moment à se rendre compte qu'on n'avait pas de nouvelles, poursuivit Amy. Et puis, ce n'est pas comme si papa et maman étaient impotents. Ils sont incroyablement actifs. Bien plus actifs que moi. » Amy tripotait le tissu de son pantalon. « Maman n'a même pas soixante-dix ans. Dans les journaux, ils la qualifient tout le temps de "vieille" dame. Elle n'est pas vieille ! Ils devraient essayer de retourner son premier service quand elle est de mauvais poil. »

Elle esquissa un sourire tremblant en pensant au service de sa mère.

« Avec mes frères et ma sœur, on s'est aperçus que quand on a reçu le texto de maman, ça faisait une semaine qu'on ne lui avait pas parlé. Ce n'est pas bien. Parce qu'elle n'est pas toute jeune non plus. »

Elle se massait les joues du bout des doigts. « J'ai mal à la mâchoire à force de la serrer depuis qu'on a signalé la disparition. » Elle ouvrit et referma la bouche plusieurs fois de suite. « Je n'arrête pas de penser à mon rêve de lapin. » Elle le fixa, le regard plein d'espoir.

« Votre rêve de lapin ? » dit Roger. Il fallait être sacrément vigilant, avec Amy.

« Mais si, vous savez. Mon rêve récurrent de lapin ?

– Ah oui, je me souviens, dit Roger. Celui où vous oubliez de nourrir votre lapin.

– J'oublie que j'ai un lapin et dans mon rêve, ça me revient d'un coup – oh non, j'ai un lapin ! –, je traverse le jardin pour aller au clapier et je sais déjà que je vais trouver le lapin mort. » Elle frissonna, comme si elle repensait à une terrible erreur qu'elle avait réellement commise.

Elle baissa la voix et le regarda dans les yeux. « Des fois, ce n'est pas un lapin, c'est un chiot, ce qui est encore pire, je ne sais pas pourquoi ; c'est tellement injuste pour les lapins. »

La poitrine haletante, elle porta la main à la base de son cou.

« Vos parents n'ont pas besoin que vous les nourrissiez, Amy, dit Roger. Ce ne sont ni des petits lapins, ni des chiots, ni des enfants. Ce sont des adultes. Votre mère avait parfaitement le droit de se déconnecter. »

Si tant est qu'elle ait réellement envoyé ce texto. Roger avait lu les articles. Il savait que le portable de sa mère avait été retrouvé dans la maison, ce qui signifiait que le texto avait pu être envoyé par quelqu'un d'autre.

Il se demanda si tout cela ne risquait pas de dépasser ses compétences, car il était fort possible, voire probable, que le père d'Amy ait tué sa mère. N'importe qui trouverait cela traumatisant, si solide psychologiquement soit-il.

« Au fait, vous serez content d'apprendre que j'ai rompu avec mon colocataire, dit-elle brusquement. Même si on ne sortait pas vraiment ensemble. On s'envoyait en l'air, c'est tout. » Elle lui lança un coup d'œil, comme si elle espérait le choquer.

« Et qu'est-ce qui vous fait dire que je serai content de l'apprendre ? demanda Roger.

– Il est bien trop gentil pour moi, dit Amy. Il m'a tellement soutenu depuis que ma mère a disparu. J'avais l'impression d'accumuler une dette que je ne pourrais jamais rembourser. Comme un prêt immobilier. Je ne pourrais jamais avoir de prêt immobilier.

– Vous savez, dit Roger, une relation de couple, c'est…

– Au début, l'interrompit Amy, je n'étais pas inquiète. Pour maman. Quand elle n'a plus donné de nouvelles. J'étais ravie ! Je me disais, Je suis contente pour toi. C'est à ton tour ! »

Roger resta un instant sans réagir. Il ne comprenait pas.

« Comment ça, “C'est à ton tour” ?

– Mon père faisait ça. Quand j'étais petite, je me disais toujours, Mais pourquoi elle ne part pas ? »

Roger nota, *Père : parti ?*

Mais il se tut. Il sentait que les mots s'accumulaient en elle. « Chaque fois que papa partait, j'étais furieuse. » Elle se massa la mâchoire. « Mais j'étais encore plus furieuse que maman supporte ça. » Roger attendit. « Mais je ne sais pas… Et si papa avait fait… ce que les gens disent ? » Elle le regarda d'un air implorant. « Et si c'était un accident ? Parce que mon grand-père – ce qu'il a fait à ma grand-mère – c'est peut-être génétique ! Parce que c'est terrible, ce que maman a fait. Pour mon père, Harry était l'occasion de sa vie. Une chance unique ! Je savais à quel point papa avait été blessé que Harry s'en aille, je savais qu'il ne s'en était jamais remis, je le voyais bien, chaque fois que le nom de Harry était mentionné, et là soudain, on apprend que c'était maman ! Depuis le début, c'était maman ! »

Roger nota, *Grand-père ? Harry ? Chance unique ?*

Il n'arrivait pas à trouver dans ses propos le moindre fil conducteur qui lui permette de comprendre.

« Mais si jamais papa a… je ne pourrais jamais lui pardonner. Et s'il me demande de lui pardonner ? Comment je pourrais le pardonner ? Mais c'est mon père ! Comment je peux l'abandonner ? Et s'il me demande de témoigner en sa faveur ? Devant un tribunal ? »

Elle glissait sur la pente dangereuse des catastrophes potentielles. « Pour qui témoigner ? Comment choisir un camp ? Est-ce que je vais le voir en prison ? Comment peut-on aller voir en prison l'assassin de sa mère ? C'est impossible ! »

Le flot de paroles se tarit. Il n'entendait plus qu'une panique haletante, désespérée. Il croisa son regard muet de terreur. Quand on assistait à une crise de panique, on avait l'impression de regarder dans les yeux quelqu'un qui était prisonnier derrière une vitre et se noyait devant vous.

« Respirez avec moi. » Roger posa son bloc-notes et prit une statuette d'éléphant en bois sculpté qui était posée à côté d'une boîte de kleenex. « Concentrez-vous sur cette statuette. Sentez la courbe de la trompe. Sentez comme il est lisse, comme il est rugueux. » Il regarda les mains d'Amy passer sur la surface irrégulière de l'éléphant.

« Le tigre », murmura-t-elle, et il ne comprit pas tout de suite. C'est un éléphant, se dit-il, pas un tigre. Est-ce que cela avait un rapport avec le rêve du petit lapin ? Puis il se rappela que lors de la toute première séance, elle l'avait taquiné en lui racontant que tous les thérapeutes qu'elle avait vus dans sa vie tenaient absolument à parler du tigre à dents de sabre pour décrire la réaction de lutte ou de fuite.

Le tigre à dents de sabre. Elle essayait de lui dire qu'il était là. Prêt à lui sauter à la gorge.

51

« Pas d'antécédents judiciaires, dit Christina. Pas de signe de violence ni de menaces de violence. Pas d'assurance vie.

– Il y a quand même un avantage financier, observa Ethan. La vente de l'école de tennis leur avait rapporté pas mal d'argent. Financièrement, ce serait plus intéressant pour lui que de divorcer.

– Je ne parle pas des Delaney. C'est ce qu'on aurait pu dire de ce charmant monsieur. » Elle tapota du doigt le journal posé sur son bureau.

Le corps retrouvé dans le bush avait été identifié comme étant celui de Polly Perkins. Polly était une femme qui vivait non loin de chez Joy Delaney. Trente ans auparavant, le mari de Polly avait raconté à tout le monde que sa femme l'avait quitté pour retourner en Nouvelle-Zélande. Elle avait laissé un mot « froid et blessant ». Les femmes du voisinage avaient eu de la peine pour lui. Elles lui avaient apporté des plats et du gâteau aux carottes.

En réalité, le professeur Andrew Perkins avait frappé à la tête sa première femme, Polly, avec un nouveau fer à repasser à vapeur Sunbeam, qu'il lui avait formellement défendu d'acheter, parce qu'il avait « d'importantes difficultés financières à l'époque ». Dans ses aveux complets, il confessait non sans tristesse qu'il n'avait « vraiment pas eu l'intention de la frapper aussi fort ».

Il avait enterré le corps de sa femme dans le bush, à quelques minutes en voiture de chez eux. Sans le glissement de terrain provoqué par l'orage, Polly y serait encore. Polly avait coupé les ponts avec une famille dysfonctionnelle qui était dispersée un peu partout, mais sa meilleure amie avait signalé sa disparition en Nouvelle-Zélande. Durant des années, cette amie avait vaillamment essayé de convaincre la police australienne de s'intéresser à la disparition de son amie, mais en vain. D'après les dossiers, il n'y avait eu qu'une seule visite de la police au domicile des Perkins, trois ans après le « départ » de Polly. Les deux policiers avaient dégusté du gâteau aux carottes préparé par la gentille voisine qui était devenue la seconde femme d'Andrew Perkins.

La seconde femme s'était servie de l'arme du crime pour repasser les chemises de son mari pendant une bonne vingtaine d'années avant d'avoir le droit d'en racheter un.

Cette semaine, elle avait décrit à la police de constantes violences économiques, verbales et physiques qui la retenaient prisonnière chez elle.

« Cet homme est resté trente ans en liberté après avoir assassiné sa femme. Il aurait très bien pu mourir sans que justice soit faite. » Christina appuya le pouce sur le visage meurtrier bien nourri du mari de Polly. « On n'a peut-être pas encore le corps de Joy Delaney, mais… »

Son téléphone sonna. Ce n'était sans doute pas plus mal. Elle avait trop d'émotion dans la voix. C'était l'agent Pete Novak, le coordinateur des fouilles sur le terrain. « Nous avons trouvé un vêtement dans la réserve qui se trouve derrière chez les Delaney, ça peut vous intéresser. Je vous envoie une photo. »

Elle ouvrit sa boîte mail et cliqua sur la photo en pièce jointe. C'était un tee-shirt sérigraphié orné d'un motif caractéristique représentant trois fleurs rouge, jaune et orange. Des gerberas.

« Il est…

– Oui, dit Pete. Il est couvert de sang. »

52

« Merci d'être venu, Mr Delaney », dit Christina.

Ethan observa qu'elle avait un ton professionnel, dénué de toute agressivité. Elle parlait avec l'autorité aimable et détachée d'un spécialiste qui a demandé à un patient de revenir pour une consultation de suivi importante. « Vous connaissez l'agent Lim, bien sûr. »

Elle montrait Ethan. Stan le regarda et hocha la tête en croisant les bras sur son torse imposant. « Ouais. »

La femme de Stan Delaney avait disparu depuis maintenant dix-neuf jours.

Les égratignures qu'il avait au visage avaient complètement disparu. Ethan remarqua qu'il s'était rasé pour l'occasion et avait mis une chemise classique. Sans cravate. La chemise était repassée. Il avait l'air d'un citoyen respectable. Il était venu sans avocat. On avait du mal à imaginer que cet homme ait quelque chose à voir avec ce tee-shirt trempé de sang.

Ils se trouvaient dans la petite salle aveugle où les interrogatoires des suspects étaient entièrement enregistrés en audio et en vidéo. Ethan observait, assis dans un coin, tout en gardant un œil sur le matériel d'enregistrement.

« Tu veux vraiment être flic ? lui avait demandé son frère quand il lui avait annoncé qu'il comptait entrer dans la police. Régler la circulation ? »

Le frère d'Ethan était actuaire. Il était en ce moment même dans un bureau du centre-ville en train de résoudre des équations mathématiques alors qu'Ethan contribuait à résoudre un éventuel meurtre. Et dire que son frère croyait avoir mieux choisi sa carrière que lui.

Christina entortilla rapidement ses cheveux en arrière. « Mr Delaney, dit-elle, j'aimerais revenir sur la chronologie des faits.

– OK. » Stan hocha la tête. Il se redressa, décroisa les bras et posa les poings sur les cuisses, l'air de dire, *À nous deux*. « Que voulez-vous savoir ? »

« Stan Delaney est redoutable sur le terrain », avait confié à Christina et Ethan un des membres du club, qui avait tenu à leur dire qu'à son avis, Stan avait enterré le corps de sa femme sous le court de tennis. « Il est impitoyable. Calculateur. Féroce. Il a une expression qui vous glace le sang. »

Christina regarda ses notes comme si elle voulait vérifier quelque chose, alors qu'Ethan savait qu'elle connaissait par cœur la chronologie des faits.

« Vous vous êtes réveillé ce matin-là – le jour de la Saint-Valentin – et vous n'avez pas vu votre femme ? »

Au début, Ethan était intimidé par le lieutenant Christina Khoury. Il était persuadé qu'elle le prenait pour un abruti. Quand elle le regardait, il avait l'impression qu'elle le jaugeait et ne le trouvait pas à la hauteur. Mais il s'y était habitué. Elle regardait son café de la même façon tous les matins et elle adorait son café.

(La tante d'Ethan disait que son frère et lui étaient intimidés par les femmes parce qu'ils craignaient inconsciemment de leur déplaire car leur propre mère était partie quand ils étaient petits. Ethan et son frère estimaient que c'était n'importe quoi. Ils n'en avaient rien dit à leur tante, naturellement.)

« On faisait chambre à part, répondit Stan, le regard imperturbable.

– C'était nouveau ? demanda Christina.

– Relativement, oui. »

Elle jeta un œil à ses notes. « Et vous êtes tout de suite allé acheter du lait ?

– Oui. On n'avait plus de lait. J'ai aussi pris le journal.

– Bien, dit Christina. Et en rentrant, vous n'avez pas vu Mrs Delaney.

– Pas tout de suite. Je lisais… quelque chose dans mon bureau. »

Voilà qui était nouveau. Il lisait quoi ?

Ethan se pencha en avant. Christina aussi.

« Qu'est-ce que vous lisiez ?

– Juste des papiers.

– Quel genre de papiers ? »

Stan haussa les épaules. « Rien d'important. »

Ethan vit qu'il mentait et sut aussitôt que Christina s'en était également aperçue. Il la regarda attendre. Elle ne bougeait pas. Il se demanda si elle avait le cœur qui battait aussi vite que le sien. Stan se taisait. Peut-être son cœur battait-il encore plus vite que le leur dans cette petite salle.

« Bien, finit par dire Christina. Donc, vous lisiez ces "papiers" et vous avez entendu la porte d'entrée.

– Oui, dit Stan. Je ne sais pas où elle était partie. Mais je l'ai entendue rentrer. Puis je suis allé lui parler à la cuisine. Elle buvait un verre d'eau. Elle semblait… énervée par quelque chose.

– Et c'est là que vous vous êtes disputés.

– Exact.

– À propos de quoi ? »

Il croisa de nouveau les bras. Sur la défensive. « C'était juste une banale dispute entre mari et femme.

– Dans la mesure où votre femme est partie et a disparu depuis près de trois semaines, je ne pense pas qu'il s'agissait d'une banale dispute entre mari et femme, Mr Delaney. »

Ethan perçut pour la première fois une pointe d'agressivité dans sa voix : le signe d'une menace sous-jacente, plus inquiétante, comme un aileron de requin entraperçu.

Mais Stan ne broncha pas.

Christina poursuivit : « Donc, ce matin-là, après cette “banale” dispute, vous êtes parti et vous êtes revenu vers quelle heure ?

– Vers dix heures du soir. Comme je vous l'ai dit. Plusieurs fois.

– Et où êtes-vous allé ?

– J'ai roulé, c'est tout. Comme je vous l'ai dit. Plusieurs fois.

– Vous avez roulé.

– J'étais contrarié.

– Pourquoi ? »

Ethan voyait que Stan commençait à bouillir d'exaspération, ce qui était exactement l'effet recherché par Christina. Elle faisait monter peu à peu la température.

« J'étais contrarié parce que je m'étais disputé avec ma femme.

– Mais vous ne savez plus à propos de quoi. »

Il décroisa de nouveau les bras et se pencha vers elle.

Il avait une carrure imposante. « Non, c'est faux. Je n'ai jamais dit ça. Je me souviens très bien pourquoi nous nous sommes disputés, mais c'est personnel. Mon couple relève de ma vie privée. Ça ne vous regarde pas. Ça n'a aucun rapport avec votre enquête. »

Il fallait avoir un sacré aplomb pour répondre « Ça ne vous regarde pas » à une enquêtrice.

Christina répliqua : « Si vous êtes inquiet pour votre femme, il vaut peut-être mieux nous laisser juges de ce qui a ou non un rapport avec l'enquête. »

Stan haussa les épaules comme son fils aîné. Garda le silence.

« Donc, quand vous êtes revenu, elle n'était plus là.

– C'est ça.

– Mais vous n'avez appelé personne. Vous n'avez appelé aucun de vos quatre enfants. Vous n'avez appelé aucun de vos amis. Vous ne l'avez pas appelée, elle. »

Il leva légèrement le menton. « On s'était disputés. Comme je vous l'ai dit. Je savais qu'elle m'en voulait. Je me suis dit qu'elle était allée passer la nuit chez quelqu'un – et qu'elle reviendrait le lendemain.

– Mais elle n'est pas revenue.

– Non, dit Stan.

– Y a-t-il eu des infidélités dans votre couple ? » demanda-t-elle.

Les narines de Stan frémirent. « Non. »

Christina tourna une page de son carnet. C'était du bluff. « J'ai cru comprendre que la plus jeune de vos filles avait surpris votre femme avec un autre homme lors d'une soirée.

– C'était il y a longtemps. Joy avait forcé sur le punch et a embrassé Dennis Christos. On est loin d'une grande histoire d'amour. Le pauvre vieux est mort, de toute façon. À en croire ma femme, c'est moi qui l'ai tué. » Stan fronça les sourcils en se rendant compte de ce qu'il venait de dire. « Je ne l'ai pas littéralement tué. Il a eu un infarctus. » Il eut un soupir de dédain. « Ceci étant, il n'aurait jamais dû embrasser ma femme, mais comme je l'ai dit, ça remonte à une éternité. »

Les rancœurs ont parfois la vie longue, se dit Ethan.

Stan indiqua du menton le carnet de Christina. « C'est ma fille qui vous a raconté ça ? Que Joy a embrassé Dennis à la soirée ?

– Votre ex-gendre, Grant Willis. »

Son visage s'éclaira. « Ah, je comprends mieux.

– Parce que votre fille veut vous protéger, c'est ça ? »

Il se tut.

Christina poursuivit : « Tous vos enfants veulent vous protéger, je suppose.

– Je n'ai pas besoin qu'on me protège, dit Stan. Parce que je n'ai rien fait de mal.

– La jeune femme que vous avez hébergée l'an dernier. C'était la petite sœur d'un de vos anciens élèves, je crois. Du plus célèbre de vos élèves. »

Les traits de Stan se durcirent. « Je n'ai pas eu de liaison avec elle, si c'est ce que vous croyez. Je sais que c'est ce que les gens racontent. C'est ridicule.

– On nous a signalé que pendant son séjour chez vous, Savannah a révélé une information. Une information qui vous a surpris. »

Il se pinça la lèvre inférieure entre le pouce et l'index. « Qui vous a dit ça ? »

Christina ne répondit pas. Ethan le vit essayer de deviner lequel de ses enfants avait fourni un éventuel mobile de meurtre.

« Votre femme vous a trahi, n'est-ce pas ? Elle a dit à Harry Haddad qu'il valait mieux qu'il change d'entraîneur.

– Je ne dirais pas "trahi", répondit-il.

– Ah bon ? Il me semble pourtant que c'est exactement le mot que vous avez employé. » Ils se regardèrent droit dans les yeux. C'était d'une intimité perverse, comme s'ils s'apprêtaient à s'embrasser.

Stan Delaney avait le visage âgé mais ses yeux marron ourlés de cils noirs étaient jeunes et méfiants. Était-ce une rage violente de jeune homme qui avait poussé ce vieil homme à commettre un acte impensable ?

« Comment ça ? » Sa voix tremblait. Il craquait. Enfin.

« Vous avez dit à votre femme que vous ne vous étiez jamais senti à ce point trahi.

– Qui vous a dit ça ? » La mâchoire de Stan remuait comme s'il grinçait des dents. Le jeune homme avait disparu, seul restait le vieil homme. Un vieil homme qui se demandait lequel de ses enfants le pensait capable de meurtre.

« J'apprends que votre femme n'a peut-être pas toujours été fidèle. J'apprends qu'elle vous a trahi sur le plan professionnel. » Christina s'apprêtait à donner le coup de grâce. « Vous avez perdu votre sang-froid. Ce qui est compréhensible. Harry Haddad aurait pu, aurait dû être votre plus grande réussite professionnelle. Votre femme vous a privé de cette opportunité et vous l'a caché. »

Elle poussa vers lui le Polaroid d'un tee-shirt couvert de sang. « Mr Delaney, nous avons trouvé ce tee-shirt enterré dans la réserve, derrière chez vous, dit-elle. Vous le reconnaissez ? »

Il devint livide.

« Enterré, répéta Stan Delaney. Vous croyez que j'ai enterré le tee-shirt de Joy ?

– Alors ?

– Non.

– Vous reconnaissez ce tee-shirt ?

– C'est le tee-shirt de ma femme. Vous le savez, j'en suis sûr », dit Stan. Il écarta la photo avec dédain, comme s'il s'en moquait. « Il est couvert du sang de ma femme. Ça aussi, vous le savez sans doute. »

Christina prit un ton presque jovial. « Mr Delaney, ça ne se présente pas très bien pour vous. Je crois que vous avez tout intérêt à réfléchir à votre dernier échange avec votre femme. »

Stan soupira. Il renversa la tête, glissa les pouces dans les poches de son pantalon et scruta le plafond. « Je crois que j'ai tout intérêt à me taire et à prendre un avocat. »

53

Le jour de la Saint-Valentin

Il était sept heures du matin et Joy ne voyait pas l'utilité de se lever. Il n'y avait rien d'urgent à faire. Ce serait encore une journée semblable à celles d'hier et d'avant-hier. Dehors, le brouillard de fumée était aussi gris et sombre qu'un ciel d'hiver, percé par un soleil rouge sang qui se consumait comme l'extrémité d'une cigarette.

Joy n'avait jamais été asthmatique, mais depuis quelque temps, elle se surprenait à respirer par petites bouffées distinguées. Était-ce à cause de la fumée ou de l'état de son couple ?

Cela faisait des mois que Savannah était partie et les choses ne semblaient pas s'atténuer ou s'apaiser. Au contraire : leur colère ne faisait que se durcir et se solidifier.

Stan et elle avaient déjà connu des périodes difficiles. La différence, c'est qu'ils n'avaient plus de dérivatif : ni travail, ni enfants. Quand ils étaient plus jeunes, ils n'avaient pas le temps de ressasser jusqu'à l'obsession le mal que l'autre leur avait fait. Ils étaient trop fatigués pour aiguiser constamment leurs blessures.

Aujourd'hui, ils se retrouvaient coincés dans cette grande maison vide et silencieuse et il n'y avait aucun moyen d'échapper au conflit invisible et cependant tangible qui les opposait.

Joy avait le sentiment de pouvoir en dessiner les contours dans le vide.

Janvier avait été particulièrement pénible à cause de l'Open d'Australie. Le come-back de Harry Haddad s'était transformé en déroute après une « défaite surprise » (que certains étaient allés jusqu'à qualifier de « défaite embarrassante ») au premier tour contre un jeune Canadien de dix-neuf ans non classé. Dix doubles fautes et plus de quatre-vingts fautes directes ! Harry se séparait de sa nouvelle entraîneuse, Nicole Lenoir-Jourdan. Joy n'avait pas vu le match, mais elle était passée devant le salon et avait vu Stan agrippé aux accoudoirs de son fauteuil, en proie à une telle rage, un tel désarroi qu'il crépitait comme un fil dénudé. Si elle l'avait touché, elle aurait volé à l'autre bout du salon.

Si l'un d'eux entrait dans une pièce et y voyait l'autre, il ressortait. Ils ne s'adressaient la parole qu'en cas de nécessité. Ils faisaient chambre à part depuis le départ de Savannah.

Stan dormait sur un matelas par terre dans l'ancienne chambre de Logan. La chambre d'Amy aurait été plus confortable, mais peut-être ne voulait-il pas dormir dans le lit où avait dormi Savannah, c'était bien fait pour lui, ça lui apprendrait. Joy pariait qu'il avait mal au dos. Elle l'espérait. Était-ce à dire que l'amour avait disparu ? Il était possible qu'il n'en reste plus une goutte. Elle était aussi desséchée que leur pelouse avide de pluie.

Elle entendit de l'eau couler quelque part dans la maison. Elle avait arrêté de faire la cuisine après Noël pour voir si Stan lui proposerait de préparer quelque chose, de mettre du pain à griller ou de commander à manger, mais il n'avait pas dit un mot.

Ils se nourrissaient en silence, entraient et ressortaient discrètement de la cuisine, nettoyaient le plan de travail, lavaient leur assiette, laissant aussi peu de traces que possible de leur présence, comme si c'était une règle de la compétition. Stan semblait descendre les provisions de boîtes de spaghettis et de haricots sauce tomate du garde-manger. Joy mangeait essentiellement des toasts ; parfois elle se faisait cuire un œuf.

Elle se sentait fragile, chancelante, épuisée, constamment au bord des larmes. Elle avait l'impression de revivre les semaines qui avaient suivi la naissance d'un bébé ou la mort d'un être cher.

Joy ne savait pas à quoi Stan employait ses journées. Il avait l'air occupé à quelque chose dans son bureau. Quand elle passait devant, elle l'apercevait les lunettes sur le nez, le front plissé, en train de feuilleter des papiers d'un air important. Elle n'avait aucune idée de ce que ça pouvait être. Des papiers de divorce ? Et d'abord, pourquoi parlait-elle du bureau de Stan ? Quand les enfants étaient petits, ils disaient toujours « le bureau de papa », alors que c'était elle qui s'occupait des affaires de la société.

Et pourtant, sous prétexte que Stan était un homme, ils devaient tous faire comme si le moindre de ses faits et gestes était forcément prioritaire et plus important que toutes les contributions de la petite dame.

Je t'emmerde, Stan.

Les gros mots qui lui venaient à l'esprit étaient un phénomène aussi récent que satisfaisant. Quand elle avait trente ans, elle s'imaginait qu'à ce stade de sa vie, rien ne serait bien grave, ses émotions seraient contenues, douces, aussi douces que la peau d'une vieille dame. La violence de ses pensées la réveillait en sursaut. Elle se disait que ces mots ne passeraient jamais de son cerveau à sa langue, mais sait-on jamais.

Imaginez si ses enfants l'entendaient parler comme ça. Ça leur apprendrait.

Elle tentait une expérience. Elle avait arrêté d'appeler ses enfants. Elle en avait assez de l'impatience excédée avec laquelle ils lui répondaient. Elle en avait assez d'être la seule à organiser les réunions familiales. Cela faisait maintenant sept jours qu'elle n'avait parlé à aucun de ses enfants. Elle pensait que les plus dévoués d'entre eux, Logan et/ou Brooke, auraient pris des nouvelles, mais non.

Hypothèse : Mes enfants s'en fichent.

Conclusion : Mes enfants s'en fichent.

Ses amis eux aussi avaient leur vie et ils ne se manifestaient pas non plus.

Caro recevait sa fille Petra qui était venue de Copenhague avec sa famille. Des rires d'enfants s'échappaient du jardin et lui parvenaient par la fenêtre. Caro ne devrait pas laisser ses petits-enfants jouer dehors avec cette fumée. Deux autres de ses amies étaient devenues grands-mères pour la première fois, l'une d'un petit garçon, l'autre d'une petite fille. Joy leur avait envoyé des cartes de *Félicitations pour la naissance de votre petit-fils/petite-fille !* Elle en avait tout un stock dans un tiroir et en choisissait tristement une selon le cas de figure dès qu'elle apprenait l'heureuse nouvelle.

Elle chercha ce qu'elle allait bien pouvoir faire de sa journée. Elle suivit des yeux une horrible tache brunâtre au plafond qu'elle n'avait jamais remarquée. On aurait dit du sang, mais elle savait que ce n'était que de la pluie qui s'était infiltrée lors d'un orage, il y a longtemps. Il n'avait pas plu depuis une éternité.

Il fallait qu'elle se lève. Elle ne bougea pas. Ses mains étaient agrippées au drap-housse. *Allez, Joy.* Elle avait deux ongles cassés qui ne cessaient d'accrocher le drap, c'était agaçant. Elle ne retrouvait pas les ciseaux à ongles alors qu'elle en avait racheté une paire deux semaines auparavant. Ses ongles étaient si fragiles, désormais. Comme ses vieux os. Comme son vieux cœur. Elle n'était pas vieille. Elle n'avait même pas soixante-dix ans. Juste avant Noël, elle avait battu une excellente joueuse de cinquante ans, 6-4, 6-2, mais cette année, elle n'était pas retournée au club. Elle n'en avait pas l'énergie.

Elle n'était pas suicidaire, pas du tout, mais pour la première fois de sa vie, elle se surprenait à penser qu'elle en avait peut-être assez. À quoi bon continuer. Elle voulait ses grands-parents. Elle voulait sa mère.

Elle imaginait leur visage s'éclairer quand elle franchissait les portes de l'au-delà. Ce serait si bon de les revoir. Elle se jetterait dans leurs bras. Il faudrait qu'elle soit bien habillée pour sa mère.

Aujourd'hui, c'était la Saint-Valentin. La fête de l'amour. Ils n'avaient jamais vraiment prêté attention à la Saint-Valentin, Stan et elle. C'était une fête américaine, mais ça devenait de plus en plus délirant chaque année : roses rouges, chocolats, ours en peluche. Des hommes en costume avec un bouquet à la main. Joy ne voulait pas de roses rouges, juste un mari qui partage encore son lit.

Elle se mit à plat ventre et enfouit le nez au creux de son oreiller. Si elle se mettait à pleurer, elle risquait de ne jamais s'arrêter.

« Lève-toi, dit-elle dans l'oreiller. Tout de suite. »

Elle repensa à sa mère qui lui parlait de l'époque où elle était jeune maman. Un matin, au réveil, la belle et pragmatique Pearl Becker s'était retrouvée incapable de sortir du lit. Elle arrivait à peine à soulever la tête de l'oreiller. « C'est comme si j'étais attachée à des blocs de béton », avait-elle dit à Joy. Puis elle avait entendu le laitier devant la porte (c'était le bon temps !), elle lui avait crié d'aller chercher de l'aide et le médecin était venu l'examiner. Un médecin qui faisait des visites à domicile : c'était décidément le bon vieux temps ! Le médecin avait conclu qu'elle avait probablement une « carence de vitamines » et lui avait dit qu'elle devait « se lever et être forte pour son bébé ». Évidemment, l'époque était loin d'être aussi idyllique et avec le progrès des connaissances, n'importe quel profane, aujourd'hui, lui aurait diagnostiqué une dépression, même si Pearl refusait de l'admettre. « Oh non, Joy, c'était physique, je n'avais aucune raison d'être triste ! lui avait-elle dit. Je t'avais toi ! Un bébé magnifique ! Tu aurais été mieux sans ta grosse tête toute ronde aussi lisse qu'une boule de billard, mais tu étais un adorable bout de chou. » Sa mère était spécialiste des petites piques acérées enrobées de gentils compliments, si bien que l'on ne voyait le sang qu'après.

« Et j'avais un beau mari ! » C'était avant que le beau mari ne parte « retrouver un ami » et ne revienne jamais.

Ses membres étaient aussi lourds, peut-être, que ceux de sa mère ce matin-là et pourtant son cœur battait la chamade. Était-ce un soupçon de dépression doublé d'angoisse ? Était-ce ce qu'éprouvait Amy ? Une douleur sourde gagna son front. Elle n'avait jamais mal à la tête. L'univers avait visiblement décidé qu'il était temps qu'elle sache ce qu'enduraient ses filles.

Pourquoi fallait-il qu'elles souffrent de ces maladies que personne ne semblait comprendre ?

« Il faut se montrer plus ferme, si je puis me permettre », avait dit leur médecin de famille en agitant un doigt moqueur sous le nez d'Amy. Et aussi : « Elle ne serait pas un peu hypocondriaque, dites-moi ? C'est la petite dernière ? Elle a besoin d'attention ? » Il avait glissé un clin d'œil à Joy au-dessus du visage blême figé de douleur de Brooke. Encore une fois, une de ses filles l'implorait du regard de lui apporter un soulagement qu'elle n'était pas en mesure de lui donner.

Quand elle amenait les garçons le voir, c'était plus simple. Leurs maladies étaient masculines, visibles et curables : des toux et des nez bouchés, des éruptions cutanées et des fractures.

Le généraliste ignorait tout de la santé mentale et des migraines. Même les spécialistes n'en savaient guère plus et ils étaient encore plus paternalistes et onéreux. Pourquoi Joy était-elle restée si polie face à leur ignorance ? Si humble, si reconnaissante ? *Merci, docteur. Je suis sûre que vous avez raison, docteur.* Puis elle regagnait la voiture accompagnée de la pauvre petite, avec un tel sentiment de colère devant sa propre impuissance, que les filles croyaient qu'elle était fâchée et s'en voulaient tout comme elle s'en voulait elle-même.

Ce généraliste était mort, à présent. Un des spécialistes aussi, à sa connaissance.

Une vaine rage envers des hommes depuis longtemps disparus la propulsa hors du lit et la poussa sous la douche. Cette rage ne fit que s'amplifier et s'exacerber pendant qu'elle se lavait. Il n'y avait plus que son shampoing et son gel douche. Aucune trace d'un mari. Stan se servait de l'autre salle de bains.

Il était peut-être temps d'accepter la défaite de son couple, d'aller au filet se serrer la main, se taper respectueusement sur l'épaule, saluer les fans et partir.

Elle se frotta la tête vigoureusement. Ses ongles cassés lui arrachaient le cuir chevelu.

Elle repensa à tous les poncifs que Stan et elle avaient transmis à leurs enfants et leurs élèves.

On peut gagner après avoir sauvé une balle de match.

Pour sortir d'une série noire, il faut remettre son jeu en question.

Elle était une battante. Elle était une gagnante. Elle était Joy Delaney. Elle ne renoncerait pas à son couple. Aujourd'hui, elle passerait à l'attaque.

Elle préparerait un crumble aux pommes, voilà ce qu'elle ferait. Stan pouvait être obtus, mais le fait qu'elle ait préparé la spécialité de sa mère aurait une portée symbolique qui ne lui échapperait pas. Elle suivrait la suggestion de Savannah. Il y avait une bouteille de whisky dans le garde-manger.

Elle prit deux paracétamols pour son mal de tête. Se brossa les dents deux fois plus longtemps que d'habitude. Se fit un brushing avec la grosse brosse ronde que lui conseillait Narelle mais qu'elle évitait car elle lui faisait mal au poignet. Mit une robe flatteuse que Stan avait généreusement qualifiée de « très jolie ». Du rouge à lèvres.

Elle sortit de la chambre avec un curieux sentiment de malaise. La maison était silencieuse. Était-il là ?

« Stan ? » lança-t-elle. Sa voix se cassa. Il lui répondrait certainement. « Stan ? »

Pas de réponse. Elle alla dans le salon, tira les rideaux. La voiture n'était plus là. Il était parti de bonne heure. Elle se demanda où. Enfin. C'était bête de se sentir blessée qu'il ne l'ait pas prévenue qu'il sortait, puisque c'était ainsi qu'ils vivaient à présent, et pourtant une fois de plus, son cœur aussi tendre et ramolli qu'un fruit abîmé était meurtri.

Elle alla à la cuisine, mit la bouilloire à chauffer pour se faire un thé et ouvrit le réfrigérateur afin de sortir les pommes pour le crumble.

Elle avait acheté cinq belles granny smith quand elle était allée faire les courses mardi, mais il n'en restait qu'une qui roula tristement au fond du bac à légumes.

Stan avait réussi à manger quatre pommes en deux jours.

Elle faillit retourner se coucher et annuler la mission. Non. Elle se ressaisit. Elle ferait un saut à la supérette qui était à côté de la gare pour en racheter. Elle ouvrait toujours de bonne heure.

Si ce n'est que Stan avait pris la voiture et qu'à pied, elle mettrait un temps fou.

Elle poussa un grognement de dépit.

Steffi, qui était couchée dans son coin frais préféré près de la porte de derrière, leva la tête d'un air interrogateur, la queue battant le sol.

« Je fais ce que je peux, Steffi, lui dit Joy. C'est juste qu'il a mangé toutes les pommes et pris la voiture. »

Elle eut une inspiration soudaine. Elle allait mettre un short et prendre son vélo tout neuf pour se rendre à la supérette ! Jusque-là, elle n'avait fait qu'un petit tour dans l'impasse. L'idée du vélo lui plaisait, mais elle appréhendait la circulation. Elle affronterait ses peurs ! C'était exaltant d'affronter ses peurs. Ou du moins, c'est ce que tout le monde disait.

Une demi-heure plus tard, elle était à la caisse de la supérette, les jambes tremblantes, et payait une fortune quatre granny smith. Elle se montra aussi aimable que d'habitude avec l'employé de la supérette, malgré le regard noir dont il la gratifia une fois de plus (pourquoi la détestait-il à ce point ?). Elle mit les pommes dans le panier en osier et prit le chemin du retour. Elle dut appuyer sur les pédales de toutes ses forces pour monter la côte. Elle avait beau vivre là depuis des années, elle n'avait jamais remarqué la pente digne de l'Everest de cette rue-là.

Un klaxon soudain lui donna un coup au cœur. Le vélo fit une embardée et la roue avant heurta violemment le bord du trottoir. Elle redressa le guidon, tourna au coin de la rue, regarda et s'aperçut que le pneu avant était complètement à plat.

« Mais c'est pas vrai ! »

Elle jeta le vélo par terre comme une gamine. Elle resta plantée là un instant à contempler le vélo et les pommes, le souffle court, les poings sur les hanches. Elle donna un coup de pied dans une pomme qui roula mollement non loin de là. Ce n'était pas aujourd'hui qu'elle ferait un crumble. Ni jamais.

C'était fini.

On peut choisir la bonne frappe, avoir un bon mouvement, une bonne technique, on peut tout bien faire et ne pas y arriver. Aucun joueur, si bon soit-il, ne réussit cent pour cent de ses coups.

Certains jours, on perd. Ça aussi, ils l'enfonçaient dans le crâne de leurs enfants. On a beau être numéro un mondial, enchaîner les victoires, c'est inévitable : un jour, on finit par perdre.

Elle fit le reste du chemin à pied en tenant son casque par la lanière. La voiture était dans l'allée. Elle irait récupérer le vélo une fois qu'elle se serait calmée. À l'intérieur, la maison était silencieuse, mais elle sentait, tapie dans l'ombre, la présence morose de son mari. Elle était tellement en nage que son tee-shirt lui collait à la peau et elle se hérissa soudain toutes griffes dehors, comme le sale matou chapardeur de Caro. Elle alla à la cuisine, se servit un verre d'eau et le but d'un trait.

« Tu devrais lire ça. »

La voix grave de Stan retentit soudain derrière elle et la fit sursauter. Le verre lui cogna les dents. Elle se retourna vers lui. Il jeta un document relié sur la table.

« C'est quoi ? demanda-t-elle.

– L'autobiographie de Harry Haddad, dit Stan. Ce sont des épreuves, je crois. Il nous les a envoyées pour qu'on les lise. Je suis dedans. Toi aussi.

– OK. »

Elle avait failli dire « M'en fous », comme une ado. Cette satanée autobiographie lui était complètement sortie de la tête.

Ça n'avait plus d'importance, à présent. Son vilain petit secret avait été révélé.

« Il reconnaît qu'il trichait quand il était jeune », dit Stan en tapotant le document. Elle lut le titre : *Jeu Harry*.

« Il le reconnaît ? » Elle posa son verre et s'affala lentement sur une chaise devant la table puis tira à elle l'histoire de la vie de Harry. Si Harry reconnaissait publiquement qu'il avait triché, il ne devait pas s'agir simplement de quelques annonces erronées.

« Oui, répondit Stan. Ce n'est pas si étonnant que ça…

– Pardon ? » Elle le regarda. Elle n'en revenait pas. « Comment ça, ce n'est pas étonnant ? Tu n'as pas cru Troy. Tu l'as accusé d'avoir menti.

– C'est faux, protesta Stan. Je n'ai jamais dit qu'il avait menti. Je lui ai dit que c'était une triste réalité du jeu. Je lui ai dit qu'il affronterait parfois des gamins qui annonceraient des balles fautes alors qu'elles étaient bonnes et qu'il ne devait pas se concentrer sur son adversaire mais sur son propre jeu.

– N'importe quoi ! » Elle avait envie de lui attraper la tête pour le forcer à regarder le passé en face. « Tu as pris le parti de Harry ! Tu n'as pas soutenu ton propre fils !

– Mon fils a agressé un autre joueur ! Évidemment que je ne l'ai pas soutenu. Tu es folle ou quoi ?

– Je t'interdis de me traiter de folle. »

Elle était électrisée par la rage : la rage contre son mari, contre ces médecins incapables de soigner ses filles, contre l'employé grossier de la supérette. Ses cheveux ne ressemblaient plus à rien, ils étaient tout plats et trempés de sueur, et elle avait encore les jambes flageolantes après s'être coltiné l'ascension de l'Everest à vélo, et tout ça pour revenir sans les pommes qu'elle avait été chercher pour faire le crumble de la mère odieuse de son mari détestable. « Troy a perdu son sang-froid parce que tu ne le soutenais pas !

– On lui a donné toutes ses chances. On leur a tous donné

toutes leurs chances. Ils ne se rendent pas compte de la chance qu'ils ont eue. »

Le fait qu'il critique ses enfants lui fit l'effet d'un coup de massue. « Ils y mettaient tout leur cœur ! »

Il n'écoutait pas. Il ne pensait qu'à Harry. Il n'avait toujours pensé qu'à Harry : au talent de Harry, au potentiel de Harry. Harry, Harry, encore et toujours Harry.

« Tu veux savoir pourquoi ce pauvre gamin trichait ? » rugit-il. Il prit les épreuves et les brandit violemment sous son nez. « Parce que son père lui avait dit que sa sœur avait un cancer. »

Cette annonce ébranla Joy comme un changement de direction si brusque qu'il risquait de provoquer une rupture du tendon d'Achille.

Elle répondit faiblement : « Il lui a dit que Savannah avait un cancer ?

– Tel père, telle fille. » Il sourit avec une satisfaction amère comme s'il avait prédit ce curieux dénouement et poussa le manuscrit vers elle. « Il a dit à Harry qu'il devait gagner des primes pour que sa sœur puisse bénéficier d'un traitement miraculeux. Ce petit imbécile croyait qu'il jouait pour sauver la vie de sa sœur. Tu m'étonnes qu'il trichait. S'il était resté avec moi, j'aurais fini par l'apprendre et j'y aurais mis le holà, mais ça, je n'ai pas pu le faire, parce que tu as pris la décision unilatérale de l'éloigner ! »

Il avait les doigts en serres comme s'il voulait l'étrangler.

Elle ne pouvait pas penser à Harry, aujourd'hui, et se focalisa sur les informations qu'elle possédait à l'époque.

« Tes enfants avaient besoin de ton soutien ! cria-t-elle. J'avais besoin de ton soutien !

– Tu n'avais pas le droit ! L'entraînement, c'était mon métier ! » Stan se dressait devant elle, mais loin d'avoir peur, elle était euphorique, car enfin, la coque fissurée de son couple se brisait comme une noix de coco. Elle voulait que tout sorte. Elle voulait dire tout ce qu'elle n'avait jamais dit.

« Et mon métier, alors ? lança-t-elle en se frappant la poitrine. Et moi ? Et ma carrière ? Ce que j'ai sacrifié ?

– Ce que tu as sacrifié ? » Son incrédulité était telle qu'elle eut l'impression d'être mise au pilori. Elle ne méritait rien, ni un sourire du vendeur de la supérette, ni un coup de fil de ses enfants.

« J'ai renoncé au tennis pour toi », dit-elle. Elle l'avait enfin dit. C'était là depuis des années, non pas au bout de sa langue, ni dans un coin de sa tête, mais au centre de sa poitrine, entre ses seins, à l'endroit précis où son poing frappait inlassablement.

Et moi, et moi, et moi ?

Elle ne demandait pas de gratitude, juste qu'il le reconnaisse. Ne serait-ce qu'une fois. Sinon, sa vie n'avait aucun sens. À quoi bon toutes ces côtelettes d'agneau grillées ? Tous ces spaghettis bolognaise ? Elle haïssait les spaghettis bolognaise. Soir après soir, plat après plat. La lessive, le repassage, la serpillière, le balai, les allers-retours en voiture. À l'époque, ça ne lui faisait rien, mais à présent, la seule idée de ces moments, de ces maudites côtelettes lui était insupportable.

« Je ne t'ai jamais demandé de renoncer à quoi que ce soit », dit-il à mi-voix.

Mais c'était bien ça le problème. Il n'avait pas eu à le lui demander.

« Si tu avais voulu, tu aurais continué », dit-il. Il n'y avait plus de colère dans sa voix. Elle le voyait comme autrefois se figer peu à peu dans une immobilité de mort : il se retirait de la situation, mentalement d'abord, puis physiquement.

Elle savait ce qui allait suivre, ce qui suivait toujours. D'ici peu, elle se retrouverait seule avec ses pensées et ses regrets dans cette grande maison silencieuse.

« Si tu avais vraiment voulu, rien ne t'en aurait empêchée. »

Elle resta muette. Ne voyait-il pas que la seule chose qui pouvait l'en empêcher était son amour pour lui ?

Puis il lui asséna son ultime verdict. « Tu n'aurais jamais

figuré dans le top 10. Si j'avais pensé que tu pouvais y arriver, je ne t'aurais jamais laissée abandonner. »

Elle en eut le souffle coupé comme si elle avait reçu un coup de poing dans le ventre. Il ne l'aurait jamais laissée abandonner. Comme s'il avait décidé de son sacrifice après mûre réflexion.

Si c'était elle qui s'était blessée, jamais il ne lui serait venu à l'idée à lui de renoncer à sa carrière.

Il avait tort et il était impossible de revenir en arrière pour le prouver, ni à lui ni à elle-même.

À la place, elle réagit instinctivement. « Tu n'étais pas assez bon pour entraîner Harry. Il était mieux sans toi. Tu aurais été un frein pour lui ! Il avait besoin d'un meilleur entraîneur que toi ! »

Ce n'était pas vrai. Elle pensait que Stan était un des meilleurs entraîneurs du pays, et peut-être même du monde. Elle savait ce qu'il aurait pu être s'il n'avait pas eu d'attaches familiales, mais lui, savait-il ce qu'elle aurait pu devenir ? Jusqu'où elle aurait pu aller ?

Il reposa l'autobiographie sur la table. Il tapota les poches de son jean, sortit les clés de voiture.

Elle puisa au fond d'elle-même les pires coulées de vitriol. « C'est moi qui ai fait la réussite du Delaneys. Tout le monde le sait. Si je n'avais pas été là, tu n'aurais rien, tu ne serais… rien, juste un raté, un type fini ! »

Les mots glissaient sur lui. Il se retourna pour s'en aller. C'en fut trop pour elle. C'était injuste qu'il puisse partir ainsi. Ç'avait toujours été injuste. Et pourtant, combien de fois elle avait dû supporter cela, et ses enfants aussi, c'était une conduite inacceptable, inexcusable, elle ne l'accepterait plus, elle ne le pardonnerait plus. Cette fois, il resterait.

Tandis qu'elle courait après lui, une part d'elle réalisa à quel point ce qu'elle faisait était honteux, indigne et inconvenant. Elle s'éleva jusqu'à la fenêtre de toit et vit cette petite dame âgée qui se précipitait hors de sa belle cuisine pour se ruer dans le couloir à la poursuite de son mari en criant des propos incohérents, escortée d'une petite chienne qui aboyait confusément, se demandant où était le danger, ce qu'il y avait à craindre puisqu'il n'y avait pas d'inconnus dans la maison ?

Joy essaya d'attraper son mari par le dos de sa chemise à carreaux bleu et blanc, la chemise qu'elle avait repassée, pour le retenir et l'obliger à rester. Steffi tournait comme une folle autour d'eux en haletant. Stan fit volte-face et trébucha sur la chienne. Il bascula en avant et faillit tomber. Il se retint au mur d'une main, heurtant au passage la photo encadrée de Brooke avec son trophée régional des moins de huit ans qui se balança puis se fendit sous le choc. En essayant d'agripper sa chemise, Joy lui laboura la joue de ses ongles cassés qui le firent aussitôt saigner.

Il l'attrapa en lui enfonçant les doigts dans les épaules.

Elle se figea sur place, car le visage de Stan avait cédé la place à un masque de rage terrifiant qu'elle ne lui connaissait pas.

Son cœur s'arrêta. Le monde s'arrêta.

Pour la première fois en soixante-neuf ans, elle ressentit la peur : la peur qui guette sans cesse chaque femme, elle le sait, la possibilité qui rôde, furtive, dans les recoins obscurs de son esprit même si elle a toujours été tendrement aimée et protégée par des hommes bien.

54

Aujourd'hui

« On la repasse une dernière fois », dit Christina.

Ethan appuya sur *play* et côte à côte à son bureau, ils visionnèrent, captivés, les images en couleur de vidéosurveillance, saccadées mais nettes, que leur avaient fournies les voisins qui habitaient dans la même impasse que les Delaney, deux maisons plus loin. La caméra de surveillance avait été cassée par un grêlon, lors du gros orage qu'il y avait eu deux jours après la disparition de Joy, et le fils de Caro Azinovic, qui avait installé la caméra pour sa mère devenue veuve, l'avait fait réparer. C'était lui qui avait apporté à la police cette vidéo accablante d'une vue à cent quatre-vingts degrés du devant de la maison de sa mère. Elle filmait accidentellement un triangle de l'allée des Delaney.

Christina et Ethan regardèrent Stan Delaney sortir de chez lui à minuit deux, le jour de la disparition de sa femme, et transporter péniblement jusqu'à sa voiture quelque chose d'encombrant et de mou enveloppé dans une couverture.

Il ouvrait le coffre de sa voiture, laissait tomber l'objet, se penchait pour le mettre en place, levait les deux mains pour claquer le coffre, puis restait – trois minutes et quarante-sept secondes exactement –, les deux mains à plat sur la voiture, la tête baissée comme s'il était plongé avec respect dans une prière solennelle, avant de relever la tête et de s'éloigner du champ de la caméra.

C'était un spectacle sinistre et fascinant.

« Merde, dit Ethan. Cette façon qu'il a de rester si longtemps planté là. C'est vraiment...

– Je sais », dit Christina. Elle obtiendrait ses aveux aujourd'hui. Elle le sentait. Elle montrerait ces images à Stan Delaney sans faire de bruit ni dire un mot de toute la vidéo. Elle le regarderait se regarder s'incliner devant la dépouille de sa femme. Elle savait qu'il n'était pas pratiquant, mais il avait grandi dans la foi catholique, tout comme elle, et elle reconnaissait la posture d'un homme en prière. Un homme qui brûle de confesser ses péchés.

Ce soir, Nico et elle iraient voir le curé de la paroisse pour parler du saint sacrement du mariage et elle s'efforcerait de ne pas penser au fait que Joy et Stan avaient échangé le même serment qu'ils échangeraient au printemps prochain. Elle ne penserait ni à Joy Delaney ni à Polly Perkins promettant à leur mari de l'aimer, de le chérir et de lui être fidèle, dans la joie comme dans la peine, dans la richesse comme dans la pauvreté, dans la santé comme dans la maladie, jusqu'à ce que la mort les sépare, jusqu'à ce qu'il transporte leur corps jusqu'à la voiture au milieu de la nuit pour s'en débarrasser dans un endroit où personne ne le retrouverait jamais, jusqu'à ce qu'elle parle trop fort, jusqu'à ce qu'elle dépense trop d'argent en rachetant un fer à repasser, jusqu'à ce qu'elle entrave sa carrière dans l'intérêt de leur famille, jusqu'à ce qu'elle embrasse un autre homme lors d'une soirée, jusqu'à ce qu'elle le contrarie d'une façon qu'elle n'imagine pas encore.

« Christina ? dit Ethan.

– Pardon. Vous disiez ?

– Rien. Juste que je suis complètement passé à côté. Le premier jour où on l'a interrogé, je savais qu'il nous cachait des choses, mais quand il a regardé la photo de sa femme, je me suis dit, C'est impossible qu'il l'ait tué. Il l'aime.

– Je n'ai jamais pensé qu'il ne l'aimait pas. » Christina ajusta sa bague de fiançailles pour recentrer le diamant sur son doigt.

Mais elle avait toujours su qu'il l'avait tuée.

Telle était la cruelle réalité qui l'accompagnerait le jour de son mariage lorsqu'elle s'avancerait vers l'autel avec son bouquet de roses blanches et de gardénias : les deux pouvaient être vrais.

55

Le jour de la Saint-Valentin

Stan Delaney avait toujours su que les femmes avaient le pouvoir de blesser à vif avec des mots. C'était le passe-temps favori de sa mère, qui s'amusait à mettre en pièces l'ego imbécile, faible et sans défense de son mari et de son fils.

Ne dis pas au petit qu'il jouera à Wimbledon un jour, il est assez con pour le croire. Vous êtes cons comme des balais, tous les deux.

Pas tout le temps, mais la plupart du temps. Pas quand elle était ivre, mais quand elle n'avait pas bu. C'était là qu'elle devenait méchante.

Elle se tapotait la tempe du bout du doigt en regardant son mari avec son plus beau sourire et lui disait : *T'as pas inventé l'eau chaude, hein, chéri ?*

Le père de Stan ne disposait pas d'un arsenal de reparties pour se défendre. Il tressaillait et se recroquevillait. Il souriait comme si sa femme avait fait une plaisanterie qui lui échappait. Il se renfermait et se taisait. Il encaissait, il encaissait.

Il encaissait, il encaissait, jusqu'au jour où il avait craqué.

Stan qui avait quatorze ans s'était précipité vers sa mère qui gisait par terre, immobile, et c'était une bonne chose qu'il l'ait fait. Il pourrait toujours se dire que son premier réflexe avait été de courir vers sa mère pour s'interposer entre son père et elle, mais il n'avait jamais oublié la première petite idée perfide, horrible, qui lui avait effleuré l'esprit :

Elle l'a bien cherché.

Si petite, si furtive, qu'il se disait parfois qu'il l'avait imaginée. C'était arrivé si vite, et pourtant si lentement, c'était si vieux, qui sait ce qu'il avait réellement pensé sur le moment ? On ne pouvait pas compter sur la mémoire. Ce n'était pas une source fiable.

*

Stan était exactement comme son père. Il l'avait toujours su. Pas aussi vif et intelligent que sa mère. Pas aussi vif et intelligent que sa femme. Pas bon à l'école. Bête comme ses pieds. Pas très futé.

*

À l'âge de soixante-dix ans, alors qu'il sentait sous ses doigts la chair de sa femme, la rage et l'humiliation colossale de son père, sa douleur et sa blessure enflèrent soudain dans sa poitrine et explosèrent derrière ses yeux.

56

Aujourd'hui

« Je crois qu'ils ne vont pas tarder à arrêter mon père », dit l'ex-mari de Claire Geer, les yeux rivés sur le bleu matinal étincelant du port de Sydney. Il y avait une miette de croissant sur sa lèvre inférieure et une angoisse si enfantine dans sa façon de dire « mon père ».

Ils étaient assis côte à côte, avec des cafés à emporter et des croissants aux amandes dans des sachets blancs, sur le banc du parc qui donnait sur l'embarcadère du ferry, où Troy l'avait embrassée pour la première fois. Elle se demandait s'il s'en souvenait, si c'était pour cette raison qu'il avait suggéré cet endroit. C'était peu probable. Il avait bien trop de soucis, en ce moment.

Claire lui retira la miette du bout des doigts. « Pourquoi tu dis ça ?

– On a appris que la police avait des images de la caméra de surveillance des voisins d'en face. » Il s'interrompit. « Apparemment, ce qu'on voit est… très grave. Je n'ose même pas imaginer ce que c'est. »

Il avait la voix tremblante.

« Oh non », dit Claire. Le café avait un arrière-goût amer. Elle posa le gobelet à côté d'elle sur le banc, et regarda leurs jambes nues, étendues côte à côte devant eux. Ils étaient tous deux en short. On aurait dit les jambes d'un couple qui avait devant lui la perspective d'un week-end ensoleillé, et non celles de divorcés qui avaient derrière eux une infidélité sordide et devant eux, une éventuelle tragédie, accessoirement doublée d'un arrangement procréatif plutôt douteux.

Claire Geer avait trente-quatre ans. Elle avait de longs cheveux roux bouclés qui attiraient les louanges, un diplôme d'histoire internationale qui n'intéressait pas les employeurs potentiels ni personne d'ailleurs, à part son père (il était professeur d'histoire), et une carrière étonnamment épanouissante dans la santé publique aux États-Unis, enfin pas si étonnamment que cela, car c'était le genre de filles qui voyait toujours le bon côté des choses et dont les bulletins scolaires et les références professionnelles mentionnaient toujours « l'attitude positive ». « Je parie que tu es pom-pom girl », lui avait dit son nouveau mari quand il l'avait rencontrée. Évidemment, ça n'avait jamais été la mode en Australie et elle était incapable de faire la roue, mais elle l'avait laissé la cataloguer comme une douce et charmante petite Australienne. Il n'était pas loin du compte, elle avait le désir de plaire et tout le charme et la douceur d'un été australien. Inutile de parler de l'humidité, des moustiques, des feux de brousse ou des averses de grêle. Elle aimait tendrement Geoff, mais pas aussi follement, aussi éperdument qu'elle avait aimé Troy. Il fallait tirer des leçons de l'histoire et non la répéter.

Elle se serait volontiers passée de revoir Troy Delaney ou même de revenir en Australie. Les blessures avaient guéri, il n'y avait pas de cicatrice visible, elle avait retrouvé une nouvelle vie, un nouvel amour et pouvait de nouveau regarder des comédies romantiques sans se moquer.

Mais voilà qu'elle était de retour à Sydney, assise à côté de son ex-mari.

Elle savait que si Troy avait accepté qu'elle se serve de leurs embryons, c'était uniquement pour faire pénitence, en quelque sorte. Quand elle lui en avait parlé l'année dernière, à New

York, elle avait vu l'horreur instinctive, immédiate se peindre sur son visage.

Elle savait aussi que Geoff n'avait pas non plus envie qu'elle tombe enceinte de l'enfant de son ex-mari. Il ne tenait pas à ce point à avoir des enfants. Elle avait lu sur son visage la même réaction d'horreur instinctive quand elle avait évoqué l'idée.

Les deux hommes le faisaient pour elle : l'un par culpabilité, l'autre par amour. C'était la première fois de sa vie qu'elle demandait à quelqu'un plus qu'il ne voulait donner, plus qu'elle ne méritait, peut-être, mais le fait est qu'elle n'avait pas hésité une seule seconde lorsqu'il s'était avéré qu'elle n'avait pas d'autre choix. Elle ne pouvait pas rêver d'avoir un enfant biologique et en laisser cinq en devenir congelés à jamais.

Elle était en Australie depuis le mois de novembre pour essayer de tomber enceinte tandis que Geoff était demeuré au Texas, exception faite d'un voyage de deux semaines à Noël. C'était une période étrange, irréelle : depuis qu'elle avait fini ses études, elle n'était jamais restée aussi longtemps sans travailler à plein temps. Elle lisait et marchait beaucoup. Elle avait revu son ex-mari à quelques reprises, chaque fois pour un café tout ce qu'il y a de plus conventionnel et ils avaient des relations relativement agréables. Elle lui avait même présenté Geoff quand il était venu en décembre – étant donné leur arrangement, ça lui paraissait à la fois poli et raisonnable – mais la rencontre avait été bizarre et embarrassée, franchement horrible pour tout dire, et elle avait bien vu qu'ils se détestaient. Ils s'étaient montrés sous leur pire jour : frimeurs et peu sûrs d'eux. Mais à présent que la mère de Troy avait disparu, tout cela n'avait plus d'importance.

« Je n'arrive pas à y croire, dit-elle. Je sais que je n'ai pas revu tes parents depuis des années mais ça me semble impossible. »

Elle se souvenait du discours de Stan à leur mariage.

« Sur un court de tennis, "love", c'est zéro. L'amour ne serait donc rien », avait dit Stan, un verre de champagne à la main, puis il avait marqué une pause pour s'assurer que tout le monde avait saisi la plaisanterie, hochant gaiement la tête devant les invités qui soupiraient en maugréant. Il avait poursuivi : « Mais dans la vie, l'amour, c'est tout. L'amour assure la victoire. Je n'ai peut-être pas inventé l'eau chaude, mais j'ai pris la décision la plus intelligente de ma vie en épousant la mère de Troy et je crois que Troy a pris la décision la plus intelligente de sa vie en épousant la jolie fille que voici. Surtout, ne la laisse pas partir, fiston, et bienvenue dans la famille, mon petit. »

Puis il avait levé son verre à Claire, s'était rassis et avait pris Joy par le cou pour l'embrasser comme s'ils étaient les jeunes mariés.

Il était inimaginable que cet homme ait fait du mal à sa femme – il aurait donné sa vie pour elle –, cela dit, à l'époque, il lui semblait tout aussi inimaginable que son fils, dont elle était follement amoureuse, puisse la tromper sans raison.

C'est ce qui avait été si douloureux. Ils n'étaient pas enlisés dans la routine. Ils n'avaient pas de « problèmes ». Il n'était pas tombé amoureux d'une autre. Il n'était même pas ivre, ni défoncé. Il lui avait juste brisé le cœur de façon arbitraire, comme ça, bêtement.

Il se passait chaque jour des choses inimaginables sans qu'il y ait nécessairement une bonne raison.

« Brooke a trouvé à papa un bon avocat. On sait exactement quoi faire quand ça arrivera, dit Troy. Brooke soutient papa. Elle dit que même s'il l'a fait, elle le soutiendra. Qu'un moment de folie n'efface pas une vie d'amour, mais moi je crois que si, ça efface tout, tu ne crois pas ? »

Claire leva les mains. « Tu es dans une situation impossible, Troy.

– On ne se parle plus, avec Brooke, dit-il d'un ton peiné.

– Ça s'arrangera, le rassura Claire. Pour le moment, c'est trop sensible.

– Papa ne m'a jamais rien passé. » Il émit une sorte de grincement discordant qui ne ressemblait que de loin à un rire.

« S'il a tué ma mère, il ne s'attend quand même pas à ce que je lui pardonne.

– Je ne pense pas, non, dit Claire. Parce que si jamais c'est vrai, s'il a vraiment eu un moment de folie, il ne se le pardonnera jamais. »

Troy la regarda du coin de l'œil. « Il m'en a tellement voulu. De ce que je t'ai fait.

– C'est de l'histoire ancienne », répondit-elle. C'était faux. Techniquement, c'était de l'histoire contemporaine, qui venait après l'histoire moderne. Elle roula en boule son sachet de croissant vide.

Un ferry qui approchait pesamment fit retentir sa corne de brume.

« C'est ici que je t'ai embrassée pour la première fois, dit Troy, les yeux rivés sur l'embarcadère.

– Arrête, répondit sèchement Claire.

– Pardon. Je ne voulais pas que tu croies que j'avais oublié. »

Ils regardèrent le ferry s'immobiliser en brinquebalant. Les passagers apparurent sur la passerelle. Une mouette à l'œil féroce s'avança dignement vers eux dans l'espoir de trouver autre chose que de simples miettes de croissant.

« Cette fois, ça a marché », dit-elle à mi-voix.

Il se tut. Elle crut qu'il n'avait pas compris.

« Je sais, dit-il sans la regarder au bout d'un moment. Félicitations. Je suis vraiment content pour toi.

– Tu sais ? » Elle tourna brusquement la tête vers lui. « Comment tu sais ?

– J'ai tout de suite su. Dès que je t'ai vue. Ça se voit sur ton visage. Et tu ne bois pas ton café.

– Ce n'est pas pour ça. Il a un drôle de goût aujourd'hui.

– Il a un drôle de goût parce que tu es enceinte, dit Troy. C'est un bon café. »

Elle regarda le gobelet avec stupéfaction. « Je n'en reviens pas que tu aies compris d'emblée.

– Je te connais », dit-il à voix basse. Il leva aussitôt la main comme s'il acceptait une pénalité méritée. « Enfin, pardon, je te connaissais. Avant. »

Ils restèrent un moment en silence à contempler le ferry qui repartait vers l'horizon puis inclinèrent la tête sous le poids du chagrin de ce qui avait été et ne serait plus jamais.

« J'aimerais tant l'annoncer à ma mère, dit Troy.

– J'aimerais tant le lui annoncer aussi », dit Claire. Elle aurait aimé que tant de choses soient différentes en cet instant, à part le bébé qui serait choyé, ce fruit de la médecine moderne et de l'amour, de l'amour réticent, coupable, complexe, mais de l'amour tout de même.

Tout finirait par s'arranger d'une manière ou d'une autre. Elle y veillerait.

57

« Troy pense que papa va être arrêté aujourd'hui, dit Logan.

– Qu'est-ce qu'il en sait ? » répliqua Indira Mallick, s'apercevant qu'elle reprenait automatiquement son rôle en soutenant Logan dans la compétition qui se jouait en permanence entre lui et son petit frère, bien que Troy soit le seul à vouloir ouvertement gagner. Indira et Logan étaient assis à la table en verre sur laquelle ils dînaient avant tous les soirs. Elle avait dit à Logan qu'elle était venue à Sydney pour la baby-shower d'une amie, ce qui était vrai, mais elle n'aurait jamais pris l'avion exprès pour se coltiner une baby-shower. Elle était venue pour Logan. « Tu l'aimes encore », l'avait accusée une amie tandis qu'elles étaient toutes là à roucouler « Comme c'est mignon ! » chaque fois que l'invitée d'honneur ouvrait un cadeau et le tenait au-dessus de la courbe fière de son ventre. Indira l'avait sévèrement informée que la mère de son ex avait disparu. Elle était là en tant qu'amie.

« Et Amy, elle tient le coup ? demanda-t-elle à Logan.

– À peu près. Je crois qu'elle est justement à sa séance avec son thérapeute ou son psy, je ne sais pas comment on dit.

– C'est bien, dit Indira. Elle devrait... »

Elle s'arrêta. Elle ne faisait plus partie de la famille Delaney et n'avait donc plus le droit de donner son avis sur la façon dont Amy devait traiter ses problèmes psychiques.

Amy avait dit un jour à Indira qu'on la cataloguait parce qu'elle se vexait facilement quand elle était petite, et que tout le monde était persuadé qu'elle se vexait encore facilement, ce qui était vexant. Indira avait compati, car sa famille aussi la cataloguait comme « la maladroite », alors qu'elle ne l'était plus particulièrement.

Elle prit un des avis de recherche sur la table de Logan. Il était surchargé, avec trop de polices de caractères différentes. Elle était triste de ne pas avoir pu la concevoir. Sur la photo, Joy portait un tee-shirt qu'Indira lui avait donné. Il était imprimé de trois gros gerberas. Elles avaient toutes les deux un faible pour cette fleur. Elles s'offraient souvent des petits cadeaux avec des gerberas.

« Tu veux que je t'aide à les mettre ? demanda-t-elle à Logan.

– Non, ça va. Il y en a partout. Je crois qu'on a fait tout ce qu'on pouvait pour faire passer le message. Elle s'est juste... volatilisée. »

Indira contempla le visage souriant de Joy. La mère de Logan ne serait jamais restée aussi longtemps sans donner de nouvelles. Elle était du genre à garder facilement le contact avec tout le monde. Malgré sa séparation avec Logan, Joy avait continué à lui envoyer de temps en temps un petit texto ou un mail rempli de points d'exclamation et d'émojis.

En apparence, Logan ne ressemblait aucunement à sa mère, mais à cet égard, il était comme elle : lui aussi maintenait le contact avec les gens. C'était l'ami qui allait aider les autres à construire une terrasse en bois ou régler un problème d'évacuation. L'ami qu'ils appelaient quand ils s'étaient enfermés dehors ou quand un appareil électroménager explosait. Elle n'aurait jamais dû le traiter de passif. Les gens passifs ne passaient pas des week-ends entiers à aider des amis à construire une terrasse.

C'était quelqu'un de bien.

Cette réalité lui fit un choc. Son cœur se serra littéralement.

« Ça va ? demanda Logan.

– Ne t'en fais pas pour moi. C'est pour toi que je suis inquiète. »

Elle mit la main sur la sienne. Il était dans un état lamentable. Il avait toujours été négligé, cela faisait partie de son identité, c'était une façon pour lui de se distinguer de son frère (c'était du moins sa théorie, qu'il contestait), mais à ce point, jamais. Il avait les yeux rouges, des rougeurs sur la peau, le jean qui tombait sur les hanches comme un pantalon de vieux. Il avait dû maigrir.

Sept mois auparavant, elle avait rompu avec Logan parce qu'elle se sentait prisonnière, agréablement certes, mais prisonnière quand même d'une vie tout à fait plaisante. Elle habitait une maison parfaitement convenable, allait tous les vendredis soir dans le même restaurant mexicain tout aussi convenable. Elle n'aimait pas particulièrement le changement, pourtant. Ce qu'elle détestait le plus chez Logan était ce qu'elle détestait le plus chez elle. Elle était aussi sensible que lui au charme du train-train quotidien.

Logan ne l'avait pas poursuivie jusqu'à l'aéroport comme dans les films. Évidemment.

Mais après, il ne s'était rien passé. Sa vie ne s'était pas miraculeusement transformée. Elle était toujours la même. Sauf qu'elle était seule et esseulée. Il lui manquait. Le sexe aussi. Jusque-là, elle croyait qu'il en allait du sexe comme du chocolat – s'il n'y en avait pas dans la maison, elle n'y pensait pas.

Elle commençait à se dire que ce n'était pas à cause de Logan qu'elle se sentait prisonnière, mais qu'elle était prisonnière d'elle-même, comme tout le monde.

« Et Troy et Brooke ? Ça va ? » Elle avait sur la langue le goût aigre de la question que les gens n'arrêtaient sans doute pas de poser : *Tu crois que ton père l'a tuée ?*

« Troy et Brooke ne se parlent pas, répondit Logan. C'est comme si Troy voulait prouver sa loyauté envers maman, et Brooke sa loyauté envers papa.

– Et toi ? demanda Indira. Tu es sûr que ça va ?

– Ça va aller. »

Il retourna brusquement la main et prit la sienne. Elle le dévisagea. Un muscle frémit dans sa mâchoire. Il serra sa main très fort, juste une fois, puis la lâcha et la reposa doucement sur la table.

Il tira sur le lobe de son oreille. « Tu es heureuse ?

– Ça va, dit-elle. Tu n'es pas obligé de me parler, tu sais, avec ce que tu traverses en ce moment.

– Tu peins ?

– Si je peins ? » Elle rit à moitié. « Oh tu sais, la peinture, j'en parle, j'en parle, mais ça ne va pas plus loin.

– C'est parce qu'il te faut un atelier, dit Logan d'un ton pressant.

– Je sais bien, Logan.

– Quelque chose comme ça, dit Logan. C'est juste un exemple. » Il ouvrit son ordinateur portable et cliqua sur un site immobilier.

« C'est quoi ? » Indira tira l'ordinateur vers elle et son coude heurta sa tasse de thé. Logan la rattrapa de justesse avec aisance avant qu'elle ne se renverse comme s'il savait que ça allait arriver.

« C'est une maison avec trois chambres. Elle a un petit appartement indépendant à l'arrière. Elle est très lumineuse. »

Indira fixa l'écran sans comprendre. « Excuse-moi, mais j'ai du mal à…

– Je l'ai vue juste avant que maman ne disparaisse. » Il tapota l'écran. « Elle est un peu excentrée, mais ça vaudrait la peine pour avoir plus d'espace. »

Avait-il perdu la tête à force de s'inquiéter pour sa mère ?

« Je t'ai aussi acheté une bague, poursuivit-il. Elle est dans le tiroir à chaussettes. »

Elle le regarda fixement.

« Évidemment je ne te demande pas en mariage. Pas maintenant. Avec mon père qui ne va pas tarder à être arrêté pour le meurtre de ma mère, ce n'est pas le moment. C'est juste que tu es là, si… »

Il la montra d'un grand geste comme si ce qu'il voulait dire était évident. Elle se regarda, perplexe. Elle avait une robe droite confortable qu'il avait dû voir une centaine de fois. Des rougeurs autour des narines dues à un rhume, la semaine dernière.

« Si belle », dit-il. Sa voix se brisa sur ce dernier mot. Indira était stupéfaite. Elle ne l'avait jamais vu pleurer. Jamais.

Quand ils avaient commencé à sortir ensemble, il ne cessait de lui dire qu'elle était belle et elle était si gênée qu'elle le rembarrait, elle avait l'impression de devoir crier à un public moqueur, *Ne riez pas, je sais que c'est faux !* Et il avait fini par arrêter.

Elle avait appris à son petit ami qui était si beau à ne pas lui dire qu'elle était belle.

Logan mit la tête entre ses mains. Sa voix était étouffée. « Pardon. Je ne sais pas pourquoi j'ai dit ça. Je suis tellement fatigué.

– Ne t'en fais pas. » Elle posa la main sur sa nuque et s'approcha de son oreille. « Tout ira bien. »

Elle n'en savait rien, bien sûr. Tout ce qu'elle savait, c'est que pour le moment, elle le ferait manger et le mettrait au lit, puis resterait auprès de lui quelles que soient les horreurs ou les merveilles que réservait l'avenir.

58

« Il fait un temps magnifique », fit remarquer Ethan à Christina alors qu'ils se rendaient chez Stan Delaney l'arrêter pour le meurtre de sa femme.

« Oui. » Christina regarda par la vitre le ciel bleu dégagé.

« Comment il va réagir, à votre avis ? » demanda Ethan. Il portait une chemise d'un ravissant bleu canard. Parfait pour une robe de demoiselle d'honneur. Christina regarda son chemisier et vit une petite tache qui ressemblait à du sang séché. Voilà ce qui arrivait quand on s'habillait dans le noir pour ne pas réveiller son compagnon. C'était probablement de la sauce tomate.

« Calmement, je pense, répondit Christina. Son avocat lui aura conseillé de ne rien dire. »

Son portable sonna. C'était un numéro inconnu. « Lieutenant Khoury », dit-elle sèchement à titre préventif. Nico lui répétait qu'elle était trop agressive au téléphone. Que tout le monde n'était pas un criminel en puissance. Il avait tort. Tout le monde était un criminel en puissance. Ou une victime en puissance.

« Bonjour lieutenant Khoury. Comment allez-vous ? »

C'était le ton velouté et distingué d'un homme qui se flattait de posséder un statut social supérieur à l'immense majorité de la population.

Christina fut agacée. « Qui est à l'appareil ?

– Je suis le Dr Henry Edgeworth. Je crois que vous avez essayé de me joindre. J'étais à l'étranger. Je viens de rentrer. »

La plupart des gens étaient stressés quand ils rappelaient la police, mais pas cette espèce de con.

« En effet, oui », répondit Christina. T'en as mis du temps, mon gars. « C'est au sujet d'une femme qui a disparu. Joy Delaney.

– Delaney », répéta-t-il. Sa voix soyeuse avait achoppé.

« On lui a téléphoné de votre appartement le quatorze février. »

Christina sentait qu'Ethan était concentré sur ce qu'elle disait. Il avait dû deviner que c'était le chirurgien esthétique qui la rappelait enfin.

« Je ne peux pas vous aider, je suis désolé, dit-il. Je ne connais personne de ce nom.

– Comment se fait-il que, d'après nos relevés, un appel de quarante minutes ait été passé de votre ligne fixe ce jour-là ?

– Vous vous êtes peut-être trompée de Dr Edgeworth.

– C'est ça, dit Christina. À moins que quelqu'un d'autre n'ait appelé de chez vous ? Quelqu'un de la famille ? Votre femme ? »

Il était sur la réserve, à présent. « Ma femme et mes enfants ne viennent jamais à l'appartement. Nous avons une maison dans la banlieue est. Ce n'est qu'un petit deux pièces près de l'hôpital. C'est plus pratique quand je travaille tard. »

Tu m'étonnes que c'est plus pratique, se dit Christina.

« Nous avons la certitude que l'appel a été passé de votre appartement. Nous pensons également que Joy Delaney a probablement été assassinée, dit Christina. Je vous demande donc de bien réfléchir. »

Un autre silence. « C'est la vieille dame ? J'ai vu le mari aux informations.

– C'est ça.

– Bon. » Il toussota. « Bon, d'accord, il y avait en effet quelqu'un qui logeait dans l'appartement il y a quelques semaines. Une… amie de la famille. »

Une petite amie. Aucun doute là-dessus.

« Oui, et maintenant que j'y pense, ça doit être elle qui a appelé cette dame », poursuivit le Dr Edgeworth. Sa voix reprit de l'assurance. « En fait, j'en suis même sûr. Je crois qu'elles sont parentes.

– Qu'est-ce qui vous fait dire ça ? demanda Christina.

– En fait, il se trouve que cette fille s'appelait Savannah Delaney.

– Savannah Delaney », répéta Christina en regardant Ethan. Ses sourcils avaient fait un bond. Depuis le départ, elle savait que Savannah était au centre de l'enquête et ils n'avaient pas encore réussi à mettre la main sur elle.

« C'est peut-être sa nièce ou je ne sais pas ? Elle a dit que sa mère était morte.

– Quand lui avez-vous parlé pour la dernière fois ?

– Ça fait un moment, déjà, répondit le Dr Edgeworth. En fait, la dernière fois que je l'ai eue au téléphone, c'était… voyons voir… le jour de la Saint-Valentin. »

59

Le souffle précipité, Simon Barrington fixa les mots qui s'affichaient sur l'écran de son ordinateur. Était-ce une coïncidence ? Peut-être qu'il se trompait et avait oublié ce que disait le texto de la mère d'Amy. Soit ça ne voulait rien dire, soit ça expliquait tout. Se pouvait-il qu'il ait percé le mystère de la disparition de Joy Delaney ?

Il était assis à la table de la salle à manger. Il savait qu'Amy était là. Elle venait de rentrer et lui avait fait un petit signe guindé avant de monter en courant dans sa chambre.

Elle était si fragile, en ce moment, comme un double d'elle-même en verre délicat.

« Tu savais que ça ne pouvait pas marcher, hein ? » lui avait-elle dit quand ils avaient « rompu » quelques jours auparavant, même s'il voyait mal ce qu'il y avait à rompre. À l'entendre, des considérations morales flagrantes les empêchaient d'être ensemble, comme s'ils étaient des leaders politiques de bords opposés, et non des colocataires avec une différence d'âge peu conventionnelle. Ils auraient pu tenter le coup.

Mais lui avait répondu, « Oui, bien sûr, je savais », parce qu'il ne voulait pas lui compliquer la vie actuellement et qu'elle le suppliait désespérément du regard.

« Je ne suis pas facile, lui avait-elle dit. Même en temps normal, c'est du boulot de vivre avec moi. »

Il aurait pu citer la chanson de Kris Kristofferson préférée de son père et lui dire qu'il n'y aurait jamais rien de plus facile que de l'aimer. Il aurait pu dire « Laisse-moi t'aider ». Il aurait pu dire beaucoup de choses, mais il s'était contenté de répondre doucement : « J'aime bien le boulot. Je suis un bosseur. » Puis il s'en était voulu car elle avait les larmes aux yeux, alors il avait ajouté : « Ça ne fait rien, Amy. Ne t'en fais pas pour moi. Pense à ta mère. »

Il entendit de nouveau des pas dans l'escalier. Elle ressortait déjà ?

« Amy ? » lança-t-il.

Elle entra dans la salle à manger.

« Salut », lui dit-elle. Elle avait l'air pâle et fatiguée, mais calme. « Je sors. Mon frère passe me chercher. Il pense qu'on va peut-être arrêter mon père aujourd'hui. » Elle esquissa un sourire qui ne parvint pas à éclairer son regard. « Heureusement, j'ai pu avoir une petite séance avec mon psy. Je suis parée.

– Le texto que ta mère a envoyé, dit Simon. Est-ce qu'il y avait un vingt et un, dedans ? »

Amy eut l'air surprise. « Je crois, oui. Mais c'était une suite de mots qui n'avaient aucun sens. Ça arrivait quand elle envoyait des textos sans ses lunettes. »

Elle tapota sur son portable et lui montra le texto. Il ne s'était pas trompé, c'était exactement ce dont il se souvenait.

« Ce n'est peut-être rien, dit Simon. Mais je pensais à Savannah, au fait qu'elle était finalement la sœur de Harry Haddad, alors j'ai cherché Harry sur Google, j'ai vu qu'il avait une association, j'ai regardé ce que c'était et je suis tombé là-dessus. »

Elle regarda l'écran, puis le texto de sa mère, et à nouveau l'écran.

Il la vit étouffer un cri.

60

« Ça change quelque chose ? » Ethan fronçait les sourcils. « Que Joy ait eu Savannah au téléphone le jour où elle a disparu ? Et que ce soit le dernier jour où le Dr Edgeworth ait parlé à Savannah ? »

Ils étaient arrêtés à un carrefour et il fixait Christina, les mains sur le volant, le regard empli de confiance et de respect, comme si c'était une question à laquelle il n'y avait qu'une seule bonne réponse qu'elle connaîtrait certainement étant donné ses années d'expérience, et qu'il suffisait de lui demander. Il était persuadé qu'elle possédait une science particulière, qu'il finirait par acquérir un jour, et l'espace d'un instant, vertigineux, elle se fit l'effet d'une gamine jouant les fins limiers. *Je suis juste la petite Chrissie Khoury, Ethan, qu'est-ce que tu veux que j'en sache ?*

« Qu'est-ce que vous en pensez ? » lui dit-elle. Ça, c'était de l'encadrement.

« C'est possible que Joy et Savannah soient ensemble quelque part ? demanda-t-il.

– C'est possible. Tout est possible tant qu'on n'a pas de corps. »

« Appelez-nous quand vous aurez un corps », avaient dit les gars de la criminelle.

Ne rien supposer. Ne rien croire. Tout vérifier. Fallait-il faire demi-tour ?

« Ça ne change rien aux éléments de preuve, dit-elle. Les égratignures, le tee-shirt couvert de sang, les images de vidéosurveillance, le mobile. Ça fait beaucoup. »

L'interrogatoire du célèbre frère de Savannah n'avait rien donné. Harry Haddad avait évoqué avec affection et respect ses anciens entraîneurs, Joy et Stan Delaney, mais expliqué qu'il n'avait pas parlé à sa sœur depuis des années. Il pensait que son père avait peut-être eu une adresse mail, mais il n'en était pas sûr. Harry avait coupé les ponts avec sa mère et n'avait pas non plus ses coordonnées. « Ma mère s'est remariée plusieurs fois, dit-il. Je ne sais même pas comment elle se fait appeler, maintenant. » Si au début il avait un ton chaleureux et obligeant, il était devenu de plus en plus stressé à mesure qu'il retraçait son histoire familiale compliquée.

Savannah était une illusion d'optique. Une diversion. Son seul rôle dans cette affaire était d'avoir donné à Stan un mobile pour assassiner sa femme.

« Donc, on l'arrête quand même, dit Ethan.

– On l'arrête quand même, dit Christina. Et puis on va mettre la main sur cette Savannah et l'arrêter aussi.

– Pour quel motif ?

– Parce qu'elle m'emmerde », répondit Christina.

Ethan fit un large sourire. « D'accord. »

61

Caro Azinovic buvait un thé dans son salon en papotant au téléphone avec sa fille, au Danemark, à qui elle n'avait pas parlé depuis une éternité.

Elle vit par la fenêtre une voiture blanche se garer devant chez les Delaney et un homme et une femme en descendre. L'un était en costume, l'autre en tailleur. Leur façon de se diriger d'un pas déterminé vers la porte d'entrée était de mauvais augure.

Elle pensa aux images de vidéosurveillance que son fils et elle avaient données à la police.

« Oh non, avait dit Jacob quand ils les avaient visionnées ensemble.

– On ne voit pas ce qu'il transporte, avait-elle répondu.

– À cette heure-là ? Ça craint. »

Caro avait uniquement échangé quelques mails rapides avec sa fille depuis qu'elle était venue à Sydney le mois dernier et elles avaient beaucoup de choses à se raconter. À l'autre bout du monde, Petra n'était toujours pas couchée car elle était perturbée par un problème compliqué à l'école de son fils et Caro lui prêta une oreille compatissante. Elle avait toujours cru que les Danois étaient si avancés socialement qu'il n'y avait pas de conflits de cour de récré chez eux, mais visiblement, c'était universel.

« Je crois qu'il y a la police chez les Delaney, dit-elle à Petra quand elle eut terminé son histoire.

– Pourquoi il y aurait la police ? »

Caro la mit au courant de la terrible histoire.

Sa fille eut l'air affolée. « Mais enfin, maman, pourquoi ne pas me l'avoir dit avant ?

– C'est qu'on ne s'est pas vraiment parlé depuis que tu es rentrée et ça ne m'est même pas venu à l'idée. Pour être honnête, ça m'a tellement chamboulée que...

– Il faut que tu me donnes le nom de la personne qui est chargée de l'enquête. Tout de suite.

– Mais pourquoi ?

– Parce que j'ai vu Joy Delaney le jour de la Saint-Valentin. »

62

Un silence de mort régnait dans l'impasse quand ils se garèrent dans l'allée. Il n'y avait pas même l'écho lointain d'une souffleuse à feuilles.

Alors qu'ils se dirigeaient vers la maison, le portable de Christina se mit à sonner, transperçant le calme. Elle bascula l'appel sur la messagerie.

« Bonjour », soupira Stan Delaney quand il leur ouvrit, comme s'ils étaient des visiteurs indésirables mais attendus, ce qui était sans doute le cas, se dit Christina. Aujourd'hui, il n'était pas rasé, pieds nus, en short et tee-shirt noir. « Entrez. »

Ils le suivirent dans le couloir en passant devant les photos encadrées. Il y avait un rectangle jauni à la place de la photo qu'ils avaient saisie. Il flottait une odeur de toast.

Ils entrèrent dans le salon où s'étaient déroulées leurs précédentes discussions. Stan leur montra le canapé.

« Vous ne l'avez pas retrouvée ? » dit-il soudain.

Lorsqu'elle repenserait à ce moment, Christina devait se demander si ce n'était pas là qu'elle aurait dû voir que quelque chose ne collait pas, car elle lisait certes de la peur sur son visage, ce qui était logique, mais aussi de l'espoir, alors qu'il n'avait aucune raison d'espérer, non ?

Et pourtant, quand bien même elle aurait douté un instant d'elle-même, elle aurait été rassurée par le solide faisceau d'indices qui l'avaient amenée à prendre sa décision. Son intime conviction avait été corroborée par une succession de preuves irréfutables.

L'heure n'était plus au doute.

Elle parla clairement. « Stan Delaney, vous êtes en état d'arrestation pour le meurtre de Joy Margaret Delaney. »

Il ne broncha pas. Son visage se durcit et devint lisse comme s'il se changeait lentement mais perceptiblement en pierre.

« Vous n'êtes pas obligé de dire ou faire quoi que ce soit. Tout ce que vous direz ou ferez sera...

– Christina », l'interrompit Ethan. Il avait la tête inclinée comme s'il tendait l'oreille. « Je crois qu'il y a... »

Elle l'ignora et continua à parler à Stan. « Tout ce que vous direz ou ferez sera consigné et pourra être retenu contre vous. Vous avez compris ?

– Oui, dit Stan. J'ai compris.

– Lieutenant Khoury, dit Ethan un peu plus fort.

– Quoi ? » fit-elle avec une pointe d'agacement.

Ethan lui indiqua du menton quelque chose derrière elle, dans le couloir. Christina se retourna à l'instant même où une petite dame avec des cheveux blancs mi-longs entrait dans le salon en enlevant un sac à dos de ses épaules. Elle tenait un trousseau de clés d'un doigt.

Christina avait tellement pensé à cette femme, à sa vie, à ses choix, que c'était aussi troublant que de voir une grande star de cinéma en chair et en os.

Stan Delaney s'avança vers sa femme comme dans un rêve et la souleva. Ses clés tombèrent par terre.

Stan pleura en tenant la tête de sa femme dans le creux de sa main. Il pleura comme pleure un homme qui n'a pas l'habitude de pleurer : à gros sanglots secs qui le secouaient des pieds à la tête.

C'était la première fois que Christina voyait Stan Delaney, l'homme qu'elle voulait inculper du meurtre de sa femme, manifester ne serait-ce qu'une once d'émotion.

« Mais qu'est-ce qu'il y a ? » dit Joy Delaney.

63

Le jour de la Saint-Valentin

Stan Delaney sentit sa rage et son humiliation colossale, sa douleur et sa blessure enfler dans sa poitrine et exploser derrière ses yeux. Mais il n'était pas son père. Tout comme son père n'était pas son père le jour où son corps avait fini par réagir aux assauts quotidiens de cruauté.

Ce seul acte avait déterminé le reste de la vie de son père et le reste de sa propre vie. Il était peut-être aussi bête, aussi abruti que son père, il ne commettrait pas la même erreur que lui. Il ne ferait jamais de mal à une femme, aucune femme, et encore moins à la petite blonde à la démarche élastique qui s'était matérialisée comme par miracle au milieu de cette soirée, il y a tant d'années, et l'avait regardé en souriant, une lueur combative dans les yeux. Avant même que le synthétiseur n'ait fini de marteler le beat simplet du morceau, il savait que ce serait elle et aucune autre.

Plus de cinquante ans après, il laissa retomber ses mains agitées de violents tremblements. Se retourna.

Il ne claqua pas la porte. Il la referma doucement derrière lui.

64

Aujourd'hui

« Votre famille était très inquiète pour vous, Mrs Delaney. »

Christina s'était efforcée de parler posément, alors qu'elle songeait au temps et aux moyens qu'ils avaient consacrés pour prouver que cette femme avait été tuée. Elle pensa à la tête de son patron. Ne rien supposer. Ne rien croire. Tout vérifier. Elle n'avait pas suivi ses propres règles. Ils auraient dû faire demi-tour dès qu'elle avait appris par le chirurgien esthétique que Savannah avait parlé à Joy le jour même de sa disparition.

« Mais je ne comprends pas », dit Joy Delaney. Elle était à côté de son mari et tapotait distraitement sa main qu'elle tenait entre les siennes. Elle avait l'air reposée et bronzée. « Pourquoi avoir appelé la police, Stan ? Tu savais exactement où j'étais, je t'ai laissé un mot.

– Je n'ai pas vu de mot », dit Stan d'une voix tremblotante. Christina avait l'impression de voir une plante renaître sous ses yeux : le dos se redressait, les épaules s'abaissaient. « Il n'y avait pas de mot, Joy. » Il souffla. « Au début, j'ai cru que tu voulais juste faire passer un message, mais la semaine dernière, j'ai vraiment commencé à me dire qu'il t'était arrivé malheur.

– Mais si, il y avait un mot ! insista Joy. Je l'avais mis sur la porte du réfrigérateur pour que tu ne puisses pas le rater.

– Il n'y avait pas de mot sur le réfrigérateur, dit Stan. Où étais-tu ?

– Mais je t'assure, je l'avais mis dessus ! C'était un très joli mot ! J'y avais beaucoup réfléchi.

– Tu t'es servie du magnet du London Eye ? demanda Stan.

– Aïe, fit Joy. Je suis bête. Zut alors.

– C'est un magnet super lourd », expliqua Stan à Christina. Il était presque chaleureux avec elle. « Il est mal conçu. Il n'arrête pas de tomber du frigo.

– C'est dommage, parce qu'il est très joli, dit Joy. Il y a une photo de nous sur le London Eye.

– Vous n'avez pas vu le mot par terre ? » demanda Christina à Stan, continuant à le traiter comme un homme qui avait quelque chose à cacher.

« Non, répondit Stan.

– Mais tu as bien appelé les enfants, Stan ! Je leur ai envoyé un texto ! dit Joy.

– Le texto était incompréhensible, Joy. C'était du charabia. »

Joy regarda Christina et Ethan. « Il vous a proposé un thé, au moins ?

– On n'était pas venus prendre le thé, dit Christina. On était en train de l'arrêter. »

La chienne entra en trottinant dans le salon et lécha joyeusement les chaussures de Joy. Christina s'écarta. Elle avait croisé Steffi à plusieurs reprises et la chienne semblait inoffensive et plutôt mignonne, mais elle n'avait pas une affection particulière pour les animaux de compagnie et elle avait la curieuse impression que celui-ci la détestait cordialement.

Joy caressa les oreilles de la chienne. « Coucou Steffi, je t'ai manquée ?

– Tu sais quoi, je crois savoir ce qui est arrivé à ce mot, dit Stan.

– Oh, Steffi, dit Joy.

– La chienne mange le papier », expliqua Stan à Christina

tandis que Joy se penchait pour ramasser ses clés et semblait soudain fascinée par quelque chose qu'elle voyait par terre.

« Stan », dit-elle.

Elle posa les mains à plat sur le parquet et leva la tête vers lui.

« Ça te plaît ? » Il avait un grand sourire aux lèvres.

« C'est magnifique, s'extasia-t-elle avec ravissement. Absolument magnifique. »

Joy se redressa, sans quitter le sol des yeux. « On avait une horrible moquette violette ici. » Elle se reprit aussitôt. « Enfin, elle n'était pas horrible, c'est juste que ce n'était pas vraiment mon style. »

Stan intervint : « Ne t'en fais pas. Elle était horrible.

– Bref, pendant mon absence, Stan a arraché toute la moquette et ciré le parquet ! C'est magnifique !

– J'ai poncé le parquet moi-même », dit Stan.

Christina regarda Ethan et comprit que lui aussi se repassait les images de vidéosurveillance, non pas d'un homme qui transportait le corps de sa femme, mais d'un homme qui trimballait un vieux rouleau de moquette, accomplissant enfin une tâche dont sa femme lui demandait sans doute de s'acquitter depuis des années. Elle repensa au témoin qui l'avait vu les yeux injectés de sang et couvert de poussière, non parce qu'il avait enterré sa femme mais parce qu'il avait poncé un parquet.

Le sourire de Joy s'effaça. « Pardon, vous dites que vous vous apprêtiez à arrêter Stan ? Mais pour quel motif ? »

Il y eut un silence. Stan Delaney n'aurait pas pu avoir l'air plus doux et innocent. Il était incapable de détacher le regard de sa femme qu'il contemplait, les yeux brillants.

Christina se rappela que sur la base des informations dont elle disposait, n'importe lequel de ses collègues aurait procédé à son arrestation.

« Pour excès de vitesse ? supposa Joy. C'est vrai qu'il a le pied un peu lourd.

– Non, pas pour excès de vitesse », répondit posément Christina. Elle ferma les yeux et se tapota le front du bout du doigt.

Sa mère s'était mise depuis peu au « tapotement » pour soulager le stress. « Nous allions l'arrêter pour votre meurtre.

– Pour meurtre ? » répéta Joy. Elle écarquilla les yeux. « Vous pensiez qu'il m'avait assassinée ?

– Les preuves étaient accablantes, dit Christina, comme si elle se parlait à elle-même.

– Comment ça, accablantes ? » Joy écarta les bras. « Je suis en vie !

– Manifestement, oui, dit Christina.

– Mais vous avez dû parler à nos enfants, lui dit Joy. Ils ont dû vous dire que c'était impossible. Stan ne vous a pas donné leur numéro de téléphone ?

– Ils avaient ton tee-shirt, intervint Stan, qui s'adressait à Joy comme s'ils étaient seuls. Celui qu'on a utilisé pour te bander le pied, le jour où tu t'es coupée sur une huître à la plage, tu te souviens ? Ils l'ont trouvé "enterré" derrière chez nous. Ils ont cru que c'était moi qui l'avais enterré.

– Bien sûr que je me souviens, dit Joy. Je croyais l'avoir jeté à la poubelle. Je parie que c'est le satané matou de Caro qui l'a piqué. Otis vole du linge partout dans le quartier. » Sa voix se perdit. Elle regarda Christina d'un air écœuré. « Vous avez cru que c'était mon sang ?

– Oui, enfin, c'était le cas, lui fit raisonnablement remarquer Stan.

– Mais enfin, Stan, tu leur as bien expliqué, non ? C'était facile à expliquer !

– Bien sûr, j'allais leur expliquer, mais quand ils ont trouvé le tee-shirt, c'était évident que j'étais en mauvaise posture. J'ai décidé de ne plus parler qu'en présence de mon avocat.

– Ton avocat, se moqua Joy. Quel avocat ? Tu n'as pas d'avocat !

– Brooke m'a trouvé un avocat pénaliste. Un jeune très sympa. Il s'avère que c'est le fils de Ross Marshall, qui jouait au club dans les années quatre-vingt, tu te souviens ? »

Christina regardait Stan parler. Il lui faisait curieusement penser à elle. Elle n'était pas très bavarde, alors que Nico était un moulin à paroles. Mais quand ils se retrouvaient, elle se transformait en véritable pipelette impatiente de lui raconter tout ce qu'elle avait gardé de côté.

« Celui qui servait à la cuillère ? demanda Joy d'un ton vague.

– C'est ça ! dit Stan. Il joue au boulingrin, maintenant. Ça lui va mieux, je pense.

– Vous n'avez quand même pas cru qu'il m'avait assassinée, dit Joy à Christina.

– J'avais des égratignures sur le visage, objecta Stan. Comme si tu m'avais griffé.

– Mais c'est vrai, que je t'ai griffé ! » Joy écarta la main droite pour montrer ses ongles. « Je m'en suis voulu.

– Donc, vous ne vous étiez pas fait ça dans une haie », dit Christina à Stan. Là-dessus, au moins, son instinct ne l'avait pas trompée.

Il regarda Christina droit dans les yeux. « Je savais ce que vous penseriez. »

Il avait menti dans une enquête criminelle. Elle pouvait l'inculper pour obstruction à la justice. Selon ce qu'avait fait sa femme, elle pouvait aussi inculper sa femme. Quoi qu'il arrive, elle inculperait quelqu'un aujourd'hui. Non mais !

Joy s'affala brusquement sur le canapé. « C'est très perturbant.

– Ça nous a beaucoup perturbés, oui », dit Stan d'un ton laconique. Il prit place à côté d'elle, si près que leurs jambes se touchaient. La chienne s'assit à leurs pieds en battant de la queue.

Joy attrapa un coussin derrière elle et le posa sur ses genoux. « J'espère que ça ne se saura pas. » La chienne se roula sur le dos et Joy lui caressa le ventre du bout du pied.

« Ça se sait, chérie. Il y a eu une conférence de presse, dit Stan. Ta disparition a été signalée. C'était aux infos. On a envoyé des hélicoptères. Des gens ont fait une battue dans la réserve pour te retrouver.

– Pour me retrouver ? Comme si je me cachais dans les buissons ? Misère.

– Si je comprends bien, vous dites que votre chienne a mangé le mot que vous avez laissé, dit Christina. Et que le chat de votre voisine a volé le tee-shirt couvert de sang.

– Ça fait beaucoup d'animaux, lieutenant Khoury, commenta sobrement Ethan.

– En effet, agent Lim. » Christina lui jeta un coup d'œil. Ses yeux dansaient. Elle baissa la tête et se pinça l'arête du nez en songeant à l'absurdité de cette affaire.

Peut-être que sur le chemin du retour, ils sauveraient un chaton coincé dans un arbre sous les ovations de la foule.

« Pourquoi avez-vous nettoyé votre voiture, Mr Delaney ? demanda Christina. Deux jours après la disparition de votre femme ? »

Pourquoi avez-vous tout fait pour avoir l'air coupable ?

« Ça faisait des mois que Joy disait qu'elle sentait le lait tourné, répondit Stan.

– J'avais renversé un milk-shake à la banane, ajouta Joy.

– Je me suis dit que je lui ferais la surprise. » Il fit un grand sourire à Joy. « Elle ne sent plus rien, elle est comme neuve.

– Oh Stan. »

Joy porta les mains à sa bouche, du geste classique de la jeune fille dont le petit ami se met à genoux devant elle. « Tu as fait nettoyer la voiture ? Ça t'a coûté une fortune ?

– C'était du vol, répondit Stan. Je me suis aussi acheté un portable. Ça aussi, c'était du vol.

– Non, pas possible », dit Joy, arrêtant de caresser la chienne du pied. Celle-ci la regarda, pleine d'espoir.

« Je te donnerai mon numéro », dit Stan.

Ils se regardaient dans les yeux.

« Comme ça, tu pourras me joindre n'importe quand. Tout le temps. Je ne l'éteindrai jamais. Je répondrai toujours. »

Joy lui prit la main. « OK. D'accord. »

Ce qu'ils se disaient n'avait rien d'extraordinaire, mais Christina avait l'impression d'assister à une conversation extraordinairement intime et se surprit à détourner la tête et regarder le parquet. Nico disait qu'il y avait un beau parquet sous l'immonde moquette de la maison qu'ils venaient d'acheter. C'était incroyable de se dire que sous la laideur pouvait se dissimuler la beauté et qu'il suffisait de la dévoiler.

Elle sentit son agacement se dissiper sous une vague lente mais inexorable d'euphorie. Joy Delaney n'était plus disparue et présumée morte, elle était en vie et en excellente santé. Christina n'aurait plus à passer ses soirées au bureau à préparer le dossier en se demandant avec amertume quelle déposition de témoin le directeur des poursuites pénales leur demanderait de reprendre car ils étaient payés pour mettre en doute le moindre élément de preuve.

Comme elle aurait dû le faire.

Nico et elle pourraient boire une bouteille de vin ce soir et faire la grasse matinée demain. Ils feraient l'amour ce soir et au matin et sans doute aussi l'après-midi.

Ce n'était pas une affaire qui propulserait sa carrière et lui permettrait de faire la une des journaux. Tout juste une jolie anecdote qu'elle raconterait dans les dîners, le bras de Nico posé sur le dossier de sa chaise. Ou plutôt que Nico raconterait tandis qu'elle rectifierait un ou deux faits ici ou là.

Elle jeta un coup d'œil à Ethan qui contemplait Joy et Stan d'un œil attendri comme s'il était le père de la mariée. Il surprit son regard et reprit contenance.

« Nous pouvons peut-être nous entretenir en privé, Mrs Delaney, dit-elle à Joy. Vous nous direz ce qui s'est passé et où vous étiez tout ce temps. »

65

Le jour de la Saint-Valentin

Il était parti. L'air vibrait encore des horreurs qu'ils s'étaient lancées. Joy parcourut le couloir dans un état second, retourna dans la cuisine et regarda autour d'elle. Son verre d'eau vide était posé sur l'évier. Elle le mit dans le lave-vaisselle. Referma le lave-vaisselle. Essuya une goutte d'eau sur l'évier.

Bon.

Autrefois, quand Stan partait, elle était aussitôt happée par le cours trépidant de sa vie qui l'entraînait jusqu'à ce qu'il revienne, mais aujourd'hui, il n'y avait plus d'enfant à distraire ou consoler, plus de cours à reporter, plus de club, plus d'école à diriger.

La bouteille de whisky poussiéreuse était encore sur la table de la cuisine. Elle se servit un petit verre les mains tremblantes et d'un grand geste, le vida d'un trait comme dans un film. Elle frissonna. Elle avait horreur du whisky, mais elle aimait la lente chaleur qu'il répandait en elle comme une couverture électrique réchauffant des draps glacés.

Elle vit des ciseaux à ongles qui trônaient innocemment sur le bric-à-brac entassé dans la coupe posée sur le buffet, comme s'ils avaient toujours été là, et s'assit donc à la table pour se couper les deux ongles cassés avec lesquels elle avait égratigné le visage de Stan, tout en se demandant s'ils s'en remettraient ou s'ils avaient épuisé leur capacité à pardonner, leur amour, leur patience.

Elle se dit qu'elle voulait être absente quand Stan rentrerait. Pour une fois, elle voulait que ce soit lui qui l'attende. Mais où aller ?

Elle était en train de chercher mollement des réponses à ses problèmes sur Google, quand son portable sonna. C'était un cadeau du ciel. Elle se sentit soudain plus légère. Elle répondit sans regarder qui appelait. Ce devait être un des enfants, qui se souvenait enfin qu'il avait une mère. Elle pariait que c'était Brooke.

« Allô ?

– Joy ? »

Elle reconnut instantanément la voix.

« Savannah. » Ses yeux tombèrent sur l'autobiographie de Harry Haddad qui se trouvait devant elle sur la table.

Devait-elle raccrocher ?

Un soir, tard, elle avait répondu à un jeune homme dont elle savait pertinemment qu'il essayait de l'arnaquer, car il lui expliquait qu'elle venait de gagner un prix extraordinaire et devait seulement payer « une modique somme » pour le « transport », et elle l'avait laissé débiter son boniment pendant une éternité pour le seul plaisir de sa compagnie. Ils avaient fini par avoir une conversation intéressante sur le changement climatique, jusqu'à ce qu'elle lui annonce qu'il devait sérieusement songer à s'orienter vers une carrière plus respectable, sur quoi il lui avait raccroché au nez.

Savannah lui inspirait la même chose. Elle savait qu'elle devait être sur ses gardes et elle l'était, mais elle se sentait si seule.

« Comment allez-vous, Savannah ? » demanda-t-elle. Distante, sans être froide. « Où êtes-vous ?

– Ça va super, Joy ! Génial ! En pleine forme ! Et vous, comment allez-vous, ce matin ? »

Aïe. Elle déballait son bagout comme un représentant qui sait qu'il n'a que quelques secondes avant qu'on ne lui claque la porte au nez.

Subitement, Joy s'emporta. « Voyez-vous, Savannah, je ne vais pas bien. C'est même une sale journée, en fait. J'en suis à boire du whisky le matin, alors si vous appelez pour nous refaire du chantage…

– Non, l'interrompit Savannah.

– Parce que j'espère que vous êtes consciente que ce que vous nous avez fait est inacceptable. Si vous aviez accusé Stan publiquement, vous auriez détruit notre vie…

– J'ai remboursé, l'interrompit Savannah. Et je n'aurais jamais fait ça.

– Qu'est-ce qui me le garantit ? »

Il n'y eut pas de réponse. Elles restèrent silencieuses un moment, et Joy se souvint du jour où elle était rentrée de l'hôpital et où Savannah lui avait apporté un plateau au lit avec un thé et de petits triangles de toasts à la cannelle. Qu'ils étaient bons.

« Bon allez », soupira-t-elle, l'air de dire, on tourne la page, de ce ton apaisé qu'elle employait avec ses enfants quand ils s'étaient conduits de façon inadmissible mais qu'il n'y avait rien d'autre à ajouter. « Qu'est-ce que vous devenez ?

– Je suis plus ou moins avec quelqu'un, répondit Savannah. C'est un médecin. Un chirurgien esthétique. Très riche. J'appelle de son appartement. Je vis à moitié là, maintenant.

– Mais c'est formidable ! » s'exclama Joy avec enthousiasme. Elle se réhabilitait ! Elle changeait de vie ! « Je suis tellement contente pour…

– Il est marié, l'interrompit Savannah. C'est plus une liaison.

– Oh, fit tristement Joy.

– Joy. »

Cette fois, c'était vraiment elle. Fini son numéro. Elle avait la même voix que ses enfants quand ils l'appelaient et qu'elle savait aussitôt que quelque chose n'allait pas : un match perdu, un chagrin d'amour.

Elle se prépara, comme autrefois, pour encaisser la mauvaise nouvelle que les enfants s'apprêtaient à lui annoncer. « Qu'y a-t-il ? Dites-moi.

– Mon frère a écrit son autobiographie, dit Savannah. Mon père me l'a transmise par mail. L'éditeur l'envoie à tous les gens mentionnés dans le livre pour vérification.

– Je sais. On l'a reçue aussi. » Joy tira le manuscrit vers elle et le feuilleta du pouce. « Stan l'a lu. Moi, pas encore.

– Je ne comptais pas le lire, dit Savannah. Je me disais, qu'est-ce que j'en ai à faire ? Je n'ai pas envie d'en savoir plus sur ta belle vie, ta réussite. Et puis… la curiosité a été plus forte.

– Bien sûr, dit Joy.

– Mon père a raconté à mon frère que j'étais malade. » Savannah parlait mécaniquement. « C'est comme ça qu'il l'a motivé. Il croyait qu'il jouait pour me sauver la vie.

– Oui, Stan me l'a dit. Ça l'a bouleversé. » Elle ajouta prudemment : « J'imagine que vous n'étiez pas au courant ?

– Bien sûr que non ! Je croyais qu'il avait la belle vie. Qu'il avait droit à des entrecôtes alors que je crevais de faim. Je le détestais.

– Oh, Savannah, dit Joy. Vous n'êtes pas responsable de ce que votre père a fait, j'espère que vous le savez.

– Vous savez comment ça a commencé ? J'ai vraiment été hospitalisée. J'avais mangé un cupcake à l'école et ma mère m'a fait boire de l'eau salée jusqu'à ce que je vomisse. J'étais tellement déshydratée que je me suis évanouie après le spectacle. »

Elle parlait comme si toutes les mères jugeaient normal de forcer leur fille à boire de l'eau salée. Joy mit deux doigts sur son front. Seigneur.

« Alors, ma mère a envoyé à mon père une photo de moi à l'hôpital avec une perfusion au bras. Histoire de le culpabiliser, pour qu'il envoie plus d'argent. Mon père a montré ma photo à mon frère pour le culpabiliser lui, et c'est comme ça que toute cette… comédie a commencé.

– Je vois, dit Joy. Et quand a-t-il appris que vous n'étiez pas malade ?

– Il n'y a pas eu de grande révélation, apparemment. Il a juste réalisé peu à peu qu'il s'était fait berner, mais à ce moment-là, sa carrière décollait vraiment et puis, l'ironie a voulu que sa fille tombe gravement malade. Ma nièce. »

Joy entendit Savannah renifler.

« Quand j'ai appris que sa fille était malade, je n'ai rien fait. Je n'ai rien éprouvé. Rien. Je suis comme tous ces gens qui m'ignoraient. Je suis un monstre, Joy.

– Mais non.

– Si, dit Savannah. Vraiment. »

Joy se leva. Elle prit une des photos encadrées de ses enfants. C'était le jour des trente ans d'Amy. Ils se tenaient tous par l'épaule, en souriant.

« Il faut que vous appeliez votre frère », dit Joy.

Il y eut un long silence. Savannah renifla de nouveau.

« J'ai parlé à mon père. Il dit que Harry n'en serait pas où il est s'il ne lui avait pas donné une bonne raison de gagner au tout début. Mon père trouve ça drôle. C'est dégueulasse, non ? Mes parents sont dégueulasses.

– Oui, dit Joy. C'est lamentable. Certains parents de joueurs sont... lamentables.

– Enfin, bref, je voulais vous dire que je m'en allais », reprit Savannah.

Elle avait de nouveau changé de ton, soudain brusque.

« Je me suis inscrite à une des actions contre le cancer de Harry. C'est bête, je sais, ça ne changera rien, mais je voulais faire quelque chose. Pour lui. Pour me racheter. Quand je m'en veux, j'aime bien... agir.

– Bien sûr, dit Joy. Je comprends. » Elle comprenait assez. Elle n'était pas du genre à s'apitoyer sur son sort.

« Ça commence ce soir. Ça s'appelle "le Challenge : 21 jours de déconnexion pour mettre fin au cancer pédiatrique". On passe trois semaines dans des petites cabanes à énergie solaire au milieu de nulle part sans téléphone ni wifi. On ne connaît l'adresse que le dernier jour. Je me suis dit que ce n'était pas seulement une façon d'aider l'association de Harry, mais que ça pourrait m'aider à faire le vide. Comme un coupe-circuit.

– Je ne comprends pas. En quoi ça peut mettre fin au cancer pédiatrique ?

– Pas directement, bien sûr, mais on paie une fortune et un pourcentage va à la recherche sur le cancer. Les gens vous sponsorisent. C'est pour les riches. Ils en parlent sur Instagram. » Elle prit un accent snob. « *"C'est un grand honneur de pouvoir apporter ma contribution à cette cause majeure."* Vous voyez le genre. Je ne suis pas riche, évidemment, mais j'ai pas mal de fric en ce moment. » Elle marqua un temps. « Ne me demandez pas pourquoi.

– Je ne vous le demande pas, dit Joy. J'espère que vous n'allez pas du côté des incendies ?

– Exactement à l'opposé. C'est à cinq heures de route. Dans un endroit qui s'appelle Orroroo Gully. Orroroo veut dire "le vent dans les arbres", ça doit être bien, non ? Il y a des cascades, des lacs, de la faune sauvage et tout.

– Ça a l'air formidable, dit Joy.

– Mouais, répondit Savannah. Mais… je ne sais pas. J'ai des doutes. Je risque de me sentir seule. De devenir folle. Complètement folle. »

Joy reposa la photo. Elle regarda les murs qui l'emprisonnaient et songea aux cascades, aux lacs et à la faune sauvage.

« Et si je vous accompagnais ?

– Oh oui, dit Savannah. S'il vous plaît, Joy. »

*

Une fois sa décision prise, Joy se transforma en un tourbillon d'énergie fébrile. Elle voulait être partie avant que Stan ne rentre. Elle voulait qu'il trouve la maison vide à son retour. C'était exaltant. C'était terrifiant. Ça lui apprendrait. Et aux enfants aussi. Tout le monde serait surpris. Ses amis également. Ce serait agréable pour une fois de les surprendre tous.

Un coupe-circuit. Elle adorait la formule de Savannah et la répétait en boucle en se préparant. C'était exactement ce qu'il lui fallait en ce moment. Couper un circuit.

Elle manquerait à Stan. Ou pas. S'ils ne se manquaient pas, la décision serait prise.

Elle ne retrouvait pas son portable, alors qu'elle venait de s'en servir. Elle ne retrouvait pas ses lunettes alors qu'elle les avait encore sur le nez il y a quelques minutes. Elle ne retrouvait pas son portefeuille.

Elle retrouva son portable. Elle envoya un texto aux enfants sans ses lunettes en voyant à peine ce qu'elle écrivait. Aucun ne lui répondit ou ne l'appela aussitôt, comme si le fait que leur mère se déconnectait pendant trois semaines n'avait que peu d'intérêt.

Elle retrouva son portefeuille. Retrouva ses lunettes. Sortit un vieux sac à dos promotionnel du bas du placard et y fourra quelques vêtements décontractés. Quelque chose de chaud pour le soir. Des shorts et des tee-shirts, des maillots de bain et des baskets, des sous-vêtements et un pyjama, une brosse à dents toute neuve encore dans son emballage. Savannah avait dit que tous les jours, ce serait baignade, randonnée, repos et lecture. Pas besoin de tenue habillée. Ni de grand-chose, en fait. Il s'agissait de minimalisme, apparemment. De se reconnecter avec sa nature profonde. C'était peut-être du grand n'importe quoi, mais Joy pouvait toujours rentrer plus tôt si elle s'ennuyait.

Elle s'assit et écrivit une lettre à Stan.

Mon cher Stan,

Je suis désolée de t'avoir dit ces horreurs.

Sans toi, le Delaneys n'aurait rien été. Je le dirigeais, mais tu en étais l'âme, Stan ! Tu étais « le talent ». Personne ne pouvait entraîner comme toi. Personne ne pouvait tirer le meilleur d'un joueur. Et même des cas désespérés ! Surtout les cas désespérés ! Tu n'étais jamais blasé ! (Moi si, je l'avoue !) J'adorais te voir donner des cours encore plus que te voir jouer. J'avais l'impression de voir un artiste à l'œuvre. Je ne te l'ai sans doute jamais dit. J'aurais dû.

Je suis désolée de ce que j'ai fait. Je suis désolée d'avoir éloigné Harry. Je voulais que nos enfants aient le meilleur entraîneur d'Australie et cet entraîneur, c'était toi. Ce n'était pas bien pour toi, mais bien pour les enfants et j'ai choisi les enfants. Tu avais raison quand tu as dit que si j'avais voulu poursuivre ma carrière dans le tennis, je l'aurais fait. Mais j'avais le niveau, Stan. Vraiment. Je le sais. Et tu le sais. Je n'ai jamais regretté cette décision, je voulais juste que tu le reconnaisses, mais bon, ça n'a plus d'importance, maintenant.

Il faut que je te dise une chose. C'était dur, toutes ces années, de vivre à tes côtés en sachant que tu pouvais partir à tout moment. Chaque fois, mon cœur se glaçait de plus en plus, au point que j'avais l'impression qu'il allait finir par geler.

Alors maintenant, c'est mon tour de partir.

Je pars avec Savannah. Je sais que tu lui en veux encore, et à juste titre, mais ce n'est qu'une gamine perturbée, et j'estime que nous avons une part de responsabilité.

Nous allons faire le Challenge de Harry « 21 jours de déconnexion pour mettre fin au cancer pédiatrique ». Ça ne nous coûte rien. Elle a déjà payé. C'est pour une association, ce qui est bien. Je vais partager avec elle une « petite maison durable à énergie solaire ». (J'espère que tu exagères quand tu dis que je ronfle.) Il y a un numéro que tu peux appeler en cas d'urgence, mais autrement je serai complètement DÉCONNECTÉE.

Quand je serai de retour, nous pourrons peut-être mettre au point une nouvelle stratégie pour vivre heureux cette partie de notre vie. La stratégie, ça nous connaît. Je suis sûre qu'on peut y arriver.

La balle est donc dans ton camp, chéri. Elle est bien bonne, hein ?

Tendrement, Joy

PS : Mon vélo a un pneu crevé et je l'ai laissé au pied d'un arbre devant l'ancienne maison des O'Brien. Tu peux aller le récupérer, s'il te plaît ?

PPS : Je suis désolée de t'avoir griffé. J'ai les ongles qui se cassent. Je dois avoir besoin de calcium.

Elle colla soigneusement le mot avec le magnet du London Eye sur la porte du réfrigérateur, tout en haut, pour qu'il ne puisse pas le rater. Elle ne lui ferait pas ce qu'il lui avait fait chaque fois. Il saurait où elle se trouvait, il n'y aurait pas de mystère.

Bon, cette fois, son portable qu'elle avait il y a cinq minutes encore avait de nouveau disparu. Elle passa quelques précieuses minutes à le chercher avant de renoncer. Elle n'avait pas besoin de téléphone. C'était l'objectif de ce challenge. Elle allait se « débrancher ». Se « déconnecter ».

Elle remplit à ras bord les gamelles d'eau et de croquettes de la chienne puis lui expliqua où elle allait et lui demanda de bien s'occuper de Stan. Steffi poussa un petit grognement de désapprobation.

« Non, Steffi, je crois que c'est une bonne idée », dit Joy, puis elle mit le sac sur son épaule et se sentit aussi jeune et téméraire que si elle s'apprêtait à faire le tour de l'Europe sac au dos.

*

À l'instant où elle fermait la porte, son portable qu'elle avait fait tomber par terre en ramassant le sac à dos et expédié sous le lit sans s'en rendre compte en sortant de la chambre, se mit à bourdonner et vibrer de textos interloqués de ses enfants : *Hein ? Ton message est incompréhensible, maman !*

Elle avait prévu d'aller à pied jusqu'à l'arrêt de bus pour prendre le 401 qui la conduirait en ville, où Savannah viendrait la chercher avec la belle voiture que son ami marié lui prêtait.

La fille de Caro sortait de l'allée à l'instant où Joy quittait sa maison. Petra ouvrit la vitre et en apprenant que Joy comptait prendre un bus pour aller en ville, lui proposa de l'accompagner car elle allait à une conférence littéraire à la State Library. Ça tombait bien, ce n'était pas un temps à être dehors. En chemin, elles parlèrent longuement de Copenhague, où Petra vivait à présent et retournait le lendemain matin avec ses deux jeunes enfants. Ces derniers étaient au cinéma avec Caro, profitant d'une dernière sortie avec leur grand-mère adorée. Elles discutèrent du fait qu'au Danemark, tout le monde faisait du vélo et portait des chaussures plates confortables et Joy demanda à Petra si elle avait rencontré la princesse Mary (elle ne l'avait pas rencontrée) et lui dit qu'elle avait essayé le matin même de faire comme toutes ces charmantes Européennes qui se promenaient nonchalamment à vélo, mais que cela n'avait pas été une réussite.

Pendant ce temps, chez elle, le magnet du London Eye entamait sa lente et inexorable descente vers le sol, entraînant avec lui la lettre de Joy.

Steffi leva la tête de ses pattes, s'approcha en trottinant et dévora tranquillement la délicieuse feuille de papier.

Cinq minutes après que la fille de Caro eut déposé Joy, elle reçut un appel affolé de sa mère qui lui disait que son fils était tombé en allant au cinéma et qu'elle l'emmenait à l'hôpital car elle craignait qu'il se soit cassé le bras.

Petra rata sa conférence et fila à l'hôpital. Le bras de son fils n'était pas cassé, seulement couvert de bleus, et ils purent prendre leur avion sans problème le lendemain, mais avec toutes ces émotions, Petra avait naturellement oublié de dire à sa mère qu'elle avait déposé sa voisine en ville. Du moins jusqu'à ce qu'un beau jour, Caro lui annonce que Joy Delaney avait disparu depuis trois semaines.

66

Aujourd'hui

Amy n'était pas douée pour les langues, mais elle avait fait du français au lycée et se rappelait la satisfaction qu'elle éprouvait en voyant un paragraphe de mots incompréhensibles se métamorphoser comme par magie en phrases logiques, et c'était exactement ce qui était en train de se passer tandis qu'elle étudiait le texto énigmatique de sa mère.

Je me DÉCONNECTE *un moment ! Je fais le champagne déhanché 21 juste pour mets fins au Canada pédestre ! Saute mou ! Bisous, maman.*

Le texto se mua en :

Je me DÉCONNECTE *un moment ! Je fais le Challenge de Harry 21 jours pour mettre fin au cancer pédiatrique. Soutenez-moi ! Bisous, maman.*

Elle lut le message à voix haute. Une première fois. Une seconde.

« Tu crois qu'elle est là-bas ? » demanda Simon, le regard anxieux, vêtu d'un de ses tee-shirts blanc immaculé. « Ça se peut, à ton avis ? »

Amy hocha la tête. « Ça se peut. » C'était logique. Parfaitement logique. Sur le moment, tout lui semblait délicieusement logique. « Il se peut aussi que je t'aime », murmura-t-elle sans croiser son regard ni bouger les lèvres, comme une ventriloque, comme si cela ne comptait pas si elle ne le disait pas convenablement. Dans un instant, cette merveilleuse lucidité aurait disparu.

Un autre aurait répondu « Qu'est-ce que tu as dit ? » et elle ne l'aurait pas répété. Un autre aurait essayé de la serrer dans ses bras ou de l'embrasser et elle serait restée raide comme une planche parce que là, maintenant, elle ne voulait pas qu'on la touche.

Mais Simon Barrington n'était pas comme les autres.

Il n'eut pas un geste, pas un sourire, ne la regarda pas même dans les yeux. Il continua à fixer l'écran de son ordinateur et, le ton solennel, dit d'une voix claire et forte comme s'il faisait une déclaration sous serment à un fonctionnaire : « Moi aussi, je t'aime, Amy. »

Ce n'était pas la première fois qu'elle entendait un homme lui dire ces mots, mais c'était la première fois qu'elle le croyait.

*

Quelques minutes plus tard, le portable des quatre Delaney tinta simultanément dans divers endroits de Sydney, et chacun d'eux le saisit d'une main gauche et tremblante et lut un texto de cinq mots provenant d'un numéro inconnu.

Il disait :

Votre mère est rentrée.

Papa.

Le premier texto que Stan envoya de son tout nouveau portable fut également le plus mémorable.

67

Quand les enfants de Joy la revirent, ils la serrèrent contre eux comme ils ne l'avaient pas serrée depuis l'enfance. Ils l'étreignirent avec cette violence éperdue qui suivait leurs cauchemars, autrefois, quand ils la serraient si fort qu'elle sentait leur cœur fragile battre à tout rompre dans leur petite poitrine.

Ses deux fils la soulevèrent du sol, tout comme leur père.

Ses deux fils pleurèrent, tout comme leur père.

Ses filles ne versèrent pas une larme. Elles la grondèrent, comme des mères affolées grondent des enfants perdus quand ils rentrent. « Promets-nous de ne jamais refaire une chose pareille, maman ! Mets tes lunettes quand tu envoies un texto ! Ne pars jamais sans ton téléphone ! »

C'était agréable d'être sermonnée ainsi. Elle croyait entendre sa propre voix, celle de sa mère, de sa grand-mère et de toutes les femmes à bout de nerfs soulagées depuis la nuit des temps.

*

C'était si bon de se souvenir de ces étreintes éperdues quand ils cessaient de vous serrer contre eux.

68

Joy se rappelait avoir entendu parler fin janvier d'un virus effrayant qui se répandait à travers le monde, mais elle était trop obnubilée par ses problèmes de couple pour y prêter attention, d'autant qu'elle n'attrapait jamais de rhume. Elle avait un excellent système immunitaire.

Le temps qu'elle se « reconnecte », le monde était désaxé et elle avait du mal à ne pas s'en sentir responsable, comme si dès l'instant où elle avait tourné le dos, ç'avait été le chaos. C'était la même chose quand Troy était petit, il suffisait qu'elle le quitte des yeux cinq minutes pour retrouver un véritable carnage !

Soudain, tout le monde respectait la « distanciation sociale », en particulier avec Stan et Joy qui étaient soi-disant « âgés » et « à risques ». Quand ils allaient se promener, les gens plus jeunes s'écartaient soigneusement d'un bond du trottoir et atterrissaient dans le caniveau.

« Si je dois y passer, j'y passerai », dit Stan aux enfants, qui protestèrent en disant que les parents de tous leurs amis faisaient ce genre de commentaires inconsidérés et Joy et lui échangèrent un sourire et leur promirent d'être sages.

Les premières semaines qui suivirent son retour, Joy eut l'impression de vivre une lune de miel en pleine apocalypse.

Ils ne pouvaient pas s'empêcher de se toucher ou de regarder les informations, qui pour la première fois de leur vie avaient un caractère phénoménal et planétaire tout en étant spécifiques et personnelles. On ne pouvait ignorer ce qui se passait. On ne pouvait pas dire que c'était bien triste, mais que la vie continuait comme avant, parce que rien n'était comme avant.

Ils ne pouvaient pas s'empêcher de répéter qu'ils n'en revenaient pas.

Même le prince Charles avait le virus ! Personne n'était à l'abri. Pas même les familles royales.

Le « confinement » les soulageait du poids de la retraite. Leur seul devoir, à présent, était de rester chez eux et d'être prudents, non de prendre part à un éventail d'activités saines et toniques. Il n'y avait pas que leur vie qui s'était arrêtée, mais la vie de tous. Il n'y avait pas que leur maison autrefois si animée qui était plongée dans le silence, mais des villes débordantes d'activité partout dans le monde. On entendait des chants d'oiseaux au lieu du bruit de la circulation. Le ciel se dégageait. Si seulement cette pause universelle ne s'accompagnait pas d'une souffrance continuelle.

Joy ne cessait de penser au premier mari de sa grand-mère, qui était mort de la grippe espagnole cent ans auparavant après avoir « bêtement décidé d'aller retrouver son copain sur les quais ». Joy avait toujours eu l'impression que c'était à la fois un conte de fées et un élément central de son histoire. Il fallait que ce premier mari décide bêtement d'aller retrouver son copain sur les quais pour que sa grand-mère puisse épouser son magnifique grand-père et que Joy voie le jour.

Pour la première fois, il lui vint à l'esprit que c'était bien gentil, mais que le premier mari de sa grand-mère aurait sans doute préféré ne pas mourir de la grippe espagnole, tout comme Joy préférait ne pas mourir de ce virus. Elle voulait voir ce que l'avenir lui réservait. Ses grands-parents et sa mère devraient attendre un peu plus aux portes de l'au-delà.

*

Joy mit un certain temps à mesurer réellement ce que sa famille avait enduré pendant son absence.

Stan lui dit qu'au départ, les enfants avaient tous dissimulé à la police des informations qui risquaient de l'accabler. Il avait vu leur doute et leur peur s'accroître de façon exponentielle au fil des jours en voyant que leur mère ne rentrait pas. Leurs questions se faisaient de plus en plus précises.

« J'ai commencé à m'en vouloir, dit Stan. Comme si je t'avais fait du mal. Je rêvais que… » Il s'interrompit. « C'était horrible. »

Les enfants évoquaient leurs conflits de loyauté à la fois indirectement et ouvertement.

Au beau milieu d'un sermon enflammé sur le lavage des mains et les masques, Brooke sauta brusquement du coq à l'âne et leur lança : « Si j'ai trouvé un avocat pour papa, c'est parce que je savais qu'il était innocent, maman. Et non parce que je le croyais coupable. J'espère que vous le savez. »

Oh ma chérie, se dit Joy. *Tu n'as jamais su mentir.*

Un jour, Troy leur déposa un pack extravagant de vingt-quatre rouleaux de papier toilette, qu'il s'était procuré durant l'étrange frénésie d'achats qui s'était emparée de la population, et une fois seul à seule avec Joy dans la véranda du jardin, à une distance respectueuse, il lui dit : « J'ai cru que papa l'avait peut-être fait. Je l'ai vraiment cru. Et j'en voulais à Brooke parce qu'elle le soutenait. »

Il était exactement comme quand il était petit et avouait une abomination quelconque et Joy lui dit : « Ça ne fait rien, mon chéri, essaie d'oublier. » De nos jours, on ne conseillait plus d'oublier, mais que pouvait-il faire d'autre ?

Heureusement, Troy et Brooke finirent par se réconcilier comme les frères et sœurs et les conjoints le font parfois, par des actes plutôt que des paroles.

Brooke offrit à Troy une boîte de chocolats. Troy offrit à Brooke une voiture.

*

Joy et Stan ne reparlèrent plus de Harry Haddad, jusqu'au jour où ils apprirent en regardant les informations que, pour la première fois depuis la Seconde Guerre mondiale, Wimbledon serait annulé en raison de la pandémie.

« Je comprends que tu aies fait ça », lui glissa Stan à mi-voix. Il ne lui dit pas qu'il la pardonnait, mais elle y vit une forme de pardon. Un couple plus jeune aurait peut-être passé des mois à en discuter dans le cabinet d'un thérapeute, mais elle savait que c'était réglé. Il était temps de passer à autre chose. Une fois que la balle est lancée, il est inutile de voir où elle va. On ne peut plus modifier sa trajectoire. Il faut penser au coup suivant. Non pas à ce qu'on aurait dû faire. Mais à ce qu'on fait, là, maintenant.

Elle l'avait trahi. Il avait choisi de continuer à l'aimer. Il n'y avait rien d'autre à ajouter.

*

La nuit, des hypothèses effrayantes l'empêchaient de dormir. Et si, par exemple, Savannah et elle avaient eu un accident, que leur voiture avait coulé dans les profondeurs troubles d'un lac et que Stan avait été arrêté et accusé de l'avoir tuée ? Et s'il avait croupi en prison et que seule Brooke lui avait rendu visite ?

Au tout début, elle téléphona à plusieurs reprises au lieutenant Christina Khoury, la jolie, impatiente et sérieuse enquêtrice.

Cela confinait à l'obsession. « Mais laisse-la tranquille », lui disait Stan. Dès qu'on mentionnait son nom, il semblait traumatisé, et c'est pourquoi Joy éprouvait le curieux besoin de convaincre Christina de son innocence bien que celle-ci soit incontestée.

Elle voulait à tout prix que l'enquêtrice sache que son mari était innocent à cent pour cent. Il ne l'avait absolument pas assassinée.

« On avait un dossier solide, Mrs Delaney », lui dit Christina d'un ton grave. Puis elle s'adoucit et lui détailla toutes les raisons pour lesquelles ses craintes ne se seraient jamais réalisées. Et d'une, lui dit-elle pince-sans-rire, Joy et Savannah n'ayant pas traversé de lac, il était peu probable qu'elles finissent au fond de l'eau. De plus, l'amant marié de Savannah, ou son petit ami, ou son flirt, elle pouvait l'appeler comme elle voulait (son pigeon ?), le Dr Edgeworth, aurait fini par les conduire à Savannah, qui à son tour les aurait conduits au Challenge de Harry.

Et surtout, aussi tardif soit-il, ils auraient fini par avoir le témoignage de la fille de Caro, à Copenhague. Le dossier n'ayant aucun fondement, il se serait écroulé comme un château de cartes.

« Votre mari n'aurait jamais été inculpé », lui dit Christina.

Puis Joy lui demanda si la pandémie affectait ses projets de mariage et Christina lui répondit que le mariage aurait bien lieu, mais qu'il serait bien plus intime que prévu.

« Comme c'est dommage, compatit Joy.

– Vraiment dommage, oui », répondit Christina, mais elle semblait sourire à l'autre bout du fil.

*

« Vous avez fait quoi tout ce temps, Savannah et toi ? demanda Amy à Joy. Vous avez passé un sacré bout de temps ensemble. Tu t'es ennuyée ?

– Vous avez joué à des jeux ? » demanda Brooke, de son côté, car c'est ce qu'auraient fait les Delaney. Il fallait toujours qu'il y ait une compétition quelconque. Un gagnant et un perdant. « Vous… vous êtes disputées ? »

Joy comprenait que ces semaines passées en compagnie de Savannah inspirent à ses filles des sentiments partagés, car elle n'avait jamais passé beaucoup de temps en tête à tête avec l'une ou l'autre et elles savaient toutes les trois qu'elles se seraient rendues folles.

« Oui, par moments, je m'ennuyais vraiment, dit-elle à ses filles. Et c'est vrai qu'on se tapait parfois sur les nerfs. »

Ce n'était pas vrai. Elle s'était bien entendue avec Savannah. Sans doute parce que Savannah n'était pas sa fille, même si elle éprouvait des sentiments maternels envers elle, et ce n'était pas vraiment une amie, même si cela ressemblait à de l'amitié. Elle avait de l'affection pour Savannah, mais elle ne ressentait pas pour elle cette passion complexe et intense qu'elle éprouvait pour ses filles, ce qui paradoxalement, lui avait permis de passer trois semaines avec elle sans problème. Deux petites femmes dans une petite cabane.

Quand elle repensait à ces vingt et un jours, elle devait commencer par affronter la honte d'avoir causé tout ce tintouin, mais passé ce cap, elle se souvenait de ce moment comme d'un rêve tacheté de soleil, des vacances loin de sa vie et loin d'elle-même, de celle du moins qu'elle était devenue.

La maison en bois qu'elles occupaient était entourée d'une forêt tropicale vieille de quatre cents ans, de cascades et de sentiers de randonnée. Des kangourous et des wallabies passaient parfois à toute allure devant l'immense fenêtre comme des voitures dans une paisible rue de banlieue.

Joy dormait dans un petit lit d'un sommeil profond dépourvu de rêves. Il n'y avait pas de miroirs dans la maison et en l'absence de preuve de son visage, d'un mari ou d'enfants, elle avait étrangement l'impression d'être redevenue Joy Becker, qui avait la majeure partie de sa vie devant et non derrière elle.

Tous les deux soirs, quelqu'un venait déposer un panier de nourriture devant leur porte. C'étaient des aliments frais et simples : des fruits, des œufs, du pain, des légumes. Peu de viande. Le tout soigneusement sélectionné pour offrir à leurs riches invités l'expérience rustique d'un « retour à l'essentiel », mais curieusement, le fait de savoir que tout était sélectionné n'avait pas d'importance.

Savannah et elle faisaient de longues promenades seules ou ensemble. Elles passaient des heures à lire. Il y avait dans la maison une étagère remplie de vieux livres de poche, qui tous dataient d'avant les années soixante-dix. Le temps s'écoulait avec langueur comme les étés chauds de son enfance.

Savannah semblait s'être choisi une personnalité et s'y tenir. C'était celle d'une jeune fille discrète et réfléchie. Toutes ses petites bizarreries de langage avaient disparu. Elles se racontaient parfois des souvenirs d'enfance. De simples souvenirs heureux.

Savannah parlait de l'époque où Harry et elle étaient frère et sœur, avant le tennis, avant la danse classique, avant le divorce de leurs parents, quand un après-midi dans un château-fort en draps semblait aussi long que des vacances. Joy lui parlait de ses grands-parents. Un jour, elle avait dit à Savannah que sa grand-mère appelait toujours ses sous-vêtements ses « dessous », ce qui l'avait plongée dans un délicieux fou rire.

Il y avait aussi des jours où elles n'échangeaient quasiment pas un mot.

Joy appréciait le silence. Elle savait qu'elle n'avait pas le tempérament pour faire cela toute seule – elle n'aurait pas tenu longtemps –, mais la compagnie de Savannah, mi-étrangère, mi-amie, était le compromis idéal.

Pour la première fois depuis des dizaines d'années, elle s'arrêta.

Elle croyait s'être arrêtée quand ils avaient pris leur retraite, Stan et elle, mais ce n'était pas le cas. Elle avait continué à courir éperdument vers un but indéterminé et inaccessible.

Elle s'aperçut que moins elle réfléchissait, plus des vérités simples lui apparaissaient d'elles-mêmes.

Par exemple, elle avait renoncé à son rêve de devenir une joueuse de tennis professionnelle en toute lucidité. Personne n'aurait pu lui faire changer d'avis, même si elle avait trouvé un moyen de remonter le temps pour se taper sur l'épaule et se dire « Allez, c'est juste un garçon ».

Ce n'était pas qu'un garçon. C'était Stan. Elle le voulait, elle voulait des enfants de lui. Elle pensait que Stan ne supporterait pas la réussite de sa femme. Elle se trompait sans doute, car c'était avant qu'il ne devienne entraîneur. Elle ne savait pas quel homme il deviendrait et quel plaisir il aurait à voir d'autres joueurs réussir. C'était une fille de son temps, une fille dont le père était parti et n'était jamais revenu. Elle pensait que l'ego des hommes était aussi fragile qu'un œuf. Elle croyait qu'il fallait tout faire pour s'assurer que son homme revienne.

Elle avait pris la bonne décision pour celle qu'elle était alors. Un jour, Joy aurait peut-être une petite-fille qui jouerait au tennis – tous ses petits-enfants joueraient, elle n'imaginait pas qu'il puisse en être autrement – et il ne viendrait pas à l'idée de cette future merveille de renoncer à son rêve de devenir une championne de tennis ou quoi que ce soit d'autre pour un garçon.

Et de toute façon, Joy ne la laisserait pas faire.

*

Un matin, alors que Savannah dormait encore, Joy buvait un thé dans la véranda en regardant le soleil se lever – c'était le même soleil que chez elle, mais sa course lui semblait bien plus lente, bien plus élégante – et songeait : Je n'ai pas éloigné Harry uniquement pour les enfants, je l'ai éloigné parce que j'étais énervée contre Stan pour toutes les fois où il était parti, j'étais énervée parce que j'étais fatiguée, parce que tout reposait sur mes épaules : des trafics de drogue de Troy aux migraines de Brooke, en passant par le dîner du soir et la lessive du lendemain.

C'était une petite revanche conjugale et cela, elle ne le confesserait jamais à Stan, car, pour lui pardonner, il devait être persuadé qu'elle avait agi uniquement par instinct maternel, mais c'était un soulagement de se l'avouer.

La petite-fille de Joy saurait certainement comment tout avoir sans avoir à tout faire.

*

« Pourquoi être partie avec elle ? lui demanda sa famille. Après ce qu'elle t'a fait ? Comment tu as pu lui pardonner ?

– Elle a appelé au bon moment. »

C'était certes vrai, mais le fait est que Joy appréciait également sa compagnie et non seulement sa cuisine, et que si Savannah n'était peut-être pas animée des meilleures intentions quand elle avait cogné à leur porte ce soir-là, pour l'essentiel, elle avait fait preuve de gentillesse, sauf, naturellement, quand elle avait fait chanter ce pauvre Troy. Et quand Joy pensait à l'enfance de Savannah et à la cruauté indifférente avec laquelle sa propre famille avait traité une enfant dans le besoin, elle estimait qu'elle pouvait sinon oublier, du moins pardonner.

On pardonne plus facilement en vieillissant, expliqua Joy, pénétrée de sagesse et d'indulgence, ce qui fit rire ses enfants, qui lui énumérèrent obligeamment tous les gens auxquels elle n'avait toujours pas pardonné après des dizaines d'années, comme ce conseiller municipal extrêmement grossier ou le professeur qui ne lui avait donné que sept sur dix au devoir sur la Grande Muraille de Chine qu'elle avait fait pour Troy.

La différence, c'est qu'aucun d'entre eux ne lui avait jamais préparé un minestrone ou un toast à la cannelle.

Une seule fois, durant ces trois semaines, Joy s'était soudain demandé pourquoi elle passait du temps avec cette personne : le jour où Savannah avait avoué s'être livrée à d'autres petites vengeances à l'encontre de sa famille.

Par exemple, elle avait appelé le centre de formation de Logan pour se plaindre de lui.

« Je ne l'ai pas exactement accusé de harcèlement sexuel », dit-elle, ajoutant qu'elle était sûre qu'ils n'y avaient pas prêté attention. Elle avait également effectué un certain nombre de réservations en ligne au cabinet de Brooke, pour qu'elle se retrouve avec une quantité de défections.

Joy était indignée pour ses enfants. « Ils auraient pu perdre leur travail à cause de vous ! s'écria-t-elle.

– J'aurais pu faire bien pire, répondit Savannah. J'ai déjà fait pire.

– Bravo Savannah ! Et je suis censée vous remercier ? »

Savannah baissa la tête tandis que Joy poursuivait : « Vous avez fait chanter Troy, bien sûr. Et Amy ? Qu'est-ce que vous lui avez fait ?

– Pas grand-chose. J'ai juste fait des brownies le jour de la fête des pères, répondit Savannah, comme si c'était évident.

– Mais comment saviez-vous que ça lui ferait de la peine ?

– Vous m'aviez dit que c'était sa spécialité », expliqua Savannah.

Joy ne s'en souvenait pas. Elle avait jacassé comme une vieille pie pendant que Savannah notait tout soigneusement. Sur le moment, elle avait eu une telle envie de la gifler qu'elle ne pouvait pas la regarder.

« Et moi ? » Joy pensait soudain à elle-même, n'était-elle pas encore plus coupable que les autres ? Elle était la seule adulte, ce jour-là.

« J'ai essayé de séduire votre mari. Pendant que vous étiez à l'hôpital.

– Ah. Ça. Mais vous n'auriez pas vraiment…

– Si. Je vous l'ai dit, j'ai fait pire, Joy. Bien pire. Je ne suis pas une fille bien. »

C'était le crépuscule et elles étaient dans la véranda, contemplant des centaines de chauves-souris noires qui filaient dans un immense ciel orange. Joy respirait au rythme de la colère qui allait et venait en elle et quand elle se fut calmée, elle lui dit : « Je pense que vous êtes une fille bien. Vous êtes une fille bien qui a fait des choses pas bien. Comme nous tous.

– J'aurais pu briser votre couple, dit Savannah.

– Oui, c'était très mal. Il faut que vous me promettiez de ne jamais refaire une chose pareille, car certains couples ne résisteraient pas à des accusations de ce genre, mais voyez-vous, je n'ai pas cru une seule seconde que Stan vous avait harcelée.

– Je ne parlais pas de ça, dit Savannah. Mais du fait que j'ai raconté que vous aviez éloigné Harry. »

Cette révélation pouvait effectivement briser leur couple. « Oui, mais personne ne vous avait demandé de garder le secret, lui dit-elle. C'était entièrement de ma faute. Pour être honnête, je ne pensais pas que le secret tiendrait aussi longtemps. »

Savannah soupira comme si Joy ne comprenait pas. « OK, mais je ne suis pas une fille bien. »

Joy avait l'impression qu'elle essayait de lui dire autre chose, comme si ses propos renfermaient un message secret qu'elle était à même de déchiffrer en se concentrant bien, mais elle ne voyait qu'une jeune femme très perturbée qui n'avait pas eu de chance dans la vie, qui était venue chez elle et s'était chargée de la cuisine et du ménage à sa place.

Joy attendit que Savannah lui dise ce qu'elle voulait lui dire. Elle sentait qu'elle avait envie de parler, tout comme autrefois elle sentait que ses enfants avaient envie de lui avouer un terrible méfait ou une pensée honteuse. La plupart du temps, il lui suffisait d'être patiente et de les laisser tranquilles pour qu'ils finissent par lui dire ce qu'ils avaient à dire.

Mais Savannah resta silencieuse, une main enroulée autour de la clé suspendue à la chaîne qu'elle avait au cou et regarda le ciel s'assombrir jusqu'à ce que les chauves-souris disparaissent dans la nuit d'encre. Quand elle ouvrit la bouche, ce fut pour dire : « Je crois que je vais faire une frittata tomates-basilic pour le dîner. »

Joy fut en partie soulagée. Savannah n'était pas sa fille. Elle ne voulait pas connaître ses secrets. Elle n'en avait pas besoin.

Au bout des vingt et un jours, elles dirent adieu à leur petite maison dans la forêt, et Savannah la raccompagna à Sydney.

« Qu'est-ce que vous allez faire ? demanda Joy.

– Je vais peut-être appeler mon frère. Lui dire que j'ai fait son "challenge", pour ce que ça vaut, et après je ne sais pas. Refaire ma vie quelque part ? Et vous ?

– Oh, je vais rentrer chez moi, je pense. »

Pour la première fois, elle mesura le privilège de pouvoir dire cela.

*

« Qui t'a fait à manger pendant que je n'étais pas là ? demanda-t-elle un jour à Stan alors qu'ils dînaient.

– Caro a envoyé un immonde ragoût d'agneau caoutchouteux. Brooke m'a apporté quelques repas, répondit Stan. Mais je lui ai dit que je pouvais me faire à manger tout seul. Je ne sais pas d'où vient cette idée que “Stan est incapable de se faire cuire un œuf”. C'est moi qui t'ai appris à cuire un œuf.

– Ce n'est pas vrai, protesta-t-elle.

– Bien sûr que si », insista Stan.

Le souvenir remonta à la surface de son esprit, telle une antiquité admirablement préservée.

Il lui avait bel et bien appris à cuire un œuf à la coque à la perfection. C'était là qu'il lui avait raconté qu'adolescent, après le départ de son père, il devait souvent se préparer à manger quand sa mère « faisait la sieste ». Joy avait été submergée par un désir sensuel et juvénile de nourrir son homme comme le ferait une vraie femme, de le materner comme il ne l'avait jamais été, et elle l'avait tenu à l'écart de la cuisine, l'en avait chassé jusqu'à ce qu'il n'y remette plus les pieds, et au fil des années, toute cette sensualité, cette féminité et cet amour avaient laissé place à un sentiment de corvée.

« On pourrait peut-être faire à manger à tour de rôle, dit-elle. Pendant le confinement.

– Bien sûr », répondit Stan.

« Si j'étais toi, je me méfierais », l'avertit Debbie Christos qui gardait un mauvais souvenir de l'année où Dennis avait décidé de devenir un véritable cordon-bleu et passait des heures à préparer de minutieuses recettes françaises peu ragoûtantes souvent composées d'innocents canetons.

Stan ne s'intéressait pas aux canetons, fort heureusement, et son rôti s'avéra tout à fait convenable.

Il posa l'assiette devant elle après avoir mis de la musique sur son nouveau portable. *You Ain't Seen Nothing Yet*, 1974, l'époque où ils étaient à la fois complètement différents et pareils à eux-mêmes.

« Ah bon, je n'ai encore rien vu ? demanda Joy.

– Eh non », dit Stan.

*

Parfois, à deux heures du matin, c'était toujours à deux heures du matin curieusement, Joy se redressait brusquement sur son lit car l'horreur s'était glissée dans ses rêves et elle songeait soudain à Stan, les menottes aux poignets, aux cercueils alignés au journal télévisé, à Polly Perkins qui n'avait pas trouvé le bonheur en Nouvelle-Zélande comme elle l'avait toujours cru, mais dont on avait découvert le corps quand elle était absente – un corps que l'on avait brièvement pris pour le sien. Et elle pensait à toutes ces femmes persuadées, à tort, que leur vie, tout comme la sienne, était bien trop ordinaire pour s'achever dans une violence qui fasse la une des journaux, et à tous les gens ordinaires, tout comme Stan et elle, qui envisageaient une « retraite active » et dont la vie s'achevait bien trop tôt de façon aussi cruelle que brutale.

Elle essaya les « techniques » suggérées par Amy, qui supportait bien mieux le confinement que ses amis, qui n'avaient jamais connu l'angoisse existentielle latente qui l'habitait depuis qu'elle avait huit ans.

Huit ans ! Joy ne savait pas très bien ce qu'était au juste l'angoisse existentielle, mais ce devait être terrible.

Elle commença par les exercices de respiration d'Amy, mais chaque fois, ça lui rappelait ses accouchements et comme ceux-ci avaient tous été violents et rapides – ses quatre enfants étaient arrivés comme des boulets de canon –, ce n'était pas exactement relaxant.

Amy lui avait également suggéré de « pratiquer la gratitude », une technique qui consistait à énumérer tout ce dont on était reconnaissant. Joy était plutôt douée.

Il y avait tant de sujets de gratitude. Par exemple, Indira et Logan s'étaient non seulement remis ensemble, mais ils s'étaient fiancés. La bague était d'une laideur ! Mais elle semblait plaire à Indira et les filles lui ayant recommandé de ne surtout rien dire, Joy tenait sa langue. Elle espérait seulement que dans quelques années, quand leur couple serait en crise, Indira ne crierait pas un beau jour « J'ai toujours détesté cette bague ! ». Joy n'osait même pas imaginer la tristesse de Logan si cela devait se produire. « Bah, il s'en remettra, maman », lui avait dit Troy.

Le cabinet de Brooke était toujours à flot, heureusement, car la kinésithérapie était considérée comme un service essentiel et Brooke disait que les gens se blessaient sérieusement en faisant de l'exercice chez eux et en entreprenant d'ambitieux travaux de rénovation, ce qui était une excellente nouvelle.

L'ex-femme de Troy, Claire, était enceinte du bébé de Troy et, à cause de la pandémie, avait décidé qu'elle voulait vivre en Australie et son Pauvre Mari avait accepté avec réticence de déménager. Troy, quant à lui, avait décidé qu'il voulait partager la garde de l'enfant, ce que Claire avait accepté. Ça n'enchantait pas le Pauvre Mari.

« Arrête de l'appeler le Pauvre Mari, maman, disaient ses enfants avec une insouciante cruauté partisane. C'est l'enfant biologique de Troy. »

(Le premier petit-enfant de Joy était prévu pour Noël. Décidément, son fils avait le don de faire les plus beaux cadeaux.)

Joy n'avait pas encore fait la connaissance du Pauvre Mari, mais quand elle le rencontrerait, elle serait particulièrement aimable avec lui, car elle avait secrètement un terrible soupçon.

Elle se souvenait d'un match où Troy était opposé à son pire ennemi, Harry Haddad. Harry avait frappé un coup croisé dans la diagonale si long que n'importe quel joueur aurait laissé tomber, mais Troy avait tenté le tout pour le tout. Il avait dû courir quasiment jusqu'au court d'à côté, mais il avait non seulement réussi ce coup impossible, mais également remporté ce point impossible, et les quelques spectateurs présents avaient crié comme s'ils dévalaient des montagnes russes. Même Harry avait applaudi à contrecœur avec sa raquette.

Troy tentait toujours les coups impossibles.

Certes, Claire n'était pas une balle de tennis.

C'était une fille sensée et intelligente qui déciderait elle-même de sa vie et si Troy la persuadait de se séparer de son mari en usant de son charme, Joy n'y serait pour rien, n'est-ce pas ?

Joy n'avait aucun moyen de changer le cours de la vie de ses enfants, pas plus qu'ils ne pouvaient changer le cours de leurs matchs autrefois, même si elle se mordait la lèvre, par moments jusqu'au sang, et que Stan marmonnait des consignes qu'ils ne pouvaient pas entendre.

Parfois leurs enfants suivaient leurs conseils à la lettre, parfois, ils faisaient tout ce qu'ils leur avaient dit de ne pas faire et les voir subir la plus petite déception était plus douloureux qu'essuyer eux-mêmes les pires défaites, mais à d'autres moments, ils faisaient quelque chose qui n'appartenait qu'à eux, quelque chose de si extraordinaire, si inattendu, si fabuleux que c'était comme un jet d'eau glacée par une chaleur torride.

C'étaient les plus beaux moments.

Et c'est ainsi qu'elle parvenait enfin à se rendormir : en se souvenant de tous les beaux moments, un à un, du visage en extase de ses enfants cherchant leurs parents dans la tribune, en quête de leur approbation, en quête de leur amour, sachant qu'il était là, sachant – elle l'espérait – qu'il serait toujours là, car un amour comme celui-là était infini.

69

Au début, Brooke crut avoir imaginé le parfum délicieux qui parvenait à sa conscience tel un souvenir alors qu'elle nettoyait le matériel de rééducation avec du spray antibactérien.

Elle le désinfectait d'autant plus vigoureusement que son dernier patient avait mentionné, tout à la fin de sa séance, que ce matin, il s'était réveillé avec mal à la gorge mais qu'il était « sûr que ce n'était pas le Covid ». Puis il lui avait toussé à la figure.

Les gens étaient idiots. Les gens étaient héroïques – elle avait des amis qui travaillaient dans des unités de soins intensifs –, mais les gens étaient aussi idiots. Elle s'était retrouvée au centre d'un diagramme de Venn. Elle aimait son père. Elle aimait sa mère. Si son père avait été responsable de la mort de sa mère, elle l'aurait soutenu. Elle savait qu'elle était la seule de ses frères et sœur à avoir regardé en face l'éclipse solaire que représentait cette éventualité. Troy croyait y avoir fait face, mais pour cela, il avait feint de ne pas aimer leur père.

Ce n'était pas pour autant que Brooke aimait plus son père, ou qu'elle aimait moins sa mère. Le corps pouvait trouver un équilibre entre deux forces opposées. L'esprit aussi.

Elle pouvait considérer les dix ans qu'elle avait passés avec Grant comme un échec, ou y voir une réussite. C'était un mariage relativement bref qui se finissait par un divorce quelque peu houleux. C'était aussi une longue relation pleine de souvenirs heureux qui s'était terminée au bon moment.

Elle renifla. C'était quoi, cette odeur ? Elle était si familière. Si évidente. Mais de toute évidence pas si évidente que cela, puisqu'elle n'arrivait pas à l'identifier. Elle scruta l'étiquette du flacon. C'était la marque qu'elle utilisait toujours, mais sa rassurante odeur antiseptique en dissimulait une autre : comme une odeur de gâteau.

Venait-elle du café d'à côté ? Ils ne proposaient plus que des cafés à emporter. Ils ne servaient plus en salle. C'était triste de voir les tables et les chaises empilées dans un coin qui se couvraient de poussière et les bouts de scotch rouge placés en croix au sol pour séparer les gens.

« Au fait, vous avez retrouvé votre mère ? lui avait demandé une des jeunes serveuses le matin même en lui tendant son café.

– Oui, avait-elle répondu. Elle va bien. Très bien, même. »

Le retour de Joy avait fait l'objet d'un simple paragraphe dans le journal. Le ton de l'article laissait transparaître un soupçon de dépit. Les gens ne souhaitaient pas la mort de la vieille dame certes, mais ils étaient vaguement déçus qu'elle soit en vie.

« Ah, je suis ravie de l'apprendre ! » Les yeux de la serveuse étincelaient au-dessus de son masque, réfutant totalement la théorie de Brooke. « Enfin des bonnes nouvelles, ça fait du bien. Prenez soin de vous !

– Merci », lui avait dit Brooke. Les gens étaient horribles. Les gens étaient merveilleux. « Vous aussi, prenez soin de vous. »

Brooke était une célibataire travaillant à son compte qui affrontait une pandémie. Elle ne pouvait pas sortir avec des hommes. Elle ne pouvait pas jouer au basket. Elle ne pouvait pas dîner avec des amis. Il ne lui restait que des apéros Zoom et de soudains moments de contacts humains, magiques, intenses, comme celui-ci (quoiqu'un peu étrange : allaient-elles se dire « Prenez soin de vous » tous les jours, à présent ?).

Non, ce n'était pas son imagination. Cette odeur venait de l'enfance.

Comme l'herbe coupée. Elle était normalement accompagnée de fumée de cigarette et de Chanel N° 5.

Elle posa le vaporisateur, se dirigea vers l'accueil comme dans un rêve et le vit, posé sur son bureau.

Un crumble aux pommes. Tout juste sorti du four. Comme venu d'une autre dimension. Du paradis, de l'enfer ou du passé. Il était bien enveloppé dans du papier alu. Un mot écrit à la main était scotché sur l'alu. L'écriture était nette et enfantine. Il n'y avait pas de titre. Il commençait ainsi : *Quatre pommes moyennes, épluchées, évidées et coupées en dés...*

Elle ouvrit la porte de son cabinet pour regarder dans la rue mais ne vit personne, à part une vieille dame masquée poussant un caddie qui la fusilla du regard comme si elle la mettait au défi de s'approcher d'elle.

Brooke rentra. Elle retira le papier alu et huma longuement. Elle n'eut pas besoin d'en goûter une seule bouchée pour savoir que Savannah avait percé le mystère de la recette.

70

C'était en août, un matin de ciel bleu, froid et ensoleillé. Difficile d'imaginer un virus mortel dans cet air d'une transparence cristalline.

Stan Delaney effectuait les exercices que lui avait prescrits sa fille pour protéger ses genoux en sale état avant d'entrer sur le court. Il allait échanger quelques balles avec sa femme. Tranquillement.

« Vous n'avez jamais joué tranquillement de votre vie, tous les deux », leur avait dit Brooke.

Joy s'échauffait à côté de lui, en faisant les exercices que lui avait également prescrits Brooke, quand le portable de Stan sonna.

« Mais c'est pas vrai. » Joy leva les yeux au ciel. Elle lui reprochait d'être trop attaché à son téléphone. Il l'avait en permanence dans la poche et le posait à côté de son assiette quand ils étaient à table. Elle disait que c'était un manque de savoir-vivre. Il jugeait que c'était tout l'intérêt de ce bidule.

Stan regarda l'écran. « C'est Logan.

– Vite, réponds ! » Joy répondait systématiquement quand ses enfants appelaient, d'autant plus depuis ce qui s'était passé. Ils en riraient peut-être un jour, mais leur rire serait toujours teinté d'horreur.

« Papa », dit Logan. Stan serra le portable. Logan avait une drôle de voix. « Oui, mon grand ? » Il se prépara, redoutant une tragédie ou une catastrophe.

« Tu te souviens de mon copain Hien ?

– Bien sûr, je m'en souviens. » Un accident de voiture ? Hien avait-il le virus ?

« Il a un fils. Six ans. Ça fait des mois que Hien me demande de venir le voir jouer et je n'arrêtais pas de remettre ça à plus tard et puis ce matin, je me suis dit, et puis zut, le gamin est coincé chez lui à suivre ses cours en ligne. Enfin bref, j'y suis allé et papa… »

Il s'interrompit et l'espoir afflua dans les veines de Stan telle une coulée de mercure.

Logan poursuivit : « Je n'ai jamais vu ça. »

Stan vit les poils se hérisser sur ses bras. « Il est doué, c'est ça ?

– Oui, papa, super doué. »

La première fois que Stan avait vu jouer Harry Haddad – un gamin qui n'avait jamais mis les pieds sur un court –, il avait eu l'impression de découvrir une des merveilles de la nature.

Il n'y avait qu'un entraîneur pour parler comme Logan lui parlait et il savait que Logan était un entraîneur-né, même si cet idiot ne semblait pas s'en rendre compte.

« Bon, je sais bien que ça fait un bout de temps », dit Logan avec hésitation.

Ne me demande pas.

S'il te plaît, ne me demande pas.

Vas-y, toi, fils, vas-y, dis-moi que tu veux t'en occuper.

Logan baissa la voix comme s'il lui confiait un secret inavouable : « Je crois que j'ai envie de l'entraîner. »

C'était aussi grisant qu'un ace ou un smash parfaitement exécuté.

Stan leva le poing en silence.

« Qu'est-ce qu'il y a ? » demanda Joy.

Stan lui fit signe de se taire. Il garda un ton posé. « Il aurait de la chance de t'avoir », dit-il.

Il y eut un silence et quand Logan reprit la parole, il avait la voix plus ferme. « Tu crois que j'en suis capable ?

– J'en suis sûr.

– Il écoute, dit Logan.

– Oui, c'est agréable, quand ils écoutent », répondit Stan.

Les vrais talents étaient avides de tout ce qu'on avait à leur offrir. Ils écoutaient et appliquaient les conseils. Ils s'épanouissaient sous vos yeux.

« Je crois qu'il ira loin, papa.

– Peut-être bien, dit Stan. On ne sait jamais. C'est possible. » Il voulait lui dire que cela n'avait aucune d'importance que le gamin aille loin ou non, que la seule chose qui importait, c'était que Logan prenne de nouveau part à sa vie. Il voulait lui dire qu'être un entraîneur n'était ni un pis-aller ni un compromis, et qu'il pourrait toujours appartenir au monde merveilleux du tennis, que tout le monde comptait, non seulement les champions, mais les entraîneurs et les arbitres, les joueurs du dimanche et les simples amateurs, les parents au regard de fous et les fans hurlants dont les ovations portaient les champions à des sommets qu'ils n'auraient jamais atteints autrement.

Mais il préférait s'épargner les longs discours et il raccrocha, puis annonça la nouvelle à Joy qui, elle, en avait long à dire sur Hien et sur la mère de Hien, qui n'avait jamais joué au tennis à sa connaissance mais qui avait une allure sportive et elle pariait que c'était d'elle que son petit-fils tenait son talent et espérait que le garçon n'était pas un chenapan, parce que Hien, lui, était un vrai chenapan quand il était petit.

Quand Joy en eut fini, ils entrèrent sur le court et commencèrent à s'échauffer. Le mauvais genou de Stan allait mieux. Ils se placèrent en fond de court, trouvèrent rapidement un rythme aussi aisé et familier que lorsqu'ils faisaient l'amour et Stan se surprit à penser à son père et leurs matchs secrets du vendredi après-midi, qui s'étaient poursuivis pendant des années, comme les missions secrètes d'un agent double.

Évidemment, ils ne pouvaient pas jouer sur le terrain que son père avait construit de ses propres mains. Après être parti, son père n'avait plus jamais remis les pieds dans sa maison.

Ils se retrouvaient sur un vieux tennis municipal entouré de broussailles, à côté d'un local scout délabré. Le terrain était fissuré, le filet avachi, mais c'était fabuleux.

Son père lui disait qu'un jour il le verrait jouer à Wimbledon. Il parlait comme s'il était dans le secret des dieux.

Quand Stan avait seize ans, son père était mort sur un quai de gare en attendant le train de six heures quarante-cinq pour Central Station. Il était mort sur le coup. Exactement comme son vieux copain Dennis Christos. « Ce n'est pas une grande perte », avait dit sa mère, qui croyait que Stan n'avait pas revu son père depuis des années et n'aurait pas consolé son fils, même si elle avait su la vérité. Ce n'était pas une mère consolatrice. Quand ses fils étaient encore petits et avaient de la fièvre, et qu'il voyait Joy s'occuper d'eux en leur caressant la tête, Stan éprouvait parfois un lamentable pincement de jalousie. Ses fils acceptaient l'amour de leur mère de façon si cavalière, comme s'il leur revenait de droit, et peut-être sa jalousie le poussait-elle parfois à se montrer plus dur avec eux, particulièrement Troy.

Pendant des dizaines d'années, il n'avait que rarement pensé à son père et jamais parlé de lui, jusqu'au jour où il était allé à Wimbledon avec Joy et avait entendu sa voix si claire et si grave au creux de son oreille, comme s'il était assis à côté de lui, « Pas mal pour un gamin du bush ».

Il ne se souvenait pas d'avoir jamais vu son corps réagir à ce point à une simple émotion, une simple pensée qui lui traversait le crâne. Il n'avait jamais dit à Joy ce qu'il avait éprouvé ce jour-là.

Ils avaient tous les deux fait comme s'il avait été terrassé par une étrange maladie indéterminée. Comment lui dire que le fait d'être à Wimbledon l'avait non seulement amené à pleurer sa carrière ratée et la carrière ratée de ses enfants, mais la mort lointaine de l'homme bon et aimant dont chacun savait qu'il avait agressé sa mère ?

C'était son père qui lui avait appris à se méfier du spectre effrayant de la colère masculine.

« Voilà ce que tu fais », lui avait-il dit plus d'une fois pendant qu'ils transpiraient tranquillement à l'ombre après leur match du vendredi après-midi. « Si jamais tu es en colère contre une femme ou un enfant, tu dois partir. Va-t'en. Ne réfléchis pas. Ne dis rien. Ne reviens que lorsque tu seras calmé. Pars. Comme j'aurais dû le faire. »

Stan avait suivi son conseil au pied de la lettre avec un sérieux de mort. Il pensait que la colère était son défaut le plus odieux. Quand Troy avait sauté par-dessus le filet pour s'en prendre à Harry Haddad, bien des années auparavant, Stan avait compris qu'il avait échoué et en voyant son fils enchaîner les décisions stupides, il avait fini par s'en désintéresser. Il avait fait exactement ce qu'il disait à ses enfants et ses élèves de ne jamais faire : il avait laissé tomber. On ne laisse jamais tomber. On se bat jusqu'à la dernière balle. Jusqu'au dernier point, le match n'est pas fini. Mais il avait laissé tomber son fils.

Dernièrement, Stan avait commencé à écouter un des podcasts de Joy sur le trading. Joy le trouvait assommant et elle avait raison, mais il avait persévéré et hier, il avait appelé Troy et lui avait demandé : « Ça va, le boulot ?

– Ça va, oui », avait répondu Troy d'un ton laconique.

Stan avait respiré, pris son courage à deux mains et dit : « J'imagine que le marché est en quelque sorte ton adversaire, c'est ça ? Tu te bats contre le marché ? Tu essaies de prévoir ce qu'il va faire ? »

Il y avait eu un silence si long que Stan avait senti le rouge lui monter au visage. Avait-il sorti une telle idiotie que Troy se tordait de rire ? Se disait-il que son père n'avait vraiment pas inventé l'eau chaude ?

Et puis Troy avait dit lentement : « Oui, c'est exactement ça, papa.

– Bien, donc… »

Troy l'avait interrompu. « Tu sais quand je suis devenu vraiment bon ? » Et sans attendre que Stan lui réponde, il avait poursuivi précipitamment : « Quand j'ai arrêté de frimer. Quand j'ai mis de côté mon ego. Quand j'ai adopté une approche stratégique et cohérente. »

Il ajouta, et Stan eut du mal à le comprendre car sa voix tremblotait par moments : « Tous les jours, je me sers de tout ce que tu m'as appris sur les courts. »

Oui, enfin bon, ce n'est pas lui qui lui avait dit de se faire faire des pédicures, mais ça lui faisait chaud au cœur d'entendre ça. Sacrément chaud au cœur.

Un avion passa au-dessus d'eux et Stan renversa la tête en arrière pour le regarder traverser le ciel. Il se pouvait qu'il ne reprenne jamais l'avion, qu'importe, il était bien où il était.

Joy s'approcha du filet. Quand elle jouait, elle se faisait une queue-de-cheval comme une jeune fille. Elle avait toujours les plus belles jambes qu'il ait jamais vues.

Il fallait qu'elle travaille sa volée, mais elle refusait de l'écouter. Elle avait les joues rougies par l'effort et le froid. Elle aimait le tennis autant que lui, autant qu'il l'aimait elle. Elle ne saurait jamais à quel point. Avant de la connaître, il ne voyait pas l'intérêt de jouer en double. Ils jouaient mieux ensemble que séparément.

Chaque fois qu'elle s'était éloignée de lui, il s'en était aperçu et avait simplement attendu. Il n'avait jamais cessé de l'aimer, même ces fois où il se sentait profondément blessé et trahi, même l'année difficile où ils avaient parlé de se séparer, il s'était contenté d'accepter en attendant qu'elle lui revienne, remerciant le ciel et son père chaque fois qu'il la retrouvait.

Joy mit la main en visière pour regarder l'avion disparaître à l'horizon. Puis elle la baissa et se tourna vers Stan.

« Allez, on joue », dit-elle.

71

« Si le personnel de bord annonce “Évacuez, évacuez, évacuez”, vérifiez au préalable les conditions extérieures de l’appareil. »

Elle avait dit « Évacuez, évacuez, évacuez » d’un ton monocorde tellement blasé, tellement bureaucratique, que c’en était drôle. On ne percevait aucune terreur dans ses mots.

La passagère du 12F cessa d’écouter les consignes à suivre en tant qu’occupante d’un siège placé près d’une issue de secours. Aucun avion ne s’écraserait durant une pandémie. Cela ferait trop de catastrophes pour les infos du soir. Quoi qu’il en soit, dans le cas peu probable où il y aurait une urgence, le type musclé qui était assis à côté d’elle l’écarterait pour ouvrir la porte de secours.

Elle tira sur son masque. Il la grattait. Les gens n’arrêtaient pas de tripoter leur masque qui ne laissait paraître que leurs yeux fatigués, essayant de s’adapter à ce nouveau monde étrange. Les lunettes se couvraient de buée. Certains baissaient leur masque sous le nez pour respirer de rafraîchissantes bouffées d’air imprégnées de microbes. De l’autre côté du couloir, deux femmes frottaient leur tablette et leurs accoudoirs avec des lingettes désinfectantes comme si elles nettoyaient une scène de crime.

La fille semblait tout droit sortie d’un groupe grunge des années quatre-vingt-dix. Ses cheveux étaient teints en noir de jais et rasés d’un côté. Elle portait un jean noir déchiré, de grosses bottes de motard avec des boucles et une quantité de bijoux cliquetants qui avaient déclenché les détecteurs de métaux de l'aéroport : un bracelet enroulé de serpents, un pendentif orné d'un crâne.

Elle allait voir sa mère à Adélaïde.

Son vol avait été retardé à de multiples reprises histoire de mettre tout le monde de mauvaise humeur. Le temps qu'elle récupère la voiture de location et arrive dans sa maison d'enfance, il serait plus de vingt et une heures. Sa mère serait sans doute au fond de son lit, bien au chaud, plongée dans ses beaux rêves, exactement comme elle l'avait laissée dans la lueur dorée de l'aube, plusieurs mois auparavant.

« Au revoir maman ! avait-elle lancé. Bisous ! » Il n'y avait pas eu de réponse.

La veille au soir, elle avait préparé à dîner à sa mère, comme toujours quand elle venait la voir. Une minuscule portion d'un plat diététique présenté avec raffinement sur une grande assiette blanche. Deux côtelettes d'agneau en croûte d'herbes (dont le gras avait été retiré avec une précision chirurgicale). Huit haricots verts. Une petite quenelle de purée parfaitement moulée. Sa mère continuait à surveiller ce qu'elle mangeait. Surtout, ne jamais relâcher sa surveillance ! Des calories peuvent se glisser insidieusement dans votre assiette et votre corps. Elles peuvent même vous traquer jusque dans vos rêves.

Sa mère, habillée comme pour aller à l'église alors qu'elle n'y allait jamais, liquida la grande assiette blanche. Puis, elle enleva les bouts de viande coincés entre ses dents à l'aide d'un cure-dents tout en déclarant que le repas n'était « pas mauvais ».

Ensuite, sa mère prit une longue douche, se brossa les dents et enfila sa chemise de nuit et sa robe de chambre, puis elle s'installa sur le canapé pour regarder la télévision avec un petit verre de vodka (l'alcool le moins calorique, sans glucides ni lipides) et deux comprimés de somnifère jaunes. Le médecin lui avait recommandé d'en prendre un seul, une demi-heure avant le coucher, mais qu'est-ce qu'il en savait ? Sa mère disait :

« Pour ce qui est de la santé, il vaut mieux décider soi-même. » Elle prenait deux comprimés tous les soirs et dormait comme une souche.

La fille resta un long moment dans la cuisine à regarder l'assiette de sa mère avant de jeter les os rongés à la poubelle.

Puis elle alla dans le salon et s'adressa à la nuque de sa mère. « Tu ne m'avais pas appris à ne jamais finir mon assiette ? »

Sa mère lui répondit : « Mais non, c'est le contraire ! On apprend à ses enfants à toujours finir leur assiette.

– Avec toi, c'était la règle inverse. Ne jamais finir son assiette. »

Elle regarda les étagères où étaient exposés toutes ses médailles et ses trophées. Elle prit un des trophées. Bien que ce soit un des moins prestigieux – une simple deuxième place dans un concours régional de « petits danseurs » –, c'était un des plus grands et des plus imposants. Une danseuse plaquée or pirouettant sur un gros socle en marbre blanc.

La fille se souvenait du jour où elle avait décroché ce trophée parce qu'elle se souvenait de tout. Elle se souvenait du petit sourire qu'avait eu sa mère pour sa petite danseuse. Un petit sourire en guise de petite récompense pour les ampoules aux orteils, les bleus aux ongles, la douleur au mollet, la douleur à la cheville, la douleur au dos, mais plus encore, la douleur de la faim continuelle.

Elle dit à sa mère : « Tu ne te rappelles pas ? Quand j'oubliais de ne pas finir mon assiette, tu m'enfermais dans ma chambre. Les bonnes danseuses doivent apprendre à contrôler la quantité de calories qu'elles consomment. »

Sa mère avait les yeux rivés sur l'écran clignotant de la télévision. « Je ne sais pas pourquoi on parle de ça maintenant. »

La fille ne savait pas non plus pourquoi elle en parlait. Elle n'en avait pas eu l'intention. Elle était venue dire au revoir. Elle allait s'installer dans un autre État avec son nouveau copain. C'était un Irlandais, un peintre. Il la trouvait normale. Il trouvait mignon qu'elle ait fait de la danse classique. Sa sœur aussi avait fait de la danse classique. La fille savait que sa sœur avait vécu tout autre chose.

La fille poursuivit. « Des fois, tu m'enfermais dans ma chambre avec juste de l'eau. Je devais rationner l'eau. C'est horrible de faire ça à une petite fille. Je croyais que je n'en sortirais jamais. Je croyais que j'allais mourir. Je pense que j'ai failli mourir. Plusieurs fois. »

Rien.

« J'ai un trouble du comportement alimentaire. J'ai des problèmes de thyroïde, de carence en fer, de dents, de digestion, de cerveau, de personnalité. Je ne suis… pas bien. » Elle s'interrompit. « Tu m'as détruite. »

Des rires en boîte jaillissaient par intermittence de la télévision.

Sa mère finit par lui répondre. Elle avait un ton légèrement impatient, amusé. « Tu as toujours été une menteuse, Savannah. Tu avais la télévision dans ta chambre. Une vraie petite princesse dans son château ! Regarde un peu tous ces trophées ! Tu ne crois pas que j'avais mieux à faire que de t'accompagner à des ballets aux quatre coins du pays ? J'avais ma vie, tu sais ! »

Ainsi donc, comme tant de gens qui devaient vivre avec leurs regrets et leurs erreurs, elle avait tout simplement réécrit son histoire. Sa mère s'était réinventée en mère dévouée, comme si la danse classique avait été le passe-temps préféré de sa fille et non sa propre obsession.

« Tu n'étais que moyennement douée », dit sa mère après un long silence. Elle avait la voix de plus en plus pâteuse à mesure que les deux comprimés faisaient effet. « Tu n'étais pas une future star, comme ton frère. Je l'ai tout de suite su. »

Ton père a eu la future star.

La fille se replia sur elle-même. Parfaitement. Géométriquement. Comme un origami. Elle retourna dans la cuisine et nettoya énergiquement avec de petits mouvements vifs et gracieux. Elle retira de la graisse figée sur la cuisinière en frottant avec son pouce recouvert d'un torchon. Elle balaya le sol. Elle astiqua l'évier.

Elle revint voir sa mère aimante et la trouva profondément endormie sur le canapé, la tête renversée, la bouche ouverte formant un ovale parfait, comme dans les attractions de fête foraine.

Un peu plus tôt, sa mère lui avait dit que les somnifères agissaient parfois trop vite et qu'elle s'endormait sur le canapé et avait mal au bas du dos au réveil. À l'entendre, on avait l'impression que c'était la faute de la fille.

Alors la fille prit les choses en main. Elle attrapa la télécommande et éteignit la télévision. « Allez, la marmotte, au lit ! Il ne s'agirait pas que tu aies mal au dos ! »

Elle dut la prendre sous les bras pour la traîner, mais sa mère était légère comme l'air, légère comme une petite danseuse. Elle la tira jusqu'à la chambre qui se trouvait être celle qu'elle occupait quand elle était jeune, celle avec la serrure à l'ancienne sur la porte.

Aujourd'hui, il était interdit d'avoir des portes de chambre qui pouvaient se fermer de l'extérieur. C'était une question de sécurité.

Apparemment, dans son enfance, la sécurité n'était pas un problème.

La fille souleva sa mère et la posa sur son ancien lit. Elle lui remonta la couette jusqu'au menton en la tendant soigneusement.

Quand elle eut terminé, elle s'aperçut qu'elle respirait un peu trop vite, mais avec une sorte d'euphorie maîtrisée, comme si elle avait accompli quelque chose d'extraordinaire et cependant banal, de remarquable et cependant obligatoire, comme une série de trente-deux fouettés.

« Dors bien, fais de beaux rêves. » Elle embrassa sa mère sur le front. Sentit son souffle tiède sur sa joue. Sur le seuil, elle lui dit : « Bon, tu sais que je dois fermer cette porte à clé. C'est la règle. Tu as rongé ces os comme un sale petit cochon ! »

La fille alla chercher la clé de la chambre où sa mère l'avait toujours rangée, dans la coupelle que lui avait offerte son ex-mari. Elle était ornée d'un dessin humoristique représentant un homme et une femme enlacés. Ils avaient des petits cœurs au-dessus de la tête. La légende disait : *L'amour… c'est être aimé en retour.*

C'était un mari plutôt gentil, il lui avait appris à faire la cuisine quand elle était petite puis il était parti, emportant son patronyme avec ses ustensiles de cuisine. S'il était resté, il aurait empêché qu'il lui arrive ce qui lui était arrivé.

Beaucoup de gens l'auraient empêché si seulement ils avaient su, si seulement ils avaient regardé d'un peu plus près ou pris la peine de poser des questions ou d'écouter.

Des professeurs, des parents de danseuses, des médecins auraient pu remarquer. Comme le chirurgien esthétique qu'elle avait vu quand elle était petite. Le Dr Henry Edgeworth. Sa mère avait pris rendez-vous avec lui pour savoir combien cela coûterait de recoller ses « fâcheuses oreilles ». (Cela coûtait trop cher.) « J'ai faim », avait murmuré la petite fille au médecin pendant qu'il étudiait ses fâcheux lobes d'oreille et il avait pouffé de rire, comme s'il trouvait drôle d'examiner une enfant sous-alimentée.

Il avait récemment payé cher ce rire bon enfant, bien qu'il ait cru s'offrir pour une bouchée de pain une aventure avec une fille vulgaire rencontrée en boîte de nuit. C'était gagnant-gagnant.

Ce soir-là, pendant que sa mère dormait, la fille alla au supermarché. Elle acheta six boîtes de barres protéinées Optimum Nutrition. Elles avaient l'air délicieuses ! Elle prit également l'équivalent d'une palette de bouteilles d'eau en pack. Elle apporta les provisions dans la chambre et les posa au pied du lit. Sa mère respirait paisiblement par la bouche.

Elle écrivit à sa mère un mot gentil. *Ça peut paraître beaucoup, mais il va falloir te rationner. Rappelle-toi : de la discipline !*

Elle referma la porte à clé.

La fille partit ce soir-là pour Sydney. C'était à l'époque où il n'y avait pas de fermeture de frontières entre les États, où on pouvait se balader tranquillement aux quatre coins du pays avec son petit ami.

Elle ne pensait pas partir aussi longtemps. Elle avait été très occupée ! Quelle vie ! Ça n'avait pas marché avec son copain, mais elle avait fait de nouvelles rencontres, rendu visite à de vieux amis et à des connaissances. Elle avait réglé deux trois petites choses. Elle avait eu des rentrées d'argent imprévues. Elle avait même participé à une bonne cause. Elle avait « repris contact », comme on dit, avec son célèbre frère, il s'était montré gentil et ils étaient convenus de se revoir une fois que ce monde de fous serait redevenu normal. Il lui avait dit qu'il ne voulait plus revoir leurs parents psychotiques et tordus et elle le comprenait. Elle non plus, mais elle était une fille tout aussi dévouée que sa mère l'avait été.

Elle gardait la clé suspendue au bout d'une chaîne à son cou. Ça lui paraissait important, essentiel même de la garder sur elle. C'était la preuve de son amour.

« Vous rentrez chez vous ? » lui demanda le monsieur muscle d'à côté alors que l'avion roulait pour rejoindre la piste de décollage. Partout, les gens rentraient chez eux, à ce moment-là. Son voisin avait de bons yeux de chien au-dessus de son masque.

L'hôtesse de l'air montra ce qu'ils devaient faire si un masque à oxygène tombait devant eux. Il fallait commencer par retirer le masque. Le virus serait bien le cadet de leurs soucis !

« Je vais voir ma mère », dit la fille.

Il y avait toutes sortes de moyens par lesquels une personne âgée pleine de ressources pouvait, devait, s'était peut-être, s'était sans doute libérée d'une chambre fermée à clé. Défoncer la porte à coups de pied. Taper contre la fenêtre. Appeler un voisin. Crier – la fenêtre était au deuxième étage et donnait sur un mur en brique, mais bon, c'était possible. Une enfant pouvait scruter une fenêtre en verre épais totalement bloquée par de vieilles couches de peinture hermétiques accumulées entre le châssis et le cadre sans voir comment l'ouvrir ou la casser, mais une adulte trouverait une solution ingénieuse. *Si j'étais grande, je réussirais à me sortir de là* : c'était ce que la petite fille se disait autrefois.

En ce temps-là, elle rêvait d'être une adulte, avec de l'argent, de la nourriture, du pouvoir, mais elle n'était qu'une enfant, une enfant qui rêvait de grimper en haut d'un haricot magique pour s'échapper de la chambre et monter jusqu'au ciel. Elle ne voulait pas l'or du géant. Elle voulait son repas.

Quels que soient les efforts de plus en plus désespérés qu'elle déployait pour arrêter la douleur, elle se sentait toujours aussi impuissante et prisonnière. Elle savait que ses souvenirs ne s'effaçaient pas comme ceux des autres gens et elle l'acceptait, mais elle ne comprenait pas pourquoi la douleur s'intensifiait à mesure qu'elle prenait de l'âge et s'éloignait de cette époque.

« Moi aussi, dit son voisin. Votre mère est seule ?

– Oui », répondit-elle. Elle savait ce qu'il voulait dire, mais songea, Tout le monde est seul. Même quand on est entouré de gens ou dans un lit avec quelqu'un qui vous aime, on est seul.

D'aimables voisins étaient peut-être passés voir sa mère au bout d'une, deux ou trois semaines, mais si on voulait que d'aimables voisins fassent preuve de sollicitude, mieux valait être soi-même une aimable voisine.

Alors, peut-être pas.

À moins que sa mère ne soit au lit en ce moment même, en train de déballer paisiblement sa dernière délicieuse barre protéinée et de boire à petites gorgées sa dernière bouteille d'eau en flottant sur les eaux agitées d'une mer de télévision infinie, tout comme sa fille pourrie gâtée du temps où elle échappait à la souffrance cruelle de la faim en plongeant dans d'autres réalités et d'autres vies.

Peut-être sa mère s'était-elle créé un avatar de sitcom.

La fille imagina un double grassouillet et souriant de sa mère se précipitant pour l'accueillir en s'essuyant les mains sur son tablier et la prenant dans ses bras. « J'ai bien ri en me réveillant ce matin. Tu m'as enfermée, petite coquine ! »

Peut-être que la maison sentirait le sucre, le beurre et l'amour. Ou peut-être pas.

« Je vais me confiner avec ma mère, dit son voisin. Elle a une maladie auto-immune, il faut qu'elle fasse attention. Ça fait peur.

– Oui, répondit la fille. Tellement peur. » Elle toucha la clé qu'elle portait autour du cou. « On est obligés d'enfermer nos parents, en ce moment. »

Un rire dément lui monta dans la poitrine et se prit entre sa bouche et son masque. Elle s'étouffa à moitié en aspirant le tissu, avec le sentiment d'avoir la tête enserrée dans un sac plastique. Son voisin ne s'aperçut de rien. Il ne savait rien de la fille qui partageait avec lui les responsabilités qui incombaient aux passagers assis près des issues de secours. Les masques étaient si fabuleux. Si utiles, si protecteurs. Personne ne savait ce qui se passait en dessous. Elle pouvait être toutes celles qu'elle avait envie d'être, toutes celles qu'il avait besoin qu'elle soit.

La voix du commandant de bord crépita dans les haut-parleurs. « PNC, préparez-vous au décollage. » Elle resserra sa ceinture comme les gens qui ont peur en avion et sentit qu'il l'avait remarqué, qu'il s'en souciait, comme les gentils garçons bien élevés se soucient des filles fragiles et angoissées. Il avait besoin de fragilité. Elle lui donnerait de la fragilité. Elle n'avait pas le look idéal – le genre fille toute simple aurait été préférable –, mais tout était dans l'interprétation.

Les moteurs rugirent. L'instant qui précédait le décollage semblait toujours impossible. Contraire aux lois de la nature. Mais il se passait constamment des choses qui étaient contraires aux lois de la nature.

L'avion s'éleva dans le ciel.

La fille regarda le patchwork des banlieues qui se déployait en dessous : des maisons miniatures avec de petits jardins et de petites piscines, de petites voitures roulant dans des rues sinueuses qui passaient devant des terrains de sport et des courts de tennis.

De là-haut, au-dessus des nuages, la vie semblait si paisible et si simple : *Sauter dans sa petite voiture pour aller gagner sa vie dans cette jolie petite ville ! Aller s'acheter à manger dans ces charmants petits magasins ! Aimer et nourrir ses enfants ! Réaliser ses rêves et payer ses impôts !* Pourquoi ce qui était impossible pour certains était si facile pour d'autres ?

Son voisin parlait de sa mère. « Elle est très casanière. Pas vraiment active.

– Ma mère, c'est l'inverse », dit la fille.

Elle vit une femme lui ressemblant, qui lui faisait couler un bain, vérifiait la température de l'eau, la remuait pour qu'elle soit juste bien. Elle la vit sur le seuil de sa chambre, tard le soir, qui lui apportait une couverture supplémentaire parce qu'il faisait « si froid, soudain ». Elle la vit décrocher une robe d'un portant qui était de la « couleur idéale pour elle » et battre joyeusement des mains en la voyant sortir de la cabine d'essayage. Elle vit une femme furieuse la gronder pour sa conduite, et puis passer à autre chose, comme si les pires méfaits pouvaient être pardonnés.

La fille dit : « Ma mère joue au tennis. »

REMERCIEMENTS

Je remercie une fois encore les merveilleux éditeurs qui me suivent depuis de si longues années : Cate Paterson en Australie, Amy Einhorn aux États-Unis et Maxine Hitchcock au Royaume-Uni. Merci également à Danielle Walker, Brianne Collins, Kathleen Cook, Conor Mintzer, Joel Richardson et Alex Lloyd pour leurs suggestions et leurs commentaires si précieux.

Merci à mes sœurs, les romancières Jaclyn Moriarty et Nicola Moriarty d'avoir lu le tout premier jet de ce livre et à mes deux autres sœurs, Katrina Harrington et Fiona Ostric d'avoir lu le tout dernier. Je remercie tout particulièrement Jaci de m'avoir donné par texto l'idée qui est le point de départ de ce roman.

Pour ce roman, j'ai dû m'informer sur le tennis de compétition, le métier d'entraîneur, les enquêtes de police, le trading, la kinésithérapie, la vie dans les années soixante-dix, la comptabilité et la danse classique. Je suis extrêmement reconnaissante à toutes les personnes qui m'ont généreusement consacré du temps pour partager leur expérience : Matthew Futterman, Mike Lowers, James Harb, Paul Francis (soutenez son extraordinaire association The Humpty Dumpty Foundation), Rob qui se reconnaîtra, Mark Davidson, Kim Ivey, Rob Collins, Elina Reddy et Yan Levinski, Elina DeCinque (par l'intermédiaire de Marisa Colonna), le Dr Teresa Lee, Cameron Duncan, Scott Harrington ainsi que Julie et George Gates. Merci à Beau Loughhead, qui n'a aucunement contribué à ce livre, mais chaque fois que je le vois, je culpabilise car j'ai oublié de le remercier pour une anecdote que j'ai utilisée dans un précédent roman.

Dès qu'elles apprennent que vous faites des recherches sur un sujet particulier, certaines personnes qui ont des relations ont la gentillesse de vous envoyer dès le lendemain les coordonnées d'une personne qui a précisément les qualifications nécessaires. Merci à Lisa Cuddy, Jackie Aloisio et Charles Anderson d'en faire partie.

Merci à Molly (la chienne de Cherie Penney) et Daisy (notre labrador chocolat) de m'avoir inspiré en partie le personnage de Steffi.

Malgré toutes ces généreuses contributions, il y a sans doute des erreurs – elles sont toutes de mon fait. Avant que vous ne les releviez, sachez que j'ai pris une certaine liberté artistique, à l'égard de la chronologie en particulier. (Ainsi, le morceau *Popcorn* est sorti alors que Joy avait dix-neuf ans et non dix-sept.) Toutefois, les incendies catastrophiques qui ont ravagé l'Australie au début de 2020 n'ont rien de fictif. L'association Authors for Fireys a collecté des fonds pour apporter de l'aide aux services d'urgence et aux sinistrés. Sulin Ho et Nicole Jourdan-Lenoir ont toutes les deux fait un don à cette merveilleuse initiative pour que des personnages de ce roman portent leur nom. Simon Barrington a également remporté les enchères d'une vente au profit d'une association d'aide rurale pour qu'un personnage porte son nom. Merci à Sulin, Nicole et Simon pour vos dons et votre nom.

Merci à Caroline Lee pour la magnifique narration de mes livres audio.

Merci à mes traducteurs remarquables dans le monde entier.

Merci aux auteures australiennes Ber Carroll et Dianne Blacklock d'être mes « collègues de bureau » depuis plus de dix ans. Merci à mes fabuleuses attachées de presse Tracey Cheetham en Australie, Gaby Young au Royaume-Uni et Pat Eisemann aux États-Unis. Merci à mes agents extraordinaires : Fiona Inglis et Benjamin Paz en Australie, Faye Bender aux États-Unis, Jonathan Lloyd et Kate Cooper au Royaume-Uni, Jerry Kalajian à Los Angeles.

Merci du fond du cœur à mes lecteurs, qui sont incontestablement les plus adorables lecteurs au monde. Je vous sais gré chaque jour de votre soutien. En raison de la pandémie de 2020, je ne pourrai pas vous rencontrer en aussi grand nombre que pour la sortie de mes précédents romans. Je ne me plaindrai plus jamais des voyages et je vous reverrai pour de vrai à la sortie du prochain.

Merci pour tout à ma famille. Merci à Adam de m'apporter un café avant même que je n'ouvre les yeux, merci à ma merveilleuse fille, Anna, alias « la meilleure fille au monde et petite préférée dans ta face George » (voilà ce qui arrive quand une enfant de onze ans tombe sur un document qu'on a laissé ouvert sur l'ordinateur. J'ai décidé de conserver pour la postérité ce commentaire qui me semblait parfaitement approprié pour un livre sur la rivalité entre frères et sœurs), et à mon merveilleux fils George (tu lui revaudras ça, George).

Merci à une petite fille timide mais volubile du nom de Diane, la seule à tenir une poupée sur sa photo de classe, devenue une blonde canonissime, mère de six enfants et grand-mère de douze petits-enfants, qui en a accueilli bien d'autres. Ce livre est tout spécialement pour toi, maman, avec tout l'amour et la gratitude que je te dois. Merci enfin à mon père. C'est le premier livre sans toi, mais tu seras à jamais dans mes remerciements, papa.

*

Je me suis appuyée sur les ouvrages suivants : *Late to the Ball* de Gerald Marzorati, *Rafa* de Rafael Nadal et John Carlin, *Unbreakable* de Jelena Dokic et Jessica Halloran, *The Golden Era* de Rod Laver et Larry Writer, *Margaret Court : The Autobiography* de Margaret Court, *Home ! The Evonne Goolagong Story* d'Evonne Goolagong Cawley et Phil Jarratt, *A Spanish Love Affair* de Susan Joy Alexander (j'ai fait vivre à Joy une expérience similaire à celle qu'a vécue Susan lors d'un match à White City où l'arbitre était partial). Ainsi que l'article « Counselling : Recognising Our Profession in its Own Right » (2019), signé de Fiona Griffith. Merci à Melissa Shadworth de me l'avoir fait lire.

Le podcast *The Migraine Guy* existe réellement, mais tout ce qu'entend Joy est fictif. *This Dementia Life* et *Chat with Traders* sont également de vrais podcasts.

DU MÊME AUTEUR

Aux Éditions Albin Michel

LE SECRET DU MARI, 2015

PETITS SECRETS, GRANDS MENSONGES, 2016

UN PEU, BEAUCOUP, À LA FOLIE, 2018

À LA RECHERCHE D'ALICE LOVE, 2019

NEUF PARFAITS ÉTRANGERS, 2020

TROIS VŒUX, 2021

Composition Nord Compo
Impression CPI Bussière en mars 2022
Éditions Albin Michel
22, rue Huyghens, 75014 Paris
www.albin-michel.fr
ISBN : 978-2-226-46882-6
N° d'édition : 24707/02 – N° d'impression : 2063822
Dépôt légal : février 2022
Imprimé en France